BASTEI
LÜBBE

BIBLIOTHEK
DER
PHANTASTISCHEN
LITERATUR

Herausgegeben von Stefan Bauer

DAVID GEMMELL

Die Drenai-Saga

WINTER KRIEGER

Roman

Ins Deutsche übertragen
von Irmhild Seeland

BASTEI LÜBBE TASCHENBUCH
Band 28 317

Erste Auflage: September 1999

Deutsche Lizenzausgabe 1999 by
Bastei-Verlag Gustav H. Lübbe GmbH & Co.,
Bergisch Gladbach
Originaltitel: Winter Warriors
Lektorat: Alexander Huiskes/Stefan Bauer
Titelbild: Luis Rojo/Norma Agency, Barcelona
Umschlaggestaltung: QuadroGrafik, Bensberg
Satz: KCS GmbH, Buchholz/Hamburg
Druck und Verarbeitung:
Groupe Hérissey, Évreux, Frankreich
Printed in France
ISBN 3-404-28317-1

Der Preis dieses Bandes versteht sich einschließlich der gesetzlichen Mehrwertsteuer

Vor dreißig Jahren sah ich eine junge Frau in strömendem Regen einen Felsvorsprung erklimmen. Sie war zu klein, als daß sie weiter oben Halt hätte finden können, und es gab keine Möglichkeit, wie sie es nach oben schaffen könnte, doch sie klammerte sich an den Felsen und weigerte sich, wieder herunterzukommen, bis sie vor lauter Erschöpfung den Halt verlor. Zwanzig Jahre später wollte dieselbe Frau den London-Marathon in unter vier Stunden laufen. Nach fünfzehn Meilen brach sie sich den Fuß – und lief weiter und schaffte es in drei Stunden neunundfünfzig Minuten. Ich widme *Winter Warriors* in Liebe Valerie Gemmell.

Danksagungen

Ich danke meiner Herausgeberin Liza Reeves, meinen Probelesern Val Gemmell und Stella Graham, meiner Lektorin Carol Johnson sowie Michael Bennie fürs Korrekturlesen und Alan Fisher, dessen Hinweise unschätzbar sind.

Besonderer Dank gilt meinem Patenkind Chloe Reeves für die Freude, die mir ihre Gesellschaft bringt.

Kapitel eins

Der nächtliche Himmel über den Bergen war klar und strahlend, die Sterne schimmerten wie Diamanten auf schwarzem Samt. Es war eine Spätwinternacht von kalter, gefährlicher Schönheit, der Schnee lag schwer auf den Zweigen der Tannen und Zedern. Hier gab es keine Farben, keinen Hauch von Leben. Das Land lag schweigend da, bis auf das gelegentliche Knacken eines überladenen Astes und das leise Wispern von fallendem Schnee, den der rauhe Nordwind vor sich hertrieb.

Ein kapuzenverhüllter Reiter auf einem dunklen Pferd tauchte zwischen den Bäumen auf. Sein Reittier kämpfte sich langsam durch den Tiefschnee. Tief über den Sattel gebeugt ritt er weiter, den Kopf gegen den Wind gesenkt. Seine behandschuhten Hände hielten seinen schneebedeckten Umhang dicht am Hals fest. Als er in offenes Gelände kam, schien er eine Zielscheibe für den wütenden Wind zu werden, der ihn umheulte. Ungerührt trieb er das Pferd weiter. Eine weiße Eule schwang sich von einem hohen Baum und glitt an Pferd und Reiter vorbei. Eine magere Ratte huschte über den mondbeschienenen Schnee. Sie machte einen Satz zur Seite, als die Klauen der Eule ihren Rücken streiften. Er brachte sie beinahe in Sicherheit.

Beinahe.

An diesem frostklirrenden Ort war ein *beinahe* ein Todesurteil. Alles hier war schwarz und weiß, scharf und deutlich umrissen, ohne sanfte graue Schatten. Starke Kontraste. Erfolg oder Versagen, Leben oder Tod. Keine zweiten Chancen, keine Entschuldigungen.

Als die Eule mit ihrer Beute davonflog, blickte der Reiter auf. In einer Welt ohne Farbe schienen seine leuchtend blauen Augen silbergrau in einem Gesicht dunkel wie Ebenholz. Der schwarze Mann stieß seinem müden Reittier die Fersen in die Seite und lenkte es in den Wald. »Wir sind beide müde«, flüsterte der Reiter und tätschelte den langen Hals des Wallachs. »Aber wir machen bald Rast.«

Nogusta warf einen Blick zum Himmel hinauf, der noch immer klar war. Kein frischer Schnee heute nacht, dachte er. Das bedeutete, daß die Spuren, denen sie folgten, noch bis zum Morgen zu sehen sein würden. Mondlicht fiel durch die hohen Bäume, und Nogusta begann, nach einem Rastplatz Ausschau zu halten. Trotz des schweren grauen Kapuzenumhangs, dem schwarzen Hemd und den Hosen aus Wolle war er durchgefroren bis auf die Knochen. Aber am meisten litten seine Ohren. Unter normalen Umständen hätte er sich seinen Schal ums Gesicht gewickelt. Aber das war nicht klug, wenn man drei verzweifelten Männern folgte. Er mußte auf jedes Geräusch, jede Bewegung achten. Diese Männer hatten bereits getötet und würden nicht zögern, es wieder zu tun.

Er schlang die Zügel über den Sattelknauf und rieb sich die Ohren. Der Schmerz war ungeheuer. Fürchte nicht die Kälte, warnte er sich selbst. Kälte bedeutet Leben. Erst, wenn dein Körper aufhört, gegen die Kälte zu kämpfen, mußt du dich fürchten. Wenn er sich warm und schläfrig fühlte. Denn der eisige Dolch des Todes lauerte in dieser trügerischen Wärme. Das Pferd trottete weiter und folgte den Spuren wie ein Spürhund. Nogusta brachte es zum Stehen. Irgendwo vor ihm hatten die

Mörder ihr Nachtlager aufgeschlagen. Er sog prüfend die Luft ein, konnte aber keinen Rauch riechen. Sie mußten ein Feuer entzünden. Alles andere bedeutete den Tod.

Nogusta war nicht in der Verfassung, sich jetzt mit ihnen zu befassen. Er bog vom Weg ab, tiefer in den Wald, auf der Suche nach einer geschützten Senke oder einer Felswand, wo er ein Feuer entzünden und sich ausruhen konnte.

Das Pferd stolperte im tiefen Schnee, fing sich aber wieder. Nogusta fiel fast aus dem Sattel. Als er sich wieder aufrichtete, erhaschte er durch einen Spalt zwischen den Bäumen einen Blick auf eine Hütte. Fast gänzlich von Schnee bedeckt, war sie praktisch unsichtbar, und wenn das Pferd nicht gestolpert wäre, wäre er daran vorbeigeritten. Nogusta stieg ab und führte den erschöpften Wallach zu dem verlassenen Gebäude. Die Tür hing nur noch an einer ledernen Angel, die andere war verrottet. Die grasgedeckte Hütte war lang und schmal, an einer Seite befand sich ein vom Wind abgewandter Unterstand. Hier sattelte Nogusta das Pferd ab und rieb es trocken. Er füllte einen Futtersack mit Getreide und schlang ihn dem Pferd über die Ohren, dann legte er eine Decke über den breiten Rücken.

Nogusta ließ das Pferd fressen und ging um das Gebäude zur Vorderseite herum. Er mußte sich durch den hochaufgetürmten Schnee einen Weg zur Tür bahnen. Im Innern war es dunkel, aber er konnte die grauen Steine der Feuerstelle erkennen. Wie es in der Einöde üblich war, war ein Feuer aufgeschichtet, doch durch den Schornstein war Schnee hereingestoben und bedeckte das Holz weitgehend. Sorgfältig befreite Nogusta das Holz vom Schnee und schichtete es neu auf. Er nahm seine Zunderschachtel aus dem Beutel, öffnete sie und zögerte. Der Zunder würde nur für ein paar Sekunden brennen. Wenn das dünne Anmachholz nicht sofort

Feuer fing, könnte es Stunden dauern, bis er mit Messer und Feuerstein eine Flamme entzünden konnte. Und er brauchte verzweifelt nötig ein Feuer. Die Kälte ließ ihn inzwischen zittern. Er schlug auf den Feuerstein. Der Zunder flammte auf. Er hielt ihn an das Anmachholz und flüsterte ein Gebet zu seinem Stern. Flammen leckten hoch und loderten dann durch das trockene Holz. Nogusta lehnte sich zurück und stieß einen erleichterten Seufzer aus. Als das Feuer hell brannte, sah er sich um und betrachtete den Raum. Die Hütte war von einem Mann gebaut worden, der seine Arbeit genau nahm. Die Verbindungsstücke waren sorgfältig gezimmert, ebenso wie die Möbelstücke, ein einfacher Tisch, vier Stühle und ein schmales Bett. An der Nordwand standen Regale, die jetzt allerdings leer waren. Es gab nur ein Fenster, dessen Läden fest verschlossen waren. An einer Seite der Feuerstelle war Holz aufgeschichtet. Über die Scheite zog sich ein altes Spinnennetz.

Die leeren Regale und das Fehlen persönlicher Dinge zeigten, daß der Mann, der die Hütte gebaut hatte, sich entschlossen hatte weiterzuziehen. Nogusta fragte sich warum. Die Bauweise der Hütte wies ihn als ordentlichen, geduldigen Menschen aus. Niemand, der sich so leicht abschrecken ließ. Nogusta betrachtete die Wände. Sie trugen keine Spuren einer weiblichen Hand. Der Erbauer war allein gewesen. Wahrscheinlich ein Fallensteller. Und als er schließlich fortgegangen war – vielleicht gaben die Berge nicht mehr genug Wild her –, hatte er sorgfältig ein Feuer aufgeschichtet für den nächsten Menschen, der sein Zuhause fand. Ein rücksichtsvoller Mann. Nogusta fühlte sich in dieser Hütte willkommen, als ob der Eigentümer ihn begrüßt hätte. Es war ein gutes Gefühl.

Nogusta stand auf und ging zu seinem Pferd hinaus, das geduldig wartete. Er nahm ihm den leeren Futtersack ab und strich ihm über den Hals. Es war nicht nötig, das Tier anzupflocken. Der Wallach würde diesen geschützten Platz nicht verlassen. Hier ragte der steinerne Schornstein aus der hölzernen Wand der Hütte hervor, und bald schon würde das Feuer die Steine erwärmen. »Du bist für die Nacht hier in Sicherheit, mein Freund«, erklärte Nogusta dem Wallach.

Er schulterte seine Satteltaschen, ging zurück in die Hütte und schloß die Tür fest hinter sich, indem er sich mit aller Kraft gegen den verbogenen Rahmen lehnte. Dann zog er einen Stuhl ans Feuer. Die kalten Steine der Feuerstelle schluckten fast alle Wärme des Feuers. »Hab Geduld«, befahl er sich. Minuten vergingen. Er sah eine Bohrassel über ein Scheit laufen, als die Flammen daran emporleckten. Nogusta zog sein Schwert und hielt die Klinge über das Feuer, um so dem Insekt einen Fluchtweg zu bieten. Die Bohrassel näherte sich der Klinge, wandte sich dann jedoch ab und stürzte in die Flammen. »Törichtes Geschöpf«, sagte Nogusta. »Die Klinge bedeutete Leben.«

Das Feuer loderte jetzt hell, und der schwarze Mann stand auf und zog Umhang und Hemd aus. Sein Oberkörper war muskelbepackt und voller Narben. Er setzte sich wieder, beugte sich vor und streckte seine Hände der Wärme entgegen. Müßig drehte er das kleine, verzierte Amulett, das er um den Hals trug. Es war ein altes Stück, ein weißsilberner Halbmond, den eine schlanke goldene Hand hielt. Das Gold war schwer und dunkel, und das Silber lief niemals an. Es blieb, wie der Mond, rein und glänzend. Er hörte die Stimme seines Vaters tief in seinen Erinnerungen: »Ein Mann, größer als Könige, trug dieses Amulett, Nogusta. Ein großer Mann. Er war unser Vorfahre, und solange du es trägst, achte darauf, daß deine Handlungen immer ehrenhaft sind. Wenn sie es sind, wirst du die Gabe des Dritten Auges haben.«

»Wußtest du deshalb, daß die Räuber auf der Nordweide waren?«

»Ja.«

»Aber willst du es nicht behalten?«

»Es hat dich erwählt, Nogusta. Du hast die Magie gesehen. Es ist immer der Talisman, der die Wahl trifft. Das ist schon seit Hunderten von Jahren so. Und – wenn die QUELLE will – wird er einen deiner eigenen Söhne erwählen.«

Wenn die QUELLE will …

Aber die QUELLE hatte nicht gewollt.

Nogusta schloß die Hand um den Talisman und starrte ins Feuer, in der Hoffnung auf eine Vision. Aber es kam keine.

Aus der Satteltasche holte er ein kleines Päckchen und öffnete es. Es enthielt ein paar Streifen getrockneten, eingesalzenen Fleisches. Langsam aß er sie.

Er legte noch zwei Scheite aufs Feuer und ging zum Bett. Die Decken waren dünn und staubig, deswegen schüttelte er sie aus. Kaum einige Schritte vom Feuer entfernt erschauerte er, dann lachte er über sich. »Du wirst alt«, sagte er zu sich. »Früher hätte dir die Kälte nicht so viel ausgemacht.«

Am Feuer zog er sein Hemd wieder an. Ein Gesicht kam ihm in den Sinn, scharfgeschnitten, mit einem leichten, freundlichen Lächeln. Orendo der Späher. Sie waren fast zwanzig Jahre zusammen geritten, erst im Dienste des alten Königs, dann in dem seines kriegerischen Sohnes. Nogusta hatte Orendo immer gemocht. Der Mann war ein Veteran, und wenn man ihm einen Befehl erteilte, wußte man, der er buchstabengetreu ausgeführt wurde. Und er hatte Herz. Einmal, vor einigen Jahren, hatte Orendo ein Kind gefunden, das sich im Schnee verirrt hatte, bewußtlos und halbtot vor Kälte. Er hatte es zurück zum Lager getragen und war die ganze

Nacht bei ihm sitzen geblieben, hatte Decken gewärmt und dem Jungen die erfrorene Haut gerieben. Das Kind hatte überlebt.

Nogusta seufzte. Jetzt war Orendo mit zwei anderen Soldaten auf der Flucht, nachdem sie einen Kaufmann ermordet und dessen Tochter vergewaltigt hatten. Sie hatten auch das Mädchen für tot gehalten, doch das Messer hatte ihr Herz verfehlt, und sie blieb am Leben, um die Namen ihrer Angreifer zu nennen.

»Bring sie nicht zurück«, hatte der Weiße Wolf ihm befohlen. »Ich will sie tot. Keine öffentliche Verhandlung. Schlecht für die Moral.« Nogusta hatte in die hellen, kalten Augen des alten Mannes geblickt.

»Jawohl, General.«

»Willst du Bison und Kebra mitnehmen?« fragte der General.

»Nein. Orendo war Bisons Freund. Ich mache es allein.«

»War Orendo nicht auch dein Freund?« fragte Banelion und betrachtete ihn prüfend.

»Willst du ihre Köpfe als Beweis dafür, daß ich sie getötet habe?«

»Nein. Dein Wort genügt mir«, antwortete Banelion. Das machte Nogusta stolz. Er diente Banelion jetzt seit fast fünfunddreißig Jahren – fast sein ganzes Erwachsenenleben. Der General war kein Mann, der leichtfertig lobte, aber seine Männer dienten ihm mit eiserner Loyalität. Nogusta starrte ins Feuer. Er war mehr als überrascht gewesen, als Orendo ihn verraten hatte. Aber dann wurde Orendo nach Hause geschickt. Wie Bison und Kebra. Und sogar der Weiße Wolf selbst.

Der König wollte die alten Männer aussortieren. Dieselben alten Männer, die für seinen Vater gekämpft hatten, die die Drenai gerettet hatten, als alles verloren schien. Dieselben alten Männer, die nach Ventria einmarschiert waren und die Armeen des Kaisers zerschlagen hatten. Ausgezahlt und verabschiedet. So lautete das Gerücht. Orendo hatte es geglaubt und den Kaufmann ausgeraubt. Doch es war schwer zu glauben, daß er auch bei der Vergewaltigung und dem versuchten Mord an dem Mädchen beteiligt gewesen war. Die Beweise waren jedoch erdrückend. Sie sagte, er wäre nicht nur der Anstifter der Vergewaltigung gewesen, er selbst hätte ihr auch das Messer in die Brust gestoßen.

Nogusta starrte schwermütig in die Flammen. Hatte ihn das Verbrechen schockiert? Er verfügte über gute Menschenkenntnis und hätte Orendo keiner solchen schändlichen Tat für fähig gehalten. Aber vor vielen Jahren hatte er gelernt, wozu *gute* Männer fähig waren. Er hatte es in Feuer und Blut und Tod gelernt. Er hatte es gelernt, als Träume zerbarsten und Hoffnungen zerschlagen wurden. Er deckte das Feuer zu und schob das Bett näher an den Kamin. Nachdem er seine Stiefel ausgezogen hatte, legte er sich aufs Bett und breitete die dünnen Decken über sich.

Draußen heulte der Wind.

Er erwachte im Morgengrauen. Die Hütte war noch immer warm. Er stand auf und zog seine Stiefel an. Das Feuer war zu glühender Asche zusammengefallen. Er nahm einen tiefen Schluck aus seiner Wasserflasche, warf seinen Umhang über, schwang sich die Satteltasche auf die Schultern und ging hinaus zu seinem Pferd. Die rückwärtigen Steine des Kamins waren heiß, die Temperatur im Unterstand deutlich über dem Gefrierpunkt. »Wie fühlst du dich, mein Junge?« fragte er und strich dem Tier über den Hals. Der Wallach stupste ihn gegen die Brust. »Heute kriegen wir sie, und dann bringe ich dich zurück in deinen warmen Stall.« Er ging noch einmal in die Hütte, säuberte den Kamin und schichtete wieder neue Scheite hinein, so daß ein Feuer bereit war für den nächsten müden Reisenden, den sein Weg hierher führte. Er sattelte den Wallach und ritt hinaus in den winterlichen Wald.

Orendo starrte düster auf die Juwelen, purpurne Amethyste, helle Diamanten, rote Rubine, die in seiner behandschuhten Hand funkelten. Mit einem Seufzer öffnete er seinen Beutel und ließ sie wieder hineingleiten.

»Ich werde mir einen Hof kaufen«, sagte Cassin, der Jüngling. »Auf der Sentranischen Ebene. Mit Milchkühen. Ich habe immer schon gern frische Milch getrunken.« Orendos müder Blick fiel auf den schlanken jungen Mann, doch er sagte nichts.

»Wozu?« erwiderte Eris, ein untersetzter, bärtiger Krieger mit kleinen dunklen Augen. »Das Leben ist zu kurz, um es mit harter Arbeit zu vergeuden. Gib mir die Freudenhäuser von Drenan und ein schönes, kleines Haus auf dem Sechsten Hügel. Jeden Tag der Woche ein anderes Mädchen, klein, hübsch, mit schlanken Hüften.«

Schweigen breitete sich aus, als sie an das kleine, hübsche Mädchen dachten, das sie in Usa ermordet hatten. »Sieht aus, als bekämen wir heute keinen Schnee«, sagte Cassin schließlich.

»Schnee ist gut für uns«, erklärte Orendo. »Verbirgt die Spuren.«

»Warum sollte jemand unseren Spuren folgen?« fragte Eris. »Niemand sah uns bei dem Kaufmann, und vor morgen gibt es keinen Appell.«

»Sie werden Nogusta hinter uns herschicken«, sagte Orendo, beugte sich vor und legte noch Holz aufs Feuer. Es war eine kalte Nacht in der Mulde gewesen und er hatte schlecht geschlafen, mit schrecklichen Träumen von Schmerz und Tod. Was wie ein einfacher Raub ausgesehen hatte, war eine Nacht voll Mord und Schande gewesen, die er niemals vergessen würde. Er rieb sich die müden Augen.

»Also was?« höhnte Eris. »Wir sind drei, und wir sind nicht gerade leicht zu haben. Wenn sie diesen schwarzen Bastard schicken, reiße ich ihm das Herz heraus.« Orendo verkniff sich eine wütende Entgegnung. Statt dessen stand er auf und trat auf den größeren, schwereren Mann zu.

»Du hast Nogusta noch nie in Aktion gesehen, Junge. Bete darum, daß du es auch nie erlebst.« Orendo ging an den beiden Jüngeren vorbei zu einem Baum und urinierte. »Der Mann ist unheimlich«, sagte er über die Schulter. »Ich war einmal mit ihm unterwegs, als wir vier Mördern ins Land der Sathuli folgten. Er kann selbst auf Felsen Spuren lesen, und er riecht eine Fährte, die sogar einem Hund entgeht. Aber das ist es nicht, was ihn gefährlich macht.« Orendo pinkelte weiter, das Wasser kam in langsamen, rhythmischen Stößen und verdampfte im Schnee. Er hatte jetzt seit über einem Jahr Schwierigkeiten mit seiner Blase und mußte mehrmals in der Nacht austreten. »Wißt ihr, was ihn gefährlich macht?« fragte er. »Er hat nichts Herausforderndes an sich. Wenn er sich bewegt, tötet er. Er ist so schnell. Als wir die Mörder fanden, ging er einfach in ihr Lager, und sie waren tot. Ich sage euch, es war eindrucksvoll.«

»Ich weiß«, ertönte die grabestiefe Stimme Nogustas. »Ich war dabei.«

Orendo stand ganz still, Übelkeit stieg in ihm auf. Er hörte auf zu pinkeln, band seine Beinkleider wieder zu und drehte sich ganz langsam um. Eris lag flach auf dem Rücken, ein Messer im rechten Auge. Neben ihm lag Cassin, eine Klinge im Herzen. »Ich wußte, sie würden dich schicken«, sagte Orendo. »Wie hast du uns so schnell gefunden?«

»Das Mädchen hat überlebt«, antwortete Nogusta.

»Ich danke der QUELLE dafür«, sagte Orendo mit einem Seufzer. »Bist du allein?«

»Ja.« Das Schwert des schwarzen Mannes steckte in der Scheide, und er hatte kein Wurfmesser in der Hand. Es spielt ohnehin keine Rolle, dachte Orendo. Ich habe keine Chance gegen ihn.

»Ich bin froh. Ich hätte nicht gern, daß Bison mich jetzt sieht. Bringst du mich zurück?«

»Nein. Du bleibst hier, bei deinen Freunden.«

Orendo nickte. »Eine Schande, daß eine Freundschaft so enden muß, Nogusta. Wirst du unsere Köpfe mit zurücknehmen?«

»Der Weiße Wolf sagte, mein Wort wäre ihm gut genug.«

Orendo spürte einen Funken Hoffnung. »Sieh mal, Mann, ich war nur der Späher. Ich wußte nicht, daß es einen Mord geben würde. Aber es ist geschehen. Hier in diesem Beutel sind genug Juwelen, um uns ein gutes Leben... ein wahres Leben zu verschaffen. Wir könnten damit einen Palast kaufen, du und ich.« Nogusta schüttelte den Kopf. »Du könnstest ihnen einfach sagen, du hättest mich getötet. Und die Hälfte der Juwelen behalten.«

»Das werde ich ihnen auch sagen. Denn du wirst tot sein. Du warst nicht der Späher«, sagte Nogusta traurig. »Du hast das Mädchen vergewaltigt, und du hast sie niedergestochen. Du hast das getan. Du mußt dafür bezahlen.«

Orendo ging zum Feuer und stieg über die Leichen seiner Kameraden. »Sie wollten mich nach Hause schicken«, sagte er, kniete nieder und zog seine Handschuhe aus. Das Feuer war warm, und er streckte ihm seine Hände entgegen. »Wie würdest du dich fühlen? Wie fühlt Bison sich?« Er sah zu dem hochgewachsenen

Krieger auf. »Ach, für dich ist es anders, nicht wahr? Der Champion, der Schwertmeister. Du bist nicht ganz so alt wie wir. Noch hat dir niemand gesagt, daß du nutzlos bist. Aber sie werden, Nogusta. Der Tag wird kommen.« Er setzte sich und starrte in die Flammen. »Weißt du, wir hatten nicht die Absicht, den Kaufmann zu töten. Aber er wehrte sich, und Eris stach ihn nieder. Dann rannte das Mädchen herbei. Sie hatte geschlafen und trug ein durchsichtiges Nachthemd. Ich kann immer noch kaum glauben, daß es passiert ist. Das Zimmer wurde sehr kalt. Ich erinnere mich daran, und ich spürte, wie mich etwas berührte. Dann war ich voller Wut und Lust. Bei den anderen war es das gleiche. Wir haben letzte Nacht darüber gesprochen.« Er sah zu Nogusta hoch. »Ich schwöre dir, Nogusta, ich glaube, wir waren besessen. Vielleicht war der Kaufmann ein Zauberer. Jedenfalls war irgend etwas Böses dort. Es hat uns alle berührt. Du kennst mich gut. In all den Jahren, in denen wir zusammen gekämpft haben, habe ich nie eine Frau vergewaltigt. Niemals.«

»Aber du hast es vor drei Tagen getan«, sagte Nogusta, machte einen Schritt nach vorn und zog sein Schwert.

Orendo hob eine Hand. »Wenn du gestattest, werde ich es selbst tun.«

Nogusta nickte und kauerte sich auf der anderen Seite des Feuers nieder. Langsam zog Orendo seinen Dolch. Einen Augenblick lang überlegte er, ob er ihn nach dem schwarzen Mann werfen sollte. Dann trat das Bild des Mädchens vor seine Augen, und er hörte, wie sie um ihr Leben flehte. Rasch zog er die scharfe Klinge über sein linkes Handgelenk. Sofort strömte Blut. »In meiner Satteltasche ist eine Flasche Schnaps. Würdest du sie holen?«

Nogusta holte sie, und Orendo trank in tiefen Zügen.

»Es tut mir wirklich leid um das Mädchen«, sagte der Sterbende. »Wird sie wieder gesund?«

»Ich weiß es nicht.«

Orendo trank noch einmal, dann warf er Nogusta die Flasche hinüber. Der schwarze Mann nahm einen tiefen Schluck. »Alles ist schief gelaufen«, sagte Orendo. »Traue niemals Königen, heißt es. In früheren Zeiten war alles so glorreich. Wir wußten, wo wir standen. Die Ventrier marschierten ein, und wir kämpften gegen sie. Wir wußten, wofür wir kämpften.« Blut sammelte sich in einer Lache im Schnee. »Dann überredete der Knabenkönig uns, nach Ventria einzumarschieren und den Kaiser zu zwingen, den Krieg zu beenden. Keine territorialen Ambitionen, sagte er. Gerechtigkeit und Frieden war alles, was er wollte. Wir glaubten ihm, nicht wahr? Jetzt sieh ihn dir an. Kaiser Skanda, der Möchtegern-Eroberer der ganzen Welt. Jetzt wird er nach Cadia einmarschieren. Aber er hat keine territorialen Ambitionen. O nein… der Bastard!« Orendo legte sich zurück, und Nogusta ging um das Feuer herum und setzte sich neben ihn. »Erinnerst du dich an den Jungen, den ich gerettet habe?« fragte Orendo.

»Ja. Es war eine gute Tat.«

»Glaubst du, das zählt zu meinen Gunsten? Du weißt schon… falls es ein Paradies gibt?«

»Ich hoffe es.«

Orendo seufzte. »Ich kann die Kälte nicht mehr fühlen. Das ist gut. Ich habe die Kälte immer gehaßt. Sag Bison, er soll nicht zu hart über mich urteilen, ja?«

»Das wird er sicher nicht.«

Orendos Stimme wurde undeutlich, dann, auf einmal, riß er die Augen auf. »Es *gibt* Dämonen«, sagte er plötzlich. »Ich kann sie sehen. Es gibt Dämonen!«

Damit starb er, und Nogusta stand auf, nahm den Beutel mit den Juwelen an sich und ging zu seinem Pferd.

Er warf einen Blick zum Himmel, der blau, klar und frisch war. Keine einzige Wolke.

Er stieg in den Sattel, nahm die anderen drei Tiere am Zügel und machte sich auf den Rückweg zur Stadt.

Hoch über der Stadt Usa waren Dämonen in der Luft, leichenblaß und klapperdürr, mit langen Krallen und scharfen Zähnen. Normale Augen konnten sie nicht sehen, und sie schienen für das gewöhnliche Volk keine Bedrohung darzustellen.

Aber warum sind sie dann da? überlegte Ulmenetha. Warum kreisen sie dicht um den Palast? Die große Priesterin fuhr sich mit den dicken Fingern durch das kurzgeschnittene blonde Haar. Sie erhob sich von ihrem Bett, goß Wasser in eine Schüssel und wusch sich das Gesicht. Erfrischt öffnete sie lautlos die Verbindungstür und trat in das Schlafzimmer der Königin. Axiana schlief. Sie lag auf dem Rücken, ein schlanker Arm war um das Seidenkissen geschlungen. Ulmenetha lächelte. Nur wenige Jahre zuvor hatte dieser Arm genauso ein Stofftier umschlungen – eine wollene Löwin mit nur einem Glasauge.

Jetzt war Axiana kein Kind mehr.

Ulmenetha seufzte. Trotz ihrer Massigkeit bewegte sich die Priesterin lautlos durch das königliche Schlafgemach und warf einen liebevollen Blick auf die schwangere Axiana. Das Gesicht der Königin schimmerte im Mondschein, und im Schlaf konnte Ulmenetha noch das Kind wiederfinden, das sie liebengelernt hatte. »Mögen deine Träume reich und schön sein«, flüsterte sie.

Axiana regte sich nicht. Die dicke Priesterin trat durch die Fenstertür auf den Balkon hinaus. Ihr blondes, mit weißen Strähnen durchsetztes Haar schimmerte unter den Sternen wie Silber, und ihr voluminöses Nachtkleid aus weißer Baumwolle glänzte, als ob es sich in Seide verwandelt hätte. Auf dem Balkon standen ein Tisch mit Marmorplatte sowie vier Stühle. Sie ließ sich nieder, schnürte ihren Runenbeutel ab und legte ihn auf den Tisch. Ulmenetha warf einen Blick zum Nachthimmel empor. Alles, was sie mit den Augen ihres Körpers sehen konnte, waren die Sterne, hell und klar. Links von ihr schien ein Halbmond gefährlich auf dem obersten Turm des Veshin-Tempels zu balancieren. Sie schloß die Augen ihres Körpers und öffnete die Augen ihres Geistes. Die Sterne blieben, heller und klarer jetzt, ohne die blinkende Täuschung, die durch den Astigmatismus der Menschen und die Erdatmosphäre hervorgerufen wurde. Auf der abgewandten Seite des Halbmondes konnte sie deutlich hohe Berge erkennen. Aber es war nicht der Nachthimmel, den Ulmenetha sehen wollte.

Über dem Palast schwebten drei geschuppte Gestalten.

Seit Wochen schon hielt ihre bösartige Anwesenheit sie nun an ihr Fleisch gefesselt, und sie sehnte sich danach, frei zu fliegen. Aber beim letzten Mal, als sie es versucht hatte, hatten sie sich kreischend auf sie gestürzt. Ulmenetha hatte es gerade noch zurück in ihren Körper geschafft.

Wer hatte sie herbeigerufen, und zu welchem Zweck?

Sie schloß die Augen, löste die Schnur um den Runenbeutel und griff hinein. Ihre Finger streichelten die Steine, die darin lagen. Sie waren glatt und rund und flach, und eine Zeitlang ließ sie sie durch die Finger gleiten. Schließlich schien ein Stein sie zu rufen, und sie zog ihn heraus. Ein gesprungener Kelch war auf ihn gemalt. Ulmenetha lehnte sich zurück.

Der Zerbrochene Flakon war ein Stein, der Mißtrauen anzeigte. Günstigstenfalls mahnte er zur Vorsicht bei Verhandlungen mit Fremden. Schlimmstenfalls bedeutete er Verrat unter Freunden.

Aus der Tasche ihres weißen Kleides zog sie zwei Blätter hervor. Sie rollte sie zu einem Kügelchen zusammen, steckte sie in den Mund und begann zu kauen. Der Saft war beißend und bitter. Schmerz durchbohrte ihren Kopf, und sie unterdrückte ein Stöhnen. Leuchtende Farben tanzten am Rande ihres Blickfeldes, und sie stellte sich den Zerbrochenen Flakon vor, hielt an dem Bild fest und befreite ihren Geist so von bewußten Gedanken.

Eine silberne Schlange glitt heran und schlängelte sich um den Flakon. Langsam zerdrückte sie ihn. Plötzlich zersplitterte der Flakon, die Scherben explodierten und zerrissen den Vorhang der Zeit. Ulmenetha sah eine von Bäumen umstandene Mulde und vier Männer. Axiana war dort. Ulmenetha sah sich selbst neben der Königin knien, einen Arm schützend um ihre Schulter gelegt. Die vier Männer waren Krieger und hatten einen Kreis um Axiana gebildet, die Gesichter nach außen gewandt, um eine unsichtbare Bedrohung abzuwehren. Eine weiße Krähe schwebte über allem, ihre Flügel schlugen lautlos.

Ulmenetha spürte etwas ungeheuer Böses, das kurz davor war, über die Senke hereinzustürzen. Die Vision begann zu verblassen. Sie versuchte, das Bild festzuhalten, aber es sank in sich zusammen, und eine neue Szene baute sich auf. Ein Lagerfeuer an einem dunklen, zugefrorenen See, der zwischen hohen Bäumen lag. Ein Mann – ein großer Mann – der mit dem Rücken zum See dasaß. Hinter ihm durchbrach eine dunkle, klauenbewehrte Hand das Eis, dann stieß eine dämonische Gestalt hindurch. Sie war ungeheuer groß, geflügelt und schimmerte im Mondlicht. Die großen Schwingen breiteten sich aus, und der Dämon schwebte näher an den Mann am Lagerfeuer. Er streckte einen Arm aus.

Ulmenetha wollte aufschreien um ihn zu warnen, doch sie konnte nicht. Die Klauen fuhren in den Rücken des Sitzenden. Er schnellte hoch und schrie einmal, dann sank er vornüber.

Während Ulmenetha noch zusah, begann der Dämon zu verschwimmen, sein Körper wurde zu schwarzem Rauch, der in die blutige Wunde im Rücken des Toten wirbelte. Dann war der Dämon fort, und der Leichnam des Mannes erhob sich. Ulmenetha konnte sein Gesicht nicht sehen, da er die Kapuze tief hinuntergezogen hatte. Er wandte sich zum See und hob die Arme. Durch die Oberfläche aus Eis reckten sich tausend Klauenhände, um ihn zu grüßen.

Wieder verblaßte die Vision, und jetzt sah sie einen Altar. Von Ketten gehalten, lag darauf ein nackter Mann mit goldenem Bart. Es war Axianas Vater, der ermordete Kaiser. Eine Stimme sprach, eine sanfte Stimme, die sie meinte, wiedererkennen zu müssen, doch sie war irgendwie undeutlich, als ob sie einem fernen Echo lauschte. »Jetzt«, sagte die Stimme, »ist der Tag der Auferstehung nicht mehr weit. Du bist der erste der Drei.« Der angekettete Kaiser wollte etwas sagen, doch ein Krummdolch schlitzte ihm die Brust auf. Sein Körper krümmte sich.

Ulmenetha schrie auf – und die Vision verschwand. Jetzt ruhte ihr Blick nur noch auf der kahlen, mondbeschienenen Wand des königlichen Schlafgemachs.

Die Visionen ergaben keinen Sinn. Der Kaiser war nicht geopfert worden. Nachdem er die letzte Schlacht verloren hatte, war er mit seinen Adjutanten geflohen. Er war, wie es hieß, von Offizieren seiner eigenen Leibwache erschlagen worden, Männern, die von seiner Feigheit abgestoßen waren. Warum sollte sie ihn dann also auf diese Weise geopfert sehen? War die Vision nur symbolisch?

Das Ereignis am See war ebenso unsinnig. Dämonen lebten nicht unter dem Eis.

Und die Königin wäre niemals mit nur vier Kriegern im Wald. Wo waren der König und seine Armee? Wo war die königliche Leibwache?

»Vergiß die Visionen«, befahl sie sich. »Auf irgendeine Weise sind sie fehlerhaft. Vielleicht war deine Vorbereitung nicht gründlich genug.«

Axiana stöhnte im Schlaf, und die Priesterin stand auf und ging zu ihrem Bett. »Ganz ruhig, mein Kleines«, flüsterte sie beruhigend. »Es ist alles gut.«

Aber es war nicht alles gut, wie Ulmenetha nur zu gut wußte. Ihre *lorassium*-Visionen waren gewiß geheimnisvoll und vielleicht wirklich symbolisch. Aber sie waren niemals falsch.

Und wer waren die vier Männer? Sie rief sich ihre Gesichter ins Gedächtnis zurück. Einer war ein schwarzer Mann mit hellen blauen Augen, der zweite ein großer, kahler Mann mit einem weißen, herabhängenden Schnurrbart. Der dritte war jung und sah gut aus. Der vierte hielt einen Bogen in der Hand. Sie erinnerte sich an die weiße Krähe und schauderte.

Das war ein Zeichen, das sie ohne jede Mühe lesen konnte.

Die weiße Krähe war der Tod.

Kebra der Bogenschütze ließ eine kleine Goldmünze in die Hand des aufgebrachten Wirtes fallen. Sofort verebbte der Zorn des dicken Mannes. Es gab nichts auf der Welt, was ihm ein solches Gefühl der Wärme verschaffte wie Gold in seiner Hand. Die lodernde Wut angesichts der zerbrochenen Möbel und des entgangenen Geschäfts verblaßte zu leichter Gereiztheit. Der Wirt sah zu dem Bogenschützen auf, der sich den Schaden betrachtete. Ilbren studierte schon lange die menschliche Natur und konnte einen Menschen rasch und genau einschätzen. Doch die Freundschaft zwischen Kebra und Bison blieb ihm rätselhaft. Der Bogenschütze war ein anspruchsvoller Mann, seine Kleidung war immer sauber, ebenso wie Haut und Hände. Er war kultiviert und sprach leise, und er hatte die seltene Gabe, sich Raum zu verschaffen, als ob er Menschenmengen und die Nähe anderer verabscheute. Bison dagegen war ein unkultivierter Tölpel, und Ilbren fand ihn abstoßend. Genau die Sorte Mann, die immer zwei Krüge Bier mehr trank als sie vertrug und dann aggressiv wurde. Wirte haßten solche Gäste. Was Bison jedoch erträglich machte, war die Tatsache, daß er, um diese letzten beiden Krüge zu erreichen, die ganze Schänke leertrinken müßte und sich auch jede Mühe gab, das zu tun. Das brachte natürlich großen Gewinn. Ilbren wunderte sich, wie Kebra einen solchen Freund ertragen konnte.

»Das hat er alles angerichtet?« fragte Kebra kopfschüttelnd. Zwei lange Tische waren zerschmettert, und mehrere Stühle lagen zerbrochen auf dem mit Sägemehl bestreuten Fußboden. Das gegenüberliegende Fenster war eingeschlagen, Scherben hingen noch an dem Bleirahmen. Am Fenster wurde ein bewußtloser ventrischer Offizier versorgt, und zwei andere Opfer, einfache Soldaten, saßen an der Tür. Einer blutete noch aus einer aufgerissenen Wange, der andere hielt seinen bandagierten Kopf in den Händen.

»All das und noch mehr. Wir haben das zerschlagene Geschirr und zwei verbeulte Töpfe, die man nicht mehr gebrauchen kann, schon hinausgefegt.«

»Na, zumindest ist niemand zu Tode gekommen«, sagte Kebra. Seine Stimme war tief und ernst. »Also müssen wir schon dankbar sein.«

Der Wirt lächelte, nahm einen Krug Wein und

bedeutete dem graugekleideten Bogenschützen, sich zu ihm an einen Tisch zu setzen. Als sie sich niederließen, betrachtete er Kebras Gesicht genau. Mit den tiefen Falten, die aussahen wie aus Stein gemeißelt, sah man Kebra jeden Tag seiner sechsundfünfzig Jahre an. Der Bogenschütze rieb sich die müden Augen. »Bison ist wie ein Kind«, sagte er. »Wenn sich die Dinge gegen ihn wenden, verliert er jede Kontrolle.«

»Ich weiß nicht, wie es anfing«, sagte Ilbren. »Daß es Ärger gab, merkte ich erst, als ich diesen Offizier da durch die Luft fliegen sah. Er landete auf dem Tisch dort und brach mit ihm zusammen.«

Zwei ventrische Soldaten kamen mit einer Trage herein. Behutsam hoben sie den Bewußtlosen darauf und trugen ihn hinaus. Ein Drenai-Offizier kam zu Kebra. Er war ein Veteran, und der Bogenschütze kannte ihn als einen gerechten Mann. »Du solltest ihn besser schnell finden!« warnte er Kebra. »Der Verwundete ist ein Offizier aus Malikadas Stab. Du weißt, wie das Strafmaß aussieht, sollte er sterben.«

»Ich weiß es.«

»Himmel, Mann! Als ob wir nicht schon so genug Ärger mit den verdammten Ventriern hätten, ohne daß einer unserer Männer einem ihrer Offiziere auch noch den Schädel einschlägt.« Der Drenai wandte sich an den Wirt. »Das sollte keine Beleidigung sein, Ilbren«, sagte er.

»Oh, das habe ich auch nicht so aufgefaßt«, erwiderte der Ventrier mit nur einem Hauch von Sarkasmus. Der Offizier ging davon.

»Tut mir leid, daß es Ärger gegeben hat, Ilbren«, sagte Kebra. »Weißt du, wohin Bison gegangen ist?«

»Nein. Er ist alt genug, daß er es besser wissen müßte, als solche … Verwüstung anzurichten.« Der Wirt füllte zwei Becher und reichte einen davon Kebra.

»Es war kein guter Tag für ihn«, sagte Kebra leise. »Für

keinen von uns ein guter Tag.« Er nippte an dem Wein, dann stellte er den Becher weg.

Ilbren seufzte. »Ich habe von dem Entschluß des Königs gehört. Wie wir alle. Was es auch wert sein mag, ich werde dich vermissen.« Er lächelte. »Ich werde sogar Bison vermissen.« Er starrte den weißhaarigen Bogenschützen an. »Aber trotzdem, der Krieg ist was für junge Männer, oder? Du hättest dich längst mit Frau und erwachsenen Söhnen niederlassen sollen.«

Kebra ignorierte die Bemerkung. »In welche Richtung ist Bison gegangen?«

»Ich habe es nicht gesehen.«

Kebra ging davon. An der Tür stieg er über die verletzten Männer hinweg. »Es war nur ein schlechter Scherz«, sagte der Soldat mit dem Kopfverband. »Dann wurde er zum Berserker.«

»Laß mich raten«, sagte Kebra. »Es ging um sein Alter, oder?«

Der junge Soldat sah plötzlich belämmert aus. »Es war nur ein Scherz«, wiederholte er.

»Na, ich bin sicher, Bison hat ihn nicht zu ernst genommen.«

»Wie kannst du das sagen?« tobte der zweite Soldat. »Sieh nur, was er mit meinem Gesicht gemacht hat.« Noch immer sickerte Blut aus seiner geschwollenen Wange, sein rechtes Auge war völlig zu, eine purpurfarbene Schwellung verzerrte das Lid.

»Ich kann das sagen, weil du noch am Leben bist, Junge«, sagte Kebra kalt. »Hat einer gesehen, wohin er ging?«

Beide Männer schüttelten den Kopf, und Kebra trat hinaus in die verblassende Wintersonne. Auf der anderen Seite des viereckigen Marktplatzes waren Händler dabei, ihre Waren einzupacken, Kinder spielten an dem zugefrorenen Brunnen, machten Schneebälle und bewarfen sich damit. Ein großer schwarzer Mann in langem, dunklem Umhang schritt durch die Menge. Die Kinder hielten inne, um ihm nachzusehen. Dann schlich sich ein Kind lautlos hinter ihn, einen Schneeball in der erhobenen Hand.

»Nicht sehr klug, Kind«, sagte der schwarze Mann, ohne sich umzusehen. »Denn wenn du den Ball wirfst, muß ich dir wohl« – plötzlich fuhr er herum – »den Kopf abreißen!« Verängstigt ließ der Junge den Schneeball fallen und rannte zurück zu seinen Freunden. Der schwarze Mann lachte leise und ging auf Kebra zu.

»Ich nehme an, er war nicht in der Kaserne«, sagte Kebra. Nogusta schüttelte den Kopf.

»Sie haben ihn nicht gesehen.«

Die beiden Männer bildeten ein ungleiches Paar, als sie gemeinsam davongingen, Nogusta schwarz und kräftig, Kebra zaundürr, weißhaarig und blaß. Nachdem sie durch mehrere schmale Straßen gegangen waren, kamen sie zu einem kleinen Speisehaus am Fluß. Sie nahmen sich einen Tisch am Feuer und bestellten etwas zu essen. Nogusta legte den Umhang und die Schaffellweste ab, die er darunter trug, und setzte sich. Er streckte die Hände dem Feuer entgegen. »Ich für mein Teil werde froh sein, diesem eisigen Land Lebwohl zu sagen. Warum ist Bison so deprimiert? Hat er nicht drei Frauen, die zu Hause auf ihn warten?«

»Das reicht, um jeden zu deprimieren«, erwiderte Kebra mit einem Lächeln.

Sie aßen in geselligem Schweigen, und Nogusta legte noch ein Scheit aufs Feuer. »Warum ist er deprimiert?« fragte er wieder, als sie ihre Mahlzeit beendet hatten. »Es kommt nun mal eine Zeit, wenn ein Mann zu alt ist zum Soldatspielen, und wir alle sind längst darüber hinaus. Und der König hat jedem Soldaten eine Börse voll Gold versprochen, und ein Schreiben, das ihm Land zusichert, wenn er nach Drenan zurückkommt. Allein das Schreiben ist Hundert in Gold wert.«

Kebra dachte über die Frage nach. »Es gab mal eine Zeit«, sagte er, »als ich jeden anderen Bogenschützen übertreffen konnte. Dann, als die Jahre vergingen, merkte ich, daß ich nicht mehr ganz so gut sehen konnte. Als ich fünfzig wurde, konnte ich kleine Schrift nicht mehr lesen. Damals begann ich darüber nachzudenken, wieder nach Hause zu gehen. Nichts dauert ewig. Aber Bison ist kein Denker. Soweit es ihn betrifft, hat der König ihm praktisch erklärt, er wäre kein Mann mehr. Das hat ihn verletzt.«

»Jeder von uns hat seinen Schmerz zu tragen«, sagte Nogusta. »Der Weiße Wolf wird fast zweitausend Männer nach Hause führen. Jeder von ihnen wird sich auf irgendeine Weise zurückgesetzt fühlen. Aber wir leben, Kebra. Ich kämpfte schon für den Vater des Königs – so wie du – und ich habe fünfunddreißig Jahre lang mein Schwert in den Krieg getragen. Jetzt bin ich müde. Die langen Märsche sind hart für alte Knochen. Selbst Bison muß das zugeben.«

Kebra schüttelte den Kopf. »Bison gibt gar nichts zu. Du hättest sein Gesicht sehen sollen, als er aufgerufen wurde. Er konnte einfach nicht glauben, daß es ihn getroffen hatte. Ich stand neben ihm. Weißt du, was er gesagt hat? Wie können sie mich mit all den alten Männern nach Hause schicken? Ich lachte nur. Einen Augenblick lang dachte ich, er scherzte. Aber das tat er nicht. Er glaubt immer noch, er sei fünfundzwanzig.« Er stieß einen leisen Fluch aus. »Warum mußte er einen Ventrier schlagen? Und wenn der Mann nun stirbt?«

»Wenn er stirbt, werden sie Bison hängen«, sagte Nogusta. »Kein schöner Gedanke. Warum hat er den Mann geschlagen?«

»Er hat einen Witz über Bisons Alter gemacht.«

»Und die anderen?«

»Keine Ahnung. Wir fragen ihn, wenn wir ihn finden. Der Offizier gehört zu Malikadas Männern.«

»Das macht es noch schlimmer«, sagte Nogusta. »Er fordert vielleicht seinen Hals, egal was mit dem Offizier ist. Er ist hart.«

»Der Weiße Wolf würde es niemals zulassen.«

»Die Zeiten ändern sich, Kebra. Der Weiße Wolf wird zusammen mit uns anderen nach Hause geschickt. Ich bezweifle, daß er noch genügend Macht besitzt, um sich gegen Malikada zu stellen.«

»Die Pest über Bison«, fauchte Kebra. »Er macht immer nur Ärger. Weißt du noch, als er und Orendo dieses Schwein stahlen...?« Die Stimme des Bogenschützen verebbte. »Entschuldigung, mein Freund, das war gefühllos.«

Nogusta zuckte die Achseln. »Orendo hatte Teil an einer Vergewaltigung und einem Mord. Ich bin traurig, daß er tot ist, aber er war das Opfer seiner eigenen Taten.«

»Trotzdem seltsam«, meinte Kebra. »Ich kann Menschen recht gut beurteilen, und ich hätte nie geglaubt, daß Orendo einer solchen Tat fähig wäre.«

»Ich auch nicht. Wo sollen wir nach Bison suchen?« fragte Nogusta und wechselte damit das Thema.

Kebra zuckte die Achseln. »Er war betrunken, als er diese Männer verprügelte. Du kennst ja Bison. Nach einer Prügelei wird er sich eine Frau suchen. Es muß ungefähr zweihundert Puffs in fußläufiger Entfernung geben. Ich habe nicht die Absicht, die Nacht damit zu verbringen, sie alle abzusuchen.«

Nogusta nickte, dann grinste er breit. »Aber zumindest in einem könnten wir es doch versuchen«, sagte er.

»Wozu? Die Chancen, ihn dort zu finden, sind verschwindend gering.«

Nogusta beugte sich vor und legte seinem Freund die Hand auf die Schulter. »Ich dachte nicht daran, Bison zu suchen«, erklärte er. »Ich dachte an weiche Haut und ein warmes Bett.«

Kebra schüttelte den Kopf. »Ich gehe lieber zurück in die Kaserne. Da habe ich ein warmes Bett.«

Nogusta seufzte. »Bison weigert sich, alt zu werden, und du weigerst dich, jung zu bleiben. Wahrlich, ihr weißen Männer seid mir ein Rätsel.«

»Das Leben wäre langweilig ohne Geheimnisse«, sagte Kebra.

Nachdem Nogusta gegangen war, bestellte er noch einen Krug Wein, dann machte er sich auf den langen Rückweg zur Kaserne. Der Raum, den er mit Nogusta und Bison teilte, war kalt und leer. Bisons Bett war nicht gemacht, die Decken lagen in einem Haufen daneben auf dem Fußboden. Der Ober-Cul führte keine Inspektionen mehr durch, und ohne drohende Strafe war Bison zu schlampigem Verhalten zurückgekehrt.

Nogustas Bett war ordentlich gemacht, aber er hatte eine Tunika darauf liegen lassen.

Kebras Pritsche war makellos, die Decken zu exakten Vierecken gefaltet, gekrönt von dem Kissen, das Laken straff gezogen, an den Ecken überlappend mit einer perfekten Falte. Kebra ging zum Kamin und zündete das Feuer an. Er hatte am Morgen die Asche entfernt und neues Holz aufgeschichtet, das Anmachholz vollkommen symmetrisch verteilt.

Ungefähr jetzt lag Nogusta neben einer dicken, schwitzenden Hure. Er war vielleicht der zwanzigste Mann, für den sie an diesem Tag die Beine breit machte. Kebra schauderte. Der Gedanke verursachte ihm Übelkeit.

Leise tappte er zum Badehaus hinaus. Die Bottiche waren noch nicht angeheizt, so daß das Wasser kalt war.

Trotzdem zog Kebra sich aus, stieg ins Wasser und schrubbte sich mit Seife ab. Auf dem Ständer hingen keine sauberen Handtücher. Verärgert durchsuchte er den großen Wäschekorb, bis er sich mit dem Handtuch abtrocknen konnte, das noch am saubersten war.

Der Zusammenbruch der Disziplin nervte den Bogenschützen. Er nahm seine Kleider, ging zurück in seine Kammer und setzte sich zitternd vor das Feuer. Dann nahm er ein Nachthemd aus seiner Kommode und schlüpfte hinein. Es war glatt und sauber, und die Baumwolle duftete frisch. Das beruhigte ihn.

Ilbrens Worte verfolgten ihn. »Du hättest dich längst mit Frau und großen Söhnen niederlassen sollen.«

Kebra spürte das Gewicht dieser Worte wie einen Stein auf dem Herzen.

Die meisten von Palimas Kunden hielten sie für eine Hure mit goldenem Herzen. Diese Ansicht kultivierte sie, vor allem, als sie älter wurde und das Alter sich mit den Gesetzen der Schwerkraft verschwor, um ihre Schönheit zu beeinträchtigen. Die Wahrheit war weniger romantisch. Palimas Herz war tatsächlich wie Gold: kalt, hart und gut verborgen.

Jetzt lag sie auf ihrem Bett und betrachtete die gebeugte Gestalt am Fenster. Sie kannte Bison gut, ein großzügiger Riese, der nicht von Fantasie oder Verstand geplagt wurde. Seine Bedürfnisse waren einfach, seine Ansprüche begrenzt, seine Energie gewaltig. Seit einem Jahr – seit die Drenai die Stadt eingenommen hatten – kam er mindestens einmal die Woche zu ihr. Er zahlte gut, störte sie nie mit Gerede oder Versprechungen und blieb selten zu lange.

Heute abend war es anders. Er war in ihr Bett gekommen und hatte sie an sich gezogen. Dann war er eingeschlafen. Für gewöhnlich zahlte Bison mit einer einzelnen Münze, wenn er ging. Doch heute hatte er ihr einen halben Goldraq gegeben, unmittelbar nachdem er angekommen war. Palima hatte versucht, ihn zu erregen – normalerweise keine schwierige Aufgabe. Aber Bison war nicht in der Stimmung für Sex. Das beunruhigte Palima nicht. Wenn ein Mann bereit war, mit Gold für eine Umarmung zu bezahlen, von ihr aus herzlich gern. Er hatte zwei Stunden lang unruhig geschlafen und sie dabei fest an sich gedrückt. Dann hatte er sich angezogen und war zum Fenster gegangen. Dort stand Bison jetzt schon seit einer Weile im Lampenschein, ein großer Mann mit breiten, hängenden Schultern und langen, kräftigen Armen. Müßig zupfte er an dem weißen, walroßartigen Schnurrbart und starrte auf den nachtdunklen Platz hinaus.

»Komm wieder ins Bett, Liebling«, sagte sie. »Laß Palima ihre magischen Kräfte einsetzen.«

»Nicht heute«, widersprach er.

»Was ist mit dir?« fragte sie. »Palima kannst du es doch sagen.«

Er drehte sich zu ihr um. »Für wie alt hältst du mich?« fragte er plötzlich.

Fünfundsechzig, mindestens, dachte sie mit einem Blick auf seinen kahlen Schädel und den weißen Schnurrbart. »Vielleicht vierzig«, antwortete sie.

Er schien mit der Antwort zufrieden, und sie sah, wie er sich entspannte. »Ich bin älter, aber ich fühle mich nicht so. Sie schicken mich nach Hause«, sagte er. »Alle älteren gehen nach Hause.«

»Willst du denn nicht nach Hause?«

»Ich gehörte zu den ersten, die sich damals dem Weißen Wolf anschlossen«, sagte er. »Damals, als Drenan von allen Seiten belagert und die Armee des Königs fast aufgerieben war. Wie haben sie alle besiegt, weißt du.

Einen nach dem anderen. Als ich ein Kind war, wurde mein Land aus weiter Ferne regiert. Wir waren einfache Bauern. Aber wir haben die Welt verändert. Das Reich des Königs erstreckt sich ...« Er schien einen Augenblick lang mit der Mathematik zu kämpfen, »... über Tausende von Kilometern«, schloß er etwas lahm.

»Er ist der größte König, den es je gegeben hat«, sagte sie leise, in der Hoffnung, daß er das hören wollte.

»Sein Vater war größer«, erwiderte Bison. »Er konnte auf nichts aufbauen. Ich diente ihm dreiundzwanzig Jahre lang. Dann dem Knabenkönig noch weitere zwanzig Jahre. Ich habe in sechsundzwanzig größeren Schlachten gekämpft. Sechsundzwanzig. Was sagst du dazu?«

»Das sind wirklich viele Schlachten«, gab sie zu. Sie wußte nicht, wohin diese Unterhaltung führte. »Komm wieder ins Bett.«

»Wirklich viele Schlachten, das stimmt. Ich bin elfmal verwundet worden. Und jetzt wollen sie mich nicht mehr haben. Achthundert von uns. Dankeschön und Auf Wiedersehen. Hier hast du einen Beutel mit Gold. Geh nach Hause. Und wo ist Zuhause, he?« Mit einem Seufzer ging er zum Bett, das knarrte, als sein Gewicht darauf sank. »Ich weiß nicht, was ich tun soll, Palima.«

»Du bist ein starker Mann. Du kannst tun, was du willst. Kannst gehen, wohin du willst.«

»Aber ich will in der Armee bleiben. Ich bin ein Mann der vordersten Front. Das bin ich. Und das will ich bleiben.«

Sie setzte sich auf und nahm sein Gesicht in ihre Hände. »Manchmal – meistens – bekommen wir nicht, was wir wollen. Wir bekommen sogar nur selten das, was wir verdienen. Wir bekommen, was wir bekommen. Mehr nicht. Gestern ist vorbei, Bison. Es kommt nicht wieder. Das Morgen ist noch nicht. Was wir haben, ist das Jetzt.

Und weißt du, was wirklich ist?« Sie nahm seine Hand und führte sie an ihre nackte Brust, drückte seine Finger auf ihr Fleisch. »*Das* ist wirklich, Bison. *Wir* sind wirklich. In diesem Augenblick sind *wir* alles, was es gibt.«

Seine Hand fiel herab, dann beugte er sich hinunter und küßte sie auf die Wange. Das hatte er noch nie zuvor getan. Tatsächlich konnte sie sich überhaupt nicht daran erinnern, daß ihr ein Mann die Wange geküßt hatte. Dann stand er auf. »Ich gehe lieber zurück«, sagte er.

»Warum bleibst du nicht? Ich kenne dich, Bison. Du würdest dich hinterher besser fühlen. Das tust du immer.«

»Ja, das stimmt. Du bist die beste, und das weißt du auch. Und ich spreche aus lebenslanger Erfahrung, weil ich immer habe dafür bezahlen müssen. Aber ich muß gehen. Ich werde unter Anklage gestellt. Die Wache sucht wahrscheinlich schon nach mir.«

»Was hast du getan?«

»Die Geduld verloren. Ein paar Soldaten verhauen.«

»Verhauen?«

»Na ja, vielleicht ein bißchen mehr. Einer hat mich ausgelacht. Ventrischer Abschaum! Er sagte, die Armee wäre besser dran ohne die Graubärte. Ich hob ihn hoch und warf ihn wie einen Speer weg. Es war wirklich spaßig. Aber er landete auf einem Tisch und zertrümmerte ihn mit seinem Kopf. Das hat die Drenaisoldaten aufgebracht, die dort aßen. Also habe ich sie alle ein bißchen vermöbelt.«

»Wie viele waren es?«

»Nur fünf oder so. Ich habe niemandem wirklich wehgetan. Jedenfalls nicht zu sehr.« Er grinste. »Nicht allzusehr. Aber sie werden mich unter Anklage stellen.«

»Wie wird deine Strafe aussehen?«

»Ich weiß nicht ... zehn Hiebe.« Er zuckte die Achseln. »Zwanzig. Kein Problem.«

Palima kletterte aus dem Bett und stellte sich nackt vor

ihn hin. »Wie fühltest du dich, als du sie verprügeltest?« fragte sie.

»Gut«, gab er zu.

»Du fühltest dich wie ein Mann?«

»Ja. Wieder jung.«

Ihre Hand glitt über seine Beinkleider. »Wie ein Mann«, wisperte sie heiser. Sie fühlte, wie er unter ihrer Berührung anschwoll.

»Und wie fühlst du dich jetzt?« fragte sie.

Er stieß einen langen Seufzer aus. »Wie ein Mann«, antwortete er. »Aber sie wollen nicht mehr, daß ich einer bin. Gute Nacht, Palima.«

Ohne ein weiteres Wort ging er hinaus in die Nacht.

Palima sah ihm durch das Fenster nach. »Die Pest auf dich und alle deinesgleichen, Drenai«, flüsterte sie. »Geh davon und stirb!«

Banelion, der legendäre Weiße Wolf, nahm seine Karten und legte sie sorgfältig in eine messingbeschlagene Truhe. Er war groß und hager und trug das weiße Haar im Nacken zusammengebunden. Die Bewegungen des Generals waren rasch und exakt, während er die Truhe mit dem Geschick eines lebenslangen Soldaten packte. Alles ordentlich an seinen Platz. Die Karten waren in der Reihenfolge gestapelt, in der sie auf der über zweitausend Kilometer langen Reise zum westlichen Hafen gebraucht wurden. Dabei lagen Anmerkungen über die Namen von Stämmen und ihren Häuptlingen, Wegstationen, Festungsanlagen und Städten auf der Strecke. Wie alles andere, das er unternahm, würde auch die Heimreise auf das sorgfältigste geplant werden.

Auf der anderen Seite des breiten Schreibtisches stand ein junger Offizier in voller Rüstung aus Gold und Bronze und beobachtete den General. Der alte Mann sah auf und grinste flüchtig. »Warum so traurig, Dagorian?«

Der junge Mann holte tief Luft. »Es ist falsch, General.«

»Unsinn. Sieh mich an. Was siehst du?«

Dagorian betrachtete den weißhaarigen General. Das faltenzerfurchte Gesicht des Weißen Wolfes wirkte wie gegerbtes Leder, von Wüstensonne und Winterwinden gezeichnet. Unter den weißen Brauen waren die Augen hell und strahlend – Augen, die den Untergang von Reichen und das Zerschlagen von Armeen gesehen hatten. »Ich sehe den größten General, den es je gegeben hat«, sagte der jüngere.

Banelion lächelte. Er war ehrlich gerührt von der Zuneigung des Offiziers und dachte einen Augenblick lang an den Vater des Jungen. Die beiden waren so grundverschieden. Catoris war ein kalter, harter Mann gewesen, ehrgeizig und tödlich. Sein Sohn war um vieles liebenswürdiger, loyal und standhaft. Die einzige Tugend, die er mit seinem Vater teilte, war Mut. »Ach, Dagorian, was du sehen solltest, ist ein Mann, der vor zwei Jahren die Siebzig überschritten hat. Aber du siehst nur, was einmal war, mein Junge. Nicht das, was ist. Ich will ehrlich zu dir sein, ich bin enttäuscht. Trotzdem glaube ich nicht, daß der König einen Fehler macht. Wie ich, so werden auch die Soldaten, die zuerst gegen das Ventrische Reich marschiert sind, allmählich alt. Achtzehnhundert Mann über fünfzig. Zweihundert davon sogar schon siebzig und mehr. Der König ist erst fünfunddreißig, und er will über den Großen Fluß setzen und Cadia erobern. Allen Berichten nach wird ein solcher Krieg fünf Jahre und länger dauern. Die Armee muß Wüsten und Gebirge durchqueren, durch Flüsse voller Krokodile waten, sich ihren Weg durch den Urwald freihacken. Für ein solches Unterfangen braucht man junge Männer. Und ein paar der älteren wollen schon längst nach Hause.«

Degorian nahm seinen schwarzgoldenen Helm ab und fuhr geistesabwesend mit der Hand über den weißen Roßhaarbusch. »Ich zweifle nicht daran, daß du mit den älteren Männern recht hast, General. Aber das gilt nicht für dich. Ohne dich wären einige der Schlachten– « Der Weiße Wolf legte mit einer raschen Bewegung einen Finger an die Lippen.

»Alle meine Schlachten sind geschlagen. Jetzt gehe ich nach Hause und genieße meinen Ruhestand. Ich will Pferde züchten und zusehen, wie die Sonne über den Bergen aufgeht. Und ich warte auf Neuigkeiten über die Siege des Königs und werde sie still in meinem Heim feiern. Ich habe Skanda gedient, wie ich seinem Vater gedient habe. Treu und gut, und nach den besten meiner beträchtlichen Fähigkeiten. Jetzt brauche ich etwas frische Luft. Geh mit mir in den Garten.«

Banelion schlang sich seinen Schaffellumhang um die Schultern, stieß die Tür auf und ging in den schneebedeckten Garten hinaus. Der gepflasterte Pfad war nicht mehr zu erkennen, doch die Statuen, die ihn säumten, wiesen ihnen den Weg. Über den knirschenden Schnee wanderten die Männer an dem zugefrorenen Springbrunnen vorbei. Alle Statuen zeigten ventrische Krieger, die wie Wachtposten dastanden und ihre Speere zum Himmel reckten. Der ältere Mann nahm Dagorians Arm und lehnte sich an ihn. »Es ist Zeit, daß du lernst, deine Zunge im Zaum zu halten, junger Mann«, sagte er leise. »Jedes geflüsterte Wort innerhalb des Palastes wird dem König und seinen neuen Ratgebern hinterbracht. Die Wände sind hohl, und die Lauscher schreiben jeden Satz nieder. Verstehst du?«

»Sie spionieren selbst dir hinterher? Das glaube ich nicht.«

»Glaub es ruhig. Skanda ist nicht mehr der Knabenkönig, der uns alle bezauberte. Er ist ein Mann, gnadenlos und ehrgeizig. Er ist entschlossen, die Welt zu erobern. Und wahrscheinlich wird es ihm auch gelingen. Wenn seine neuen Verbündeten so vertrauenswürdig sind, wie er glaubt.«

»Zweifelst du an Prinz Malikada?«

Banelion grinste und führte den jungen Mann um den zugefrorenen See herum. »Ich habe keinen Grund, an ihm zu zweifeln. Oder an seinem Zauberer. Malikadas Kavallerie ist hervorragend diszipliniert, und seine Männer kämpfen gut. Aber er ist kein Drenai, und der König setzt großes Vertrauen in ihn.« Auf der anderen Seite des Sees kamen sie zu einem steinernen Bogen, unter dem die Büste eines gutaussehenden Mannes mit gegabeltem Bart und hoher Stirn stand. »Weißt du, wer das ist?« fragte Banelion.

»Nein, General. Irgendein ventrischer Edelmann?«

»Das ist General Bodasen. Er starb vor dreihundertundfünfzig Jahren. Er war der größte General, den die Ventrier je hatten. Er war es – zusammen mit Gorben – der die Grundlagen für ihr Reich schuf.«

Der alte Mann schauderte und zog seinen Umhang fester um sich. Dagorian betrachtete die weiße Steinbüste genau. »Ich habe die Geschichten gelesen, General. Er wird als arbeitsamer Soldat beschrieben. Gorben soll die Armee zum Sieg geführt haben.«

Banelion lachte leise. »So wie Skanda. Und in den nächsten Monaten wirst du dasselbe über mich hören. So ist der Lauf der Welt, Dagorian. Die siegreichen Könige schreiben die Geschichte. Und jetzt laß uns zurückgehen, die Kälte dringt mir bis ins Mark.«

Zurück im Haus legte Dagorian Holz nach, und der General stellte sich vors Feuer und rieb sich die kalten Hände. »Sag mir«, bat er, »haben sie Bison schon gefunden?«

»Nein, General. Sie durchkämmen die Hurenhäuser.

Der Mann mit dem Loch im Schädel hat das Bewußtsein wieder erlangt. Die Ärzte sagen, er bleibt am Leben.«

»Was für ein Segen. Ich würde den alten Bison nur ungern hängen müssen.«

»Er war von Anfang an bei dir, wie ich höre.«

»Ja, von Anfang an, als der alte König nur ein junger Prinz war und das Königreich zerfallen. Tage des Blutes und des Feuers, Dagorian. Ich möchte sie nicht noch einmal erleben. Bison ist – genau wie ich – ein Relikt jener Tage. Es sind nicht mehr viele von uns übrig.«

»Was wirst du tun, wenn wir ihn finden, General?«

»Zehn Hiebe. Aber bindet ihn nicht an den Pfosten. Das wäre eine Verletzung seiner Würde. Er wird stehenbleiben und es aushalten. Sein Rücken wird blutig sein, aber du wirst keinen Ton von ihm hören.«

»Ich glaube, du magst ihn.«

Banelion schüttelte den Kopf. »Ich kann ihn nicht ausstehen. Er hat die Stärke eines Ochsen und ein ebensolches Hirn. Ich habe noch nie einen aufreizenderen, undisziplinierteren Kerl gesehen. Aber er symbolisiert die Stärke, den Mut und den Willen, der uns durch die ganze Welt geführt hat. Ein Mann, um Berge zu versetzen, Dagorian. Und jetzt ruh dich etwas aus. Wir machen morgen früh weiter.«

»Jawohl, General. Kann ich dir noch etwas Gewürzwein holen, ehe du dich zurückziehst?«

»Wein bekommt mir nicht mehr gut. Warme Milch mit Honig wäre schön.«

Dagorian salutierte, verbeugte sich und ging.

Kapitel zwei

Disziplinarstrafen im Regiment wurden nach einem festen Ritual durchgeführt. Jeder einzelne der zweitausend Männer des Regiments stand in schwarzgoldener Rüstung in einem riesigen Geviert auf dem Kasernengelände. In der Mitte warteten die zwanzig Stabsoffiziere, auf einer Empore hinter ihnen saß der Weiße Wolf. Er trug keine Rüstung, sondern nur eine schlichte Tunika aus grauer Wolle, schwarze Beinkleider und Stiefel. Um seine Schultern lag ein Schaffellumhang mit Kapuze.

Der Morgen war hell und klar, als Bison herausgeführt wurde. Man hatte den schwerfälligen Riesen bis zur Taille ausgezogen, und Dagorian verstand plötzlich den bizarren Spitznamen des Mannes. Sein Kopf war völlig kahl, aber im Nacken und über den massigen Schultern wuchs dichtes, lockiges Haar. Eher ein Bär als ein Bison, dachte Dagorian. Der dunkle Blick des jungen Offiziers wanderte zu den Männern, die an Bisons Seite gingen. Einer von ihnen war Kebra, der berühmte Bogenschütze, der einst das Leben des Königs gerettet hatte, indem er einem ventrischen Lanzenträger einen Pfeil durchs Auge geschossen hatte. Der andere war der blauäugige Schwarze, Nogusta, ein Schwertkämpfer und Jongleur. Dagorian hatte einmal zugesehen, wie er sieben rasiermesserscharfe Dolche in der Luft hielt und sie dann, einen nach dem anderen, auf eine Zielscheibe warf. Sie flogen geradewegs ins Schwarze. Bison tauschte mit jemandem in der ersten Reihe ein Scherzwort.

»Ruhe!« rief ein Offizier.

Bison ging zu dem Auspeitschpfosten und stellte sich neben den hageren, adlergesichtigen Soldaten, der den Befehl erhalten hatte, das Urteil auszuführen. Der Mann sah aus, als wäre ihm unbehaglich, er schwitzte trotz der morgendlichen Kälte.

»Mach einfach, Junge«, sagte Bison freundlich. »Ich nehme es dir nicht übel.« Der Mann lächelte erleichtert.

»Laßt den Gefangenen vortreten«, sagte der Weiße Wolf. Bison marschierte vor und salutierte unbeholfen.

»Hast du noch etwas zu sagen, bevor das Urteil vollstreckt wird?«

»Nein, General!« bellte Bison.

»Weißt du, was an dir Besonderes ist?« fragte der General.

»Nein, General!«

»Absolut nichts«, sagte der Weiße Wolf. »Du bist der undiszipliniierteste Schurke und der schwerfälligste Kerl, der je unter mir gedient hat. Für ein Kupferstück würde ich dich ohne Gewissensbisse hängen. Jetzt geh zum Pfosten. Diese Kälte geht mir durch und durch.« Mit diesen Worten zog er sich die Kapuze über den Kopf und den Umhang fest um sich.

»Jawohl, General!« Bison machte auf dem Absatz kehrt und marschierte wieder zu dem Pfahl. Er legte die Hände darum und hielt sich fest.

Der Mann mit der Peitsche löste den Riemen, der die fünf Enden zusammenhielt und ließ die Peitsche einmal durch die Luft sausen. Dann zuckte er zweimal mit den Schultern und nahm seine Stellung ein. Sein Arm fuhr zurück.

»Halt!« ertönte eine befehlsgewohnte Stimme. Der Soldat erstarrte. Dagorian drehte sich um und sah eine kleine Gruppe Männer auf das Kasernengelände marschieren. Es waren ventrische Offiziere mit goldenen Brustplatten und roten Umhängen. In ihrer Mitte ging Prinz Malikada, der General des Königs, ein großer, schlanker Edelmann, der auserkoren war, die Position des Weißen Wolfes zu übernehmen. An seiner Seite ging sein Champion, der Schwertkämpfer Antikas Karios. Fuchs und Kobra, dachte Dagorian. Beide Männer waren schlank und anmutig, doch Malikadas Kraft lag in seinen Augen, dunkel und finster, glitzernd vor Intelligenz, während Antikas Karios eine körperliche Kraft ausstrahlte, beruhend auf einer unglaublichen Schnelligkeit, die fast unmenschlich war.

Malikada ging zur Empore und verbeugte sich vor dem General. Sein Haar war pechschwarz, doch er hatte sich goldene Strähnen in den Bart färben und ihn mit goldenen Fäden durchflechten lassen. Dagorian beobachtete ihn gespannt.

»Ich grüße dich, General Banelion«, sagte Malikada.

»Das ist nicht gerade der richtige Zeitpunkt für einen Besuch«, erwiderte Banelion. »Aber du bist herzlich willkommen, Prinz.«

»Es ist *genau* der richtige Zeitpunkt, General«, erklärte Malikada mit einem breiten Grinsen. »Einer meiner Männer soll unangemessen bestraft werden.«

»Einer *deiner* Männer?« fragte der Weiße Wolf sanft. Dagorian spürte die Anspannung der anderen Offiziere, aber niemand rührte sich.

»Natürlich einer meiner Männer. Du warst dabei, als der König – gelobt sei sein Name – mich zu deinem Nachfolger ernannte. Wenn ich mich recht erinnere, bist du jetzt ein einfacher Bürger des Reiches auf dem Weg nach Hause zu einem glücklichen Ruhestand.« Malikada fuhr herum. »Und dieser Mann ist angeklagt, einen meiner Offiziere geschlagen zu haben. Das – wie du sicherlich weißt – ist nach ventrischem Gesetz ein Kapitalverbrechen. Er soll gehängt werden.«

Ein zorniges Murmeln lief durch die Reihen. Banelion erhob sich. »Selbstverständlich soll er hängen – wenn er schuldig gesprochen ist«, sagte er mit kalter Stimme. »Aber jetzt ändere ich sein Schuldbekenntnis in nicht schuldig und verlange – in seinem Namen – ein Urteil durch Zweikampf. Das ist Drenai-Gesetz, erlassen vom König persönlich. Möchtest du das abstreiten?« Malikadas Grinsen wurde breiter, und Dagorian erkannte im selben Moment, daß dies genau das war, was der Ventrier wollte. Der Schwertkämpfer Antikas nahm bereits seinen Umhang ab und schnallte seine Brustplatte los.

»Das Gesetz des Königs ist gerecht«, sagte Malikada, hob seinen linken Arm und schnippte mit den Fingern. Antikas trat vor, zog sein Schwert und ließ es im Sonnenlicht glitzern. »Welcher deiner ... früheren ... Offiziere will sich Antikas Karios stellen? Ich hörte, daß dein Adjutant, Dagorian, als ordentlicher Schwertkämpfer gilt.«

»Aber ja«, antwortete Danelion. Dagorian wurde von Furcht gepackt. Er war kein Gegner für den Ventrier. Er schluckte die Galle hinunter, die ihm in die Kehle gestiegen war und bemühte sich, sich seine Gefühle nicht anmerken zu lassen. Als er aufschaute, sah er, daß Antikas Karios ihn anstarrte. In seinem Blick lag keine Spur von Hohn oder Spott. Der Mann starrte ihn einfach an. Das machte es für Dagorian irgendwie nur noch schlimmer. Banelion stand auf und bedeutete Nogusta vorzutreten. Der schwarze Mann ging zur Empore, salutierte und verbeugte sich. »Willst du die Ehre deines Kameraden verteidigen?« fragte der Weiße Wolf.

»Selbstverständlich, mein General.«

Dagorian war ungeheuer erleichtert, und er wurde rot,

als er das leise Lächeln auf dem Gesicht des ventrischen Schwertkämpfers sah.

»Das ziemt sich nicht«, sagte Malikada gewandt. »Ein einfacher Soldat gegen den besten Schwertkämpfer der Welt? Und ein schwarzer Wilder noch obendrein? Das ist irgendwie unziemlich.« Er wandte sich an einen zweiten ventrischen Offizier, einen großen Mann mit langem goldenen Bart, der in waagrechte Wellen gelegt war. »Cerez, willst du uns deine Künste zeigen?«

Der Mann verbeugte sich. Er war breiter in den Schultern als der gertenschlanke Antikas, besaß aber dieselbe Sparsamkeit der Bewegung und die katzengleiche Anmut aller Schwertkämpfer. Malikada sah Banelion an. »Mit deiner Erlaubnis, General, wird dieser Schüler von Antikas Karios seinen Platz einnehmen.«

»Wie du willst«, antwortete Banelion.

Nogusta trat vor. »Möchtest du, daß ich den Mann töte, oder soll ich ihn nur entwaffnen, General?«

»Töte ihn«, sagte Banelion. »Und zwar rasch. Mein Frühstück wartet.«

Beide Männer legten ihre Rüstung und Oberbekleidung ab und traten mit bloßem Oberkörper in die Mitte des Platzes. Nogusta hob sein Schwert zum Gruß. Cerez griff unverzüglich mit einem blitzschnellen Stoß an. Nogusta parierte ihn mühelos. »Das war unhöflich« flüsterte Nogusta, »aber ich werde dich trotzdem sauber töten.«

Ihre Klingen klirrten gegeneinander, als Cerez erneut angriff, sein Krummschwert zuckte mit erstaunlicher Geschwindigkeit. Doch jeder Stoß oder Hieb wurde von dem schwarzen Mann pariert. Cerez fiel zurück. Dagorian beobachtete den Wettkampf gespannt. Der Ventrier war um dreißig Jahre jünger, und er war schnell. Aber an Nogustas kräftiger Gestalt war kein Gramm Fett, und seine ungeheure Erfahrung ermöglichte es ihm, jede

Bewegung seines Gegners zu deuten. Dagorian warf einen Blick auf Antikas Karios. Den dunklen, beschatteten Augen des Champions entging nichts, und er beugte sich vor, um Malikada etwas zuzuflüstern.

Die beiden Krieger umkreisten einander jetzt und suchten eine Lücke in des Gegners Deckung. Der Kampf war schnell, und der schwarze Mann war zwar äußerst geschickt, ermüdete aber sichtlich. Cerez traf ihn beinahe mit einer plötzlichen Riposte, die Klinge sauste dicht an Nogustas Wange vorbei. Plötzlich schien Nogusta zu stolpern. Cerez stieß vor – und in diesem Moment erkannte er, daß er hereingelegt worden war! Nogusta wirbelte gewandt auf dem Absatz herum, alle Anzeichen von Müdigkeit waren verschwunden. Er wich der Klinge aus, und sein Schwert stieß durch den goldenen Bart seines Gegners und tief in dessen Kehle. Cerez taumelte nach vorn, fiel auf die Knie. Blut quoll aus der Wunde. Er ließ sein Schwert fallen und versuchte, den Blutstrom aus seiner Kehle mit den Händen zu stoppen. Langsam fiel er vornüber, zuckte noch einmal, dann lag er still. Nogusta marschierte zurück und verbeugte sich vor dem Weißen Wolf. »Befehl ausgeführt, General.«

Ohne den wütenden Malikada zu beachten, erhob sich der Weiße Wolf. »Der Gefangene ist nicht schuldig«, sagte er. Seine Stimme war klar und fest. »Und da dies mein letzter Augenblick unter euch allen ist, laßt mich euch für die Dienste danken, die ihr dem König unter meinem Befehl geleistet habt. Diejenigen unter euch, die sich für ihren Abschied entschieden haben, finden ein Lager auf der Ebene westlich der Stadt. Wir werden in vier Tagen fertig zum Abmarsch sein. Das ist alles. Wegtreten!«

Als er von der Empore stieg, trat Malikada ihm in den Weg. »Du hast dir heute einen Feind gemacht«, flüsterte er. Der Weiße Wolf hielt inne, dann begegnete er dem Adlerblick des Prinzen.

»Eine unendlich viel bessere Aussicht, als dich zum Freund zu haben«, sagte er.

Der Geburtstag des Königs wurde immer mit außergewöhnlichem Aufwand gefeiert: Boxkämpfe, Pferderennen und magische Vorführungen, um die Menge zu erregen. Speerwerfen, Bogenschießen, Schwertkämpfe und Ringen gehörten ebenfalls dazu, mit großen Preisen für die Gewinner in jeder Sparte. Dieses Jahr versprach noch größeren Prunk, denn es war der fünfunddreißigste Geburtstag des Königs, eine Zahl, die sowohl für Ventrier als auch Drenai von großer mystischer Bedeutung war. Die Festlichkeiten sollten im Königlichen Park mitten in Usa stattfinden, der alten Hauptstadt des alten ventrischen Reiches. Die Stadt war uralt und wurde schon in den ältesten historischen Aufzeichnungen erwähnt. Der Sage nach war sie einst die Heimat der Götter gewesen. Einer dieser Götter sollte den Königlichen Palast in einer einzigen Nacht errichtet haben, indem er riesige Steine allein mit der Kraft seines Willens aufeinandergetürmt hatte.

Hunderte riesiger Zelte waren auf den Wiesen in dem mehrere Tausend Hektar großen Königlichen Park aufgebaut worden, und Scharen von Zimmerleuten arbeiteten seit Wochen daran, Tribünen für die Edelleute zu bauen.

Die hohen Türme der Stadt zeichneten sich vor den Bergen im Osten ab, als Kebra der Bogenschütze sich an einen neuen Zaun lehnte und ernst das Gelände betrachtete, auf dem das Wettschießen abgehalten werden sollte. »Du hättest dich melden sollen«, meinte Nogusta und reichte dem Bogenschützen ein dickes Stück heißer Pastete.

»Wozu?« antwortete Kebra säuerlich und legte seine Mahlzeit achtlos auf den Zaun.

»Du bist der Champion«, erklärte Nogusta. »Es ist dein Titel, um den sie schießen werden.«

Kebra sagte einen Augenblick lang nichts und richtete seinen Blick auf die schneebedeckten Gipfel im Westen. Vor einem Jahr hatte er diese Berge zum ersten Mal gesehen, als König Skanda nach Usa geritten war, um den Thron des Kaisers zu übernehmen, nachdem er die Schlacht am Fluß gewonnen hatte. Jetzt blies ein kalter Wind von diesen grauen Riesen herab, und Kebra schauderte und zog seinen hellblauen Umhang fester um seine schlanke Gestalt. »Meine Augen lassen nach. Ich könnte nicht gewinnen.«

»Nein, aber du wärst dabeigewesen.« Die Worte hingen in der kalten Luft. Eine Gruppe von dreißig Arbeitern ging zum Pavillon des Königs und begann, einen Windschutz aus steifer, purpurroter Seide darum herum aufzuschlagen. Kebra hatte schon bei vielen Gelegenheiten gesehen, wie dieser Pavillon errichtet wurde, und mit einem Stich des Bedauerns erinnerte er sich an das letzte Mal, als er davorgestanden und den Silbernen Pfeil aus der Hand des Königs persönlich entgegengenommen hatte. Skanda hatte ihn jungenhaft angegrinst. »Wird es dir eigentlich nie langweilig zu gewinnen, alter Knabe?« hatte er gefragt.

»Nein, Majestät«, hatte er geantwortet. Er hatte sich umgedreht und der Menge den Silbernen Pfeil gezeigt, und donnernder Jubel hatte sich erhoben. Kebra erschauerte wieder. Er sah in die hellen, undeutbaren Augen des schwarzen Mannes. »Es würde mich demütigen. Willst du das erleben?«

»Das wäre ein guter Grund, um nicht teilzunehmen«, gab Nogusta ihm recht. »Wenn es wirklich der wahre Grund wäre.«

»Was willst du eigentlich von mir?« tobte Kebra. »Glaubst du, hier geht es um eine Frage der Ehre?«

»Nein, nicht der Ehre. Um Stolz. Falschen Stolz, genau gesagt. Ohne Verlierer, Kebra, könnte es überhaupt keine Wettkämpfe geben. Mehr als hundert Bogenschützen werden an dem Turnier teilnehmen. Nur einer kann gewinnen. Von den neunundneunzig Verlierern wird mehr als die Hälfte wissen, daß sie nicht gewinnen können, ehe sie auch nur den ersten Pfeil abgeschossen haben. Doch sie werden es trotzdem versuchen. Du sagst, deine Augen werden schlechter. Ich weiß, daß das stimmt. Aber es ist die Entfernung, die dir Sorgen macht. Zwei der drei Wettbewerbe erfordern Schnelligkeit, Geschick und Talent. Nur der dritte ist ein Weitschuß. Du wärst immer noch unter den ersten zehn.«

Kebra ging von dem Zaun fort. Nogusta folgte ihm. »Wenn der Tag kommt, an dem du nicht mehr die Wahrheit von mir hören willst«, sagte er, »mußt du es nur sagen.«

Der Bogenschütze blieb stehen und seufzte. »Wo liegt die Wahrheit denn hier, Nogusta?«

Der schwarze Mann beugte sich zu ihm vor. »Du würdigst den Wettkampf herab, indem du dich weigerst teilzunehmen. Der neue Sieger wird das Gefühl haben, er hätte den Titel nicht wirklich verdient. Ich fürchte, zum Teil ist das der Grund, weshalb du nicht mitmachen willst.«

»Und wenn schon? Er wird trotzdem hundert Goldstücke bekommen. Er wird trotzdem vom König geehrt und auf den Schultern der Masse durch den Park getragen werden.«

»Aber er hat den legendären Kebra nicht besiegt. Ich kann mich noch gut an deine Freude erinnern, als du vor fünfzehn Jahren den Silbernen Pfeil aus Menions Händen entgegennahmst. Er war so alt wie du jetzt, als er gegen dich im Finale antrat. Und du hast ihn zum Schluß nur geschlagen, als es um das Weitschießen ging. Könnte es sein, daß auch seine Augen nachgelassen hatten?«

Bison kam zu ihnen herübergeschlendert. »Wird ein toller Tag«, sagte er und wischte sich ein paar Krümel aus dem weißen Schnurrbart. »Der ventrische Zauberer, Kalizkan, hat eine Vorstellung versprochen, die man niemals wieder vergißt. Ich hoffe, er beschwört einen Drachen. Ich wollte schon immer mal einen Drachen sehen.« Der kahle Riese sah von einem zum anderen. »Was ist los? Habe ich was verpaßt?«

»Gar nichts«, sagte Nogusta. »Wir führten nur gerade eine philosophische Debatte.«

»Das hasse ich«, erklärte Bison. »Dabei verstehe ich nie ein Wort. Schön, daß ich das verpaßt habe. Übrigens habe ich mich beim Ringen eingetragen. Ich hoffe, ihr zwei jubelt mir zu.«

Nogusta lachte leise. »Macht dieser große Stammesangehörige dieses Jahr wieder mit?«

»Natürlich.«

»Er hat dich letztes Jahr bestimmt fünf Meter weit geworfen. Es war dein Glück, daß du auf dem Kopf gelandet bist und dir so keine Verletzungen zugezogen hast.«

Bison sah ihn finster an. »Er hat mich überrascht. Dieses Jahr schaffe ich ihn – wenn wir gegeneinander antreten müssen.«

»Wie oft hast du an diesem Wettbewerb teilgenommen?« fragte Kebra.

»Keine Ahnung. Fast jedes Jahr. Vielleicht dreißigmal.«

»Glaubst du, du wirst diesmal gewinnen?«

»Natürlich. Ich war noch nie stärker.«

Nogusta legte Bison eine Hand auf die massige Schulter. »Es bekümmert dich gar nicht, daß du seit dreißig

Jahren genau dasselbe sagst? Und trotzdem bist du nie auch nur ins Viertelfinale gekommen.«

»Warum sollte es?« fragte Bison zurück. »Jedenfalls bin ich einmal ins Viertelfinale gekommen, weißt du noch? Das war während des Skathischen Feldzugs. Ich wurde von Coris besiegt.« Er grinste. »Erinnerst du dich an ihn? Großer, blonder Bursche. Starb bei der Belagerung von Mellicane.«

»Du hast recht«, sagte Nogusta. »Coris verlor im Halbfinale. Ich erinnere mich, daß ich Geld auf ihn gesetzt und verloren habe.«

»Ich habe am Geburtstag des Königs noch nie Geld verloren«, sagte Bison fröhlich. »Ich setze immer auf dich, Kebra.« Sein Lächeln schwand, und er fluchte. »Das wird das letzte Jahr, in dem du alle meine Schulden aus dem Winter bezahlst.«

»Nicht dieses Jahr, mein Freund«, sagte Kebra. »Ich mache nicht mit.«

»Ich dachte, du könntest es vielleicht vergessen«, sagte Bison, »also habe ich selbst dich eingetragen.«

»Sag mir, daß das ein Scherz ist«, sagte Kebra kalt.

»Ich mache nie Scherze über meine Schulden. Solltest du nicht da draußen sein und üben?«

Die Menschenmenge begann zusammenzuströmen, als Dagorian auf die Wiese hinausschlenderte. Er fühlte sich in voller Rüstung unbehaglich, die verzierte schwarzgoldene Brustplatte hing schwer von seinen schmalen Schultern. Ich muß zumindest nicht den schweren Helm mit dem Roßhaarbusch tragen, dachte er. Die Wangenschützer zerkratzten ihm das Gesicht, und trotz der gepolsterten Kappe, die er darunter trug, saß der Helm nicht richtig. Einmal, als der König ihn gerufen hatte, hatte sich Dagorian zu rasch umgedreht, und der Helm war auf seinem Kopf verrutscht und der linke Wangenschutz hatte plötzlich auf seinem linken Auge gesessen. Alle hatten gelacht. Dagorian hatte nie Soldat werden wollen, aber wenn der Vater ein heldenhafter General war – und schlimmer noch, ein toter heldenhafter General, dann blieb dem Sohn kaum eine Wahl.

Und er hatte noch Glück gehabt. Der Weiße Wolf hatte ihn in seinen Stab aufgenommen und viel Zeit darauf verwendet, dem Jüngling Taktik und Logistik beizubringen. Und obwohl Dagorian das Soldatenleben keinen Spaß machte, entdeckte er, daß er ein Talent dafür besaß, und das machte das Leben in den Feldzügen wenigstens einigermaßen erträglich.

Die Vorbereitungen für den Geburtstag des Königs waren jetzt abgeschlossen, und in der nächsten Stunde würden die Massen durch die Tore strömen. Der Himmel war klar, der neue Tag nicht so kalt wie der vorige. Der Frühling nahte. Nur abends fiel die Temperatur noch unter den Gefrierpunkt. Dagorian sah die drei alten Krieger, die sich am Zaun unterhielten. Er schlenderte zu ihnen hinüber. Als er näherkam, ging Kebra der Bogenschütze davon. Er sieht wütend aus, dachte Dagorian. Der schwarze Schwertkämpfer sah Dagorian näherkommen und salutierte.

»Guten Morgen, Nogusta«, sagte der Offizier. »Du hast gestern gut gekämpft.«

»Das tut er nun mal«, sagte Bison mit einem breiten Grinsen, das seine Zahnlücken sehen ließ. »Du bist der Sohn von Catoris, nicht wahr?«

»Ja.«

»Guter Mann«, sagte Bison. »Er konnte sich immer auf die Dritten Lanzenträger verlassen, wenn er das Kommando hatte. Er war aber auch ein harter Bastard. Zehn Hiebe habe ich gekriegt, als ich nicht schnell genug salutierte. Trotzdem, echt von Adel.« Er drehte sich zu Nogusta herum. »Noch ein Stück Pastete?« Der schwarze Mann schüttelte den Kopf, und Bison stapfte davon zu einem der Imbißzelte.

Dagorian grinste. »Hat er meinen Vater gerade gelobt oder beleidigt?« fragte er.

»Etwas von beidem«, meinte Nogusta.

»Ein ungewöhnlicher Mann.«

»Bison oder dein Vater?«

»Bison. Nimmst du an einem der Wettkämpfe teil?«

»Nein«, antwortete der schwarze Mann.

»Warum nicht? Du bist ein hervorragender Schwertkämpfer.«

»Ich spiele nicht mit Schwertern. Und du?«

»Ja«, antwortete Dagorian. »Beim Säbelturnier.«

»Dann stehst du Antikas Karios im Finale gegenüber.«

Dagorian sah überrascht aus. »Woher willst du das wissen?«

Nogusta hob die Hand und legte sie an die Stirn. »Ich habe das Dritte Auge«, sagte er.

»Und was ist das?«

Der schwarze Mann lächelte. »Es ist eine Gabe – oder vielleicht ein Fluch – mit dem ich geboren bin.«

»Gewinne oder verliere ich?«

»So präzise ist die Gabe nicht«, erklärte Nogusta lächelnd. »Sie schlägt zu wie der Blitz und hinterläßt ein Bild. Ich kann sie weder vorhersagen noch steuern. Sie kommt oder…« Sein Lächeln schwand, und seine Miene wurde hart. Dagorian betrachtete ihn gespannt. Es sah aus, als ob er sich der Gegenwart des Offiziers nicht mehr bewußt wäre. Dann seufzte er. »Es tut mir leid«, sagte er. »Ich war momentan abgelenkt.«

»Du hattest noch eine Vision?« fragte Dagorian.

»Ja.«

»Über das Säbelturnier?«

»Nein. Ich bin sicher, du wirst dich gut schlagen. Sag mir, wie geht es dem Weißen Wolf?« fragte er plötzlich.

»Es geht ihm gut, und er bereitet die Heimreise vor. Warum fragst du?«

»Malikada wird versuchen ihn umzubringen.« Die Worte waren leise, doch bestimmt gesprochen. Er äußerte keine Meinung, sondern stellte eine Tatsache fest.

»Hast du das gesehen?«

»Ich brauche keine mystische Gabe, um diese Vorhersage zu machen.«

»Dann denke ich, daß du unrecht hast«, sagte Dagorian. »Malikada ist jetzt der General des Königs. Banelion steht ihm nicht im Wege. Tatsächlich wird er in drei Tagen nach Hause marschieren, um sich zur Ruhe zu setzen.«

»Trotzdem ist sein Leben in Gefahr.«

»Vielleicht solltest du mit dem General darüber sprechen?« schlug Dagorian steif vor.

Nogusta zuckte die Achseln. »Nicht nötig. Er weiß es ebenso gut wie ich. Cerez war Malikadas Liebling. Er hielt ihn beinahe für unbesiegbar. Gestern hat er eine harte Lektion gelernt. Er will Rache.«

»Wenn das stimmt, wird er nicht auch versuchen, sich an dir zu rächen?«

»Allerdings«, gab Nogusta zu.

»Du scheinst bemerkenswert ungerührt von dieser Aussicht.«

»Der Schein trügt manchmal«, erklärte Nogusta.

Der Vormittag verging, und die Worte Nogustas verfolgten den jungen Offizier immer noch. Sie waren mit einer solch ruhigen Gewißheit gesprochen – je mehr Dagorian darüber nachdachte, um so überzeugter war er, daß sie der Wahrheit entsprachen. Malikada galt als nachtragend. Unter den Offizieren der Drenai kursierten viele Geschichten über den ventrischen Prinzen und seine Methoden. Einer Geschichte zufolge hatte Malikada einmal einen Diener zu Tode geprügelt, weil dieser ihm ein Hemd ruiniert hatte. So weit Dagorian wußte, gab es keinen Beweis für dieses Gerücht, aber es unterstrich die allgemeine Ansicht über Malikada.

Ein solcher Mann würde allerdings seinen Groll gegen Banelion hegen.

Da er noch mindestens zwei Stunden Zeit hatte, ehe sein Dienst begann, beschloß Dagorian, den General aufzusuchen. Er liebte den alten Mann auf eine Weise, wie er seinen eigenen Vater nie hatte lieben können. Er hatte oft versucht herauszufinden, woran das lag, aber nie eine Antwort finden können. Beide waren harte, kalte Männer, dem Krieg und seinen Methoden verfallen. Und doch konnte er in Banelions Gegenwart entspannen, die Worte kamen ihm leicht über die Lippen, die Unterhaltung verlief glatt. Bei seinem Vater wurde ihm die Kehle eng, sein Gehirn schmolz zusammen. Sein Verstand schickte klare, zusammenhängende Gedanken zu seinem Mund, doch sie schienen unterwegs betrunken zu werden und kamen als – so schien es ihm wenigstens selbst – stotternder Unsinn heraus.

»Spuck es aus, Junge!« pflegte Catoris dann zu sagen. Dann versiegten die Worte ganz, und Dagorian stand ganz still und kam sich ausgesprochen töricht vor.

In seinem ganzen Leben konnte er sich nur an einen einzigen Moment erinnern, in dem sein Vater ihm Zuneigung gezeigt hatte. Und das war nach dem Duell. Ein Edelmann namens Rogun hatte Dagorian herausgefordert. Es war alles so albern. Eine junge Frau hatte ihn angelächelt, und er hatte die Geste erwidert. Der Mann, der bei ihr war, stürmte über die Straße. Er schlug Dagorian ins Gesicht und forderte ihn heraus.

Sie hatten sich am nächsten Morgen bei Sonnenaufgang auf dem Paradegelände der Kavallerie getroffen. Catoris war dabei gewesen. Er beobachtete den Kampf mit ausdrucksloser Miene, aber als Dagorian den Todesstoß versetzte, lief er herbei und umarmte ihn unbeholfen. Jetzt dachte er mit Bedauern daran, denn statt die Umarmung zu erwidern, hatte er sich zornig losgemacht und sein Schwert fortgeworfen. »So etwas Dummes!« wütete er. »Er ließ sich töten wegen eines Lächelns!«

»Es war ein Ehrenduell«, entgegnete sein Vater lahm. »Du solltest stolz sein.«

»Mir ist schlecht«, sagte Dagorian.

Am nächsten Tag war er in das Kloster von Corteswain eingetreten, um sein Leben der QUELLE zu weihen.

Als sein Vater bei Mellicane fiel, bei einem Angriff, der das Leben des Königs rettete, hatte Dagorian einen ungeheuren Kummer verspürt. Er zweifelte nicht daran, daß sein Vater ihn liebte oder daß er seinen Vater liebte. Aber – abgesehen von dieser einen Umarmung – waren die beiden nie in der Lage gewesen, einander ihre Zuneigung zu zeigen.

Dagorian schüttelte die Erinnerungen ab und ging zum Tor, vor dem die Menschenmenge geduldig wartete. Sie teilte sich und jubelte, als der ventrische Zauberer Kalizkan eintrat. Groß und würdevoll, in einer Robe aus silbernem, golddurchwirktem Seidenstoff, lächelte der Zauberer mit dem silbergrauen Bart, winkte, blieb hier und dort stehen, um mit den Leuten in der Menge zu sprechen. Sechs kleine Kinder blieben dicht bei ihm und hielten sich an den Fransen seines Gürtels fest. Er blieb vor einer jungen Frau mit zwei Kindern stehen. Sie trug die schwarze Leibbinde einer kürzlich Verwitweten, und die Kinder sahen dünn und unterernährt aus. Kalizkan beugte sich zu ihr und legte seine Hand auf die billige Blechbrosche, die sie an ihrem zerlumpten Kleid trug. »Ein hübsches Stück«, sagte er, »aber für eine so traurige Dame sollte es aus Gold sein.« Licht tanzte von seinen Fingern, und die Brosche glitzerte im Sonnenschein. Wo sie steckte, ließ das schiere Gewicht des Goldes das Kleid herunterrutschen. Die Frau fiel auf die Knie und küßte den Saum von Kalizkans Gewand. Dagorian lächelte. Solche Taten hatten den Zauberer beim Volk beliebt gemacht. Er hatte auch sein geräumiges Haus im Nordviertel zu einem Waisenhaus gemacht und verbrachte einen großen Teil seiner Freizeit, indem er die Armenviertel durchstreifte und verlassene Kinder aufsammelte und in sein Haus brachte.

Dagorian war ihm nur einmal begegnet – er war ihm im Palast zusammen mit zwanzig anderen neuen Offizieren vorgestellt worden. Aber instinktiv mochte er den Mann. Der Zauberer winkte der Menge ein letztes Mal zu und führte seine Kinder in den Park. Dagorian verbeugte sich, als er herankam.

»Guten Morgen, junger Dagorian«, sagte Kalizkan. Seine Stimme war seltsam hoch. »Ein schöner Tag, und nicht zu kalt.«

Der Offizier war überrascht, daß Kalizkan sich an seinen Namen erinnerte. »Wohl wahr, Herr. Man sagte mir, daß du eine wunderbare Vorstellung für den König vorbereitet hast.«

»Die Bescheidenheit verbietet es mir, damit zu prahlen, Dagorian«, sagte Kalizkan mit einem schelmischen Grinsen. »Aber meine kleinen Freunde und ich werden sicherlich etwas Besonderes versuchen. Stimmt das nicht?« fragte er, kniete nieder und fuhr einem kleinen Jungen durch das blonde Haar.

»Ja, Onkel. Wir machen den König sehr glücklich«, sagte das Kind.

Kalizkan erhob sich und strich seine silberne Robe glatt. Sie paßte in der Farbe genau zu seinem langen dünnen Bart und unterstrich das Himmelblau seiner Augen. »Nun, dann kommt, meine Kinder«, sagte er. Der große Zauberer winkte Dagorian zum Abschied zu und ging davon.

Dagorian wanderte durch das Tor hinaus und über die Straße zu den Ställen, in denen die Pferde der Offiziere standen. Er sattelte seinen kastanienbraunen Wallach und ritt zum Lager des Weißen Wolfes, das im Westen vor der Stadt lag. Das Lager selbst war weitgehend verlassen, da die meisten Männer bei den Geburtstagsfeierlichkeiten waren, aber eine Handvoll Wachtposten waren da, von denen zwei vor dem großen schwarzen Zelt Banelions standen. Dagorian stieg ab und ging auf die Männer zu.

»Empfängt der General Besucher?« fragte er. Einer der Wachtposten hob die Zeltklappe und trat ein. Nur einen Augenblick später kam er zurück.

»Er wird dich empfangen, Hauptmann«, sagte er und salutierte.

Der Wachmann hob die Klappe für Dagorian, der hindurchschlüpfte. Der Weiße Wolf saß an einem Klapptisch und studierte Landkarten. Er sah alt und zerbrechlich aus. Dagorian verbarg seine Sorge und salutierte. Banelion lächelte. »Was führt dich heute her, mein Junge? Ich dachte, du hättest Dienst im Park.«

Dagorian erzählte ihm leise von seinem Gespräch mit Nogusta. Der Weiße Wolf lauschte schweigend, seine Miene war nicht zu deuten. Als der junge Mann geendet hatte, winkte er ihn zu einem Stuhl heran. Banelion saß einen Augenblick schweigend, dann beugte er sich vor. »Versteh mich nicht falsch, Dagorian, aber ich möchte, daß du das mit der Warnung vergißt. Und jetzt wollen wir uns verabschieden, denn du darfst nicht mehr in meine Nähe kommen.«

»Du glaubst also, es ist wahr, General?«

»Ob wahr oder falsch, das darf dich nicht kümmern. Du bleibst hier und wirst Malikada dienen wie du mir gedient hast – mit Loyalität und Ehre.«

»Das könnte ich nicht, wenn er für deinen Tod verantwortlich wäre, mein General.«

»Ich bin nicht mehr *dein* General. Das ist Malikada!« fauchte Banelion. Seine Miene wurde weich. »Aber ich bin dein Freund. Was zwischen Malikada und mir vorgeht, darum muß ich mich kümmern. Es hat nichts damit zu tun, wie du zum General des Königs stehst. Wir reden hier nicht über Freundschaft, Dagorian, sondern über Politik. Mehr noch, wir reden vom Überleben. Ich kann Feinde wie Malikada tolerieren. Du nicht.«

Dagorian schüttelte den Kopf. »Und du sprichst von Ehre, General? Wie sollte ich einen Mann ehren, der meinen Freund ermordet?«

»Versuch es zu verstehen, mein Junge. Vor zwei Jahren befehligte Malikada eine Armee, die Drenai-Soldaten tötete. Er stellte sich dem König in zwei Schlachten und tat sein möglichstes, um ihn zu töten. Als die letzte Stadt fiel, erwarteten wir alle, daß Malikada hingerichtet würde. Skanda hingegen machte ihn zu seinem Freund. Und er hat sich als bemerkenswerter Verbündeter erwiesen. Das ist Skandas großes Talent. Die Hälfte seiner Armee besteht aus ehemaligen Feinden. Deshalb hat er das Reich erobert, und deshalb wird er es halten. Drei von Skandas engsten Freunden wurden von Malikada und seinen Männern getötet – eingeschlossen dein Vater. Und doch ehrt Skanda ihn. Falls es Malikada gelingt, mich zu töten, wird es für den König keine Rolle spielen, denn ich gehöre zum Gestern, Malikada zum Heute. Darum darf es auch für dich keine Rolle spielen.«

Der Weiße Wolf schwieg. Dagorian ergriff die Hand des alten Mannes. »Ich bin nicht der König. Ich bin nicht mal aus freien Stücken Soldat. Und ich kann nicht so denken, wie du es von mir erwartest. Ich will nichts weiter, als dich am Leben zu sehen.«

»Viele Männer haben versucht, mich zu töten, Dagorian. Ich bin noch immer da.« Banelion erhob sich. »Und jetzt geh zurück zu den Festlichkeiten.«

Dagorian ging zum Zelteingang. Dort drehte er sich noch einmal um. »Danke, General, für alles, was du für mich getan hast.«

»Und du für mich«, antwortete Banelion. »Lebwohl.«

Vor dem Zelt rief Dagorian die Wächter zu sich. Beide waren ältere Männer, deren Bärte schon graugesprenkelt waren. »Das Leben des Generals ist in Gefahr«, erklärte er leise. »Paßt gut auf Fremde auf. Und wenn er das Lager aus irgendeinem Grunde verläßt, stellt sicher, daß jemand dicht bei ihm ist.«

»Wir wissen es, Hauptmann. Sie kriegen ihn nicht, solange wir am Leben sind«, sagte der erste.

Dagorian stieg in den Sattel und ritt durch die Stadt zurück. Er ließ sein Pferd bei den Ställen und schloß sich der letzten Menge an, die durch die offenen Tore strömte. Er war über eine Stunde weggewesen, und einige der Veranstaltungen hatten schon begonnen. Er bahnte sich seinen Weg zum Königlichen Pavillon und schloß sich der Wache wieder an.

Das Ringen war in vollem Gange. Mehr als vierzig Paare von Wettkämpfern rangen miteinander, und die Menge jubelte laut. Dagorian sah, wie der Riese Bison einen Gegner aus dem Kreis schleuderte. Weiter links hatte das Schießturnier ebenfalls angefangen. Zweihundert Bogenschützen zielten auf strohgefüllte Ziele.

Dagorian warf einen Blick auf die Edelleute, die um den König herumsaßen. Malikada saß neben Skanda. Der König sah in seiner Rüstung aus poliertem Eisen großartig aus. Sie war bar jeglicher Verzierung und schimmerte wie Silber. Skanda lachte und deutete auf einen der Ringkämpfer. Dagorians Blick folgte ihm nicht, sondern blieb auf Skandas Profil geheftet. Der König war ein gutaussehender Mann. Sein goldenes Haar, jetzt von silbernen Strähnen durchzogen, glänzte im Sonnenlicht wie eine Löwenmähne. Das war der Mann, der den Großteil der Welt erobert hatte. Neben der kraftvollen Gestalt Skandas wirkte der ventrische Prinz Malikada beinahe zart. Beide Männer lachten jetzt.

Zwei Reihen hinter dem König saß die schwangere Königin, Axiana. Heiter und von außergewöhnlicher Schönheit schien sie kein Interesse an den Darbietungen zu haben. Als Tochter des ventrischen Kaisers, den Skanda abgesetzt hatte, sollte die Ehe mit ihr Skandas Anspruch auf den Thron festigen. Dagorian fragte sich, ob der König sie liebte. Ein alberner Gedanke, schalt er sich. Wer würde Axiana nicht lieben? Weiß gekleidet, das dunkle Haar mit Silberfäden durchflochten, war sie – trotz des fortgeschrittenen Stadiums ihrer Schwangerschaft – ein Anblick von fesselnder Schönheit. Plötzlich sah sie Dagorian an, und er blickte schuldbewußt weg.

Der Duft von gebratenem Fleisch drang aus dem riesigen Zelt hinter dem Pavillon. Bald würden die Wettkämpfe für eine Stunde unterbrochen, damit die Adeligen essen und trinken konnten. Dagorian ging zurück, um die Wachtposten um das Zelt herum zu überprüfen. Sechzig mit Speeren ausgerüstete Männer warteten dort. Sie nahmen Haltung ein, als der junge Offizier näherkam. »Nehmt eure Plätze ein«, befahl er. Bis auf vier Männer stellten sich alle um das Zelt herum auf. Dagorian führte die letzte Gruppe zum Eingang hinter dem Pavillon.

»Zieh den Kinnriemen straff«, befahl er einem der Männer.

»Jawohl, Hauptmann. Tut mir leid.« Er reichte einem Kameraden seinen Speer und band hastig den Kinnriemen fest.

»Haltung und Stillschweigen, bis der letzte der Gäste aus dem Pavillon zurückkehrt. Ihr seid die Königliche Garde. Eure Disziplin ist legendär.«

»Jawohl, Hauptmann!« antwortete sie im Chor.

Dagorian trat ins Zelt. Ringsherum waren Tische mit Eßwaren aufgebaut worden, und eine Schar von Bediensteten wartete mit Tabletts, auf denen Becher mit Wein standen. Dagorian winkte die Diener heran, und sie flankierten in zwei Reihen den Eingang. Trompeten ertönten im Park. Dagorian stellte sich hinter die erste Linie von Bediensteten und wartete. Nach wenigen Augenblicken kamen der König und die Königin herein, gefolgt von Skandas Generälen und Edelleuten.

Sofort verschwand die lautlose Spannung im Zelt, als Wein serviert wurde und die Gäste sich ihren Weg zum Buffet bahnten. Dagorian entspannte sich und gestattete sich noch einen Blick auf das Wunder, das Axiana hieß. Ihre Augen waren dunkelblau, eine Farbe wie der Himmel kurz nach Sonnenuntergang. Aber es waren traurige Augen, dachte er. In seinem jungen Leben hatte Dagorian noch nicht viel über den Status von Frauen nachgedacht, aber jetzt fragte er sich, was die Königin wohl empfunden hatte, als man ihr befahl, den Mann zu heiraten, der ihrem Vater das Reich genommen hatte. Hatten sie und ihr Vater sich nahegestanden? Hatte sie als Kind auf seinen Knien gesessen und an seinem Bart gezupft? Hatte er sie verwöhnt? Dagorian schob solche Gedanken beiseite und wollte gerade gehen, als ein junger ventrischer Offizier auf ihn zukam. Der Mann machte eine leichte, fast verächtliche Verbeugung. »Prinz Malikada hätte dich gern auf ein Wort gesprochen, Hauptmann«, sagte der Mann.

Dagorian ging zu Malikada hinüber. Der ventrische Prinz trug eine schwarze Tunika mit einem aufgestickten silbernen Falken auf der Schulter, und in seinen Bart waren passend dazu silberne Fäden geflochten. Er lächelte freundlich, als Dagorian näherkam und streckte seine Hand aus. Sein Händedruck war fest und trocken. »Du warst Banelions Adjutant, und wie ich höre, hast du deine Aufgaben tüchtig und entschlossen erledigt.«

»Danke, General.«

»Ich habe meinen eigenen Adjutanten, Dagorian, aber ich wollte dich wissen lassen, daß ich deine Fähigkeiten schätze, und daß ich an dich denken werde, wenn sich eine passende Gelegenheit für eine Beförderung ergibt.«

Dagorian verbeugte sich und wollte schon wieder gehen, als der Prinz weitersprach. »Du mochtest Banelion?«

»Mögen? Er war mein General«, antwortete Dagorian, auf der Hut. »Ich habe ihn wegen seiner großen Fähigkeiten geachtet.«

»Ja, natürlich. Zu seiner Zeit war er ein herausragender Gegner. Aber jetzt ist er alt und verbraucht. Wirst du mir mit der gleichen Hingabe dienen?«

Dagorian merkte, daß sein Herz schneller schlug. Er blickte in Malikadas dunkle, kalte Augen und sah dort wieder die zornige Intelligenz. Es hätte keinen Sinn, diesen Mann direkt anlügen zu wollen. Er würde es sofort merken. Dagorians Mund war trocken, aber seine Worte kamen klar und deutlich. »Ich bin im Dienste des Königs verpflichtet, General. Du bist der General des Königs. Jeder Befehl, den du mir erteilst, wird nach meinen besten Fähigkeiten ausgeführt.«

»Mehr kann man nicht verlangen«, sagte Malikada. »Jetzt kannst du gehen. Antikas Karios wird deine Pflichten hier übernehmen.« Mit diesen Worten lächelte er und drehte sich um.

Dagorian machte kehrt und prallte fast mit der hochschwangeren Königin zusammen. »Ich bitte um Verzeihung, Herrin«, stotterte er. Sie lächelte ihn abwesend an und ging an ihm vorbei. Dagorian, der sich vorkam wie ein Tolpatsch, verließ das Zelt und wanderte zurück in den Park.

Tausende von Menschen schlenderten über das Gras oder saßen auf Decken und verzehrten ihr mitgebrachtes Picknick. Soldaten und Athleten übten für ihre Wettkämpfe, Pferdetrainer ließen ihre Pferde laufen, damit sie für die bevorstehenden Rennen warm waren. Dagorian sah sich nach Sternenfeuer um, dem Pferd des Königs. Es nahm immer an den Rennen teil und hatte noch nie verloren. Aber als er die Pferde musterte, stellte er fest, daß der große schwarze Wallach nicht unter den Tieren war, die vorbereitet wurden. Er schlenderte zu einem der Stallknechte und erkundigte sich nach dem Pferd.

»Lungenpest«, sagte der Mann. »Verdammt schade. Aber schließlich wird er allmählich alt. Muß mindestens achtzehn sein.«

Dagorian war traurig, das zu hören. Jedes Kind der Drenai kannte Sternenfeuer. Der Vater des Königs hatte ihn für eine märchenhafte Summe gekauft, und er hatte Skanda in alle größeren Schlachten getragen. Jetzt lag er im Sterben. Das muß Skanda das Herz brechen, dachte er.

Erleichtert, daß er von seinen Pflichten befreit war, ging er zurück zur Ruhezone der Offiziere und legte seine Rüstung ab. Dann befahl er einem jungen Cul, sie zurück in seine Kammer zu bringen. Anschließend schlenderte er hinaus, um sich an dem Fest zu erfreuen. Die Aussicht, Malikadas Adjutant zu werden, war ihm verhaßt gewesen, und er war dankbar, daß ihm diese Aufgabe erspart blieb. Ich hätte mit dem Weißen Wolf nach Hause gehen sollen, dachte er plötzlich. Ich hasse das Soldatsein. Während sein Vater ein lebender Held gewesen war, hatte Dagorian das Docische Kloster in Corteswain besucht und dort studiert, um Priester zu werden. Dort war er glücklich gewesen, sein Lebensstil war bescheiden und beinahe gelassen gewesen.

Dann war sein Vater gestorben, und die Welt hatte sich verändert.

Als er durch die Menge ging, sah er Nogusta im Gras. Bison lag ausgestreckt neben ihm. Der kahle Riese hatte ein geschwollenes Auge und einen blutunterlaufenen Fleck auf dem Wangenknochen. Dagorian gesellte sich zu ihnen. »Wie läuft es für dich?« fragte er Bison.

»Viertelfinale«, antwortete der Riese, setzte sich auf und unterdrückte ein Stöhnen. »Das ist mein Jahr.«

Dagorian bemerkte die starken Prellungen und die offensichtliche Müdigkeit des Mannes und verbarg seine Skepsis. »Wie lange dauert es bis zu deinem nächsten Kampf?«

Bison zuckte die Achseln und sah Nogusta an. »Eine Stunde«, antwortete der schwarze Mann. »Dann kämpft er gegen den Stammeskrieger, gegen den er im vergangenen Jahr verloren hat.«

»Diesmal schaffe ich ihn«, sagte Bison erschöpft. »Aber zuerst mache ich wohl ein Nickerchen.« Der Riese legte sich zurück und schloß die Augen. Nogusta deckte ihn mit seinem Umhang zu und stand auf.

»Du hast den General gesehen?« fragte er Dagorian.

»Ja.«

»Er sagte doch, du solltest dich von ihm fernhalten.«

»Du hast eine große Gabe.«

Nogusta lächelte. »Nein, das war einfach nur gesunder Menschenverstand. Er ist ein kluger Mann. Malikada ist nicht so klug. Aber das ist bei ehrgeizigen Männern oft der Fall. Sie glauben mit der Zeit an die Sagen über ihr eigenes Schicksal. Sie glauben, daß sie auf alles, was sie begehren, auch ein Anrecht haben. Erwählt von der QUELLE.«

»Der QUELLE wird für viele Dinge Lob und Schande zuteil«, meinte Dagorian. »Bist du gläubig?«

»Ich wäre es gern«, gestand Nogusta. »Es würde das Leben sicherlich vollständiger machen, wenn man an einen großen Plan für das Universum glauben könnte. Wenn wir sicher sein könnten, daß böse Menschen ihre Strafe erhielten. Ich fürchte jedoch, daß das Leben so einfach nicht ist. Kluge Männer sagen, daß das Universum sich in einem Zustand ewigen Krieges befindet, in einer Schlacht zwischen der QUELLE und den Kräften des Chaos. Wenn das stimmt, befehligt das Chaos den größten Teil der Kavallerie.«

»Du bist ein Zyniker«, sagte Dagorian.

»Ich glaube nicht. Ich bin einfach nur alt und habe zuviel gesehen.«

Die beiden Männer setzten sich neben den schlafenden Bison. »Wie kommt es, daß ein schwarzer Mann in der Armee von Drenan dient?« fragte Dagorian.

»Ich bin Drenai«, antwortete Nogusta. »Mein Urgroßvater war ein phocischer Seemann. Er wurde auf See gefangengenommen, und die Drenai machten ihn zum Sklaven. Nach sieben Jahren wurde er freigelassen und verdingte sich als Diener. Später kehrte er in seine Heimat zurück und heiratete und brachte seine Frau zurück nach Drenan. Ihr erster Sohn machte es ebenso und brachte meine Großmutter auf unsere Ländereien in Ginava.«

»Ländereien? Deine Familie hat sich viel erarbeitet.«

»Meine Familie hatte ein Talent, mit Pferden umzugehen«, erklärte Nogusta. »Mein Urgroßvater züchtete Pferde für die Kavallerie des alten Königs. Das hat uns damals reich gemacht.«

»Aber ihr seid nicht mehr reich?«

»Nein. Ein Drenai-Edelmann wurde eifersüchtig auf unseren Erfolg und setzte bei den Dörflern Gerüchte über uns in Umlauf. Eines Nachts verschwand ein Kind. Er machte ihnen weis, wir hätten das Mädchen für ein abstoßendes Opferritual geraubt. Unser Haus wurde bis auf die Grundmauern niedergebrannt und alle Mitglieder meiner Familie niedergemetzelt. Das Mädchen war natürlich nicht dort. Später stellte sich heraus, es war in die Berge gelaufen und dann einen steilen Hang hinuntergestürzt, wobei es sich ein Bein brach.«

»Wie kommt es, daß du nicht zusammen mit deiner Familie umgebracht wurdest?«

»Ich war losgegangen, um das Kind zu suchen. Als ich mit ihm zurückkehrte, war alles vorbei.«

Dagorian blickte in Nogustas seltsame blaue Augen. Er konnte keinerlei Gefühle darin lesen. »Hast du Rechenschaft verlangt?« fragte er. Nogusta lächelte.

»Zwölf Dorfbewohner wurden gehängt.«

»Und der Edelmann?«

»Er hatte Freunde an höchsten Stellen und wurde nicht einmal verhaftet. Trotzdem floh er nach Mashrapur und heuerte vier Schwertkämpfer als ständige Leibwache an. Er lebte in einem Haus hinter hohen Mauern und ließ sich nur selten in der Öffentlichkeit sehen.«

»Also wurde er nie vor Gericht gestellt?«

»Nein.«

»Was ist aus ihm geworden? Weißt du das?«

Nogusta wandte einen Augenblick die Augen ab. »Irgend jemand kletterte über seine Mauern, erschlug seine Leibwächter und schnitt ihm das Herz heraus.«

»Ich verstehe.« Eine Weile schwiegen beide Männer. »Freust du dich darauf, nach Hause zu gehen?« fragte Dagorian.

Der schwarze Mann zuckte die Achseln. »Ich bin des ewigen Krieges müde. Was erreicht man damit? Als der alte König gegen den Kaiser zu den Waffen griff, hatten wir alle das Gefühl, es sei eine gerechte Sache. Aber jetzt…? Was hat uns Cadia je getan? Jetzt geht es um Ruhm und darum, sich einen Namen für die Ewigkeit zu machen. Das ventrische Kaiserreich war einst stolz auf tausend Universitäten und Hospitäler für die Kranken. Jetzt ist es ausgeblutet, und alle jungen Männer wollen kämpfen. Ja, ich bin bereit, nach Hause zu gehen.«

»Um Pferde zu züchten?«

»Ja. Viele der Pferde meines Vaters flohen ins Hochland. Inzwischen muß es eine große Herde sein.«

»Geht Bison mit dir?«

Nogusta lachte laut auf. »Er wird sich irgendwo als Söldner verdingen.« Sein Lächeln schwand. »Und er wird in einem kleinen Krieg um nichts fallen.«

Die Wintersonne stand jetzt hoch, ihre blasse Wärme schmolz die letzten Schneeflecken.

»Ich wollte Priester werden«, sagte Dagorian. »Ich dachte, ich wäre berufen. Dann wurde mein Vater getötet, und meine Familie setzte mich davon in Kenntnis, daß es meine Pflicht wäre, seine Stelle einzunehmen. Vom Priester zum Soldaten… das ist ein echter Sprung!«

»Früher einmal gab es Kriegerpriester«, sagte Nogusta. »Die Dreißig. Es gibt viele Legenden über sie.«

»Seit dem Krieg der Zwillinge hat es keinen Tempel mehr gegeben«, sagte Dagorian. »Aber schon damals war der Orden seit langem in Auflösung. Einer meiner Vorfahren kämpfte an der Seite der Dreißig in Dros Delnoch. Er hieß Hogun. Er war ein General der Legion.«

»Ich kenne nur Druss und den Bronzegrafen«, gestand Nogusta.

»Mehr wissen die meisten nicht. Manchmal frage ich mich, ob er überhaupt existiert hat… Druss, meine ich. Oder war er einfach eine Kombination vieler Helden?«

»Laß das Bison nicht hören. Er schwört, daß er von Druss abstammt.«

Dagorian lachte. »Fast jeder Soldat, den ich kenne, beruft sich auf Druss als Vorfahren. Selbst der König. Doch es ist eine schlichte Tatsache, daß die meisten der frühesten Geschichten um Druss erzählen, daß er keine Kinder hatte.« Trompeten erklangen, und als Dagorian aufschaute, sah er, daß die Königliche Gesellschaft wieder ihre Plätze einnahm. Nogusta weckte Bison.

»Beinahe Zeit, mein Freund.«

Bison setzte sich auf und gähnte. »Mehr habe ich nicht gebraucht«, erklärte er. »Jetzt bin ich bereit. Wie schlägt sich Kebra?«

»Im Ausscheidungswettbewerb hat er nicht teilgenommen«, sagte Nogusta. »Als amtierender Meister kann er in die Endrunde kommen, bei Pferd, Gehenktem und Weitschießen mitmachen.«

»Er wird gewinnen«, behauptete Bison. »Er ist der Beste.«

»Setz lieber kein Geld auf ihn, mein Freund«, sagte Nogusta und tippte sich leicht an die Stirn.

»Zu spät«, erklärte Bison.

Dagorian schlenderte zu einem Imbißzelt und erstand ein Stück Fleischpastete, das er rasch aß. Dann kehrte er auf die Wiese zurück. Er sah Bison in einem wütenden Kampf gegen einen massigen Gegner. Bison blutete aus Platzwunden über beiden Augen und schien Schmerzen zu haben. Sein Gegner griff an, duckte sich, um Bisons Bein zu packen und ihn von den Füßen zu hebeln. Doch der Drenaikrieger warf sich zurück und dann auf den Rücken des Stammeskriegers. Beide Männer rollten herum, doch Bison hatte ihn im Würgegriff. Da er keine Luft mehr bekam, mußte der Stammeskrieger aufgeben. Bison stand auf, taumelte und setzte sich wieder. Nogusta lief zu ihm und half ihm aus dem Ring.

Es wurde gejubelt, und man klatschte Bison auf den Rücken.

Dagorian ging auf ihn zu, um zu gratulieren, als ein Riese von Mann ihm in den Weg trat. »Du wirst leichte Beute, Alter«, sagte er zu Bison. »Sieh dich doch an! Du bist erschöpft.« Dagorian sah den Zorn in Bisons Augen aufblitzen, doch Nogusta zerrte ihn davon. Der junge Offizier folgte ihnen.

»Wer war das?« fragte er Nogusta.

»Der ventrische Champion, Kyaps«, antwortete der schwarze Mann.

»Den … schaffe … ich … auch noch«, murmelte Bison.

Dagorian ging auf Bisons linke Seite, und gemeinsam mit Nogusta trugen sie Bison halb zu einer Bank. Der große Mann sank darauf nieder. »Halbfinale, was?« sagte er und spuckte dabei Blut ins Gras. »Nur noch zwei, dann bin ich Champion.«

»Wann ist der nächste Kampf?« fragte Dagorian.

»Er wird gerade vorbereitet«, antwortete Nogusta und massierte Bisons breite Schultern.

»Ich finde, er sollte absagen«, meinte der Ofizier.

»Mach dir keine Sorgen um mich«, sagte Bison mit einem mühsamen Grinsen. »Ich schauspielere nur, um sie alle hinters Licht zu führen.«

»Mich führst du damit wirklich hinters Licht«, bemerkte Nogusta trocken.

»Glaub an mich, schwarzer Mann«, grunzte Bison und hievte sich hoch. Der ventrische Champion wartete auf sie. Er band sein langes dunkles Haar zu einem Pferdeschwanz und grinste breit, als der ältere Mann den Ring betrat. Als die Trommel einsetzte, stürmte Bison vor, nur um von einem Tritt gegen die Brust aufgehalten zu werden. Ein hammerharter Ellbogen riß ihm die Wange auf, dann duckte sich Kyaps, schlang einen Arm um Bisons

Beine, hob ihn hoch und warf ihn aus dem Ring. Der alte Mann prallte hart auf. Er lag still und rührte sich nicht. Nogusta und Dagorian liefen zu ihm. Er war bewußtlos. Nogusta fühlte nach seinem Puls. »Lebt er noch?« fragte Dagorian.

»Ja.«

Nach ein paar Minuten regte sich Bison. Er versuchte, die Augen zu öffnen, aber eins war zugeschwollen. »Ich nehme an, ich habe nicht gewonnen«, murmelte er.

»Ich nehme es auch nicht an«, gab Nogusta ihm recht. Bison lächelte.

»Trotzdem habe ich Geld verdient«, sagte er. »Ich habe auf mich selbst gesetzt, daß ich das Halbfinale erreiche. Zehn zu eins habe ich bekommen.«

»Das wirst du auch brauchen, um dein Gesicht wieder in Ordnung bringen zu lassen«, meinte Nogusta.

»Unsinn. Du kannst die Platzwunden nähen. Das geht schon. Ich habe gutes Heilfleisch.« Er setzte sich auf. »Ich hätte mich fürs Boxen melden sollen«, sagte er. »Das hätte ich gewonnen.«

Die beiden Männer halfen ihm auf die Füße. »Kommt, wir wollen Kebra gewinnen sehen«, sagte Bison.

»Ich denke, du solltest noch ein Nickerchen machen«, riet Nogusta.

»Unsinn. Ich fühle mich stark wie ein Ochse.«

Als sie gerade aufbrechen wollten, schlenderte Kyaps zu ihnen hinzu. Er war einen ganzen Kopf größer als Bison. »He, Alter«, sagte er. »Wenn du mich das nächste Mal siehst, küßt du mir die Stiefel, verstanden?«

Bison kicherte mit echtem Humor. »Du hast eine große Klappe, Kleiner«, erwiderte er.

Kyaps beugte sich vor. »Groß genug, um dich zu verschlucken, du Drenai-Abschaum.«

»Na«, sagte Bison, »schluck lieber das.« Seine Faust krachte an Kyaps' Kinn, und Dagorian zuckte zusammen, als er den Knochen brechen hörte. Der ventrische Champion fiel kopfüber ins Gras und rührte sich nicht mehr. »Seht ihr«, sagte Bison. »Ich hätte beim Boxen mitmachen sollen. Das hätte ich gewonnen.«

Kapitel drei

Kebra der Bogenschütze war entspannt und konzentriert, seine Gefühle hatte er verdrängt, alle Gedanken an Bisons Handlungsweise vergessen. Wut wäre ihm jetzt kein guter Verbündeter. Die Schießkunst erforderte ruhige Konzentration und gutes Zeitmaß.

Er war beim fünften Durchgang ins Turnier eingestiegen, als nur noch zwanzig Schützen übrig waren. Das Ziel, dreißig Schritt entfernt, war eine Strohpuppe mit einem runden roten Herz auf der Brust. Kebra hatte das Herz zehnmal mit zehn Pfeilen getroffen, was ihm hundert Punkte einbrachte. Der ventrische Bogenschütze, der rechts von ihm stand, hatte neun geschafft und zwei andere je sieben.

Nur noch diese vier traten zum sechsten Durchgang an.

Die Menge um die Wettkämpfer schwoll allmählich an, und wieder einmal spürte Kebra, wie die alte Erregung ihn durchflutete. Er hatte die drei anderen Schützen beobachtet, und nur der untersetzte Ventrier bedeutete eine echte Gefahr. Aber der Mann wurde von der Menge, die hauptsächlich aus Drenai bestand, aus dem Konzept gebracht, die jubelte und schrie, wenn er zielte.

Der nächste Wettbewerb war Kebras liebster. Er hatte immer Spaß am Pferd gehabt, denn das kam dem Schießen im Kampf am nächsten. Geführt von laufenden Soldaten rannten vier Ponys mit Strohpuppen im Sattel an den Bogenschützen vorbei. Jeder Schütze hatte drei Pfeile. Bei diesem Wettbewerb war auch Glück im Spiel, denn die Ponys konnten ausweichen, so daß die Strohpuppen im Sattel schwankten. Doch die Zuschauer liebten ihn. Und der Champion der Drenai auch.

Kebra wartete, einen Pfeil auf die Sehne gelegt, zwei weitere steckten im Boden vor ihm. Er warf einen Blick auf die vier Pferdeknechte und beobachtete, wie sie die Führungsleinen verlängerten. Eine Trompete erklang. Die Männer rannten vorwärts und ermunterten die Ponys, ihnen zu folgen. Drei gehorchten sofort, das vierte blieb zurück. Kebra spannte den Bogen, zielte sorgfältig, kalkulierte die Geschwindigkeit des ersten Pferdes. Dann schoß er. Ohne zu schauen, ob er getroffen hatte, bückte er sich und legte den zweiten Pfeil auf. Er kam geschmeidig wieder hoch und schoß auf das zweite Ziel. Ein zorniger Schrei lief durch die Menge. Kebra ignorierte den Impuls nachzusehen, wo der Grund dafür lag und legte wieder an. Das letzte Pony, aus dessen Flanke ein Pfeil ragte, war auf die Hinterhand gestiegen und kämpfte gegen die Leine. Es brach aus und galoppierte auf den Pavillon des Königs zu. Kebra schoß seinen letzten Pfeil ab und sah zu, wie er auf das panische Pony zuflog. Der Pfeil traf die Strohpuppe im Rücken.

Das wütende Geschrei wurde zu einem donnernden Applaus für den Schuß. Ein paar Männer rannten auf die Wiese und fingen das verwundete Pony ein, um es wegzuführen. Der Mann, der das Tier angeschossen hatte, wurde disqualifiziert.

Erst dann hatte Kebra Gelegenheit, seine Treffer zu zählen. Alle drei Pfeile hatten getroffen. Wieder dreißig Punkte.

Der ventrische Bogenschütze, ein kleiner, pummeliger Mann, sprach ihn an. »Es ist eine Ehre, dich schießen zu sehen«, sagte er. Er streckte die Hand aus. »Ich bin Dirais.« Kebra ergriff die dargebotene Hand. Er warf einen Blick auf die Anzeigetafel, die von einem jungen Kadetten hochgehalten wurde. Der Ventrier lag zehn Punkte hinter ihm. Der andere Bogenschütze, ein schlanker junger Drenai, lag noch zwanzig Punkte dahinter.

Ein Dutzend Soldaten schwärmte auf die Wiese und zog einen dreieckigen Galgen auf Rädern, knapp sieben Meter hoch, über das Gras. Als sie ihn auf seinem Platz aufstellten, sah Kebra den König und Malikada aus dem Pavillon auf sie zukommen.

Skanda grinste breit und hieb Kebra auf die Schulter. »Schön, dich zu sehen, alter Knabe«, sagte er. »Der letzte Schuß erinnerte mich an den Tag, an dem du mir das Leben gerettet hast. Guter Treffer.«

»Danke, Majestät«, erwiderte Kebra mit einer Verbeugung. Malikada trat vor.

»Dein Ruf ist nicht übertrieben«, meinte er. »Ich habe selten bessere Schießkunst gesehen.« Kebra verbeugte sich erneut. Skanda schüttelte dem jungen Ventrier die Hand.

»Du mißt dich mit dem Besten«, erklärte er Dirais. »Und du machst deine Sache auch gut. Viel Glück.« Dirais verbeugte sich tief.

Malikada beugte sich dicht zu dem Ventrier vor. »Gewinne«, befahl er. »Laß mich stolz auf dich sein.«

Der König und sein General gingen wieder zurück, und die letzten drei Schützen wandten sich dem Gehenkten zu.

Eine Strohpuppe wurde an den Galgen gehängt. Ein Soldat zog die Puppe zurück und ließ sie dann los, so daß sie wie ein Pendel zwischen den Pfosten schwang. Der junge Drenai trat als erster an. Sein erster Pfeil traf die Strohpuppe ins Herz, doch sein zweiter traf einen

Pfosten und glitt daran ab. Der dritte verfehlte den Gehenkten um Haaresbreite.

Als nächster kam Dirais, und der Gehenkte wurde wieder in Schwingung versetzt. Kebra hatte den Eindruck, daß die Drenai-Soldaten ihm extra Schwung gaben, denn er pendelte schneller als zuvor. Und die Drenai-Soldaten in der Menge begannen wieder zu schreien, um den Ventrier abzulenken. Trotzdem hämmerte der stämmige Bogenschütze seine ersten beiden Pfeile in die Puppe. Der dritte traf nur einen Pfosten.

Kebra trat an. Wieder wurde die Puppe angestoßen, diesmal etwas sanfter. Zum erstenmal flammte Zorn in dem Bogenschützen auf. Er brauchte diesen Vorteil nicht. Trotzdem beschwerte er sich nicht, sondern mahnte sich zur Ruhe und sandte drei Pfeile ins Ziel. Donnernder Applaus folgte. Er warf einen Blick auf Dirais und sah die Wut in dessen dunklen Augen. Es war schon schwer genug für ihn, sich dem Drenai-Champion zu stellen, auch ohne solche Partisanen-Bemühungen von seiten der Offiziellen.

Der junge Drenai-Schütze mußte ausscheiden, und jetzt kam das Finale. Zwei Ziele wurden in dreißig Schritt Entfernung aufgestellt. Es waren traditionelle runde Zielscheiben mit einer Anzahl von konzentrischen Kreisen in verschiedenen Farben, die einen goldenen Kreis in der Mitte umgaben. Der äußere Ring war weiß und brachte zwei Punkte. Danach kam ein blauer mit fünf Punkten, dann silber mit sieben und schließlich die goldene Mitte für zehn Punkte.

Kebra schoß zuerst und traf Gold. Dirais tat es ihm nach. Dann wurden die Zielscheiben zehn Schritt weiter aufgestellt. Diesmal gelang Kebra nur blau. Trotz der verstärkten Spottrufe traf Dirais wieder Gold.

Kebra führte jetzt mit 175 zu 160 Punkten und hatte noch zwei Schuß. Ruhig, mahnte er sich. Die Zielscheiben wurden noch einmal zehn Schritte weiter getragen. Die Farben waren für Kebra jetzt nur noch verschwommen zu erkennen. Er spähte so gut er konnte und spannte die Sehne. Die Menge schwieg. Er schoß, und sein Pfeil flog in anmutigem Bogen durch die Luft und traf den weißen Ring. Jetzt jubelte die Menge nicht mehr. Dirais zielte und traf wieder Gold – 177 zu 170 Punkte, und noch ein Schuß übrig.

Wieder wurden die Ziele weiter entfernt aufgestellt. Kebra konnte den Umriß der Scheibe kaum noch erkennen. Er rieb sich die Augen. Dann holte er tief Luft, zielte auf ein Ziel, das er kaum sehen konnte – und schoß. Er wußte nicht, wo der Pfeil traf, hörte aber einen der Schiedsrichter rufen: »Weiß!« Er war froh, die Scheibe überhaupt getroffen zu haben. Nun stand es 179 zu 170.

Dirais brauchte Gold, um zu gewinnen. Kebra trat zurück. Die Zuschauer schrien nun aus voller Kehle.

Bitte schieß vorbei, dachte Kebra, denn er wünschte sich die Meisterschaft mehr, als er sich jemals zuvor etwas gewünscht hatte. Es schnürte ihm die Brust ein, sein Atem ging flach. Er warf einen Blick auf die Zuschauer und sah Nogusta. Kebra versuchte ein Lächeln, aber es war mehr ein Totengrinsen.

Dirais trat an die Abschußlinie und spannte. Er stand völlig still. Kebras Herz klopfte wie wild. Wie hoch war die Chance, daß jemand dreimal hintereinander Gold traf? Eine leichte Änderung der Windrichtung, eine kleine Unvollkommenheit in Pfeil oder Federn. Die goldene Mitte war nicht größer als eine Männerfaust, und die Entfernung war groß: sechzig Schritt. In seinen besten Tagen hatte Kebra auf diese Entfernung nur vier von fünf Malen getroffen. Und dieser Ventrier ist nicht so gut wie ich mal war, dachte er. Wie gut, drei von fünf? Zwei von fünf? Gütiger Himmel, schieß einfach vorbei!

Gerade als Dirais schießen wollte, flatterte eine weiße

Taube in wildem Entsetzen aus der Menge hoch. Für einen Augenblick ließ seine Konzentration nach, und er schoß zu früh, sein Pfeil drang in den silbernen Ring. Kebra hatte gewonnen.

Seltsamerweise verspürte er keine Freude. Die Menge jubelte laut, doch Kebra sah Nogusta an. Der schwarze Mann stand ganz still. Dirais wandte sich ab, ohne Kebra zu gratulieren. Kebra faßte ihn am Arm. »Warte!« befahl er.

»Worauf?« fragte der Ventrier.

»Ich möchte, daß du noch einmal schießt.« Dirais sah ihn erstaunt an, doch Kebra zog ihn zu der Linie.

»Was geht da vor?« fragte einer der Schiedsrichter.

»Irgend jemand hat diese Taube absichtlich fliegen lassen«, erklärte Kebra. »Ich habe Dirais gebeten, noch einmal zu schießen.«

»Das kannst du nicht«, sagte der Schiedsrichter. »Der letzte Schuß ist gefallen.« Der König kam durch die Menge, und der Schiedsrichter erklärte ihm, was vorgefallen war. Skanda ging zu Kebra.

»Bist du sicher, daß du das willst?« fragte er. Seine gute Laune war verschwunden, sein Gesicht hart und kalt. »Es macht doch keinen Sinn.«

»Ich bin seit fünfzehn Jahren Meister, Majestät. Ich habe jeden Mann geschlagen, der neben mir an dieser Linie stand. Ich habe sie durch meine Fähigkeiten geschlagen. Die Spottrufe waren unangenehm, aber ein wahrer Meister steht darüber. Aber die Taube ist etwas anderes. So eine hastige Bewegung würde jeden Mann ablenken. Es war Absicht, um die Chancen dieses Mannes zu sabotieren. Und es gelang. Ich bitte dich, Majestät, laßt ihn noch einmal schießen.«

Pötzlich grinste Skanda, und für einen Augenblick sah er wieder aus wie der Knabenkönig. »Dann soll es so sein«, entschied er.

Der König kletterte auf eine Absperrung, so daß er die Menge überragte. »Der Meister hat darum gebeten, daß sein Gegner noch einen Pfeil abschießen darf«, brüllte er. »Und wenn er das tut, wird Ruhe herrschen.« Er sprang wieder auf die Erde und gab Dirais ein Zeichen.

Der junge Ventrier legte seinen Pfeil an und schoß unfehlbar Gold.

Kebras Herz sank. Ventrische Soldaten schwärmten herbei und hoben Dirais auf ihre Schultern. Kebra stand schweigend daneben. Der König kam zu ihm. »Du bist ein Idiot, Mann«, flüsterte er. »Aber dein Handeln war ehrenvoll.«

Skanda reichte ihm den Silbernen Pfeil, und Kebra wartete, bis die Gratulationen abklangen. Die Ventrier ließen Dirais zu Boden, und der kleine Schütze verbeugte sich tief vor Kebra. »Diesen Tag werde ich mein Leben lang nicht vergessen«, sagte er.

»Ich auch nicht«, erwiderte Kebra und überreichte ihm den Pfeil. Wieder verbeugte sich der kleine Mann.

»Es tut mir leid, daß deine Augen dich im Stich gelassen haben.« Kebra nickte und wandte sich ab.

Niemand ging auf ihn zu, während er die Festwiese verließ.

Ungläubig und wie erstarrt sah Bison ihn gehen. »Warum hat er das getan?« fragte er, während er seine Wunde an der Wange mit einem blutgetränkten Lappen abtupfte.

»Er ist ein Ehrenmann«, erklärte Nogusta. »Komm, es wird Zeit, daß wir diese Wunde nähen.«

»Was hat Ehre damit zu tun, meine Schulden zu bezahlen?«

»Ich fürchte, es dürfte zu lange dauern, dir das klarzumachen«, sagte der schwarze Mann. Er nahm den verblüfften Bison beim Arm und führte ihn zu einem Hospitalzelt. Nogusta borgte sich eine sichelförmige Nadel und ein Stück Faden und zog sorgfältig die Wundränder zusammen. Zehn Stiche waren insgesamt nötig. Langsam sickerte Blut zwischen ihnen durch. Die Platzwunden über Bisons Augen waren nur klein und brauchten nicht genäht zu werden. Dort bildete sich bereits Schorf, und die Blutungen hatten aufgehört.

»Er hat mich im Stich gelassen«, brummte Bison. »Er hat uns alle im Stich gelassen.« Dagorian, der schweigend dabeigestanden hatte, wandte sich an den Riesen.

»Du bist ungerecht«, sagte er leise. »Es war ein Akt der Größe. Der Ventrier wurde verspottet und verhöhnt. Und jemand hat diese Taube freigelassen, um seinen Schuß zu vereiteln.«

»Natürlich hat er das«, sagte Bison. »Dafür habe ich ihn schließlich bezahlt.«

Dagorians Miene wurde kalt. »Deinetwegen schäme ich mich, ein Drenai zu sein«, sagte er. Damit verließ er die beiden Krieger.

»Was ist los mit ihm?« wollte Bison wissen. »Ist die ganze Welt verrückt geworden?«

»Manchmal bist du ein Idiot, mein Freund«, antwortete Nogusta. »Vielleicht solltest du in die Kaserne gehen und dich etwas ausruhen.«

»Nein. Ich will Kalizkans Zauberei sehen. Vielleicht gibt es einen Drachen.«

»Du kannst ihn ja fragen«, sagte Nogusta und deutete auf einen Streifen freies Gelände zwischen den Zelten. Der silbergekleidete Magier saß auf einer Bank, umgeben von Kindern.

»Lieber nicht«, sagte Bison zweifelnd. »Ich mag Zauberer nicht besonders. Ich glaube, ich hole meine Gewinne ab und betrinke mich.«

»Was ist mit deinen Schulden?«

Bison lachte. »Nächste Woche marschieren wir ab. Sie werden mich nie bis zurück nach Drenan verfolgen.«

»Ist das Wort Ehre für dich nichts weiter als ein Geräusch?« fragte Nogusta. »Du hast auf Vertrauen hin Kredit bekommen. Du gabst dein Wort, daß du zurückzahlst. Jetzt willst du ein Dieb werden, dessen Wort man nicht trauen kann.«

»Welche Laus ist dir denn über die Leber gelaufen?« fragte Bison.

»Das würdest du nicht verstehen, und wenn ich dir die Antwort in die Stirn meißeln würde«, fauchte der schwarze Mann. »Geh und betrink dich. Ein Mann sollte sich immer an das halten, was er am besten kann.« Damit ging er davon und bahnte sich einen Weg durch die Menschenmenge.

Antikas Karios kam auf ihn zu, als er am Pavillon des Königs vorbeiging. Der Schwertkämpfer lächelte dünn. »Einen guten Morgen dir«, sagte er. »Das war ein schlauer Trick, den du da gegen Cerez angewandt hast. Ich hatte ihn schon mehrfach wegen seiner Arroganz gewarnt. Jetzt hat sich das ja erübrigt.«

Nogusta wollte schon weitergehen, doch der Ventrier trat ihm in den Weg. »Der König möchte gern, daß du seine Gäste vor den Rennen unterhältst.« Nogusta nickte und folgte dem Offizier zum Eingang des Pavillons. Skanda sah ihn kommen und lächelte breit, dann wandte er sich an Malikada und sagte etwas zu ihm. Nogusta ging zum König und verbeugte sich tief. »Meine herzlichsten Glückwünsche zum Geburtstag, Majestät.«

Skanda beugte sich vor. »Ich habe Prinz Malikada von deiner Kunst im Umgang mit Messern erzählt. Ich fürchte, er zweifelt an meinen Worten.«

»Keineswegs, Majestät«, fiel Malikada gewandt ein. Skanda schlug ihm auf die Schulter, dann stand er auf. »Was kannst du uns heute zeigen, mein Freund?« fragte er Nogusta. Der schwarze Mann ließ eine der Zielscheiben vom Bogenschießen aufstellen. Inzwischen sammelte sich eine ansehnliche Zuschauermenge. Nogusta zog fünf Wurfmesser aus den Scheiden, die an seinem Wehrgehänge hingen, dann fächerte er die Klingen in der linken Hand auf.

»Ist das Ziel auch groß genug?« fragte Malikada, als das rund zwei Meter hohe Ziel gut drei Meter vor dem schwarzen Mann aufgebaut wurde. Die ventrischen Offiziere lachten über den Scherz.

»Ich mache es schon kleiner, General«, sagte Nogusta. »Vielleicht möchtest du dich davorstellen?« Malikadas Lächeln gefror. Er warf einen Blick zum König hinüber.

»Entweder du oder ich, alter Knabe«, sagte Skanda.

Malikada stand auf und ging aus dem Pavillon. Ein Soldat hielt ihm die Tür auf. Er ging zur Zielscheibe und drehte sich um. Seine dunklen Augen starrten Nogusta angespannt an. »Nicht bewegen, General«, sagte Nogusta.

Der schwarze Mann wirbelte einen rasiermesserscharfen Dolch durch die Luft und fing ihn wieder auf. Er wiederholte das mit den anderen Klingen und warf jede höher als die vorherige. Dann, als noch eine in der Luft war, schickte er eine nach der anderen hinauf, bis alle fünf im Sonnenlicht wirbelten und funkelten. Unter den Zuschauern herrschte absolutes Stillschweigen, während sie gespannt warteten. Nogusta hielt die Messer weiter in der Luft und bewegte sich langsam rückwärts, bis er zehn Schritte von Malikada vor der Zielscheibe entfernt war.

Der ventrische Prinz beobachtete die wirbelnden Messer. Er wirkte entspannt, doch seine Augen waren zusammengekniffen, und er blinzelte nicht. Plötzlich schoß Nogustas rechter Arm vor. Eins der Messer sauste durch die Luft und traf nur wenige Zentimeter neben Malikadas linkem Ohr in die Zielscheibe. Der Ventrier zuckte zusammen, blieb jedoch wo er war. Ein Schweißtropfen bildete sich an seiner Schläfe und rann langsam über die rechte Wange. Nogusta jonglierte weiter mit den vier verbliebenen Messern. Noch ein Messer drang dumpf neben Malikadas linkes Ohr. Das dritte und vierte trafen die Zielscheibe neben seinen Armen.

Nogusta fing das letzte Messer auf, dann verbeugte er sich tief vor Skanda. Der König applaudierte, die Zuschauer taten es ihm nach.

»Möchtest du es auch mit verbundenen Augen riskieren«, fragte Skanda, »oder ist das jetzt das Ende der Vorstellung?«

»Wie es dir beliebt, Majestät«, antwortete Nogusta.

Der König sah zu Malikada hinüber. »Was meinst du, mein Freund? Möchtest du, daß er mit verbundenen Augen wirft?«

Malikada lächelte leichthin, trat aber von der Zielscheibe weg. »Ich gebe zu, daß seine Fähigkeiten bemerkenswert sind, Majestät, aber ich habe nicht den Wunsch, für einen Blinden mit Wurfmesser das Ziel zu machen.« Die Menge lachte und applaudierte dem Prinzen, der zurück in den Pavillon ging.

»Ich möchte es gern sehen«, erklärte Skanda, stieg die Stufen hinunter und schwang sich über den Zaun. Er ging zur Zielscheibe und stellte sich davor. »Laß mich nicht im Stich, alter Knabe«, bat er Nogusta. »Es bedeutet Pech, wenn ein König an seinem Geburtstag getötet wird.«

Antikas Karios trat zu Nogusta. Er hielt einen schwarzen Seidenschal in der Hand, den er zusammenfaltete und Nogusta dann vor die Augen band. Der schwarze Mann blieb einen Augenblick reglos stehen wie eine Statue. Dann wirbelte er auf dem Absatz herum, bis er einen vollen Kreis gedreht hatte. Das Wurfmesser schoß durch die Luft. Die Zuschauer hielten den Atem an. Einen Moment lang glaubten sie, daß es dem König in die Kehle gefahren sei. Skanda hob die Hand und legte seinen Finger auf den Elfenbeingriff, der neben seiner Kehle steckte. Nogusta nahm die Augenbinde ab. Skanda trat neben ihn. Applaus und Jubelrufe ertönten.

»Für einen Moment habe ich mir doch tatsächlich Sorgen gemacht«, sagte der König.

»Du gehst zu viele Risiken ein, Majestät«, erklärte Nogusta.

Skanda grinste. »Das macht das Leben lebenswert.« Ohne ein weiteres Wort drehte er sich um und ging zurück in den Pavillon. Nogusta sammelte seine Messer ein und steckte sie in die Scheiden, dann ging er durch die Menge davon.

Drei Männer folgten ihm in diskretem Abstand.

Wie Nogusta vorhergesagt hatte, gewann Dagorian alle Runden bis zum Finale des Säbelwettbewerbs, und dort traf er auf Antikas Karios. Der Ventrier war schneller als jeder andere, den Nogusta je gesehen hatte, seine Klinge nur ein verschwommenes Funkeln. Dreimal durchstieß er in rascher Folge Dagorians Deckung und berührte mit seinem Säbel leicht den gepolsterten Brustschutz. Der Kampf war kurz und peinlich einseitig.

Als der Kampf vorüber war, wartete Dagorian höflich, während Antikas Karios den Silbernen Säbel erhielt, dann verschwand er in der Menge. Nogusta tippte ihm auf die Schulter. »Gut gekämpft«, sagte der schwarze Mann. »Dein Arm ist schnell, dein Auge gut, aber deine enge Haltung hat dich im Stich gelassen. Deine Füße waren zu dicht beieinander. Als er angriff, verlorst du das Gleichgewicht.«

»Trotzdem ist er der herausragendste Schwertkämpfer, den ich je gesehen habe«, sagte Dagorian.

»Er ist tödlich«, stimmte Nogusta zu.

»Glaubst du, du hättest ihn besiegen können?«

»Nicht einmal zu meinen besten Zeiten.«

Es wurde allmählich dunkel, und die Zuschauer begannen sich auf der Wiese zu sammeln. Kalizkan schritt allein in die Mitte. Als der Himmel dunkel wurde, hob er seine schlanken Arme. Helle Lichter strahlten aus seinen Fingern und sprühten in lebhaften, parallelen Blitzen in die Luft. Die Menge applaudierte. Am Himmel wurden die Lichter zu einem Meer von Sternen, flossen zusammen und bildeten ein männliches Gesicht, von Hörnern gekrönt. Das war der Fledermaus-Gott, Anharat. Andere göttliche Gesichter erglühten, Götter und Göttinnen aus der ventrischen Mythologie. Die Gesichter zogen ihre Bahn und bildeten einen gewaltigen Kreis aus Licht, der den Himmel erfüllte. Zum Schluß konnte man ein weißes Pferd mit Reiter sehen, das zwischen den Sternen galoppierte. Es kam näher und näher. Der Reiter war ein gutaussehender Mann in glänzender Rüstung, der sein Schwert hochhielt. Er ritt in die Mitte des Götterkreises und ließ sein Pferd auf die Hinterbeine steigen. Dann nahm er den Helm ab, und die Menge grölte, als sie Skanda erkannte. Der König der Könige, dem selbst die Götter Gehorsam zeigten. Donnernder Applaus. Das Bild schimmerte noch ein paar Sekunden lang, dann brachen die zauberhaften Sterne wieder auseinander, flossen über die Köpfe der Menge und beleuchteten den Weg zu den drei Ausgangstoren.

Die Kutschen der Edelleute waren vor dem Pavillon vorgefahren. Der König und Malikada ritten zusammen. Skanda winkte den Menschen zu, als seine Kutsche langsam zu den Toren rollte. Dann durften die Zuschauer gehen. Nogusta verabschiedete sich von dem jungen Drenai und wanderte davon.

Die Nacht senkte sich über die Wiese, und Arbeiter kamen, um die Zelte und den Pavillon wieder abzubauen.

Ein einsamer Karren blieb vor dem Zelt Kalizkans stehen. Vier Männer kletterten heraus. Sie schauten sich verstohlen um, um sicherzugehen, daß niemand sie beobachtete. Dann traten sie ins Zelt und zogen die blutüberströmten Leichen von sechs kleinen Kindern heraus.

Nogusta war beunruhigt, während er durch die Straßen der Stadt ging. Die Menschen zerstreuten sich allmählich, viele kehrten in die Bierstuben und Tavernen ein oder gingen weiter zu den laternenerhellten Nachtmärkten und den Huren, die dort ihrem Gewerbe nachgingen. Nogusta war unruhig – und das lag nicht an den drei Männern, die ihm folgten. Er hatte sie schon früher am Tage bemerkt. Nein, es lag an dem Talisman, den er trug. Manchmal verging ein ganzes Jahr ohne eine Vision. Doch heute hatte er gleich drei klare, lebendige Szenen gesehen. Die erste hatte er Dagorian erzählt. Die zweite hatte er für sich behalten, denn sie zeigte den jungen Mann, wie er gefallen war und auf einer steinernen Brücke in seinem Blut lag. Doch die dritte war insgesamt geheimnisvoller. Er stand jemandem in einer schwarzen Rüstung gegenüber. Sein Feind war nicht menschlich, und wenn ihre Schwerter aneinanderschlugen, sprangen Blitze aus den Klingen. Und da war noch etwas. Der Schatten riesiger Flügel, die auf ihn hinabstießen. Nogusta schauderte. Er hatte die Vision während Kalizkans magischer Darbietung gehabt und fragte sich, ob die Zauberei irgendwie den Talisman beeinflußt hatte, so daß er ein falsches Bild zeigte. Er hoffte es jedenfalls.

Er blickte zum Nachthimmel empor und erschauerte.

Jetzt, nachdem die Sonne untergegangen war, spürte man, daß es noch Winter war. Die Temperatur lag nur knapp über dem Gefrierpunkt. Er hob den Kopf und sog die Düfte der Nacht ein: die Gerüche der Stadt, warme Mahlzeiten, würzig und gehaltvoll, Rauch von Holzfeuern, den muffigen Duft vieler Menschenleiber, den die Menge zurückgelassen hatte. Die letzte Vision hatte ihn nervös gemacht. Es war wie die Nacht vor einer Schlacht, wenn die ganze Luft erfüllt ist von einer greifbaren Spannung.

Am Laternenmarkt blieb er an einem Stand stehen und betrachtete sich die Auslagen, glasierte Tonwaren und Halsketten aus Jade. Er warf einen Blick in die Richtung, aus der er gekommen war. Zwei der Attentäter waren in ein Gespräch vertieft. Den dritten konnte er nicht sehen. Rasch ließ er seinen Blick über die Menschenmenge schweifen. Dann sah er ihn, etwas voraus, in einem schattigen Torbogen.

Nogusta hatte nicht den Wunsch, diese Männer zu töten. Sie befolgten lediglich die Befehle, die ihnen ihr Auftraggeber erteilt hatte. Aber es würde nicht leicht sein, ihnen zu entgehen. Eine Frau näherte sich ihm. Sie war jung und blond, Gesicht und Lippen waren angemalt. Er lächelte ihr zu, und sie nahm ihn beim Arm und führte ihn in eine Gasse. Eine schmale Treppe führte in ein kleines Zimmer mit einem schmutzigen Bett. Nogusta bezahlte sie, dann öffnete er das Fenster und spähte hinaus. Die drei Attentäter warteten in den Schatten.

»Gibt es noch einen anderen Ausgang?« fragte Nogusta das Mädchen.

»Ja.« Sie deutete auf einen Vorhang. »Dort hindurch, über den Flur und dann hinunter in die Gasse. Warum?«

»Danke«, antwortete er, öffnete seinen Beutel und warf ihr eine Silbermünze zu. Er wollte gerade gehen, als sie ihr Kleid öffnete und sich aufs Bett legte. Mondlicht schimmerte auf ihren vollen Brüsten, ihrem elfenbeinfarbenen Bauch und den blassen Schenkeln. Nogusta lachte leise. Laß sie doch in der Kälte warten, dachte er.

Und ging zu dem Mädchen.

Eine Stunde später schlüpfte er durch den Vorhang, den Flur entlang und hinaus in die Nacht.

Das Gefühl des Unbehagens war noch immer stark, und er hatte schon vor langer Zeit gelernt, seinen Instinkten zu trauen. Er lächelte, als er an den Löwen dachte. Es war eine Nacht wie diese gewesen, kalt und klar. Er war aufgewacht, mit bebenden Nasenflügeln, Gefahr witternd. Nur mit einem Messer bewaffnet, war der vierzehnjährige Nogusta aus seinem Zimmer in die Nacht hinausgeschlüpft. Die Pferde seines Vaters waren unruhig, standen dicht aneinandergedrängt und lauschten. Der Löwe war aus dem Gebüsch gestürzt und über den Zaun der Koppel gesprungen. In einer fließenden Bewegung hatte Nogusta sein Messer geworfen. Es drang dem Löwen in die Seite. Mit einem verblüfften Brüllen wandte er sich dem Jungen zu. Nogusta war zur Scheune gerannt, wohl wissend, daß der Löwe ihn einholen würde. Doch dann hatte Palarin, der Leithengst der Herde, ein riesiges schwarzes Tier, siebzehn Hand* hoch, den Löwen angegriffen, hatte sich auf die Hinterbeine gestellt und mit seinen Hufen auf ihn eingetrommelt. Der plötzliche Angriff ließ den Löwen ausweichen, doch dann setzte er die Verfolgung des Jungen fort. Nogusta schaffte es zur Scheune, packte eine Mistgabel und drehte sich gerade noch rechtzeitig um. Der Löwe sprang und spießte sich selbst auf den Zinken auf. In seiner Todeswut hieb er um sich, zerbrach die Mistgabel, traf Nogustas Brust und brach ihm drei Rippen.

* 1,70 Meter

Er lächelte bei der Erinnerung. Obwohl er niemals so gut mit Pferden umgehen konnte wie seine Brüder, war er wenigstens einmal der Held gewesen, der die Herde rettete. Es war eine schöne Erinnerung. Palarin hatte viele gute Schlachtrösser gezeugt, und aus seiner Linie stammte das große Kriegsroß des Königs, Sternenfeuer.

Doch genau wie ich wird er allmählich alt, dachte Nogusta mit einem Seufzer. Und er hatte an den nachmittäglichen Rennen nicht teilgenommen. Es ging das Gerücht, daß Sternenfeuer krank war. Nogusta beschloß, das Pferd morgen zu besuchen und zu sehen, wie es behandelt wurde.

Er wanderte durch die schmalen Gassen, ließ sich in einer kleinen Taverne eine Mahlzeit schmecken und machte sich dann auf den Weg zur Kaserne. Er zweifelte nicht daran, daß die Männer, nachdem sie ihn aus den Augen verloren hatten, dort auf ihn warteten. Wie er die Situation meisterte, hing allein von ihren Fähigkeiten ab. Wenn sie ungeschickt waren, würde er sie nur außer Gefecht setzen, aber wenn sie gut waren, würde er sie töten müssen. Das war kein erfreulicher Gedanke. Nogusta hatte in seinem Leben wahrlich genug getötet und wollte nichts weiter als in die Berge zurückkehren und die Abkömmlinge seiner Herde finden. Das würde, dachte er, dem Rest seines Lebens wenigstens einen Sinn geben. Seine Gedanken wanderten zu Skanda. Der Mann war tapfer und wurde von seinen Truppen verehrt. Er besaß Charisma und Intelligenz. Doch etwas fehlte ihm, er zeigte eine kalte, leere Seite, die menschliche Wärme vermissen ließ. Trotzdem mochte Nogusta ihn. Wer nicht? Der Mann war zu ungeheurer Großzügigkeit fähig. Doch gleichzeitig konnte er plötzlich eitel und eifersüchtig sein und mit unglaublicher Bosheit handeln. Vielleicht sind alle

Könige so, überlegte Nogusta. Vielleicht liegt das in der Natur mächtiger Männer.

Der Himmel war klar, Mond und Sterne strahlten, während er durch die Gassen ging. Der Duft von frisch gebackenem Brot aus der Kasernenküche stieg ihm in die Nase, und er verlangsamte seine Schritte. Etwa dreißig Schritt voraus kreuzte die Straße die Allee des Lichts. Auf der anderen Seite der Allee, jenseits der Kaiserstatuen, befand sich das alte Kasernengebäude. Drei Männer, bewaffnet mit Messern oder Kurzschwertern, warteten irgendwo auf ihn. Drei Männer, die er nicht kannte, die aber den Auftrag hatten, ihn zu töten. Er haßte sie nicht. Sie waren lediglich Soldaten, die ihren Befehl ausführten.

Doch er war auch nicht bereit zu sterben. Er holte tief Luft und schritt auf die Allee des Lichts hinaus. Auf hohen Pfosten beiderseits der Allee steckten Laternen, die Bronzestatuen der Kaiser glitzerten wie Gold.

Nogusta ging über die breite gepflasterte Straße. Als er um die Statue des längst verstorbenen Königs Gorben kam, sprinteten zwei Männer aus den Schatten. Beide waren mit Messern bewaffnet. Nogusta ließ sie kommen. Als der schnellere sich ihm näherte, warf sich Nogusta zur Seite und trat dem Mann gegen die Kniescheibe. Er traf nicht perfekt, aber es reichte, um den Angreifer von den Füßen zu reißen. Nogusta beachtete ihn nicht weiter, sondern sprang dem zweiten Mann entgegen, stieß ihm den Messerarm beiseite und ließ einen rechten Haken an das Kinn des Mannes krachen. Auch er ging zu Boden, rollte sich aber unverzüglich wieder auf die Füße. Der erste Mann saß auf der Straße, unfähig, auf seinem verrenkten Bein zu stehen. Aber er warf sein Messer. Nogusta wich der Klinge aus, die harmlos an ihm vorbeisauste und gegen das Podest von Gorbens Statue klirrte. Der zweite Attentäter griff erneut an. Dieses Mal ging er vorsichtiger zu Werke. Nogusta stand ganz still, um den Mann zu ermutigen, ganz nah heranzukommen. Das tat er auch und stürzte sich plötzlich auf Nogusta. Nogusta packte ihn beim Handgelenk, zog ihn zu sich heran und brach ihm mit einem heftigen Kopfstoß die Nase. Er stöhnte auf und sank gegen den schwarzen Krieger. Nogusta drehte ihn herum und hieb dem Mann die Handkante gegen den Hals. Er ging lautlos zu Boden. Der dritte Mann hatte sich noch nicht gezeigt.

Nogusta ging weiter. Das Kasernentor war nur noch dreißig Schritt entfernt. Nogusta schaute sich um. Der Ventrier mit dem verletzten Knie war zu seinem Kameraden gerobbt und saß neben ihm. Der schwarze Mann verschwand in den Schatten des Torbogens. Der Hauch einer Bewegung! Nogusta warf sich genau in dem Moment nach vorn, als ein Messer über ihm durch die Luft sauste. Der Angreifer war schnell und stürzte sich auf Nogusta, ehe dieser aufstehen konnte. Nogusta stieß ihm den Ellenbogen in die Rippen, was dem Mann ein schmerzerfülltes Aufstöhnen entriß. Der schwarze Mann fuhr herum und schickte eine gerade Linke ins Gesicht des Ventriers. Dieser schlug zu und traf Nogustas Wange hart. Nogustas Kopf schlug dumpf auf dem Straßenpflaster auf. Leuchtende Sterne explodierten vor seinen Augen, und er verspürte eine Woge von Schwindel, die ihn zu verschlingen drohte. Eine Weile rangen die beiden Männer miteinander, und der ältere fühlte, wie seine Kräfte nachließen. Der Angreifer zog ein zweites Messer. Mit letzter Kraft stieß Nogusta ihm die ausgestreckten Finger in die Kehle. Der Mann würgte und fuhr hoch. Nogusta packte ihn am Hemd und warf ihn zur Seite. Dann rollte er sich auf die Füße und trat dem Angreifer gegen das Kinn, so daß er nach hinten fiel. Er wollte gerade zum zweiten Stoß ansetzen, als er merkte, daß sein Gegner bereits bewußtlos war.

Atemlos und erschöpft ließ sich Nogusta auf eine Bank unter dem Torbogen fallen. Es wäre weniger anstrengend gewesen, sie alle zu töten, dachte er.

Gegen den Nachtwind in Umhang und Kapuze gewickelt, stieg Ulmenetha langsam den gewundenen Pfad zu dem weißen Marmortempel empor, der den Hügel krönte. Sie war müde, ihre Waden brannten, als sie das offene Tor erreichte. Es hatte einmal eine Zeit gegeben, damals in Drenan, da hätte sie diesen Hügel hinaufrennen können, aus reinem Vergnügen. In den Tagen ihrer Jugend war sie schlank und flink gewesen, und körperliche Ertüchtigung eine Freude, die ihre Lebensgeister hob. Doch jetzt nicht mehr. Jetzt war es eine Mühe, ihre übergewichtige Gestalt eine solche Steigung hinaufzuwuchten. Keuchend ließ sie sich auf den Stufen des Tempeleingangs nieder und wartete, daß ihr Herzklopfen nachließ.

Ein junger Priester in weißem Gewand ging an ihr vorbei und verbeugte sich.

Sie stemmte sich hoch und trat in das Gebäude. In Richtung des Hochaltars deutete sie einen Kniefall an. Sie tauchte einen Finger in ein steinernes Becken mit heiligem Wasser und zog damit einen Kreis auf ihrer Stirn. Dann ging sie in den hinteren Teil des Tempels und setzte sich in eine Nische, unter einen Kranz aus elegant geschnitzten Ranken.

Ein weiterer Priester, ein hochgewachsener junger Mann mit kräftiger Nase und schwachem Kinn und Stirnglatze, sah sie dort sitzen und kam zu ihr. »Was suchst du, Mutter?« fragte er. »Die Orakelstimme ist nicht da.«

»Ich brauche keine Stimme«, antwortete sie.

»Warum bist du dann um diese späte Stunde hier?« Er

trug die graue Robe eines Älteren Bruders, und seine blauen Augen blickten gelangweilt und der Welt überdrüssig.

»Bist du ein Seher?« fragte sie ihn.

»Leider nein, Mutter. Ich bin immer noch ein Student in diesen Dingen. Aber ich habe die Hoffnung, daß sich eines Tages der Vorhang für mich auftun wird. Welche Aufmunterung suchst du?«

»Ich suche einen Ort ohne Dämonen«, erwiderte sie. Sofort änderte sich seine Miene, und er schlug das Zeichen des Schützenden Horns.

»Ein solches Wort sollte an diesem Ort nicht ausgesprochen werden«, tadelte er. Seine Stimme klang nicht mehr so freundlich.

Sie lächelte. »Wenn nicht hier, wo dann? Aber egal«, setzte sie hinzu, als sie seine Verwirrung sah. »Gibt es jemandem in deinem Orden, der ein Seher ist?«

»Wir hatten einen«, antwortete er. »Vater Aminias. Aber er starb vergangene Woche. Wir waren alle traurig, denn er war ein guter Mann.«

»War er krank?«

»Nein. Er wurde angegriffen, als er in seinen seelsorgerischen Pflichten unterwegs war. Ein Verrückter, wie es scheint. Er kreischte aus voller Kehle und stach Aminias etliche Male mit einem Messer, ehe man ihn wegzerren konnte.«

»Und es gibt keinen anderen?«

»Nein, Mutter. Solche Gaben werden immer seltener, glaube ich.«

»Und doch werden sie immer wichtiger«, sagte sie und erhob sich.

»Du sprachst von … unheiligen Wesen. Warum?« Seine blauen Augen verrieten plötzlich Angst. Ulmenetha schüttelte den Kopf.

»Du hast nicht die Macht, mir zu helfen«, sagte sie.

»Trotzdem, Mutter, wäre ich dir dankbar, wenn du mich in Kenntnis setzen würdest.«

Ulmenetha schwieg einen Augenblick. Sie betrachtete den graugewandeten Priester. Ihr erster Eindruck war der eines schwachen Mannes gewesen, aber als sie ihn genauer ansah, spürte sie, daß sie Empfindsamkeit als Schwäche mißdeutet hatte. Und sie brauchte verzweifelt jemanden, dem sie sich anvertrauen konnte. Ulmenetha holte tief Luft und setzte sich wieder. »Irgend jemand ruft Dämonen herbei«, sagte sie schließlich. »Sie sind überall, und es werden immer mehr. Ich habe die Augen, sie zu sehen, aber nicht den Verstand, um ihren Zweck zu entdecken.« Der kahle Priester setzte sich neben sie.

»Vater Aminias sagte dasselbe«, erzählte er. »Er glaubte fest daran, daß ein großer Zauber gewirkt wird. Aber ich kann diese ... diese Wesen nicht sehen. Und ich weiß nicht, wie man sie bekämpfen kann. Oder ob ich es überhaupt versuchen sollte.« Er lächelte zaghaft. »Wer bist du, Mutter?«

»Ich bin die Priesterin Ulmenetha, die Gesellschafterin von Axiana, der Königin.«

»Und was hofftest du, hier zu erreichen?«

»Ich suchte nach Antworten. Ich hatte drei Visionen und kann keinen Sinn darin erkennen.« Sie erzählte ihm von den vier Kriegern und der weißen Krähe, von dem Dämon im See und von der Opferung des Kaisers. Er hörte schweigend zu.

»Ich war nie mit deiner Gabe gesegnet«, sagte er, »aber ich besitze die Gabe der Einsicht. Deine Visionen sind wahr. Das weiß ich. Du hast drei Szenen gesehen. Drei ist eine Zahl von großer Kraft in der Mystik, und deine Erfahrung ist nicht einzigartig. Was du sahst, nennt man ein *kiraz*. Eine davon betrifft die *Ursache* des Problems. Eine andere erhellt, wie das Problem sich *manifestieren* wird. Die dritte ist komplexer. Sie enthüllt immer die Protagonisten, aber oft auch einen Hinweis auf die *Lösung* des Problems. Wir wollen sie einmal genauer betrachten. Der Dämon im See – die *Ursache* – ist mehr eine symbolische Vision. Er kam aus dem Eis, sagst du. Wenn ich das richtig deute, ist der See ein Symbol für ein Tor zwischen seiner Welt und der unseren. Du sagst, er floß wie Rauch in den Körper eines Mannes. Dieser Mann ist besessen. Aber bedeutsamer ist, daß er ein Mann ist, der erst besessen wurde, nachdem er getötet wurde. Was wir hier haben, ist ein Dämon, der in einem Toten wohnt. Dieser Dämon muß also ein sehr mächtiges Wesen sein. Jetzt lebt er in der Welt der Menschen. Er ist es, der die Wesen herbeigerufen hat, die du über der Stadt siehst. Was wir herausbekommen müssen, ist seine Absicht.

Was den geopferten Kaiser anlangt … das ist kein Symbol. Es gab viele Gerüchte, als er getötet wurde, und sein Leichnam wurde nie gefunden. Aber die Stimme, die du hörtest, ist interessant. Der Tag der Auferstehung naht. Du bist der erste der Drei. Hier haben wir wieder die Zahl drei. Aber was soll auferstehen? Und wer sind die anderen beiden? Das betrifft also die *Manifestation* des Problems. Drei müssen geopfert werden, damit der Dämon sein Ziel erreicht. Einer ist bereits tot.

Und jetzt zu dem Bild im Wald. Du und die Königin werdet von ein paar Soldaten beschützt. Drei alte Männer und ein Knabe sind alles, was zwischen euch und einem schrecklichen Bösen steht. Der Hinweis hier besteht meiner Ansicht nach in der Person, die du beschützt. Axiana ist offensichtlich eine der Drei. Es macht Sinn, weil ihr Vater der erste war. Vielleicht ist irgend etwas in ihrem Blut, was der Dämon braucht.« Er lächelte und breitete die Hände aus. »Mehr kann ich dir nicht sagen, Ulmenetha.«

»Sollte ich versuchen, diese Soldaten zu finden?«

Er schüttelte den Kopf. »Was du gesehen hast, ist das, was sein wird, ob du sie suchst oder nicht.«

»Du hast die weiße Krähe nicht erwähnt«, sagte sie.

»Nein«, erwiderte er traurig. »Das mußte ich auch nicht. Du weißt, was sie bedeutet.«

»Ja, das weiß ich«, sagte sie müde. Sie sah sich im Tempel um, unwillig, dessen ruhige Zuflucht zu verlassen. In die Wand über dem Hochaltar war das Symbol von Emsharas eingraviert, die schlanke Hand, die einen Halbmond hielt. »Ich dachte, dies wäre ein Tempel der QUELLE«, sagte sie. »Es ist ungewöhnlich, den Halbmond an einem solchen Ort zu finden.«

»Hältst du Emsharas für eine Kreatur des Bösen?«

»War er nicht der Legende nach ein Dämon?« fragte sie.

»Er war in der Tat einer der Windgeborenen, ein Geistwesen. Der Name Dämon ist eine Beschreibung durch Menschen. Wir haben hier in diesem Tempel viele der ältesten Schriftrollen, die es gibt, und sogar einige Legenden, die in Goldfolie geritzt sind. Ich habe sie jahrelang studiert. Und ich habe gelernt, Emsharas zu bewundern und glaube, er wurde von der QUELLE geleitet. Hast du bei deinen Studien auch die Dämonenkriege behandelt?«

»Nur kurz«, antwortete sie. »Vor Tausenden von Jahren waren Emsharas und sein Bruder Anharat Feinde. Emsharas schloß sich den menschlichen Armeen der Drei Könige an und verbannte alle Dämonen aus der Welt. Das ist die Zusammenfassung dessen, was ich weiß.«

»In Wahrheit ist das die Zusammenfassung dessen, was wir alle wissen«, sagte er. »Aber hast du gemerkt, daß auch hier die Zahl drei wieder auftaucht? Sie ist von großer mystischer Bedeutung. Er hat jedoch die Dämonen nicht lediglich aus dieser Welt verbannt. Alle Wesen der Windgeborenen verschwanden als Ergebnis des Großen Zaubers.«

»Und jetzt kommen sie zurück«, meinte sie.

»Es scheint so«, gab er zu.

Kurz nach Sonnenaufgang rief Banelion seine zwanzig Hauptoffiziere zusammen. Es waren alles Veteranen, von denen viele mehr als dreißig Jahre mit ihm zusammen gedient hatten. Es waren Überlebenskünstler, zäh und hager, mit harten Augen und eisernem Willen. Sie nahmen Haltung an, während sie das Zelt füllten. Niemand hätte dem Weißen Wolf je Sentimentalität vorwerfen können, und doch, als er jetzt in ihre Gesichter sah, spürte er so etwas wie Familienzusammenhalt. Diese Männer waren seine Brüder, seine Söhne gewesen. Er hatte sie aufgezogen und ausgebildet und sie durch die Welt geführt. Jetzt brachte er sie nach Hause, zu einem Ruhestand, den nur wenige sich wünschten, aber alle verdient hatten.

Banelion sah nur selten in den Spiegel. Diese Eitelkeit hatte er mit sechzig abgelegt. Aber als er jetzt diese Männer ansah, spürte er das Gewicht seiner Jahre. Er konnte sich an jeden einzelnen so erinnern, wie er gewesen war: mit leuchtenden Augen, frischem Gesicht und einem Herzen, das darauf brannte, seinem Vaterland zu dienen – ja, und es zu retten.

»Es wird keine Lockerung der Disziplin geben«, erklärte er. »Wir sind achtzehnhundert Mann, jetzt alles Privatpersonen. Aber ich werde keine ungezügelte Horde zurück nach Drenan führen. Jeder Mann, der mit uns reist, wird sich für den Marsch als Soldat verpflichten, sich meiner Disziplin unterwerfen, unter meinem Befehl stehen. Und wer das nicht will, wird abgewiesen. Der Sold beträgt ein halbes Silberstück pro Mann und

Monat, ausgezahlt aus meinem eigenen Vermögen. Die Offiziere erhalten fünf ganze Silberstücke. Die Auszahlung erfolgt bei der Ankunft in Dros Purdol. Noch Fragen?«

Es gab noch viele, und über eine Stunde lang diskutierte er über die Logistik der Reise mit den Offizieren, ehe er sie entließ.

Wieder allein ließ er sich auf seiner Pritsche nieder und verbrachte eine weitere halbe Stunde damit, für die Probleme zu planen, die er auf der Reise erwartete. Zufrieden, daß er die meisten Ursachen für mögliche Verzögerungen abgedeckt hatte, erlaubte er seinem Hirn schließlich, sich mit der unmittelbaren Gefahr zu beschäftigen, die Malikadas Drohung darstellte.

Ungeachtet dessen, was er Dagorian über den König und dessen mangelnde Besorgnis über das Schicksal seines ältesten Generals gesagt hatte, wußte der Weiße Wolf, daß es unwahrscheinlich war, daß Malikada ventrische Attentäter losschicken würde, um ihn zu töten. Ein solcher Zug würde in der Armee für Aufruhr sorgen und den Plan des Königs beeinträchtigen, nach Cadia einzumarschieren. Dieser Marsch sollte in drei Tagen beginnen. Wenn der Weiße Wolf ermordet wurde, wäre Skanda gezwungen, eine Untersuchung einzuleiten. Nein, Malikadas Anschlag würde subtiler verlaufen. Vielleicht bezahlte er einen Drenai, um ihn zu töten, einen Mann, von dem man wußte, daß er einen Groll gegen Banelion hegte. Und deren gab es viele, gemeine Soldaten, die wegen geringer Verstöße gegen die Disziplin die Peitsche gespürt hatten, Unteroffiziere, die das Gefühl hatten, bei Beförderungen übergangen zu werden, Offiziere, die öffentlich Zurechtweisungen hatten einstecken müssen. Dann gab es noch Männer, denen wegen Unfähigkeit ihr Rang aberkannt worden war. Banelion lächelte. Wenn Malikada genug Geld bot, konnte es sein, daß er zu Tode getrampelt wurde von dem Ansturm der Männer, die begierig waren, es sich zu verdienen.

Banelion goß sich einen Becher Wasser ein. Doch wenn man den Mörder lebend fing und unter Folter befragte, würde eine solche Bezahlung ans Licht kommen, und das würde wieder Verdacht auf Malikada werfen, egal wen er anheuerte, um den Handel auszuführen. Der Weiße Wolf verwarf die Idee. Das war für den ventrischen Fuchs nicht raffiniert genug.

Was also dann? Banelion hob den Becher an die Lippen. Er zögerte und starrte in die klare Flüssigkeit. Gift wäre die wahrscheinlichste Antwort. Keine fröhliche Aussicht, dachte er und stellte den Becher wieder hin. Von jetzt an würde er in der Feldküche essen, in einer Reihe mit seinen Männern.

Zufrieden, daß er jede Möglichkeit eines Angriffs durchdacht hatte, entspannte er sich.

Er irrte.

Kapitel vier

Die alte Kaserne war dreihundert Jahre alt, errichtet als Unterkunft für die Unsterblichen, das Eliteregiment von Kaiser Gorben. Zur Zeit ihrer Erbauung war sie eines der Weltwunder. Berühmte Künstler und Bildhauer waren aus dem ganzen Reich herbeigeholt worden, um die Decken zu malen und die Meisterwerke zu schaffen, die das Gebäude umgaben. Jetzt waren die meisten Statuen entfernt und nach Drenan verschifft oder an Sammler verkauft worden, um Geld für die Kriege des Königs einzubringen. Die Wände waren rissig, die Deckengemälde verblaßt. Die meisten Drenaisoldaten der neuen Armee des Königs waren im Norden der Stadt in drei neuen Kasernen untergebracht.

Hier, abseits der Allee des Lichts, wurde das alte Gebäude langsam ein Opfer des Zahns der Zeit und der Vernachlässigung. Es gab bereits Pläne, es abzureißen und an seiner Stelle ein Kolosseum zu errichten. Aber momentan war es die vorübergehende Unterkunft der alten Männer, die nach Hause geschickt wurden. Disziplin herrschte schon nicht mehr, und am Tor standen keine Wachtposten. Kein Hornsignal kündigte die Morgendämmerung an, kein Offizier überwachte Exerzierübungen.

Nogusta schauderte, als er über den verlassenen Paradeplatz zum Ostflügel ging, wo er sich einen Raum mit Bison und Kebra teilte.

Einst hatten Architekten aus aller Welt diese Kaserne besichtigt und ihren Bau bewundert. Jetzt war es ein sterbender Platz, voller verblichener Erinnerungen, die niemand mehr teilen wollte.

Müde stieg Nogusta die Treppen hinauf. Hier hingen keine Laternen mehr, das Innere wurde nur von einzelnen Mondstrahlen erhellt, die wie Speere durch die hohen Fenster auf jedem Treppenabsatz fielen. Langsam stieg Nogusta zum vierten Stock empor.

Kebra und Bison saßen in eisigem Schweigen im Zimmer. Nogusta vermutete, daß sie über die Frage der Winterschulden gesprochen hatten. Er ging an seinen Kameraden vorüber zum lodernden Feuer im Kamin. Seine Wärme war tröstlich.

Nogusta zog sein schwarzes Hemd aus und ließ das Feuer seinen Oberkörper wärmen. Das gold-silberne Amulett, das er trug, glitzerte im Feuerschein. Kälte berührte seinen Rücken, wie das Wispern eines eisigen Windes. Er drehte sich um, in der Erwartung, die Tür oder das Fenster offen zu sehen. Aber sie waren fest geschlossen.

»Habt ihr diesen Windhauch gespürt?« fragte er die beiden schweigenden Männer. Sie antworteten nicht. Kebra saß mit versteinerter Miene auf seinem Bett, seine hellen Augen starrten Bison finster an. Plötzlich erfüllte eine eisige Kälte den Raum, alle Hitze vom Feuer erstarb. Nogusta starrte in die Flammen, die hoch loderten. Sie strahlten keinerlei Wärme aus. Die einzige Wärme, die er spürte, strahlte von dem halbmondförmigen Amulett auf seiner Brust auf. Es glühte strahlend hell. In diesem Augenblick erfaßte den schwarzen Mann eine schreckliche Furcht, denn er wußte, warum das Amulett glühte.

Bison sprang mit einem drohenden Knurren auf die Füße. »Du elender Verräter!« schrie er Kebra an. Seine große Hand riß das Schwert aus der Scheide. Der schlanke Bogenschütze zog einen Krummdolch und stand auf.

»Nein!« rief Nogusta und machte einen Satz auf die beiden zu. Seine Stimme, tief und kraftvoll, durchdrang die Spannung. Kebra zögerte. Doch Bison machte Anstalten, zum tödlichen Stoß anzusetzen. »Bison!« schrie Nogusta. Für einen Augenblick zögerte der Riese. Seine Augen glitzerten seltsam, sein Mund war zu einem Fauchen verzogen.

»Sieh mich an! Sofort!« brüllte Nogusta. Bison hielt wieder inne. Die Kälte war jetzt beinahe unerträglich, und Nogusta begann unkontrolliert zu zittern. Bison wandte sich ihm zu, seine Augen blickten abwesend. »Nimm meine Hand«, sagte Nogusta und streckte ihm seine Hand entgegen. »Um unserer Freundschaft willen, Bison. Nimm meine Hand!«

Bison blinzelte, und seine Miene wurde für eine Sekunde weicher. Dann flammte seine Wut erneut auf. »Ich bringe ihn um!«

»Nimm zuerst meine Hand, dann tu, was du tun mußt«, drängte Nogusta. Für den Bruchteil einer Sekunde dachte er, Bison würde sich weigern, doch dann reichte der große Mann ihm seine Hand. Ihre Finger berührten sich, ihre Hände umfaßten einander. Bison stieß einen langen, schaudernden Seufzer aus und fiel auf die Knie. Kebra stürzte sich auf ihn. Nogusta nahm die Bewegung im letzten Augenblick wahr. Er zerrte Bison zurück und warf sich zwischen die beiden. Mit der linken Hand packte er Kebras Handgelenk. Das Gesicht des Bogenschützen war zu einer bösartigen Grimasse verzogen, seine hellen Augen quollen hervor. Nogusta hielt die Messerhand fest. »Ruhig, Kebra«, sagte er. »Ganz ruhig. Ich bin es, Nogusta. Dein Freund Nogusta.«

Kebras verzerrtes Gesicht entspannte sich, der Wahnsinn ebbte ab. Er schauderte und ließ das Messer fallen.

Im Zimmer wurde es wieder wärmer. Nogusta ließ die beiden Männer los. Kebra sank auf das Bett.

»Ich... ich weiß nicht, was in mich gefahren ist«, sagte Bison. Er stolperte auf Kebra zu. »Es tut mir leid«, sagte er. »Ehrlich.« Kebra sagte nichts. Er saß einfach nur da und starrte zu Boden.

Das glühende Licht aus Nogustas Amulett verblaßte, bis nur noch der schlichte Halbmond mit der Hand, die ihn hielt, da war.

»Wir wurden angegriffen«, sagte er leise. »Dich trifft keine Schuld, Bison. Ebensowenig dich, Kebra.«

Der weißhaarige Bogenschütze sah auf. »Wovon redest du?«

»Zauberei. Habt ihr die Kälte im Zimmer nicht gespürt?« Beide schüttelten den Kopf. Nogusta zog sich einen Stuhl heran und setzte sich. Kebra und Bison starrten ihn an. Er berührte sein Amulett. »Das hat uns gerettet.«

»Bist du verrückt geworden?« fragte Kebra. »Wir sind einfach in Wut geraten, das ist alles. Bison hat mich die ganze Zeit dafür angemacht, daß ich das Turnier verloren habe. Wir waren einfach nur wütend.«

»Glaubst du das wirklich?« fragte Nogusta. »Ihr seid seit dreißig Jahren befreundet. Ihr habt niemals die Waffen gegeneinander gezogen. Ich bitte euch, vertraut mir in dieser Sache, Freunde. Orendo hat mir dasselbe erzählt. Er sagte, als sie im Haus des Kaufmanns waren, fiel eine entsetzliche Kälte über den Raum, und sie empfanden nur noch Wut und Lust. Und dann haben sie getötet und vergewaltigt. Er sagte, es waren Dämonen in der Luft. Ich glaubte ihm nicht. Aber jetzt glaube ich ihm. Erinnerst du dich daran, was du gefühlt hast, als du dich auf Bison stürztest?«

»Ich wollte ihm das Herz herausreißen«, gestand Kebra.

»Und glaubst du jetzt auch noch, daß du das wirklich wolltest?«

»Eben fühlte es sich sehr wirklich an«, sagte Kebra. Er schüttelte den Kopf und wischte sich mit der Hand übers Gesicht. »Was meinst du damit, dein Amulett hätte uns gerettet?«

»Genau das. Es ist ein Abwehrzauber. Ein Talisman. Es ist seit Generationen im Besitz meiner Familie.«

»Es glühte, als du nach mir gegriffen hast«, sagte Bison. »Es schimmerte wie ein Riesendiamant.«

»Das habe ich auch gesehen«, sagte Kebra. »Aber, bei allen Göttern, Mann, wer könnte denn Zauberei gegen uns einsetzen wollen?«

»Vielleicht Malikada. Hätte ich nicht das Amulett getragen, hätte mich meine Wut ebenfalls überwältigt. Wir hätten einander umbringen können.«

»Dann sollten wir Malikada umbringen«, meinte Bison.

»Gute Idee«, sagte Kebra. »Dann lassen wir uns magische Flügel wachsen und fliegen über die Berge davon.«

»Andere Vorschläge?« fragte der Riese.

»Wir verlassen die Stadt«, antwortete Nogusta. »Wir reisen nicht mit dem Weißen Wolf. Wir gehen nach Süden in die Berge, bis die Armee zur cadischen Grenze marschiert, dann schließen wir uns den anderen Heimkehrern wieder an.«

»Die Vorstellung wegzulaufen, gefällt mir nicht«, wandte Bison ein.

»Wenn ich mich recht erinnere«, sagte Kebra trocken, »sah ich dich einst wie einen Kurzstreckenläufer vor einer Flutwelle davonrennen. Und bist du nicht der Mann, der sich den Hintern aufriß, als er vor dieser Löwin vor Delnoch floh?«

»Das war was anderes«, widersprach Bison.

»War es nicht«, sagte Nogusta. »Malikada ist der General des Königs. Wir können nicht gegen ihn kämpfen. Es wäre wie der Kampf gegen einen Sturm oder tatsächlich eine Flutwelle. Sinnlos. Dazu kommt, daß wir nicht sicher wissen, ob es Malikadas Werk war. Nein, der sicherste und vernünftigste Plan ist es, die Stadt zu verlassen. In zwei Tagen marschiert die Armee ab, und Malikada wird andere Sorgen haben. Er wird uns vergessen.«

»Und was machen wir in den Bergen?« fragte Bison.

»Ein bißchen jagen oder in den Flüssen Gold waschen, vielleicht«, antwortete Nogusta.

»Gold. Das klingt gut«, sagte Bison und zupfte an seinem weißen Walroßschnurrbart. »Wir könnten reich werden.«

»Allerdings, mein Freund. Morgen werde ich Proviant und Pferde kaufen.«

»Und Pläne, wo das Gold liegt«, erinnerte Bison ihn.

Der Riese ging zu seinem Bett und zog sich die Stiefel aus. »Ich sage trotzdem, du hättest den Ventrier nicht noch einmal schießen lassen sollen«, sagte er.

Kebra sah Nogusta an und schüttelte den Kopf. Dann lächelte er. »Ich würde mich wesentlich besser fühlen, wenn ich ihm nicht recht geben müßte«, sagte er. »Ich kann noch immer nicht glauben, daß ich das getan habe.«

»Ich schon, mein Freund. Es war eine noble Geste«, sagte Nogusta, »und nichts anderes hätte ich von dir erwartet.«

Ulmenetha umfaßte die eisernen Ketten, lehnte sich im schwingenden Korbstuhl zurück und blickte zu den fernen Bergen hinaus. Sie fühlte, wie die Berge sie riefen wie eine Mutter ihr verlorenes Kind. In den Bergen ihrer Heimat war sie sehr glücklich gewesen. Dort lag uralte

Weisheit, und Heiterkeit strahlte von den ewigen Gipfeln aus. Diese hier waren nicht ihre Berge, aber sie riefen sie trotzdem. Ulmenetha widerstand dem Sog und wandte ihre Aufmerksamkeit ihrer unmittelbaren Umgebung zu. Der Dachgarten des Palastes des verstorbenen Kaisers war ein wundervoller Platz im Sommer, wenn seine Terrassen vor Farben überquollen und der Duft zahlreicher Blumen die Luft erfüllte. Im Winter war es weniger schön, aber jetzt, wo der Frühling vor der Tür stand, blühten gelbe und rote Primeln und die Kirschbäume waren voller Blüten mit spinnwebdünnen Blütenblättern aus blassem Korallenrot. Wie sie hier allein im hellen Sonnenschein saß, schienen alle Gedanken an Dämonen weit weg zu sein, wie ein Kindertraum in einem dunklen Schlafzimmer. Ulmenetha hatte ihre frühe Kindheit genossen. Eingehüllt in Liebe und voller Freude hatte sie in den Bergen gespielt, wild und frei. Die Erinnerung hob ihre Stimmung, und – für einen kurzen Augenblick – fühlte sie sich wieder als Kind. Ulmenetha drehte den Sitz immer wieder um seine Eisenketten. Dann ließ sie los und sah, wie sich die Berge vor ihren Augen drehten. Sie kicherte und schloß die Augen.

»Du siehst lächerlich aus«, tadelte Axiana streng. »Es gehört sich nicht für eine Priesterin, auf der Schaukel eines Kindes zu spielen.«

Ulmenetha hatte die Königin nicht kommen hören. Sie beugte sich vor, bis ihre Füße den Boden berührten und hielt die Schaukel an. »Warum sagst du das?« fragte sie. »Wie kommt es, daß so viele Menschen glauben, daß Religion und Spaß nur wenig miteinander gemeinsam haben?«

Ulmenetha richtete ihre große Gestalt auf und ging mit der schwangeren Königin zu einer breiten Bank unter den Kirschbäumen. Sie waren bereits dick voller Knospen und rosarot und weiß. »Ein solches Benehmen ist würdelos«, erklärte die junge Frau. Ulmenetha sagte einen Augenblick gar nichts. Axiana ließ sich neben ihr nieder, die schmalen Hände auf den geschwollenen Leib gelegt. Du lachst niemals, Kind, dachte Ulmenetha, und deine Augen zeigen Kummer.

»Würde wird meist überschätzt«, sagte sie schließlich. »Es ist ein Konzept, denke ich, das Männer erfunden haben, um ihren Prahlereien mehr Gewicht zu verleihen.« Die Andeutung eines Lächelns huschte über Axianas schönes Gesicht. Aber es ging so schnell vorbei wie der Schatten am Mittag. »Männer sind alberne Geschöpfe«, fuhr die Priesterin fort, »arrogant und eitel, unsensibel und ungehobelt.«

»Bist du deshalb Priesterin geworden? Um Kontakt mit ihnen zu vermeiden?«

Ulmenetha schüttelte den Kopf. »Nein, mein Liebes. Ich hatte ein Juwel unter den Männern. Als ich ihn verlor, wußte ich, daß es niemals einen anderen geben würde.« Sie holte tief Luft und starrte über die Berge im Süden hinaus. Sie konnte gerade so drei Reiter erkennen, die auf dem Weg ins Hochgebirge waren.

»Es tut mir leid, Ulmenetha«, sagte die Königin. »Meine Frage hat dich traurig gemacht.«

»Keineswegs«, beruhigte die Priesterin sie. »Sie hat mir schöne Erinnerungen gebracht. Er war ein guter Mann. Er verbrachte zwei Jahre damit, um mich zu werben und kam schließlich zu der Überzeugung, wenn er mich auf dem Weg zum Gipfel des Fünf-Kämme-Berges besiegen würde, würde ich ihn heiraten.« Die Königin sah verwirrt aus. »Ich rannte immer durch die Berge. Damals war ich schlanker und konnte stundenlang laufen. Kein Mann konnte mich auf langen Strecken besiegen. Vian versuchte es zwei Jahre lang. Er hat so hart trainiert. Da habe ich gelernt, ihn zu lieben.«

»Und hat er dich besiegt?«

»Nein, aber er hat mich gewonnen. Das waren schöne Tage.« Sie verfielen für einige Minuten in Schweigen und genossen die Wärme der Morgensonne.

»Wie ist das, verliebt zu sein?« fragte Axiana. Ulmenetha fühlte Trauer in sich aufsteigen, nicht um die Liebe, die sie verloren hatte, sondern um die einsame junge Frau an ihrer Seite. Wie traurig war es, daß eine Frau nur wenige Wochen vor der Geburt sich immer noch fragte, was Liebe war.

»Manchmal kommt sie wie eine Flutwelle, aber manchmal wächst sie nur langsam, bis sie zu einem großen Baum wird. Vielleicht wird es für dich und den König so sein.«

Axiana schüttelte den Kopf. »Er hält nichts von mir. Ich bin nur ein Schmuckstück, nicht mehr wert als die anderen Schmuckstücke, die er besitzt.«

»Er ist ein großer Mann«, sagte Ulmenetha. Sie merkte, wie hohl das klang.

»Nein, ist er nicht. Er ist ein großer Mörder und Zerstörer. Die Männer verehren ihn, als wäre er ein Gott, aber das ist er nicht. Er ist eine Pest, ein Krebsgeschwür.« Sie sprach ohne Leidenschaft, aber mit einer stillen Resignation, die ihre Worte nur noch unterstrich.

»Er hat auch seine guten Seiten«, widersprach Ulmenetha. »Sein Volk liebt ihn, und er ist oft großzügig. Und ich habe ihn schon weinen gesehen. Als er noch jünger war und es hieß, daß Sternenfeuer lahmte, war er untröstlich.«

»Untröstlich?« fragte Axiana. »Er wirkte nicht gerade untröstlich, als Sternenfeuer in die Gerberei ging. So weit ich weiß, verwenden sie das Fell für Möbel, das Fleisch zum Essen und aus den Hufen und Knochen macht man Seife. Stimmt das?«

»Du mußt dich irren, Liebes.«

»Ich irre mich nicht. Ich hörte ihn an seinem Geburtstag. Alle älteren Pferde – einschließlich Sternenfeuer – wurden verkauft. Das eingenommene Geld wanderte in die Kriegskasse. Der Mann hat keine Seele.«

»Sprich nicht so, mein Kind«, flüsterte Ulmenetha, die eine plötzliche Kälte vespürte.

»Niemand kann uns hören. Es gibt keine Geheimwege im Garten, keine Hohlräume in den Mauern, in denen sich Schreiber mit ihren Federkielen verstecken könnten. Skanda interessiert sich nur für den Krieg, und er wird sich nie zufrieden geben. Die ganze Welt könnte ihm zufallen, und er würde nur Verzweiflung empfinden, weil es keine Schlachten mehr zu schlagen gäbe. Also, Ulmenetha, erzähl mir von der Liebe.«

Die Priesterin zwang sich zu einem Lächeln. »Es gibt eine alte Legende. Ich mag sie besonders gern. Am Anfang schufen die Götter eine Herde vollkommener Tiere. Sie hatten vier Beine, vier Arme und zwei Köpfe. Und sie waren gesegnet und glücklich. Die Götter sahen diese Vollkommenheit des Glücks und wurden eifersüchtig. Und so sprach eines Tages der oberste der Götter einen mächtigen Zauber. Und im selben Augenblick wurden alle Tiere in zwei Stücke zerrissen und über die ganze Welt verstreut. Jetzt hatte jedes der Tiere nur noch einen Kopf, zwei Arme und zwei Beine. Und es war ihr Schicksal für alle Zeiten, ihre andere Hälfte zu finden, um diese Vollkommenheit wieder zu erlangen.«

»Das ist doch eine volkstümliche Geschichte«, tadelte Axiana.

Eine junge Dienerin trat zu ihnen und knickste tief. »Ihr habt einen Besucher, Herrin«, sagte sie. »Herrn Kalizkan.« Axiana klatschte vergnügt in die Hände.

»Schick ihn zu uns hinaus«, bat sie.

Kurz darauf kam der hochgewachsene Zauberer. Er trug jetzt ein Gewand aus himmelblauem Satin und dazu passend einen breitkrempigen Hut aus steifer Seide. Mit einer schwungvollen Geste nahm er den Hut ab und verbeugte sich kunstvoll. »Und wie geht es der Königin heute?« fragte er mit einem bezaubernden Lächeln.

»Es geht mir gut. Um so besser, wenn ich dich sehe.« Ulmenetha stand auf und bot dem Zauberer ihren Platz an. Er schenkte ihr ein betörendes Lächeln und setzte sich neben die Königin. Ulmenetha zog sich zurück, um sie ungestört zu lassen und nahm wieder ihren Platz auf dem schwingenden Stuhl ein. Es war schön, Axiana so guter Dinge zu sehen. Kalizkan tat ihr gut, und Ulmenetha mochte ihn. Der Zauberer rückte dicht an die Königin, und die beiden unterhielten sich eine Weile. Dann rief Axiana: »Komm her, Ulmenetha, das mußt du dir ansehen!«

Die Priesterin gehorchte und ging zu dem weißbärtigen Zauberer. »Was ist deine Lieblingsblume?« fragte er.

»Die Berglilie«, antwortete sie.

»Die weiße Lilie mit den blauen Streifen?«

»Ja.«

Kalizkan bückte sich und hob eine Handvoll Erde auf. Dann verengten sich seine hellen Augen vor Konzentration. Ein winziger Stiel erschien in der dunklen Erde, wuchs heran, bildete schlanke Blätter aus. Eine Knospe erschien und öffnete sich langsam, wobei sie lange weiße Blütenblätter mit himmelblauen Streifen freigab. Er reichte ihr die Blume. Ulmenethas Finger berührten sie, und sie wurde zu Rauch, der sich im Wind auflöste. »Ist das nicht wunderbar?« fragte Axiana.

Ulmenetha nickte. »Du hast ein großes Talent«, sagte sie.

»Ich habe lange und hart studiert«, antwortete er. »Aber es macht mir Vergnügen, meinen Freunden eine Freude zu bereiten.«

»Gedeiht dein Waisenhaus, Kalizkan?« fragte die Königin.

»Ja, verehrte Dame, dank der Freundlichkeit des Königs und deiner guten Wünsche. Aber es sind noch so viele Kinder, die auf der Straße leben und dem Hungertod nahe sind. Man wünscht sich nur, man könnte allen helfen.«

Während die beiden sich unterhielten, blind gegen Ulmenetha, dachte die Priesterin wieder einmal über die Dämonen in der Luft nach. Leise ging sie zurück zu ihrem Schwingstuhl und lehnte sich in die Kissen. Die Sonne hatte ihren höchsten Stand erreicht und schien mit schmerzhafter Helligkeit. Sie schloß die Augen – und hatte eine Idee.

Dämonen liebten helles Licht nicht. Vielleicht könnte sie jetzt unbeobachtet fliegen.

Mit einem letzten Blick auf das schwatzende Paar holte sie tief Luft, um die innere Ruhe zu finden, die für den Flug vonnöten war. Dann ließ sie ihren Geist frei und floh wie ein Pfeil zur Sonne. Hoch über der Stadt schwebte sie und schaute hinunter. Der Dachgarten war jetzt winzig, von der Größe ihres Daumennagels, der Fluß, der sich durch die Stadt wand, nur noch ein dünner blauweißer Faden. Jetzt flogen keine Dämonen, aber sie konnte sie in den Schatten sehen, unter den Dachvorsprüngen der Häuser. Es waren Hunderte. Vielleicht Tausende. Sie wanden sich über der Stadt wie weiße Maden auf verwesendem Fleisch.

Drei lösten sich aus den Schatten des Palastes und schossen mit ausgestreckten Klauen zu ihr empor. Ulmenetha wartete, starr vor Entsetzen. Sie umringten sie, so daß sie ihre opalfarbenen Augen und die scharfen Zähne sehen konnte. Sie konnte nirgends hinflüchten. Sie waren zwischen ihr und der Sicherheit ihres Körpers.

Eine schimmernde Gestalt aus hellem Licht tauchte neben ihr auf, ein Flammenschwert in der Hand. Ulmenetha versuchte, in ihr Gesicht zu sehen, doch vor dem strahlenden Licht mußte sie die Augen abwenden. Die Dämonen wichen vor der Gestalt zurück. Eine Stimme flüsterte in ihren Gedanken. Sie war seltsam vertraut. »Geh jetzt, rasch!« drängte sie.

Ulmenetha mußte nicht gedrängt werden. Als die Dämonen zurückfielen, floh sie in die Zuflucht ihres Körpers.

Sie schoß über den Dachgarten und sah die Königin neben… neben…

Dann schlug ihr Körper die Augen auf, und ein erstickter Schrei entrang sich ihren Lippen. Axiana und Kalizkan eilten zu ihr. »Alles in Ordnung, Ulmenetha?« fragte Axiana und streichelte ihrer Freundin über die Wange.

»Ja. Ja. Ich habe schlecht geträumt. So was Dummes. Es tut mir leid.«

»Du zitterst ja«, sagte Kalizkan. »Vielleicht hast du Fieber.«

»Ich glaube, ich gehe lieber hinein«, meinte sie, »und lege mich hin.«

Sie ließ die beiden zurück und ging in ihr Zimmer neben der Wohnung der Königin. Ihr Mund war ausgedörrt, und sie schenkte sich einen Becher Wasser ein. Dann setzte sie sich und versuchte, sich ins Gedächtnis zu rufen, was sie im Dachgarten gesehen hatte.

Das Bild war nur flüchtig gewesen, und sie stellte fest, daß es um so ungreifbarer wurde, je mehr sie sich darauf zu konzentrieren versuchte.

Leise kehrte sie zum Dachgarten zurück und blieb ungesehen in der Tür stehen. Von hier aus konnte sie den freundlichen Zauberer und die Königin beieinander sitzen sehen. Sie schloß die Augen ihres Körpers und betrachtete sie mit den Augen ihres Geistes.

Ihr Herz hämmerte, und sie begann wieder zu zittern.

Kalizkans Gesicht war grau und tot, seine Hände nur teilweise von Fleisch bedeckt. Blanke Knochen ragten aus seinen Fingern. Und als Ulmenetha genauer hinsah, entdeckte sie eine kleine Made, die aus einem Loch in der Wange des Zauberers glitt und auf sein blaues Satingewand fiel.

Sie ging in ihr Zimmer zurück und betete.

Dagorian stand mitten in dem kleinen Zimmer. Blut war auf die weißen Wände gespritzt, und der Krummdolch, der die schrecklichen Wunden verursacht hatte, war zu Boden geworfen worden, wo er den Ziegenfellteppich besudelt hatte. Der Leichnam der alten Frau war schon fortgebracht worden, als Dagorian kam, doch der Mörder saß noch immer am Herd, den Kopf in den Händen verborgen. Zwei Drenaisoldaten bewachten ihn.

»Es scheint ganz offensichtlich«, meinte Dagorian zu Zani, dem schlanken ventrischen Beamten, »in einem Wutanfall hat dieser Mann seine Mutter getötet. Es sind keine Soldaten beteiligt. Keine Bedrohung für den König. Ich verstehe nicht, warum du mich hast rufen lassen.«

»Du warst letzte Nacht der Wachoffizier«, sagte Zani, ein kleiner Mann mit kurzgeschnittenem schwarzen Haar und einer Stirntolle. »Wir sollen alle Fälle von mehrfachen Morden melden.«

»Dann gab es mehr als einen Toten?«

»Ja, aber nicht hier, sondern woanders. Sieh dich um. Was siehst du?«

Dagorian schaute sich um. Regale säumten die Wände. Auf einigen standen getöpferte Gefäße, auf anderen Flaschen aus farbigem Glas. Auf dem niedrigen Tisch neben der Feuerstelle sah er einen Satz Runensteine liegen und mehrere Papyruskarten vom Himmel. »Die Frau war eine Wahrsagerin«, sagte er.

»Allerdings – und eine gute, nach allem was man hört.«

»Ist das von Bedeutung?« fragte Dagorian.

»Vier solcher Leute wurden allein in diesem Stadtteil letzte Nacht getötet. Drei Männer und eine Frau. Zwei wurden von Kunden ermordet, der dritte von seiner Frau und diese Frau hier von ihrem Sohn.«

Dagorian ging durch den Raum, öffnete die Hintertür und trat in den kleinen dahinterliegenden Garten hinaus. Der Ventrier folgte ihm. Die Sonne schien hell, ihre Wärme war wohltuend. »Kannten die Opfer einander?« fragte Dagorian.

»Der Sohn sagte, er kannte einen der Toten.«

»Dann bleibt es ein zufälliges Zusammentreffen«, schloß Dagorian.

Der Ventrier seufzte und schüttelte den Kopf. »Siebenundzwanzig im vergangenen Monat. Ich glaube nicht, daß man das alles Zufall nennen kann.«

»Siebenundzwanzig Wahrsager?« Dagorian staunte.

»Es waren nicht alles Wahrsager. Ein paar waren Mystiker, andere Priester. Aber ihr Talent ist der gemeinsame Nenner. Sie alle konnten die Wege des Geistes beschreiten. Die meisten konnten auch teilweise die Zukunft lesen.«

»Allerdings wohl nicht sehr gut, wie es scheint«, betonte Dagorian.

»Dem kann ich nicht zustimmen. Komm, ich will dir was zeigen.« Dagorian folgte dem kleinen Ventrier wieder hinein. Zani deutete auf die frischen Kratzspuren im Holz, in Form eines umgekehrten Dreiecks, mit einer Schlange in der Mitte. »Alle Zugänge zu diesem Raum tragen dieses Zeichen. Es ist Teil eines Schutzzaubers. Die alte Frau wußte, daß sie in Gefahr war. Als wir sie fanden, umklammerte sie ein Amulett. Auch das war ein Schutztalisman.«

»Schutz vor Zauberei«, sagte Dagorian geduldig. »Aber sie wurde doch nicht durch Zauberei getötet, oder? Sie wurde von ihrem Sohn ermordet. Er hat das Verbrechen gestanden. Behauptet er, er sei von einem Dämon besessen gewesen? Verteidigt er sich auf diese Weise?«

»Nein«, gab Zani zu. »Aber das sollte er vielleicht. Ich habe mit den Nachbarn gesprochen. Er war seiner Mutter sehr zugetan. Und nicht einmal er selbst weiß mehr, wieso er derartig in Rage geriet.«

Dagorian ging zu dem verwirrten jungen Mann, der am Feuer saß. »An was erinnerst du dich?« fragte er. Der Mann sah auf.

»Ich saß in meinem Zimmer und wurde einfach immer wütender. Das nächste, was ich weiß, ist, daß ich hier war, in diesem Zimmer. Und ich stach zu… immer wieder…« Er brach ab und verbarg das Gesicht in den Händen.

»Was hat dich so wütend gemacht?«

Zuerst schien es, als hätte der junge Mann die Frage nicht gehört, doch das Schluchzen ließ nach, und er wischte sich mit dem Ärmel über die Augen. »Ich kann mich nicht erinnern. Ehrlich nicht.«

»Warum hat deine Mutter die Schutzzeichen auf die Türen gemacht?«

»Sie hatte Angst. Sie wollte keine Kunden empfangen und nicht mehr aus diesem Zimmer gehen. Uns ging allmählich das Geld aus. Das machte mich vielleicht so wütend. Wir konnten uns kein Brennholz mehr leisten, und mein Zimmer war so kalt. So entsetzlich kalt.« Er begann wieder zu schluchzen.

»Bringt ihn fort«, befahl Dagorian den Soldaten. Sie halfen dem Mann auf und führten ihn aus dem Haus. Draußen hatte sich eine kleine Menschenmenge versammelt. Einige beschimpften den Gefangenen.

»Irgend etwas stimmt hier ganz und gar nicht«, sagte Zani.

»Laß mir die Einzelheiten der anderen Verbrechen zukommen«, bat Dagorian. »Ich werde sie mir anschauen.«

»Glaubst du, du kannst das Geheimnis in einem Tag lösen?« fragte Zani. »Oder marschierst du nicht morgen mit der Armee?«

»Doch«, antwortete Dagorian. »Aber ich möchte die Berichte trotzdem sehen.«

Er verließ das Haus, bestieg sein Pferd und ritt zurück zur neuen Kaserne. Dort wartete er auf die Berichte, las sie sorgfältig und bat dann um eine Unterredung mit seinem unmittelbaren Vorgesetzten, dem ventrischen Schwertkämpfer Antikas Karios.

Er mußte eine Stunde vor dem Büro des Ventriers warten, und als er endlich hineingeführt wurde, sah er Antikas aus dem Garten hereinkommen, in dem er trainiert hatte. Er war bis zur Hüfte nackt und schwitzte stark. Ein Diener brachte ihm ein Handtuch. Antikas ließ sich hinter einem breiten Schreibtisch nieder und trank einen Becher Wasser. Dann trocknete er sich das dunkle Haar. Der Diener stellte sich mit einer Bürste und einer Flasche Öl hinter ihn. Geschickt massierte er dem Ventrier den Schädel, ehe er sein Haar zurückkämmte und es zu einem Pferdeschwanz band. Mit einer Handbewegung entließ Antikas den Diener und wandte seine dunklen Augen dann Dagorian zu.

»Du wolltest mich sprechen?«

»Jawohl.« Rasch erzählte er dem Offizier von der Flut von Morden und der Besorgnis des Beamten Zani, daß dahinter eine organisierte Machenschaft stand.

»Zani ist ein guter Mann«, sagte Antikas. »Er ist seit vierzehn Jahren Beamter der Stadt und hat seinen Dienst immer hervorragend versehen. Er hat einen scharfen Verstand. Wie ist deine Meinung?«

»Ich habe die Berichte gelesen. In jedem Fall wurden

die Mörder gestellt, und sie gestanden ohne jede Folter. Aber ich teile Zanis Besorgnis in einer Hinsicht.«

»Und die wäre?«

»Siebenundzwanzig Mystiker in sechzehn Tagen. Und den Berichten zufolge lebte jeder einzelne von ihnen in Angst.«

Antikas erhob sich, durchquerte den Raum und nahm ein frisches Hemd aus einer Schublade. Er schüttelte die Rosenblätter heraus und zog es über den Kopf. Dann ging er zurück an seinen Schreibtisch. »Du bist ein guter Schwertkämpfer«, sagte er. »Deine Bewegungen sind gut ausgeführt.«

»Vielen Dank«, sagte Dagorian, den der Wechsel des Themas verwirrte.

»Deine Fußarbeit läßt dich im Stich.«

»Das hat Nogusta auch gesagt.«

»Ja«, sagte Antikas mit einem kalten Lächeln. »Wenn er zwanzig Jahre jünger wäre, würde ich ihn herausfordern. Er ist eine Ausnahmeerscheinung.« Antikas setzte sich wieder und nahm noch einen Schluck aus seinem Becher. »Ich sehe aus deiner Akte, daß du eigentlich Priester werden wolltest?«

»Jawohl. Bis mein Vater starb.«

»Ja, ein Mann muß die Familienehre aufrechterhalten. Umfaßten deine Studien auch Mystizismus?«

»Nur am Rande. Aber keine Zauberei.«

»Ich glaube, du wirst herausfinden, daß diese Verbrechen auf einer Rivalität unter kleinen Zauberern beruhen. Trotzdem können solche Taten nicht hingenommen werden. Finde heraus, welche Mystiker noch am Leben sind. Die wahre Quelle der Morde wird bei einem von ihnen liegen.«

»Jawohl. Ich werde es versuchen, aber das kann ich nicht an einem Tage schaffen.«

»Allerdings nicht. Du bleibst hier. Ich werde nach dir

schicken, wenn wir den Großen Fluß überquert haben.«

»Jawohl. Ist das eine Bestrafung?«

»Nein. Lediglich ein Befehl.« Antikas begann, Papiere auf seinem Schreibtisch hin- und herzuschieben, aber Dagorian rührte sich nicht vom Fleck. »Sonst noch etwas?« fragte er.

»Ja. Ich habe überlegt, ob Herr Kalizkan uns vielleicht helfen könnte. Er hat große Macht, und es würde Zeit sparen.«

»Herr Kalizkan ist damit beschäftigt, Zauber vorzubereiten, die den König in der bevorstehenden Schlacht gegen die Cadier unterstützen sollen. Aber ich werde ihm deine Bitte vortragen.« Dagorian salutierte knapp und machte einen Schritt rückwärts, ehe er auf dem Absatz kehrt machte und zur Tür marschierte. Die Stimme des Ventriers ließ ihn innehalten. »Vertrau mir, Dagorian. Du wirst nie *fragen* müssen, ob ich dich bestrafe. Das wirst du schon *wissen.*«

Dagorian und Zani ritten zu drei Adressen im Norden der Stadt, an denen jeweils ein Astrologe oder Seher wohnen sollte. Alle waren verlassen. Die Nachbarn waren nicht in der Lage, Informationen zu liefern. Die vierte Adresse war ein Haus in einem reichen Viertel namens Neun Eichen. Hier waren die Häuser von hektargroßen, landschaftlich gestalteten Gärten mit Springbrunnen und Spazierwegen durch eigenen Wald umgeben.

Die beiden Männer lenkten ihre Pferde durch den Wald, bis sie schließlich zu einem hohen Haus kamen, dessen Außenmauern mit grünem Marmor verkleidet waren. Kein Diener kam, um sie zu begrüßen, als sie zum Vordereingang ritten. Dagorian und Zani stiegen ab und banden die Zügel an ein dafür vorgesehenes Geländer.

Der Haupteingang war verschlossen und verriegelt, die grünen hölzernen Fensterläden vor den Fenstern fest geschlossen. Ein einäugiger alter Mann in grüner Flickenjacke mit einer Schubkarre kam in Sicht, die er langsam durch den Garten schob. Er blieb stehen, als er sie sah. Dagorian ging auf ihn zu. »Wir suchen den Herrn des Hauses«, sagte er.

»Weg«, antwortete der alte Mann.

»Weg wohin?«

»Einfach weg. Ließ all seine Wertsachen auf drei Wagen packen und verschwand.«

»Wann war das?«

»Vor vier Tagen. Nein... fünf.«

Zani kam heran. »Wie heißt du?«

»Ich bin Chiric, der Obergärtner. Der einzige Gärtner jetzt, wenn man es genau nimmt.«

»Wirkte dein Herr beunruhigt?« fragte Dagorian.

»Ja, so könnte man das ausdrücken. Besorgt.«

»Wie könnte man das noch ausdrücken?« warf Zani ein.

Der alte Mann lächelte schief. »Man könnte sagen verängstigt.«

»Wovor?« erkundigte sich Dagorian. Chiric zuckte die Achseln.

»Weiß ich nicht und interessiert mich auch nicht. Der Frühling kommt, und ich habe zuviel zu pflanzen, um mich darum zu kümmern, was Leute wie ihn in Angst versetzt. Kann ich jetzt gehen?«

»Einen Moment noch«, bat der Ventrier. »Wohnst du im Haus?«

»Nein. Habe eine kleine Hütte im Wald. Warm und gemütlich. Gefällt mir jedenfalls.«

»Ist in letzter Zeit hier irgend etwas Seltsames vorgefallen?« fragte Dagorian.

Der alte Mann lachte rauh. »Seltsame Dinge passieren

hier laufend. So ist das nun mal mit Zauberern. Farbige Lichter gab's, Feuerblitze. Haben sich hier immer in Gruppen getroffen. Haben bis spät in die Nacht gesungen. Dann fragt er mich, wieso die Hühner nicht mehr legen. Bat mich, eines Nachts dabei zu sein. Sagte, ihnen fehlte noch einer zu einer mystischen Zahl. Nein, danke, habe ich gesagt.«

»Was war es, das ihm Angst einjagte?« beharrte Dagorian.

»Kriege ich was für diese ganzen Informationen?« fragte Chiric. »Wenn nicht, habe ich was Besseres zu tun als den ganzen Tag hier rumzustehen und zu schwatzen.«

Zani wurde wütend. »Du könntest ein paar Wochen im Verlies der Stadtwache verbringen«, sagte er, »weil du Offiziere des Königs behinderst. Wie klingt das?«

Dagorian trat rasch hinzu und zog eine kleine Silbermünze aus seiner Börse. Der alte Mann steckte sie mit unglaublicher Schnelligkeit ein, dann warf er einen mürrischen Blick auf Zani. »Arbeiter werden bezahlt«, sagte er. »Deswegen arbeiten sie nämlich. Also, ihr wollt was über seine Ängste wissen. Nun, ich war letzten Monat für ein paar Tage fort. Meine Jüngste hat einen Bauern aus Captis geheiratet. Als ich zurückkam, waren ein paar der Diener verschwunden. Und der Herr hatte drei große schwarze Wolfshunde gekauft, mit Zähnen wie Dolchen. Ich haßte die Biester, wirklich. Ich fragte Sagio danach…«

»Sagio?« warf Zani ein.

»Meinen Untergärtner. Guter Junge. Auch er hat gekündigt – anschließend! Jedenfalls, er sagte, daß der Herr das Haus nicht mehr verlassen wollte. Behauptete, jemand hätte einen Todeszauber auf ihn gelegt. Er verbrachte endlose Tage in seiner Bibliothek und brütete über Schriftrollen und so. Und die Hunde tappten ständig ums Haus herum. Dann, vergangene Woche, haben die Hunde ihn angegriffen. Sind einfach durchgedreht. Er schaffte es, sich in der Bibliothek einzuschließen. Als er wieder rauskam, hatten die Hunde sich gegenseitig zerfleischt. Überall Blut. Ich mußte es wegwischen. Na, Sagio und ich. Trotzdem, war schrecklich. Aber wenn man sich wilde Hunde hält, muß man mit Ärger rechnen, oder? Ich nehme an, es war die Kälte, die sie so wütend gemacht hat. Marmorhäuser, pah! Kann man nicht warm kriegen, was? Der Raum, in dem sie waren, war eisig.«

»Und dann verließ er die Stadt?«

»Noch am selben Tag. Ihr hättet ihn sehen sollen.« Chiric lachte leise. »Er war von oben bis unten mit Amuletten und Talismanen behängt. Und er sang die ganze Zeit, während er zur Kutsche ging. Man konnte ihn noch hören, als sie zum Tor hinausfuhr.«

Dagorian dankte dem Mann und ging zurück zu seinem Pferd. Zani ging neben ihm. »Was jetzt, Drenai?«

»Wir brechen ein«, sagte Dagorian, ging zu einem der Fensterläden im Erdgeschoß und zog sein Schwert.

»He, was macht ihr da?« schrie der alte Mann.

»Wir sind Offiziere des Königs«, antwortete Zani. »Du kannst gern bei unserer Untersuchung dabeisein. Aber wenn du versuchst, uns daran zu hindern, werde ich mein Versprechen über den Kerker halten.«

»War ja nur 'ne Frage«, brummte Chiric und packte die Griffe seiner Schubkarre. Der alte Mann räusperte sich, spie auf den Pfad und schob dann in Richtung Wald davon.

Dagorian stieß seinen Säbel zwischen die Läden und hob damit den innenliegenden Riegel hoch. Er fiel mit einem dumpfen Klang herab. Dagorian öffnete die Läden, steckte seinen Säbel ein und kletterte hinein. Drinnen war es schummrig, und er öffnete noch zwei weitere Fenster. Zani kletterte ebenfalls hinein. »Wonach suchen wir?« fragte er. Dagorian breitete die Hände aus.

»Keine Ahnung.« Sie standen jetzt in einem schön eingerichteten Wohnzimmer, mit sieben Sofas und einem herrlichen Mosaikfußboden und bemalten Wänden. Von dort aus gelangten sie in einen Flur und in weitere Zimmer, die sie durchsuchten. Überall war die Möblierung kostbar. Die Bibliothek war vom Boden bis zur Decke mit Bücherregalen verkleidet, deren Böden sich unter dem Gewicht von Büchern, Schriftrollen und Pergamenten bogen. Die Nordwand war noch immer voller Blutflecken, ebenso wie der blaßgrüne Teppich.

»Ich hoffe, Chiric ist ein besserer Gärtner als Hausreiniger«, sagte Zani.

Eine Tür an der Rückseite der Bibliothek führte in ein Arbeitszimmer. Auch das hatte Regale an allen vier Wänden. Auf den meisten standen Gläser mit dicken Flüssigkeiten. In einem schwamm eine menschliche Hand, in einem anderen ein kleiner, mißgestalteter Fötus. Andere enthielten Organe. In die Westwand war ein großer Schrank eingebaut. Dagorian öffnete ihn. Hier wurden noch mehr Gläser gelagert, diesmal gefüllt mit Kräutern. Der Drenaioffizier betrachtete sie, wählte schließlich eins aus und trug es zu einem schmalen Schreibtisch, auf dem ein menschlicher Schädel lag, der zu einem Behälter für zwei Tintenfässer umgestaltet war. Dagorian stellte das Glas auf den Tisch und brach das Wachssiegel um den Deckel auf.

»Was ist das?« fragte Zani.

»*Lorassium*-Blätter. Sie haben große Heilkraft, aber *Lorassium* ist eigentlich ein starkes Rauschmittel, das Mystiker verwenden, um ihre Visionen zu unterstützen.«

»Ich habe davon gehört. Es ist sehr teuer.«

Der junge Drenai-Offizier setzte sich und nahm zwei Blätter aus dem Glas. Sie waren von einem dunklen, glänzenden Grün, und ein betäubender Duft erfüllte die Luft. »Was machst du da?« wollte Zani wissen.

Einen Augenblick lang antwortete Dagorian nicht, dann schaute er zu dem Ventrier auf. »Hier ist eine Kraft am Werke, die außerhalb der normalen menschlichen Sinne arbeitet. Wir könnten tagelang durch die Stadt stolpern, ohne eine Antwort zu finden. Vielleicht ist es an der Zeit, die Augen des Geistes zu benutzen.«

»Bist du in diesen Dingen versiert?«

»Nicht besonders. Aber ich kenne die Vorgehensweise.«

Zani schüttelte den Kopf. »Ich verstehe nichts von Zauberei – und will es auch gar nicht. Aber es waren viele Todesfälle, Drenai. Ich glaube, das Risiko ist zu groß für einen, der nur – wie du selbst zugibst – etwas von der *Vorgehensweise* versteht. Ich glaube, es wäre klüger, das Problem dem Herrn Kalizkan vorzustellen. Es gibt keinen größeren Zauberer als ihn.«

»Das habe ich bereits veranlaßt, Zani«, sagte der Offizier. »Aber meine Arroganz zwingt mich, dieses Geheimnis selbst zu lösen.«

Als er zu Ende gesprochen hatte, rollte er die beiden Blätter zusammen und steckte sie in den Mund.

Leuchtende Farben flammten vor seinen Augen auf, und ein scharfer Schmerz durchfuhr ihn vom Hals bis in die Arme und Finger. Dagorian mahnte sich zur Ruhe und begann im Geiste das Mantra von Dardalion zu rezitieren, die einfachste der Drei Stufen. Er hatte das Gefühl, als schwebe er in seinem eigenen Körper, drehe und wende sich. Aber es folgte keine Freilassung, er konnte nicht frei fliegen, wie er gehofft hatte. Langsam öffnete er die Augen. Zanis blaue Tunika schimmerte jetzt in ätherischem Licht und tanzenden Farben. Eine flackernde Aura umgab den Mann. Dagorian erkannte, daß es nicht die Tunika war, die so schimmerte, sondern der Mann selbst. Über seinem Herzen war ein violettes, rötlich überhauchtes Licht, das über dem Bauch in Kastanienbraun überging. Das war also die Aura, von der die Mystiker sprachen. Wie schön sie war. Er betrachtete Zanis rundes Gesicht. Ehrlichkeit, Loyalität und Mut standen dort, und er hatte die Vision, wie der Ventrier in einem kleinen Zimmer saß und drei Kinder zu seinen Füßen spielten. Eine junge Frau saß in der Nähe, mollig und schwarzhaarig. Sie lächelte.

Er richtete seinen Blick auf die Wände. Abwehrzauber waren über den Fenstern und den Türen angebracht worden, und diese konnte er jetzt sehen. Sie glühten schwach rot. Er drehte sich im Stuhl um und schaute aus dem Ostfenster in den schattigen Garten. Er blinzelte. Ein Gesicht starrte herein, ein geisterhaft weißes Gesicht mit großen dunklen, vorstehenden Augen und einem lippenlosen Mund. Die Haut war schuppig wie bei einem Fisch, die Zähne nadelscharf. Andere Gesichter drängten sich darum, und ein langer, knochiger Arm schob sich ins Zimmer. Der Abwehrzauber flammte auf, und der Arm wurde hastig zurückgezogen.

»Es sind Dämonen am Fenster«, sagte er heiser. Seine Worte klangen in seinem Kopf wider.

»Ich sehe keine Dämonen«, sagte Zani mit zitternder Stimme.

»Und doch sind sie da.«

»Es wird kalt hier drin«, stellte Zani fest. »Spürst du das?«

Dagorian antwortete nicht. Er stand auf, ging zur inneren Tür und spähte hinaus in die Bibliothek und zur dahinterliegenden Treppe. Weiße Gestalten schwebten dicht unter der Decke, andere kauerten sich außerhalb der Sonnenstrahlen zusammen, die durch die Fenster im Westen hereinfielen.

Angst erfaßte den Offizier. Es waren Scharen.

Sie flogen ihn mit ausgestreckten Klauen an. Der Schmerz war groß, und er taumelte rückwärts. »Was ist das?« schrie Zani.

In Panik rannte Dagorian zur Vordertür. Die Dämonen bedeckten ihn nun ganz und zerrten an ihm. Er schrie laut, stolperte gegen die Tür und tastete nach der Klinke. Die Tür war verschlossen. Er fiel auf die Knie, der Schmerz war unbeschreiblich. Zani packte seinen Arm und zerrte ihn zum Westfenster. Helles Licht fiel auf ihn, und die Dämonen zogen sich zurück. Zani half ihm, in den Garten hinaus zu klettern. Dagorian taumelte auf den Rasen, dann fiel er hin und rollte in den Schatten der Bäume.

Weiße, durchscheinende Gestalten ließen sich von den Ästen herunterfallen und rissen mit Zähnen und Klauen an seinem Gesicht. Er schlug wild mit den Armen nach ihnen, aber seine Finger glitten durch sie hindurch.

Ein schimmerndes Feuerschwert erschien. Die Dämonen wichen zurück. Eine Stimme flüsterte. »Das Gebet des Lichts! Sage es auf, du Narr, sonst stirbst du hier.«

Schmerz und Entsetzen blockierten Dagorians Erinnerungsvermögen. Die Stimme sprach wieder. »Sag es mit mir zusammen: O Herr des Lichts, Quelle allen Lebens, sei mit mir hier in dieser Stunde der Dunkelheit und Gefahr… sprich es laut!«

Dagorian begann das Gebet zu sprechen. Die Dämonen wichen zurück, blieben aber in der Nähe. Ihre dunklen, boshaften Augen funkelten ihn finster an.

Dagorian erhob sich auf die Knie und beobachtete sie. Langsam begann die Kraft des *Lorassium* zu schwinden, und damit seine Geist-Sicht. Die Dämonen wurden immer durchscheinender, bis sie schließlich nicht mehr waren als formlose Rauchfetzen. Dann waren sie verschwunden.

Jetzt war er sicher. Er starrte auf seine Arme und Hände und wunderte sich, daß kein Blut zu sehen war. Die Klauen hatten ihn so oft verwundet. Er sank erschöpft zurück. »Was ist hier geschehen?« flüsterte Zani. »Gegen was hast du gekämpft?«

Dagorian antwortete nicht. Das *Lorassium* verstärkte nicht nur die visuelle Kraft, sondern auch die Wahrnehmung und Erkenntnisfähigkeit. Während die Wirkung nachließ, bemühte er sich, die Eindrücke, die er selbst bei seiner panischen Flucht gewonnen hatte, festzuhalten.

Die Dämonen waren nicht empfindungsfähig – jedenfalls nicht auf eine Art, die ein menschliches Wesen verstehen konnte. Sie waren… das Wort Fresser kam ihm in den Sinn. Ja, das war es. Wie ein hungriges Rudel versuchten sie zu verschlingen… was? Was war die Ursache für seinen Schmerz? Er war nicht körperlich, trotzdem hätte er ihn getötet. Das *Lorassium* hatte seine Wirkung fast ganz verloren, und er versuchte, das Wissen festzuhalten, das er errungen hatte. Obwohl sie nicht empfindungsfähig waren, besaßen die Wesen eine Zielstrebigkeit, die *außerhalb* ihrer eigenen Wünsche lag. Ihre Gewalt wurde *gesteuert*.

Die Sonne ging hinter den Bergen unter. Bald würde es dunkel sein. Dagorian überkam wieder die Angst. »Wir müssen hier weg«, sagte er.

Kapitel fünf

Mondlicht glitzerte auf dem Zelt des Weißen Wolfes und verwandelte es in Silber. Drinnen öffnete der alte Mann die Schatulle mit den Landkarten und begann sie zu durchsuchen. Ein Becken mit heißen Kohlen erfüllte das Zelt mit Wärme, und zwei glühende Laternen warfen flackernde Schatten auf die Innenwände.

Als er die Karte gefunden hatte, die er suchte, streckte sich der alte Mann. Sein Rücken schmerzte, und er reckte die Arme hoch, um seine Muskeln zu lockern. Da traf ihn die Kälte, bitter wie ein Schneesturm. Stöhnend drehte er sich zu dem Kohlebecken um. Es strahlte keinerlei Wärme mehr aus. Er setzte sich auf seine Pritsche, plötzlich müde, ließ die Karte auf die dünne Matratze fallen und streckte seine Hände dem Feuer entgegen. Die Hände waren alt und voller brauner Flecken, die Knöchel angeschwollen vor Rheumatismus.

Depression überfiel ihn. Einst war ich jung, dachte er. Er erinnerte sich an seine erste Schlacht in der neu formierten Armee des alten Königs. Er hatte den ganzen Tag lang gekämpft, ohne auch nur die Spur von Müdigkeit zu empfinden. Und in jener Nacht hatte er zwei der Lagerfrauen mit ins Bett genommen, eine nach der anderen. Er warf einen Blick auf seine dünnen, faltigen Beine, deren lose Haut über verwelkten Muskeln schlotterte. Du hättest schon vor Jahren sterben sollen, sagte er sich.

Die Kälte wurde intensiver, aber er spürte sie nicht mehr.

Seine Depression wuchs sich zu einer tiefen Verzweiflung aus, gemischt aus Bedauern über das, was geschehen war und einer eisigen Furcht vor dem, was noch kommen konnte, Senilität und Bettnässen. Was sollte er tun, wenn er wieder in Drenan war? Diener einstellen, die seine verschmutzten Bettlaken wechselten, die ihm den Speichel abwischten, der ihm aus dem Mund rann. Vielleicht würde er den Abscheu in ihren Gesichtern ja nicht sehen. Aber in Momenten der Klarheit würde er es sehen.

Der alte Mann zog seinen Dolch und legte die Klinge auf sein Handgelenk. Er ballte die Faust und sah die Arterie hervorquellen. Geschickt ritzte er sie mit dem Messer auf. Selbst sein Blut war schwach und dünn, wurde herausgepumpt und befleckte den ledernen Kavalleriekilt, floß über seine Schenkel und in seine Stiefel.

Er saß ganz still, dachte an die ruhmreichen Tage, bis er schließlich vom Bett fiel.

Das Feuer flackerte auf, und die Hitze begann wieder das Zelt zu durchdringen.

Nach ein paar Minuten hob sich die Zeltklappe, und zwei Männer traten ein.

Der erste Mann lief zu dem Leichnam und kniete daneben nieder. »Gütiger Himmel«, wisperte er. »Warum? Er war guter Dinge, als du ihn nach der Karte schicktest, General. Und er hat am Geburtstag des Königs viel gewonnen. Er sprach über sein Zuhause in der Nähe von Dros Corteswain und seine Pläne für seinen Bauernhof. Das macht doch keinen Sinn.«

Der Weiße Wolf stand schweigend daneben, sein heller Blick glitt prüfend über das Innere des Zeltes. Auf dem Klapptisch standen ein Krug und ein Becher, in dem Wasser gewesen war. Jetzt war er voll mit schmelzendem Eis. Kondensation hatte auch eine Eisschicht auf den Zeltwänden hinterlassen.

Banelion verbarg seinen Ärger. Die Möglichkeit eines zauberischen Angriffs war ihm nicht in den Sinn gekommen, und er verfluchte sich für seine Dummheit.

»Ich verstehe das nicht«, sagte der graubärtige Offizier, der neben dem Toten kniete. »Warum sollte er sich umbringen?«

»Warum bringt sich überhaupt jemand um?« entgegnete Banelion. »Laß den Leichnam wegschaffen.«

Dagorian und Zani brachten ihre Pferde in den Stall. Der Ritt war schweigsam verlaufen, und jetzt, während sie durch die dämmrigen schattigen Straßen gingen, hielt sich der kleine Ventrier dicht bei dem größeren Offizier. »Ich denke, du solltest mir erzählen, was dort vorgefallen ist«, sagte er.

Der Drenaikrieger nickte, dann führte er Zani zu einer kleinen Taverne unweit des Marktplatzes. Sie war fast leer, und sie setzten sich an einen Fenstertisch. Dagorian bestellte Wein, fügte etwas Wasser hinzu und nippte dann. »Dort waren Dämonen«, sagte er schließlich leise. »Ganze Scharen. Vielleicht Hunderte. Sie füllten das Haus, ganz und gar, bis auf den Raum mit dem Abwehrzauber. Sie zerrten mit Klauen und Zähnen an mir. Ich dachte sie würden mir das Fleisch von den Knochen reißen.«

»Aber du hattest keine Wunden. Vielleicht war es nur das Rauschmittel.«

Dagorian schüttelte den Kopf. »Ich hatte Wunden, Zani. Ich kann sie noch immer spüren. Sie zerrten an meinem Geist – meiner Seele, wenn du so willst. Sie waren sogar draußen, in den Bäumen. Schlimmer noch, ich hatte das Gefühl, sie wären überall. Sie sind wahrscheinlich sogar jetzt hier, in den Schatten an der Decke, an den Wänden.«

Zani blickte sich nervös um. Aber er konnte nichts sehen. »Wie sahen sie aus?« Dagorian beschrieb sie, die knochenweißen Gesichter mit den hervortretenden Augen, die scharfen Zähne und die Klauen. Zani schauderte. Es klang wie der Alptraum eines Verrückten – was Zani unendlich viel lieber gewesen wäre. Aber sie untersuchten fast zwei Dutzend bizarre Morde, und alles, was Dagorian beschrieb, klang wahr. Trotzdem ging es weit über Zanis Verständnis. Der Drenaioffizier schwieg. Zani fragte leise. »Was bedeutete das alles, Drenai?«

»Ich weiß es nicht. Es geht weit über das hinaus, was man mich gelehrt hat. Aber da war noch etwas anderes. Ich wurde von einer schimmernden Gestalt mit einem Feuerschwert gerettet. Er war es, der mich die heiligen Verse aufsagen ließ.«

»Eine schimmernde Gestalt«, wiederholte Zani. »Du meinst, ein Engel?«

Dagorian sah wieder die Skepsis in der Miene des Ventriers aufleuchten. »Tut mir leid, Zani. Wenn ich du wäre, wäre ich auch höchst mißtrauisch. Ist der Mann verrückt? Hat das *Lorassium* lediglich seinen Wahn verstärkt?« Zani entspannte sich und lächelte. »Nun, der Mann ist nicht verrückt. Aber er hat Angst. Und er hat so etwas wie eine Theorie.«

»Das klingt wenigstens vielversprechend«, meinte Zani.

»All die Menschen, die getötet wurden – oder flohen – waren Seher. Sie konnten die Dämonen *sehen*.«

»Und das heißt?«

»Stell dir eine Armee auf dem Marsch in feindliches Gebiet vor. Die Kundschafter sind sozusagen die Augen. Deshalb ist es vorrangigstes Ziel, die Kundschafter zu töten. Dann ist die Armee blind.«

»Aber diese Dämonen können nicht töten. Sie haben

mich nicht angegriffen. Und sobald die Wirkung der Droge nachließ, warst du auch in Sicherheit.«

»Sie können nicht direkt töten. Aber sie können Gefühle beeinflussen. Soviel habe ich damals im Tempel gelernt. Wenn ihre Bösartigkeit von einem mächtigen Magier gelenkt wird, können sie Haß und Bosheit entstehen lassen. Das ist der Schlüssel zu diesen Morden. Der Junge, der seine Mutter tötete, die Hunde, die ihren Herrn angriffen. Alle.«

»Ich weiß wenig von Dämonen – und ich wünschte, ich wüßte noch weniger«, sagte Zani. »Aber ich weiß, daß das hier meine Fähigkeiten übersteigt. Wir müssen Kalizkan zu Rate ziehen.«

»Vor heute morgen hätte ich dir zugestimmt«, sagte Dagorian. »Ich werde darüber nachdenken.«

»Was gibt es da nachzudenken? Er ist der größte Zauberer des Reiches.«

»Ich weiß. Genau das macht mir ja Sorgen.«

»Das ergibt doch keinen Sinn.«

»Ich habe Geschichten über Zauberer gelesen, die Dämonen herbeiriefen. Einzeln oder zu zweit. Aber wir haben hier Hunderte. Nur der größte aller Magier könnte auch nur an einen solchen Zauber denken. Ein Zauberer mit solcher Macht bleibt nicht unbekannt. Er wäre berühmt, reich und mächtig. Gibt es noch einen solchen Zauberer in Usa?«

Zanis Gesicht verfinsterte sich. »Ich bin Kalizkan oft begegnet«, sagte er kalt. »Er ist ein guter Mann und wird zu Recht bewundert. Er rettet Kinder von der Straße. Er ist freundlich und wird geliebt. Davon zu sprechen, daß er Dämonen herbeiruft, ist Verleumdung. Und ich will nichts mehr davon hören. Ich glaube, die Droge hat dein Hirn verkorkst, Drenai. Ich schlage vor, du gehst in deine Kaserne und ruhst dich aus. Vielleicht hast du dann morgen wieder einen klaren Kopf.«

Der Ventrier schob seinen Stuhl zurück und ging zur Tür. Dagorian machte keinen Versuch, ihn zurückzuhalten. Wenn die Situation umgekehrt wäre, wäre er auch skeptisch. Zani öffnete die Tür und ging hinaus. Dagorian hörte ihn aufschreien. Der ventrische Offizier stolperte rücklings in die Taverne, Blut quoll aus einer häßlichen Wunde in seiner Kehle. Drei dunkelgekleidete Krieger traten ein. Sie trugen Kapuzen und waren maskiert. Der erste stieß Zani sein Schwert tief in den Bauch. Die anderen beiden rannten auf Dagorian zu. Der Drenaikrieger stieß den Tisch um, um sie aufzuhalten und zog sein eigenes Schwert. Eine Klinge zielte auf seine Kehle. Dagorian wich seitlich aus und hieb seinem Gegner das Schwert bis zum Genick in den Hals. Er war tot, noch ehe er den Boden berührte. Als er seinen Säbel herauszog, sprang Dagorian bereits zurück. Der zweite Mörder ließ sein Schwert durch die Luft sausen. Dagorian traf den Arm seines Angreifers mit einem Rückhandhieb. Die Klinge drang tief ein. Der Mann schrie auf und ließ sein Schwert fallen. Der Mörder, der Zani niedergestochen hatte, warf ein Messer, das Dagorian jedoch verfehlte und klirrend gegen die Wand prallte.

Der Mann mit dem verwundeten Arm kam auf die Füße und lief zur Tür. Sein Gefährte zögerte, schloß sich ihm jedoch an, und die beiden entkamen in die Nacht. Dagorian rannte zu Zani, doch der kleine Ventrier, der in einer Blutlache lag, war tot.

Wut stieg in dem Drenaioffizier auf, und er stürzte aus der Taverne, um die Mörder einzuholen.

In den Straßen war es dunkel, und es gab keine Spur von ihnen. Er steckte seinen Säbel wieder ein und ging zu den Toten zurück. Der Wirt kam zu ihm. »Ich habe nach der Wache geschickt«, sagte er. Dagorian nickte und ging zum rückwärtigen Teil des Raumes, in dem der tote

Mörder lag. Er drehte den Leichnam mit dem Fuß um, dann kniete er nieder und nahm ihm Maske und Kapuze ab. Er kannte den Mann nicht. Er hörte den Wirt unterdrückt fluchen und fuhr herum.

»Kennst du diesen Mann?«

Der Wirt nickte dumpf. »Er war schon ein paarmal hier – meist in Uniform.«

»Wer ist er?«

»Ich kenne seinen Namen nicht. Aber er ist ein Gehilfe von Antikas Karios.«

Zum dritten Mal an diesem Nachmittag ließ Nogusta halten, um die Pferde auszuruhen. Die beiden Stuten, die Kebra und Bison ritten, brauchten keine Rast, aber Nogustas riesiger schwarzer Hengst atmete schwer, und seine Flanken waren schweißnaß. Nogusta streichelte den schlanken Hals. »Laß den Kopf nicht hängen, Großer«, flüsterte er beruhigend. »Du warst krank und brauchst Zeit, um deine Kraft zurückzugewinnen.« Der schwarze Mann führte ihn durch das Kiefernwäldchen und die letzte Anhöhe hinauf. Auf dem Kamm blieb er stehen und blickte auf das grüne Tal hinunter.

»Ich kann es immer noch nicht glauben«, sagte Bison. »Für sein Fell verkauft! Das muß doch ein Irrtum gewesen sein.«

»Kein Irrtum. Er hat eine Lungenentzündung, und der König beschloß, daß er ihm nicht länger von Nutzen war.«

»Aber das ist Sternenfeuer. Er war jahrelang das Streitroß des Königs. Der König liebt dieses Pferd.«

»Hüte dich vor der Liebe von Königen«, sagte Nogusta kalt. »Sternenfeuer ist wie wir, Bison. Er ist mindestens achtzehn Jahre alt und nicht mehr so stark und schnell wie er einmal war. Skanda hat keine Verwendung mehr für ihn. Also wurde er verkauft, damit man Leder, Fleisch und Leim aus ihm macht.«

»Wenn er nutzlos ist, warum hast du ihn dann gekauft?«

»Weil er etwas Besseres verdient hat.«

»Vielleicht, aber was machst du, wenn er tot umfällt?« wandte Bison ein. »Ich meine… guck ihn dir doch an! Pferde überleben Schwindsucht nicht.«

»Die Diagnose ist falsch. Die Muskeln werden nicht abgebaut. Es ist einfach nur eine Infektion, und er wird sich in der Gebirgsluft schon erholen. Aber wenn er stirbt, dann unter offenem Himmel, frei und stolz, unter Freunden, die sich um ihn kümmern.«

»Er ist doch nur ein Pferd«, beharrte Bison. »Glaubst du wirklich, das macht ihm was aus?«

»Mir macht es etwas aus.« Nogusta nahm die Zügel und begann den langen Abstieg ins Tal hinunter. Bison und Kebra ritten voraus, und als der schwarze Krieger das Kriegsroß in die Ebene geführt hatte, hatten seine beiden Kameraden an einem Bachlauf das Lager aufgeschlagen. Bison hatte trockenes Holz für ein Lagerfeuer gesammelt, und Kebra hatte Töpfe und Teller für ihr Abendmahl ausgepackt.

Nogusta sattelte den schwarzen Hengst ab, ließ ihn sich herumrollen und striegelte ihn dann. Das Pferd war riesig, fast achtzehn Hand* hoch, mit einem starken, gebogenen Hals und einem schönen Rücken. Eine weiße Blesse in Form eines Sterns zierte seine Stirn. »Ruh dich jetzt aus, mein Freund«, sagte Nogusta. »Das Gras hier ist gut.« Der erschöpfte Hengst trottete auf die Wiese und begann zu fressen.

»Ein hübscher Platz«, sagte Kebra. »Gutes Weideland. Wenn ich zwanzig Jahre jünger wäre, würde ich mir hier ein Haus bauen.«

* 1,80 Meter

Als die Dämmerung hereinbrach, tauchten Kaninchen auf. Kebra schoß zwei, häutete sie und nahm sie aus und schnitt dann das frische Fleisch in die Brühe.

Nogusta wickelte sich in seinen Umhang und setzte sich mit dem Rücken gegen einen Baum. Es war friedlich hier, und die Aussicht war majestätisch. Schneebedeckte Berge unterbrachen den Horizont, und Reihen von Hügeln und Tälern lagen vor ihnen. Im Osten lag ein dichter Wald, der teilweise von Nebel verhangen war. Im Westen glitzerte ein See blutrot im Schein der untergehenden Sonne. Kebra hatte recht. Hier war ein Ort, um sich niederzulassen, und er stellte sich ein großes, niedriges Haus vor, mit Fenstern, die zu den Bergen hinausschauten. Pferde und Rinder würden hier gut gedeihen. Er betrachtete die Berge voller Zuneigung. Was galt Menschenwerk schon vor diesen Riesen der Natur, dachte er? Selbst das Böse schien hier klein, winzig und unwichtig. Die Berge scherten sich nicht um die Launen von Königen und Prinzen. Sie waren schon vor den Menschen hier und würden auch noch nach ihnen hier sein, überdauerten vielleicht sogar, wenn die Sonne vom Himmel fiel und ewige Dunkelheit über den Planeten hereinbrach.

Kebra brachte ihm einen Teller, und die beiden Männer saßen in geselligem Schweigen beieinander und aßen. Bison aß rasch, dann nahm er eine flache Pfanne und ging flußaufwärts, um nach Gold zu suchen.

»Er wird nichts finden«, sagte Kebra. »Hier gibt es kein Gold.«

»Aber es beschäftigt ihn«, sagte Nogusta mit trauriger Stimme.

»Glaubst du immer noch, daß man uns verfolgt?«

Nogusta nickte. »Malikada verzeiht nichts. Er wird Männer ausschicken, und ich werde sie töten. Und wofür? Wegen der Arroganz eines Mannes.«

»Vielleicht können wir ihnen ja auch entgehen«, meinte Kebra. Nogusta holte tief Luft und stand auf.

»Vielleicht. Ich habe noch keine neuen Visionen darüber gehabt. Aber der Tod kommt, Kebra. Ich kann ihn riechen.« Kebra antwortete nicht. In solchen Dingen irrte Nogusta sich selten.

Sternenfeuer kam zu den beiden Männern. Sein Atem ging noch immer abgehackt. Nogusta strich dem Hengst über den langen Hals. »Vielleicht hat Bison recht«, meinte Kebra. »Der Versuch, auf einem kranken Pferd einer Verfolgung zu entgehen, macht nicht sehr viel Sinn.«

»Er war schlecht untergebracht«, sagte Nogusta. »Mein Vater kannte sich in diesen Dingen aus. Er hat das Stroh immer feucht gehalten und dafür gesorgt, daß die Ställe sauber waren. Und Sternenfeuer ist nicht bewegt worden.«

»Das meinte ich nicht«, sagte Kebra leise.

»Ich weiß, mein Freund. Es ist auch nicht vernünftig.« Er grinste. »Aber ich würde es wieder tun.«

Ulmenetha sah vom Dachgarten aus zu, wie die Armee aus der Stadt marschierte. Viertausend Drenai-Fußsoldaten, in Dreierreihen, und dreitausend ventrische Kavalleristen in Zweierreihen. Hinter ihnen kamen die Karren mit Proviant, zerlegten Belagerungs- und Wurfmaschinen. Die Nachricht, daß die cadische Armee sich in Marsch gesetzt hatte, hatte Usa erreicht, und Skanda war begierig, ihr zu begegnen.

Der König hatte sich nicht die Mühe gemacht, Axiana zu besuchen, sondern hatte lediglich durch Kalizkan einen Abschiedsgruß geschickt. Ulmenetha hatte den Zauberer gemieden und war in ihren Räumen geblieben, bis er wieder gegangen war. Jetzt stand sie hoch über den jubelnden Menschen, als Skanda aus der Stadt ritt. Die Bevölkerung streute Rosenblüten vor sein Pferd, und er winkte lächelnd.

Erstaunlich, dachte Ulmenetha. Vor ein paar Jahren war er ein einmarschierter Ausländer gewesen, den alle fürchteten. Und jetzt, trotz der endlosen Schlachten und der Zerstörung des Reiches, war er ein Held für sie. Er war ein Gott.

Sie überlegte müßig, ob es wohl anders gekommen wäre, wenn er häßlich gewesen wäre. Konnte ein Mann mit einem häßlichen Gesicht solche Verehrung hervorrufen? Wahrscheinlich nicht. Aber Skanda war nun einmal nicht häßlich. Er sah gut aus und war hochgewachsen, mit hellblondem Haar, einem gewinnenden Lächeln und ungeheurem Charme. Wir sind manchmal so dumm, entschied sie. Im vergangenen Jahr hatte Skanda dem städtischen Waisenhaus zehntausend Raq gespendet – ein Hundertstel der Summe, die er auf seinen Kriegszügen ausgab. Doch das Volk liebte ihn dafür. Es war das Tagesgespräch der Stadt. Im selben Monat war ein geachteter heiliger Mann angeklagt worden, eine junge Priesterin verführt zu haben. Er wurde wütend verurteilt und aus Usa verbannt. Auch das war Stadtgespräch. Solche Gegensätze, dachte Ulmenetha. Das ganze Lebenswerk des heiligen Mannes war zu Staub zerfallen wegen einer einzigen unglückseligen Tat. Die Menschen verachteten ihn. Doch der größte Mörder des Reiches gewann ihre Liebe, indem er einen kleinen Teil des Geldes, das er aus dem Stadtsäckel geplündert hatte, verschenkte.

Ulmenetha seufzte. Wer konnte das schon verstehen?

Als die letzten Soldaten die Stadt verlassen hatten, wanderte sie zurück durch die oberen Etagen des Palastes hinunter in den langgestreckten Küchentrakt. Diener, die wenig zu tun hatten, saßen herum, und

Ulmenetha nahm sich ein zweites Frühstück aus Käse und Eiern, Brot und dicker Erdbeermarmelade.

Während sie aß, lauschte sie dem Schwatzen der Diener. Sie sprachen über einen jungen Drenai-Offizier, der verrückt geworden war und einen ventrischen Beamten und einen Offizier aus dem Stab von Antikas Karios erstochen hatte. Soldaten durchkämmten die Stadt nach ihm. Andere waren nach Süden geritten, um zu prüfen, ob er versucht hatte, sich den Männern anzuschließen, die mit dem Weißen Wolf auf dem Heimweg waren. Als sie wieder in den oberen Etagen war, suchte sie Axiana auf. Die Königin saß auf ihrem Balkon. Ein breitkrempiger Hut schützte ihr Gesicht vor der Frühlingssonne. »Wie fühlst du dich heute?« fragte Ulmenetha.

»Es geht mir gut«, antwortete Axiana. »Kalizkan möchte, daß ich in sein Haus umsiedele. Er möchte in der Nähe sein, wenn der Junge geboren wird.«

Ulmenetha wurde es plötzlich kalt ums Herz. »Und was hast du ihm geantwortet?«

»Ich sagte, ich würde darüber nachdenken. Hast du von Dagorian gehört?«

»Dagorian?«

»Der gutaussehende junge Offizier, der mich immer anstarrt. Ich habe dir doch von ihm erzählt.«

»Ich erinnere mich. Was hat er getan?«

»Es heißt, er sei verrückt geworden und habe ein paar Menschen getötet. Ich finde das schwer zu glauben. Er hat so sanfte Augen.«

»Aussehen kann täuschen«, meinte Ulmenetha.

»Vermutlich. Ich war schon mal in Kalizkans Haus. Es ist sehr komfortabel. Er hat wunderbare Gärten. Und er ist so amüsant. Du magst ihn doch auch, nicht wahr?«

»Ich habe seine Gesellschaft immer gern gehabt«, gab Ulmenetha zu. »Aber ich finde, du solltest hier bleiben.«

»Warum?« wollte Axiana wissen und sah hoch. Ulmenetha fand nicht die Worte, um ihre Bemerkung zu erklären. Sie dachte nicht im Traum daran, der Königin von dem zu erzählen, was sie auf dem Dachgarten gesehen hatte.

»Sein Haus wird von kreischenden Kindern überrannt«, sagte sie schließlich, »und der größte Teil seiner Dienerschaft ist männlich. Ich glaube, hier wärest du besser aufgehoben.« Sie sah, wie sich Axianas Miene verhärtete. »Aber es ist deine Entscheidung, Herrin. Was dir am besten erscheint.«

Axiana entspannte sich und lächelte. »Du hast wahrscheinlich recht. Ich werde über deinen Rat nachdenken. Willst du etwas für mich tun?«

»Selbstverständlich.«

»Finde heraus, was mit Dagorian passiert ist.«

»Vielleicht ist es zu schrecklich«, warnte Ulmenetha.

»Trotzdem.«

»Ich werde es sofort tun«, sagte Ulmenetha.

Da Antikas Karios und sein Stab nicht mehr in der Stadt waren, wanderte Ulmenetha die drei Kilometer zum Büro der Miliz, die nach dem abtrünnigen Offizier suchte. Hier berichtete ihr ein dünner Schreiber mit tiefliegenden Augen vom Mord an Zani. Sie wollte wissen, was die beiden Männer gerade untersucht hatten und erfuhr, daß sie an einer Reihe von Morden arbeiteten. Sie erkundigte sich nach weiteren Einzelheiten.

»Was geht dich das an, meine Dame?« fragte der Schreiber mißtrauisch.

»Ich bin die Hebamme der Königin, und sie selbst bat mich, die Tatsachen in Erfahrung zu bringen. Sie kennt den jungen Offizier.«

»Ich verstehe.« Die Miene des Mannes veränderte sich augenblicklich, und er lächelte ölig. »Kann ich dir einen Stuhl holen?«

»Nein, danke. Du wolltest mir Näheres über ihre Untersuchung berichten.«

Er beugte sich über den breiten Tisch, der sie voneinander trennte. »Die Papiere zu diesem Fall sind nicht mehr hier, meine Dame«, sagte er mit gesenkter Stimme. »Sie wurden zum Büro von Antikas Karios gebracht. Aber ich kann dir sagen, daß sie eine Reihe von Morden an Mystikern untersuchten. Ich habe selbst mit Zani darüber gesprochen. Er war überzeugt davon, daß hinter den Morden mehr steckte, als es den Anschein hatte.«

»Ich verstehe. Und wo wurde Zani getötet?«

Er gab ihr die Adresse der Taverne, und wieder wanderte Ulmenetha durch die Stadt. Es war Mittag, ehe sie die Taverne erreichte, die bereits voll besetzt war. Sie schob sich durch die Menge, um den Wirt zu suchen, erfuhr jedoch, daß er seine Familie im Westen der Stadt besuchte. Bei dem Lärm und Betrieb waren weitere Nachfragen sinnlos. Sie fand einen Tisch im hinteren Teil der Taverne und bestellte ein Mahl aus gebratenem Hühnchen und mehreren Stücken frisch gebackener Obsttorte mit Sahne als Nachtisch. Dann saß sie ruhig da und wartete darauf, daß die Mittagshetze abflaute. Sie blieb fast zwei Stunden in der Taverne, und als die Menge sich zerstreute, rief sie ein Serviermädchen heran.

»Warst du hier, als die Morde passierten?« fragte sie. Das Mädchen schüttelte den Kopf.

»Möchtest du noch etwas zu essen?« fragte sie.

»Ja. Noch ein Stück Kuchen. War überhaupt eins von den Serviermädchen an jenem Abend hier?«

»Ja. Dilian.«

»Ist sie heute auch hier?«

»Nein. Sie ist mit Pavik weggegangen.«

»Pavik?«

»Der Wirt«, antwortete das Mädchen und ging davon.

Einen Augenblick später kam eine dickliche Frau in den frühen Fünfzigern zu Ulmenetha. »Warum belästigst du meine Mädchen?« fragte sie streitlustig, die kräftige Arme vor dem üppigen Busen gefaltet. »Und wieso interessierst du dich dafür, wo mein Mann ist?«

»Ich untersuche die Morde«, sagte Ulmenetha. Die Frau lachte höhnisch.

»Ach, ich verstehe. Jetzt, wo die Armee weg ist, hat die Stadtpolizei die Macht wohl an dich übergeben, was? Stimmt das, du fette Kuh?«

Ulmenetha lächelte süß. »Vielleicht möchtest du meine Fragen lieber im Stadtgefängnis beantworten, du angemalte Schlampe. Noch so ein Wort von dir, und ich schicke die Wache, um dich festzunehmen.« Ulmenetha sprach die Drohung leise und selbstsicher aus, und die Kraft der Worte durchdrang das prahlerische Benehmen der Frau.

»Wer bist du?« fragte sie und leckte sich die Lippen.

»Setz dich«, befahl Ulmenetha. Die Frau sank auf den Stuhl ihr gegenüber.

»Ich wurde von höchster Stelle hergeschickt – von jemandem, der dir großen Kummer bereiten könnte. Und jetzt erzähl mir alles, was du über die Morde weißt.«

»Ich war nicht hier. Mein Mann hat alles gesehen.«

»Was hat er dir erzählt?«

»Das ist nicht fair«, jammerte die Frau. »Man hat uns gesagt, was wir sagen sollen. Und das haben wir gesagt. Wir haben unsere Pflicht erfüllt, Pavik und ich. Wir wollen nicht in… in Politik hineingezogen werden.«

»Wer hat euch erzählt, was ihr sagen sollt?«

»Jemand an höchster Stelle, der mir schwer zu schaffen machen könnte«, fauchte die Frau, die einen Teil ihrer Courage wiederfand.

Ulmenetha nickte. »Ich verstehe deine Befürchtungen«, sagte sie. »Und du hast ganz recht damit, daß du nicht in die Intrigen der Adligen hineingezogen werden willst. Aber du hast mir bereits viel gesagt.«

»Ich habe gar nichts gesagt.«

Ulmenetha sah in die verängstigten Augen der Frau. »Du hast mir gesagt, daß dein Mann über die Morde gelogen hat. Deshalb muß ich davon ausgehen, daß der Offizier, Dagorian, sie nicht begangen hat. Das bedeutet, daß ihr einen Unschuldigen eines Verbrechens bezichtigt habt. Wie auch immer die Intrigen aussehen, jetzt hast du die Todesstrafe vor Augen.«

»Nein! Dem ersten Mann hat Pavik die Wahrheit gesagt. Die reine Wahrheit. Dann kam dieser andere Mann und ließ ihn seine Geschichte ändern. Dann befahl er Pavik, die Stadt für ein paar Tage zu verlassen.«

»Hat dieser andere Mann einen Namen?«

»Wer bist du?«

»Ich wohne im Palast«, antwortete Ulmenetha leise. »Und jetzt den Namen.«

»Antikas Karios«, flüsterte die Frau.

»Was ist in jener Nacht wirklich passiert?«

»Der Polizist, Zani, wurde ermordet, als er die Taverne verlassen wollte. Dann versuchten drei Männer, den Drenai zu töten. Er tötete einen und verwundete einen zweiten, dann flohen sie. Mehr weiß ich nicht. Aber bitte, um Himmels willen, sag niemandem, daß ich dir das erzählt habe. Sag, daß du es von jemandem hast, der an dem Abend hier war. Willst du das tun?«

»Das will ich. Du sagst, dein Mann und das Serviermädchen haben die Stadt verlassen. Weißt du, wohin sie gegangen sind?«

»Nein. Antikas Karios hat sie in einer Kutsche abholen lassen.«

»Ich verstehe. Ich danke dir für deine Hilfe.« Ulmenetha stand auf. Die Frau erhob sich und packte die Priesterin am Arm.

»Du wirst es nicht sagen. Versprich es!«

»Ich verspreche es.«

Ulmenetha verließ die Taverne. Als sie sich noch einmal umschaute, sah sie das ängstliche Gesicht der Frau am Fenster.

Sie wird ihren Mann nie wiedersehen, dachte Ulmenetha.

Als Dagorian in jener Nacht die Taverne verließ, rannte er zurück zu seinem Quartier in der neuen Kaserne, zog sich um, wobei er seine Rüstung, Brustplatte und Schienbeinschoner zurückließ, nahm sein Erspartes und ging davon in die nächtliche Stadt.

Zanis Tod war schockierend genug gewesen, aber festzustellen, daß die Mörder von Antikas Karios geschickt waren, war ein bitterer Schlag. Dagorian wußte, daß sein Leben in weit größerer Gefahr war, als er gefürchtet hatte. Antikas Karios hatte keinen Grund, ihn umbringen zu lassen, und das bedeutete, daß der Befehl von Malikada selbst gekommen sein mußte. Und, wie Banelion erklärt hatte, besaß Dagorian nicht die Macht, einem solchen Feind zu widerstehen.

Schlimmer noch, die ganze unselige Angelegenheit war zweifellos mit den Todesfällen unter den Mystikern verknüpft und den Dämonen über Usa. Es war also wahrscheinlich, daß er von zwei Fronten gejagt wurde, auf einer Seite mit Schwertern, auf der anderen mit Zauberei.

Dagorian hatte noch nie in seinem Leben solche Angst gehabt. Er hatte keinen Plan, außer ins älteste Viertel der Stadt zu gehen. Hier konnte er sich unter den vielen Armen und Obdachlosen verstecken, den Bettlern und Dieben, Huren und Taschendieben. Es war das am dichtesten bevölkerte Viertel, mit schmalen Straßen und gewundenen Wegen, dunklen Gassen und schattigen Durchgängen.

Es war kurz vor Mitternacht, als Dagorian sich im Eingang eines alten Lagerhauses niederlegte. Er war entsetzlich müde und nahezu verzweifelt.

Eine Gestalt tauchte aus den Schatten auf. Dagorian stand auf, eine Hand am Messer.

Im Mondschein konnte er erkennen, daß der Mann kein Mörder, sondern ein in Lumpen gekleideter Bettler war. Der Mann näherte sich ihm vorsichtig. Er war schrecklich dünn, und sein hageres Gesicht war von vielen alten Narben bedeckt. »Eine Kupfermünze für ein unglückliches Kriegsopfer?«

Dagorian entspannte sich und wollte gerade in seinen Beutel greifen, als der Mann mit einem rostigen Messer in der Hand lossprang. Dagorian wich aus, wehrte den Messerarm ab und landete eine rechte Gerade am Kinn des Bettlers. Der Mann krachte schwer gegen die Tür des Lagerhauses und prallte mit dem Kopf gegen den hölzernen Türrahmen. Dagorian entwand ihm das Messer und warf es zur Seite. Der Mann sank auf die Knie.

»Gib mir deine Kleider«, befahl der Offizier und zog Umhang und Hemd aus.

Der Mann blinzelte im Mondschein und starrte den Drenai völlig verständnislos an. »Deine Kleider, Mann. Ich brauche sie. Dafür bekommst du diesen schönen Mantel.«

Langsam schälte sich der Bettler aus dem zerlumpten Mantel und dem schmutzigen Hemd, das er darunter trug. »Und deine Schuhe«, sagte Dagorian. »Du kannst deine Hosen anbehalten. Ich glaube, ich würde lieber hängen als sie anziehen.« Der Körper des Mannes war im Mondschein weiß wie ein Fisch, Brust und Rücken von vielen Narben überzogen – Spuren vieler Peitschen.

Der Offizier zog die Kleider an, dann setzte er sich

und zog die Stiefel an. Sie waren aus billigem Leder, die Sohlen dünn wie Papier.

»Du bist der, den sie suchen«, sagte der Bettler plötzlich. »Der Mörder.«

»Das erste stimmt«, antwortete Dagorian.

»Du gehst nicht als Bettler durch. Du bist zu sauber. Frisch geschrubbt. Du mußt dich für ein paar Tage bedeckt halten, bis dein Haar fettig wird. Und sieh zu, daß deine Fingernägel schmutzig werden.«

»Angenehme Vorstellung«, erwiderte der Drenai. Doch er wußte, daß der Mann recht hatte. Er sah den Bettler an, der keinen Versuch machte sich anzuziehen, trotz der nächtlichen Kälte. Er wartet darauf, daß ich ihn töte, dachte Dagorian plötzlich. Und das sollte ich auch tun. »Zieh dich an und sieh zu, daß du fortkommst«, sagte er.

»Bist wohl nicht sehr helle, was?« fragte der Bettler, zog das schöne blauwollene Hemd an und grinste mit breiten Zahnlücken.

»Wäre es dir lieber, wenn ich dir die Kehle durchschneide?«

»Darum geht es nicht, Junge. Es geht ums Überleben. Trotzdem, ich bin dir dankbar.« Der Bettler stand auf und schwang sich den schwarzen Umhang um die dünnen Schultern. »Du solltest dir lieber Gedanken um ein Versteck machen. Wenn du ihnen ein paar Tage entgehen kannst, werden sie glauben, daß du nicht mehr in der Stadt bist. Dann kannst du dich wieder bewegen.«

»Ich kenne die Stadt nicht«, gestand Dagorian.

»Dann viel Glück«, meinte der Bettler. Er nahm die Stiefel in die linke Hand, ging zu seinem Messer und hob es auf. Dann war er verschwunden.

Dagorian ging weiter und huschte in eine dunkle Gasse. Der Bettler hatte recht. Er brauchte einen Platz, an dem er sich verstecken konnte. Aber wo konnte man sich vor der Macht der Zauberei verstecken?

Er fühlte Panik in sich aufsteigen und unterdrückte sie. Der Weiße Wolf hatte ihn vieles gelehrt, aber am wertvollsten war die Lektion, immer kühlen Kopf zu bewahren, wenn man in Gefahr war. Denk schnell, wenn es sein muß – aber denke immer! Dagorian holte tief Luft und lehnte sich gegen eine Mauer. Denk nach! Wo können die Kräfte der Zauberei in Schranken gehalten werden? In einem heiligen Tempel. Er überlegte, ob er zu einer der vielen Kirchen gehen sollte, aber dazu mußte er um Asyl bitten. Die Gebäude mochten heilig sein, aber er würde sein Leben in die Hände der Mönche legen. Und – selbst, wenn sie ihn nicht verrieten – würde er ihr Leben aufs Spiel setzen. Nein, das ging nicht. Wo aber dann? Im Hause eines freundlichen Zauberers, der ihn mit lauter Schutzzaubern umgeben würde. Aber er kannte keine Zauberer – außer Kalizkan.

Dann durchzuckte ihn ein Gedanke. Die alte Frau, die von ihrem Sohn getötet worden war. Sie hatte auf alle Türen zum Innenraum Schutzzauber gemalt.

Dagorian ging weiter und versuchte sich zu orientieren. Die alte Frau hatte im nördlichen Teil des alten Viertels gelebt. Er warf einen Blick zum Himmel hinauf, aber dort hingen dichte Wolken, so daß er die Sterne nicht sehen konnte. Er ging über eine Stunde lang weiter. Zweimal sah er Soldaten der Wache und hielt sich dicht in den Schatten.

Schließlich kam er zum Haus der Frau. Er ging zur Rückseite, erkletterte eine Mauer und drang in das Gebäude ein. Im Hinterzimmer gab es keine Fenster, und Dagorian zündete eine Laterne an. Auf den Wänden waren noch immer Blutspritzer, und die Runensteine lagen noch immer auf dem Tisch verstreut. Er warf einen Blick auf die beiden Türen. Sie trugen beide das geschnitzte Dreieck mit der Schlange.

In der Hoffnung, daß die Abwehrzauber noch immer

wirkten, blies er die Laterne aus und ging zu dem schmalen Bett in der Ecke.

Der Schlaf kam augenblicklich.

Er saß in einer Höhle, ein Feuer brannte. Ihm war heiß, er fühlte sich verwirrt. »Ganz ruhig, Kind«, sagte eine vertraute Stimme. Er versuchte, sie einzuordnen und erinnerte sich an die schimmernde Gestalt, die ihn beim Hause des Zauberers gerettet hatte.

»Was mache ich hier?« fragte er, setzte sich auf und sah sich um. Die Höhle war leer, und als die Stimme wieder sprach, merkte er, daß sie aus dem flackernden Feuer kam.

»Du bist nicht hier. Es gibt kein Hier. Dies ist ein Ort des Geistes. Dein Körper liegt in der Hütte der Frau. Das war eine gute Wahl. Sie werden dich nicht finden.«

»Warum zeigst du dich nicht?«

»Alles zu seiner Zeit, mein Kind. Hast du die Hinweise zusammengefügt? Verstehst du auch nur in Ansätzen, was hier geschieht?«

»Nein. Ich weiß nur, daß Malikada meinen Tod will.«

»Malikada interessiert sich überhaupt nicht für dich, Dagorian. Du bist eine Nebenfigur in einem großen Plan. Kalizkan – oder besser: das Wesen, das sich Kalizkan nennt – ist ein Dämonenherrscher von ungeheurer Macht. Er will den Zauber der Drei Könige vollziehen. Wenn ihm das gelingt, wird die Welt sich so ändern, daß die Menschen sie nicht wiedererkennen. Sie wird wieder so werden, wie sie einst war. Die Dämonen werden erneut Fleisch, und aus den beiden Welten wird wieder eine.«

Dagorian hob die Hand. »Warte einen Augenblick. Mir wird ganz schwindlig. Die beiden Welten? Was soll das bedeuten?«

»Vor Äonen lebten die Wesen, die wir Dämonen nennen, unter uns. Gestaltwechsler, Bluttrinker, Werwesen.

Wir haben tausend Jahre lang mit ihnen im Krieg gelegen. Dann kamen drei Könige zusammen, und mit Hilfe eines mächtigen Zauberers veränderten sie die Welt und verbannten die Dämonen an einen anderen Ort, ein graues Reich des Geistes. Zauberer können noch immer mit Hilfe von Blutmagie Dämonen beschwören und für ein paar Herzschläge lang die Tore öffnen. Aber wenn der Zauber beendet ist, kehren die Dämonen ins Grau zurück. Kalizkan will den Zauber der Drei Könige wiederholen.«

»Und das kann er?«

»Es hat schon begonnen, Kind. Der ventrische Kaiser war der erste, der geopfert wurde. Doch der Zauber verlangt drei Tode von Königen, und jeder König muß mächtiger sein als der vorherige. Wenn der letzte Todesstoß fällt, wird die Welt verflucht wie in vergangener Zeit. Die Bluttrinker werden zurückkehren.«

»Drei Könige? Dann werden sie versuchen, Skanda zu töten. Ich muß zu ihm.«

»Das kannst du nicht. Sein Tod steht unmittelbar bevor, und selbst auf dem schnellsten Pferd könntest du die Armee nicht in einem Tag einholen. Morgen um diese Zeit wird die Armee der Drenai vernichtet sein und Skanda gebunden auf dem Altar liegen.«

»Gütiger Himmel! Es muß doch etwas geben, das ich tun kann.«

»Du kannst den dritten König retten.«

»Es gibt keinen größeren König als Skanda.«

»Sein ungeborener Sohn. Wenn das Schicksal ihn am Leben läßt, wird er ein größerer Mann als sein Vater. Aber Kalizkan will ihn vernichten.«

»Ich kann nicht in den Palast. Sie suchen überall nach mir.«

»Wenn du es nicht tust, ist alles verloren.«

Dagorian erwachte, in kalten Schweiß gebadet. Als er

die festen Mauern des Hauses sah, fühlte er sich erleichtert. Es war ein Traum. Er lachte über seine Torheit und schlief wieder ein.

Gegen die nächtliche Kälte in seinen Mantel gewickelt, lehnte sich Nogusta gegen den Baum und warf noch ein Stück Holz ins Feuer. Bison schnarchte leise, und das klang in der Stille der Nacht seltsam beruhigend. Nogusta zog eins seiner zehn diamantförmigen Wurfmesser aus dem schwarzen Wehrgehänge über seiner Brust und ließ die Klinge müßig durch seine Finger wirbeln. Der silberne Stahl glänzte im Mondschein.

Ushuru hätte diesen hochgelegenen Ort mit seiner einsamen Schönheit geliebt, die ausgedehnten Berge, die unberührten Wälder. Sie wäre hier glücklich gewesen. *Wir* wären hier glücklich gewesen, verbesserte er sich.

Die Zeit hatte seinen Kummer nicht gemildert. Vielleicht hatte er es auch nicht gewollt.

Seine Gedanken wanderten zurück über die Jahre, und er sah wieder den großen Wohnraum vor sich. Sie hatten alle gelacht und gescherzt, während sie um den Kamin saßen. Sein Vater und seine beiden Brüder waren gerade aus Drenan zurückgekommen, wo sie mit der Armee einen neuen Vertrag über hundert Pferde ausgehandelt hatten, und das wurde jetzt gefeiert. Er sah noch vor sich, wie Ushuru auf der Couch saß, die langen Beine unter sich gezogen. Sie arbeitete an einem Traumtäuscher für Nogustas jüngsten Neffen. Ein Netz aus gedrehtem Roßhaar, das um einen zum Kreis gebogenen Schößling gewebt wurde. Es sollte über seinem Bett hängen. Es hieß, daß Alpträume von dem Traumtäuscher angezogen wurden und sich in dem Netz verfingen, so daß der Schläfer ungestört blieb. Der zwanzigjährige Nogusta ging an ihre Seite und legte ihr den Arm um die Schulter. Er küßte sie leicht auf die Wange.

»Ein schönes Stück«, sagte er.

Sie lächelte. »Es wird die Schlafdämonen verwirren.«

Er grinste. Sie hatte die Sprache des Westens gut gelernt, aber ihre Übersetzungen waren meist allzu wörtlich. »Vermißt du das Opal-Land?« fragte er in der alten Sprache.

»Ich würde meine Mutter gerne wiedersehen«, antwortete sie. »Aber ich bin mehr als zufrieden.«

Sie webte weiter an dem Netz. »Wovon träumt Kynda?« fragte er.

»Von Feuer. Daß er von Feuer umringt ist.«

»Vergangene Woche hat er sich in der Schmiede den Finger verbrannt«, erzählte Nogusta. »Kinder lernen durch solche schmerzhaften Fehler.« Noch während er sprach, bildete sich ein klares Bild in seinem Geist. Ein kleines Kind, das einen steilen Hang hinunterrollte. Das Mädchen stürzte, verfing sich mit dem Fuß unter einer vorspringenden Baumwurzel und brach sich das Bein. Nogusta stand auf.

»Was ist, Liebster?« fragte Ushuru.

»Ein Kind hat sich in den Bergen verletzt. Ich suche es.«

Er küßte sie wieder, diesmal auf die Lippen, dann verließ er das Haus. Die Erinnerung daran brannte in ihm mit köstlichem Schmerz. Er war zwanzig Jahre alt gewesen, und er würde sie nie wieder küssen. Das nächste Mal, als er sie sah, kaum zehn Stunden später, war sie ein Leichnam, ihre Schönheit durch Klingen und Feuer zerstört. Kyndas Alpträume waren wahr geworden, Flammen tobten durch sein Schlafzimmer.

Aber das wußte er nicht, als er aufbrach, um das Kind aus dem Dorf zu suchen. Als er das Mädchen fand, war es bewußtlos. Er befreite das Kind, schiente das Bein und trug es zurück ins Dorf. Er war erstaunt gewesen, keinem Suchtrupp zu begegnen, und es war kurz nach Morgengrauen, als er von Norden her wieder ins Dorf kam.

Eine Menge strömte aus der Ratshalle, als er näherkam. Das Mädchen war inzwischen aufgewacht. Ihr Vater – Grinan der Bäcker – rannte herbei. »Ich bin gefallen, Papa«, sagte sie. »Ich hab' mir weh getan.« Nogusta sah, daß das Hemd des Bäckers rußverschmiert war. Er fand das seltsam. Grinan nahm seine Tochter aus Nogustas Armen entgegen. Dann sah er die Schiene.

»Ich fand sie an der Almsenke«, sagte Nogusta. »Das Bein ist gebrochen, aber es ist ein glatter Bruch. Er wird gut heilen.«

Niemand sagte ein Wort. Nogusta wußte, daß die Dorfbewohner seine Familie nicht gerade liebten, aber trotzdem war ihre Reaktion zumindest seltsam. Dann sah er, daß eine Reihe von Männern ebenfalls Sengspuren an ihren Kleidern hatte.

Von hinten kam der Edelmann Menimas heran. Er war groß und dünn, mit tiefliegenden dunklen Augen, und Bart und Schnurrbart, die zu einem perfekten Kreis geschnitten waren. »Hängt ihn!« sagte er. »Er betet Dämonen an.«

Zuerst war er sich über die Bedeutung dieser Worte gar nicht klar. »Was sagt er?« wollte Nogusta von Grinan wissen. Der Mann wandte den Blick ab. Er sah seine Tochter an.

»Hat der Mann dich weggebracht, Flarin?« fragte er sie.

»Nein, Papa. Ich bin im Wald gefallen. Ich habe mir mein Bein wehgetan.«

Menimas trat vor. »Er hat das Kind verhext. Hängt ihn, sage ich!« Einen Augenblick lang rührte sich niemand, dann rannten mehrere Männer auf Nogusta zu. Er schickte zwei von ihnen mit einer Links-Rechts-Kombination zu Boden, aber ihre schiere Anzahl überwältigte ihn, und er wurde niedergerungen. Sie fesselten ihm die Arme und zerrten ihn zu der Eiche auf dem Marktplatz. Jemand warf ein Seil über einen hohen Ast, die Schlinge legte sich um seinen Hals.

Er wurde hochgezogen, das Seil schnitt in seine Kehle. Er hörte Monimas schreien: »Stirb, du schwarzer Hund!« Dann verlor er das Bewußtsein.

Irgendwo in der Dunkelheit spürte er etwas, warme Luft, die in seine Lungen gepreßt wurde. Er spürte, wie sie floß, wie sich seine Brust hob, um ihr Platz zu machen. Dann spürte er einen warmen Mund auf seinem eigenen, der mehr Luft in seine ausgehungerten Lungen blies. Allmählich folgten andere Empfindungen, ein brennender Schmerz an seiner Kehle, der kühle Boden unter seinem Rücken. Starke Hände drückten auf seine Brust, und er hörte eine befehlende Stimme: »Atme, verdammt noch mal!«

Die warme Luft strömte nicht mehr in ihn, und Nogusta, dem der Sauerstoff ausging, atmete tief und abgehackt ein.

Als er die Augen öffnete, stellte er fest, daß er auf der Erde lag und zu den Blättern der Eiche hinaufstarrte. Das Seil hing noch immer an einem dicken Ast, war aber entzwei gehauen worden. Das Gesicht eines Fremden kam verschwommen in Sicht. Nogusta versuchte zu sprechen, aber es kam nur ein Krächzen heraus. »Nicht sprechen«, sagte der Mann mit den grauen Augen. »Deine Kehle ist verletzt, aber du wirst es überleben. Komm, ich helfe dir aufzustehen.« Nogusta mühte sich auf die Füße. Auf dem Marktplatz waren Soldaten, und zwölf Dorfbewohner wurden bewacht.

Nogusta berührte seinen Hals. Die Schlinge hing immer noch darum. Er nahm sie ab. Die Haut darunter war aufgescheuert und blutete. »Ich … rettete … ein

Kind«, gelang es ihm zu sagen. »Und … sie griffen … mich an. Ich … weiß … nicht warum.«

»Ich weiß es«, sagte der Fremde. Er legte Nogusta eine schlanke Hand auf die Schulter. »Vergangene Nacht haben diese Leute dein Haus niedergebrannt. Sie haben deine Familie umgebracht.«

»Meine Familie? Nein! Das kann nicht sein!«

»Doch, sie sind tot, und es tut mir sehr leid für dich. Ich kann nicht sagen, wie leid. Die Mörder glaubten… wurden dazu gebracht zu glauben… daß deine Familie das Kind für… irgendein blutiges Ritual entführt hätte. Es sind einfache und dumme Leute.«

Der Schmerz in seiner Kehle war vergessen. »Sie haben sie doch nicht alle getötet? Nicht alle?«

»Doch. Alle. Und obwohl es sie dir nicht zurückbringen wird, wirst du jetzt Gerechtigkeit sehen. Bringt den ersten!« befahl er. Es war der Bäcker, Grinan.

»Nein, bitte!« schrie er. »Ich habe Familie. Kinder. Sie brauchen mich!«

Der Soldat mit den hellen Augen trat dicht vor den Flehenden. »Für alles, was man tut, muß man die Konsequenzen tragen, Bauer. Dieser Mann hatte auch eine Familie. Du hast gemordet. Jetzt wirst du dafür bezahlen.« Eine Frau außerhalb des Kreises aus Soldaten schrie um Gnade, doch eine Schlinge wurde über Grinans Kopf gezogen. Dann hievten sie ihn hoch in die Luft, daß er mit den Beinen strampelte.

Einer nach dem anderen wurden die Dorfbewohner mit rußgeschwärzten Kleidern nach vorn gebracht und gehängt.

»Wo ist Menimas?« fragte Nogusta, als der letzte Mann starb.

»Er floh«, sagte der Soldat. »Er hat Freunde in hohen Positionen. Ich bezweifle, daß er verurteilt wird.«

Sie ließen die Dorfbewohner die Toten begraben, und

die Soldaten und Nogusta kehrten zu dem ausgebrannten Haus zurück. Nogusta stand unter tiefem Schock, seine Gedanken drehten sich. Die sieben Leichen waren in Decken gewickelt und in einer Reihe vor den Trümmern hingelegt worden. Nacheinander ging er zu jedem einzelnen, öffnete das Leichentuch und betrachtete die Toten. Der kleine Kynda war nicht vom Feuer versehrt worden, und seine winzige Hand umklammerte den Traumtäuscher, den Ushuru gemacht hatte. »Er starb durch Rauch«, erklärte der Offizier.

Nacheinander hob Nogusta die Gräber aus und lehnte dabei jede Hilfe ab.

Als alle begraben waren, kam der Offizier mit den hellen Augen zurück. »Wir haben ein paar deiner Pferde wieder eingefangen. Der Rest ist in die Berge geflohen. Die Sattelkammer ist weitgehend intakt, und ich habe dir ein Pferd satteln lassen. Du mußt mit mir zur Garnison kommen, um über den … Vorfall Bericht zu erstatten.«

Nogusta widersprach nicht. Sie ritten den größten Teil des Tages und lagerten in jener Nacht an den Shala-Fällen. Während des Ritts hatte Nogusta mit niemandem ein Wort gewechselt. Jetzt lag er in seinen Decken, seine Gefühle waren wie betäubt. Es war, als ob er nichts mehr empfinden könne. Er sah stets nur Ushurus Gesicht vor sich und ihr Lächeln.

Zwei der Soldaten unterhielten sich leise in seiner Nähe. »Hast du das gesehen?« fragte einer. »Es war entsetzlich. Ich habe so was noch nie gesehen. Und will es auch nie wieder. Mir war ganz übel.«

Trotz seiner Betäubung war Nogusta dankbar für die mitfühlende Reaktion des Soldaten.

»Ja, es war scheußlich«, sagte sein Kamerad. »Der Weiße Wolf bläst Luft in den Mund eines Schwarzen! Wer hätte so etwas gedacht?«

Selbst jetzt – mehr als dreißig Jahre später – fühlte

Nogusta bei dieser Erinnerung kalten Zorn in sich aufsteigen. Trotzdem, Zorn ist ein besseres Gefühl als Trauer, dachte er. Zorn ist lebendig, man kann damit umgehen. Trauer ist etwas Abgestorbenes, das wie ein Gewicht auf einem lastet und das man nicht los wird.

Er stand auf und wanderte davon zum Wald, um mehr Feuerholz zu sammeln. Du solltest schlafen, sagte er zu sich. Die Mörder sind unterwegs. Du brauchst deine ganze Kraft und dein ganzes Können.

Er ging zum Feuer zurück und legte Holz nach. Dann schlüpfte er unter seine Decke, den Kopf auf seinen Sattel gebettet.

Doch der Schlaf wollte sich nicht einstellen, und so stand er wieder auf. Bison stöhnte und wurde wach. Der Riese schob seine Decke weg, stand auf und stolperte zu einem Baum, gegen den er geräuschvoll urinierte. Dann band er seine Beinkleider wieder fest, drehte sich um und sah Nogusta am Feuer sitzen.

»Ich habe heute kein Gold gefunden«, sagte er und hockte sich neben den schwarzen Mann.

»Vielleicht morgen.«

»Soll ich Wache halten?«

Nogusta grinste. »Du könntest nie Wache halten, Bison. Sobald ich mich hingelegt habe, wärst du eingeschlafen.«

»Ich kann leicht einschlafen«, gab Bison zu. »Ich habe von der Schlacht bei Purdol geträumt. Du, ich und Kebra auf der Mauer. Hast du deine Medaille noch?«

»Ja.«

»Ich hab' meine verkauft. Hab' zwanzig *raq* dafür bekommen. Jetzt wünschte ich, ich hätte sie noch. Es war eine gute Medaille.«

»Du kannst meine haben.«

»Ehrlich?« Bison freute sich. »Diesmal werde ich sie nicht verkaufen.«

»Wahrscheinlich doch, aber das spielt keine Rolle.« Nogusta seufzte. »Das war der erste große Sieg. An jenem Tag begriffen wir, daß man die Ventrier schlagen kann. Ich erinnere mich, daß es den ganzen Tag geregnet hat, Blitze erhellten den Himmel und es donnerte über dem Meer.«

»Ich kann mich nicht an viel erinnern«, gestand Bison. »Außer daß wir die Mauer hielten und der Weiße Wolf sechzig Fässer Rum für die Armee spendierte.«

»Ich glaube, das meiste davon hast du ganz allein getrunken.«

»Das war ein schöner Abend. Alle Lagerhuren taten es umsonst. Hast du schon geschlafen?«

»Noch nicht«, antwortete Nogusta.

Bison zupfte an seinem weißen Walroßschnurrbart. Er konnte sehen, daß sein Freund unglücklich war, aber er hatte nicht den Mut, das Thema anzuschneiden. Nogusta und Kebra waren beides Denker, und vieles von dem, was sie sagten, ging über Bisons Verstand. »Du solltest schlafen«, sagte Bison schließlich. »Dann fühlst du dich besser.« Bei dem Gedanken an Schlaf gähnte er. Dann ging er zurück zu seiner Decke. Nogusta legte sich wieder hin und schloß die Augen.

In diesem Augenblick hatte er eine plötzliche Vision. Er sah zehn Reiter, die sich langsam über grünes Hügelland bewegten, im Hintergrund schneebedeckte Gipfel. Nogusta betrachtete die Reiter. Die Sonne stand hoch, die Reiter hatten zum Schutz ihre Kapuzen tief ins Gesicht gezogen. Sie ritten in einen Wald. Einer von ihnen schob seine Kapuze zurück und nahm einen Helm aus schwarzem Eisen ab. Sein Haar war lang und geisterhaft bleich, das Gesicht grau, die Augen blutrot. Ein Pfeil kam aus den Bäumen. Der Reiter stieß seine Hand in die Luft, und der Pfeil ging durch sie hindurch und drang in seine Wange. Er zog ihn heraus. Beide Wunden heilten augenblicklich.

Die Vision wechselte. Plötzlich war es Nacht, und zwei Monde hingen am Himmel, einer als Sichel, der andere voll. Und er sah sich selbst an der Waldgrenze auf einem Berg unter fremden Sternen stehen. Eine Frau ging auf ihn zu. Es war Ushuru. Sie lächelte.

Auch diese Vision verblaßte, und Nogusta schwebte hoch über einer Ebene. Er sah, wie die Infanterie der Drenai einen Angriff auf die Mitte der cadischen Armee unternahm. Skanda führte den Angriff. Als die Cadier zurückwichen, ertönte ein Trompetensignal, und Skanda gab Malikada ein Zeichen, daß die Kavallerie die rechte Flanke angreifen sollte. Doch Malikada rührte sich nicht, und die Kavallerie blieb wo sie war und hielt sich weiter am Berg.

Nogusta konnte die Verzweiflung in Skandas Augen sehen, die Ungläubigkeit. Dann dämmerte ihm, daß er verraten und verloren war.

Und dann begann das Gemetzel.

Nogusta erwachte in kalten Schweiß gebadet, seine Hände zitterten. Bison und Kebra schliefen, und das Licht des frühen Morgens kroch langsam über die Berge. Der schwarze Krieger warf seine Decke von sich und stand geräuschlos auf. Kebra regte sich und schlug die Augen auf.

»Was ist los, mein Freund?«

»Skanda ist tot. Und wir sind in Gefahr.«

Kebra stand auf. »Tot? Das kann nicht sein.«

»Er wurde von Malikada und den Ventriern verraten. Sie standen dabei, während unsere Kameraden niedergemacht wurden.« Langsam, jede Einzelheit erinnernd, erzählte er Kebra von seinen Visionen.

Der Bogenschütze lauschte schweigend. »Den Verrat und die Schlacht kann ich begreifen«, sagte er, als Nogusta geendet hatte. »Aber dämonische Reiter mit Augen wie Blut? Was soll das bedeuten? Das kann doch nicht echt sein, oder? Genauso wenig, wie mit Ushuru unter zwei Monden zu wandeln.«

»Ich weiß es nicht, mein Freund. Aber ich glaube, die Reiter werden kommen. Und ich werde mich ihnen stellen.«

»Nicht du allein«, sagte Kebra.

Kapitel sechs

Ihr Leben lang hatte Ulmenetha viele Ängste gekannt. Krankheit und Tod ihrer Mutter hatten sie mit einem Entsetzen vor Krebs erfüllt, das ihr schlimme Alpträume bescherte und sie zitternd und in kalten Schweiß gebadet erwachen ließ. Kleine, huschende Nagetiere erschreckten sie so, daß sie sich nicht mehr rühren konnte. Aber vor allem der Tod ihres geliebten Vian hatten ihr Angst vor der Liebe selbst gemacht, so daß sie Zuflucht im Konvent gesucht hatte.

Jetzt saß sie in ihrem Zimmer, betrachtete die Sterne und dachte über das Wesen der Angst nach.

Für Ulmenetha begann das Entsetzen in dem Moment, in dem sie die Kontrolle verlor. Sie war machtlos gewesen, als ihre Mutter starb. Sie konnte nur in stillem Kummer zusehen, wie ihr Fleisch verfiel und ihr Geist floh. Als Folge davon hatte Ulmenetha sich immer Sorgen um Vian gemacht, achtete darauf, daß er ordentlich aß und daß er immer warm angezogen war, wenn im Winter der Wind kalt blies. Er hatte über ihr Geglucke gelacht. Ulmenetha hatte gerade das Abendessen bereitet, als die Nachricht von seinem Tod sie erreichte. Auf der Suche nach einem verlorenen Schaf, war er auf dem Eis ausgerutscht und von einem Bergpfad gestürzt. Sie hätte es nicht verhindern können, aber das änderte nichts daran, daß sich Schuldgefühle in ihre Seele fraßen. Sie war es gewesen, die ihn gedrängt hatte, nach dem Schaf zu suchen. Schuldgefühle, Reue und Trauer hatten sie überwältigt.

Und so war sie vor ihren Ängsten davongelaufen und hatte sogar absichtlich darauf geachtet, daß sie fett wurde, damit Männer sie nicht mehr attraktiv fanden. Nur, damit sie niemals wieder die wahren Schrecken des Lebens erleiden müßte.

Doch jetzt war sie hier, in einem Schlafgemach des Palastes, und die Dämonen kamen näher.

Was kann ich tun, fragte sie sich. Die erste Antwort war, wie immer, davonzulaufen, den Palast zu verlassen und sich auf die lange Reise zurück nach Drenan ins Konvent zu begeben. Der Gedanke daran, wegzulaufen und diese Ängste hinter sich zu lassen, war ungemein verlockend. Sie hatte Geld und konnte sich eine Passage auf einem Wagen zur Küste buchen und von dort aus ein Schiff nach Dros Purdol nehmen. Seeluft auf ihrem Gesicht. Der Gedanke an Flucht ließ sie ruhiger werden.

Dann stellte sie sich Axianas Gesicht vor, die großen Kinderaugen und das liebe Lächeln. Und dann kam die Erinnerung an Kalizkans verfaulendes, madenzerfressenes Fleisch.

Ich kann sie nicht zurücklassen! Wieder setzte die Panik ein. Was kannst du gegen die Macht der Dämonen ausrichten, flüsterte ihr die Stimme der Flucht ein. Du bist eine fette Priesterin ohne zauberische Fähigkeiten. Kalizkan ist ein Magier. Er könnte dir die Seele aus deinem übergewichtigen Körper blasen. Er könnte dich in die Leere verbannen. Er könnte Mörder schicken, die ihre Messer in deinen dicken Leib stoßen!

Ulmenetha erhob sich von ihrem Stuhl und ging zum Tisch vor dem Fenster. Aus einer Schublade holte sie einen silbergerahmten ovalen Spiegel und hielt ihn sich vors Gesicht. Jahrelang hatte sie Spiegel gemieden, weil sie das aufgedunsene Abbild haßte, das sie ihr zeigten.

Aber jetzt sah sie hinter ihr Fleisch, tief in die grauen Augen, und rief sich das Mädchen zurück, das durch die Berge gerannt war – das Mädchen, das aus Freude und nicht aus Angst gelaufen war.

Schließlich war sie ruhig, ihr Entschluß gefaßt, sie legte den Spiegel wieder in die Lade. Zuerst mußte sie Axiana berichten, was sie über Dagorian herausgefunden hatte. Der Offizier war unschuldig, und der wahre Schurke, dessen war sie sicher, war Kalizkan. Dann traf sie die Erkenntnis! Nicht Kalizkan war der Feind. Kalizkan war tot! Etwas hatte seinen Körper in Besitz genommen, etwas, das mächtig genug war, einen lieblichen und beruhigenden Zauber zu schaffen, der alle in Bann schlug, die mit ihm in Berührung kamen.

Wenn sie Axiana einfach die Wahrheit sagte, würde die Königin sie für verrückt halten. Wie aber konnte sie Axiana dann von den Gefahren überzeugen, die ihrer harrten?

Diesen Weg mußt du sehr vorsichtig gehen, warnte sie sich.

Sie sammelte ihre Gedanken und wollte gerade zu Axiana gehen, als eine Dienerin an ihre Tür klopfte. Ulmenetha rief sie herein. Das Mädchen trat ein und knickste.

»Was gibt es, Kind?«

»Die Königin wünscht, daß du deine Sachen packst. Sie werden morgen früh zum Hause von Kalizkan geschafft.«

Ulmenetha bemühte sich, ruhig zu bleiben. »Ist die Königin in ihren Gemächern?«

»Nein, Herrin. Sie ist heute nachmittag abgereist. Herr Kalizkan hat sie abgeholt.«

Gegen Mittag des zweiten Tages war Dagorians Hunger stärker als seine Vorsicht. Er ließ seinen Säbel zurück, versteckte aber sein Jagdmesser in den Lumpen des Bettlers. Dann verließ er sein Versteck und riskierte den kurzen Gang zum Markt. Die Sonne strahlte von einem blauen Himmel, der Marktplatz war gedrängt voller Menschen. Er schob sich durch die Menge und blieb vor einem Fleischstand stehen, in dem sich ein Rinderbraten am Spieß über einem Holzkohlenfeuer drehte. Der Koch sah ihn mürrisch an, doch Dagorian holte zwei Kupfermünzen hervor. Daraufhin schnitt der Mann ihm ein paar dicke Scheiben ab und legte sie auf einen Holzteller. Der Duft des gebratenen Fleisches war göttlich. Es war fast zu heiß zum Anfassen, und Dagorian verbrannte sich die Finger. Er pustete auf das Fleisch und riß dann einen Bissen heraus. Es war hervorragend. Saft rann ihm über sein stoppeliges Kinn. Die Miene des Kochs wurde sanfter. »Gut?« fragte er.

»Bestens«, erklärte Dagorian.

Am anderen Ende des Marktplatzes wurde es unruhig. Aufgeschreckt wappnete sich Dagorian, sofort zu fliehen. Hatte man ihn gesehen? Waren sie ihm auf den Fersen? Die Menschen quirlten durcheinander, und eine Nachricht verbreitete sich wie ein Lauffeuer. Ein alter Mann schob sich durch die Menge zum Fleischstand.

»Die Armee ist aufgerieben«, erzählte er dem Koch. »Der König ist tot.«

»Tot? Dann kommen die Cadier hierher?«

Der alte Mann schüttelte den Kopf. »Anscheinend hat Prinz Malikada sie über den Fluß zurückgedrängt. Aber alle Drenai sind tot.«

Die Menge umringte Dagorian, alle redeten gleichzeitig. Skanda tot? Das war unvorstellbar.

Dagorians Hunger war verflogen, ihm war elend vor

Kummer. Er verließ den Stand und verschwand in der Menge.

Überall redeten die Menschen, entwickelten Theorien, überlegten. Wie hatte Malikada die Cadier zurückgeschlagen? Wie konnten alle Drenai gefallen sein, und Malikadas Truppe unangefochten bleiben? Dagorian war Soldat – wenn auch wider Willen – und er kannte die Antwort.

Verrat.

Man hatte den König verraten.

Mit schwerem Herzen schaffte er es zurück zum Haus der Seherin und sank in einen Stuhl.

Der Traum fiel ihm wieder ein. Zwei Könige erschlagen. Der dritte – das ungeborene Kind – in schrecklicher Gefahr.

Was kann ich tun, überlegte er? Ich bin allein, gefangen inmitten einer feindlichen Stadt. Wie kann ich zur Königin gelangen? Und selbst, wenn mir das gelingt, wie soll ich sie von der Gefahr überzeugen, in der sie schwebt? Er dachte daran, wie er versucht hatte, Zani von seinen Befürchtungen in bezug auf Kalizkan zu erzählen. Der kleine Mann hatte ihn auf der Stelle angefahren. Der Zauberer war wahrscheinlich der beliebteste Mann der Stadt, von allen geliebt wegen seiner guten Taten.

Dagorian holte tief Luft. Ein Spruch, den sein Vater oft angebracht hatte, kam ihm in den Sinn. »Wenn einer eine Beule am Hintern hat, heilt man sie nicht, wenn man den Fuß ansticht.«

Dagorian schnallte sich den Säbelgürtel um. Dann öffnete er die Hintertür, ging durch den kleinen Garten und hinaus auf die belebten Straßen.

Kalizkans Haus war alt. Ursprünglich war es für Bodasen erbaut worden, den General, der zu Zeiten von Kaiser Gorben die Unsterblichen befehligt hatte. Die Fassade bestand aus weißem Marmor, mit eingelassenen Statuen. Vier hohe Säulen trugen das Vordach. Das Haus hatte drei Stockwerke und mehr als hundert Zimmer. Die ausgedehnten Gärten waren parkartig angelegt, mit blühenden Bäumen und Weiden, die sich am Ufer eines kleinen Sees drängten.

Eine hohe Mauer umgab das Anwesen, und ein schmiedeeisernes Doppeltor stellte die Privatsphäre des Hausherrn sicher.

Ulmenethas Kutsche fuhr vor dem Tor vor, und ein Soldat stieg ab, um es zu öffnen. Die Kutsche fuhr weiter, bis sie vor den marmornen Stufen hielt, die zu einer hohen Bogentür führten. Ein zweiter Soldat öffnete die Tür der Kutsche, und Ulmenetha stieg aus.

»Bleibt bei mir, bis ich mit der Königin gesprochen habe«, bat Ulmenetha die beiden Soldaten. Beide verbeugten sich. Es waren starke Männer, groß und breitschultrig, und die Priesterin fühlte sich wohler, wenn sie sie in der Nähe wußte.

Sie stieg die Marmorstufen empor und wollte gerade klopfen, als die Tür aufging. Ein Mann mit Kapuze stand in den Schatten drinnen. Sie konnte sein Gesicht nicht deutlich erkennen.

»Was willst du?« fragte er. Seine Stimme war tief und hatte einen seltsamen Akzent.

Ulmenetha war auf eine solch kühle Begrüßung nicht vorbereitet und fuhr auf. »Ich bin die Gesellschafterin der Königin und auf ihre Einladung hier.« Der Kapuzenmann sagte einen Augenblick nichts, dann trat er beiseite. Ulmenetha winkte ihren Soldaten und ging hinein. Überall waren die Vorhänge vorgezogen, das Innere war düster.

»Wo ist die Königin?« wollte sie wissen.

»Oben… sie ruht«, antwortete der Mann nach kurzem Zögern.

»In welchen Zimmern?«

»Die Treppe hinauf und dann rechts. Du wirst sie schon finden.«

Sie wandte sich an die Soldaten und sagte. »Wartet hier. Ich bin gleich wieder zurück.«

In der Luft hing der Duft eines starken Parfüms, überladen und seltsam unangenehm, als ob er einen dumpfen Geruch überdecken sollte. Ulmenetha begann die breite, mit roten Teppichen belegte Treppe hinaufzusteigen. Ihre Schritte wirbelten Staub auf, und sie schauderte. Sie empfand starke Furcht. Dieses düstere, schattengeplagte Haus war kalt und abweisend. Sie warf einen Blick zurück und sah die Soldaten in der offenen Tür stehen. Sonnenstrahlen fielen hinein und glitzerten auf ihren Rüstungen. Beruhigt von diesem Anblick ging sie weiter. Als sie das obere Ende der Treppe erreicht hatte, atmete Ulmenetha keuchend. Hier war eine Galerie, deren Wände mit alten Gemälden, meist Landschaften, bedeckt waren. Sie merkte, daß eins von ihnen zerrissen war. Wieder schauderte sie. Das war kein Ort für Axiana!

Sie kam zur ersten Tür und stellte fest, daß sie verschlossen war. Ein großer Schlüssel steckte im Schloß, und sie drehte ihn um. Die Tür ging quietschend auf.

In einem Gewand aus blauem und weißen Satin saß Axiana auf einer Couch vor einem vergitterten Fenster. Sie sah verblüfft auf, als Ulmenetha eintrat.

»Oh!« rief sie, rannte zu Ulmenetha und schlang ihr die Arme um die Schultern. »Bring mich hier weg! Jetzt sofort! Das ist ein schrecklicher Ort!«

»Wo sind deine Diener?« fragte Ulmenetha.

»Er hat sie fortgeschickt. Der Kapuzenmann. Er hat mich eingesperrt! Eingesperrt, Ulmenetha. Kannst du das glauben?« Die Priesterin strich der Königin übers Haar.

»Unten stehen Soldaten, die dich nach Hause bringen. Ich schicke sie zu dir, um deine Sachen zu holen.«

»Nein. Kümmere dich nicht darum. Wir lassen sie hier. Laß uns nur gehen!«

Ulmenetha nahm die Königin bei der Hand und ging mit ihr auf die Galerie hinaus.

Sie warf einen Blick nach unten. Einer der Soldaten lehnte an der Wand, der andere saß in einem Stuhl. Der Kapuzenmann stand an der Tür, die jetzt geschlossen war.

»Die Königin wünscht, daß ihre Kleider gepackt und die Truhen zur Kutsche gebracht werden«, sagte Ulmenetha und führte Axiana zur Treppe. Ihre Worte blieben in der staubigen Luft hängen. Die Soldaten reagierten nicht.

»Die Königin muß hier bleiben«, sagte der Kapuzenmann. »Das ist der Wille meines Herrn.«

»Männer! Kommt her!« rief Ulmenetha. Sie rührten sich noch immer nicht. Sie erkannte mit Entsetzen, daß sie sie nicht einfach ignorierten. Sie hatten sie nicht gehört. Beide blieben still und starr. Axiana packte ihren Arm.

»Bring mich hier weg!« flüsterte sie.

Ulmenetha ging weiter die Treppe hinunter. Auf halbem Weg sah sie in der Kehle des stehenden Soldaten etwas metallisch glitzern. Es war der Griff eines Messers, das ihn an die Holzpaneele genagelt hatte. Als sie zu dem sitzenden Mann schaute, sah sie, daß auch er tot war. Die Königin sah es ebenfalls.

»Gütiger Himmel«, flüsterte Axiana. »Er hat sie beide getötet.«

Der Kapuzenmann kam zum Fuß der Treppe. »Bring die Königin zurück in ihr Zimmer«, befahl er. Ulmenethas rechte Hand, bislang verborgen in den Falten ihres voluminösen weißen Kleides, kam zum Vorschein. Selbst im düsteren Halbdunkel glitzerte die Klinge des Jagdmessers hell.

»Geh mir aus dem Weg«, befahl sie dem Kapuzenmann. Er lachte und stieg weiter die Treppe hinauf. »Glaubst du, du machst mir Angst, Weib? Ich kann deine Angst schmecken. Ich nähre mich von ihr.«

»Ernähr dich davon!« sagte Ulmenetha. Ihre Hand schoß hoch und ließ die Klinge in die Kehle des Kapuzenmanns fliegen. Er taumelte, dann richtete er sich wieder auf und zog das Messer heraus. Schwarzes Blut quoll auf seine dunkle Tunika und über seine Brust. Er versuchte zu sprechen, doch die Worte wurden in dunklem Schaum erstickt. Ulmenetha wartete darauf, daß er fiel.

Doch das tat er nicht. Er kam weiterhin näher. Axiana schrie. Ulmenetha schob sie wieder die Treppe hinauf, dann fuhr sie herum, um sich der Bedrohung von unten zu stellen. Der Blutstrom aus seiner Kehle hatte inzwischen seine Beinkleider durchtränkt, aber er kam trotzdem näher.

In diesem Augenblick wußte die Priesterin, wem sie gegenüberstand. Einem Dämon in einem menschlichen Körper. Trotzdem verspürte sie keine Angst, keine aufsteigende Panik. Denn dies war keine Krankheit, die ihre Wachsamkeit umgehen und ihre Mutter töten konnte, kein eisiger Sims, der ihr ihren Mann raubte. Dies hier war Fleisch und Bein, und wollte einem Mädchen etwas zu Leide tun, das sie liebte wie eine Tochter.

Sie war noch niemals so ruhig gewesen, konzentriert, alle Sinne geschärft.

Näher und näher kam er. Ulmenetha wartete, bis er das Messer hob, dann sprang sie vor und stieß ihm ihren Fuß vor die Brust. Er wurde zurückgeworfen, sein Körper bog sich durch. Er schlug mit dem Kopf auf der Treppe auf, sein Genick brach. Der Körper krachte zu Boden.

Ulmenetha war nicht erstaunt, als er wieder auf die Füße kam, den Kopf grotesk zur Schulter geneigt. Die Kapuze war heruntergerutscht und enthüllte ein bleiches, geisterhaftes Gesicht, mit einem lippenlosen Mund und vorquellenden, blutroten Augen.

»Lauf, Axiana!« schrie die Priesterin und deutete nach links auf die Galerie und auf die letzte Tür. Axiana blieb wie angewurzelt stehen. Ulmenetha riß sich vom Anblick des vorrückenden Mannes los, lief rasch zur Königin, packte sie beim Arm und zerrte sie über die Galerie. Die letzte Tür war verschlossen, doch wie bei Axianas Zimmer steckte der Schlüssel. Sie öffnete die Tür, zog den Schlüssel ab, schob Axiana hinein und verschloß die Tür hinter ihnen. Eine Faust donnerte gegen die Türfüllung, daß sie vibrierte. Noch zweimal schlug sie zu, dann tat sich ein schmaler Spalt zwischen den Brettern auf.

»Wie kommen wir hier raus?« fragte Axiana. In ihrer Stimme schwang Panik mit.

Ulmenetha hatte keine Ahnung. Das Haus war wie ein Kaninchenbau, und der Flur, auf dem sie standen, hatte viele Türen, aber offenbar führte keine Treppe wieder nach unten. »Hier entlang«, sagte Ulmenetha, ging durch den dunklen Flur und durch zwei weitere Türen. Hier steckten keine Schlüssel, und hinter sich hörten die Frauen Holz zersplittern.

Ulmenetha sah sich um. Sie standen in einem Schlafsaal mit einem Dutzend Betten zu beiden Seiten. Alle Betten waren leer. Die Priesterin ging zu einem Fenster und zog die schweren Vorhänge zurück. Das Fenster war vergittert. Jetzt erfüllte Licht den Raum, und sie sah ein paar Spielsachen auf dem staubigen Boden. An der gegenüberliegenden Wand lag eine Strohpuppe einsam auf den nackten, staubigen Brettern. »Geh weiter«, befahl sie der Königin. Am anderen Ende des Schlafsaals befand sich eine weitere Tür. Sie wurde von einem Riegel versperrt. Ulmenetha hob den Riegel an und zog die Tür auf. Dahinter lag ein zweiter Schlafsaal.

Drei Kinder kauerten an der gegenüberliegenden Wand. Ein rothaariger Knabe von vielleicht vierzehn oder fünfzehn Jahren trat vor die beiden Mädchen, ein Messer in der Hand. Er war schrecklich dünn, und Ulmenetha konnte offene Geschwüre auf seinen dünnen Armen erkennen. Eins der Mädchen trat vor. Vielleicht ein Jahr älter als der Junge, war auch sie entsetzlich mager und in Lumpen gekleidet, doch sie hielt ein langes, spitzes Stück Holz in der Hand, das sie von einem der Betten losgerissen hatte. Gemeinsam bildeten sie einen Schutzschild vor dem kleinsten Kind, einem blonden Mädchen von etwa vier Jahren.

»Einen Schritt näher und wir bringen euch um«, sagte das Mädchen mit dem hölzernen Speer.

Es gab keinen anderen Ausgang aus dem Raum.

Hinter ihnen knackte ein Bodenbrett. Ulmenetha fuhr herum und sah den Mann mit dem gebrochenen Genick. Mit dem Messer in der Hand kam er durch den Schlafsaal.

Sie hob den langen Holzriegel auf, der die Tür gesichert hatte. Als das Dämonenwesen näherkam, rannte sie darauf zu und schwang das Holz wie eine Keule. Sie traf ihn an der Schulter. Sein Arm fuhr hoch, seine Faust donnerte in Ulmenethas Gesicht. Zurückgeworfen verlor sie ihre Keule, die zu Boden fiel. Der Dämon war über ihr. Sie warf sich zurück und entging so seinem ersten Stich, dann krabbelte sie über ein Bett. Seine roten Augen starrten sie an, aber während er weiterging, rollte der Kopf auf dem gebrochenen Genick hin und her. Er taumelte. Dann packte er den Kopf mit der linken Hand und drehte ihn an den Haaren, bis die Augen sich wieder auf die Priesterin richteten. Dann kam er näher.

Der junge Rotschopf sprang das Wesen an und stach mit seinem Messer auf sein Gesicht. Der Dämon fegte ihn beiseite. Währenddessen war das größere Mädchen hinter ihn geschlichen und stieß ihm das zersplitterte Holz in den Rücken. Er bog sich durch. Ulmenetha kauerte nieder, hob den Holzriegel auf und stürzte sich auf den Mann. Sie benutzte den Riegel als Ramme und stieß ihn in seine Brust, so daß er gegen die Wand geschleudert wurde. Als er gegen die Wand taumelte, kam es Ulmenetha so vor, als ob seine Brust explodierte. Sie blinzelte – und dann sah sie, daß der primitive Speer, den das Mädchen sich gemacht hatte, durch seinen Rücken gedrungen war und ein riesiges Loch in seine Brust gerissen hatte. Der Körper glitt an der Wand entlang ab, dann stürzte er zu Boden.

Augenblicklich war der Raum erfüllt von dem Gestank verwesenden Fleisches, und Ulmenetha sah Maden durch das tote Fleisch kriechen. Das große Mädchen legte die Hand vor den Mund und würgte.

»Raus hier«, sagte Ulmenetha. »Rasch.«

Trotz ihres Ekels hob Ulmenetha ihr Messer auf, das neben dem verwesenden Leichnam lag, nahm die Königin beim Arm und führte sie durch den Flur zurück auf die Galerie und die Treppe hinunter. Der rothaarige Junge nahm das kleine Mädchen auf den Arm und folgte ihr.

Ohne recht zu wissen, welchen Weg sie nehmen mußte, ging Ulmenetha eine Treppe hinunter zu dem, was ihrer Meinung nach das Erdgeschoß sein mußte. Unten versperrte eine verriegelte Tür ihren Weg. Ein großer Schlüssel hing an einem rostigen Haken. Sie nahm ihn, öffnete die Tür und trat hinein. Sonnenlicht fiel durch zwei Fenster auf der anderen Seite des Raumes und beschien ein Meer von toten Kindern, die nachlässig auf einen blutgetränkten Altar gehievt worden waren. Der Anblick ließ ihr das Blut gefrieren. Obwohl sie nie mit einem Kind gesegnet gewesen war, hatte Ulmenetha starke mütterliche Gefühle, und der Anblick so vieler ermordeter Kinder erfüllte sie mit schmerzlicher Trauer.

Ulmenetha schloß die Augen vor diesem Alptraum und ging zurück, gerade als die schwangere Königin eintreten wollte. »Hier können wir nicht durch«, sagte Ulmenetha. »Wir müssen den gleichen Weg zurück, wie wir gekommen sind.«

Eine kalte, schreckliche Wut stieg in ihr hoch, als sie die Gruppe wieder die Treppe hinaufführte. In dem Raum mußten über hundert Kinder gewesen sein, hundert Leben, die in Qual und Schrecken geendet hatten. Das war ein Grad des Bösen, den sich Ulmenetha kaum vorstellen konnte.

Sie ging zurück, bis sie zu der zerbrochenen Tür kam und dann auf die Galerie oberhalb der Eingangstür. Eine hochgewachsene Gestalt trat aus den Schatten. Axiana schrie auf, und Ulmenetha fuhr herum, ihr Messer stieß vor. Die Klinge wurde abgewehrt, und eine ruhige Stimme sagte: »Ich stelle keine Gefahr dar, meine Dame. Ich bin Dagorian.«

Ulmenetha blickte in sein Gesicht und erkannte es aus ihrer *Lorassium*-Vision wieder. Erneut stieg Angst in ihr hoch. Das Bild im Wald, vier Männer – drei alte, ein junger – die die Königin vor einem verborgenen Bösen schützten. Dagorian war der junge Mann aus ihrem Traum. »Was willst du hier?« fragte Ulmenetha.

»Ich kam, um Kalizkan zu töten.«

»Er ist bei der Armee«, sagte Ulmenetha. »Und jetzt wollen wir diesen schrecklichen Ort verlassen.«

Draußen schien die Sonne, und die Kutsche der Königin stand noch immer dort, der Kutscher lag schlafend im Gras. Ulmenetha sah zu dem hellen strahlendblauen Himmel mit einer Dankbarkeit empor, die sie kaum für möglich gehalten hatte.

Als die Gruppe näherkam, gähnte der Kutscher und streckte sich. Als er die Königin sah, kam er hastig auf die Füße und verbeugte sich.

»Zu ihren Diensten, Hoheit«, sagte er.

»Bring uns zum Palast«, befahl Ulmenetha.

Sie half der Königin in die Kutsche und warf dann einen Blick zurück auf die beiden Mädchen und den Jungen. Alle drei waren stark unterernährt und in Lumpen gekleidet. »Steigt ein«, befahl sie.

»Wohin bringst du uns?« fragte der Junge mißtrauisch.

»Dorthin, wo es sicherer ist als hier«, antwortete Ulmenetha.

Sie quetschten sich hinein, gefolgt von Dagorian. Als die Kutsche losfuhr, beugte sich der junge Offizier dicht zu Ulmenetha. »In der Stadt ist es nirgends sicher«, sagte er leise.

»Was schlägst du vor?«

»Wir müssen die Küste erreichen und ein Schiff finden. Und wir müssen es tun, ehe Malikada zurückkommt. Wir sollten in die Berge gehen.«

»Dort gibt es Wälder«, flüsterte Ulmenetha.

»Hast du Angst vor dem Wald?« fragte er, über ihre Reaktion erstaunt.

»Dort wird die weiße Krähe sein«, erklärte sie. Er war verwirrt, aber sie wandte sich von ihm ab.

Während die Kutsche über die breiten Straßen fuhr, sah Axiana, wie sich die Menschen zusammenscharten. »Was ist los?« fragte sie. »Warum versammeln sich alle?«

»Sie haben die Neuigkeiten gehört, Hoheit. Sie fragen

sich, was jetzt mit ihnen passieren wird«, erklärte Dagorian.

»Die Neuigkeiten? Welche Neuigkeiten?« fragte sie verwundert. Dagorian blinzelte und sah Ulmenetha an. Auch sie hatte keine Ahnung.

Der Offizier fuhr sich mit der Hand über sein Stoppelkinn. »Es tut mir wirklich leid, Hoheit. Aber die Stadt hat Nachricht erhalten, daß unsere Armee von den Cadiern besiegt wurde.«

»Das ist unmöglich«, sagte Axiana. »Skanda ist der größte Krieger unserer Zeit. Das muß ein Irrtum sein. Es ist nur ein Gerücht.«

Dagorian sagte nichts, aber sein Blick begegnete dem Ulmenethas. Die Königin schaute wieder aus dem Fenster. Ulmenetha formte mit den Lippen eine Frage.

»Der König?«

Dagorian schüttelte den Kopf. »Dann müssen wir in die Wälder«, sagte Ulmenetha.

Malikada wurde allmählich gereizt – eine kleine dunkle Wolke am klaren blauen Himmel seiner Freude. Er stand auf dem Hügel und blickte auf die toten Drenai hinunter. Ihrer Rüstung und Waffen beraubt, waren ihre Arroganz und ihre Macht dahin. Sie waren nichts weiter als bleiche Leichname, die bald in die riesige Grube gerollt würden, die die ventrischen Soldaten gerade aushoben.

Das war Malikadas Augenblick des Triumphs. Die Armee, die das Reich seiner Vorfahren zerstört hatte, war vernichtet. Er hatte immer gewußt, daß die Rache süß sein würde, aber er hatte sich nicht vorstellen können, wie herrlich dieser Geschmack war.

Trotzdem war er nicht ungetrübt.

Er drehte sich zu dem Schwertkämpfer Antikas Karios

um. »Jetzt werden wir Ventria wieder aufbauen«, sagte er. »Und wir brennen jeden Hauch von Drenai weg.«

»Jawohl, Herr«, erwiderte Antikas dumpf.

»Was ist los mit dir, Mann? Hast du Zahnschmerzen?«

»Nein, Herr.«

»Was dann?«

»Sie haben tapfer und gut gekämpft, und es macht mir zu schaffen, daß wir sie verraten haben.«

Malikadas Gereiztheit wandelte sich in Zorn. »Wie kannst du von Verrat sprechen? Das wäre ihre Sichtweise. Wir haben gegen sie gekämpft, du und ich. Wir haben unser Leben riskiert, um Skandas Siege zu verhindern. Der alte Kaiser war schwach und unentschlossen, und doch standen wir zu ihm. Wir dienten ihm treu und gut. Am Ende hat Skanda uns erobert. Wir hatten zwei Möglichkeiten, Antikas. Erinnerst du dich? Wir hätten sterben können, oder wir konnten den Krieg auf andere Art und Weise weiterführen. Wir beide haben uns für letzteres entschieden. Wir sind unserer eigenen Sache treu geblieben. Wir sind keine Verräter, Antikas. Wir sind Patrioten.«

»Vielleicht, Herr. Aber es hinterläßt trotzdem ein schlechtes Gefühl im Magen.«

»Dann schaff deinen Magen hier fort«, tobte Malikada. »Geh! Laß mich mein Vergnügen auskosten.« Antikas verbeugte sich und ging davon. Malikada sah dem Schwertkämpfer nach. Er bewegte sich mit solcher Anmut. Der tödlichste Kämpfer mit der Klinge, den Malikada je gesehen hatte und trotzdem, wie sich jetzt herausstellte, war er in seinem Innersten schwach und weich! Er hatte Antikas immer beneidet, jetzt empfand er nur noch Verachtung.

Malikada verbannte das Bild des Mannes aus seinen Gedanken und dachte an den Augenblick, als Skanda das Signal zum Angriff gegeben hatte. Oh, wie sehr er sich wünschte, ihm näher gewesen zu sein, um den Ausdruck auf dem Gesicht des Bastards sehen zu können, seine Erkenntnis, daß er dem Untergang geweiht war, daß Malikada seinen Träumen von einem Reich ein Ende setzte. Oh, wie mußte sich das in Skandas Seele gefressen haben!

Wieder flackerte Gereiztheit in ihm auf. Als man Skanda bewußtlos vom Schlachtfeld gezerrt hatte, hatte Kalizkan Malikada die Erlaubnis verweigert, die Opferung mit anzusehen. Das hätte er gern getan, zugesehen, wie ihm bei lebendigem Leibe das Herz herausgeschnitten wurde. Es wäre ein wahrhaft großartiger Augenblick gewesen, über dem König zu stehen, den Blick fest in seine Augen gerichtet, den Todeskampf dort zu sehen, Skandas ersterbenden Haß zu spüren. Malikada schauderte vor Vergnügen bei dieser Vorstellung.

Aber Kalizkan war ein Geheimniskrämer. Malikada hatte auch nicht bei der Opferung des alten Kaisers zusehen dürfen.

Die Toten wurden jetzt in die Grube geworfen und mit Öl und trockenem Holz bedeckt. Als die Flammen aufloderten und schwarzer Rauch aufstieg, wandte sich Malikada ab. Es war beinahe Mittag, und er mußte Kalizkan sprechen. Dies alles war nur der Anfang. Es gab noch andere Garnisonen der Drenai entlang der Küste, und es gab noch immer das Problem mit dem Weißen Wolf.

Und da war noch die Frage von Malikadas Krönung. Kaiser Malikada! Das hörte sich gut an. Er würde Kalizkan befehlen, eine noch größere Illusion am Nachthimmel über Usa zu schaffen – etwas, das die Vorstellung Skandas in den Schatten stellen würde.

Er schlenderte zurück durch das ventrische Lager zu den dahinterliegenden Klippen. Roter Staub stieg beim Gehen um ihn auf und befleckte seine auf Hochglanz polierten Stiefel. Der Eingang zur Höhle war dunkel, aber er konnte weiter im Innern den Schein einer Laterne erkennen. Als er in die Höhle trat, überfiel ihn vorübergehend Angst. In letzter Zeit hatte sich Kalizkan so zurückgezogen, und er behandelte ihn nicht mehr mit seinem üblichen Respekt. Malikada hatte die Unhöflichkeit toleriert, denn er brauchte den Mann. Seine Zauberei war lebenswichtig gewesen.

War lebenswichtig gewesen.

Der Gedanke durchzuckte ihn, daß er Kalizkan nicht länger brauchte.

Ich brauche niemanden, erkannte er. Aber ich werde ihn bei mir behalten. Seine Fähigkeiten werden mehr als nützlich sein, wenn wir erst soweit sind, ins Land der Drenai einzumarschieren. Aber zuerst einmal kommt Axiana. Ich warte, bis sie das Kind zur Welt gebracht hat, lasse es erwürgen, und dann heirate ich sie selbst. Wer kann mir dann noch die Krone verwehren?

Seine gute Laune kehrte zurück, während er weiterging.

Skandas Leichnam lag auf einem steinernen Altar, die Brust war aufgeschnitten. Über seinem Gesicht lag ein Leinentuch. Kalizkan saß an einem kleinen Feuer, sein blaues Satingewand war voller Blutflecken.

»Hat er geschrien, als er starb?« fragte Malikada.

Kalizkan stand auf. »Nein, er hat nicht geschrien. Mit seinem letzten Atemzug hat er dich verflucht.«

»Das hätte ich gern gehört«, sagte Malikada.

In der Höhle roch es übel, und Malikada holte ein parfümiertes Taschentuch hervor und hielt es sich vor die Nase. »Was stinkt hier so?« fragte er.

»Das ist diese Gestalt«, sagte Kalizkan. »Sie hat ihrem Zweck gedient, und jetzt verfault sie. Und ich habe keine Lust, meine verstärkte Macht noch länger damit zu vergeuden, sie aufrechtzuerhalten.«

»Gestalt? Wovon redest du?«

»Kalizkans Körper. Er starb schon, als ich ihn übernahm. Deswegen hat er mich gerufen. Um ihm seinen Krebs zu nehmen. Statt dessen habe ich ihn genommen. Seine Arroganz war überwältigend. Wie konnte er ernsthaft glauben, er könne Anharat, den Herrn der Nacht, kontrollieren?«

»Du redest Unsinn, Zauberer.«

»Ganz im Gegenteil, Malikada. Alles besitzt einen vollkommenen Sinn, abhängig natürlich von deiner Sichtweise. Ich habe dein Gespräch mit dem Schwertkämpfer belauscht. Du hattest ganz recht. Es ist alles eine Frage der Sichtweise. Skanda glaubte, daß du ihn verraten hättest, während du und ich wissen, daß du der einen Sache, an die du glaubtest, treu geblieben bist, nämlich der Wiederherstellung des ventrischen Thrones. Natürlich mit dir auf diesem Thron. Ich hingegen habe keinerlei Interesse an diesem Thron. Und ich bin meiner Sache ebenfalls treu geblieben – der Wiedereinsetzung meines Volkes in das Land, das einst das seine war durch Recht und Gewalt.«

Malikada hatte plötzlich Angst. Er versuchte zurückzuweichen, mußte aber feststellen, daß seine Beine ihm nicht gehorchten. Das parfümierte Taschentuch entfiel seinen Fingern, seine Arme hingen nutzlos an seinen Seiten. Er war gelähmt. Er versuchte, um Hilfe zu rufen, aber als er den Mund öffnete, kam kein Laut heraus.

»Ich nehme nicht an«, sagte das Wesen in Kalizkans Gestalt, »daß du an meiner Sache interessiert bist, außer daß es dein Leben um wenige Augenblicke verlängern wird, wenn ich dir davon erzähle.« Der Körper des Zauberers schien zu verschwimmen, und Malikada blickte auf einen verwesenden Leichnam. Die Hälfte seines Gesichts war verschwunden, die andere Hälfte war graugrün und wimmelte von Maden. Malikada versuchte, die

Augen zu schließen, aber selbst das war ihm unmöglich.

»Mein Volk«, sagte Kalizkan, »verlor einen Krieg. Wir wurden nicht getötet. Wir wurden verbannt, in eine graue, seelenlose Welt neben deiner eigenen. Eine Welt ohne Farben, ohne Geschmack, ohne Hoffnung. Jetzt, zu einem kleinen Teil dank deiner Hilfe, Malikada, haben wir die Chance, wieder zu leben. Den kalten, berauschenden Nachtwind auf unseren Gesichtern zu spüren, die süßen Freuden zu kosten, die aus menschlicher Furcht entspringen.«

Kalizkan kam näher und streckte die Hand aus. Krallen sprossen aus den Fingern .»O ja, Malikada, laß deine Angst fliegen. Sie ist wie Wein, sanft auf der Zunge.« Quälend langsam durchbohrten die Krallen Malikadas Brust.

»Und jetzt kannst du mir helfen, meine Mission zu vollenden. Die Königin, mußt du wissen, ist aus meinem Haus entkommen, und ich brauche deine Gestalt, um deine Männer dazu zu bringen, sie zu jagen.«

Ein wütender, feuriger Schmerz durchfuhr Malikada, brannte sich durch seine Brust, in seinen Bauch hinunter, das Rückgrat hinauf und explodierte in seinem Hirn. Es war eine Qual, die nicht auszuhalten war, und Kalizkan schauderte vor Vergnügen dabei.

Die Krallen hörten auf zu bohren, als sie sich um Malikadas Herz schlossen. »Wenn ich mehr Zeit hätte«, sagte Anharat, »würde ich dich für ein paar Stunden so halten. Aber ich habe keine Zeit. Also stirb, Malikada. Stirb in Verzweiflung. Deine Welt ist zerstört, und bald wird dein Volk Nahrung für das Windvolk sein.« Der Körper des Ventriers zuckte. Kalizkans verwester Körper fiel zu Boden.

Der Dämon, jetzt in Malikadas Körper, schritt zum Höhleneingang. Er hob die Hand und konzentrierte sich auf die Felsen über ihm. Staub rieselte herab, die Steine ächzten. Malikada trat in den Sonnenschein hinaus. Hinter ihm krachte die Decke herunter und versperrte den Eingang.

Er schritt hinunter zu seinen wartenden Männern und blieb nur stehen, um den Rauch einzuatmen, der von dem großen Scheiterhaufen aufstieg. Es lag eine köstliche Süße darin.

In seinem Zelt rief er Antikas Karios zu sich. Der Schwertkämpfer verbeugte sich tief.

»Geh zur Stadt und finde die Königin«, sagte Malikada. »Schütze sie bis zu meiner Ankunft.«

»Jawohl, Herr. Vor wem soll ich sie schützen?«

»Stell einfach nur sicher, daß sie da ist, wenn ich komme.«

»Ich breche sofort auf, Herr.«

»Enttäusche mich nicht, Antikas.«

Ein zorniger Ausdruck trat in die dunklen Augen des Schwertkämpfers. »Wann habe ich dich je enttäuscht, Vetter?«

»Niemals«, erwiderte Malikada. »Und jetzt ist nicht der Zeitpunkt, um damit anzufangen.«

Antikas schwieg einen Augenblick, doch der Dämon in Malikada spürte den durchdringenden Blick des Schwertkämpfers. Kühl warf er einen kleinen Zauber aus, der von ihm ausstrahlte und Antikas umschloß. Der Schwertkämpfer entspannte sich.

»Es wird geschehen, wie du befiehlst«, sagte er.

»Nimm Ersatzpferde und reite die ganze Nacht hindurch. Sei vor Morgengrauen dort.«

Die Kutsche fuhr langsam durch die Straßen der Stadt. Überall scharten sich jetzt Menschen zusammen, und als es dunkel wurde, begannen in den ärmeren Stadtvierteln die Unruhen. Mehrere Gebäude wurden in

Brand gesteckt. »Warum tun sie das?« fragte Axiana und beobachtete den fernen Rauch. Sie konnten die weit entfernten Schreie hören. »Was wollen sie damit erreichen?«

Dagorian zuckte die Achseln. »Schwer zu erklären, Hoheit. Manche Leute sind in einem Zustand der Panik. Sie fürchten, daß die Cadier mit Feuer und Schwert auf sie einstürmen werden. Andere wissen, daß jetzt, wo die Armee zerstört ist, sie ungesühnt Verbrechen begehen können, für die sie normalerweise schwer bestraft würden. Sie sehen das Unglück als Gelegenheit, sich ein Vermögen zu verschaffen, das sie sonst nie hätten erwerben können. Ich kenne nicht alle Gründe. Aber heute nacht wird es viele Tote geben.«

Die Kutsche bog in das Palastgelände ein, wo sie von einem Offizier der Wache und einem Trupp von Männern angehalten wurde. Der Mann öffnete die Tür, sah die Königin und verbeugte sich tief.

»Der QUELLE sei Dank, daß du am Leben bist, Hoheit«, sagte er. Sie schenkte ihm ein schwaches Lächeln, und die Kutsche fuhr weiter.

In den Gemächern der Königin sank Axiana auf eine Couch und bettete ihren Kopf auf ein Seidenkissen. Dann war sie eingeschlafen. Ulmenetha begann Kleider für die Königin zusammenzusuchen und packte sie sorgfältig in eine geschnitzte Holztruhe. Dann ging sie mit den Kindern in die verlassene Küche, wo sie etwas zu essen suchte: Schinken, etwas harten, in Leintücher gewickelten Käse, ein paar kleine Säcke mit Mehl, Zucker und Salz. Die Kinder saßen dicht daneben und verschlangen Brot und Eingemachtes, das sie mit frischer Milch hinunterspülten. Ulmenetha hielt inne und beobachtete sie.

»Was ist in diesem Waisenhaus passiert?« fragte sie den rothaarigen Jungen.

Seine leuchtendblauen Augen waren plötzlich voller

Angst, doch seine Miene blieb ungerührt und hart. »Kinder starben«, sagte er. »Alle sagten, Kalizkan wäre freundlich. Man konnte sicher sein, dort etwas zu essen zu bekommen. Viele meiner Freunde waren schon fort. Wir sind vor zehn Tagen dorthin gegangen.« Der Junge schloß die Augen und holte tief Luft. »Die meisten meiner Freunde waren da schon tot, aber das wußte ich nicht. Sie brachten sie immer irgendwo ins Untergeschoß, aber man konnte trotzdem ihre Schreie hören.« Er öffnete die Augen. »Ich will nicht darüber reden.«

»Ich verstehe«, sagte die Priesterin. Sie setzte sich den Kindern gegenüber. »Hört mir zu. Wir verlassen die Stadt. Heute abend noch. Ihr könnt mit uns kommen, wenn ihr wollt, oder ihr bleibt in Usa. Das liegt bei euch.«

»Wohin geht ihr?« fragte das ältere Mädchen. Ihre dunklen Augen fixierten Ulmenetha.

»Wir werden versuchen, einen Weg zur Küste zu finden und dort ein Schiff nach Drenan. Es ist eine lange Reise, und ich fürchte, sie wird gefährlich. Vielleicht seid ihr hier sicherer.«

»Ich bin Drenai«, sagte das Mädchen. »Oder wenigstens war mein Vater Drenai. Ich komme mit euch. Hier gibt es nichts für mich. Ich will nicht bleiben.«

»Ihr dürft mich nicht allein lassen!« jammerte das kleine blonde Mädchen und faßte das ältere bei der Hand.

»Ich lasse dich nicht allein, Kleines. Du kannst mit uns kommen.«

»Warum sollten wir gehen?« fragte der Junge. »Ich kann für uns alle genug zum Essen stehlen.«

Sie fuhr ihm mit den Fingern durch das verfilzte rote Haar. »Vielleicht brauchst du in Drenan nicht zu stehlen. Wir könnten in einem Haus wohnen.«

Der Junge fluchte. »Wer sollte uns wohl ein Haus geben, Pharis? Niemand *gibt* jemandem irgendwas. Für nichts bekommt man nichts. So ist das nun mal.«

»Du hast etwas zu essen für mich gefunden, Conalin. Und du hast dich um Sufia gekümmert, als sie krank war. Dafür hast du auch nichts bekommen.«

»Ihr seid meine Freunde und ich liebe euch. Das ist was anderes. Woher willst du wissen, daß du dieser fetten Frau trauen kannst?«

Das Mädchen blickte Ulmenetha wieder in die Augen. »Sie kam, um ihre Freundin zu retten. Und sie hat gegen das Ungeheuer gekämpft. Ich vertraue ihr.«

»Nun, ich will aber nicht gehen«, sagte der Junge stur.

»Wenn du nicht mitkommst, wer soll dann die kleine Sufia beschützen?« fragte sie.

»Oh, bitte, komm mit uns, Con«, flehte Sufia. »Bitte!«

Er schwieg einen Moment, dann starrte er Ulmenetha mit zornigen Augen an. »Warum sollten wir dir trauen?« fragte er.

»Ich kann dir keinen Grund bieten, Conalin. Außer, daß ich niemals lüge. Und ich verspreche dir eins: Wenn wir Drenan sicher erreichen, wird die Königin euch ein Haus kaufen.«

»Warum solltest du? Du schuldest uns nichts.«

»Das stimmt nicht. Deine Tapferkeit, und die deiner Schwestern, half mir, das... Ungeheuer, wie ihr es nennt, zu töten. Wenn ihr mir nicht geholfen hättet, hätte es mich getötet.«

»Sie ist nicht meine Schwester. Sie ist Pharis, meine Freundin. Und wenn sie und Sufia mitgehen, komme ich auch mit. Aber ich glaube dir das mit dem Haus nicht.«

»Warte es ab«, sagte Ulmenetha. »Und jetzt müssen wir ein paar Säcke für Proviant suchen und sie füllen. Wir wollen keinen Hunger haben, wenn wir in die Berge kommen.«

In den Königlichen Gemächern schlief die Königin

noch immer auf dem Sofa, und Dagorian hatte seine Bettlerlumpen mit einer von Skandas grauwollenen Tuniken vertauscht. Sie war auf der Schulter mit einem weißen Pferd bestickt, das auf der Hinterhand stand. Jetzt war er auf dem Balkon und beobachtete den Feuerschein, der über dem westlichen Stadtviertel aufstieg.

Die Unruhen würden sich im Laufe der Nacht legen, und ihre beste Chance auf Entkommen lag in der Stunde vor Morgengrauen, wenn die Unruhestifter schliefen und die Soldaten der Wache mit den Nachwirkungen des Chaos beschäftigt waren.

Entkommen?

Wie lange würde es dauern, bis die Verfolgung aufgenommen wurde? Und wie schnell konnten sie reisen? Die Königin war hochschwanger, das Kind wurde in wenigen Tagen erwartet. Sie konnte nicht schnell reiten. Die Gefahr einer Fehlgeburt war zu groß. Das machte ein Fuhrwerk erforderlich. Mit schnellen Pferden konnte man sie in wenigen Stunden einholen.

Vielleicht wäre es klüger zu versuchen, Banelion zu erreichen. Der Weiße Wolf und seine Männer konnten nicht weiter als ein paar Tagesritte nach Westen entfernt sein.

Er verwarf die Idee. Das würde der erste Gedanke des Feindes sein. Und überhaupt, was konnten ein paar hundert alte Männer gegen Malikadas ventrische Armee ausrichten? Sich Banelion anzuschließen bedeutete lediglich, das Todesurteil für noch mehr Drenai-Soldaten zu unterzeichnen.

Was dann?

Eine Tarnung war nötig. Etwas, das ihnen Zeit verschaffen würde.

Er hörte die Königin im Schlaf leise stöhnen und ging zurück ins Zimmer. Er setzte sich neben sie und nahm sanft ihre Hand. »Ich werde dich mit meinem Leben verteidigen«, flüsterte er.

Ulmenetha beobachtete ihn von der Tür her. Er hielt ihre Hand mit großer Zärtlichkeit, und sie erkannte in diesem Augenblick, daß der junge Mann in Axiana verliebt war. Trauer überfiel sie. In einer gerechten Welt wären sie sich vor zwei Jahren begegnet, als beide noch frei waren. Selbst wenn sie seine Liebe erwiderte, trug Axiana den Erben des Thrones zweier Nationen unter ihrem Herzen. Ihr Leben würde immer von den Herrschern dieser Reiche bestimmt werden. Und diese würden niemals eine Hochzeit mit einem kleinen Offizier wie Dagorian dulden.

Sie räusperte sich und trat, gefolgt von den Kindern, ein. Sie trug mehrere Proviantsäcke.

»Was jetzt?« fragte sie Dagorian.

Er ließ die Hand der Königin los und stand auf. »Kommen die Kinder mit uns?« Ulmenetha nickte. »Gut«, sagte er. »Wir brauchen einen Wagen und Ersatzpferde. Ich werde welche suchen. Wir müssen die Königin verkleiden. Keine Seide, kein Satin. Kein Schmuck. Wir verlassen die Stadt als arme Familie, die vor den Aufständen flieht. In den nächsten Tagen wird es viele solcher Flüchtlinge geben. Mit etwas Glück bleiben wir unter ihnen unbemerkt. Das wird die Verfolgung erschweren.«

»Was können wir tun, während du den Wagen holst?«

»Sucht Karten der Berge. Dort gibt es viele enge Schluchten, Pfade und trügerisches Gelände. Es wäre hilfreich, wenn wir einen Weg planen könnten anstatt blind loszugehen.«

Dagorian schwang sich einen dunklen Umhang um die Schultern und ging. Das kleine Kind, Sufia, war erschöpft, und Pharis brachte sie zu einer Couch, wo sie sich hinlegte und einschlief. Ulmenetha ließ die Kinder in der Wohnung zurück, nahm eine Laterne und machte sich auf den Weg zur Königlichen Bibliothek im Erdgeschoß. Dort gab es Tausende von Büchern und Hunderte von Schriftrollen. Sie suchte eine Weile im Inhaltsverzeichnis und fand dann drei alte Karten der Berge, ebenso wie das Tagebuch eines Reisenden, das von einer Wanderung von Usa nach Perapolis im Süden berichtete. Wenn die QUELLE mit ihnen war, dann würden sie diesem Weg wenigstens zum Teil folgen.

Als sie in die Wohnung zurückkehrte, fand sie den rothaarigen Jungen Conalin auf dem Balkon sitzend. Pharis und Sufia lagen aneinandergekuschelt auf der Couch und schliefen fest. Sie breitete eine Decke über die beiden und sah nach Axiana. Die Königin regte sich, schlug die Augen auf und lächelte verschlafen. »Ich hatte einen schrecklichen Traum«, sagte sie.

»Ruh dich aus, Herrin. Morgen brauchst du deine Kraft.« Axiana schloß die Augen wieder.

Ulmenetha trat hinaus auf den Balkon. Das Westviertel der Stadt stand in Flammen, und sie konnte in der Ferne Schreie hören. »Bist du denn nicht müde?« fragte sie Conalin.

»Ich bin stark«, sagte er.

»Ich weiß. Aber selbst die Starken brauchen Schlaf.«

»Sie bringen sich gegenseitig um«, sagte er und deutete auf die Flammen. »Sie rauben, plündern, vergewaltigen. Schlachten die Schwachen ab.«

»Macht dich das traurig?«

»Dazu sind die Schwachen da«, sagte er nüchtern. »Deswegen werde ich niemals schwach sein.«

»Wie hast du Pharis und die Kleine kennengelernt?«

»Warum willst du das wissen?« fragte er.

»Ich möchte mich unterhalten, Conalin. Wenn wir Freunde sein wollen, müssen wir uns kennenlernen. So geht das nun mal. Was ißt Pharis am liebsten?«

»Pflaumen. Warum?«

Sie lächelte. »Das gehört dazu, einen Freund zu kennen. Wenn du losgehst, um Essen zu stehlen, wirst du nach Pflaumen für Pharis Ausschau halten, weil du weißt, daß sie sie mag. Bescheid zu wissen ist gut unter Freunden. Also, wie habt ihr euch getroffen?«

»Ihre Mutter ist eine Hure, die auf der Kaufmannsstraße gearbeitet hat. Dort habe ich Pharis zum erstenmal gesehen. Vor zwei Sommern. Ihre Mutter war betrunken und lag in der Gosse. Pharis versuchte sie aufzuheben, um sie nach Hause zu bringen.«

»Und du hast ihr geholfen?«

»Ja.«

»Warum hast du das getan?«

»Was meinst du?«

Ulmenetha zuckte die Achseln. »Du hast den Schwachen geholfen, Conalin. Warum hast du sie nicht einfach ausgeraubt und bist davongegangen?«

»Das wollte ich ja«, fauchte er. »Ich sah sie dort liegen und wußte, sie hatte Geld von den Männern, die bei ihr waren. Aber dann kam Pharis. Sie sah mich dort stehen und sagte: Nimm ihren Arm. Und das tat ich. So haben wir uns kennengelernt.«

»Was ist mit der Mutter passiert?«

Jetzt war es an ihm, die Achseln zu zucken. »Sie ist immer noch da. Sie verkaufte Pharis an ein Freudenhaus. Wo reiche Männer gern an jungen Mädchen rummachen. Ich habe sie da rausgeholt. Ich bin eines Nachts durchs Hinterfenster geklettert und hab' sie herausgeholt.«

»Das war sehr tapfer von dir.« Er schien sich über das Lob zu freuen, seine harte Miene entspannte sich. Sofort sah er jünger aus und schrecklich verletzlich. Ulmenetha hätte ihm am liebsten übers Haar gestreichelt und ihn an sich gezogen. Er sprach weiter.

»Mußte das Schloß an ihrem Zimmer aufbrechen. Und die ganze Zeit schlief der Brecher in einem Stuhl direkt daneben.«

»Der Brecher?« hakte sie nach.

»Der Beinbrecher. Der Mann, der auf die Mädchen aufpaßt. Na ja, sie sagen jedenfalls, er paßt auf sie auf, aber wenn ein Mädchen nicht tut, was es soll, dann schlägt er sie.« Plötzlich grinste er. »Ich wette, er hat am nächsten Morgen mächtig Ärger gehabt.«

»Und was ist mit Sufia?«

»Wir fanden sie im Haus des Zauberers. Sie versteckte sich unter einem Bett. Sie war die letzte. Warum hat er die Kinder getötet?« fragte er.

»Ich nehme an, er betrieb Blutmagie«, sagte Ulmenetha. »Das ist eine abscheuliche Tat.«

»Davon gibt es viele«, sagte er leise. »Abscheuliche Taten.«

»Erzähl mir von dir«, bat sie.

»Nein«, erwiderte er schlicht. »Ich rede nicht über mich. Aber du hast recht, ich bin müde. Ich denke, ich schlafe jetzt eine Weile.«

»Ich wecke dich, wenn Dagorian zurückkommt.«

»Das brauchst du nicht«, versicherte er.

Draußen auf den Straßen setzten sich die Unruhen fort; Dagorian hatte die Wachen umgangen, indem er über die Palastmauern geklettert war und sich auf die breite Straße der Könige hinuntergelassen hatte. Von hier aus konnte er mehrere Tote erkennen. Aufständische kamen in Sicht, die geplünderten Wein in sich hineinschütteten. Er hielt sich in den Schatten, während er die Straße hinunterging, dann schoß er hinüber in eine der Straßen, die zum Markt der Kaufleute führte. Hier arbeiteten, wie er wußte, die Fuhrleute, die jeden Tag die Waren der Kaufleute zu den Läden, Haushalten und Marktständen der Stadt brachten.

Als er beim ersten ankam, fand er das Gebäude in

Flammen, und er konnte brennende Karren auf dem offenen Platz dahinter sehen. Wut stieg in ihm auf und drohte ihn zu verschlingen. Er hätte am liebsten sein Schwert gezogen und sich schlagend und stoßend auf die Aufständischen gestürzt. Seine Finger schlossen sich um den Griff seines Säbels. Eine Stimme wisperte kalt und kühl in seinem Kopf und zerstreute seine Wut.

»Laß sie nicht von dir Besitz ergreifen, Dagorian. Sie sind überall.«

Dagorian lehnte sich an eine Mauer, seine Hände zitterten noch im Nachhall seiner Wut. »Wer bist du?« flüsterte er.

»Ein Freund. Erinnerst du dich an mich? Ich kam zu dir, als die Dämonen an deiner Seele zerrten. Und noch einmal im Haus der ermordeten Seherin.«

»Ich erinnere mich.«

»Dann wisse dies, Kind: Die Stadt ist besessen, die Dämonen laben sich an Wut und Mord. Mit jeder Stunde werden sie stärker. Morgen wird niemand mehr in der Lage sein, ihnen zu widerstehen. Gib ihnen nicht nach. Denke klar und kühl. Ich werde bei dir sein, wenn ich auch nicht mehr sprechen werde. Und jetzt such ein Fuhrwerk!«

Der Offizier entfernte sich von der Mauer und lief gebückt in eine schmale Gasse. Rauch, dicker als Nebel, hing in der Luft und brannte in seinen Lungen. Dagorian zog sich den Umhang vors Gesicht und lief weiter. Von überall hörte er Schreie, aus den brennenden Gebäuden, in denen die Menschen festsaßen, ebenso wie aus den Gassen, wo man Opfer eingekesselt hatte.

Wieder stieg Wut in ihm hoch, aber er kämpfte sie nieder.

Er kam zu dem breiten Tor eines zweiten Fuhrunternehmens. Die Torflügel waren aufgesprengt, und eine Gruppe aus Männern und Frauen mit Fackeln rannte über den Hof und steckte die Karren in Brand. Fackeln waren auch schon in die Ställe geworfen worden und hatten das Stroh im Innern entzündet. Die Pferde wieherten vor Angst. Dagorian hetzte über den Hof, öffnete die Stalltüren, rannte hinein und befreite alle Pferde bis auf zwei. Voller Panik galoppierten die Tiere in den Hof und zersprengten die Aufständischen.

Dagorian ging zu den beiden verbliebenen Pferden und beruhigte sie, so gut er konnte. Dann führte er sie aus dem Stall. Sie waren sehr verängstigt, aber sie waren die sichere Hand ihrer Kutscher gewöhnt und akzeptierten Dagorians Autorität. Im Hof spannte er sie vor einen Karren, den die Aufständischen unversehrt gelassen hatten. Zügel und Zaumzeug, mit denen die Tiere angespannt wurden, lagen auf dem Karren. Dagorian ging hinüber.

Ein Aufständischer rannte herbei und warf eine Fackel auf den Kutschbock. Dagorian fuhr herum und ließ seine Rechte donnernd gegen das Kinn des Mannes sausen. Dieser fiel ohne einen Laut. Dagorian warf die Fackel beiseite und nahm das Zaumzeug. Ein Schwall brennender Luft versengte den Hof, als die Flammen durch die Stallmauern drangen. Die Pferde stiegen. Wieder versuchte Dagorian, sie zu beruhigen, strich ihnen über die langen Hälse und flüsterte beruhigend auf sie ein. Die Hitze war ungeheuer, und die Aufständischen verzogen sich. Dagorian spannte die Pferde an und kletterte auf den Kutschbock. Er löste die Bremse, nahm die Peitsche und ließ sie knallen. Die Pferde legten sich in die Riemen, der Karren bewegte sich vorwärts. Aber um aus dem Hof zu kommen, mußten sie an den brennenden Ställen vorüber. Die Pferde blieben stehen, sie wollten nicht noch einmal an den Flammen vorbei.

Hinten im Wagen lagen ein paar leere Säcke. Mit dem Dolch schnitt er zwei Streifen davon ab. Er sprang vom Kutschbock und verband den Pferden die Augen. Wieder auf dem Wagen, ließ er erneut die Peitsche knallen. Zögernd setzte sich das Gespann in Bewegung. Er spürte, wie sie zauderten, als sie die zunehmende Hitze wahrnahmen, aber er schlug beide mit der Peitsche und schrie sie aus vollem Halse an. Die Pferde legten sich in die Riemen, und der Karren rollte an dem brennenden Gebäude vorbei und auf die Straße hinaus.

Er bog rechts ab und fuhr so schnell er konnte die Straße der Könige hinunter.

Dort hatte sich eine weitere Menschenmenge zusammengeschart, doch sie sprangen auseinander, als der Karren in sie hineinfuhr. Ein Mann rannte los und sprang Dagorian an. Sein Gesicht war eine verzerrte Fratze aus Haß, seine Augen weit aufgerissen. Dagorian trat dem Angreifer in die Brust und stieß ihn auf die Straße. Vor ihm versuchte eine Gruppe, ihm den Weg zu versperren, doch die Pferde waren jetzt in vollem Galopp und ließen sich nicht aufhalten. Ein geschleudertes Messer krachte in die Sitzlehne hinter ihm, doch dann war er vorbei und die Palasttore kamen in Sicht.

Sie standen offen. Und kein Wachmann war zu sehen.

Dagorian fuhr hindurch, dann zog er die Zügel und brachte die Pferde zum Stehen.

Er sprang vom Kutschbock und mühte sich mit den schmiedeeisernen Torflügeln ab, bis er sie schließen konnte.

Sie würden eine aufgebrachte Menge nicht aufhalten, das wußte er. Er stieg wieder auf den Wagen und fuhr zum Haupteingang.

Der Himmel wurde schon hell, als er ins Gebäude rannte und die lange, gewundene Treppe hinauf. Die Königin war jetzt wach und trug ein schlichtes blaues Wollkleid, das mit weißer Baumwolle abgesetzt war.

»Wir müssen sofort gehen«, sagte Dagorian. »Der Mob wird bald hier sein.«

»Gehen? Wohin sollte ich gehen? Ich bin die Königin. Sie werden mir nichts zuleide tun«, sagte Axiana. »Sie sind mein Volk, und sie lieben mich.« Ihre schlanken Finger berührten ihren Ärmel. »Und ich werde dieses abscheuliche Kleid nicht anziehen. Es kratzt auf der Haut.«

»Ein Mob weiß nichts von Liebe«, sagte Dagorian. »Sie sind da draußen und bringen einander um, vergewaltigen und plündern. Es wird nicht lange dauern, bis ihnen einfällt, daß sie die wahren Reichtümer hier finden können.«

»Mein Vetter Malikada wird bald zurück sein. Er wird mich beschützen«, erklärte Axiana.

»Bitte, Täubchen«, drängte Ulmenetha, »vertrau mir! Dein Leben ist in Gefahr, wir müssen die Stadt verlassen.«

»Wer von Adel ist, gerät nicht in Panik, Ulmenetha. Und ganz sicher nicht angesichts eines Bauernaufstandes.«

»Es ist nicht nur ein *Aufstand*«, erklärte Dagorian. »Die Menschen sind besessen.«

»Besessen? Das kann nicht sein!«

»Es ist wahr, Hoheit. Ich schwöre es. Ich habe die Dämonen entdeckt, als ich eine Reihe von Morden untersuchte. Ich glaube, Kalizkan hat sie gerufen. Ich habe schon Mobs erlebt, und ich war dort draußen unter diesen wahnsinnigen Leuten. Das ist ein Unterschied, glaub mir.«

»Du sagst das doch nur, um mir Angst einzujagen«, beharrte Axiana.

Ulmenetha ging auf die Königin zu. »Was er sagt, ist wahr, mein Täubchen. Ich weiß schon länger von diesen Dämonen. Ich weiß auch, daß Kalizkan ein wandelnder Leichnam ist. Er ist ebenfalls besessen. Du sahst doch das Wesen in seinem Haus. Es war ein *zhagul.* Ein toter Mann. Ich glaube, wir sollten auf Dagorian hören und ihm in die Berge folgen.«

»Das werde ich nicht!« erklärte Axiana. Sie wich zurück, in ihren Augen stand Angst. »Malikada wird mich beschützen. Ich werde ihm von Kalizkans bösem Tun berichten, und er wird ihn bestrafen.«

Ulmenetha trat dicht zu ihr und legte Axiana die Hände auf die Schultern. »Sei ruhig«, sagte sie leise. »Ich bin hier. Es wird alles gut werden.« Sie hob die rechte Hand, als ob sie der Königin über die Stirn streichen wollte. Dagorian sah blaues Licht aus ihrer Handfläche strahlen. Axiana fiel nach vorn in Ulmenethas Arme. Die Priesterin ließ sie auf eine Couch sinken. »Sie wird jetzt ein paar Stunden schlafen«, sagte sie.

»Du bist eine Zauberin?« wisperte Dagorian.

»Ich bin eine Priesterin!« fauchte sie. »Das ist ein Unterschied. Das bißchen Magie, das ich kenne, dient Heilzwecken. Jetzt trag sie hinunter – und geh behutsam mit ihr um.«

Dagorian nahm Axiana auf die Arme. Trotz ihrer Schwangerschaft war sie nicht schwer, und er trug sie zu dem Wagen und auf die Ladeklappe. Ulmenetha bettete sie auf einen zusammengerollten Sack als Kissen und deckte sie zu. Pharis und Sufia kletterten auf den Wagen, Conalin auf den Kutschbock. Dagorian setzte sich neben ihn.

Dagorian fuhr zu den königlichen Ställen und sattelte dort ein Schlachtroß von siebzehn Hand* Höhe. »Kannst du den Wagen fahren?« fragte er Conalin. Der Junge nickte.

»Gut. Dann werde ich uns den Weg zum Osttor bahnen. Wenn ich falle, halt nicht an. Verstanden?«

* 1,70 Meter

»Oh, ich werde schon nicht anhalten«, sagte Conalin. »Darauf kannst du dich verlassen.«

»Dann los.«

Die Straße der Könige war jetzt verlassen und geisterhaft still. Dagorian ritt voran, das Klappern der Hufe klang wie langsames Kriegstrommeln. Er zog seinen Säbel und spähte aufmerksam in alle Richtungen. Keine Spur von Leben.

Der Karren zog weiter. Nach achthundert Metern sahen sie eine Gruppe von Männern still am Straßenrand sitzen. Sie waren blutverschmiert, ihre Kleider rußfleckig. Sie blickten den Wagen an, machten aber keinerlei feindselige Bewegung. Ihre Augen waren stumpf, sie schienen zu Tode erschöpft.

Dagorian steckte seinen Säbel weg.

Sie erreichten das Tor und fanden sich in einer Wartelinie mit rund zwanzig Karren und Kutschen, alle besetzt mit flüchtenden Familien und ihren Habseligkeiten. Der Torbogen war schmal, und es dauerte seine Zeit, um die Wagen hindurch zu manövrieren. Eine Gruppe von Reitern wollte in die Stadt, konnte das Tor aber noch nicht passieren, und Dagorian hörte, wie ein zorniges Wortgefecht begann.

Er stieg ab, pflockte sein Pferd an und wollte gerade auf den Wagen klettern, als er die Stimme von Antikas Karios hörte. Er befahl gerade einem Wagenlenker, sein Fahrzeug beiseite zu fahren. Er duckte sich tief unter den Wagen und wartete, bis die Gruppe durch das Tor war und in vollem Galopp zum Palast donnerte.

Jetzt schien das Warten darauf, die Stadt verlassen zu können, geradezu endlos. Zwei ungeduldige Fahrer rückten gleichzeitig vor. Eins der Pferde stieg und trat gegen das andere Gespann. Beide Fahrer sprangen ab und begannen einen hitzigen Streit. Dagorians Geduldsfaden riß. Er schwang sich in den Sattel und ritt zu den brüllenden Männern. Er zog seinen Säbel und hielt ihn dem ersten an den Hals. »Zurück mit euch«, sagte er, »oder ich schlitze dich auf wie einen Fisch!« Der Streit erstarb auf der Stelle. Der Mann stolperte zurück zu seinem Wagen und zog an den Zügeln, um sein Gespann zu wenden. Dagorian drehte sich im Sattel um und rief Conalin zu: »Fahr durch!«

Dann waren sie aus der Stadt heraus.

Conalin lenkte die Pferde den langen Anstieg zu den Bergen hinauf. Dagorian ritt an ihrer Seite. Er sah sich ständig um, da er jeden Moment erwartete, Verfolger hinter ihnen hergaloppieren zu sehen. »Gib ihnen ein wenig die Peitsche!« befahl er Conalin. Der Junge gehorchte, und die Pferde fielen in Galopp. Hinten im Wagen wurde Ulmenetha zur Seite geworfen. Die kleine Sufia begann zu weinen. Ulmenetha nahm sie in den Arm. »Du brauchst keine Angst zu haben«, sagte sie beruhigend. Die Pferde atmeten schwer, als sie die Hügelkuppe erreichten und auf die andere Seite hinunterfuhren. Außer Sichtweite der Stadt ließ Dagorian Conalin langsamer fahren und befahl ihm, weiter der Straße nach Süden und Westen zu folgen.

Der Offizier ritt zurück zum Kamm des Hügels und stieg ab. Wenige Minuten später sah er Antikas Karios und seine Männer die Stadt verlassen. Einen schrecklichen Moment lang glaubte er, sie wollten ihre Verfolgung aufnehmen, aber sie wandten sich direkt nach Westen zur Handelsstraße.

Wie lange würde es dauern, bis sie ihren Irrtum bemerkten? Eine Stunde? Weniger?

Er stieg wieder aufs Pferd und beeilte sich den Karren einzuholen. Axiana war jetzt bei Bewußtsein und starrte schweigend zu den Bergen hinaus. Dagorian band sein

Pferd am Wagen an und kletterte hinein. »Für den Augenblick sind wir ihnen entwischt«, erklärte er Ulmenetha. »Wo sind die Karten?«

Ulmenetha reichte ihm die erste. Es war eine alte, trockene Schriftrolle, die er behutsam entrollte. Die abgebildete Stadt war erheblich kleiner als die Metropole, zu der Usa sich entwickelt hatte, aber die Gebirgsstraßen waren deutlich verzeichnet. Sie bildeten einen Teil einer Handelsroute zur Geisterstadt Lem, die rund dreihundert Kilometer weiter südlich lag. Erbaut mit dem Reichtum aus den nahegelegenen Silberminen – die seit über zweihundert Jahren erschöpft waren – war Lem jetzt nichts weiter als eine Ruinenstadt. Dagorian studierte die Karte sorgfältig. Sie würden etwa hundertfünfzig Kilometer weit nach Süden reisen, dann nach Westen abbiegen und diese Richtung gut hundert Kilometer weit beibehalten, wobei sie die Carpos-Berge überquerten und dann die Küstenstraße nach Caphis nehmen würden. Das war zwar nicht die nächstgelegene Hafenstadt, aber diese Route war weniger belebt. So konnten sie die Gefahr mindern, hier Banditen oder rebellischen Stämmen in die Hände zu fallen.

Ein zweiter, aber nichtsdestoweniger wichtiger Grund für die Wahl von Caphis war, daß Malikada wahrscheinlich erwartete, daß sie nach Morec reisten, dem beabsichtigten Reiseziel des Weißen Wolfes und seiner Männer.

Er zeigte Ulmenetha die Route. Sie betrachtete die Karte. »Was bedeuten die Symbole?« fragte sie und deutete mit dem Finger auf die Karte.

»Das ist eine Art Kurzschrift, die vom Hochventrischen abgeleitet ist. Das hier, das aussieht wie ein Widderkopf, ist die bildliche Darstellung dreier Buchstaben, I.W.U. Das steht für: Im Winter unpassierbar.«

»Und die Zahlen?«

»Entfernungen zwischen bestimmten Punkten, aber nicht nach Kilometern, sondern der ventrischen Meile. Die Angaben dürften nicht sehr genau sein.«

»Wie weit müssen wir reisen?« fragte Pharis.

»Vielleicht dreihundertfünfzig bis vierhundert Kilometer, und größtenteils durch rauhes Gelände. Wir haben keine Ersatzpferde, also müssen wir behutsam vorgehen und die Tiere so gut schonen wie wir können. Mit etwas Glück sind wir in einem Monat in Caphis. Dann ist es nur noch eine kurze Reise übers Meer nach Dros Purdol – nach Hause!«

»Wessen Zuhause?« fragte Axiana plötzlich. Dagorian warf einen Blick auf die Königin. Ihr Gesicht war blaß, ihre dunklen Augen zornig. »Es ist nicht mein Zuhause. Mein Zuhause wurde von wilden Drenai niedergemacht, die übers Meer kamen. Dieselben Wilden, die meinen Vater erschlugen und mich zwangen, ihren Anführer zu ehelichen. Geht Axiana vielleicht nach Hause? Nein, sie wird entführt und von ihrem Zuhause fortgebracht.«

Der Offizier schwieg einen Moment. »Es tut mir leid, Hoheit«, sagte er schließlich. »Ich bin einer jener wilden Drenai. Aber ich würde bereitwillig mein Leben für dich geben. Ich habe dich aus der Stadt gebracht, weil du in Gefahr bist. Kalizkan ist ein Ungeheuer. Und aus Gründen, die ich nicht ganz begreife, will er das Kind töten, das du trägst. Er und Malikada stecken unter einer Decke, daran hege ich keinen Zweifel. Malikada hat ihm deinen Vater ausgeliefert. Kalizkan hat ihn getötet. Jetzt ist auch Skanda durch Malikadas Verrat ermordet worden. Wenn es in meiner Macht liegt, dich sicher nach Drenan zu bringen, dann werde ich es tun. Danach bist du frei. Du wirst als Königin gefeiert werden, und wenn möglich, wird eine Armee dich nach Ventria zurückbringen und dich wieder auf deinem Thron einsetzen.«

Axiana schüttelte den Kopf. »Wie kannst du nur so

naiv sein, Dagorian? Glaubst du wirklich, der Adel von Drenan schert sich um mich? Ich bin Ausländerin. Glaubst du, sie würden mein Kind unterstützen? Ich glaube nicht. Mein Sohn wird sterben, vergiftet oder erwürgt, und irgendein anderer Drenai-Adliger wird den Thron übernehmen. So wird es geschehen. Du sagst, Malikada habe meinen Vater ausgeliefert. Das kann ich glauben. Er verabscheute ihn, hielt ihn für schwach und machte ihn für die Verluste gegen Skanda verantwortlich. Du sagst, er verriet Skanda. Auch das kann ich glauben, denn er haßte ihn. Aber mich hat er immer geliebt. Er ist mein Vetter und würde nichts tun, war mir schadet.«

»Und das Kind, das du trägst?« fragte Ulmenetha.

»Es ist mir gleichgültig. Es ist ein vergiftetes Geschenk von Skanda. Sollen sie es doch haben. Und was dich angeht, Dagorian, geh wieder auf dein Pferd. Ich finde deine Anwesenheit abstoßend.«

Die Worte verletzten ihn, aber er stand auf, band die Zügel seines Pferdes los und stieg in den Sattel. Ulmenetha nahm die Karte in die Hand. »Ihr irrt euch, Hoheit«, sagte sie leise.

»Ich höre dich nicht, Verräterin.«

Conalin ließ ein trockenes Kichern hören. Er drehte sich zu Ulmenetha um. »Du rettest sie vor dem Ungeheuer, und sie beschimpft dich. Himmel, wie ich die Reichen hasse.«

Axiana gab keine Antwort, sondern starrte über die schneebedeckten Berge hinaus. Ihre Miene war hart, ihr Ausdruck undeutbar. Sie wollte sich bei Ulmenetha entschuldigen, ihr sagen, daß ihre Worte im Zorn gesprochen waren. Undankbarkeit gehörte nicht zu Axianas Fehlern. Sie wußte, daß die Priesterin ihr Leben riskiert hatte, um sie vor dem untoten Wesen in Kalizkans Haus zu retten. Mehr noch, sie wußte, daß Ulmenetha sie liebte und daß sie niemals absichtlich etwas tun würde, das ihr schadete.

Aber Axiana hatte Angst. Sie war am Hofe aufgewachsen, jede Laune war ihr erfüllt worden. Die Ereignisse der vergangenen beiden Tage waren ein tiefer Schock für sie. Im Verlauf von nur achtundvierzig Stunden war sie in einem dumpfen Raum eingeschlossen gewesen, war Zeugin von gewaltsamen Toden gewesen, hatte von der Ermordung ihres Gatten gehört und saß jetzt in einem ächzenden Karren auf dem Weg in die Wildnis. Sie hatte das Gefühl, ihr Verstand löse sich auf. Kalizkan, dem sie vertraut hatte und den sie gern gemocht hatte, war jetzt als Massenmörder entlarvt, ein Ungeheuer, das Kinder mordete. Die QUELLE allein wußte, was er mit ihr vorgehabt hatte. Sie schauderte.

»Frierst du, Täubchen?« fragte Ulmenetha. Axiana nickte wie betäubt. Die Priesterin legte ihr eine Decke um die Schultern. Tränen stiegen Axiana in die Augen. Der Karren rumpelte über ein Loch in der Straße, und Axiana fiel halb gegen Ulmenetha. Die Priesterin fing sie auf. Axiana legte ihren Kopf an Ulmenethas Schulter.

»Es tut mir leid«, flüsterte sie.

»Ich weiß, mein Kind.«

»Das Baby wird bald kommen. Ich habe solche Angst.«

»Ich bin ja bei dir. Und du bist stark. Es wird alles gut werden.«

Axiana holte tief Luft, dann setzte sie sich auf. Sie konnte Dagorian vorausreiten sehen und den Weg prüfen. Sie bewegten sich auf einen Wald zu, der die Berghänge bedeckte wie ein Büffelfell. Axiana warf einen Blick hinter sich. Usa konnte man nicht mehr erkennen.

Die dunkelhaarige Pharis nahm einen roten Apfel aus einem Proviantbeutel und bot ihn Axiana an. Die Königin nahm ihn mit einem Lächeln an, dann betrachtete sie das Mädchen. Es war schrecklich dünn und unterernährt, aber ihr Gesicht war hübsch, mit großen braunen Augen. Axiana war einem gewöhnlichen Sterblichen noch nie so nahe gewesen. Sie musterte Pharis' dünnes Kleid. Es war unmöglich zu sagen, welche Farbe es einmal gehabt hatte, denn jetzt war es ein schmutziges, lebloses Grau. An der Schulter, der Hüfte und am Ellbogen war es zerrissen, und an den Handgelenken und am Ausschnitt arg zerfranst. Im Palast hätte man es nicht einmal als Putzlappen benutzt. Sie streckte die Hand aus und berührte den Stoff. Er war rauh und schmutzig. Pharis wich zurück, und Axiana sah, wie sich ihre Miene veränderte. Das Mädchen wandte sich ruckartig ab und setzte sich wieder zu Sufia. In diesem Moment bewegte sich das Kind in ihr. Sie schrie leise auf. Dann lächelte sie. »Er hat mich getreten«, sagte sie. Ulmenetha legte sanft ihre Hand auf Axianas geschwollenen Leib.

»Ja, ich kann ihn fühlen. Er ist gierig nach dem Leben.«

»Kann ich auch mal fühlen?« fragte die kleine Sufia und kam auf Händen und Füßen angekrochen. Axiana blickte in ihre hellen blauen Augen.

»Natürlich«, sagte sie. Sie nahm die kleine, schmutzige Hand des Kindes und legte sie auf ihren Bauch. Einen Augenblick lang rührte sich nichts, dann trat das Baby wieder. Sufia quietschte vor Vergnügen.

»Pharis, Pharis, komm, fühl mal!« rief sie.

Pharis schaute hoch und sah der Königin in die Augen. Axiana lächelte und streckte die Hand aus. Pharis ging zu ihr, und folgsam trat das Baby wieder aus.

»Wie ist es da reingekommen?« fragte Sufia. »Und wie kommt es wieder raus?«

»Zauberei«, antwortete Ulmenetha rasch. »Wie alt bist

du, Sufia?« fragte sie, um das Thema zu wechseln. Das Kind zuckte die Achseln.

»Ich weiß es nicht. Mein Bruder Griss sagte, er wäre sechs. Und ich bin jünger als Griss.«

»Wo ist dein Bruder?« fragte Axiana und strich Sufia über das schmierige blonde Haar.

»Der Zauberer hat ihn weggebracht.« Plötzlich hatte sie Angst. »Ihr laßt nicht zu, daß er mich auch wegholt, nicht wahr?«

»Niemand wird dich wegholen, Kleine«, sagte Conalin wütend. »Ich bringe jeden um, der es versucht.«

Das gefiel Sufia. Sie sah zu Conalin auf. »Kann ich mal den Wagen fahren?« bat sie.

Pharis half ihr, über die Lehne zu klettern und Conalin nahm sie auf den Schoß und gab ihr die Zügel in die Hand.

Axiana biß in den Apfel. Er war süß, wunderbar süß.

Sie hatten gerade den Waldrand erreicht, als sie das Donnern von Hufen hörten. Axiana sah sich um. Fünf Reiter kamen über den Hügel, der hinter ihnen lag.

Dagorian galoppierte zurück zum Wagen, in seiner Hand glitzerte der Säbel.

Kapitel sieben

Vellian war fünfzehn seiner neunundzwanzig Jahre lang ein Kämpfer gewesen und hatte Malikada und Antikas Karios zwölf Jahre davon gedient. Er hatte sich der ventrischen Armee zur Großen Expedition angeschlossen, dem Einmarsch nach Drenan und der Wiedergutmachung alten Unrechts. Jedes ventrische Kind wußte von der Infamie der Drenai, von ihren gebrochenen Verträgen, ihren unverschämten Gebietsansprüchen und ihrer Ermordung des Großen Kaisers Gorben, vor etlichen Jahrhunderten.

Die Invasion sollte alles vergangene Unrecht wieder gutmachen.

So jedenfalls stellte man es dem vierzehnjährigen Vellian dar, als die Anwerbeoffiziere in sein Dorf kamen. Es gab keine größere Ehre, wie sie sagten, als dem Kaiser in einer gerechten Sache zu dienen. Sie machten großartige Versprechen von Reichtum und Ruhm. Der Reichtum interessierte Vellian nicht, aber die Vorstellung von Ruhm durchlief ihn wie eine starke Droge. Er verpflichtete sich noch an jenem Tag, ohne die Erlaubnis seiner Eltern einzuholen, und ritt davon, um die Wilden zu besiegen und Ruhm zu suchen.

Jetzt ritt er auf einem erschöpften Pferd auf der Alten Straße nach Lem, und alle seine Träume waren zu Staub zerfallen.

Er hatte die Armee der Drenai in ihrem hoffnungslosen Kampf gegen die Cadier beobachtet und das ungeheure Gewicht der Scham gespürt. Keiner von den Unteroffizieren hatte etwas von Malikadas Plan gewußt, und sie hatten mit gezogenen Schwertern auf das Signal zum Angriff gewartet. Die Mitte der Drenai kämpfte tapfer und trieb einen Keil in die cadischen Reihen. Die Schlacht war gewonnen. Oder wäre gewonnen gewesen, wenn die ventrische Armee auf das Signal hin angegriffen hätte. Jeder Soldat sah das Signal und ein paar rückten bereits vor. Dann hatte Malikada gerufen: »Stillgestanden!«

Vellian hatte zuerst geglaubt, das sei Teil eines besonders raffinierten Plans, den Skanda und Malikada ausgetüftelt hatten. Aber als die Zeit verstrich und die Drenai zu Tausenden fielen, enthüllte die Wahrheit sich selbst. Malikada, ein Mann, dem er loyal fast sein halbes Leben lang gedient hatte, hatte den König verraten.

Und es kam noch schlimmer. Skanda wurde lebend gefangengenommen und in eine Höhle hoch in den Bergen geschleppt, wo der Zauberer Kalizkan auf ihn wartete. Er wurde hineingebracht und in einem scheußlichen Ritual geopfert.

Zum ersten Mal dachte Vellian daran zu desertieren. Er war erzogen worden, Ehre und Loyalität und den Pfad der Wahrheit hoch zu schätzen. Er glaubte an diese Dinge. Sie waren der Kern jedes zivilisierten Volkes. Ohne diese Dinge gab es nur Anarchie, Chaos und den rapiden Abstieg in die Dunkelheit.

Im Verrat lag keine Ehre.

Dann war Antikas Karios zu ihm gekommen und hatte ihm befohlen, seine Zwanzig zu sammeln und ihm nach Usa zu folgen, um die Königin zu beschützen. Zumindest diese Pflicht war ehrenvoll.

Sie hatten die Stadt in Flammen vorgefunden, Tote in den Straßen, den Palast verlassen. Niemand wußte, wo die Königin sich verbarg. Dann befragte Antikas ein paar Männer auf der Straße der Könige. Sie hatten gesehen, wie eine Kutsche den Palast verließ. Im Wagen saßen Frauen, und sie fuhr zum Westtor.

Antikas hatte die Zwanzig in vier Gruppen aufgeteilt und Vellian nach Süden geschickt.

»Vielleicht komme ich nicht zurück, General«, hatte er gesagt. »Ich habe den Wunsch, die Armee zu verlassen.«

Antikas hatte über seine Bemerkung nachgedacht, dann hatte er Vellian bedeutet, ihm zu folgen und hatte sich ein Stück von den anderen Soldaten entfernt. »Was stimmt denn nicht?« hatte Antikas gefragt.

»Ich würde sagen, fast alles«, antwortete Vellian traurig.

»Du meinst die Schlacht.«

»Das Gemetzel, meinst du? Den Verrat.« Er erwartete fast, daß Antikas sein Schwert zog und ihn niederstreckte, und war überrascht, als der Offizier ihm eine Hand auf die Schulter legte.

»Du bist der Beste von ihnen, Vellian. Du bist tapfer und aufrichtig, und ich schätze dich höher als die anderen Offiziere. Aber du hast niemanden verraten. Du hast lediglich deinem General gehorcht. Die Last der Verantwortung liegt allein bei ihm. Und so sage ich dir dies: Reite nach Süden, und wenn du die Königin findest, dann bring sie zurück nach Usa. Wenn du sie nicht findest, geh wohin du willst, mit meinem Segen. Wirst du das tun? Für mich?«

»Das werde ich, General. Darf ich eine Frage stellen?«

»Natürlich.«

»Wußtest du von dem Plan?«

»Ich wußte davon – zu meiner ewigen Schande. Jetzt geh – und erfülle deine letzte Pflicht.«

Sie ritten eine Stunde lang in scharfem Galopp, dann sah Vellian den Karren. Wie die Männer gesagt hatten, wurde er von einem Jungen mit roten Haaren gelenkt. Ein Kind saß neben ihm auf dem Kutschbock, und hinten im Wagen waren drei Frauen.

Und eine davon war die Königin.

Der Soldat, der bei ihnen war, hatte seinen Säbel gezogen.

Vellian behielt die Zügel in der Hand und ritt den Hang hinunter, bis er vor dem Reiter stehenblieb. Seine Männer kamen an seine Seite. »Guten Morgen«, sagte er. »Ich bin Vellian. Mich schickt General Antikas Karios, um die Königin zurück in den Palast zu bringen. Die Stadt ist wieder ruhig, und die Armee wird noch vor morgen zurückkehren, um die Ordnung vollends wiederherzustellen.«

»Eine Armee von Verrätern«, sagte Dagorian kühl. Vellian wurde rot.

»Ja«, gab er zu. »Und jetzt steck deinen Säbel wieder weg und laß uns gehen.«

»Ich glaube nicht«, sagte Dagorian. »Die Königin ist in großer Gefahr. Sie ist bei mir sicherer.«

»Gefahr durch wen?« fragte Vellian, unsicher, wie er sich verhalten sollte.

»Durch den Zauberer Kalizkan.«

»Dann kannst du deine Befürchtungen beiseite legen, denn er ist tot. Er kam durch Steinschlag um.«

»Das glaube ich nicht.«

»Man kennt mich nicht als Lügner.«

»Mich auch nicht, Vellian. Aber ich habe bei meinem Leben geschworen, die Königin zu beschützen. Und das werde ich tun. Du bittest mich, sie dir zu übergeben. Hast du nicht bei deinem Leben geschworen, ihren Gatten, den König zu beschützen?« Vellian sagte nichts. »Also«, fuhr Dagorian fort, »da du diesen Schwur nicht eingehalten hast, sehe ich keinen Grund, dir jetzt zu trauen.«

»Sei kein Narr, Mann. Selbst wenn du mit dem Säbel so gut bist wie Antikas selbst, kannst du es nicht mit uns fünf aufnehmen. Wozu sterben, wenn die Sache bereits verloren ist?«

»Wozu leben, ohne eine Sache, die es wert ist dafür zu sterben?« entgegnete Dagorian.

»Dann sei es«, sagte Vellian traurig. »Ergreift ihn!«

Die vier Reiter zogen ihre Säbel. Dagorian stieß einen Schrei aus und schlug seinem Pferd mit der flachen Klinge auf die Flanken. Das Tier machte einen Satz nach vorn, direkt in die Gruppe hinein. Ein Pferd ging zu Boden, zwei andere stiegen. Dagorian riß sein Pferd herum und hieb dem nächsten Reiter seinen Säbel in die Schulter. Die Klinge drang tief ein, kam dann wieder frei. Vellian stieß nach ihm, doch Dagorian parierte den Stoß mit einem Gegenangriff, der Vellians Tunika aufschlitzte und ihm eine leichte Schnittwunde auf der Brust bescherte.

Ein Reiter hatte sich mit erhobenem Säbel hinter Dagorian geschlichen.

Ein Pfeil durchdrang die Schläfe des Mannes und hob ihn aus dem Sattel.

Dann kam Nogusta angaloppiert. Dagorian sah, wie sein Arm zurückfuhr und wieder nach vorne schoß. Eine schimmernde Klinge sauste durch die Luft und bohrte sich tief in die Kehle eines zweiten Reiters. Vellian griff Dagorian an, der jedoch parierte. Dagorians Gegenstoß verfehlte ihn zwar, doch beim Ausweichen verlor Vellian beinahe das Gleichgewicht. Sein Pferd stieg und warf ihn ab. Er krachte schwer zu Boden und war einen Augenblick wie betäubt. Mühsam kam er auf die Knie, hob seinen Säbel auf und sah sich um. Seine vier Männer waren alle tot.

Dagorian stieg ab und ging auf ihn zu. Vellian erhob sich. Aus dem Wald kamen zwei weitere Krieger, ein kahlköpfiger Riese mit weißem Schnurrbart und ein Bogenschütze, in dem Vellian Kebra, den früheren Meister wiedererkannte. »Mir scheint«, sagte Vellian, »daß die Rollen jetzt vertauscht sind.«

»Ich habe nicht den Wunsch, dich zu töten«, sagte Dagorian. »Du kannst als unser Gefangener mit uns kommen. Wir lassen dich frei, sobald wir die Küste erreichen.«

»Ich glaube nicht«, sagte Vellian. »Wie könnte ich anders als einem so kühnen Beispiel folgen.«

Er sprang vor zum Angriff. Ihre Schwerter klirrten gegeneinander, wieder und wieder. Für einen kurzen Augenblick hatte er das Gefühl, er könne gewinnen, doch dann jagte eine mörderische Riposte von Dagorian einen feurigen Schmerz durch seine Brust. Der Säbel entglitt ihm, und der Ventrier sank zu Boden.

Er lag im Gras und schaute zu dem blauen Himmel hinauf. »Auch ich hätte die Königin mit meinem Leben beschützt«, sagte er.

»Ich weiß.«

Für Axiana hatte der Rest des Tages etwas Traumhaftes, gleichzeitig wirklich und unwirklich. Das Rumpeln des Karrens über den schmalen Waldweg, der Geruch nach feuchter Erde und grünen Blättern war stark und lebendig. Aber als sie in die Gesichter ihrer Gefährten blickte, fühlte sie sich seltsam fern von ihnen. Mit Ausnahme der kleinen Sufia wirkten sie alle so angespannt, ihre Bewegungen kantig, die Augen verängstigt. Nein, nicht alle, dachte sie, als ihr Blick auf den schwarzen Krieger fiel. In diesen seltsamen blauen Augen lag keine Furcht.

Dagorian ritt schweigend neben dem Karren her und drehte sich gelegentlich im Sattel um, um nach Verfolgern Ausschau zu halten. Er konnte wenig sehen, denn sie waren jetzt tief im Wald, und der Pfad schlängelte sich durch die Bäume. Trotzdem sah er sich um. Die anderen drei ritten ebenfalls, ohne zu reden. Zweimal verließ der schwarze Mann die Gruppe und ritt auf seinem riesigen Wallach ein Stück zurück. Die beiden anderen ritten zu beiden Seiten des Karrens und fielen nur zurück, wenn der Pfad zu schmal wurde.

Axiana erinnerte sich an den Bogenschützen Kebra. Er war es, der das Turnier verloren und Skanda so erzürnt hatte. Und der andere Bursche – Kebra nannte ihn Bison – war ein stämmiges Rauhbein mit einem herabhängenden weißen Schnurrbart.

Die Königin war niemals zuvor in einem Wald gewesen. Ihr Vater hatte oft hier gejagt. Er hatte Löwen und Bären, Hirsche und Elche erlegt. Sie erinnerte sich, daß sie die Trophäen von ihrem Fenster aus gesehen hatte. Die Kadaver hatten so traurig ausgesehen, wie sie hinten auf dem Karren lagen.

Bären und Löwen.

Der Gedanke machte ihr keine Angst. Alle Angst war jetzt von ihr abgefallen. Sie schwebte auf einer Welle der Harmonie und lebte den Augenblick.

»Wie fühlst du dich?« fragte Ulmenetha und legte ihre Hand auf den Arm der Königin. Axiana blickte auf die Hand hinunter. Es war eine Unverschämtheit, sie zu berühren, doch sie fühlte keinen Ärger.

»Es geht mir gut.« Die Sonne brach durch die Wolken und schien durch eine Lücke in den Bäumen voraus. Schräge Strahlen aus Gold erhellten den Pfad. »Wie hübsch«, sagte Axiana träumerisch. Sie sah die Besorgnis in Ulmenethas Augen, verstand sie aber nicht. »Wir sollten in die Stadt zurückkehren«, sagte sie. »Es wird bald dunkel werden.«

Ulmenetha antwortete nicht, sondern rückte näher und zog sie an sich. Sie legte ihren Kopf an Ulmenethas Schulter. »Ich bin sehr müde.«

»Ruh dich aus, Täubchen. Ulmenetha paßt auf dich auf.«

Axiana sah die fünf Pferde, die hinten an dem Wagen angebunden waren, und ihr Körper spannte sich. Ulmenetha hielt sie fest. »Was ist los?« fragte die Priesterin.

»Diese Pferde… wo haben wir sie her?«

»Wir haben sie von den Soldaten, die uns angriffen.«

»Das war doch nur ein Traum«, sagte Axiana. »Kein Soldat würde mich angreifen. Ich bin die Königin. Kein Soldat würde mich angreifen. Niemand würde mich einsperren. Es gibt keine wandelnden Toten. Das ist alles nur ein Traum.« Sie begann zu zittern und fühlte, wie Ulmenethas Hand ihr Gesicht berührte. Dankbar versank sie in Dunkelheit.

Als sie die Augen wieder aufschlug, sah sie die Sterne am Himmel leuchten. Sie gähnte. »Ich habe geträumt, ich wäre in Morec«, sagte sie und setzte sich. »Ich bin dort aufgewachsen. In dem Frühlingspalast, der auf die Bucht hinaussieht. Ich habe dort immer die Delphine beobachtet.«

»War es ein schöner Traum?«

»Ja.« Axiana blickte sich um. Zwischen den Bäumen lagen jetzt tiefe Schatten, und die Temperatur sank. Hier und dort, in geschützten Mulden, lag noch immer etwas Schnee. »Wo sind wir?«

»Ich weiß nicht genau«, antwortete Ulmenetha. »Aber wir werden bald unser Lager aufschlagen.«

»Lager? Wir werden lagern?«

»Ja.«

»Gibt es denn kein Haus in der Nähe?«

»Nein«, sagte Ulmenetha leise. »Kein Haus. Aber wir werden sicher sein.«

»Vor Bären und Löwen«, erklärte Axiana in dem Versuch, autoritär zu wirken.

»Jawohl, Hoheit.«

Dagorian ritt neben den Wagen und kletterte auf den Kutschbock. »Festhalten«, sagte er und nahm Conalin die Zügel aus der Hand. »Wir verlassen den Pfad.« Der Karren rumpelte nach rechts einen leichten Hang hinunter. Ulmenetha hielt Axiana fest. Dagorian fuhr den Karren zu einem flachen Bach. Kebra und Bison ritten durch den Bach zu dem schwarzen Mann, der sie bereits erwartete. Vor einer Felswand brannte ein Feuer. Die erschöpften Pferde planschten in den Bach, und Dagorian ließ zweimal die Peitsche knallen, als der Karren langsam die Furt durchquerte. Auf der anderen Seite wendete er und zog die Bremse an.

Ulmenetha half der Königin beim Aussteigen und führte sie zum Feuer. Hier lagen flache Steine, und Axiana setzte sich auf einen davon. Kebra zündete ein zweites Feuer an und begann, eine Mahlzeit zuzubereiten. Die Kinder sammelten Feuerholz. Alle wirkten so beschäftigt. Axiana blickte zu der hohen Klippe auf. Solche Klippen hatte es in Morec auch gegeben. Sie war einmal eine hinaufgeklettert, und ihre Mutter hatte schrecklich mit ihr geschimpft. Plötzlich erinnerte sie sich an die Königliche Leibgarde, die vor einiger Zeit an ihren Wagen gekommen war. Was war mit ihnen passiert? Warum waren sie fortgegangen? Sie wollte gerade Ulmenetha danach fragen, als ihr der Duft nach Fleisch und Gewürzen aus dem Kessel über dem Lagerfeuer in die Nase stieg. Das roch köstlich!

Sie stand auf und ging zum Feuer. Der Bogenschütze, der neben dem Kessel kauerte, blickte auf. »Es ist bald fertig, Hoheit.«

»Es riecht wundervoll«, sagte sie. Sie wanderte zu dem mondbeschienenen Bach, am Ufer entlang, bezaubert von den glitzernden Lichtern auf den glatten Steinen unter Wasser. Sie schimmerten wie Juwelen. Allein ließ sie sich am Ufer nieder und dachte daran, wie sie in

Morec am Strand gesessen hatte, mit den Füßen im Wasser. Ihre Kinderfrau sang ihr immer ein Lied vor, das von Delphinen handelte. Axiana versuchte sich daran zu erinnern. Sie lachte auf, als ihr die Zeilen einfielen und begann zu singen.

»Oh wie gern ich wär',
solch Königin im Meer,
ich folgte der See,
ich zöge umher,
immer so wunderbar frei.«

Im Gebüsch neben ihr raschelte es, und eine riesenhafte Gestalt richtete sich drohend über ihr auf. Axiana klatschte in die Hände und lachte glücklich. Der Bär war so groß und anders als die traurigen Kadaver, die ihr Vater nach Hause gebracht hatte, so voller Leben. Der Bär ließ ein tiefes Knurren hören.

»Gefällt dir mein Lied nicht, Brauner?« fragte sie.

Sie spürte eine starke Hand auf ihrem Arm. Als sie aufschaute, sah sie den schwarzen Krieger neben sich. Er hielt eine brennende Fackel in der Hand. Sanft zog er sie auf die Füße. »Er hat Hunger, Hoheit, und ist nicht in Stimmung für Gesang.«

Langsam wich er zurück und zog die Königin mit sich. Der Bär spreizte seine Pfoten und kam durch das Gebüsch auf sie zu. »Er kommt mit uns«, sagte Axiana strahlend. Der schwarze Mann stellte sich vorsichtig vor sie und hielt die brennende Fackel vor sich ausgestreckt. Links von ihnen sah er den Schützen Kebra mit gespanntem Bogen.

»Nicht schießen«, sagte Nogusta.

Bison und Dagorian näherten sich von rechts. Bison hielt ebenfalls eine Fackel in der Hand. Der Bär drehte seinen großen Kopf von rechts nach links. »Verschwinde!«

brüllte Bison und sprang nach vorn. Überrascht von der Bewegung ließ sich der Bär auf alle viere fallen und tappte davon in die Dunkelheit.

»Er war so groß«, sagte Axiana.

»Das war er allerdings, Hoheit«, sagte der schwarze Mann. »Und jetzt wollen wir zum Feuer zurückgehen.«

Der Eintopf wurde auf Blechtellern serviert, und Axiana aß mit Genuß. Sie bat um Wein, und Ulmenetha entschuldigte sich dafür, daß sie nicht daran gedacht hatte, welchen mitzubringen. Statt dessen trank die Königin einen Becher Wasser aus dem Bach. Es war kühl und wohlschmeckend. Ulmenetha bereitete für sie ein Lager neben dem Feuer. Dagorian grub eine kleine Mulde für ihre Hüfte unter den Decken. Den Kopf auf ein Kissen aus einer zusammengerollten Decke gebettet, lag Axiana still und lauschte den Gesprächen am Feuer. Sie hörte die Worte. Das Kind Sufia schlief neben ihr, der Junge Conalin saß bei ihr und wachte über sie.

»Ich habe heute einen Bären gesehen«, erzählte Axiana schläfrig.

»Schlaf jetzt«, sagte der Junge.

Bison legte Holz nach, als Kebra die Teller einsammelte und sie zum Abwaschen an den Bach trug. Der Riese warf einen verstohlenen Blick auf Nogusta, der mit dem Rücken an die Felswand gelehnt ruhig dasaß. Dagorian und Ulmenetha flüsterten miteinander, doch Bison konnte nicht verstehen, was sie sagten. Bison war durch die Ereignisse des Tages verwirrt. Nogusta hatte sie früh geweckt, und sie hatten sich auf den Rückweg zur Stadt gemacht. »Die Königin ist in Gefahr«, war alles, was der schwarze Mann gesagt hatte, und sie waren schnell geritten, ohne sich Zeit für ein Gespräch zu nehmen. Bison war kein Reiter. Er haßte Pferde. Fast genauso wie er es haßte, im Winter auf dem nackten Boden zu schlafen, dachte er. Seine Schulter tat weh, und in seinem Rücken saß ein tiefer, nagender Schmerz.

Bison warf einen Blick zur schlafenden Königin hinüber. Die Kinder schliefen neben ihr. Nichts von alldem machte für den Riesen einen Sinn. Skanda war tot – und das geschah ihm recht, weil er Vertrauen in die Ventrier gesetzt hatte und alle seine besten Soldaten nach Hause geschickt hatte. Aber dieses Gerede von Zauberern und Dämonen und Opferungen machte Bison nervös. Es war eine bekannte Tatsache, daß Menschen nicht gegen Dämonen kämpfen konnten.

»Was machen wir jetzt?« fragte er Nogusta.

»Womit?« entgegnete der schwarze Mann.

»Mit all dem!« sagte Bison mit einer Geste zu den Schläfern hinüber.

»Wir bringen sie zur Küste und suchen ein Schiff nach Drenan.«

»Ach, wirklich? Einfach so?« fauchte Bison mit wachsendem Zorn. »Wahrscheinlich haben wir die gesamte ventrische Armee auf den Fersen und dazu noch Dämonen. Und wir reisen mit einer schwangeren Frau, die den Verstand verloren hat. Oh… habe ich schon gesagt, daß wir noch dazu mit dem langsamsten Fuhrwerk in ganz Ventria geschlagen sind?«

»Sie hat ihren Verstand nicht verloren, du Schwachkopf«, versetzte Ulmenetha eisig. »Sie hat einen Schock. Das gibt sich wieder.«

»Sie hat einen Schock? Und was ist mit mir? Ich wurde aus der Armee geworfen. Ich bin kein Soldat mehr. Das war ein Schock, das kann ich dir sagen. Aber trotzdem singe ich Bären keine Lieder vor.«

»Du bist auch kein empfindsames, siebzehnjähriges Mädchen, das noch dazu hochschwanger ist«, sagte

Ulmenetha, »und das man aus seinem Zuhause gerissen hat.«

»Ich habe sie nicht aus ihrer Heimat gerissen«, wandte Bison ein. »Von mir aus kann sie gerne zurückgehen. Genau wie du, du fette Kuh.«

»Was schlägst du vor, mein Freund?« fragte Nogusta leise.

Die Frage nahm Bison den Wind aus den Segeln. Er war es nicht gewohnt, daß man ihn um seine Meinung fragte, und er hatte eigentlich keine. Aber er war wütend, weil die dicke Frau ihn einen Schwachkopf genannt hatte. »Wir sollten weiterreiten. Sie ist keine Drenai, oder? Sie alle nicht.«

»Ich schon«, sagte Ulmenetha. In ihrer Stimme lag Verachtung. »Aber das ist nicht der Punkt, oder?«

»Punkt? Wovon redet sie?« begehrte Bison auf.

»Es geht hier nicht um Nationalitäten«, erklärte Dagorian. »Die Dämonen wollen das Kind der Königin opfern. Verstehst du? Wenn es ihnen gelingt, wird die Welt im Alptraum versinken. Alles Böse, das wir aus den Legenden kennen, die Gestaltwechsler, Hohlzähne, Krandyl… sie alle werden zurückkehren. Wir müssen die Königin beschützen.«

»Sie beschützen? Wir sind nur vier! Wie sollen wir sie beschützen?«

»So gut wir können«, antwortete Nogusta. »Aber du mußt nicht bleiben, mein Freund. Du bist frei. Du kannst davonreiten. Du wirst hier nicht in Ketten gehalten.«

Das Gespräch nahm eine Wendung, die Bison nicht gefiel. Er hatte nicht den Wunsch, seine Freunde zu verlassen, und war erstaunt, daß Nogusta das auch nur vorschlug. »Ich kann keine Karten lesen«, wandte er ein. »Ich weiß nicht mal, wo wir jetzt sind. Ich will wissen, *warum* wir bei ihr bleiben sollen.«

Kebra kehrte zum Feuer zurück und packte sorgfältig

die sauberen Teller wieder weg. Dann setzte er sich neben Bison. Er sagte nichts, aber seine Miene verriet Belustigung.

»Warum wir bleiben sollten?« tobte Dagorian. »Was für eine Frage ist das aus dem Mund eines Drenai-Kriegers? Das Böse droht ein Kind zu töten. Es spielt keine Rolle, daß das Kind der Erbe des Thrones ist und seine Mutter die Königin. Wenn das Böse droht, stellen sich gute Männer ihm entgegen.«

Bison räusperte sich und spie ins Feuer. »Das sind doch nur Worte«, sagte er wegwerfend. »Genau wie all das hochtrabende Geschwätz, das Skanda vor einer Schlacht losließ. Gerechtigkeit und Recht, die Kräfte des Lichts gegen die Tyrannei der Finsternis. Und wohin hat das geführt, he? Die Armee hin, und wir sitzen in einem kalten Wald und warten darauf, daß Dämonen über uns herfallen.«

»Er hat recht«, sagte Kebra, blinzelte dabei Nogusta zu. »Es hat keinen Sinn, über die Sache zu reden. Reichtum und Ehre sind mir ziemlich egal. Waren es immer schon. Der Gedanke daran, zurück nach Drenan zu kommen und an lauter Paraden und Banketten zu meinen Ehren teilnehmen zu müssen, reizt mich nicht im mindesten. Alles, was ich mir wünsche, ist eine kleine Farm auf einem schönen Stück Land. Und diesen Traum erreiche ich am besten, wenn ich mich auf einem schnellen Pferd auf den Weg zur Küste machen.«

»Genau meine Meinung«, sagte Bison triumphierend. Dann brach er ab. »Was war das mit Reichtum?«

Kebra zuckte die Achseln. »Bedeutungsloser Tand. Aber kannst du dir vorstellen, was für ein Empfang eine kleine Gruppe von Helden erwartet, die die Königin gerettet haben? Überschüttet mit Gold und Lobpreisungen. Wahrscheinlich ein Kommando in der Strafexpedition der Armee, die nach Ventria zurückkehrt. Wer braucht das schon? Du und ich, wir brechen morgen nach Caphis auf. Wir segeln friedlich nach Hause und setzen uns zur Ruhe. Du kannst auf meiner Farm wohnen.«

»Ich will nicht auf einer Farm wohnen«, begehrte Bison auf. »Ich will in der ... wie nennst du das? ... in der Strafexpedition sein.«

»Das kannst du vermutlich auch«, beruhigte ihn Kebra. »Du könntest dir den Schnurrbart schwarz färben und so tun, als wärst du wieder vierzig. Und jetzt gehe ich zu Bett. Es war ein langer Tag.«

Er stand auf und schlenderte zu seinen Decken. »Würden sie uns wirklich ein Vermögen und Ruhm zukommen lassen?« fragte Bison Dagorian.

»Ich fürchte ja.«

»Sie werden wahrscheinlich Lieder über dich schreiben«, sagte Nogusta.

»Ich pfeife auf Lieder! Damit kann ich keine Huren bezahlen. Aber können wir gegen Dämonen kämpfen, Nogusta? Ich meine, können wir sie wirklich besiegen?«

»Hast du mich jemals verlieren sehen?« entgegnete Nogusta. »Natürlich können wir sie besiegen.«

»Dann hast du wohl recht«, sagte Bison. »Wir können nicht zulassen, daß das Böse sich durchsetzt. Ich bleibe bei euch.« Er stand auf, ging zu seinen Decken und legte sich nieder. Nach wenigen Augenblicken schnarchte er laut.

»Gütiger Himmel, er macht mich krank«, sagte Dagorian.

»Urteile nicht zu hart über ihn«, bat Nogusta. »Bison ist nicht gerade tiefschürfend, aber er hat doch mehr Tiefgang, als du wahrhaben willst. Er hat vielleicht Schwierigkeiten mit den Konzepten, aber die Wirklichkeit ist anders. Du wirst schon sehen. Und jetzt schlafe. Ich übernehme die erste Wache. Ich wecke dich in etwa drei Stunden.«

Als Dagorian gegangen war, ging Ulmenetha zu Nogusta. »Glaubst du, wir können es zur Küste schaffen?« fragte sie.

»Glaubst du an Wunder?« erwiderte er.

Nogusta saß allein für sich und genoß die Einsamkeit. Es bestand keine echte Notwendigkeit, Wache zu halten. Sie konnten nichts tun, wenn sie hier angegriffen wurden, außer zu kämpfen und zu sterben. Aber er hatte die Nächte im Wald immer geliebt, wenn der Wind in den Blättern rauschte, das Mondlicht durch die Bäume fiel und ein Gefühl der Ewigkeit von den alten Bäumen ausging. Im Wald war es niemals völlig still. Immer bewegte sich etwas, überall gab es Leben. Bisons sanftes Schnarchen drang an sein Ohr, und er lächelte. Dagorian und Ulmenetha hatten den Riesen verächtlich angesehen, als er sich entschloß, wegen des Reichtums und des Ruhms mit ihnen zu reisen. Nogusta wußte es besser. Bison brauchte eine Begründung für Heldentum. Wie alle Menschen mit begrenzter Intelligenz fürchtete er sich davor, ausgetrickst oder manipuliert zu werden. Es hatte nie Zweifel daran bestanden, daß er mit ihnen reisen würde. Kebra hatte das gewußt und hatte Bison die Begründung geliefert, die er brauchte. Der Riese würde es an der Seite seiner Freunde mit jedem Feind aufnehmen.

Glaubst du an Wunder? hatte Nogusta Ulmenetha gefragt.

Nun, ein Wunder würden sie schon brauchen, das war ihm klar. Er nahm Dagorians Landkarte und hielt sie so, daß der Feuerschein darauf fiel. Im flackernden Licht konnte man die Symbole gut erkennen. Etwa dreißig Kilometer südlich von ihnen floß der Mendea. Drei Furten waren eingezeichnet. Selbst wenn sie die erste irgendwann morgen abend erreichten und es schafften, den

Fluß zu überqueren, konnten sie sich immer noch im Hochland verirren. Danach folgten weitere gut hundert Kilometer rauhes Gelände. Alte Befestigungsanlagen waren entlang der südlichen Route eingezeichnet, aber diese würden jetzt verlassen sein. Vielleicht lagen auch Dörfer am Weg, wo sie Proviant erstehen konnten. Aber wahrscheinlich war dies nicht. Es war ungastliches Land. Dann würden sie die Ebene erreichen und noch immer lägen dann über zweihundert Kilometer nach Westen bis zur Küste vor ihnen. Selbst mit fünf Ersatzpferden bedeutete das einen Monat beschwerlicher, langsamer Reise. Wir können eine solche Reise nicht unentdeckt machen, erkannte er. Verzweiflung überfiel ihn.

Gnadenlos unterdrückte er das Gefühl. Immer nur ein Schritt auf einmal, warnte er sich. Zuerst der Fluß.

»Warum tust du das für uns?« hatte Ulmenetha ihn gefragt.

»Es genügt, daß ich es tue«, hatte er geantwortet. »Es bedarf keiner Erklärung.«

Er dachte jetzt darüber nach, erinnerte sich an den schrecklichen Tag, als er nach Hause kam und seine Familie ermordet vorfand, wie er ihre Leichen sah und sie zu Gräbern trug, die er selbst schaufelte. Er hatte sie begraben, und mit ihnen hatte er seine und ihre Träume begraben. Alle ihre Hoffnungen und Ängste waren der Erde anvertraut, und ein Teil von ihm war dort bei ihnen geblieben, in der kalten, von Würmern durchwühlten Erde.

Er sah sich im Lager um. Ulmenetha schlief im Wagen. Nogusta mochte die Priesterin. Sie war eine zähe Frau, und an ihr war nichts Nachgiebiges. Er stand auf, ging um das Feuer herum und betrachtete die schlafenden Kinder. Conalin war ein mürrischer Junge, aber er war wie Stahl. Die beiden Mädchen kuschelten sich unter einer Decke aneinander. Die kleine Sufia hatte den Daumen im Mund und schlief friedlich.

Nogusta schlenderte zum Rand des Lagers. Durch eine Lücke zwischen den Bäumen konnte er die schwarze Silhouette der Berge vor dem dunkelgrauen Nachthimmel sehen. Er hörte Kebra kommen.

»Kannst du nicht schlafen?« fragte er den Bogenschützen.

»Ich habe ein bißchen geschlafen. Aber ich werde langsam zu alt, um an kalten Nächten auf nacktem Boden meine Freude zu haben. Meine Knochen haben was dagegen.«

Die beiden Männer schwiegen und atmeten tief die kalte, reine Nachtluft ein. Dann sprach Kebra weiter. »Die Reiter, die wir getötet haben, hatten Proviant für etwa drei Tage dabei. Also werden sie vermutlich noch eine Weile nicht vermißt.«

»Wollen wir es hoffen.«

»Ich habe keine Angst zu sterben«, sagte Kebra leise. »Aber ich habe Angst.«

»Ich weiß. Ich fühle das gleiche.«

»Hast du einen Plan?« fragte der Bogenschütze.

»Am Leben bleiben, alle Feinde töten, die Küste erreichen, ein Schiff suchen.«

»Alles sieht immer freundlicher aus, wenn man einen Plan hat«, meinte Kebra. Nogusta nickte, dann verhärtete sich seine Miene. Der schwarze Mann fuhr sich mit der Hand über den rasierten Schädel. »Die Kräfte des Bösen versammeln sich, und alle Hoffnung liegt in den Händen von drei alten Männern. Ich könnte fast anfangen, an die QUELLE zu glauben. Der Sinn für Humor hierbei hat geradezu kosmische Ausmaße.«

»Nun, mein Freund. Ich glaube. Und wenn ich drei alte Männer aussuchen müßte, um die Welt zu retten, würde ich dieselben wählen, die sie gewählt hat.«

Nogusta kicherte. »Ich auch, aber das macht uns bloß zu *arroganten* alten Männern.«

Zwei Tage lang suchte Antikas Karios im Westen. Jetzt ritten er und seine Mäner auf ihren erschöpften Pferden in Usa ein. Die Männer waren nicht weniger müde und saßen zusammengesunken in ihren Sätteln. Sie hatten die Bronzehelme abgenommen und sie an die Sattelknäufe gehängt. Ihre Kleider waren voller Reisestaub, die weißen Umhänge schmutzig. Antikas sah sich zwei unangenehmen Wahrheiten gegenüber: Erstens, daß die Flüchtenden sich nach Süden gewandt haben mußten, und zweitens, daß Vellian ihn entweder verraten hatte oder tot war. Das letztere war eher unwahrscheinlich. Dagorian war zwar ein guter Schwertkämpfer, aber er hätte nicht fünf verdiente Soldaten besiegen können.

Antikas erinnerte sich an die Akte, die er über den jungen Offizier gelesen hatte. Als Sohn eines Heldengenerals hatte Dagorian nie Soldat werden wollen. Tatsächlich hatte er sich sogar zwei Jahre lang zum Priester ausbilden lassen. Den Berichten zufolge hatte Druck von seiten der Familie ihn dazu gebracht, sich im Regiment seines Vaters einzuschreiben. Diese Tatsachen allein hätten den meisten Menschen nicht viel bedeutet, aber dem scharfen Verstand von Antikas Karios enthüllten sie viel. Priester zu werden verlangte nicht nur eine immense Verpflichtung und Glauben, sondern auch die Bereitwilligkeit, alles Begehren des Fleisches beiseite zu stellen. Eine solche Entscheidung traf man nicht leichtfertig, und sobald ein Mann sie getroffen hatte, hielt sie ihn in eisernen Ketten. Aber Dagorian hatte diese Ketten auf Druck seiner Familie hin abgeschüttelt. Seine Verpflichtung gegenüber seinem Glauben war also geringer gewesen als die gegenüber seiner Familie. Dies war entweder ein Zeichen einer schwachen Persönlichkeit oder zeigte einen Mann, der immer die Bedürfnisse anderer über seine eigenen stellte. Oder beides.

Antikas war nicht beunruhigt, als Malikada den Tod

des Offiziers befahl. Er war auch nicht übermäßig überrascht, als Dagorian den Attentätern entkam. Aber seine Handlungen seitdem waren geheimnisvoll. Warum hatte er die Königin entführt? Und warum war sie anscheinend bereitwillig mit ihm gegangen?

Der große Braune, den er ritt, stolperte auf der breiten Straße, fing sich aber wieder. Antikas tätschelte seinen Hals. »Bald darfst du dich ausruhen.«

Es war schon fast dunkel, als sie sich den Palasttoren näherten. Eine Rauchsäule hing über dem Westviertel der Stadt, keine Menschenseele war auf den Straßen. Er schickte seine Reiter zur Kaserne, damit sie sich um die Pferde kümmern und sich etwas ausruhen sollten. Dann ritt Antikas durch die Palasttore. Zwei Wächter nahmen Haltung an, als Antikas vorbeiritt. Er lenkte sein Pferd zu den Stallungen und stieg ab. Kein Stallknecht war zu sehen. Das ärgerte Antikas, und er sattelte den Wallach ab und rieb ihn mit einer Handvoll trockenem Stroh ab. Dann führte er ihn in eine Box. Antikas füllte den Futterkasten mit Getreide, holte einen Eimer Wasser aus dem Brunnen und legte dem Tier eine Decke über den Rücken. Es hatte mehr verdient, und Antikas war gereizt, weil keine Knechte da waren. Aber warum sollten sie, dachte er. Es waren keine anderen Pferde im Stall.

Antikas war müde, seine Augen von Schlafmangel verklebt, aber er ging los, um Malikada zu suchen. Statt den langen Weg zum Haupttor zurückzugehen, kürzte er durch den Küchentrakt ab und dachte daran, sich eine Mahlzeit auf sein Zimmer schicken zu lassen. Auch hier gab es keine Spur von Leben. Alles war verlassen. Als er weiterging, sah er Stapel von ungespülten, verkrusteten Tellern und merkte, daß die Tür zur Vorratskammer offenstand. Die Regale waren leer. Das machte keinen Sinn. Gegen Abend hätte die Küche summen müssen vor lauter Dienstboten, die das Abendessen zubereiteten.

Er stieg die schmale Wendeltreppe zum ersten Stock empor und trat auf den breiten, dick mit Teppichen belegten Flur. Er ging weiter, an der Bibliothek vorbei zu der geschnitzten Treppe, die zu den königlichen Gemächern führte. Nach seinen Erfahrungen in Stall und Küche wunderte er sich nicht, daß er keine Spur von Dienern sah und keine einzige Laterne angezündet war. Der Palast war düster und wurde nur vom schwächer werdenden Licht der untergehenden Sonne erhellt, das durch die hohen Fenster fiel.

Er glaubte schon fast, Malikada in der Kaserne zu finden, als er zwei Wächter vor der Tür zu Skandas Wohnung stehen sah. Antikas ging zu ihnen. Keiner der beiden salutierte wie üblich. Er blieb stehen, um sie zurechtzuweisen, dann hörte er Malikadas Stimme von drinnen. »Komm rein, Antikas.«

Antikas trat ein und verbeugte sich. Malikada stand auf dem Balkon und wandte ihm den Rücken zu. Der Schwertkämpfer war verwirrt. Woher hatte Malikada gewußt, daß er draußen war?

»Sprich«, sagte Malikada, ohne sich umzusehen.

»Es tut mir leid zu berichten, daß die Königin fort ist, Herr. Aber ich werde sie morgen finden.«

Antikas erwartete einen zornigen Ausbruch, denn Malikada war aufbrausend. Deswegen war er erstaunt, als sein Vetter lediglich die Achseln zuckte. »Sie ist auf der Alten Straße nach Lem«, sagte Malikada. »Sie reist mit vier Männern, ihrer Hebamme und drei Kindern. Einer der Männer ist der Offizier Dagorian. Ich schicke morgen Männer hinter ihr her. Du mußt dich nicht länger damit belasten.«

»Jawohl, Herr. Und was ist mit den anderen Angelegenheiten?«

»Andere Angelegenheiten?« fragte Malikada verträumt.

»Die Nachrichten an unsere Garnisonen an der Küste zu bringen, sich mit dem Weißen Wolf zu befassen, die Sympathisanten der Drenai auszurotten. All die Pläne, über die wir seit Monaten diskutieren.«

»Das kann warten. Nur die Königin allein ist wichtig.«

»Bei allem Respekt, Vetter, aber da kann ich dir nicht zustimmen. Wenn die Drenai von Skandas Tod hören, könnte es zu einer zweiten Invasion kommen. Und wenn wir den Weißen Wolf entkommen lassen…«

Doch Malikada hörte nicht zu. Er stand auf dem Balkon und starrte hinaus über die Stadt. »Geh in dein Zimmer und ruh dich aus, Antikas. Geh in dein Zimmer.«

»Jawohl, Herr.«

Antikas verließ das Zimmer. Wieder salutierten die Wachen nicht, aber er war zu sehr in Gedanken versunken, um sich mit ihnen aufzuhalten. Er brauchte frische Kleider, etwas zu essen und dann mußte er schlafen. Seine eigene Wohnung war klein, ein winziges Schlafzimmer und ein bescheidenes Wohnzimmer mit zwei Sofas, aber ohne Balkon. Er zündete zwei Laternen an, zog die Rüstung und die staubverkrustete Tunika aus, füllte eine Schale mit Wasser aus einem großen Krug und wusch sich den Oberkörper. Er hätte ein heißes, duftendes Bad vorgezogen, aber ohne Diener war es unwahrscheinlich, daß die Heißwasserbecken im Badehaus in Betrieb waren.

Wohin waren alle Diener verschwunden? Und warum hatte Malikada nicht neue geholt?

Er zog eine frische Tunika und neue Beinkleider an, dann setzte er sich hin und polierte aus lauter Gewohnheit Brustplatte, Helm und Beinschienen, die er anschließend auf ein hölzernes Gestell hängte. Im Zimmer begann es kalt zu werden. Antikas ging zum Fenster, doch es war fest geschlossen. Er überlegte, ob er ein Feuer anzünden sollte, doch der Hunger nagte an ihm. Die Temperatur sank weiter. Antikas schlang sich den Schwertgürtel um die Hüften und verließ das Zimmer. Im Flur war es erheblich wärmer. Wie seltsam, dachte er.

Hinter ihm, im Zimmer, gefror das Wasser in seiner Waschschüssel, und Eisblumen bildeten sich am Fenster.

Er verließ den Palast und überquerte die Straße der Könige. Bis zu Cantas Kneipe war es nur ein kurzer Spaziergang, und das Essen dort war immer gut.

Als er ankam, fand er die Türen verschlossen, doch er hörte, wie sich drinnen etwas bewegte. Wütend hämmerte er mit der Faust an die Tür. Drinnen erstarrte jede Bewegung. »Mach auf, Canta! Hier draußen steht ein hungriger Mann!« rief er.

Er hörte, wie die Riegel zurückgeschoben wurden. Die Tür ging auf. Drinnen waren zwei Männer. Einer, der Eigentümer Canta, ein kleiner dicker Mann mit Stirnglatze und schwarzem Schnurrbart, hatte ein Küchenmesser in der Hand, der andere hielt ein Beil umklammert. »Komm schnell rein«, sagte Canta. Antikas trat ein. Sie warfen die Tür zu und verriegelten sie wieder.

»Wovor habt ihr Angst?« fragte Antikas. Die Männer sahen sich an.

»Wie lange bist du schon wieder in der Stadt?« fragte Canta.

»Gerade angekommen.«

»Es hat Unruhen gegeben«, sagte der Wirt, warf sein Messer auf einen Tisch und sank auf einen Stuhl. »Unruhen, wie du es noch nie gesehen hast. Leute, die auf ihre Nachbarn einhauen und stechen. Letzte Nacht hat der Bäcker seine Frau ermordet und rannte mit ihrem Kopf in der Hand durch die Straßen. Ich habe es mit meinen eigenen Augen gesehen, Antikas, durch die Fensterschlitze. Überall herrscht Wahnsinn. Morgen verlasse ich die Stadt.«

»Und was ist mit der Miliz?« wollte Antikas wissen.

»Die sind auch mit da draußen, brennen und plündern. Ich sage dir, Antikas, es ist schwer zu glauben. Tagsüber ist alles ruhig, aber wenn die Sonne untergeht, beginnt der Alptraum von neuem. Hier ist etwas sehr Böses am Werk. Ich spüre es in meinen Knochen.«

Antikas rieb sich die müden Augen. »Die Armee ist wieder zurück. Sie wird die Ordnung wiederherstellen.«

»Die Armee hat anderthalb Kilometer vor der Stadt ihr Lager aufgeschlagen«, sagte der andere, ein untersetzter Mann mit grauem Bart. »Die Stadt ist ohne Verteidigung.«

In der Kneipe war es düster, sie wurde nur durch ein heruntergebranntes Feuer im Kamin erhellt. »Habt ihr etwas zu essen?« fragte Antikas. »Ich habe seit gestern nichts gegessen.«

Canta nickte und ging in die Küche. Der andere Mann nahm gegenüber dem Schwertkämpfer Platz. »Hier ist Zauberei am Werk«, sagte er. »Ich glaube, die Stadt liegt im Sterben.«

»Unsinn«, fuhr Antikas auf.

»Du hast es nicht gesehen, Mann. Draußen. Nach dem Dunkelwerden. Ich schon. Ich werde es niemals vergessen. Der Mob ist besessen. Man kann es in ihren Augen sehen.«

»Das ist bei Mobs immer so«, sagte Antikas.

»Vielleicht, Soldat. Aber gestern…« Seine Stimme brach ab. Der Mann stand auf, ging zum Feuer, dann sank er davor nieder und starrte in die Flammen. Canta kehrte mit einem Teller voll kaltem Fleisch und Käse und einem Krug verdünntem Wein zurück.

»Mehr kann ich dir nicht bieten«, sagte Canta. Antikas griff nach seiner Börse. »Mach dir darum keine Gedanken«, sagte Canta. »Betrachte es als Geschenk.«

Vom Kamin her hörten sie Schluchzen. Antikas sah den weinenden Mann voller Abscheu an. Canta beugte sich zu ihm. »Letzte Nacht hat er seine Frau und seine Töchter umgebracht«, flüsterte der Wirt. »Und er hat sie von Herzen geliebt. Er kam heute morgen zu mir, voller Blut. Er konnte nicht glauben, was er getan hat.«

»Man wird ihn festnehmen und hängen«, sagte Antikas kalt.

»Warte ab, bis du die erste Nacht erlebt hast, bevor du ein Urteil fällst«, riet ihm Canta.

Antikas antwortete nicht. Er aß langsam und genoß das kalte Fleisch und den geräucherten Käse. Als er schließlich gesättigt war, lehnte er sich zurück. Eine Treppenstufe knarrte. Antikas blickte auf und sah einen großen dünnen Priester in weißem Gewand die Treppe herunterkommen. »Er ist seit zwei Tagen hier«, sagte Canta. »Er sagt nur wenig, aber er hat mächtig Angst.«

Der Priester begrüßte Antikas mit einem flüchtigen Nicken und ging an ihm vorbei, um sich an einen Tisch an der gegenüberliegenden Wand zu setzen.

»Was macht er in einer Kneipe?« fragte Antikas.

»Er sagt, das Haus wurde auf den Ruinen eines Schreins erbaut, und daß die Dämonen es meiden werden. Er reist morgen mit uns.«

Antikas stand auf und ging durch den Raum. Der Priester blickte auf. Er hatte ein mageres, asketisches Gesicht mit ausgeprägter Nase und fliehendem Kinn. Seine Augen waren blaß und wäßrig. »Einen guten Abend dir, Vater«, sagte Antikas.

»Dir auch, mein Sohn«, antwortete der Priester.

»Was ist es, das du fürchtest?«

»Das Ende der Welt«, antwortete der Priester mit dumpfer, tonloser Stimme.

Antikas lehnte sich auf den Tisch und zwang den anderen, ihm in die Augen zu sehen. »Erkläre«, befahl er.

»Worte sind mittlerweile nutzlos«, sagte der Priester und wandte wieder die Augen ab. »Es hat angefangen. Er läßt sich nicht aufhalten. Die Dämonen sind überall und werden mit jeder Nacht stärker.« Er fiel in Schweigen. Antikas fiel es schwer, seine Gereiztheit zu zügeln.

»Sag es mir trotzdem«, sagte er und setzte sich auf die Bank gegenüber dem Mann.

Der Priester seufzte. »Vor einigen Wochen hat Vater Aminias, der älteste unseres Ordens, dem Abt gesagt, er hätte Dämonen über der Stadt gesehen. Er behauptete, die Stadt sei in großer Gefahr. Dann wurde er ermordet. Vor ein paar Tagen kam eine Frau zu mir in den Tempel. Sie war eine Priesterin und die Hebamme der Königin. Sie war mit einer *kiraz* gesegnet – einer dreifachen Vision. Ich sprach mit ihr und versuchte, ihre Vision zu deuten. Nachdem sie gegangen war, begann ich die alten Schriftrollen und Werke über Magie in der Tempelbibliothek zu studieren. Dort stieß ich auf eine Prophezeiung. Diese Prophezeiung ist im Begriff, sich zu erfüllen.«

»Was willst du damit sagen?« beharrte Antikas. »Glaubst du, die Sonne wird vom Himmel fallen, die Meere werden sich erheben und uns verschlingen?«

»Nichts so Natürliches, mein Sohn. Sowohl der alte Kaiser als auch Skanda stammten, das glaube ich wenigstens, von drei alten Königen ab. Diese Könige und ein Zauberer führten vor langer, langer Zeit Krieg. Es war kein Krieg gegen Menschen. Heute weiß man nur noch wenig Einzelheiten darüber, und das, was man weiß, ist hoffnungslos verzerrt und voll bizarrer Bilder. Klar ist jedoch, daß es ein Krieg gegen Nicht-Menschen war – Dämonen, wenn du so willst. Alle alten Bücher sprechen von einer Zeit, als solche Wesen unter uns weilten. Die drei Könige beendeten diese Zeit und verbannten alle Dämonen in eine andere Welt. Man weiß heute nicht mehr, wie dieser Zauber gewirkt wurde, aber in einem dieser Wälzer ist das Muster der Planeten am Himmel in jener schrecklichen Nacht abgebildet. Ein ähnliches Muster zeigt der Himmel jetzt. Und ich glaube – mit absoluter Gewißheit – daß die Dämonen zurückkehren.«

»Zauberbücher, Sterne, Dämonen – ich verstehe kein Wort davon, Priester!« fauchte Antikas. »Ich brauche Beweise!«

»Beweise!« Der Priester lachte laut auf. »Welche Beweise würden denn genügen? Wir sind in einer Stadt, die jede Nacht von den Besessenen zerfleischt wird. Die Prophezeiung spricht vom Königsopfer. Die Priesterin erzählte mir, daß in ihrer Vision der alte Kaiser derartig getötet wurde. Jetzt ist Skanda tot. Du bist Soldat. Warst du dort, als seine Armee zerstört wurde?« Antikas nickte. »Wurde er auf dem Schlachtfeld getötet oder wurde er an einen geheimen Ort geschafft und dort getötet?«

»Es steht mir nicht zu, solche Dinge zu diskutieren«, sagte Antikas. »Aber laß uns nur einmal annehmen, es war so. Was bedeutet das deiner Meinung nach?«

»Es bedeutet die Erfüllung der Prophezeiung. Zwei von drei Königen geopfert. Wenn der dritte stirbt, werden sich die Tore öffnen, und die Dämonen werden wieder unter uns sein. Leibhaftig.«

»Pah!« schnaubte Antikas. »Und hier fällt deine Argumentation in sich zusammen, denn es gibt keinen dritten König.«

»Noch nicht«, sagte der Priester. »Nach den Worten der Prophezeiung bestehen die Opfer aus einer Eule, einem Löwen und einem Lamm. Die Eule steht für Weisheit und Gelehrtheit. Der alte Kaiser war, wie du dich erinnern wirst, ein gelehrter Mann, der viele Universitäten gründete. Skanda, möge seine Seele brennen, war ein reißender Löwe, ein Zerstörer. Der Dritte? Ein Lamm ist ein neugeborenes Wesen. Ein Kind also oder ein Säugling. Ich bin kein Seher. Aber das brauche ich auch nicht zu sein, denn ich sah Königin Axiana vor kurzem, und ihr Kind ist in Kürze fällig. Er wird der dritte König sein.«

Antikas lehnte sich in seinem Stuhl zurück und holte tief Luft. »Du sprichst von Zaubern und magischen Schriften, aber nur ein einziger Mann besaß solche Macht. Kalizkan. Und er ist tot. Er wurde durch einen Steinschlag getötet.«

»Ich spreche nicht von Menschen«, sagte der Priester. »Kein Mensch könnte eine solche Magie herbeirufen. Ich kannte Kalizkan. Er war ein fürsorglicher Mann, rücksichtsvoll und sensibel. Vor zwei Jahren kam er zum Tempel, um sich von einem schrecklichen Krebsgeschwür heilen zu lassen. Wir konnten ihm nicht helfen. Er hatte nur noch wenige Tage zu leben. Er verbrachte zwei dieser Tage damit, uralte Texte in unserer Bibliothek zu studieren. Nach dem Besuch der Priesterin studierte ich dieselben Texte. Einer der Zauber, von dem dort die Rede war, handelte vom Verschmelzen. Wenn ein Zauberer genügend Macht hätte – so hieß es – könnte er einen Dämon in sich hineinziehen zum Zwecke, sein Leben zu verlängern. Geteilte Unsterblichkeit.« Der Priester verfiel in Schweigen, dann trank er einen Schluck Wasser aus seinem Zinnbecher. Antikas wartete geduldig, bis der Priester weitersprach. »Wir waren alle überrascht, als Kalizkan am Leben blieb. Aber er kam nie wieder zum Tempel oder besuchte eine andere heilige Stätte. Ich glaube – obwohl ich dir keine weiteren Beweise bieten kann – daß Kalizkan, um sich zu heilen, zuließ, daß sein Körper besessen wurde. Aber entweder war das Versprechen des Zaubers eine Lüge, oder Kalizkan war nicht mächtig genug, um dem Dämon zu widerstehen. Wie auch immer, ich glaube, daß Kalizkan schon vor langer Zeit starb. Und wenn ich damit recht habe, könnte kein Steinschlag ihn töten.«

»Aber es ist so geschehen«, beharrte Antikas.

Der Priester schüttelte den Kopf. »Der Dämonenherrscher hätte nur einen anderen Wirtskörper gefunden. Du sagst, er starb bei einem Steinschlag. Gab es dabei einen Überlebenden, der unversehrt daraus hervorging?«

Antikas schob seinen Stuhl zurück und stand auf. »Ich habe genug von diesem Unsinn. Du bist nicht ganz bei Verstand, Priester.«

»Ich hoffe aufrichtig, daß du damit recht hast«, sagte der Priester.

Von draußen hörten sie Jammern. Viele, viele Stimmen schlossen sich ihm an. Antikas schauderte, denn es klang nicht wie von dieser Welt.

»Es fängt wieder an«, sagte der Priester und schloß die Augen im Gebet.

Trotz seiner scheinbaren Zurückweisung des Priesters war Antikas zutiefst beunruhigt. Er hatte Malikada mehr als fünfzehn Jahre lang gedient und seinen Haß auf die Eindringlinge aus Drenan geteilt. Und während er den Verrat, der zur Vernichtung der Drenai-Armee führte, niemals völlig gebilligt hatte, hatte er ihn doch als das kleinere von zwei Übeln betrachtet. Die Ereignisse der vergangenen Tage hatten ihn jedoch betroffen gemacht, und durch das zusätzliche Gewicht der Worte des Priesters begann jetzt der Zweifel an ihm zu nagen.

Malikada war dem Steinschlag, der Kalizkan getötet hatte, entkommen, und von diesem Augenblick an hatte er sich verändert. Er war kälter, kontrollierter. Das allein bedeutete nichts. Doch er hatte ebenfalls das Interesse daran verloren, seinen Griff nach dem Reich zu festigen. Skanda zu töten war nur ein Schritt auf dem Weg, Ventria aus dem Griff der Drenai zu befreien. Im ganzen Land gab es Garnisonen, und in vielen davon waren Einheiten der Drenai stationiert. Und die Seefahrtsrouten wurden von Schiffen der Drenai kontrolliert. Sowohl er als auch Malikada hatten ihre Tat seit Monaten geplant, und sie beide waren sich sehr wohl der Gefahr von Vergeltungsmaßnahmen der Drenai bewußt gewesen. Doch jetzt zeigte Malikada für ihren großen Plan keinerlei Interesse mehr. Alles, was er anscheinend wollte, war Axiana.

Antikas ging zum Feuer. Der Gattenmörder saß still und starrte mit vom Weinen rotgeränderten Augen in die Flammen. Draußen hörte man Hunderte von Leuten durch die Straßen ziehen. Canta schlich herbei. »Ganz still«, flüsterte er. »Rührt euch nicht.«

Antikas ging zu dem verbarrikadierten Fenster und lauschte. Menschen scharten sich zusammen, und er konnte Stimmen hören. Man konnte keine Worte ausmachen, aber sie schienen in fremden Sprachen miteinander zu sprechen. Antikas schauderte.

Plötzlich drang ein Speer durch die Schlagläden und stieß nur Zentimeter an Antikas' Gesicht vorbei. Er machte einen Satz zurück. Eine Axt zerschmetterte das Holz, und er sah sich in ein Meer von Gesichtern starren, die alle zu fürchterlichen Grimassen mit weitaufgerissenen Augen verzerrt waren. In diesem Augenblick wußte Antikas, daß der Priester die Wahrheit gesagt hatte. Diese Menschen waren besessen.

Hinter ihm kreischte Canta auf und floh zur Treppe. Antikas zog seinen Säbel und wappnete sich. Der Axtkämpfer packte das Fenstersims und begann sich hinüberzuschwingen. Seine Miene veränderte sich, sein Ausdruck wurde sanfter. Er blinzelte. »Im Namen des Himmels, helft mir!« schrie er und ließ seine Axt fallen. Ein Messer stieß in seinen Rücken, und sein Körper wurde vom Fenster weggezerrt. Der Mob kam nicht näher, sondern starrte voller Haß den einsamen

Schwertkämpfer drinnen an. Dann zog er sich zurück und weiter die Straße entlang.

Der Priester näherte sich Antikas. »Vor langer Zeit stand hier ein Schrein. An der Rückseite des Kellers sind noch immer Reste des Altars zu erkennen. Große und heilige Sprüche wurden einst hier getan. Sie können nicht herein.«

Antikas steckte seinen Säbel weg. »Wer sind *sie*?«

»Die Entukku. Verstandlose Geister, die leben, um zu fressen. Manche sagen, sie werden aus den Seelen böser Toter geboren. Ich weiß nicht, ob das wahr ist. Aber sie schwimmen überall in der Luft um uns herum wie Haie und ernähren sich von den finsteren Gefühlen der Besessenen. Usa ist ein Futterplatz und steht vor seiner Auslöschung.«

»Was kann man dagegen tun, Priester?«

»Tun? Gar nichts.«

Antikas fuhr herum, packte ihn an dem weißen Gewand und zog ihn dicht zu sich heran. »Es gibt immer irgend etwas!« zischte er. »Also denk nach!«

Der Priester seufzte. Antikas ließ ihn los. »Bist du ein Gläubiger?« fragte der Priester.

»Ich glaube an meine Fähigkeiten und an meinen Säbel.«

Der Priester blieb einen Moment stehen und starrte in die Dunkelheit hinaus. »Man kann den Dämonenherrscher nicht töten«, sagte er, »denn er ist unsterblich. Du könntest seinen Wirtskörper zerstören, aber dann würde er einen anderen finden. Und seine Stärke wächst. Du hast den Mob gesehen. Vor ein paar Tagen noch konnten die Entukku die Menschen nur zu gewalttätigen Taten anstiften. Skandas Tod gab ihnen die Fähigkeit, ihre Wirte gänzlich zu besetzen. Wie willst du mit einem Säbel gegen eine solche Macht ankämpfen? Würdest du durch diese Tür gehen, würden sich die Dämonen auf dich stürzen, und dann würde der große Antikas Karios schreiend und tötend mit dem Mob rennen.«

Antikas dachte darüber nach. »Das mag sein, Priester«, sagte er schließlich, »aber du sagst, diese Macht entsteht durch den Mord an Königen. Was passiert, wenn es ihm nicht gelingt, den dritten zu töten?«

»Wie könnte es ihm nicht gelingen? Wer kann Dämonen widerstehen?«

Antikas trat dicht vor den Mann. Er sprach leise, aber der Priester erbleichte. »Wenn ich noch einen negativen Satz von dir höre, werfe ich dich durch das Fenster, hinaus in die Nacht. Hast du mich verstanden?«

»Gnade!« jammerte der Priester. Antikas schnitt ihm das Wort ab.

»Ich bin nicht gerade als besonders gnädig bekannt, Priester. Und jetzt beantworte meine Frage. Was passiert, wenn der dritte König den Dämonen entkommt?«

»Ich bin nicht sicher«, antwortete der Priester. »Die Kraft, die er verwendet, leitet er aus den vorangegangenen Opfern ab. Eine solche Macht ist zwar groß, aber endlich. Wenn er das dritte Opfer nicht rechtzeitig vervollständigt, dann wird er – glaube ich wenigstens – zurück in seine eigene Welt gezogen.«

»Was meinst du mit rechtzeitig?«

»Das Muster am Himmel ist der Schlüssel. Es gibt Zeiten, an denen die Kraft eines Zaubers unermeßlich viel stärker ist, wenn er bei der richtigen Stellung der Planeten gewirkt wird. Ich glaube, das ist jetzt der Fall.«

»Und wieviel Zeit läßt uns das?«

»Schwer zu schätzen, denn ich bin kein Astrologe. Aber nicht mehr als einen Monat. Das ist sicher.«

Canta kam aus seinem Versteck in der oberen Etage. Er und der Mann am Feuer drehten einen Tisch um und stellten ihn vor das zerschlagene Fenster. Antikas zündete ein paar Laternen an. »Was machst du da?« fragte Canta ängstlich.

»Sie können nicht in die Schänke eindringen«, sagte Antikas, »also können wir wenigstens Licht haben.« Er winkte den Priester heran und setzte sich wieder an seinen Tisch. »Ich muß vor Morgengrauen zu meinem Pferd«, sagte er. »Hast du einen Zauber, um mir dabei zu helfen?«

Der Priester schüttelte den Kopf. »Meine Fähigkeiten waren für Magie nicht ausreichend.«

»Was sind denn dann, bitte, deine Fähigkeiten?«

»Ich bin ein Heiler.«

Antikas fluchte, dann versank er in Gedanken. Sie schwiegen minutenlang. Dann sah der Schwertkämpfer auf. »Du sagst, dieser Platz sei heilig. Wie kommt das?«

»Das habe ich doch gesagt. Früher stand hier ein Schrein.«

»Ja, ja. Aber was ist noch immer da, was ihn heilig macht? War ein Zauber dabei?«

»Ja, viele Zauber. Sie sitzen in den Steinen der Mauer und im Holz der Decken.«

»Wenn wir also den Schrein an einen anderen Ort bringen würden, dann wäre dieser auch heilig?«

»Ich glaube schon.«

»Komm mit«, befahl Antikas, stand auf und nahm eine Laterne aus ihrer Wandhalterung. Zusammen gingen die beiden Männer zur Rückseite der Taverne. Antikas fand die Kellertür und stieg die Stufen hinunter. Unten war es kalt, und er ging an Fässern mit Wein, Bier und Schnaps vorbei. »Wo ist der Altar?« fragte er.

»Hier drüben«, sagte der Priester und führte ihn zu einem etwa meterhohen Steinblock. Auf die Vorderseite war das Bild eines Bullen eingraviert, aber schon sehr verwittert. Auf jeder Seite fand sich eine Hand, die einen Halbmond hielt. Auch diese waren von der Zeit angenagt. Antikas ließ den Priester die Laterne halten und ging wieder nach oben.

Er nahm die Axt, die der erste Angreifer des Mobs hatte fallenlassen und ging zurück in den Keller.

»Was hast du vor?« fragte der Priester. Antikas schwang die Axt auf den Altar. Zweimal schlug er zu, dann brach ein faustgroßes Stück ab. Er ließ die Axt fallen und hob den Stein auf.

»Du sagst, die Zauber stecken im Stein. Vielleicht schützt mich das hier vor den Dämonen.«

»Das kann ich nicht mit Sicherheit sagen«, sagte der Priester. »Was du da hast, ist nur ein winziges Stück.«

»Ich habe keine andere Wahl, als es zu versuchen, Priester. Die Königin ist in den Bergen, nur von vier Männern bewacht.«

»Und du glaubst, ein fünfter macht einen Unterschied?«

»Ich bin Antikas Karios, Priester. Das macht immer einen Unterschied.«

Antikas steckte den Stein unter seine Tunika und ging wieder nach oben. Er trat an den umgedrehten Tisch, der das Fenster blockierte und spähte hinaus auf die Straße. Alles war still. Sein Mund war trocken, sein Herz schlug rasend schnell. Antikas Karios fürchtete keinen Menschen, aber der Gedanke an die Dämonen, die dort draußen auf ihn warteten, drohte ihn zu lähmen. Er packte den Tisch, um ihn beiseite zu schieben.

»Geh nicht da raus!« flehte Canta und wiederholte damit nur, was die Stimme in Antikas' Herzen auch sagte.

»Ich muß«, entgegnete er, schob den Tisch weg und kletterte auf die Fensterbank.

Die Nachtluft strich kühl über seine Haut, und er

sprang leichtfüßig zu Boden. Hinter ihm schoben die beiden anderen hastig den Tisch wieder an seinen Platz. Antikas lief über die Straße und verschwand in einer Gasse. Er war noch nicht hundert Schritt weit gekommen, als der Angriff begann. Die Temperatur um ihn herum sank ruckartig, und er hörte Wispern im Wind. Es wurde lauter und lauter und füllte seine Ohren wie das Summen zorniger Hornissen. Schmerz dröhnte in seinem Kopf. In seiner Tunika wurde der Stein immer wärmer. Antikas taumelte und stürzte beinahe. Wut flammte in ihm auf – aber gleichzeitig fühlte er, wie die Kälte in sein Gehirn drang. Die Stimmen zischten ihn jetzt in einer Sprache an, die er noch nie gehört hatte, und doch verstand er, was sie sagten: »Gib auf! Gib auf! Gib auf!«

Er torkelte gegen eine Hauswand und fiel auf die Knie. Der Schmerz durch das Aufschlagen auf dem Pflaster schloß das Gekreische in seinem Kopf aus. Er konzentrierte sich auf den Schmerz – und auf die Hitze des Steins auf seiner Haut.

Er wollte gegen dieses Eindringen toben, schreien. Aber ein tieferer Instinkt hielt seine Gefühle im Zaum und drängte ihn, Ruhe zu bewahren, mit kühlem Kopf zu kämpfen. Trotzdem fühlte er sich, als ob er in diesem Meer von Stimmen ertrank, eins mit ihnen wurde, ihren Hunger nach Blut und Schmerz und Tod teilend.

»Nein«, sagte er laut. »Ich bin…« Einen Moment lang spürte er Panik. Wer bin ich? Zahlreiche Namen fielen ihm ein, die die Stimmen in seinem Kopf ihm zuriefen. Er bemühte sich um Ruhe. »Ich bin… Antikas Karios. Ich bin ANTIKAS KARIOS!« Immer und immer wieder, wie ein Gebet, sagte er seinen Namen. Die Stimmen kreischten noch lauter, aber mit weniger Macht, bis sie sich zu fernen, undeutlichen Echos abschwächten.

Antikas sprang auf und rannte weiter. Jetzt konnte er

das Schreien menschlicher Stimmen hören, ein Stück weiter nach links. Dann rechts. Dann voraus.

Da es den Dämonen nicht gelungen war, ihn zu beherrschen, sammelten sie ihre menschlichen Streitkräfte, um ihm den Weg abzuschneiden.

Antikas blieb stehen und sah sich um. Links von ihm befand sich eine hohe Mauer und darin ein schmiedeeisernes Tor. Er lief hin, kletterte auf das Tor und von dort auf die Mauer, so daß er gut vier Meter über dem Boden war. Geschickt lief er darauf entlang, bis die Mauer auf ein Haus traf. An der Wand war ein mit Efeu bewachsenes Spalier, und Antikas begann zu klettern. Unter ihm scharte sich ein Pöbelhaufen zusammen und stieß Flüche aus. Ein geschleuderter Hammer krachte neben seinem Kopf gegen die Wand. Er kletterte weiter. Ein Stück verfaulten Holzes gab unter seinem Fuß nach, doch er klammerte sich fest und zog sich auf das flache Dach hinauf. Er hörte das Quietschen des eisernen Tores unten und warf einen Blick zurück. Ein paar aus dem Pöbel kletterten auf die Mauer.

Auf dem Dach schaute sich Antikas im Mondschein um. Es gab eine Tür ins Haus. Rasch lief er hin und riß sie auf. Als er das Treppenhaus betrat, hörte er Stiefel auf den Stufen. Leise fluchend hastete er wieder aufs Dach zurück und lief zum Rand des Hauses.

Etwa fünfzehn Meter unter ihm lag eine schmale Gasse. Er sah zu dem gegenüberliegenden Dach, um die Entfernung abzuschätzen. Mindestens drei Meter. Auf dem flachen Dach konnte er diesen Sprung mit Leichtigkeit schaffen, aber um das Dach herum verlief eine niedrige Mauer.

Seine Schritte zählend ging er zurück zu der Tür, dann drehte er sich um und rannte auf die Mauer zu. Er sprang, sein linker Fuß traf auf die Mauer und katapultierte ihn über die Gasse hinaus. Einen entsetzten

Augenblick lang dachte er, er hätte sich verschätzt. Doch dann landete er und rollte sich auf dem anderen Dach ab. Der Griff seines Säbels bohrte sich in seine Seite und ritzte die Haut auf. Wieder fluchte Antikas. Im Aufstehen zog er die Klinge. Der goldene Faustschutz war verbeult, aber die Waffe war noch brauchbar.

Die Tür auf dem zweiten Dach wurde aufgerissen, drei Männer kamen heraus. Antikas wirbelte zu ihnen herum, und sein Säbel fuhr dem ersten durch die Kehle. Er trat dem zweiten gegen das Knie, so daß es ihn von den Füßen riß. Der dritte starb durch einen Stoß ins Herz. Antikas lief zur Tür und lauschte. Von der Treppe her drang kein Laut, und er ging in die Dunkelheit hinein auf einen schmalen Korridor. Hier waren keine Laternen angezündet, und der Schwertkämpfer stolperte blind tastend vorwärts. Er stolperte eine zweite Treppe hinunter und gelangte so in den ersten Stock. Hier waren die Vorhänge vor einem Fenster zurückgezogen und blasses Mondlicht erhellte eine Galerie. Er öffnete das Fenster, kletterte hinaus und ließ sich die drei Meter in den Garten hinunterfallen.

Hier war eine niedrigere Mauer, nicht mehr als zweieinhalb Meter hoch. Er steckte den Säbel weg und sprang hoch. Seine Finger krallten sich in den Stein, dann zog er sich hoch. Die Straße auf der anderen Seite der Mauer war leer.

Lautlos ließ sich Antikas hinunter und rannte weiter.

Er kam auf die Straße der Könige und überquerte sie eilends in Richtung Palast. Aus allen Gassen und Straßen quoll plötzlich der Mob kreischend und brüllend. Tief gebückt sprintete er zum Tor. Die beiden Wächter standen stocksteif, als er näherkam, ohne ein Zeichen von Alarm. Antikas erreichte sie knapp vor dem Pöbel und erkannte, daß er nicht weiterkam. Wütend drehte er sich um, um sich der Meute zu stellen.

Aber sie war unmittelbar vor dem Tor stehengeblieben und starrte ihn nun schweigend an.

Die Wächter hatten sich noch immer nicht gerührt, und Antikas stand schwer atmend da, den Säbel fast vergessen.

Leise löste sich der Pöbel auf und zog sich in die Schatten auf der anderen Straßenseite zurück.

Antikas ging zu dem ersten Wächter. »Warum haben sie nicht angegriffen?« fragte er.

Langsam drehte der Mann seinen Kopf. Die Augen waren todestrüb, der Unterkiefer hing herab. Antikas wich zurück.

Er ging zu den Ställen und in die Box, in der er sein Pferd zurückgelassen hatte. Das Tier lag auf den Knien. Er merkte, daß jemand die Decke ausgetauscht hatte, mit der er es zugedeckt hatte. Seine war grau gewesen, die hier war schwarz. Er öffnete die Tür der Box und ging hinein.

Die schwarze Decke wand sich, und Scharen von Fledermäusen stiegen auf, ihre Flügel streiften sein Gesicht.

Dann waren sie im Deckengebälk verschwunden.

Und das Pferd war tot.

Wütend zog Antikas sein Schwert und rannte zum Palast. Der Priester hatte gesagt, er könnte den Dämonenherrscher nicht töten, aber, bei allen Göttern im Himmel, er würde es versuchen. Der Stein wurde wieder warm auf seiner Haut, und eine leise Stimme flüsterte in seinem Geist.

»Wirf dein Leben nicht weg, mein Junge!«

Antikas hielt inne. »Wer bist du?« flüsterte er.

»Du kannst ihn nicht töten. Vertrau mir. Das Kind ist alles, was zählt. Du mußt das Kind schützen.«

»Ich sitze hier in der Falle. Wenn ich den Palast verlasse, wird mich der Pöbel jagen.«

»Ich werde dich leiten, Antikas. Vor der Stadt stehen Pferde.«

»Wer bist du?« wiederholte er.

»Ich bin Kalizkan, Antikas. Und all dieser Schmerz und dieses Grauen ist durch mich gekommen.«

»Das ist wohl kaum eine Empfehlung, um dir zu trauen.«

»Ich weiß. Ich hoffe, daß die Macht der Wahrheit dich überzeugt.«

»Mir bleibt keine andere Wahl, scheint es«, sagte Antikas. »Also führe mich, Zauberer.«

Hoch oben im Palast hob der Dämonenherrscher die Arme. Die Entukku, ekstatisch und aufgebläht vom Fressen, schwebten ziellos über den Häusern. Die Macht des Dämonenherrschers umfing sie und zog ihre Energie ab. Sie begannen zu jammern und zu kreischen, ihr Hunger wurde wieder größer.

Der Dämonenherrscher trat vom Fenster zurück und begann zu singen. Die Luft vor ihm flimmerte. Langsam sprach er die sieben Worte der Macht. Blaues Licht zuckte vom Boden bis zur Decke, und ein durchdringender Geruch erfüllte den Raum. Wo einen Augenblick vorher noch eine Mauer gewesen war, verziert mit leuchtend bunten Wandgemälden, befand sich jetzt ein Höhleneingang, der in einen langen Tunnel führte.

Blasse Lichtgestalten bewegten sich im Tunnel und schwebten auf ihn zu. Als sie näher kamen, hielt der Dämonenherrscher seine Hände ausgestreckt. Schwarzer Rauch drang aus seinen Fingern und trieb den Tunnel hinab. Die Lichtgestalten hielten inne, und der Rauch stieg um sie herum auf. Das Licht verblaßte, aber der Rauch verdichtete sich und nahm Form an.

Zehn große Männer erschienen, in dunkler Rüstung

und Helmen, die das Gesicht verbargen. Einer nach dem anderen kam ins Zimmer. Der Dämonenherrscher sprach ein einziges barsches Wort, und der Tunnel verschwand.

»Willkommen in der Welt des Fleisches, meine Brüder«, sagte der Dämonenherrscher.

»Es tut gut, wieder Hunger zu spüren«, sagte der erste der Krieger und nahm seinen Helm ab. Sein Haar war geisterhaft weiß, die Augen grau und kalt. Sein Gesicht war breit, der lippenlose Mund ebenso.

»Dann eßt«, sagte der Dämonenherrscher und hob die Hände. Dieses Mal entströmte roter Nebel seinen Händen und waberte durch den Raum. Der Krieger öffnete den Mund und entblößte dabei lange, gekrümmte Fangzähne. Der rote Nebel strömte in seinen Mund. Die anderen nahmen ihre Helme ab und stellten sich dicht neben ihn. Nacheinander saugten sie den Nebel ein. Dabei veränderten sich ihre knochenbleichen Gesichter, die Haut wurde rosig durchblutet. Die Augen glitzerten, aus dem Grau wurde Blau und dann langsam Blutrot.

»Genug, meine Brüder«, sagte der erste Krieger. »Nach so langer Zeit ist der Geschmack zu köstlich.« Er ging zu einem Sofa und ließ sich nieder und streckte die langen, schwarzgekleideten Beine von sich.

Der Dämonenherrscher ließ die Arme sinken. »Die lange Zeit des Wartens ist fast vorbei«, sagte er. »Unsere Zeit ist wiedergekommen.« Die anderen setzten sich und schwiegen.

»Was verlangst du von uns, Anharat?«

»In den Bergen südlich von hier ist eine Frau. Sie trägt Skandas Kind. Es wird bald geboren werden. Ihr müßt es mir bringen. Der Zauber der Drei muß vor dem Blutmond vollendet werden.«

»Wird sie gut bewacht?«

»Es sind acht Menschen bei ihr, aber nur vier Krieger, und drei davon sind alte Männer.«

»Bei allem Respekt, Bruder, ein solcher Auftrag ist beleidigend. Wir alle hier sind Kriegsherren. Das Blut Tausender hat unsere Klingen befleckt. Wir haben uns von den Seelen von Prinzen ernährt.«

»Es war nicht meine Absicht«, entgegnete der Dämonenherrscher, »die Krayakin zu beleidigen. Aber wenn wir nicht das Kind in die Hände bekommen, wird alles für weitere viertausend Jahre verloren sein. Würdet ihr diese Aufgabe lieber den Entukku anvertrauen?«

»Du bist klug, Anharat, ich sprach übereilt. Es wird geschehen, wie du befiehlst«, sagte der Krieger. Er hob die Hand und ballte sie zur Faust. »Es tut gut, wieder die Festigkeit des Fleisches zu spüren, die Luft zu atmen und zu essen. Es ist gut.« Seine blutunterlaufenen Augen sahen zu Malikadas Gestalt. »Wie lange mußt du noch diesen verrottenden Körper aufrechterhalten? Er beleidigt das Auge.«

»Nur bis das Opfer vollendet ist«, erklärte Anharat. »Im Augenblick brauche ich diese Scheußlichkeit noch.«

Die Luft um Anharat herum begann zu flimmern, viele Stimmen stießen zischende Laute aus. Dann verblaßte es wieder.

»Diese Menschen sind so pervers«, sagte Anharat. »Ich befahl einem meiner Offiziere, sich in seinem Zimmer auszuruhen. Jetzt flieht er aus der Stadt, um die Königin und ihr Kind zu retten. Anscheinend ging er in eine Taverne, und ein Priester sprach mit ihm.«

»Versteht er etwas von Magie, dieser Offizier?« fragte der Krieger.

»Ich glaube nicht.«

»Warum haben die Entukku es dann nicht geschafft, ihn zu ergreifen?«

»Die Taverne ist von Zaubern umgeben, uralten Zaubern. Es ist nicht wichtig. Er wird euch Spaß machen, denn er ist der beste Schwertkämpfer im Land. Sein Name ist Antikas Karios, und er hat noch nie einen Zweikampf verloren.«

»Ich werde ihn langsam töten«, sagte der Krieger. »Sein Entsetzen wird köstlich sein.«

»In der Gruppe ist noch einer, den man nicht übersehen darf. Er heißt Nogusta. Er ist der letzte aus der Linie von Emsharas dem Zauberer.«

Die Augen des Kriegers verengten sich, und die anderen spannten sich beim Klang des Namens. »Ich würde die Ewigkeit aufgeben«, sagte der Krieger, »für die Gelegenheit, die Seele von Emsharas dem Verräter zu finden. Ich würde sie tausend Jahre lang leiden lassen, und das wäre noch nicht Bestrafung genug. Wie kommt es, daß einer seiner Nachkommen noch am Leben ist?«

»Er trägt den Letzten Talisman. Vor ein paar Jahren brachte einer meiner Jünger einen Mob dazu, ihn und seine Familie zu vernichten. Es war eine schöne Nacht voller Schrecken. Schön anzusehen. Aber er war nicht dort. Oft habe ich versucht, seinen Tod zu inszenieren. Der Talisman rettet ihn. Deswegen muß man mit Bedacht an ihn herangehen.«

»Er ist einer der Alten, die die Frau beschützen?«

»Ja.«

»Das gefällt mir nicht, Anharat. Das ist kein Zufall.«

»Daran zweifle ich auch keineswegs«, sagte Anharat. »Aber zeigt es nicht auch, wie weit die Macht des Feindes gesunken ist, wenn seine einzige Verteidigung aus einer Gruppe alter Männer besteht? Bis auf einen sind alle seine Priester hier erschlagen, seine Tempel verlassen, seine Truppen aufgerieben. Er ist für diese Welt zu einer erbärmlichen Nichtigkeit geworden. Deswegen wird sie noch vor dem Blutmond in unsere Hände fallen.«

»Ist diese Taverne weit von hier?« fragte der Krieger.

»Nein.«

Der Krieger erhob sich und setzte seinen Helm auf. »Dann werde ich gehen und mich am Herz dieses Priesters mästen«, sagte er.

»Die Zauber sind stark«, warnte Anharat.

Der Krieger lachte. »Zauber, die Entukku auslaugen, sind für Krayakin nichts weiter als Wespenstiche. Wie viele Menschen sind noch dort?«

»Nur zwei.«

Der Krieger machte eine Geste, und zwei seiner Kameraden standen auf. »Die Milch der Entukku war gut, aber Fleisch schmeckt besser«, sagte er.

Der Karren geriet ins Schlingern, als eins der Hinterräder über einen eingesunkenen Stein fuhr. Die erschöpften Pferde sackten gegen ihr Geschirr. Conalin versuchte, das Gespann zurückzubewegen, doch die Pferde blieben einfach stehen. Bison fluchte laut und sprang aus dem Sattel. Er ging zur Rückseite des Wagens und packte zwei Speichen des Rades. »Gib ihnen die Peitsche«, befahl er. Conalin ließ die Peitsche auf die Pferderücken knallen. Sie lehnten sich nach vorn. Gleichzeitig warf er sich mit seinem ganzen Gewicht gegen das Rad, und der Karren holperte über den Stein. Der Riese fiel bäuchlings auf den Pfad, das Rad verfehlte nur knapp seinen Arm.

Die Frauen im Wagen – mit Ausnahme von Axiana – lachten, als er mit schlammverkrustetem Gesicht wieder aufstand. »Das ist nicht lustig!« brüllte er.

»Von hier aus schon«, sagte Ulmenetha. Bison fluchte wieder und trottete zu Kebra, der die Zügel seines Pferdes hielt.

»Der Pfad ist zu schmal«, sagte er und hievte sich in

den Sattel. »Ich glaube nicht, daß wir heute mehr als siebzehn, achtzehn Kilometer geschafft haben. Und die Pferde sind jetzt schon erschöpft.«

»Nogusta sagt, wie wechseln die Pferde wieder, wenn wir ins Flachland kommen.«

Bison ließ sich nicht besänftigen. Er warf einen Blick zurück auf die Ersatzpferde, die sie den toten Lanzenreitern weggenommen hatten. »Das sind Kavalleriepferde. Sie wurden nicht dafür gezüchtet, Karren zu ziehen. Sie ermüden leicht. Sieh sie dir nur an. Bevor sie uns in die Hände fielen, sind sie scharf geritten worden und sind genauso erschöpft.«

Das stimmte, und Kebra wußte es. Alle Pferde waren müde. Bald würden sie ihnen eine Rast gönnen müssen. »Weiter«, sagte er.

Endlich erreichte der Karren den Kamm eines Hügels und ließ den Wald hinter sich. Weit weg im Süden konnten sie das glitzernde Band des Mendea sehen und dahinter die hochaufragenden Gipfel, schneebedeckt und von Wolken gekrönt. »Wir schaffen es nicht vor Anbruch der Dunkelheit bis zum Fluß«, meinte Kebra.

»Ich könnte diesen verdammten Karren schneller tragen als diese Pferde ihn ziehen können«, murrte Bison.

»Du hast ja heute eine scheußliche Laune«, stellte Kebra fest.

»Das liegt an diesem verdammten Pferd. Jedesmal, wenn ich hochgehe, geht es runter. Es geht hoch, ich runter. Es behandelt meinen Hintern wie eine Trommel.« Wieder kam quiekendes Gelächter aus dem Wagen, diesmal von der kleinen Sufia, die den Ausdruck in einem Singsang wiederholte.

»Sein Hintern ist 'ne Trommel! Sein Hintern ist 'ne Trommel!«

Ulmenetha schalt sie sanft, konnte sich aber selbst ein Grinsen nicht verkneifen.

»Ich reite dein Pferd, wenn du den Karren lenkst«, sagte Conalin.

»Einverstanden!« sagte Bison freudestrahlend. »Der Himmel ist mein Zeuge, daß ich kein Reiter bin.«

Dagorian kam zurück. »Etwa anderthalb Kilometer weiter wird der Weg breiter«, sagte er. »Teilweise ist er sogar gepflastert. Es ist zwar jetzt überwachsen, aber trotzdem schaffen wir so die nächsten Kilometer leichter.«

Bison kletterte auf seinen Platz auf dem Kutschbock und setzte sich auf eine zusammengefaltete Decke. »Ach, tut das gut«, murmelte er, setzte sich zurecht und griff nach den Zügeln. Kebra sah, daß der Junge Schwierigkeiten hatte, den Steigbügel von Bisons Pferd zu erreichen, und reichte ihm eine Hand. Conalin ignorierte sie und zog sich ungeschickt hinauf. Kebra stieg ab und kürzte seine Steigbügel.

»Bist du schon mal geritten, Junge?« fragte er.

»Nein, aber ich lerne schnell.«

»Halt dich mit den Oberschenkeln fest, nicht mit den Waden. Und vertrau dem Pferd. Es weiß, was es tut. Komm, ich geb dir ein bißchen Unterricht.« Er schwang sich in den Sattel und ritt langsam den Abhang zum Flachland hinunter. Als er sich umdrehte, sah er, wie Conalin die Zügel in Brusthöhe hielt, als sein Pferd sich seinen Weg bergab suchte. Am Fuß des Hügels wartete Kebra auf Conalin, um ihm die Grundzüge des Reitens beizubringen.

»Wir versuchen es mal mit Trab«, sagte er. »Du mußt den Rhythmus des Pferdes übernehmen. Sonst endest du wie Bison, und es stanzt dir Muster in den Hintern. Auf geht's!«

Kebras Pferd fiel geschmeidig in Trab. Hinter ihm hüpfte Conalin im Sattel auf und ab. Sein Pferd wurde langsamer. »Nicht an den Zügeln zerren, Junge. Das ist sein Zeichen dafür, stehenzubleiben.«

»Ich kann das nicht«, sagte der Rotschopf errötend. »Ich gehe lieber zurück auf den Wagen.«

»Wenn man etwas gut machen will, ist es am Anfang nie leicht, Conalin. Und ich finde, du machst es gut. Ein geborener Reiter.«

»Wirklich?«

»Du mußt dich nur an das Pferd gewöhnen. Wir versuchen es noch mal.«

Als der Karren hügelabwärts ruckelte, brachen die beiden Reiter wieder auf. Eine Zeitlang hatte Conalin das Gefühl, sein Rückgrat würde brechen, aber dann, plötzlich und ohne Vorwarnung, fand er den Rhythmus, und der Ritt wurde zu einem Vergnügen. Die Sonne brach durch die Wolken, und der Knoten in seinem Magen löste sich auf. Er hatte sein ganzes Leben im Schmutz der Stadt verbracht und noch nie die Herrlichkeit der Berge gesehen. Jetzt ritt er auf einem guten Pferd, den frischen Wind im Gesicht. In diesem Augenblick erlebte er eine Freude wie nie zuvor. Er grinste Kebra breit an. Der Bogenschütze lächelte und ritt schweigend an seiner Seite. Am Waldrand wendeten sie die Pferde.

»Und jetzt ein leichter Galopp«, sagte Kebra. »Nicht zu wild, denn die Pferde sind müde.«

Wenn Traben schon eine Freude war, der Ritt zurück zum Wagen war ein Vergnügen, das Conalin sein Leben lang nicht vergessen würde. Er vergaß die Lumpen, die er trug, ebenso wie die Wunden auf seinem Rücken. Der heutige Tag war ein Geschenk, das ihm niemand wieder nehmen konnte.

»Du reitest so gut – wie ein Ritter!« sagte Pharis, als er neben dem Wagen stehenblieb.

»Es ist wundervoll«, erzählte er. »Es ist wie… wie… « Er lachte glücklich. »Ich weiß nicht wie. Aber es ist herrlich!«

»Heute abend sagst du das nicht mehr«, warnte Bison ihn.

Dagorian ritt während der nächsten Stunde mit ihnen, dann bog er nach Süden ab, um einen Lagerplatz zu suchen.

Als die Sonne sich allmählich den Bergen im Westen zuneigte, kam Nogusta von hinten angaloppiert. »Noch keine Spur einer Verfolgung«, erzählte er Kebra. »Aber sie kommen.«

»Wir schaffen es heute nicht mehr bis zum Fluß. Die Pferde sind müde«, erklärte der Bogenschütze.

»Genau wie ich«, gestand Nogusta.

Sie ritten weiter, und als die Dunkelheit zunahm, trafen sie auf Dagorian, der an einem kleinen See ein Lager aufgeschlagen hatte. Er hatte Feuer gemacht, und die müden Reisenden kletterten aus dem Wagen und setzten sich darum. Kebra und Conalin sattelten die Pferde ab und wischten ihnen mit trockenem Gras die Rücken trocken. Kebra zeigte dem Jungen, wie er den Pferden die Vorderbeine fesseln mußte, dann ließen sie sie grasen und spannten die Zugtiere aus. Conalin bewegte sich etwas steif, und Kebra grinste ihn an. »Die Muskeln auf der Innenseite deiner Schenkel sind überdehnt«, sagte er. »Du gewöhnst dich schon dran. Hat dir der Ritt Spaß gemacht?«

»Es war ganz gut«, antwortete Conalin lässig.

»Wie alt bist du, Junge?«

Der Junge zuckte die Achseln. »Ich weiß nicht. Spielt das eine Rolle?«

»In deinem Alter wohl nicht. Ich bin fünfundsechzig. *Das* spielt eine Rolle.«

»Wieso?«

»Weil alle meine Träume hinter mir liegen. Kannst du schwimmen?«

»Nein. Und ich will es auch gar nicht lernen.«

»Es ist fast so schön wie ein Pferd zu reiten. Aber es ist deine Sache.« Kebra ging zum See und streifte die Kleider ab. Das Wasser war kalt, als er hineinwatete. Dann tauchte er vornüber und begann mit langen, gleichmäßigen Zügen zu schwimmen. Conalin wanderte zum Ufer und sah ihm im nachlassenden Tageslicht zu. Nach einer Weile schwamm Kebra zurück und stieg aus dem Wasser. Er zitterte und trocknete sich mit seiner Tunika ab, die er dann zum Trocknen auf einem Stein ausbreitete. Er zog seine Beinkleider an und setzte sich neben den Jungen.

»Ich träume nicht«, sagte Conalin plötzlich. »Ich schlafe einfach, und dann wache ich auf.«

»Das sind nicht die Träume, die ich meinte. Ich meinte die Träume, die wir für unser Leben haben, die Dinge, die wir uns wünschen, wie eine Frau und eine Familie oder Reichtümer.«

»Warum liegen sie hinter dir? Du hättest das doch haben können«, sagte der Junge.

»Vielleicht hast du recht.«

»Mein Traum ist es, Pharis zu heiraten, und nichts zu fürchten.«

Der Himmel wurde purpurrot, als die Sonne hinter den Gipfeln im Westen unterging. »Es wäre schön, nichts zu fürchten«, gab Kebra zu. Bison schlenderte heran und legte Kebra eine Decke um die Schultern.

»Alte Männer wie du sollten sich vor Kälte hüten«, sagte Bison, ging weiter und tauchte einen Becher ins Wasser. Er trank geräuschvoll.

»Warum hat er das gesagt?« fragte Conalin. »Er sieht alt genug aus, um dein Vater sein zu können.« Kebra kicherte.

»Bison wird niemals alt sein. Du blickst auf seinen kahlen Schädel und den weißen Schnurrbart und siehst einen alten Mann. Bison sieht in einen Spiegel und sieht einen jungen Mann von fünfundzwanzig Jahren. Das ist eine seiner Gaben.«

»Ich mag ihn nicht.«

»Ganz deiner Meinung. Ich mag ihn auch nicht besonders. Aber ich liebe ihn. In Bison ist nichts Bösartiges, und er würde gegen jede Armee der Welt an deiner Seite stehen. Das ist selten, Conalin, glaub mir.«

Der Junge war nicht überzeugt, sagte jedoch nichts. Draußen auf dem See spiegelte sich der Mond gebrochen auf dem Wasser, und im Westen glitzerte der See blutrot im Schein der untergehenden Sonne. Conalin sah den silberhaarigen Bogenschützen an. »Darf ich morgen wieder reiten?« fragte er.

Kebra lächelte. »Natürlich. Je mehr du reitest, um so besser wirst du werden.«

»Auf einem Pferd fühlt man sich sicherer«, sagte Conalin und starrte über den See.

»Wieso sicherer?«

»Der Karren ist so langsam. Wenn sie uns einholen, können wir im Wagen nicht entkommen.«

»Vielleicht holen sie uns ja nicht ein«, meinte Kebra.

»Glaubst du das?«

»Nein. Aber Hoffnung gibt's immer.« Conalin freute sich, daß der Mann nicht versucht hatte, ihn anzulügen. Es war ein geteilter Moment, in dem er sich gleichberechtigt fühlte.

»Was wirst du tun, wenn sie kommen?« fragte Conalin.

»Gegen sie kämpfen. Genau wie Nogusta und Bison. Das ist alles, was wir tun können.«

»Ihr könntet auf euren schnellen Pferden davonreiten«, meinte Conalin.

»Manche Männer könnten das vielleicht, aber wir sind nicht so geschaffen.«

»Wieso?« fragte der Junge. Es war eine einfache Frage,

und doch konnte Kebra nicht sofort eine Antwort finden. Er dachte eine Zeitlang darüber nach.

»Es ist schwer zu erklären, Conalin. Es fängt damit an, daß du dich fragst, was einen echten Mann auszeichnet. Seine Fähigkeit zu jagen oder einen Hof zu führen oder Vieh zu züchten? Ein Teil der Antwort ist ja. Seine Fähigkeit, seine Familie zu lieben? Auch hier wieder zum Teil ja. Aber es gibt noch etwas anderes. Etwas Großes. Mir scheint, daß es drei Instinkte gibt, die uns antreiben. Der erste ist Selbsterhaltung – der Wille zu überleben. Der zweite ist dem Stamm gewidmet. Wir haben den Drang, zu irgend etwas dazuzugehören, Teil eines größeren Ganzen zu sein. Aber der dritte? Der dritte ist es, was zählt, Junge, vor allem anderen.«

Ulmenetha kam leise zu ihnen und zog die Schuhe aus. Sie setzte sich und ließ die Füße ins Wasser baumeln.

»Was ist das dritte?« fragte Conalin. Er war wütend, weil sie unterbrochen worden waren.

»Das ist noch schwerer zu erklären«, sagte Kebra, der ebenfalls durch die Ankunft der Priesterin aus dem Konzept geraten war. »Die Löwin würde bereitwillig ihr Leben geben, um ihre Jungen zu retten. Das ist nun mal ihre Art. Aber ich habe gesehen, wie eine Frau ihr Leben für ein fremdes Kind riskierte. Der dritte Instinkt zwingt uns, alle Gedanken an Selbsterhaltung um eines anderen Lebens, eines Prinzips oder eines Glaubens willen beiseite zu schieben.«

»Das verstehe ich nicht«, sagte Conalin.

»Du solltest Nogusta fragen. Er kann es besser erklären.«

Ulmenetha drehte sich zu ihnen um. »Du brauchst keine Erklärung, Conalin«, sagte sie leise. »Als du Pharis gerettet hast, war das genau dieser dritte Instinkt, der ins Spiel kam. Und als du in diesem Raum in Kalizkans Haus standest und gegen das Ungeheuer kämpftest.«

»Das ist nicht dasselbe. Ich liebe Pharis und Sufia. Aber ich liebe nicht die Königin. Ich würde nicht den Tod riskieren, um sie zu retten.«

»Es geht nicht um sie«, erwiderte Kebra. »Jedenfalls nicht eigentlich. Es geht um viele Dinge: Ehre, Selbstwert, Stolz…« Er brach ab.

»Würdest du für mich sterben?« fragte Conalin plötzlich.

»Ich hoffe, ich muß für niemanden sterben«, sagte Kebra verlegen. Rasch stand er auf und ging zurück zum Lager.

»Doch, er würde«, sagte Ulmenetha. »Er ist ein guter Mann.«

»Ich will nicht, daß jemand für mich stirbt«, erklärte der Junge. »Ich will es nicht!«

Kapitel acht

Nogusta und Dagorian saßen am Feuer und studierten die Karten, die Ulmenetha mitgebracht hatte. Bison lag ausgestreckt neben ihnen, den Kopf auf den Arm gestützt. »Wann essen wir?« brummte er. »Mein Bauch glaubt, man hätte mir die Kehle durchgeschnitten.«

»Bald«, versprach Nogusta. Er wandte sich wieder Dagorian zu und breitete eine zweite Karte auf dem Boden neben dem Feuer aus. Die Karte war aus geätztem, weißgefärbtem Leder. Ursprünglich hatte sie viele Farben gehabt, die Wälder, Berge und Seen darstellten. Aber diese waren jetzt stark verblaßt, und ein Teil der eingeätzten Linien war nicht mehr zu erkennen. Trotzdem war der Maßstab gut, und die beiden Männer konnten gerade noch die Symbole erkennen, die die Waldwege und Furten durch die Flüsse kennzeichneten. »Ich glaube, wir sind ziemlich genau hier«, sagte Nogusta und deutete auf einen eingeätzten Speer in der oberen rechten Ecke der Karte. »Am äußersten Rand des Waldes von Lisaia. Der Karte nach gibt es drei Brücken. Jetzt stellen sich zwei Fragen: Gibt es sie noch, und wenn ja, wie wirken sich die Frühjahrsfluten darauf aus? Ich habe schon Brücken in den Bergen gesehen, die um diese Jahreszeit unter Wasser standen.«

»Ich werde morgen vorausreiten und sie auskundschaften«, sagte Dagorian. Der junge Mann starrte auf die Karte. »Sobald wir das Hochland dahinter erreicht haben, müssen wir den Karren zurücklassen.« Nogusta nickte. Der einzige andere Weg führte ganz bis zur Geisterstadt Lem und dann über die Küstenstraße. Das würde ihre Reise um hundertzwanzig Kilometer verlängern. In der Ferne heulte ein Wolf. Das Geheul klang unheimlich durch die Nacht. Dagorian schauderte.

Nogusta lächelte. »Im Gegensatz zur landläufigen Meinung greifen Wölfe Menschen nicht an«, sagte er.

»Ich weiß. Aber es läßt einem trotzdem das Blut in den Adern gefrieren.«

»Ich wurde mal von einem Wolf gebissen«, erzählte Bison. »In den Hintern.«

»Dann kann man den Wolf nur bemitleiden«, meinte Nogusta.

Bison kicherte. »Es war eine Wölfin, und ich bin wahrscheinlich ihren Welpen zu nahe gekommen. Sie hat mich einen Kilometer weit gejagt. Erinnert ihr euch? Das war damals in Corteswain. Kebra hat mich genäht. Ich hatte tagelang Fieber.«

»Ich erinnere mich«, sagte Nogusta. »Wir haben gelost, und Kebra hat verloren. Ich nehme an, der Anblick verfolgt ihn bis zum heutigen Tag.«

»Ist eine häßliche Narbe geblieben«, sagte Bison. Er rollte sich auf die Knie und zog seine Beinkleider herunter. »Seht euch das an!« sagte er und hielt Dagorian seine Kehrseite hin. Der Offizier lachte laut auf.

»Du hast ganz recht, Bison. Das ist mit das Häßlichste, was ich je gesehen habe.« Bison zog die Hosen hoch und schnallte seinen Gürtel wieder zu. Er grinste breit.

»Den Huren erzähle ich immer, es sei eine Wunde durch einen ventrischen Speer gewesen.« Er drehte sich zu Kebra um. »Wollen wir nun essen oder verhungern?« bellte er.

Ein Stück entfernt, an einen Baum gelehnt, nahm Axiana einen Becher Wasser von Pharis entgegen. Das schlanke, dunkelhaarige Mädchen kauerte sich vor die Königin. »Fühlst du dich jetzt besser?« fragte sie.

»Ich habe Hunger«, antwortete Axiana. »Hol mir etwas aus dem Wagen. Etwas Obst.«

Pharis gehorchte gern. Der Befehl machte sie zur Dienerin der Königin, einer ehrenvollen Rolle, und sie war entschlossen, sie gut auszufüllen. Sie lief zum Wagen und wühlte in den Proviantsäcken. Die kleine Sufia saß reglos dort und starrte zum Himmel empor.

»Was siehst du dir da an?« fragte Pharis.

Das kleine Mädchen holte tief Luft. »Hol Nogusta«, sagte sie mit kühler, distanzierter Stimme.

»Er spricht mit dem Offizier. Ich störe ihn lieber nicht.«

»Hol ihn jetzt«, sagte Sufia. Pharis sah das kleine Mädchen scharf an. »Was ist los?«

»Tu es jetzt, Kind, die Zeit ist knapp.« Pharis bekam eine Gänsehaut und wich zurück.

»Nogusta!« rief sie. »Komm schnell!« Der schwarze Krieger kam zum Wagen gerannt, gefolgt von Dagorian und Kebra.

»Was ist los?« fragte er. Pharis deutete einfach auf das kleine blonde Mädchen. Es saß mit gekreuzten Beinen da und sah sie an. Ihr Gesichtchen war ernst, die blauen Augen klar.

»Die Wölfe kommen«, sagte Sufia. »Zieht eure Schwerter! Jetzt!« Obwohl die Stimme die des Kindes war, verfügten die Worte über große Autorität.

Plötzlich schrie die Königin auf.

Ein riesiger grauer Wolf trabte zwischen den Bäumen hervor, dann noch einer. Und noch einer.

Einer rannte direkt auf Bison zu, der neben dem Feuer saß. Der Riese sprang auf, und als die schimmernden Fangzähne sich in seine Kehle bohren wollten, hämmerte er dem Tier seine Faust an den Schädel. Es wurde weggeschleudert, rollte sich ab und griff erneut an. Bison packte es im Sprung bei der Kehle und warf es auf die anderen. Nogusta packte Pharis und zog sie auf den Wagen, dann zog er sein Schwert, als ein Wolf ihn ansprang. Die Klinge blitzte im Mondlicht auf und fuhr dem Tier in den Hals. Kebra wurde zu Boden geworfen, als ein weiterer Wolf ihn ansprang. Eins der Pferde wieherte schrill auf und ging zu Boden. Dagorian stieß einem riesigen grauen Wolfsrüden sein Schwert in die Brust und wandte sich dann Axiana zu. Sie saß am Baum, keins der Untiere näherte sich ihr. Conalin und Ulmenetha waren in den See gewatet, und eins der Tiere schwamm zu ihnen hin. Ein weiterer Wolf setzte zum Sprung an. Dagorian machte einen Satz zurück, als die Fänge nach seinem Gesicht schnappten. Er stieß sein Schwert aufwärts in den Bauch des Wolfes. Auf dem Boden neben ihm, die linke Hand in das Fell an der Kehle eines Wolfes gekrallt, stieß Kebra seinen Dolch wieder und wieder in die Flanke des Untiers. Endlich sank der Wolf über ihm zusammen.

Hinten auf dem Wagen stand Sufia und hob die Arme über den Kopf. Langsam führte sie ihre Hände zusammen und sang dabei. Blaues Feuer schoß aus ihren Fingern. Ihr rechter Arm fuhr nach vorn und deutete auf den See. Ein Feuerball flog aus ihrer Hand und explodierte auf dem Rücken des schwimmenden Wolfes. Er schlug um sich, Flammen leckten an seinem Fell. Dann schwamm er davon.

Ihre linke Hand fiel herab, und das Feuer schoß in die Erde neben dem Karren, um dann mit einer ungeheuren Flamme aufzulodern. Das Wolfsrudel zerstreute sich und verschwand wieder im Wald.

Dagorian spürte Schmerzen im Arm. Als er einen Blick darauf warf, sah er, daß Blut aus einer Bißwunde an seinem linken Unterarm rann. Er konnte sich nicht erinnern, daß er gebissen worden war. Bison kam zu ihm herüber. Sein linkes Ohr war aufgerissen, Blut lief in seinen dicken Nacken.

Fünf Wölfe lagen tot in ihrem Lager.

Kebra stieß den Kadaver des Wolfes beiseite und stand zitternd auf. Einen Augenblick lang sagte niemand etwas. »Wölfe greifen keine Menschen an, hast du gesagt«, wies Bison Nogusta zurecht. Er legte die Hand an sein blutendes Ohr und fluchte.

»Doch, wenn sie von den Entukku angestachelt werden«, sagte Sufias Stimme. Ulmenetha und Conalin wateten ans Ufer und gingen zum Wagen. Pharis lehnte an den Proviantsäcken, die Knie hochgezogen. Sie starrte die Kleine angsterfüllt an.

»Wer bist du?« fragte Nogusta. Sufia setzte sich, ihre kurzen Beinchen baumelten über die Kante.

»Ich bin ein Freund, Nogusta. Dessen kannst du sicher sein. Ich half Dagorian neulich in der Stadt, als die Dämonen über ihn herfielen. Und ich rettete Ulmenetha, als sie auf dem Dach des Palastes saß und das Ungeheuer sah. Ich bin Kalizkan der Zauberer.«

Einen Augenblick schwiegen alle. »Du bist die Ursache für dieses Grauen«, sagte Nogusta kalt.

»Allerdings. Aber ich tat es unabsichtlich, und niemand ist darüber bekümmerter als ich. Aber die Zeit ist zu knapp für Erklärungen. Ich kann nicht länger in der Gestalt dieses Kindes bleiben, ohne seinen Verstand zu schädigen. Also hört mir zu. Der Feind hat eine Truppe gegen euch in Marsch gesetzt, wie ihr sie noch nie gesehen habt. Sie nennen sich die Krayakin. Sie sind ausgezeichnete Krieger, aber sie sind nicht unsterblich. Schwerter können sie durchbohren, aber nicht töten. Sie fürchten nur zwei Dinge: Holz und Wasser.« Das Kind wandte sich an Kebra. »Deine Pfeile können sie töten, wenn du sie in Herz oder Kopf triffst. Ihr anderen müßt euch Waffen aus Holz machen, Spieße, Speere, was ihr auch könnt.«

»Wie viele sind es?« fragte Nogusta.

»Es sind zehn, und sie werden bei euch sein, ehe ihr den Fluß erreicht.«

»Was kannst du uns noch sagen?« fragte Dagorian.

»Jetzt nichts mehr. Das Kind muß wieder zurückkehren. Ich helfe euch, wo ich kann. Doch der Tod ruft mich, und die Kraft meines Geistes läßt nach. Ich kann nicht mehr lange unter den Lebenden bleiben. Aber vertraut mir, meine Freunde. Ich komme wieder.«

Sufia blinzelte und rieb sich die Augen. »Warum starrt ihr mich alle so an?« fragte sie. Ihre Augen füllten sich mit Tränen.

»Wir haben uns gefragt, ob du wohl Hunger hast, Kleines«, sagte Kebra. »Was soll ich für dich kochen?«

Bakilas, der Anführer der Krayakin, zügelte sein Pferd. Die fünf Männer lagen tot am Boden, und die parallelen Linien der Wagenräder zogen sich bis in den Wald. Bakilas stieg ab und untersuchte die Erde um die toten Männer herum. Er nahm den schwarzen Vollvisierhelm ab und zuckte zusammen, als die Sonnenstrahlen auf seine Haut trafen. Rasch prüfte er die Spuren. Dann setzte er den Helm wieder auf, ging zu seinem Pferd und schwang sich in den Sattel.

»Hier haben die Soldaten den Karren eingeholt und trafen auf einen einzigen Reiter. Sie sprachen mit ihm, und dann gab es einen Kampf. An diesem Punkt kamen andere Männer hinzu, die aus dem Wald geritten kamen. Der Kampf war kurz. Einer der Soldaten kämpfte einen Zweikampf und wurde sauber getötet.«

»Woher weißt du, daß sie zuerst miteinander sprachen, Bruder?« fragte Pelicor, der jüngste der Krayakin. Auch er trug die schwarze Rüstung und den Helm und hatte zum Schutz vor der Sonne die Kapuze hochgezogen.

Bakilas drehte sich im Sattel um. »Eins der Soldatenpferde hat ins Gras uriniert. Man kann den Fleck noch immer sehen. Es stand also zu diesem Zeitpunkt still.«

»Trotzdem nichts als Vermutung«, murmelte Pelicor.

»Dann wollen wir es uns mal ansehen«, sagte Bakilas. Sie ritten in einem Kreis um die Toten, dann deutete er auf einen der Leichname. »Steh auf!« befahl er. Vellians Körper zitterte, und langsam erhob er sich aus dem Gras. Die zehn Reiter konzentrierten sich auf ihn. Der Körper verkrampfte sich, die Luft um ihn herum flimmerte.

Bilder formten sich im Geist der Krayakin, Szenen, die sie dem verwesenden Hirn des getöteten Soldaten entzogen. Sie sahen durch die Augen des toten Mannes den Karren und seine Insassen, sahen zu, wie der junge Offizier den Soldaten entgegentrat. Die Unterhaltung, die sie hörten, war bruchstückhaft, und sie verstärkten ihre Konzentration.

»Guten Morgen, ich bin Vellian … geschickt: …Karios … Palast. Die Stadt … Ordnung wiederherstellen.«

»Eine Armee… Verräter.«

»Ja. Jetzt … Säbel … weg und laß … weg.«

»Ich glaube nicht … große Gefahr … sicherer bei mir.«

Dann folgte ein plötzlicher Bruch des Bildes, und die Krayakin sahen eine kurze Einblendung anderer Erinnerungen, an eine junge Frau, die über eine Wiese lief.

»Der Verfall ist schon zu weit fortgeschritten«, sagte Pelicor. »Wir können das Bild nicht festhalten.«

»Wir können«, sagte Bakilas streng. »Konzentriert euch!«

Wieder sahen sie, wie der junge Offizier den Soldaten gegenübertrat. Vellian sprach. *»Sei kein Narr, Mann. Selbst wenn du so gut wie Antikas selbst mit dem Säbel umgehen kannst, du kannst nicht uns fünf besiegen. Wozu sterben, wenn die Sache bereits verloren ist?«*

»Wozu leben ohne einen Grund, für den es sich zu sterben lohnt?« entgegnete der Offizier.

Die Krayakin sahen schweigend zu, wie sich die Szene entwickelte, der junge Offizer angriff, ein schwarzer Reiter und ein silberhaariger Bogenschütze dazukamen. Wie Bakilas schon gesagt hatte, war der Kampf nur kurz, und die Krayakin analysierten die Fähigkeiten der Sieger.

Der Leichnam fiel zurück ins Gras. »Der junge Mann ist schnell und sicher«, sagte Bakilas. »Aber der schwarze Mann ist ein Meister. Schnelligkeit, Gewandtheit und Stärke, kombiniert mit Schlauheit und Wildheit. Ein würdiger Gegner.«

»Würdig?« fauchte Pelicor. »Er ist ein Mensch. Es gibt keine würdigen Gegner unter ihnen. Nur Nahrung. Und er wird nur wenig liefern.«

»So wütend, Bruder? Gefällt dir deine Rückkehr ins Fleisch nicht?«

»Noch nicht«, antwortete Pelicor. »Wo sind meine Armeen? Wo kann ich hier Ruhm ernten, auf diesem elenden Berg?«

»Hier gibt es keinen«, gab Bakilas zu. »Die Tage von Eis und Feuer sind längst verschwunden. Aber sie kommen wieder. Die Vulkane werden ihre Asche in den Himmel spucken, und das Eis kommt zurück. Es wird wieder sein wie es war. Aber zuerst müssen wir Anharat die Mutter und das Kind bringen. Hab Geduld, Bruder.«

Bakilas gab seinem Pferd die Sporen und ritt in den Wald.

Im Schutz der Bäume war das Sonnenlicht weniger grell, und Bakilas nahm wieder seinen Helm ab, so daß sein weißes Haar im Wind flattern konnte. Seine grauen Augen suchten den Pfad ab. Pelicor war nicht der einzige, der sich nach den Tagen des Eises und des Feuers sehnte. Auch ihn verlangte es danach, mit den Armeen der Illohir zu marschieren, in die Menschen zu galoppieren, sich an ihrem Entsetzen weiden und ihre Seelen aus den Schädeln zu saugen. Berauschende Tage!

Bis Emsharas sie verraten hatte.

Das blieb eine Quelle des Schmerzes, die nie versiegen würde. Doch trotz Emsharas' Verrat hätte die Schlacht der Vier Täler noch gewonnen werden können. Die Krayakin hatten den Gegenangriff geführt und den Feind regelrecht zermalmt. Bakilas selbst hatte schon fast die Kriegsfahne des Menschenkönigs Darlic erreicht. Oberhalb des Kampfgeschehens hatten Anharat und Emsharas auf dem Feld des Geistes gefochten, und gerade als Bakilas den Speerwall um Darlic durchbrach, war Anharat gefallen. Die dunkle Aschewolke, die die Illohir vor dem grellen, tödlichen Licht der Sonne schützte, zerriß wie ein Vorhang. Illohir welkten zu Zehntausenden dahin, bis nur noch die Krayakin übrigblieben. Zehntausend der größten Krieger, die jemals über die Erde gewandelt waren. Die Menschen hatten sich mit frischen Kräften auf sie gestürzt, und ihre Sturmschwerter – verzaubert von dem Verräter Emsharas – drangen ins Fleisch der Krayakin. Am Ende des Tages waren nur noch zweihundert Krayakin am Leben, die vom Schlachtfeld flohen. Alle anderen waren wieder Windgeborene.

Die Tage der Illohir-Herrschaft auf der Erde waren vorüber.

In den folgenden Wochen wurden die Krayakin verfolgt und gejagt, bis nur zehn Überlebende übrig waren.

Dann hatte Emsharas den Großen Zauber gewirkt, und alle verbliebenen Wesen der Illohir, Dämonen und Kobolde, Waldnymphen, Trolle und Krieger, wurden in die graue Hölle des Nirgendwo verbannt. Die Illohir existierten ohne Substanz, unsterblich, körperlos, schwammen in einem seelenlosen Ozean. Nur die Erinnerungen blieben, Erinnerungen an Eroberungen und Ruhm, an den süßen Wein des Schreckens und die Nahrung, die er bot.

Nichts im Leben glich den Freuden, die die Krayakin gekannt hatten. Bakilas selbst hatte menschliche Gestalt angenommen und an allen Vergnügen teilgehabt, die der Mensch nur kannte. Essen und Trinken, Drogen und Ausschweifungen. Alle waren erbärmlich, verglichen mit dem Vergnügen, Seelen zu kosten. Eine schwache Erinnerung regte sich, und er dachte wieder an Darela. Was er für sie empfunden hatte, war beängstigend. Sie hatten sich an den Händen berührt, dann mit den Lippen. An menschliche Zerbrechlichkeit nicht gewohnt, war Bakilas in eine Beziehung mit der Frau gezogen worden, die seine Sinne verwirrte. Mit letzter Kraft war er in die Höhlen der Illohir zurückgekehrt und hatte wieder seine Krayakin-Gestalt angenommen. Dann reiste er zurück in das Dorf und trank Darelas Seele. Er hatte geglaubt, damit wäre ihr Bann über ihn gebrochen.

Aber er hatte sich geirrt. Die Erinnerung an ihre gemeinsamen Tage kam wieder und wieder und verfolgte ihn.

Die Krayakin ritten schweigend mehrere Stunden lang. Der Geruch von Tod hing schwer im Wind, als sie einen kurzen Abhang hinunterritten und am Ufer eines glitzernden Sees ankamen. Im Schatten der Bäume inspizierte Bakilas das Lager. Fünf tote Wölfe lagen auf der Erde, ein sechster am Ufer. Bakilas stieg ab und setzte seine Kapuze auf. Dann trat er ins Sonnenlicht hinaus. Das Licht prickelte schmerzhaft auf seiner Haut, aber er ignorierte es. In der Mitte des Lagers war das Gras in einem Kreis von etwa anderthalb Metern Durchmesser versengt. Er nahm einen schwarzen Handschuh ab und berührte die Erde. Seine Hand zuckte zurück. Er zog den Handschuh wieder an und kehrte in den Schatten zurück.

»Magie«, sagte er. »Irgend jemand hat hier Magie benutzt.«

Die Krayakin banden ihre Pferde an und setzten sich im Kreis. »Anharat hat nichts von Magie gesagt«, sagte Mandrak, mit knapp ein Meter achtzig der kleinste der Krieger. »Er sprach nur von drei alten Männern.«

»Wie stark war sie?« fragte Drasko, der zweitälteste der Gruppe nach Bakilas.

»Vierfach«, antwortete er. »Die Wölfe müssen von den Entukku besessen gewesen sein, und der Zauberer benutzte das Licht von *halignat*. Nur ein Meister kann solche Macht sammeln.«

»Warum sollten die Wölfe besessen gewesen sein?« fragte Pelicor.

Bakilas fühlte, wie seine Gereiztheit wuchs. »Das Studium war nie deine Stärke, Bruder. Wären es einfache Wölfe gewesen, dann hätte jedes starke Licht sie zerstreut. *Halignat* – das Heilige Licht – wird nur gegen die Illohir eingesetzt. Es hätte die Entukku zurück zur Stadt geschleudert, und vielleicht noch darüber hinaus. Diejenigen, die dem Blitz am nächsten waren, sind vielleicht sogar gestorben.«

»Wenn es so einen Zauberer gibt«, sagte Drasko, »warum haben wir dann bis jetzt noch nichts von seiner Gegenwart gespürt?«

»Ich weiß es nicht. Vielleicht benutzt er einen Verbergen-Zauber, den wir nicht kennen. Jedenfalls müssen wir jetzt mit größerer Vorsicht vorgehen.«

»Vorsicht ist etwas für Feiglinge«, sagte Pelicor. »Ich habe keine Angst vor diesem Zauberer, wer er auch sein mag. Seine Zauber mögen die Entukku vernichten, aber sie sind nicht viel mehr als Maden des Geistes. Welche Zauber könnte er schon gegen die Krayakin einsetzen?«

»Das wissen wir eben nicht«, sagte Bakilas, der sich bemühte, nicht die Geduld zu verlieren. »Das ist ja der Punkt.«

Bakilas ging zu seinem Pferd und stieg in den Sattel. Mandrak ritt neben ihn, als sie die Verfolgung des Karrens wieder aufnahmen. »Er war immer schon ungeduldig«, sagte Mandrak.

»Es ist nicht seine Ungeduld, die mich stört – sondern seine Dummheit. Und er ist ein Vielfraß. Das habe ich immer schon verabscheut.«

»Sein Hunger ist legendär«, gab Mandrak zu.

Bakilas antwortete nicht. Sie hatten den Waldrand erreicht, und die helle Sonne versengte sein Gesicht. Er setzte den Helm auf, zog die Kapuze über und trieb sein Pferd an. Die Helligkeit tat seinen Augen weh, und er erwartete sehnsüchtig den Einbruch der Nacht, den kühlen Wind und die dunkle, kalte Schönheit des Sternenhimmels.

Ihre Pferde waren müde, als sie den Fuß eines hohen Hügels erreichten. Bakilas untersuchte die Fährte. Die Flüchtlinge hatten hier angehalten, um die Pferde zu wechseln, und die Passagiere des Karrens waren den Hügel hinaufgegangen. Zwei Frauen und ein Kind. Er ritt weiter. Eine der Frauen hatte das Kind auf den Arm genommen und getragen. Eine schwere Frau, deren Fußabdrücke tiefer waren als die der anderen.

Er gab seinem Pferd die Sporen und ritt bergan bis zur Kuppe. Von dort aus sah er, wie sich die Spur zu einem anderen Wald wand. Er war dankbar, denn das versprach Schatten.

Wußten sie, daß sie verfolgt wurden? Natürlich. Niemand konnte hoffen, eine Königin zu entführen, ohne verfolgt zu werden. Wußten sie, daß ihnen die Krayakin folgten? Warum nicht, da ein Zauberer unter ihnen war. Bakilas dachte über den Zauberer nach. Draskos Bemerkung war treffend gewesen. Warum konnten sie die Anwesenheit seiner Magie nicht spüren? Die Luft sollte erfüllt davon sein. Bakilas schloß die Augen und schickte seine Sinne aus.

Nichts. Er konnte keine Spur von Zauberei entdecken. Selbst ein Verbergen-Zauber würde einen bleibenden Geschmack in der Luft hinterlassen. Es war beunruhigend. Anharat war immer schon arrogant gewesen. Es war seine Arroganz gewesen, die zur Niederlage der Illohir in der Schlacht der Vier Täler geführt hatte. Was hatte er gesagt? Wie tief der Feind gesunken war, daß er sich nur noch auf drei alte Männer verlassen konnte? Das konnte man auch ganz anders sehen. Wie mächtig war der Feind, daß er nicht mehr *brauchte* als drei alte Männer. Er dachte an den schwarzen Krieger. Ein solcher Mann war nicht für den Rückzug geschaffen. Irgendwo entlang dieses Weges würde er versuchen, seine Verfolger anzugreifen. Das lag in der Natur dieses Mannes.

Sie näherten sich dem Wald vorsichtig, mit gezogenen Schwertern, ehe sie hineinritten.

Kein Angriff. Eine weitere Stunde lang folgten sie den Wagenspuren. Sie waren jetzt frischer, die Ränder der Räderspuren sauber und scharf.

Bakilas zog an den Zügeln. Hier bogen die Wagenspuren vom Weg ab und verschwanden zwischen den Bäumen. Dichtes Unterholz wuchs hier, und der Wagen hatte Büsche und Schößlinge abgebrochen. Warum suchten sie sich einen so schwierigen Weg? Bakilas nahm den Helm ab und sog prüfend die Luft ein.

Mandrak kam heran. »Kannst du es riechen?« fragte er. Bakilas nickte. Menschen konnten die Krayakin nie überraschen, denn die menschlichen Drüsen sonderten vielerlei Gerüche ab, die ihnen aus den Poren drangen und sich mit ihrem abscheulichen Schweiß vermischten. Von all seinen Brüdern war Mandraks Geruchssinn am schärfsten. Bakilas hielt an und spähte in den Wald und das Gebüsch. Er achtete sorgfältig darauf, seinen Blick nicht auf die beiden Verstecke zu richten, die er ausgemacht hatte.

»Drei Männer sind dort verborgen«, sagte Mandrak.

»Ich habe zwei ausgemacht«, flüsterte Bakilas.

»Einer ist hinter der großen Eiche, die den Hang überragt, ein weiterer kauert hinter einem Busch darunter. Der dritte ist weiter zurück. Ja... mit den Pferden.«

»Warum halten wir an?« fragte Pelicor.

»Nimm deinen Helm ab, dann wirst du es wissen«, sagte Bakilas leise.

Pelicor setzte seinen Helm ab. Wie bei seinen Brüdern war sein Haar weiß, aber sein Gesicht war breit und flach, die Augen klein und eng beieinanderstehend. Seine Nüstern weiteten sich, und er lächelte. »Laß mich sie nehmen, Bruder. Ich habe Hunger.«

»Es ist vielleicht klüger, sie zu umkreisen«, schlug Mandrak vor. »Und ihnen den Fluchtweg abzuschneiden.«

»Es sind nur drei!« fuhr Pelicor auf. »Nicht dreißig. Wie könnten sie uns entkommen? Kommt, laßt uns dieser trostlosen Mission ein Ende bereiten.«

»Möchtest du sie allein überwältigen, Pelicor?« fragte Bakilas.

»Ja.«

»Dann greife sie an. Wir erwarten deinen Sieg.«

Pelicor setzte den Helm wieder auf, zog sein Langschwert und stieß seinem Pferd die Sporen in die Flanken. Das Tier stieg auf die Hinterhand und galoppierte los. Knapp jenseits des Weges trat der schwarze Krieger hinter einem Baum hervor. Pelicor sah ihn und zog an den Zügeln. Der Krieger hielt ein schmales Messer an der Klinge fest.

»Glaubst du, mich damit verletzen zu können?« schrie Pelicor und trieb sein Pferd wieder an.

Der Arm des Kriegers fuhr zurück, das Messer schoß vorwärts und verfehlte den angreifenden Reiter. Die Klinge drang in einen kleinen Holzkeil neben dem Pfad und durchtrennte eine straff gespannte Ranke. Ein stark herabgebogenes Bäumchen schoß in die Höhe. Drei daran festgebundene, angespitzte Stecken drangen Pelicor in die Brust, durchschlugen seine schwarze Rüstung, brachen ihm die Rippen und durchstießen die Lungen. Das Pferd lief weiter. Der Krayakin hing zuckend in der Luft.

Bakilas hörte den Hauch einer Bewegung. Er riß den Arm hoch, so daß der Pfeil seine behandschuhte Hand traf. Die Pfeilspitze durchschlug das Glied und grub sich in das blasse Fleisch seines Gesichtes und durchstieß seine Zunge. Das Holz des Pfeils brannte wie Säure. Zuerst versuchte er, den Pfeil aus seiner Wange zu ziehen, doch die Widerhaken blieben an der Innenseite der Wange hängen. Mit einem Grunzen stieß er den Pfeil durch die andere Wange, brach die Spitze ab und zog den Pfeil aus Gesicht und Hand. Die Wunden begannen augenblicklich zu heilen. Doch wo das Holz ihn berührt hatte, blieb der Schmerz noch einige Zeit.

»Sie sind weggelaufen«, sagte Mandrak. »Jagen wir sie?«

»Nicht durch den Wald. Sie werden andere Fallen aufgestellt haben. Wir werden sie auf dem Weg erwischen … sehr bald.«

Bakilas ritt zu Pelicor, der aufgespießt in der Luft hing. Seine Augen waren offen, sein Körper wand sich in Krämpfen.

»Helft mir«, wimmerte er.

»Dein Körper stirbt, Pelicor«, sagte Bakilas kalt. »Und bald bist du wieder ein Windwesen. Wir können deine

Angst schmecken. Sie ist köstlich. Drasko, Mandrak und ich haben vor kurzem gespeist. Deshalb werden unsere Brüder Nahrung aus dem ziehen, was von deiner Gestalt übrigbleibt.«

»Nein… ich… kann… heilen.«

Bakilas erschauerte vor Vergnügen bei der immer stärker werdenden Angst, die von dem aufgespießten Krieger ausging. Wie die anderen hatte Pelicor Tausende von Jahren in der Hölle des Nirgendwo erduldet. Der Gedanke, dorthin zurückzukehren, erfüllte ihn mit Entsetzen. »Wer hätte gedacht, daß du zu einem solchen Grauen fähig bist, Pelicor. Es hat beinahe etwas Künstlerisches«, sagte Bakilas.

Bakilas zog sich zurück, und die sechs anderen Krayakin kamen mit gezückten Dolchen heran.

Dagorian trat auf die alte Brücke und prüfte sie bei jedem Schritt. Die alten Bohlen unter seinen Füßen waren drei Meter lang, vierzig Zentimeter breit und fünf Zentimeter dick. Sie knirschten verdächtig, als er auf sie trat. Die Brücke war etwas über drei Meter breit und überspannte gut dreißig Meter. Darunter rauschte der angeschwollene Fluß den Berg hinunter. Das weiße Wasser gurgelte über dicke Felsen bis zu einem Wasserfall, der etwa drei Kilometer flußabwärts lag. Wer durch die Bohlen krachte, würde zu Tode mitgerissen. Kein Mensch konnte in einer solchen Strömung schwimmen.

Die Bohlen waren an gewaltige Querbalken genagelt, die einen Abstand von etwa drei Metern hatten. Dazwischen klafften gähnende Lücken. Dagorian schwitzte heftig, als er über dem Fluß war. Seit dem Angriff der Wölfe waren seine Ängste gewachsen und nagten an ihm. Zweifel waren in ihm aufgekommen und damit ein wütender Überlebenswille. Frei von seiner Pflicht. Nur sein Ehrgefühl hielt ihn bei dieser zum Scheitern verdammten Aufgabe, und selbst das wurde schwächer. Du hättest im Tempel bleiben sollen, dachte er, als er vorsichtig über die modrigen Bohlen schritt. Nogusta hatte ihm befohlen, das Fuhrwerk hinüber zu bringen, falls möglich. Er warf einen Blick zurück, wo die anderen warteten. Sie sahen ihn alle an, auch die Königin. Behutsam ging er weiter, bis er sicher am anderen Ufer angelangt war.

Trotzdem konnte man nicht mit Gewißheit sagen, ob die Brücke auch das Gewicht des Karrens aushalten würde.

Er ging rasch zu den anderen zurück und schärfte ihnen ein, vorsichtig zu gehen und sich an dem kräftigen Geländer festzuhalten. Ulmenetha nahm Axiana am Arm und führte sie hinaus auf die Brücke. Pharis folgte mit Sufia. Conalin blieb beim Wagen.

»Rüber mit dir, Junge«, befahl Dagorian.

»Ich kann fahren«, widersprach Conalin.

»Ich zweifle nicht an deinen Fähigkeiten. Ich will nur nicht zusehen, wie du stirbst.« Der Junge wollte etwas erwidern, aber Dagorian schüttelte den Kopf. »Ich weiß, daß du Mut hast, Conalin, und ich achte dich dafür. Aber ich möchte, daß du mir hilfst, die Ersatzpferde über die Brücke zu bringen. Ich folge dir, wenn du sicher drüben angekommen bist.«

Conalin kletterte vom Wagen und ging nach hinten. Dagorian nahm seinen Platz ein, nahm die Zügel und wartete. Der Junge ging an ihm vorbei. »Rede beim Gehen mit ihnen«, riet Dagorian, »das brausende Wasser wird sie ängstigen.«

Der Junge war halbwegs über die Brücke, als eine der Bohlen plötzlich nachgab. Ein Pferd stieg, doch Conalin trat dicht an es heran, flüsterte ihm etwas zu und strich ihm über den langen Hals. Dagorian sah ihm bewundernd zu. Conalin ging weiter. Als er die andere Seite erreicht hatte, drehte er sich um und winkte. Dagorian schnalzte mit den Zügeln, und das Gespann zog auf die Brücke. Die Pferde waren nervös, Dagorian redete mit leiser Stimme auf sie ein. Unter den Wagenrädern ächzten die Bohlen. Eine zersplitterte, brach aber nicht. Dagorian war schweißnaß, als sie die Mitte der Brücke erreichten. Das Tosen des Wassers war jetzt donnernd laut. Eins der Pferde glitt aus, fing sich jedoch wieder.

Dann brach eine Bohle, und der Wagen torkelte auf eine Seite. Einen entsetzlichen Augenblick lang dachte Dagorian, er würde in den Fluß gekippt. Er blieb einen Moment still sitzen, sein Herz klopfte heftig, dann kletterte er vorsichtig vom Kutschbock. Das linke Hinterrad hing halb durch die Bohlen und wurde nur noch von dem vorspringenden Achskopf oben gehalten. Dagorian stieß einen leisen Fluch aus. Er packte die Ladeklappe mit beiden Händen und versuchte, den Wagen anzuheben. Er rührte sich nicht mal um Haaresbreite.

»Sie kommen!« rief Conalin. Dagorian fuhr herum und sah Nogusta, Kebra und Bison. Sie galoppierten scharf heran. Nogusta erreichte als erster die Brücke und brachte sein Pferd zum Stehen. Dann sprang er aus dem Sattel und führte den riesigen schwarzen Wallach am Zügel auf die Brücke. Bison und Kebra folgten ihm. Sie konnten nicht an ihm vorbei.

Bison warf Kebra seine Zügel zu und ging zu Dagorian zum Wagen. »Setz dich wieder auf den Kutschbock«, sagte der Riese, »und gib ihnen eins mit der Peitsche, wenn ich rufe.«

»Es bewegt sich nicht«, sagte Dagorian.

»Reiter!« schrie Conalin.

Die Krayakin-Krieger erreichten den Hang und galoppierten herab zur Brücke. Dagorian kletterte auf den Wagen. Bison packte das Rad. »Jetzt!« schrie er. Der Riese packte zu, und der Wagen kam hoch. Gleichzeitig schlug Dagorian den Tieren die Zügel auf den Rücken. Der Karren rumpelte vorwärts. Bison wurde von den Füßen gerissen und rollte sich herum, damit er nicht unter das eiserne Rad kam.

Dagorian lenkte den Wagen immer schneller über die Brücke. Nogusta und Kebra liefen hinterher.

Die kleine Sufia kletterte in den Wagen, sobald er das Ufer erreicht hatte. Mit hoher Stimme sang sie etwas in einer fremden Sprache.

Die Krayakin hatten die Brücke erreicht, und zwei von ihnen ritten hinauf.

Ein Feuerball schoß aus Sufias Hand und traf die Brücke. Eine Feuersäule stieg auf, und die Brücke entflammte. Einer der Krayakin schaffte es, sein Pferd wieder von der Brücke zu bekommen, doch der zweite gab seinem Tier die Sporen und ritt durch die Feuersbrunst. Bison lief auf das herangaloppierende Pferd zu, wedelte mit den Armen und schrie so laut er konnte. Das Tier stieg. Bison warf sich nach vorne und duckte sich unter den trommelnden Hufen weg. Dann streckte er die Arme aus, packte den Leib des Tieres und stieß mit aller Macht. Das Pferd kippte hintüber und warf seinen Reiter in die Flammen. Die Bohlen gaben nach. Pferd und Reiter krachten hindurch und stürzten in den aufgewühlten Fluß. Feurige Finger leckten an den Bohlen entlang. Bisons Beinkleider entzündeten sich. Der Riese machte kehrt und rannte voller Panik zurück zum Ufer. Nogusta und Kebra sprangen herbei und warfen ihn zu Boden. Sie versuchten, die Flammen an Bisons Kleidern auszuschlagen, aber ohne Erfolg. Dann trat Sufia heran und streckte die Hand aus. Das Feuer sprang von Bison auf die wartenden Finger des Kindes über, wo es verschwand. Bison riß sich die Beinkleider herunter. Der linke Schenkel war bös verbrannt. Sufia ging zu ihm und kniete nieder. Bison zuckte zusammen, als ihre kleine Hand das versengte Fleisch berührte. Als ob eine kühle Brise über derWunde wehte, hörte plötzlich aller Schmerz auf. Sie hob die Hand. Die Verbrennung war nicht mehr zu sehen.

»Ich verfüge nur noch über so erbärmliche Reste von Magie«, sagte sie mit der Stimme Kalizkans. Das Kind lehnte sich an Bison und legte den Kopf an seine Brust. »Laß sie schlafen«, sagte Kalizkan. Bison hob das schlafende Kind behutsam hoch und trug es zum Wagen, wo er es hinlegte und zudeckte.

Ulmenetha ging zu dem großen Krieger. »Das war sehr tapfer«, sagte sie, »einen berittenen Krieger anzugreifen. Ich muß sagen, du hast mich überrascht.«

Bison drehte sich um und schenkte ihr ein breites, zahnlückiges Grinsen. »Wenn du mir gerne angemessen danken möchtest, könnten wir uns ein wenig in die Büsche verziehen.«

»Also, das erstaunt mich nun wieder nicht«, sagte sie. Mit einem vernichtenden Blick auf seinen nackten Unterkörper sagte sie. »Und zieh dir was an. Es sind Damen anwesend.«

»Für die brauche ich es normalerweise«, sagte er, immer noch grinsend.

Die Priesterin wandte sich ab und ging zurück zu Axiana und Pharis. Vom Wagen grinste Conalin den alten Mann an. »Weiber«, sagte Bison, »wer versteht sie schon?« Conalin zuckte die Achseln.

»Ich nicht«, gab er zu. »aber ich weiß genug, um zu erkennen, daß sie dich nicht mag.«

»Meinst du?« fragte Bison, ehrlich erstaunt. »Wie kommst du darauf?«

Conalin lachte laut auf. »Vielleicht irre ich mich auch.«

»Bestimmt«, meinte Bison.

Schwarzer Rauch stieg von der brennenden Brücke

auf, und Nogusta ging zum Ufer und starrte zu den acht übrigen Krayakin hinüber. Dagorian trat neben ihm. »Es gibt noch andere Brücken«, sagte er. »Aber wir haben ein bißchen Zeit geschunden.«

Die Krayakin teilten sich in zwei Gruppen auf. Vier Krieger ritten den Fluß hinab nach Westen, die übrigen wandten sich nach Osten.

»Wir hatten mehr Glück, als wir verdienen«, sagte Nogusta leise.

»Was ist im Wald passiert?«

»Wir haben einen getötet. Aber nur, weil ihr Anführer seinen Tod wollte. Es sind tödliche Gegner, Dagorian. Schrecklichere Gegner, als ich je erlebt habe.«

»Und trotzdem sind zwei tot, ohne daß wir Verluste hatten.«

»Noch nicht«, flüsterte Nogusta.

Dagorian schauderte plötzlich. Er blickte den schwarzen Krieger an. »Was hast du mit deinem Dritten Auge gesehen?«

»Frag mich nicht«, riet ihm Nogusta.

Ulmenethas Geist stieg über ihrem Lagerplatz empor und schwebte in der Nachtluft. Der Mond schien hell, der Himmel über den Bergen war klar. Von hier aus konnte sie Nogusta sehen, der allein auf einem Hügel saß. In der Nähe unterhielt sich Kebra mit Conalin. Axiana, Pharis und Sufia schliefen in dem Fuhrwerk. Bison saß allein am Lagerfeuer und verzehrte den Rest des Eintopfes, den Kebra zubereitet hatte.

Hier in dieser astralen Einsamkeit lag Freiheit, und Ulmenetha genoß sie. Es waren keine Dämonen über dem Wald, keine Entukku mit reißenden Klauen. Sie erlaubte sich, noch höher zu steigen, so daß der mondhellte Wald unter ihr zusammenschrumpfte. Ulmenetha flog nach Norden, über die zerstörte Brücke, in der Absicht, die Krayakin aufzuspüren.

In der Luft neben ihr materialisierte eine glühende Gestalt. Dieses Mal konnte sie ein Gesicht erkennen. Es war das eines jungen Mannes. Er hatte goldene Haare und sah gut aus. »Es ist nicht klug«, sagte er, »so weit zu reisen. Die Krayakin werden dich sehen können, und sie können die Entukku herbeirufen, um dich anzugreifen.«

»Ich muß wissen, wie nah sie uns sind«, sagte Ulmenetha.

»Die Gruppe, die nach Osten geritten ist, wird zwei Tage verlieren. Die, die unterwegs nach Westen sind, werden den Fluß bei Lercis überqueren, etwa sechzig Kilometer von hier. Sie werden euch morgen nicht einholen.«

»Warum passiert uns das, Kalizkan? Was hast du getan?«

»Es ist nicht sicher hier, meine Dame. Kehre in deinen Körper zurück und schlafe. Wir werden uns an einem sicheren Zufluchtsort weiter unterhalten.«

Die Gestalt verschwand.

Ulmenetha flog zurück zum Lager und schwebte noch eine Weile darüber, um den Geschmack der Freiheit auszukosten.

Als sie wieder in ihrem Körper war, legte sie sich nieder und deckte sich zu. Der Schlaf stellte sich rasch ein, denn sie war sehr müde.

Der Duft von Geißblatt stieg ihr in die Nase, und als sie die Augen aufschlug, sah sie einen kleinen Garten. Ein Rankbogen war in der Nähe, überwuchert von rotem und hellgelbem Geißblatt. Es gab Blumenbeete voller Sommerblumen, deren Farben im Sonnenschein leuchteten. Ulmenetha sah sich um und entdeckte ein kleines Häuschen mit reetgedecktem Dach. Sie erkannte es auf den ersten Blick. Es war das Haus ihrer Großmutter.

Die Tür ging auf, und ein großer Mann trat heraus. Er hatte silbergraue Haare und einen ebensolchen Bart, und er trug ein langes Gewand aus silbernem Satin. Kalizkan verbeugte sich. »Jetzt können wir reden«, sagte er.

»Als goldhaariger junger Mann hast du mir besser gefallen«, sagte Ulmenetha.

Kalizkan kicherte. »Ich muß zugeben, daß er eine Täuschung ist, meine Dame. Ich war nie goldhaarig und sah auch nie gut aus ... außer in Geistgestalt. Warst du jemals so, wie du jetzt erscheinst? So schlank und unschuldig?«

»Allerdings. Aber das ist lange her.«

»Nicht hier«, sagte Kalizkan.

»Nein, nicht hier«, gab sie sehnsuchtsvoll zu.

»Also, was soll ich dir erzählen?«

»Alles.«

Kalizkan führte sie zu einer Holzbank unter dem Geißblattbogen, und sie ließen sich in dessen Schatten nieder. »Ich lag im Sterben«, sagte er. »Der Krebs fraß mich auf. Über zehn Jahre lang benutzte ich meine Magie, um ihn in Schach zu halten, aber als ich älter wurde, begannen meine Kräfte zu schwinden. Ich hatte Angst. Ganz einfach. Ich studierte viele alte Zauberbücher auf der Suche nach Zaubern, die mein Leben verlängern konnten, aber ohne Blutmagie. Schließlich ließ ich mich doch dazu herab. Ich opferte einen alten Mann. Ich sagte mir, daß er ohnehin starb – was er auch tat – und daß ich ihm nur wenige Tage seines Lebens raubte. Er kam willig mit mir, denn ich versprach ihm, eine Pension für seine Witwe zu stiften.« Kalizkan verfiel in Schweigen. Endlich sprach er weiter. »Die Tat war böse, obwohl ich versuchte, mich vom Gegenteil zu überzeugen. Ich dachte an all das Gute, das ich noch tun konnte, wenn ich weiterlebte. Ich dachte, ein kleines Übel wäre akzeptabel, wenn es in ein großes Gutes mündete.« Er lächelte reumütig. »Das ist der Pfad der Verdammnis. Ich rief einen Dämonenherrscher herbei und wollte ihn kontrollieren, ihm befehlen, mich zu heilen. Statt dessen nahm er von mir Besitz. Mit meiner letzten Kraft riß ich meinen Geist von ihm frei. Von diesem Tage an bis heute habe ich gesehen, wie alles Gute, das ich in meinem Leben tat, versickerte und befleckt wurde von den bösen Taten, die er in meiner Gestalt beging. Alle meine Kinder wurden geopfert. Und jetzt sind Tausende tot, und die Stadt Usa ist in Aufruhr.

Ich kann nur noch wenig tun, um die Dinge wieder ins Lot zu bringen. Meine Kräfte sind begrenzt – ja, und sie schwinden. Der Tod ruft mich, ich werde nicht mehr hier sein, um das Ende zu erleben.

Aber was ich in der mir verbleibenden Zeit noch tun kann, ist, dich zu lehren, Ulmenetha. Ich kann dich die Magie des Landes lehren. Ich werde dir beibringen, wie man *halignat* benutzt – das heilige Feuer. Ich werde dir zeigen, wie du kleinere Wunden heilen kannst.«

»In solchen Dingen war ich nie sehr gut«, sagte sie.

»Aber jetzt mußt du lernen«, erklärte er. »Ich kann das Kind nicht länger dazu benutzen. Sie ist unterernährt und hat ein schwaches Herz. Es hätte beinahe versagt, als ich die Brücke verbrannte. Ich will nicht noch ein unschuldiges Leben auf mein Gewissen laden.«

»Ich kann das nicht«, sagte Ulmenetha. »Ich kann das nicht in einem Tag lernen!«

»An diesem Ort regiert die Zeit nicht, Ulmenetha. Wir schweben im Herzen der Ewigkeit. Vertrau mir. Was du von hier mitnimmst, wird für die Sicherheit des Kindes und die Zukunft der Welt überlebenswichtig sein.«

»Ich will eine solche Verantwortung nicht. Dafür bin ich … nicht stark genug.«

»Du bist stärker, als du glaubst!« sagte er mit Nachdruck. »Und du mußt noch stärker werden.«

Wütend erhob sich Ulmenetha von der Bank. »Hol Nogusta her! Unterweise ihn! Er ist ein Krieger. Er weiß, wie man kämpft!«

Er schüttelte den Kopf. »Ja, er ist ein Krieger. Aber ich brauche niemanden, der weiß, wie man tötet. Ich brauche jemanden, der weiß, wie man liebt.«

Die Nachtluft war kalt, doch Conalin saß, mit einer Decke um die Schultern, zufrieden neben Kebra. Der Bogenschütze sagte nichts, und schon das allein gefiel Conalin. Sie waren zusammen und schwiegen. Gefährten. Conalin warf einen Blick auf Kebras Profil und sah, wie das Mondlicht auf dem weißen Haar des alten Mannes glitzerte.

»Was denkst du?« fragte der Junge.

»Ich dachte gerade an meinen Vater.«

»Ich wollte dich nicht stören.«

»Ich bin froh, daß du es getan hast«, sagte Kebra. »Es waren keine schönen Erinnerungen.« Er wandte sich an den Jungen. »Du siehst verfroren aus. Du solltest dich ans Feuer setzen.«

»Mir ist nicht kalt.« Die offenen Geschwüre an seinen Armen und auf dem Rücken machten ihm zu schaffen. Er schob den Ärmel hoch und kratzte sich die Schwären. »Was willst du machen, wenn du nach Drenan kommst?«

»Ich werde mich als Bauer versuchen. Mir gehören rund vierhundert Hektar Land in den Bergen nicht weit von der Sentranischen Ebene. Dort werde ich mir ein Haus bauen. Vielleicht«, schloß er lahm.

»Willst du das wirklich?«

Kebra lächelte reuig. »Vielleicht nicht. Es ist ein Traum. Mein letzter Traum. Die Sathuli haben einen Segen, der lautet: Mögen alle deine Träume – bis auf einen – wahr werden.«

»Wieso ist das ein Segen? Wäre ein Mensch nicht glücklicher, wenn alle seine Träume in Erfüllung gingen?«

»Nein«, antwortete Kebra kopfschüttelnd, »das wäre furchtbar. Was wäre dann noch übrig, wofür zu leben sich lohnte? Unsere Träume tragen uns vorwärts. Wir wandern von Traum zu Traum. Heute ist es dein Traum, Pharis zu heiraten. Wenn dieser Traum wahr wird und du glücklich bist, wirst du dir Kinder wünschen. Dann wirst du auch für sie Träume haben. Ein Mann ohne Träume ist ein toter Mann. Er mag reden und sich bewegen, aber er ist nutzlos und leer.«

»Und du hast nur noch einen Traum übrig? Was ist mit den anderen geschehen?«

»Du stellst schwierige Fragen, mein Freund.« Kebra verfiel in Schweigen. Conalin störte ihn nicht. Er spürte eine große innere Wärme, die die Kälte der Nacht fast vertrieb. Mein Freund. Kebra hatte ihn seinen Freund genannt. Der Junge starrte zu den Bergen hinüber und sah zu, wie die hellen Sterne um den Mond herum funkelten. Hier lag eine Harmonie, eine große Leere, die die Seele mit der Musik der Stille erfüllte. Die Stadt hatte nie eine solche Harmonie geboten, und Conalins Leben war ein endloser Kampf ums Überleben gewesen, inmitten von Grausamkeit und Schmutz. Er hatte schon früh gelernt, daß niemand jemals etwas uneigennützig tat. Alles hatte seinen Preis. Und Conalin konnte ihn sich meistens nicht leisten.

Nogusta kam zu ihnen geschlendert. Conalin ärgerte sich. Er wollte nicht, daß dieser Augenblick gestört wurde. Doch der schwarze Krieger ging lautlos an ihnen vorbei zum Lager.

»Ist er dein bester Freund?« fragte Conalin.

»Bester Freund? Ich weiß nicht, was das bedeutet«, antwortete Kebra.

»Magst du ihn lieber als Bison?«

»Das ist leicht zu beantworten«, sagte Kebra lächelnd. »Schließlich mag niemand Bison. Aber nein, er ist kein besserer Freund.« Er pflückte zwei Grashalme. »Welcher von ihnen ist besser?« fragte er Conalin.

»Keiner. Es ist nur Gras.«

»Genau.«

»Das verstehe ich nicht.«

»Das habe ich auch nicht verstanden, als ich jung war. Damals dachte ich, daß jeder, der mich anlächelte, mein Freund sei. Jeder, der mir etwas zu essen anbot, war mein Freund. Das Wort hatte nicht viel echte Bedeutung. Aber wahre Freundschaft ist seltener als ein weißer Rabe und kostbarer als ein Berg von Gold. Und wenn du sie einmal findest, dann weißt du auch, daß sie nicht zu messen ist.«

»Was hat er getan, um dein Freund zu werden? Hat er dir das Leben gerettet?«

»Ein paarmal. Aber ich kann dir die Frage nicht beantworten. Wirklich nicht. Und ich glaube, auch er könnte es nicht. Und jetzt brauchen meine müden alten Knochen Schlaf. Wir sehen uns morgen früh.«

Kebra stand auf und streckte sich. Conalin erhob sich ebenfalls, und sie wanderten zurück zum Lager. Bison schlief am Feuer und schnarchte laut. Kebra stieß ihn mit dem Fuß an. Bison grunzte und rollte sich auf die Seite.

Conalin legte Holz auf das heruntergebrannte Feuer und sah zu, wie die Flammen wieder hochloderten, während Kebra sich neben Bison ausstreckte. Der Bogenschütze breitete die Decke über seine hagere Gestalt, dann richtete er sich noch einmal auf. »Du bist ein kluger Bursche, Conalin«, sagte er. »Du kannst sein, was du willst, wenn deine Träume groß genug sind.«

Eine Zeitlang saß Conalin still am Feuer. Dagorian tauchte aus dem Gebüsch aus und ging zum Fuhrwerk.

Der junge Offizier sah müde aus, seine Bewegungen waren bleiern. Conalin sah, wie er einen Apfel aus einem Proviantbeutel nahm und hineinbiß. Anscheinend ohne den Jungen wahrzunehmen, ging Dagorian zurück zum Feuer, wo er stehenblieb, um die schlafende Axiana zu betrachten. Pharis lag neben ihr, die kleine Sufia hatte sich dicht an sie gekuschelt. Dagorian blieb einen Augenblick so stehen, dann seufzte er und setzte sich zu Conalin ans Feuer. Bison begann wieder zu schnarchen. Conalin stand auf und stupste den Riesen mit dem Fuß an, genauso wie Kebra es getan hatte. Gehorsam drehte sich Bison auf die Seite, und das Schnarchen endete.

»Gut gemacht«, sagte Dagorian und legte das letzte Holz aufs Feuer. Conalin antwortete nicht. Er wickelte sich aus seiner Decke und wanderte zum Waldrand, um trockene Zweige und Stöckchen zu suchen. Er war jetzt nicht mehr müde, denn seine Gedanken waren voller Fragen, und der einzige Mann, von dem er eine Antwort erwartete, schlief. Er ging mehrmals zurück zum Feuer und war froh, als er sah, daß Dagorian sich in seine Decken rollte.

Conalin ging zum nahegelegenen Fluß und trank, dann schlenderte er vom Lager weg durch den monderhellten Wald. Der Nachtwind rauschte in den Blättern, sonst war kein Laut zu hören. Das Drama, das sich tagsüber abgespielt hatte, schien jetzt weit weg, ein Ereignis aus einem anderen Leben. Dann erinnerte er sich wieder daran, wie der große Mann auf den berittenen Krieger zugerannt war, sich unter das Pferd geduckt und den Feind in die Flammen geschleudert hatte. Er wußte, was Ulmenetha gemeint hatte, als sie sagte, sie wäre erstaunt. Conalin hatte einen solchen Beweis von Mut von dem abscheulichen alten Mann nicht erwartet. Doch die anderen waren nicht überrascht gewesen. Conalin ging weiter, ohne auf seine Umgebung zu achten. Die Nachtluft war voller neuer Düfte, frisch und lebendig und ganz und gar anders als der muffige Gestank der Stadt. Er kam zu einer Lücke im Wald und sah eine mondbeschienene Wiese. Hier hockten Kaninchen und fraßen Gras, und er blieb stehen, um sie zu beobachten. Es schien seltsam, diese Geschöpfe so voller Leben zu sehen. Sonst hatte er sie nie anders gekannt, als an den Hinterläufen aufgehängt auf dem Markt. Hier waren sie, genau wie er, frei.

Ein dunkler Schatten schoß über die Wiese, und ein großer Vogel stieß auf die fressenden Kaninchen nieder. Sie hasteten auseinander, doch der Vogel erwischte eins der fliehenden Kaninchen mit den Klauen am Rücken, so daß es stürzte. Ehe es weiterlaufen konnte, war der Vogel über ihm, packte es und hackte mit seinem krummen Schnabel das Leben aus seiner Beute.

Conalin sah zu, wie der Habicht fraß.

»Das ist ungewöhnlich«, sagte eine Stimme. Conalin fuhr zusammen wie ein aufgeschrecktes Reh und drehte sich mit erhobenen Fäusten um. Nogusta stand neben ihm. Das Herz des Jungen klopfte wild. Er hatte den schwarzen Mann nicht kommen hören. Nogusta schien Conalins Reaktion nicht zu bemerken. »Habichte ernähren sich für gewöhnlich von Federn«, sagte er. »An Fell muß sie erst ein Falkner gewöhnen.«

»Wie können sie von Federn leben?« fragte Conalin, der gern ungerührt von der lautlosen Annäherung des Kriegers erscheinen wollte.

Nogusta lächelte. »Nicht Federn im wörtlichen Sinne. Es bedeutet, daß sie sich im allgemeinen von anderen Vögeln, Tauben und – wenn der Habicht schlau genug ist – Enten ernähren. Dieser Habicht hier ist wahrscheinlich seinem Falkner entkommen und in die Wildnis zurückgekehrt.«

Conalin seufzte. »Ich dachte, die Kaninchen hier wären frei«, sagte er.

»Sie sind frei«, entgegnete Nogusta.

»Nein. Ich meinte wirklich frei. Frei von Gefahren.«

»Nichts, das geht, fliegt, schwimmt und atmet ist je völlig frei von aller Gefahr. Und wenn wir gerade davon sprechen, du solltest dich nicht zu weit vom Lager entfernen.«

Nogusta drehte sich um und ging davon in die Dunkelheit. Conalin holte ihn ein. »Wenn du die Königin rettest«, sagte er, »was für eine Belohnung wirst du bekommen?«

»Ich weiß nicht. Ich habe noch nicht darüber nachgedacht.«

»Wirst du reich werden?«

»Vielleicht.«

Sie erreichten den Rand ihres Lagers, und Nogusta blieb stehen. »Geh und schlaf. Morgen haben wir einen harten Weg vor uns.«

»Tust du es deswegen?« beharrte Conalin. »Für die Belohnung?«

»Nein. Meine Gründe sind etwas selbstbezogener.«

Conalin machte einen Schritt in Richtung Lager. Dann noch einen. Dann fiel ihm eine andere Frage ein, und er drehte sich wieder um. Aber Nogusta war nirgends zu sehen.

Conalin nahm seine Decken und legte sich neben Pharis. Es gab so vieles hier, das er nicht verstand. Was könnte egoistischer sein, als sich für eine persönliche Belohnung abzumühen?

Das Leben in der Stadt war brutal hart gewesen, und Conalin war den größten Teil seines jungen Lebens allein gewesen. Trotzdem hatte er das Gefühl, das Wesen der menschlichen Existenz zu begreifen. Glück war ein voller Bauch, Freude war es, genug zu essen zu haben, damit der Bauch morgen voll war, und Liebe war eine Ware, die meist mit Geld zusammenhing. Selbst seine Liebe zu Pharis war letztendlich egoistisch, denn Conalin fand an ihrer Gesellschaft großes Vergnügen. Es war dieses Vergnügen, glaubte er, das ihn nach ihr verlangen ließ. Wie die Männer und Frauen, die sich im Chiatze-Haus versammelten und die lange Pfeife rauchten. Sie bezahlten für angenehme Träume und kamen wieder und wieder, mit gehetzten Augen und schmaler werdenden Börsen.

Conalin hatte keine Erinnerung an seine Eltern. Seine ersten Erinnerungen waren an ein kleines Zimmer voller Kinder. Manche von ihnen weinten. Alle waren schmutzig. Conalin war damals selbst noch sehr klein gewesen, vielleicht drei oder vier Jahre alt. Er dachte an das Baby, das auf einer durchnäßten Decke lag. Er erinnerte sich, wie er es mit einem Finger gestupst hatte. Es hatte sich nicht geregt. Dieser Mangel an Bewegung hatte ihn überrascht. Eine Fliege war auf dem offenen Mund des Babys gelandet und war langsam über die bläulichen Lippen gekrochen. Etwas später hatte ein großer Mann das Baby fortgebracht.

Conalin konnte sich nicht an das Gesicht des Mannes erinnern. Es war so hoch und weit weg gewesen. Doch an die Beine konnte er sich erinnern, lang und dünn in engsitzenden schwarzen Beinkleidern. Seine Zeit in diesem Haus der Düsternis war nicht glücklich gewesen, denn sein Bauch war nur selten voll, und er wurde oft geschlagen.

Danach hatte es mehrere andere Heime gegeben. Eines wenigstens war warm und bequem gewesen. Aber der Preis für diese Wärme war so hoch gewesen, daß er die Erinnerung daran verdrängte.

Das Leben auf der Straße war besser gewesen.

Conalin hatte sogar begonnen, sich selbst für klug

zu halten. Er wußte, wo er sein Frühstück stehlen konnte und er fand immer einen warmen, sicheren Schlafplatz, selbst im tiefsten Winter. Die Soldaten der Wache konnten ihn nie fangen, und sein Ärger mit den Straßenbanden hatte weitgehend geendet, als er Schlangenzunge getötet hatte. Danach mieden die Banden ihn, denn sie hatten Schlangenzunge gefürchtet, und jeder, der ihn im Zweikampf töten konnte, war nicht auf die leichte Schulter zu nehmen. Conalin dachte ohne jedes Vergnügen an diesen Kampf. Er hatte niemanden töten wollen. Alles was er wollte, war, in Ruhe gelassen zu werden. Doch Schlangenzunge ließ das nicht zu. »Du stiehlst in meinem Revier, du Strichjunge«, hatte er gesagt. Conalin hatte ihn nicht beachtet. Dann, eines Nachts, war der kräftige Jugendliche mit einem Messer auf ihn losgegangen. Conalin, unbewaffnet, war davongerannt. Er dachte an das Gelächter, das ihm hinterherschallte. Wütend hatte er sich ein Schlachtermesser geklaut und war zurück an den Ort gegangen, an dem sich die Bande für die Nacht niedergelassen hatte, in einer einsamen Gasse. Er war zu Schlangenzunge gegangen, hatte ihn beim Namen gerufen, und als er sich umdrehte, hatte er ihm das Messer in die Schläfe gestoßen. Die Klinge war tief eingedrungen, viel tiefer, als Conalin gewollt hatte. Schlangenzunge war auf der Stelle tot gewesen.

»Und jetzt laßt mich in Ruhe«, sagte Conalin zu den anderen.

Und das hatten sie auch getan.

Unfähig zu schlafen, schob Conalin seine Decke weg, stand auf und ging zu einem Baum, um zu urinieren. Dann ging er zu dem heruntergebrannten Feuer und legte ein paar der Zweige darauf, die er vorhin gesammelt hatte. Mit einem Stock stocherte er nach der verbliebenen Glut und versuchte, sie wieder durch Blasen anzufachen. Endlich mußte er sich eingestehen, daß das Feuer ausgegangen war und setzte sich wieder.

Da bemerkte er das Glühen auf der anderen Seite des Lagers, ein sanftes, weißes Licht, das den Körper der schlafenden Priesterin einhüllte. Conalin betrachtete es eine Weile, dann ging er zu Kebra und weckte den Bogenschützen.

»Was ist los, Junge?« fragte Kebra verschlafen.

»Irgend etwas stimmt mit der Priesterin nicht«, antwortete Conalin. Kebra setzte sich auf und schob seine Decken weg. Dagorian erwachte, sah das glühende Licht und ging mit Conalin und Kebra zu Ulmenetha hinüber. Jetzt war das Licht stärker, beinahe golden. Es strahlte von ihrem Gesicht und ihren Händen aus. Kebra kniete neben ihr nieder.

»Sie ist überhitzt«, sagte der Bogenschütze. Conalin betrachtete sie näher. Schweiß rann vom feisten Gesicht der Frau, und ihr silberblondes Haar war feucht. Kebra versuchte sie zu wecken, jedoch ohne Erfolg. Das Licht um sie herum wurde heller, und kleine weiße Blumen erblühten um ihre Decken und reckten sich über das Gras. Ein betäubender Duft erfüllte die Luft, und Conalin konnte ganz weit entfernt leise Musik hören, die in seinen Gedanken erklang. Kebra zog die Decke zurück, unter der die Priesterin lag. Erst jetzt sahen sie, daß sie ein paar Zentimeter über dem Boden schwebte.

Nogusta trat neben sie, kniete nieder und nahm Ulmenethas Hand. Das glühende Licht schwoll an und floß an Nogustas Arm entlang, so daß auch er in Licht gebadet war. Er ließ ihre Hand los und machte einen Satz rückwärts.

»Wird sie angegriffen?« fragte Dagorian.

»Nein«, antwortete Nogusta. »Das ist keine Blutmagie.«

»Was sollen wir tun?« mischte sich Kebra ein.

»Gar nichts. Wir decken sie zu und warten ab.«

Conalin blickte auf das glänzende Gesicht der Priesterin hinunter. »Sie wird dünner«, flüsterte er. Es stimmte. Schweiß rann über ihren Körper, und ihr Fleisch wurde weniger.

»Sie stirbt, wenn das so weiter geht«, sagte Kebra.

»Was mit ihr passiert, ist nicht bösen Ursprungs«, sagte Nogusta. »Sonst würde ich es durch meinen Talisman spüren. Ich glaube nicht, daß sie sterben wird. Deckt sie zu.«

Conalin hob die Decke über Ulmenetha. Dabei berührte er ihre Schulter. Wieder flammte das Licht auf und übergoß ihn. Ein wunderbares Gefühl von Wärme und Sicherheit erfüllte ihn. Sein Rücken kribbelte, und er stöhnte vor Behagen. Schwindel überkam ihn, und er sank ins Gras. Er riß sich sein schmutziges Hemd herunter und betrachtete seine Arme. Die offenen Stellen waren verschwunden, seine Haut schimmerte gesund. »Sieh mal«, sagte er zu Kebra. »Ich bin geheilt.«

Der Bogenschütze antwortete nicht. Er streckte die Hand aus und berührte ebenfalls die Priesterin. Das Licht floß über ihn. Helle Lichter tanzten vor seinen Augen, und zuerst war es, als ob er durch eine Eisschicht blickte, die seine Sicht trübte. Langsam schmolz das Eis, und er starrte auf die fernen Berge, deren Gipfel sich scharf und klar vor dem Morgenhimmel abzeichneten. Auch er setzte sich. »Ich kann sehen!« flüsterte er. »Nogusta, ich kann sehen! Ganz klar!«

Als der Tag anbrach und den Himmel in Gold tauchte, verblaßte das Licht um Ulmenetha, und ihr Körper sank langsam auf den Teppich aus weißen Blumen nieder.

Sie öffnete die Augen, und ein letzter Funken des goldenen Lichtes strahlte aus ihnen.

»Wir schaffen es nicht zur Küste«, sagte sie. »Der Dämonenherrscher marschiert mit seiner Armee über die Berge, und der Weg zum Meer ist uns verschlossen.«

Nogusta kniete neben ihr nieder. »Ich weiß«, sagte er müde.

Ulmenetha versuchte aufzustehen, sank aber erschöpft zurück. Ihre Lippen waren trocken. Nogusta lief zum Karren und kehrte mit einem Wasserschlauch und einem Becher zurück. Er half ihr aufzusitzen und hielt ihr den Becher an die Lippen. Sie trank vorsichtig. »Wir müssen versuchen … die … Geisterstadt … zu erreichen«, sagte sie. »Und jetzt laßt mich ruhen.« Nogusta legte sie wieder hin. Sie schlief auf der Stelle ein.

»Was meinte sie damit?« fragte Kebra. »Das Meer ist unsere einzige Hoffnung.«

»Wir würden es niemals schaffen. Die Krayakin sind weniger als einen Tagesritt hinter uns, und die ventrische Armee zieht über die Berge. Dreitausend Männer sind im Anmarsch und mehr als zweihundert Kavalleristen sind ausgeschickt worden, um uns von der Küste abzuschneiden.«

Kebra kannte die Kraft von Nogustas Drittem Auge und schwieg einen Augenblick, um diese Informationen zu verdauen. »Was können wir dann tun?« fragte er. »Wir können nicht gegen eine Armee kämpfen, und wir können ihr nicht entkommen. Besteht unser Plan lediglich darin, so weit zu rennen, bis wir erschöpft sind – wie ein Elch, der von Wölfen gehetzt wird?«

»Wer wird von Wölfen gehetzt?« fragte Bison, erhob sich aus seinen Decken und kam zu ihnen. Ehe Nogusta ihm noch die Situation erklären konnte, sah der Riese die schlafende Priesterin. »Bei Kreyas Titten!« rief er. »Seht sie euch an! Sie ist dünn wie ein Stock! Was habe ich hier verpaßt?«

»Eine ganze Menge, mein Freund«, sagte Kebra. Langsam erklärte er die Ereignisse der vergangenen Minuten, das Glühen, das die Priesterin umgab, die Heilung seiner Augen und der Wunden auf Conalins Rücken und

Armen und schließlich die Nachricht vom Anmarsch der ventrischen Armee. Das letzte ignorierte Bison.

»Sie hat dich geheilt? Was ist mit meinem Ohr? Es tut teuflisch weh. Ihr hättet mich doch wecken können. Was seid ihr bloß für Freunde?« Er fiel neben der Priesterin auf die Knie und rüttelte sie an der Schulter. Ulmenetha regte sich nicht. »Na, das ist ja nett«, sagte Bison mit einem Blick auf Kebra. »Bis jetzt bin ich von Wölfen gebissen, von magischem Feuer verbrannt und von einem Pferd getreten worden. Und du läßt deine Augen heilen. Ist das gerecht?«

»Das Leben ist nicht gerecht, Bison«, sagte Kebra mit einem Lächeln. »Wie wohl jede deiner zahlreichen Frauen bestätigen könnte.« Sein Lächeln schwand. »Die Frage ist, was machen wir jetzt?« In diesem Augenblick schrie Axiana auf. Pharis neben ihr erwachte und ging zu ihr.

»Was ist los, Herrin?« fragte sie.

»Ich glaube… das Baby kommt«, antwortete Axiana.

Axiana hatte Angst und rief nach Ulmenetha. Der schwarze Krieger Nogusta ging zu ihr. »Sie kann jetzt nicht zu dir kommen«, sagte er und nahm die Hand der Königin. »Sie schläft, und wir können sie nicht wecken.« Axianas Angst verwandelte sich in Panik.

»Das Baby kommt! Ich brauche sie!« Ihr Gesicht verzog sich, als ein neuer Schmerz sie durchzuckte.

»Geh weg, Mann«, sagte Bison und kniete neben dem verängstigten Mädchen nieder.

»Ich will dich nicht!« schrie Axiana entsetzt. »Dich nicht!«

Bison lachte. »Wie man mir gerade sagte, ist das Leben nicht gerecht. Aber ich habe schon Babies zur Welt gebracht und dazu noch eine Anzahl von Pferden,

Kühen und Schafen. Du mußt mir einfach vertrauen.« Er wandte sich an Nogusta. »Ich möchte, daß ihr einen Schutzschirm um sie aufbaut. Gebt uns ein bißchen Intimsphäre. Und du, Mädchen«, sagte er zu Pharis, »du kannst mir helfen.« Bison zog die Decke weg, unter der die Königin lag. Ihr Gewand war naß. »Das Fruchtwasser ist abgegangen«, sagte er. Er warf einen Blick zu Nogusta. »Könntet ihr euch vielleicht etwas sputen?«

Nogusta nickte und stand auf. Gemeinsam mit Dagorian schnitt er lange Zweige und streifte die Blätter ab. Sie steckten die Zweige um die Königin herum in die Erde und banden Decken daran, so daß ein dachloses Zelt entstand. Ein paarmal schrie sie auf. Pharis erschien und ging zum Bach, füllte eine Schale mit Wasser und ging dann wieder ins Zelt.

Die kleine Sufia saß im Eingang des Zeltes und starrte mit aufgerissenen Augen ins Innere. Conalin ging zu ihr, nahm sie auf den Arm und trug sie ins Fuhrwerk. Die Kleine war nervös und verängstigt. »Sie tun ihr weh«, sagte sie, und ihre Augen füllten sich mit Tränen.

»Nein, das tun sie nicht«, sagte Conalin beruhigend. »Ein Baby kommt zur Welt. Es ist in ihr drin, und jetzt will es hinaus.«

»Wie ist es denn da reingekommen?« fragte Sufia.

»Es wuchs aus einem kleinen Samen«, erklärte Conalin. »Und jetzt ist es bereit fürs Leben.«

Ein langgezogener Schrei kam aus dem Zelt. Sufia sprang auf. »Warum tut es ihr weh?« Das Mädchen begann zu weinen. Kebra ging zu dem Karren. »Es ist alles gut«, sagte er und strich dem Kind über das blonde Haar.

»Sie will wissen, warum die Königin Schmerzen hat«, sagte Conalin.

»Nun«, begann Kebra unbehaglich. »Sie ... sie hat schmale Hüften und ...« Sufias leuchtendblaue Augen waren fest auf Kebra gerichtet, »und ...« Er drehte sich um und rief nach Nogusta. »Das Kind hat ein paar Fragen«, sagte er strahlend.

»Dann beantworte sie«, sagte Nogusta und ging zum Bach davon.

»Vielen Dank«, rief Kebra ihm nach. Er wandte sich wieder an Sufia. »Ich kann es dir nicht richtig erklären«, sagte er. »Eine Geburt ist manchmal schmerzhaft, aber bald geht es der Königin wieder gut, und du kannst das kleine Baby sehen. Das wird schön, meinst du nicht?«

Wieder schrie die Königin auf, und Sufia brach in Tränen aus.

Kebra ging davon, um das Frühstück zuzubereiten. Nogusta und Dagorian saßen am Bach und unterhielten sich leise. »Weiß Bison, was er tut?« fragte der junge Offizier.

»Ja. Ob du es glaubst oder nicht, viele der Lagerhuren fragen nach Bison, wenn die Geburt bevorsteht.«

»Das kann ich mir kaum vorstellen.«

»Vielleicht, weil er der Vater der meisten Kinder ist«, vermutete Nogusta. »Aber ich denke schon, daß sie in sicheren Händen ist.«

»Sicher? Wie sicher ist einer von uns?«

Nogusta hörte die Angst in der Stimme des jungen Mannes. Er war beunruhigt, denn er hatte die wachsende Anspannung in dem Offizier seit dem Angriff der Wölfe bemerkt. »Es hat sich nichts geändert, seit du die Königin gerettet hast«, sagte er.

»Ich habe sie nicht gerettet – das war Ulmenetha. Und die Kinder. Ich kam erst später. Und wir wären alle umgekommen, wenn du nicht gekommen wärst und die Lanzenreiter getötet hättest. Ich habe nicht das Gefühl, daß ich irgendwo wirklich von Nutzen war.« Dagorian seufzte. »Ich bin anders als du, Nogusta. Oder die anderen. Ihr seid harte Männer. Aus dem Stoff, aus dem man

Helden macht. Ich… « Er brach ab. »Ich bin nur ein Priester, der versagt hat.«

»Damit schadest du dir nur selbst«, sagte Nogusta. Dagorian schüttelte den Kopf.

»Erinnerst du dich noch, wie du mich vor einem Anschlag auf Banelions Leben warntest? Ich ging zu ihm, wie ich es dir gesagt hatte.«

»Ja. Er gab dir den Rat, dich von ihm fernzuhalten. Das war ein guter Rat.«

»Vielleicht – aber ein Held hätte ihm nicht gehorcht. Verstehst du nicht? Ich war froh, daß ich die Verantwortung los war. Ich dankte ihm und ging. Hättest du das auch getan?«

»Ja«, antwortete Nogusta.

»Das glaube ich dir nicht.«

»Ich würde dich nicht anlügen, Dagorian.«

»Aber hättest du auch Erleichterung empfunden?«

»Du quälst dich unnötig«, sagte der schwarze Mann. »Worum geht es wirklich?«

»Ich habe Angst.« Er sah Nogusta ins Gesicht. »Was ist es, das du gesehen hast? Ich muß es wissen.«

»Du brauchst es nicht zu wissen«, versicherte Nogusta ihm. »Und es hätte keinen Zweck, es dir zu sagen. Meine Gabe ist wie ein scharfes Schwert. Sie kann ein Leben retten oder es nehmen. In diesem Augenblick sind wir beide am Leben, und wir haben eine Mission. Wir können nur versuchen, am Leben zu bleiben. Was ich gesehen oder nicht gesehen habe, ist unwichtig.«

»Das ist einfach nicht wahr«, widersprach Dagorian. »Die Zukunft ist nicht in Stein gemeißelt. Du könntest mich zum Beispiel auf einer Klippe herumwandern gesehen haben. Der Boden unter mir gibt nach und ich stürze zu Tode. Aber wenn du mich warnst, werde ich nicht auf diese Klippe gehen. Dann bleibe ich am Leben.

Nogusta schüttelte den Kopf. »Ich habe dir schon einmal gesagt, daß die Gabe nicht so präzise ist. Ich kann nicht auswählen, was ich sehe.«

»Ich will einfach nur wissen, ob ich überlebe«, sagte Dagorian. »Hast du wenigstens das gesehen?«

»Letzten Endes überlebt niemand«, zischte Nogusta. »Das ist nun einmal so im Leben. Wir werden geboren, wir leben, wir sterben. Alles was zählt, ist die Art, wie wir leben. Und selbst das zählt nicht lange. Die Geschichte wird uns vergessen. Sie vergißt letztendlich alle Menschen. Du willst Gewißheit? *Das* ist die einzige Gewißheit.«

»Ich fürchte, ich bin ein Feigling«, sagte Dagorian. »Vielleicht laufe ich vor dieser Mission davon.«

»Du wirst nicht davonlaufen«, sagte Nogusta. »Du hast Mut und Ehrgefühl. Ich weiß, daß du Angst hast. Das solltest du auch – denn ich habe sie auch. Unsere Feinde sind zahlreich, und unsere Freunde nur wenige. Trotzdem werden wir tun, was wir tun müssen, denn wir sind Männer und die Söhne von Männern.«

Die Königin schrie wieder auf. Dagorian fuhr zusammen, dann stand er auf und verließ das Lager.

Über eine Stunde wartete die Gruppe, aus dem dachlosen Zelt drangen nur wenige Geräusche. Dann tauchte Bison auf, ging zum Feuer und aß etwas von dem heißen Haferbrei, den Kebra zum Frühstück gekocht hatte. Der Bogenschütze ging zu ihm.

»Was ist los?« fragte Kebra.

»Sie ruht sich etwas aus«, antwortete der Riese.

»Wie lange dauert es noch, bis das Kind da ist?«

Bison zuckte die Achseln. »Die Fruchtblase ist geplatzt, und das Kind ist unterwegs. Wie lange noch? Ich weiß es nicht. Eine Stunde. Vielleicht zwei oder drei. Vielleicht länger.«

»Das ist nicht sehr genau«, fuhr Kebra ihn an. »Ich dachte, du wärst ein Experte darin.«

»Experte? Ein paar Mal machen dich noch nicht zum Experten. Ich weiß nur, daß es bei einer Geburt drei Phasen gibt. Die erste ist im Gange. Das Baby bewegt sich.«

»Und die zweite?«

»Die Kontraktionen werden heftiger, wenn das Kind in den Geburtskanal eintritt und weiter in die Vagina.«

Kebra lächelte. »Das ist das erste Mal, daß ich dich die korrekte Bezeichnung sagen höre.«

»Ich bin nicht in der Stimmung für Scherze«, sagte Bison. »Sie ist ein schlankes Mädchen, und es ist ihr erstes Kind. Sie wird wahrscheinlich heftig reißen. Und ich weiß kaum etwas darüber, was man tun muß, wenn etwas schiefgeht. Hat jemand versucht, die Priesterin zu wecken?«

»Ich setze mich neben sie«, versprach Kebra.

»Tu das. Hau ihr ins Gesicht. Überschütte sie mit Wasser. Irgendwas.«

»Sobald sie aufwacht, schicke ich sie zu dir.«

Bison stand auf und stapfte zurück zum Zelt. Kebra ging zu der schlafenden Priesterin. Sie war nicht mehr schweißgebadet. Ihre Haut war klar und glatt, und Kebra war erstaunt, wie hübsch sie war, jetzt, wo das überschüssige Fleisch fort war. Und sie sah viel jünger aus. Er hatte geglaubt, sie sei in den Vierzigern, aber jetzt sah sie – trotz der grauen Strähnen in dem blonden Haar – mindestens zehn Jahre jünger aus. Er nahm ihre Hand und drückte sie. »Kannst du mich hören?« fragte er. Doch sie rührte sich nicht.

Der Vormittag verging, die Sonne stieg zum Mittagspunkt. Nogusta, der normalerweise so kühl und beherrscht war, lief unruhig im Lager auf und ab. Einmal ging er zum Zelt und rief nach Bison. Die Antwort war knapp, grob und auf den Punkt. Nogusta ging zum Wasser. Kebra, dem es noch nicht gelungen war, die Priesterin zu wecken, ging ihm nach.

»Wir verlieren die Zeit, die wir an der Brücke gewonnen haben«, sagte Nogusta. »Wenn das noch viel länger dauert, ist der Feind über uns.«

»Bison weiß nicht, wie lange die Wehen noch dauern werden. Es könnten noch Stunden sein.«

Plötzlich lächelte Nogusta. »Hättest du Bison gern als Hebamme für deinen Erstgeborenen?«

»Ein gräßlicher Gedanke«, stimmte Kebra zu.

Kapitel neun

Kein Alptraum, den Axiana je durchlitten hatte, war so schlimm gewesen wie dies hier. Entkleidet, die nackten Füße gegen die feuchte Erde gestemmt, ihr Unterleib ein rhythmisches Meer aus Schmerz, kauerte sie wie eine Bäuerin unter freiem Himmel. Ihr emotionaler Zustand war seit den entsetzlichen Geschehnissen im Hause Kalizkans zerbrechlich gewesen, und seitdem hatte alles sie mit einer schrecklichen Angst erfüllt. Ihr Gatte war tot, ihr Leben als königliche Prinzessin eine verblassende Erinnerung. Ihr ganzes Leben lang war sie verwöhnt worden, hatte nie Hunger oder Armut gekannt. Die sommerliche Hitze hatten ihr Diener mit Pfauenfederfächern ferngehalten, die winterliche Kälte war durch warme Feuer und Kleider aus feiner Wolle aus dem Palast verbannt worden.

Nur wenige Tage zuvor hatte sie in einem gepolsterten Seidenstuhl inmitten der reich ausgestatteten königlichen Gemächer gesessen, von zahlreichen Dienern umgeben. Und trotz der Geringschätzung, die ihr Gatte für sie zeigte, war sie die Königin eines großen Reiches gewesen.

Jetzt kauerte sie nackt und verängstigt in einem Wald, zerrissen von Schmerzen, um in Nässe und Schmutz einem König das Leben zu schenken.

An ihrer Seite stützte Bison, der Riese, ihr Gewicht. Sein häßliches Gesicht war dem ihren nahe, und wenn sie den Kopf drehte, konnte sie seinen rauhen Schnurrbart auf der Haut fühlen. Seine linke Hand rieb sanft über den unteren Teil der Wirbelsäule und linderte so den Schmerz dort. Damals in Usa hatte Ulmenetha ihr den seidenbezogenen Geburtsstuhl gezeigt und ruhig alle Vorgänge der Geburt erklärt. Damals war es ihr fast wie ein Abenteuer vorgekommen. Ein neuer Schmerz durchzuckte sie, und sie schrie auf.

»Nicht so hastig atmen«, sagte Bison. Seine schroffe Stimme drang durch ihre aufsteigende Panik. Die Wehen gingen weiter, der Rhythmus des Schmerzes stieg an und ebbte ab. Das Mädchen Pharis hob einen Becher an Axianas Lippen. Das Wasser war kühl und frisch. Schweiß rann Axiana in die Augen. Pharis tupfte ihr die Tropfen ab.

Ein Krampf schüttelte ihr rechtes Bein. Sie warf sich gegen Bison hoch und schrie. »Mein Bein! Mein Bein!« Er hob sie mühelos hoch und drehte sie auf den Rücken, dann lehnte er sie gegen einen umgestürzten Baumstamm. Er kniete sich neben sie und begann mit seinen gewaltigen Pranken die Muskeln oberhalb des Knies zu kneten. Pharis bot ihr mehr Wasser an. Sie schüttelte den Kopf. Die Demütigung war ungeheuerlich. Kein Mann außer ihrem Gatten hatte sie jemals nackt gesehen, und in dieser einen Nacht hatte sie in parfümiertem Wasser gebadet und in einem Zimmer auf ihn gewartet, das durch drei farbige Laternen erhellt war. Jetzt war das Licht hart und grell, und der häßliche Bauer rieb ihre Schenkel mit seinen großen, schwieligen Händen.

Und trotzdem, dachte sie plötzlich, er kümmert sich um mich! Das ist etwas, das Skanda nie getan hat.

Axiana erinnerte sich an die Nacht, in der der König zu ihr gekommen war. Es kümmerte ihn nicht, daß sie noch Jungfrau war, unerfahren und unwissend. Er hatte keinen Versuch unternommen, ihr ihre Ängste zu nehmen oder gar sie zu erregen. Für sie lag in dem Liebesakt keinerlei Vergnügen. Er war schmerzhaft gewesen und – der QUELLE sei Dank – nur kurz. Er hatte die ganze Zeit kein Wort gesagt, und als er fertig war, war er aufgestanden und hatte das Zimmer verlassen. Sie hatte stundenlang geweint.

Axiana fühlte sich schwindlig. Sie öffnete die Augen und sah tanzende Lichter. »Langsam atmen«, befahl Bison. »Sonst wirst du ohnmächtig. Und das wollen wir doch nicht, oder?«

Wieder flammte der Schmerz auf und erreichte neue Höhen. »Da kommt Blut! Da kommt Blut!« jammerte Pharis.

»Natürlich kommt da Blut«, fuhr Bison sie an. »Bleib ruhig, Mädchen. Geh und hol noch mehr Wasser!«

Axiana stöhnte. Bison beugte sich zu ihr. »Versuch an etwas anderes zu denken«, sagte er. »Eine meiner Frauen hat immer gesungen. Kennst du irgendwelche Lieder?«

Wut verdrängte Axianas Schmerz, flammte auf wie ein Waldbrand. »Du Schuft! Du dämlicher…« Plötzlich ließ sie einen Schwall von obszönen Flüchen los, auf Drenai und Ventrisch, Wörter, die sie gehört, aber niemals zuvor in den Mund genommen hatte, von denen sie nie geglaubt hatte, sie jemals äußern zu können. Es war, wie sie immer geglaubt hatte, die Sprache der Gosse. Bison war völlig ungerührt.

»Meine dritte Frau hat auch so geredet«, sagte er. »Es ist genauso gut wie singen«, setzte er fröhlich hinzu.

Axiana sank erschöpft gegen ihn. All die Jahre des Edellebens, ihre Ausbildung und der eingehämmerte Glaube, daß Adlige eine andere Spezies waren als gewöhnliche Sterbliche, fielen von ihr ab wie die Schalen einer Zwiebel. Jetzt war sie ein Tier, schwitzend, grunzend, stöhnend, ein Wesen ohne Stolz. Tränen stiegen ihr in die Augen, als der Schmerz noch weiter anstieg. »Ich halte das nicht aus!« flüsterte sie. »Ich halte das nicht aus!«

»Doch, du hältst das aus. Du bist ein tapferes Mädchen. Du schaffst das.« Wieder beschimpfte sie ihn wüst, wiederholte immer wieder dasselbe Wort.

»Das ist gut«, sagte er grinsend. Ihr Kopf sackte gegen seine Schulter. Seine Hand schob ihr das schweißnasse Haar aus der Stirn. Mehr als alles andere gab ihr diese kleine Geste ihren Mut wieder. Sie war nicht allein. Der Schmerz ließ für einen Augenblick nach.

»Wo ist Ulmenetha?« fragte sie Bison.

»Sie kommt, sobald sie aufwacht. Ich weiß nicht, warum sie immer noch schläft. Nogusta glaubt, daß irgendwelche Magie am Werke ist. Aber ich bin ja da. Du kannst dem alten Bison vertrauen.«

Pharis beugte sich vor und wischte ihr das Gesicht ab, dann bot sie ihr wieder Wasser an. Axiana trank dankbar.

Der Vormittag verging, die Sonne überschritt ihren Zenit und sank langsam zum Horizont herab. Eine Zeitlang hob Bison sie wieder in eine kniende Stellung, doch die Krämpfe kehrten zurück, und am Nachmittag saß sie wieder mit dem Rücken an den Baumstamm gelehnt. Sie war fast am Ende ihrer Kräfte und trieb halb bewußtlos in einem Meer aus Schmerz. Sie dachte an ihre Mutter, das blasse junge Gesicht mit den dunklen Ringen um die Augen. Sie war im Kindbett gestorben. Ihr Sohn wurde tot geboren, ihr Körper zerrissen, ihr Lebenssaft strömte aus ihr heraus. Axiana war damals sechs Jahre alt gewesen. Ihre Kinderfrau hatte sie hereingeführt, um sich von ihrer Mutter zu verabschieden. Aber ihre Mutter war im Delirium gewesen und hatte sie nicht erkannt. Sie hatte einen Namen gerufen, ihn laut herausgeschrien. Niemand wußte, nach wem sie rief.

An einem strahlenden Sommernachmittag wurde sie begraben, ihr toter Sohn neben ihr.

»Ich werde sterben wie sie«, dachte Axiana.

»Nein, das wirst du nicht«, sagte Bison.

»Ich … ich wollte das nicht laut sagen«, flüsterte Axiana.

»Du wirst nicht sterben, Mädel. Bald werde ich dir deinen Sohn an die Brust legen, und die Sonne wird auf euch beide scheinen.«

»Mein … Sohn.« Ein seltsamer Gedanke. Während ihrer gesamten Schwangerschaft hatte Axiana an ihn immer nur als an das *Kind* in ihr gedacht, Skandas Kind. Ein Lebewesen, gezeugt in einer Vergewaltigung, die ihr ganzes Leben verändert hatte.

Mein Sohn wartet darauf, geboren zu werden.

»Ich kann den Kopf sehen«, sagte Pharis. »Das Baby kommt!«

Bison wischte den Schweiß von Axianas Gesicht. »Nicht pressen«, sagte er. »Noch nicht.«

Sie hörte den Rat, doch der Drang, das Hindernis aus ihrem Körper zu drängen, war überwältigend. »Ich kann … nicht anders!« sagte sie, nach Luft ringend.

»Nein!« polterte er. »Der Kopf ist noch nicht ganz durch.« Ihr Gesicht rötete sich durch die Anstrengung des Pressens. »Hecheln!« befahl er. »So!« Er streckte die Zunge raus und atmete schnell und flach.

»Ich … bin doch … kein Hund!« fauchte sie.

»Du schadest dem Kind, wenn du es nicht tust. Sein Kopf ist noch weich. Jetzt hechel, verdammt noch mal!« Bison winkte Pharis herbei, die die Schultern der Königin stützen sollte, und ging nach hinten, um die Geburt zu beobachten. Der Kopf war beinahe durch, ebenso eine Schulter. Dann sah er die Nabelschnur, fest um den Hals des Kindes gewickelt wie eine blaugraue Schlange, die ihm das Leben abdrückte. Seine Finger waren zu dick und ungeschickt, um sie zu entfernen. Angst überfiel ihn. Schon zweimal hatte er dieses Phänomen erlebt. Beim ersten Mal hatte ein Arzt die Schnur durchschnitten. Das Kind war am Leben geblieben, aber die Frau war gestorben, denn die Nachgeburt war nicht vollständig gekommen und der Rest hatte ihr Blut vergiftet. Beim zweiten Mal hatte die Nabelschnur das Kind regelrecht stranguliert. »Nicht pressen!« sagte er. Bison holte tief Luft, nahm den Kopf des Kindes in die linke Hand und schob dann, so vorsichtig er konnte, den kleinen Finger der rechten Hand unter die Nabelschnur. Zweimal entglitt sie ihm, doch beim dritten Mal packte er sie und zog sie behutsam über den Kopf.

Als diese Gefahr vorüber war, rief Bison: »Jetzt kannst du pressen! Pressen wie der Teufel!«

Axiana grunzte, dann schrie sie auf, als das Kind in Bisons Hände glitt. Gesicht und Körper des Kindes waren mit Fett und Blut verschmiert. Rasch band Bison die Nabelschnur ab und durchtrennte sie. Dann wischte er dem Kind Nase und Mund ab, um seine Atemwege freizumachen. Das Kind bewegte einen winzigen Arm, dann atmete es zum ersten Mal selbständig.

Ein dünner Schrei erklang im Wald.

Bison hörte Schritte vor dem dachlosen Zelt. »Bleibt zurück!« rief er. Er drehte sich zu Pharis um. »Hol frisches Wasser.« Auf den Knien legte er das Kind Axiana an die Brust. Ihre Arme umschlangen es. Pharis starrte mit offenem Mund auf das winzige, faltige Wesen in den Armen der Königin. »Hol Wasser, Mädchen«, sagte Bison. »Später hast du alle Zeit der Welt zum Starren.«

Pharis sprang auf und rannte aus dem Zelt.

Axiana lächelte Bison an. Dann begann sie zu schluchzen. Der alte Mann küßte sie auf die Stirn. »Gut gemacht«, sagte er schroff.

»Du auch«, sagte Ulmenetha hinter ihm.

Bison holte tief Luft und ließ die Königin los. Er sah zur Priesterin und lächelte gequält. »Wenn du mir wirklich danken willst … « begann er.

Ulmenetha hob die Hand, um ihn zum Schweigen zu bringen. »Verdirb diesen Augenblick nicht, Bison«, sagte sie nicht unfreundlich. »Geh zurück zu deinen Freunden. Ich werde beenden, was du so gut begonnen hast.« Bison seufzte und erhob sich. Er war jetzt müde. Hundemüde.

Er wollte noch etwas zur Königin sagen, etwas, um ihr zu zeigen, wieviel ihm diese vergangenen Stunden bedeutet hatten, wie stolz er auf sie war und daß er nie vergessen würde, was hier geschehen war. Er wollte ihr sagen, daß es ihm eine Ehre war, ihr beigestanden zu haben.

Doch Ulmenetha ging an ihm vorbei, und die Königin lag mit geschlossenen Augen auf dem Rücken, in ihren Armen den künftigen König.

Bison ging ohne ein Wort aus dem Zelt.

Bakilas saß im Licht der Sterne, sein blasser Körper war nackt, die Wasserverbrennungen an seinen Knöcheln und Füßen heilten langsam, die Blasen gingen zurück. Seine drei Gefährten saßen in der Nähe. Draskos Verbrennungen waren ernster, aber sie bluteten nicht mehr. Sein Pferd war gestürzt, als sie den Fluß durchquerten, und nur rasche Hilfe von Lekor und Mandrak hatte ihn gerettet. Sie hatten ihn hochgerissen, doch das Flußwasser war durch die schwarze Rüstung gedrungen und versengte ihm die Haut an Brust, Bauch und Armen. Draskos Stimmung war nicht die beste.

Pelicors körperlicher Tod und seine Rückkehr in die Große Leere waren vergnüglich gewesen. Der Krieger war immer schon dumm gewesen, und Bakilas hatte nie eine Verbundenheit mit ihm empfunden. Doch die Vernichtung Nemors auf der Brücke hatte ein Leichentuch über die Gruppe geworfen. Sie hatten zugesehen, wie der große alte Mann den berittenen Krieger angriff und hatten das Entsetzen ihres Bruders gespürt, als er durch die Flammen fiel und in den tosenden Fluß stürzte. Sie hatten den Schmerz seiner Verbrennungen geteilt, als das saure Wasser ihm die Haut wegfraß und Fleisch und Knochen auflöste.

Auch wenn Anharats Großer Zauber möglicherweise erfolgreich war und die Illohir auf die Erde zurückbrachte, würde es Hunderte von Jahren dauern, bis Pelicor und Nemor genügend psychische Energie aufgebaut hatten, um wieder Gestalt anzunehmen. Zwei seiner Brüder waren Windgeborene geworden, und der Feind war unversehrt geblieben. Es war zu ärgerlich.

Doch jetzt kannten sie wenigstens die Quelle der Magie, die ihnen entgegengeschleudert wurde. Das blonde Kind. Das allein führte zu weiteren Fragen. Wie konnte ein Kind in so zartem Alter die Macht von *halignat* beherrschen?

»Was machen wir jetzt, Bruder?« fragte Drasko.

»Machen?« erwiderte Bakilas. »Es hat sich nichts geändert. Wir finden das Kind und übergeben es Anharat.«

Drasko rieb müßig die heilende Wunde an seiner Schulter. »Bei allem Respekt, aber da muß ich dir widersprechen. Wir sind alle Krieger, und im Kampf kann jeder von uns es mit zehn Menschen aufnehmen. Aber das ist kein Kampf. Zwei von uns sind an den Anderen Ort zurückgekehrt und haben ihre fleischliche Gestalt verloren. Und wir sind der Vollendung unserer Aufgabe keinen Schritt näher gekommen.«

»Sie müssen gegen uns kämpfen«, sagte Bakilas. »Sie können nicht ewig weglaufen. Und sobald wir ihnen gegenüberstehen, werden sie sterben.«

»Da bin ich nicht so sicher«, warf Mandrak ein. »Sie sind vielleicht alt, aber hast du die Kraft ihres Geistes gespürt? Diese Männer sind geborene Krieger. In ihnen ist nichts Nachgiebiges. Solche Männer sind gefährlich.«

Bakilas war erstaunt. »Glaubst du, sie können gegen die Krayakin bestehen?«

Mandrak zuckte die Achseln. »Letztendlich? Gewiß nicht. Aber wir sind nicht unbesiegbar, Bruder. Vielleicht verlieren noch mehr von uns ihre Gestalt, ehe unser Auftrag ausgeführt ist.«

Bakilas dachte über diese Wort nach, dann wandte er sich an den vierten der Gruppe. »Was meinst du, Lekor?«

Der Krieger mit dem hageren Gesicht sah auf. »Ich stimme Mandrak zu«, sagte er. Seine Stimme war tief wie fernes Donnergrollen. »Auch ich sah die Geister auf der Brücke. Diese Männer werden nicht leicht sterben. Sie werden ihr eigenes Schlachtfeld wählen, und wir haben keine andere Wahl, als ihnen zu folgen. Und dann ist da noch die Frage der Zauberei. Wer ist die Macht hinter dem Kind?«

Der Nachtwind drehte. Mandrak blähte die Nüstern. Mit einer geschmeidigen Bewegung warf er sich nach rechts und rollte sich neben seiner Rüstung wieder auf die Füße. Die anderen hatten sich fast ebenso rasch bewegt, und als die Männer zwischen den Bäumen auftauchten, warteten die nackten Krayakin auf sie, die Schwerter in der Hand.

Die Gruppe bestand aus einem Dutzend Männern, alle in handgesponnener Kleidung und Westen aus Tierhäuten. Der Anführer, ein großer Mann mit einem gegabelten schwarzen Bart, trug einen Helm aus einem Wolfsschädel. Drei der Männer hatten Bögen, die anderen hielten Messer oder Schwerter in den Händen, einer wog eine gebogene Sichel. »Na, was haben wir denn hier?« sagte der Anführer. »Vier nackte Ritter bei einem

Stelldichein im Mondschein. Pervers, wenn ihr mich fragt.« Seine Männer kicherten folgsam. »Legt die Schwerter weg, meine Herren«, befahl er den Krayakin. »Ihr seid in der Minderzahl, und sobald wir euch um eure Pferde, und euer Gold erleichtert haben, lassen wir euch gehen.«

Bakilas sprach, aber nicht zu dem Mann. »Tötet sie alle – bis auf den Anführer«, befahl er.

Augenblicklich stürzten sich die vier Krayakin auf die verblüfften Männer. Ein Schütze schoß einen Pfeil ab, doch Bakilas zerteilte ihn mit seinem Schwert in der Luft. Dann war er unter den Räubern und hieb um sich. Ein Mann starb mit durchtrenntem Genick, ein zweiter fiel mit offener Brust. Mandrak wehrte einen Hieb des Anführers ab, dann trat er vor und hämmerte ihm eine gerade Linke ins Gesicht, die ihm die Nase brach. Der Anführer taumelte. Mandrak lehnte sich zurück, dann sprang er vor und ließ seinen rechten Fuß gegen das Kinn des Anführers krachen. Der Mann fiel wie von der Axt gefällt. Drasko tötete zwei Männer, dann stieß er einem weiteren sein Schwert in den Rücken, als dieser kehrt machte, um Fersengeld zu geben.

Nach wenigen Augenblicken war der Kampf vorüber. Vier Überlebende waren in den Wald geflohen, ein paar Männer lagen tot im Gras. Bakilas ging zu dem bewußtlosen Anführer und drehte ihn mit dem Fuß um. Er grunzte und versuchte, sich zu setzen. Noch leicht betäubt rieb er sich das Kinn. Dann suchte er nach seinem Helm. Er stülpte ihn auf und erhob sich. Er sah die toten Männer im Gras liegen. Er versuchte davonzulaufen, doch Mandrak war schneller, packte ihn am Wams und warf ihn zu Boden. »Was habt ihr mit mir vor?« jammerte er.

Bakilas trat zu ihm und riß ihn hoch. »Wir müssen Kontakt zu unserem Anführer aufnehmen«, sagte er leise. »Du kannst uns dabei helfen.«

»Alles, was ihr wollt«, sagte der Mann. »Ihr müßt es nur sagen.«

Bakilas packte das Hemd des Mannes und zerriß es, so daß die nackte Brust zum Vorschein kam. Er fuhr mit den Fingern über die Haut, um das Brustbein zu ertasten. Dann stieß er dem Mann die Finger in die Brust, so daß die Haut unterhalb des Brustbeins aufplatzte. Seine Hand drang wie eine Klinge ein, dann öffnete er sie, so daß seine langen Finger das noch schlagende Herz umschließen konnten. Mit einem Ruck riß er das Organ heraus. Er ließ den Leichnam ins Gras sinken und hielt das tropfende Herz in die Höhe. »Anharat!« rief er. »Sprich zu deinen Brüdern!«

Das Herz stieg aus Bakilas' Hand empor und brach in helle Flammen aus, die über der Lichtung schwebten. Dann ballte sich die Flamme zu einer Kugel zusammen und hing über den Kriegern in der Luft.

»Ich bin hier«, sagte eine Stimme, die wie ein kalter Wind über einem Friedhof wisperte.

Die Krayakin setzten sich in einem Kreis um die Flamme. »Zwei von uns sind wieder Windgeborene«, sagte Bakilas. »Wir würden deinen Rat schätzen.«

»Das Kind ist geboren«, sagte Anharats Stimme. »Der Weg zum Meer ist abgeschnitten, und sie müssen nach Süden reisen. Ich marschiere mit der Armee nach Lem. Dort werden wir das Kind opfern. Sein Blut wird auf meinem Altar fließen.«

»Was ist mit dem Zauberer, der ihnen hilft?« fragte Drasko.

»Es gibt keinen Zauberer. Die Seele Kalizkans war in das Kind eingefahren, aber jetzt ist er in den Hallen der Toten. Er wird nicht zurückkehren. Reitet weiter nach Süden. Ich habe auch einen *gogarin* zurückgeholt in den Wald, der vor ihnen liegt. Sie werden nicht an ihm vorbeikommen.«

»Wir brauchen keine Hilfe, Bruder«, sagte Bakilas. »Und ein *gogarin* könnte sie alle töten – einschließlich des Kindes.«

»Sie werden nicht töricht genug sein zu versuchen, an dem Biest vorbeizukommen«, sagte Anharat. »Nicht sobald sie wissen, daß es dort ist. Und ich werde dafür sorgen, daß sie es wissen.«

»Du gehst ein großes Risiko ein, Anharat. Was, wenn es das Kind tötet?«

»Ich habe mit dem Zauber bereits begonnen«, sagte die Stimme des Dämonenherrschers. »Er hängt in der Luft und wartet nur noch auf den Tod des dritten Königs. Wenn das Kind vorzeitig getötet wird, wird trotzdem noch genug Macht freigesetzt, um mehr als zwei Drittel der Illohir zurückzubringen. Jetzt findet sie und bringt das Kind zu meinem Altar.«

Die Flamme verblaßte und wurde zu dickem, schwarzem Rauch, der in der Luft hing, ehe er sich auflöste.

»Lem«, sagte Drasko. »Nicht gerade ein Ort guter Vorzeichen.«

»Reiten wir, Brüder«, sagte Bakilas.

Am Eingang der großen Schlucht zog Nogusta die Zügel an, und für einige Momente verschwanden all seine Ängste und Spannungen, wurden weggeschwemmt von der ehrfurchtgebietenden Schönheit, die da vor ihm lag. Die alte Karte hatte hier eine Schlucht gezeigt, und eine Handelsstraße, die sich hindurchwand, aber keine Zeichnung hätte Nogusta auf diese majestätische Schönheit vorbereiten können. Hochaufragende, schneegekrönte Gipfel mit baumbestandenen Hängen, tiefe Täler mit saftigem Gras und glitzernde Bäche und Flüsse, so weit das Auge blickte.

Der Weg ging weiter auf einem breiten Sims, wand sich stetig empor und um einen Berg herum. Hinter jeder Biegung grüßte ein neues Panorama. Die Schlucht war unglaublich groß.

Nogusta ritt weiter, verloren in der natürlichen Herrlichkeit dieses Hochlandes. Er fühlte sich wieder jung, saubere Luft füllte seine Lungen, längst vergessene Träume tauchten aus den staubigen Kammern seiner Erinnerungen auf. Hier konnte ein Mann leben!

Sternenfeuer schien den Ritt ebenfalls zu genießen. Der große schwarze Wallach legte seit einigen Tagen an Kraft zu, obwohl er noch immer ein Schatten seines früheren Selbst war. Aber das Pferd erholte sich rasch von der Lungenentzündung, die es zum Schlachthaus verdammt hatte. Nogusta stieg ab und ging an den Rand des Abgrundes, um auf den Wald und den Fluß hinunterzuschauen. Was waren die Träume von Menschen verglichen mit dem hier, überlegte er?

Das Fuhrwerk war rund eine Stunde hinter ihm, und er merkte, daß er wütend wurde. Wie war es dazu gekommen, daß er sich an diese zum Scheitern verurteilte Mission gekettet hatte? Die Antworten lagen auf der Hand, boten jedoch wenig Trost. Damit das Leben einen Sinn hatte, brauchte ein Mann Regeln, nach denen er lebte. Ohne sie war er nichts weiter als ein kleines, gieriges Lebewesen, das seinen Launen und Wünschen zum Schaden anderer folgte. Nogustas Regeln waren ehern. Und das bedeutete, daß er nicht einfach davonreiten und seine Freunde und die anderen dem Schicksal überlassen konnte, das sie offensichtlich irgendwo auf diesem Weg erwartete.

Er hatte dem Jungen, Conalin, erzählt, daß seine Gründe, der Königin zu helfen, egoistisch waren – und das waren sie auch. Er erinnerte sich an den Tag, an dem sein Vater die Familie ins Große Museum in Drenan mitgenommen hatte. Sie hatten sich die Ausstellungen angesehen, die alten Schwerter und Statuen, die vergoldeten Schriftrollen und die vielen Knochen, und schließlich hatte sein Vater sie zum Sichelsee geführt, und dort hatten sie gesessen und Brot und kalten Braten zu Mittag gegessen. Es war sein zehnter Geburtstag. Er hatte seinen Vater nach den Helden gefragt, deren Leben im Museum dargestellt wurden. Er hatte sich gefragt, was sie dazu brachte, für ihre Überzeugungen einzustehen und zu sterben. Die Antwort seines Vaters war langatmig gewesen, und das meiste war über seine Begriffe gegangen. Aber eine lebhafte, bildliche Erinnerung war geblieben. Sein Vater hatte den Handspiegel seiner Mutter genommen und ihn Nogusta in die Hand gelegt. »Schau hinein und sag mir, was du siehst«, sagte er. Nogusta sah sein Spiegelbild, und das sagte er seinem Vater auch.

»Gefällt dir, was du siehst?« hatte sein Vater gefragt. Es war eine merkwürdige Frage. Er sah sich doch selbst.

»Natürlich. Das bin doch ich!«

Dann sagte sein Vater: »Bist du stolz auf das, was du siehst?« Nogusta wußte keine Antwort darauf. Sein Vater lächelte. »Das ist das wahre Geheimnis, das einen Helden zu Taten treibt, um die ihn andere Menschen nur beneiden können. Du mußt immer in der Lage sein, in einen Spiegel zu schauen und stolz auf dich zu sein. Wenn du einer Gefahr ins Auge siehst, frag dich immer: Wenn ich davonlaufe oder mich verstecke oder bettle und um mein Leben flehe, kann ich dann immer noch in den Spiegel sehen und stolz auf mich sein?«

Nogusta schwang sich in den Sattel und ritt weiter. Der Weg fiel steil ab, und Sternenfeuers Hufe glitten auf den Steinen aus. Der schwarze Krieger ritt vorsichtig weiter, bis er den Boden der Schlucht erreichte, wo eine alte steinerne Brücke den Fluß überquerte. Jetzt ritt er unter Bäumen und hielt an, um sich noch einmal die Karte anzusehen. Hier war eine zweite Brücke verzeichnet, etwa fünf oder sechs Kilometer weiter südöstlich. Er beschloß, sie zu untersuchen, ehe er zurück zum Fuhrwerk ritt. Auf den Berghängen lagen immer noch vereinzelt Flecken von Schnee, und die Luft war kühl, als er Sternenfeuer antrieb. Die alte Straße verlief entlang eines Steilhangs, dann verschwand sie um die Flanken des Berges herum.

Da er wußte, daß er von einer höheren Warte aus das Land besser überschauen konnte, packte Nogusta den Sattelknauf und ritt bergan. Sternenfeuer atmete heftig, als sie auf dem Gipfel ankamen, und Nogusta ließ ihn stehenbleiben, damit er wieder zu Atem kam.

Dann sah er die Hütte, zwischen den Bäumen verborgen. Ihre Wände waren aus Naturstein erbaut, das Dach mit Erde bedeckt. Efeu kletterte an den Mauern empor, und unterhalb der Fenster waren Blütensträucher gepflanzt worden. Das Gelände um die Hütte herum war gut gepflegt, aus dem steinernen Schornstein stieg Rauch auf. Nogusta zögerte. Er wollte unschuldige Bergbewohner nicht in Gefahr bringen, gleichzeitig kannten sie jedoch die Berge am besten und konnten ihm den günstigsten Weg nach Lem erklären. Er gab Sternenfeuer die Sporen und ritt weiter, doch das Pferd wurde nervös, als sie aus den Bäumen herauskamen und wich zurück.

Nogusta sprach beruhigend auf das Tier ein und strich ihm über den langen Hals. Sobald sie auf der Lichtung vor der Hütte waren, konnte er sehen, warum Sternenfeuer nicht näher an das Haus heran wollte. Teils von einem großen Strauch verdeckt lag ein blutgetränkter Körper. Er sah, daß es ein Mann war – oder besser die Überreste eines Mannes. Der Leichnam war in zwei Hälften gerissen. Nogusta stieg ab, hielt die Zügel fest und kniete sich nieder, um die Spuren zu untersuchen.

Der Boden war hart, und man konnte wenig erkennen. Der Mann war etwa zwanzig Jahre alt. In der rechten Hand hielt er ein rostiges Schwert. Also hatte er gewußt, daß er angegriffen wurde und hatte sich seinem Mörder gestellt. Zackige Spuren von Krallen waren auf Brust und Bauch zu sehen. Er war am Bauch regelrecht in zwei Hälften gerissen worden durch einen gewaltigen Hieb. Nogusta warf einen Blick nach rechts. Blut war mindestens sechs Meter weit gespritzt. Kein Bär konnte das gewesen sein. Immer noch die Zügel in der Hand ging Nogusta zur Hütte. Die Tür war eingetreten, die dicken Bohlen zerschmettert. Rechts war der Türrahmen abgerissen und ein Teil der Wand eingetreten. In dem Raum lag die teilweise aufgefressene Leiche einer Frau.

Nogusta schlang die Zügel über einen Zaun und trat in die Hütte. Er hatte schon Schreckliches in seinem Leben gesehen, vom Mord an seiner Frau und seiner Familie zu den Opfern geplünderter Städte und dem schrecklichen, blutigen Nachspiel großer Schlachten. Doch hier, in dieser grimmigen Szene, lag eine Traurigkeit, die ihn tief berührte. Die Hütte war alt, aber von diesem jungen Paar liebevoll aufgefrischt worden. Sie hatten aus einer verlassenen Ruine ein Heim gemacht. Sie hatten bunte Blumen gepflanzt, von denen manche im Waldboden nicht gediehen und niemals wurzeln, sondern welken und sterben würden. Die jungen Leute hatten wenig Erfahrung, aber sie waren romantisch und arbeiteten hart. Am Ende hätten sie es vielleicht geschafft, ihr Auskommen zu haben. Aber etwas war über sie gekommen. Unerwartet und tödlich. Der Mann hatte sein Schwert genommen und versucht, seine Liebe zu verteidigen. Er hatte versagt und war im Bewußtsein seines Versagens gestorben.

Die Frau hatte sich hinter einer starken, verschlossenen Tür verborgen und mußte zusehen, wie sie zerschmettert wurde. Das Untier war zu groß gewesen, um durch die Tür zu passen, und hatte die Wand eingedrückt. Die Frau hatte versucht, in den rückwärtigen Teil des Hauses zu laufen. Klauen waren über ihren Rücken gefahren und hatten sie zerrissen. Sowohl für sie als auch für ihren Mann war der Tod gnädigerweise rasch gekommen.

Nogusta kehrte in den Sonnenschein zurück und musterte die Lichtung. Das Blut war schon fast getrocknet, doch der Angriff auf diese Menschen lag noch nicht lange zurück. Er warf einen Blick zum Waldrand. Dort lag ein abgebrochener junger Baum. Nogusta lief über die Lichtung. Hier war die Erde weicher, und er sah den Fußabdruck. Dreimal so lang wie der eines Menschen, an den Zehen außergewöhnlich breit. Krallen hatten tiefe Eindrücke in der Erde hinterlassen. Das Bäumchen, dick wie ein Arm, war glatt durchgebrochen, und ein großer Busch war von dem angreifenden Tier entwurzelt worden. Auf der anderen Seite der Lichtung wieherte Sternenfeuer. Er trat mit den Hufen auf die Erde, die Ohren flach an den Schädel gelegt. Nogusta ging zu dem Pferd und machte die Zügel los. Der Wind drehte. Plötzlich stieg Sternenfeuer auf die Hinterbeine. Nogusta packte den Sattelknauf und schwang sich auf den Rücken des Tieres. Er spürte, wie Hitze an seiner Brust aufflammte und erkannte, daß sein Talisman zu glühen begann.

Jenseits der Hütte, im Norden, sah er, wie hohe Bäume schwankten und hörte Holz splittern. Ein entsetzliches Kreischen begann, und die Erde begann zu zittern. Er riß Sternenfeuer herum und ließ ihn laufen. Das Pferd brauchte keinen Antrieb und galoppierte von selbst los. Hinter ihnen brach etwas Ungeheures aus dem Unterholz. Nogusta konnte keinen Blick zurück riskieren, als Sternenfeuer über das unebene Gelände zum Wald galoppierte. Aber er hörte, wie sich das Untier ihnen mit erschreckender Geschwindigkeit näherte. Er duckte sich unter einem tiefhängenden Zweig und lenkte den Wallach in Richtung Straße. Sternenfeuer war inzwischen müde, doch seine Hufe donnerten über den Boden, er wurde wieder schneller. Nogusta ritt mit halsbrecherischer Geschwindigkeit den Berg hinunter, Sternenfeuer glitt aus und rutschte auf den Hinterbacken. Nur weil er ein ausgezeichneter Reiter war, blieb Nogusta im Sattel. Dann waren sie auf flachem Grund und hielten auf die Straße zu. Hier riß Nogusta Sternenfeuer noch einmal herum.

Es gab keine Anzeichen von Verfolgung, und auch der Talisman glühte nicht mehr.

Welches Tier war stark genug, einen Mann in zwei Hälften zu zerreißen, schnell genug, um ein Pferd zu jagen, das so schnell war wie Sternenfeuer und böse genug, um eine Reaktion seines Talismans hervorzurufen?

Nogusta hatte keine Antwort.

Er wußte nur, daß dieses Untier zwischen dem Fuhrwerk und der Brücke war.

Und es gab keinen anderen bekannten Weg in die Sicherheit.

Axiana schlief, als der Karren langsam über die alte Straße rumpelte. Ulmenetha legte ihre jetzt schlanke Hand auf die Stirn der Königin. Axianas Lebenskraft war stark und strahlte von ihr aus. Die Priesterin lehnte sich gegen einen Stapel leerer Säcke und starrte in den blauen Himmel hinauf. Das Gefühl, aus ihrem langen Leben mit Kalizkan aufzuwachen, war extrem verwirrend gewesen. Der alte Zauberer hatte ihr gesagt, daß die Zeit dort, wo sie waren, keine Bedeutung hatte, aber sie hatte das nicht völlig verstanden, bis sie erwachte. Es war, als ob sie jahrzehntelang geschlafen hätte. Die Erinnerung an die Flucht aus dem Palast schien zu einem anderen Leben zu gehören, einer fernen Existenz. Ulmenetha hatte sich bemüht, die Erinnerung wiederzufinden. Auch konnte sie sich kaum an die dicke, verängstigte Frau erinnern, die sie gewesen war.

Das Mädchen Pharis hielt den Säugling im Arm, die kleine Sufia schlief neben ihr.

»Ist er nicht schön?« fragte Pharis. »So klein und so süß.«

»Er ist schön«, stimmte Ulmenetha zu. »Und du auch.« Das Mädchen blickte verwirrt auf. Ihr Gesicht war mager, eingefallen und schmutzig, ihr verdrecktes Haar zu fettigen Rattenschwänzen gebunden. Ihre Kleider waren Lumpen, auf ihren knochigen Schultern waren wunde Stellen zu sehen. »Ich mache mich nicht über dich lustig, Pharis«, sagte Ulmenetha. »Du hast viel Liebe in dir, und das ist eine Tugend von großer Schönheit. Paß auf, daß du immer den Kopf des Kindes stützt, denn der Hals ist noch nicht kräftig genug.«

»Das werde ich«, sagte sie glücklich. »Ich halte einen König im Arm!«

»Du hältst ein Baby im Arm. Titel werden von Menschen verliehen, und kein Titel der Welt hat für ihn jetzt eine Bedeutung. Was er braucht, sind Liebe und Muttermilch.«

Ulmenetha warf einen Blick zurück zu Kebra und Conalin, die hinter dem Wagen herritten. Der Junge ritt dicht neben Kebra und hörte dem Bogenschützen zu. Mit dem Talent, das Kalizkan in ihr zum Vorschein gebracht hatte, konnte Ulmenetha so viel mehr sehen, als das bloße Auge erlauben würde. Conalin hatte sein ganzes bisheriges Leben ohne Zuneigung verbringen müssen und hatte nie die Liebe eines Vaters gekannt.

Kebra war ein stiller, einsamer Mann, der Angst hatte, sich an eine Frau und Familie zu binden. Die beiden waren füreinander geschaffen. Sie sah zu Dagorian hinüber. Der junge Offizier war ein gutes Stück zurück und führte die fünf Ersatzpferde. Er war voller Angst und kämpfte darum, seinen Mut nicht zu verlieren.

Du hättest Priester bleiben sollen, dachte Ulmenetha, denn du bist eine sanfte Seele.

Sie stand auf und kletterte zu Bison auf den Kutschbock. Er schaute sie an und lächelte schief. »Wie geht es meinem Jungen?« fragte er.

»Er schläft. Wo hast du gelernt, Kinder auf die Welt zu holen?«

»Hier und da. Die Lagerhuren haben mich immer gerufen, wenn ein Baby fällig war. Nur eins ist mir jemals gestorben. Von der Nabelschnur erwürgt. Das wäre mit unserem kleinen Prinzen auch beinahe passiert. Aber abgesehen davon, dachten die Huren, ich wäre ein Glücksbringer bei der Geburt.«

Das Fuhrwerk erreichte offenes Gelände, und in der Ferne sah Ulmenetha die majestätische Schönheit der Schlucht. »Wie bist du so dünn geworden?« fragte Bison.

»Das ist eine lange Geschichte. Wie bist du so häßlich geworden?« Sie sagte das mit einem Lächeln, und Bison kicherte.

»Ich wurde schon häßlich geboren«, sagte er, »aber auch stark. Ich bin immer noch stark. Stärker als die meisten Männer, die nur halb so alt sind wie ich.«

»Wie alt bist du?«

»Fünfzig«, log er.

»Du bist sechsundsechzig«, sagte sie, »Und ich finde, es gibt keinen Grund, sich dieser Tatsache zu schämen. Und du hast ganz recht, du bist stärker als die meisten Männer, die nur halb so alt sind wie du. Du bist auch ein besserer Mann, als du zugeben willst. Also, keine weiteren Dummheiten mehr.«

»Ich bin aber dumm«, sagte er. »War es immer schon. Nogusta und Kebra, sie reden über Dinge, die ich nicht verstehe. Ehre und so was. Philosophie. Geht über meinen Kopf wie eine Schar von Gänsen. Ich bin einfach nur Soldat. Ich kenne nichts anderes. Ich will auch nichts anderes kennen. Ich esse, wenn ich Hunger habe, ich pisse, wenn meine Blase voll ist, und ich bumse, wenn ich es mir leisten kann. Das ist das Leben für mich. Und mehr will ich auch gar nicht.«

»Damit belügst du dich selbst«, widersprach Ulmetha. »Du hast Freunde, und du stehst zu ihnen. Du hast Ideale, und du lebst nach ihnen. Du bist nicht gerade ein Ausbund an Ehrlichkeit, aber du bist loyal.« Sie schwieg und studierte sein Profil, dann konzentrierte sie sich, wie Kalizkan es sie gelehrt hatte. Lebhafte Bilder tauchten in ihrem Geist auf, in strahlenden Farben. Zufällige Szenen aus Bisons Leben erschienen in rascher Folge. Sie schärfte ihre Konzentration und verlangsamte die Bilderfolgen. Die meisten waren so, wie sie es erwartet hätte, Wollust oder Gewalt, Trunkenheit oder Betrug. Aber hier und dort fand sie erbaulichere Bilder. Sie sprach ihn wieder an. »Vor sechs Jahren bist du auf vier Männer gestoßen, die eine Frau vergewaltigten. Du hast sie gerettet und dabei zwei Stichwunden davongetragen, die dich beinahe umgebracht hätten.«

»Woher weißt du das? Hat Kebra dir das erzählt?«

»Das brauchte mir niemand zu sagen. Ich weiß jetzt viele Dinge, Bison. Ich kann deutlicher sehen als jemals zuvor. Tatsächlich sogar deutlicher, als ich es mir wünsche. Was ist dein größter Traum?«

»Ich habe keine Träume.«

»Als du ein Kind warst, wovon hast du da geträumt?«

»Zu fliegen wie ein Vogel«, sagte er und grinste, daß

man seine Zahnlücken sehen konnte. »Ich würde meine Flügel ausbreiten und durch den Himmel fliegen, den Wind in meinem Gesicht spüren. Ich wäre frei.«

Das Kind Sufia kam über die Ladeklappe geklettert. »Hattest du wirklich Flügel?« fragte sie Bison, während sie auf seinen Schoß krabbelte.

»Ich hatte ganz große Flügel«, antwortete er. »Weiße Flügel, und ich flog über die Berge dahin.«

»Ich hätte auch gerne große Flügel«, sagte Sufia. »Am liebsten weiße Flügel. Nimmst du mich mit zum Fliegen?«

»Jetzt fliege ich nicht mehr«, sagte er und fuhr ihr mit der Hand durch den blonden Schopf. »Wenn man alt und fett wird, verliert man seine Flügel.« Er warf einen Blick auf Ulmenetha. »Stimmt's?«

»Manchmal«, gab sie ihm recht.

Sufia kuschelte sich an Bison und hielt sich an seinem schweren wollenen Wams fest. Er sah Ulmenetha an. »Kinder mögen mich. Sie sind wohl nicht so klug, was?«

»Kinder können sich irren«, gab sie zu. »Doch im allgemeinen erkennen sie einen Beschützer.« Ulmenetha betrachtete das Kind liebevoll. Sein Herz war schwach, und unter normalen Umständen würde es wohl kaum die Pubertät erreichen. Sie legte ihre Hand auf Sufias Kopf und ließ zum erstenmal die Macht frei, die Kalizkan sie gelehrt hatte. »Jeder von uns hat eine Kraft in sich«, hatte Kalizkan gesagt. »Die Chiatze nennen sie *tshi.* Sie ist unsichtbar, aber trotzdem sehr mächtig. Sie hält unser Leben und unsere Gesundheit aufrecht. Sie hilft uns, beschädigtes Gewebe zu heilen.«

»Warum hat sie bei dir nicht gewirkt?« fragte sie.

»Der Mensch ist nicht dafür vorgesehen, unsterblich zu sein, Ulmenetha. Der Krebs kam zu schnell und zu stark. Trotzdem ist die Beherrschung von *tshi* eine unschätzbare Hilfe für einen Heiler.«

Ulmenetha konzentrierte ihre Energien und ließ ihr eigenes *tshi* in das Kind einfließen.

»Deine Hand ist ganz warm«, sagte Sufia. »Das ist schön.«

Ulmenetha entspannte sich, als sie spürte, wie das flatternde Herz des Kindes kräftiger wurde. Es war noch nicht geheilt, aber das würde noch kommen.

»Mir hast du mit mehr auf den Rippen besser gefallen«, sagte Bison. »Aber so siehst du jünger aus.« Er wollte noch etwas sagen, aber Ulmenetha warf ihm einen warnenden Blick zu.

»Denk daran«, sagte sie, »keine weiteren dummen Sprüche mehr.«

»Wer nicht fragt, der nicht gewinnt«, sagte er grinsend.

Voraus sah sie Nogusta kommen, der sein Pferd am Zügel führte. Ulmenetha spürte seine Besorgnis. Der schwarze Krieger war ein starker Mann, der sich nicht leicht Verzweiflung oder düsteren Gedanken hingab. Doch jetzt war seine Stimmung auf einem Tiefpunkt. Dagorian, Kebra und Conalin ritten um das Fuhrwerk herum ihm entgegen. Bison zog an den Zügeln. Rasch berichtete Nogusta von den Toten bei der Hütte und von dem Untier, das ihn verfolgt hatte.

»Hast du es sehen können?« fragte Bison.

»Nein«, antwortete Nogusta. »Hätte ich nur einen Herzschlag länger gewartet, wäre ich jetzt genauso tot wie die beiden Liebenden, die ich gefunden habe.«

»Bist du sicher, daß es nicht einfach nur ein Bär war?« wollte Bison wissen.

»Es müßte schon die Großmutter aller Bären gewesen sein. Aber ich glaube nicht, daß es ein Wesen von dieser Welt ist. Nichts, das ich kenne – oder von dem ich jemals gehört habe –, kann einen Mann mit einem Schlag in zwei Stücke reißen.«

»Was machen wir dann?« fragte Dagorian. »Einen anderen Weg suchen?«

Nogusta holte tief Luft. »Ich sehe nicht, daß wir das können. Erstens zeigen die Karten keinen zweiten Weg. Zweitens – selbst wenn es andere Wege gibt – wenn das Biest nach uns ausgesandt wurde, gibt es vielleicht noch andere seiner Art, die diese Wege bewachen. Und nicht zuletzt haben wir weder die Stärke noch die Waffen, um auf offenem Gelände zu kämpfen, mit den Kriegern auf unseren Fersen. Und sie müssen uns immer näher kommen.«

»Na, das ist ja alles sehr fröhlich«, fauchte Bison. »Was können wir denn noch alles erwarten? Die Pest?«

»Welche Möglichkeiten haben wir?« fragte Kebra. »Wir können weder vor noch zurück, und wenn wir hierbleiben, bringen die Krayakin uns um. Zum erstenmal stimme ich Bison zu – wir scheinen allmählich vom Pech verfolgt.«

»Wir leben noch«, sagte Nogusta. »Und wir haben Möglichkeiten. Die Frage ist nur, welche uns die besten Erfolgschancen bringt.«

»Wir können nicht zurück«, sagte Ulmenetha. »Also müssen wir uns dem Untier stellen.«

»Womit?« fragte Bison.

»Mit Magie und mit Lanzen«, antwortete sie.

»Das mit der Magie gefällt mir«, meinte Bison.

»Was hast du im Sinn?« wollte Kebra wissen.

»Erklärungen müssen noch warten. Die eine Gruppe der Krayakin ist keine zwei Stunden mehr hinter uns. Reite zurück in den Wald und schneide drei lange Lanzen. Achte darauf, daß das Holz stark und fest ist.«

Kebra riß sein Pferd herum und ritt zurück in den Wald. Dagorian folgte ihm, doch Nogusta zögerte.

»Bring das Fuhrwerk in die Schlucht, aber verlaß die Hauptstraße nicht«, wies Ulmenetha Bison an. Er warf einen Blick auf Nogusta, ob dieser einverstanden war.

Der schwarze Mann nickte. Dann ritt auch er in den Wald.

»Wenn du es mit Magie töten kannst«, fragte Bison, »wofür brauchen wir dann Lanzen?«

»Ich kann es *nicht* töten«, sagte sie. »Was ich tun kann, ist einen Zauber zu sprechen, der unseren Geruch verbirgt und uns fast unsichtbar macht.«

»*Fast* unsichtbar?«

»Wenn das Untier uns nahe ist, wird es in der Luft um uns herum eine Störung wahrnehmen – wie ein Hitzeflimmern.«

»Ich will nicht in die Nähe von Untieren«, jammerte Sufia. Bison hob sie auf seine Schulter.

»Kein Untier kann dir etwas tun, solange Bison hier ist«, sagte er. »Ich beiße ihm den Kopf ab.«

»Du hast gar keine Vorderzähne mehr«, bemerkte sie.

»Nein, aber einen harten alten Gaumen«, sagte er kichernd.

Die Lanzen, die sie schnitten, waren knapp drei Meter lang und stark, aber unhandlich. Nogusta und Kebra banden Messer an die Spitzen, und Nogusta band Ranken um den unteren Teil, so daß sie einen Handgriff bildeten. Dagorians Lanze war primitiver, gut zwei Meter lang und angespitzt. Als der Wagen langsam über die Straße rollte, ritten Nogusta und Kebra vorneweg, die Enden ihrer Lanzen ruhten in ihren Steigbügeln. Sie sprachen nur wenig. Axiana, Pharis und Sufia saßen in dem Fuhrwerk. Conalin war bei ihnen, sein Pferd war hinten angebunden.

»Ich hätte mir auch eine Lanze schneiden können«, sagte der Junge.

»Du bist noch nicht so geschickt im Umgang mit den Pferden«, sagte Bison. »Wenn Pferde Angst bekommen, muß man sie zu bändigen wissen. Das könntest du nicht und dabei noch gleichzeitig eine Lanze handhaben.« Conalin war nicht überzeugt, doch er sagte nichts mehr.

Das Tageslicht schwand, als sie sich der unteren Straße näherten. Nogusta und Kebra ließen ihre Pferde halten, und der schwarze Krieger wendete und ritt zurück zum Karren. Er wollte gerade fragen, wann Ulmenetha ihren Zauber sprechen mußte, doch sie bedeutete ihm zu schweigen. Er war einen Augenblick verwirrt. Dann fragte sie ihn: »Wie geht es deiner Brust?«

»Meiner Brust? Gut.«

»Kein Gefühl von Hitze? Seltsam, das sollte aber sein.«

Für einen Moment dachte er, sie hätte den Verstand verloren. Dann spürte er, wie sein Talisman glühte. Ulmenetha berührte ihre Lippen, dann ihr Ohr. Nogusta verstand sofort. Sie wurden beobachtet und belauscht.

»Es geht mir schon viel besser«, sagte er. »Ich denke, es war eine Frühjahrserkältung.«

»Frühlingserkältung?« fragte Bison. »Was zum Kukkuck ...?« Ulmenetha kniff ihn kräftig in die Hand.

»Nicht sprechen«, sagte sie leise. Bison warf einen Blick auf Nogusta und wollte ihr gerade trotzen, als Kebras Pferd plötzlich auf die Hinterbeine stieg und den Bogenschützen fast abwarf. Kebra ließ seine Lanze fallen und klammerte sich an den Sattelknauf. Das Pferd wich zurück.

Vor ihnen auf dem Weg war eine glühende Gestalt erschienen, fast zweieinhalb Meter hoch, mit schwarzen Flügeln, die aus ihren Schultern sprossen wie ein riesiger Umhang, der im Wind flatterte. Das Gesicht war dunkel, mit breiter Stirn und schmalem Kinn, ein umgekehrtes schwarzes Dreieck mit einem klaffenden Maul, und hohen, schrägstehenden Augen wie glühende Kohlen.

»Es ist nur ein Abbild«, flüsterte Ulmenetha. Doch

Nogusta hörte sie nicht. Er zog ein Wurfmesser und schleuderte es mit aller Kraft. Die Klinge flog durch die Dunkelheit, durchschlug die Erscheinung und fiel klirrend hinter ihr zu Boden.

»Du kannst mir kein Leid zufügen, Mensch«, sagte der Dämon. Die schwarzen Flügel breiteten sich aus, und er stieg in die Luft und schwebte zum Wagen. Das Wesen spähte hinein, den Blick fest auf das Kind in Axianas Armen gerichtet. Sufia kreischte auf und versteckte sich unter ein paar Decken. Die Pferde wurden unruhig. Das dämonische Wesen blieb für einen Moment, wo es war, dann zog es sich zurück. »Ihr braucht nicht alle zu sterben«, sagte es. »Was wäre damit erreicht? Könnt ihr mich aufhalten? Nein. Warum kämpft ihr dann weiter? Hinter euch – oh, ganz dicht hinter euch – sind meine Krayakin. Vor euch ist *gogarin*. Wollt ihr, daß ich euch erkläre, was das für Wesen sind? Oder sind die Legenden noch lebendig?«

»Es war ein Ungeheuer mit sechs Beinen«, sagte Nogusta. »Es wog angeblich so viel wie drei große Pferde.«

»Fünf käme der Sache näher«, sagte die Erscheinung. Sie schwebte dicht zu Nogusta heran, die brennenden Augen glitzerten. »Ja, du siehst aus wie er«, sagte er, und Nogusta fühlte den Haß in der Stimme. »Der letzte dieser Bastarde.« Sie zog sich wieder zurück. »Aber ich sprach vom *gogarin*. Er ist ein Wesen wie kein zweites auf dieser Erde. Ewig hungrig, frißt er alles, was lebt und atmet. Nichts kann sich ihm nähern, denn er strahlt Entsetzen aus. Starke Männer fallen auf die Knie, wenn er sich nähert und machen sich die Hosen naß. Ihr könnt es mit euren jämmerlichen Speeren nicht besiegen. Ich sah, wie du früh am Tag vor ihm geflohen bist. Du verstehst wenigstens, was ich sage. Dein Herz klopfte wie eine Trommel – und dabei hattest du es noch gar nicht gesehen. Aber bald wirst du es sehen. Dann werdet ihr alle sterben.«

»Welche Alternative bietest du?« fragte Nogusta.

»Nur euer Leben. Denn ihr habt bereits verloren. Hättet ihr auch nur die kleinste Hoffnung auf Erfolg, würde ich euch vielleicht Reichtümer bieten, oder vielleicht sogar hundert Jahre extra an Jugend. Ich weiß, daß das eurem kahlen Freund gefallen würde. Aber ich brauche nichts mehr zu bieten. Das Kind gehört mir. Laßt es und seine Mutter am Straßenrand zurück. Dann könnt ihr ziehen, wohin ihr wollt. Meine Krayakin werden euch nichts tun, und ich werde den *gogarin* von dieser Gegend abziehen. Ihr habt auch mein Wort, daß der Königin nichts geschehen wird.«

»Ich glaube dir nicht«, sagte der Krieger.

»Das nehme ich dir nicht übel«, erwiderte die Erscheinung, »aber es ist die Wahrheit. Ich kann auch sagen, daß ich nicht allzu böse bin, wenn ihr mein Angebot zurückweist. Ihr könnt mich nicht davon abhalten, das Kind zu nehmen, und es wird mir großes Vergnügen bereiten, dich sterben zu sehen, Nogusta. Dein Vorfahr – verflucht sei sein Andenken – hat großes Unheil über mein Volk gebracht, hat ihre Seelen von den Freuden dieser Welt gerissen und sie zu einer Ewigkeit im *Nichts* verdammt. Kein Atem, keine Berührung von Fleisch auf Fleisch, kein Hunger, kein Schmerz, kein Gefühl – kein Leben!« Die Erscheinung schwieg einen Augenblick und schien mühsam ihren Zorn zu beherrschen. »Reite weiter«, sagte sie schließlich. »Reite weiter und stirb für mich. Aber willst du wirklich deine Freunde in den Tod führen? Sie tragen nicht deine Blutschuld. Sie haben ihre Rasse nicht verraten. Verdienen sie nicht die Chance zu leben?«

»Meine Freunde können für sich selbst sprechen«, sagte Nogusta.

Der geflügelte Dämon schwebte zu Bison. »Willst du leben?« fragte er ihn. Bison ignorierte den Dämon, hob sein Gesäß vom Kutschbock und ließ einen donnernden Wind fahren.

»Himmel, so ist es besser«, sagte er. »Fahren wir weiter oder was?«

»Ich denke schon«, antwortete Ulmenetha, »der Gestank ist überwältigend.«

»Das waren die wilden Zwiebeln«, sagte Bison entschuldigend.

»Doch nicht von dir ... Idiot!« fauchte sie.

Der Dämon zog sich zurück und schwebte vor Nogusta. Sternenfeuer wieherte und wich zurück. Nogusta beruhigte ihn. »Ich würde dich gern sterben sehen«, sagte die Erscheinung. »Aber der Körper, den ich mir erwählt habe, wartet ein paar Kilometer entfernt auf mich – mit der ventrischen Armee. Doch sei versichert, dein Tod wird schmerzvoll sein. Nicht so schmerzvoll allerdings, mußt du verstehen, wie ich ihn für deine Familie gemacht habe. Du hättest sehen sollen, wie sie versuchten, den Flammen zu entkommen. Deine Frau rannte durch den Flur, ihr Haar und ihre Kleider brannten. Ihre Schreie waren köstlich. Sie brannte wie eine große Kerze.«

Es gab eine plötzliche Windbö, und die Erscheinung verschwand.

»Das war Anharat, der Dämonenherrscher«, sagte Ulmenetha. »Er war es, der Kalizkan besessen hat und solches Übel über die Stadt brachte.«

Nogusta antwortete zuerst nicht. Sein Gesicht war schweißnaß, seine Miene finster. Als er sprach, war seine Stimme kälter als das Grab. »Er tötete meine Familie. Er sah sie brennen.«

»Er hat viele Familien getötet. Tausende und Abertausende«, sagte Ulmenetha. »Er ist ungeheuer böse.« Nogusta atmete tief ein, um sich zu beruhigen.

»Was hat er da über meinen Vorfahren gesagt?«

»Er sprach über Emsharas – seinen eigenen Bruder. Er war es, der den ersten Großen Zauber sprach.«

»Sein Bruder? Willst du damit sagen, daß mein Vorfahre ein Dämon war?«

»Ich habe keine Antwort für dich, Nogusta. Von Emsharas ist nur wenig bekannt, außer daß er als Vater der Heiler gilt und daß seine Magie heilig war. Er gehörte mit Sicherheit zu den Illohir, den Windgeborenen.«

»Dann habe ich Dämonenblut in meinen Adern?«

»Vergiß die Dämonen!« fauchte sie. »Das ist jetzt nicht wichtig. Warum glaubst du wohl, kam er zu uns? Um uns Angst einzujagen, Qualen und Unruhe zu bringen. Du mußt dich von solchen Gedanken freimachen. Jeder Zorn, den du fühlst, wird unsere Gefahr nur vergrößern und die Chancen des *gogarin* verstärken, unsere Anwesenheit zu spüren.«

»Ich verstehe«, sagte Nogusta. »Laßt uns weiterreiten.«

»Wenn wir den Fuß des Berges erreicht haben«, sagte Ulmenetha, »mußt du dicht beim Wagen bleiben. Der Zauber reicht nur wenige Meter weit. Wir müssen so still wie möglich sein.« Nogusta nickte, dann ritt er voran und holte seine Lanze und sein Wurfmesser zurück.

»Können wir diesen *gogarin* notfalls töten?« wollte Bison von Ulmenetha wissen.

»Ich weiß es nicht.«

»Könnte er mir wirklich hundert zusätzliche Jahre der Jugend schenken?«

»Auch das weiß ich nicht. Spielt es eine Rolle?«

»Hübscher Gedanke«, sagte Bison, hob die Zügel und ließ sie auf den Rücken des Gespanns knallen. Sie rumpelten vorwärts, und der Karren bewegte sich langsam zum Boden der Schlucht vor.

In der Ferne ballten sich Gewitterwolken zusammen, und Donner grollte über den Bergen.

Am Fuß des Hanges kletterte Ulmenetha vom Wagen und streifte ihre Schuhe ab, um die weiche Erde unter den Füßen zu spüren. Sie entspannte sich und sog die Kraft des Landes ein. Die Magie hier war nur schwach, und das erstaunte sie. Es war, als ob der magische Fluß blockiert wurde. Sie fragte sich, ob Anharats Macht die Magie beeinträchtigt hatte. Sicherlich nicht. Sie kauerte nieder und grub ihre Hand in die Erde. Ihre Finger stießen auf etwas Hartes, Flaches. Sie lächelte erleichtert. Sie befanden sich auf einer alten Handelsstraße. Über die Jahrhunderte hinweg hatte Erde die Pflastersteine bedeckt, und diese vergrabenen Steine blockierten sie. Sie trat von der alten Straße und ging zu einem nahe gelegenen Wäldchen. Hier war die Magie stark und uralt, und sie sog sie ein, fühlte, wie sie durch ihre Beine, durch ihre Adern stieg und dabei anschwoll. Sie war beinahe zu stark, wie guter Wein, und sie hielt sich an einem Baumstamm fest.

Im Süden donnerte es rumpelnd. Sie entfernte sich wieder von den Bäumen, ging zum Wagen und stellte sich links des Gespanns hin. Nogusta, Kebra und Dagorian kamen auf ihren Ruf dicht heran. Sie hob die Hand und sprach den Zauber. Er war nicht besonders schwierig, doch sobald er gewirkt war, mußte er an Ort und Stelle gehalten werden. Die Luft um das Fuhrwerk herum schimmerte. Sie streckte die Hand aus und strich über den schlanken, beinahe unsichtbaren Hals des Pferdes neben ihr und schloß ihre Finger um die Trense. »Von jetzt an darf niemand sprechen, ehe ich die Erlaubnis gebe«, sagte sie. »Vorwärts!«

Sie hörte die Zügel auf den Rücken der Pferde klatschen und ging, die Hand an der Trense, auf den Wald zu. Die leisen Tritte der Pferde kamen ihr so laut vor wie der ferne Donner, und das leise Quietschen der Karrenräder schwoll in ihren Ohren an. Ruhig, warnte sie sich, der Donner und der Wind in den Bäumen werden diese Geräusche übertönen.

Der Himmel verdunkelte sich, als das Gewitter über den Wald zog. Blitze zuckten und erhellten den Waldweg. Ein Pferd schnaubte vor Angst, und sie hörte, wie Kebra es mit leisen, geflüsterten Worten beruhigte. Vor ihnen lag der Abhang, von dem Nogusta vor dem Untier geflohen war. Der Wagen fuhr langsam weiter.

Regen begann aus den schweren Wolken über ihnen herniederzuprasseln. Ulmenetha begrüßte ihn freudig. Das Geräusch legte sich wie eine Decke über sie.

Sie hielt den Zauber aufrecht und ging weiter.

Von oben hörten sie das Geräusch splitternden Holzes, und einen hohen, kreischenden Schrei, der Ulmenethas Trommelfell zu zerreißen drohte und ihre Knie zittern ließ. Sie zerrte an der Trense, um das Gespann halten zu lassen. Das Kreischen ging weiter. Eins der Pferde wieherte vor Entsetzen. Ulmenetha sah den Berg hinauf. Dort schwankten Bäume. Angst drohte sie zu verschlingen, doch sie hielt den Zauber aufrecht.

Ein Blitz zuckte. Zwei der Pferde schnaubten und stampften mit den Hufen.

Etwa zehn Meter oberhalb des Wagens tauchte ein riesiger, keilförmiger Kopf zwischen den Bäumen auf. Ulmenetha konnte nur die Silhouette gegen den dunklen Himmel erkennen, aber trotz des peitschenden Windes konnte sie ihn schnüffeln hören, die Gerüche des Waldes einsaugen, um seine Beute ausfindig zu machen.

Der Regen ließ nach, und eine Lücke zwischen den Wolken ließ Mondlicht auf den Schauplatz fallen. Ulmenetha stand ganz still und starrte auf den großen Kopf. Wegen der schlangenhaften Gestalt hatte sie erwartet, daß die Kreatur geschuppt war, doch sie war es nicht. Die Haut war leichenblaß und fast durchscheinend, und sie konnte die großen Knochen am Genick sehen, die sich gegen die Haut drückten. Der bleiche Kopf drehte sich auf dem langen Hals, und sie starrte in ein schrägstehendes blaues Auge, das so groß wie ein Männerkopf war. Die Pupille war rund und schwarz und erschreckend menschlich. Der *gogarin* starrte ohne zu blinzeln auf die Straße. Dann zog sich der Kopf zwischen die Bäume zurück, und sie hörten wieder das Splittern von Holz, als sein ungeheurer Körper durch den Wald brach. Sie zog an der Trense und drängte den Wagen weiter, die Straße entlang, die um den Berg herumführte.

Das Gewitter zog nach Norden ab, und der Regen erstarb. Die Wolken rissen jetzt immer öfter auf, und die Gruppe zog weiter auf die ferne Brücke und die dahinterliegende Sicherheit zu.

Eine Stunde lang trotteten sie weiter. Ulmenetha war inzwischen müde und fand es schwierig, den Zauber aufrechtzuerhalten. Die Pflastersteine unter der Erde der Straße ließen nicht zu, daß sie ihre Kraft wieder auftankte, und zweimal brach der Zauber beinahe. Sie ließ das Gespann halten und rief Nogusta leise zu sich.

»Glüht dein Talisman?«

»Nein«, kam die Antwort.

»Ich muß Kraft aus dem Land ziehen. Ich muß die Straße verlassen.«

Sie ließ die Trense los und rannte zum Straßenrand. Sofort wurden der Wagen und die Reiter sichtbar. Ulmenetha sank auf die Knie und stieß ihre Hände in die Erde. Anders als zuvor sickerte die Kraft nur langsam in sie, und sie spürte, wie ihre Anspannung wuchs. Ihre Angst verlangsamte den Fluß nur noch mehr. Sie kämpfte um Ruhe, aber es gelang ihr nicht. »Mach schnell!« rief Nogusta. »Der Talisman wird warm!«

Ulmenetha sog tief die Luft ein und schickte ein Stoßgebet zum Himmel. Die Energie, die sie gesucht hatte, hatte ihr Blut erreicht, aber es war nicht genug! Sie stand auf, lief zum Wagen und packte wieder die Trense. Sie konnte jetzt hören, wie sich das Biest näherte, als es durchs Unterholz brach. Die Angst ließ sie bei der dritten Zeile des Zaubers fehlen, und sie begann von vorn.

Die Magie entströmte ihr und floß über den Wagen und die Reiter.

Im hellen Mondlicht tauchte der *gogarin* vor ihnen zwischen den Bäumen auf. Jetzt konnten ihn alle zur Gänze sehen. Er war annähernd sieben Meter lang. Nogusta hatte ihn zuvor als sechsbeinig beschrieben, doch jetzt sah Ulmenetha, daß dem nicht so war. Die Hinter- und Mittelbeine waren kräftig und mit drei Gelenken versehen, doch die Glieder an den Schultern waren eher wie lange Arme, ausgestattet mit mörderischen Krallen, jede so lang wie ein Kavalleriesäbel. Es erhob sich auf die Hinterbeine und schnüffelte die Nachtluft ein. Eins der Ersatzpferde, das hinter dem Wagen angebunden war, stieg vor Entsetzen auf die Hinterbeine und zerriß seine Zügel. Es machte kehrt, galoppierte von der Straße in den Wald.

Der *gogarin* reagierte mit erschreckender Schnelligkeit, ließ sich auf alle Glieder fallen und schnellte sich mit unglaublicher Kraft vor. Ulmenetha stand stocksteif, als er auf den Wagen zuraste. Dann bog er ab, hinter dem Pferd her. Die mächtigen Schultern streiften einen jungen Baum und entwurzelten ihn. Dann war er hinter ihnen verschwunden.

Das Pferd galoppierte weiter, und Ulmenetha hörte seinen Todesschrei.

Sie konnte sich nicht bewegen, sondern stand zitternd neben dem Gespann. Nogusta stieg ab und tastete sich vorsichtig an ihre Seite. »Wir müssen weiter«, flüsterte er. Ulmenetha antwortete nicht. Doch trotz ihres Entsetzens hielt sie den Zauber aufrecht. Nogusta führte sie zum Wagen und hob sie auf den Kutschbock neben den fast unsichtbaren Bison. Dann stieg er wieder auf sein Pferd, ritt zu dem Gespann und ergriff die Zügel. Auf seine Ermunterung hin setzten sich die Pferde in Bewegung.

Ulmenetha konnte ihre Hände nicht dazu bringen, mit dem Zittern aufzuhören. Sie hielt die Augen fest geschlossen und schrie fast auf, als Bisons große Hand ihr Bein tätschelte. Er beugte sich zu ihr und füsterte: »Großer Hurensohn, was?«

Seine Stimme war so ruhig, und die Kraft des Mannes schien durch sie zu fließen. Ulmenetha merkte, daß sie ruhiger wurde. Sie drehte sich um und blickte ängstlich nach hinten. Der Karren bewegte sich sehr langsam, und jeden Augenblick erwartete die Priesterin, die riesenhafte weiße Gestalt des *gogarin* hinter sich zu sehen.

Sie legten einen knappen Kilometer zurück. Langsam begann die Straße anzusteigen, bis sie einen zweiten Kammweg erreichten. Der Karren füllte fast zwei Drittel davon aus. Die Pferde waren müde, und zweimal mußte Bison mit den Zügeln zuschlagen, um sie weiter zu treiben. Fast alle Kraft hatte Ulmenetha verlassen. Sie versuchte, frische Kraft aus den Bergen zu ziehen, aber das alte Gestein wollte seine Magie nicht preisgeben.

Sie leckte sich den Finger und hielt ihn in den Wind. Er kam von hinten. Ihr Geruch konnte nicht mehr in den Wald zurückdringen. Erleichtert ließ sie den Zauber fallen.

»Himmel, das ist besser«, flüsterte Bison.

Der Kammweg wurde ebener, und Bison gönnte dem Gespann eine Pause, damit es wieder zu Atem kam. Der Mond leuchtete hell, und der Wald lag tief unter ihnen.

Ein dünner Schrei kam hinten aus dem Wagen, als das hungrige Kind erwachte. Bison fluchte und fuhr herum. Axiana knöpfte ihr Kleid auf. Die Schreie des Kindes hallten in den Bergen wider. Die Königin riß an den letzten beiden Knöpfen, um ihre linke Brust zu entblößen. Das Kind beruhigte sich und begann zu saugen. Bison fluchte wieder und deutete auf den Wald.

Weit hinter ihnen war der *gogarin* aus dem Wald aufgetaucht und eilte rasch über die Straße.

Nogusta sprang aus dem Sattel. »Alle aus dem Wagen!« schrie er. »Kebra, hilf mir, die Pferde auszuspannen.« Der Bogenschütze kam heran und sprang vom Pferd. Er machte nicht einmal den Versuch, das Zaumzeug zu lösen, sondern zog seinen Dolch und durchtrennte die Riemen. Dagorian lenkte sein Pferd um den Karren herum, dann sprang er ab, um ihm zu helfen. Pharis half der Königin hinunter, während Conalin die kleine Sufia auf den Arm nahm und mit ihr über die Seite herunterkletterte. Bison krabbelte nach hinten, packte Proviantsäcke und Decken und warf sie auf die Straße.

Der Riese warf einen Blick den steilen Hang hinunter. Der *gogarin* rannte auf sie zu. Auf diese Entfernung wirkte er klein, ein weißer Hund auf dem mondbeschienenen Grau der Steinstraße. Das Gespann war frei. Nogusta kletterte zu Bison hinauf. In seiner Hand hatte er die schwere Lanze mit einem rasiermesserscharfen Dolch als Spitze.

»Du weißt, was zu tun ist«, sagte Nogusta. Bison sah seinem Freund in die hellen blauen Augen.

»Ich weiß. Laß mich den Speer nehmen.«

»Nein! Der Talisman wird mich vor dem Grauen, das er ausstrahlt, schützen. Jetzt runter mit dir – und setz den Wagen auf mein Signal hin in Bewegung.«

Bison sprang auf die Straße und winkte Kebra und Dagorian herbei. »Was hat er vor?« fragte der junge Offizier, als sich Nogusta hinten im Wagen zurechtsetzte.

»Er wird es rammen«, sagte Bison. Er ließ sich hinter den Vorderrädern zu Boden fallen und prüfte die Linie, der der Wagen folgen würde, sobald er sich einmal bergab in Bewegung gesetzt hatte. Etwa fünfzig Meter voraus machte der Weg eine leichte Rechtskurve. Das war der Punkt, an dem – wenn sie die Geschwindigkeit falsch einschätzten – der Wagen über den Rand rollen und Hunderte von Metern in den Abgrund stürzen würde. Schweiß stand auf Bisons Stirn, und er wischte sich mit dem Ärmel übers Gesicht.

»Macht euch bereit!« rief Nogusta. Die drei Männer lehnten sich mit den Schultern gegen das Fahrzeug.

Hinten im Wagen wog Nogusta die Lanze in der Hand. Auch er konnte die Kurve sehen und versuchte, die Geschwindigkeit des herannahenden Ungeheuers einzuschätzen. Sie hatten wenig Spielraum für einen Fehler. Wenn der Wagen zu schnell rollte, würde er die Kurve vor dem *gogarin* erreichen, und Nogusta würde sinnlos sterben. Wenn er zu spät dran war, hatte der Wagen vielleicht noch nicht genug Geschwindigkeit entwickelt, um das Wesen über den Abgrund zu stoßen. Nogustas Mund war ausgetrocknet, sein Herz raste.

»Gebt ihm Schwung«, rief er. Die drei Männer warfen sich mit ihrem Gewicht gegen den Wagen. Er rührte sich nicht.

»Die Bremse ist angezogen!« rief Bison. Nogusta lief nach vorn, schwang sich auf den Kutschbock und löste die Bremse. Der Wagen rumpelte vorwärts. Nogusta stürzte beinahe, fing sich aber wieder und rannte nach hinten, um seine Lanze aufzunehmen. Wertvolle Sekunden gingen verloren.

»Schiebt fester!« befahl er. Der Wagen begann Geschwindigkeit aufzunehmen. Der *gogarin* kam um die Kurve und sah den rumpelnden Wagen kommen. Er stellte sich auf die Hinterbeine und stieß ein gräßliches Kreischen aus. Nogusta fühlte, wie ihn eine Welle von Angst traf wie ein körperlicher Schlag. Sie ging ihm durch

Verstand und Bauch, und er schrie auf und fiel auf die Knie. In seinem ganzen Leben hatte er keine solche Angst empfunden wie jetzt. Der Speer entfiel seinen zitternden Fingern, und er wollte hinterherfallen, seinen Kopf in den Händen vergraben und die Augen fest zumachen. Er konnte fühlen, wie der Talisman auf seiner Haut warm wurde, doch er bot ihm keine Hilfe. In diesem Augenblick, als die Verzweiflung ihn zu überwältigen drohte, sah er wieder das Gesicht seiner Frau vor sich und dachte an die Worte des Dämonenherrschers, wie sie durch die Flammen gerannt war. Zorn kam zu seiner Rettung, flammte in seinem Bauch auf und brannte sich bis in sein Hirn. Er packte die Lanze und sprang auf.

Der Wagen war beinahe bei dem Ungeheuer angekommen. Der *gogarin* richtete sich hoch auf, dann ließ er sich auf alle Sechse fallen und griff an. Nogusta wappnete sich für den Aufprall. Im letzten Moment richtete sich der *gogarin* wieder auf, die Krallen schossen vor. Die hölzerne Seite des Karrens explodierte. Dann traf das volle Gewicht des Fahrzeugs das Untier. Mit vorgereckter Lanze wurde Nogusta nach vorn geworfen. Der an der Lanze festgebundene Dolch glitt in das Untier, die Waffe drang tief in seine Schulter. Nogustas Gewicht schob sie weiter, so daß auch das Holz immer tiefer eindrang. Dann brach die Lanze. Nogusta flog gegen den Hals des *gogarin*, dann segelte er weiter und prallte gegen die Felswand. Ein brennender Schmerz durchfuhr seine Schulter, als er auf die Straße fiel und auf den Abgrund zuglitt. Seine Beine rutschten über den Rand, und er suchte verzweifelt nach einem Halt für seine Hände. Er warf einen Blick nach unten und sah die Kiefern tief unten. Seine Schulter war taub, und in der linken Hand hatte er keinerlei Kraft. Angst überfiel ihn, doch er unterdrückte sie und entspannte sich. Dann zog er sich langsam wieder auf den Sims.

Der *gogarin* war an den Rand der Straße gedrückt worden, und das Untier hieb auf seinen hölzernen Feind ein, die niedersausenden Krallen zerfetzten den Karren und zerschmetterten ihn. Nogusta kam auf die Füße, taumelte, dann zog er sein Schwert, um anzugreifen.

Bison kam mit einer Lanze angerannt, gefolgt von Kebra und Dagorian. Der Bogenschütze sandte einen Pfeil in den Hals des *gogarin.* Dann kletterte Bison über die Überreste des Karrens und stürzte sich auf das Biest. Als der *gogarin* sich umwandte, um den neuen Gegner anzugreifen, rutschte sein rechtes Hinterbein auf dem Felsen aus. Das Untier taumelte und versuchte, das Gleichgewicht wiederzufinden. Bisons Speer krachte gegen seine Brust, vermochte jedoch kaum die Haut zu ritzen. Doch das Gewicht des Riesen brachte das Wesen aus dem Gleichgewicht, und die Lanze warf es zurück. Der *gogarin* stürzte ab und kreiselte durch die Luft. Zweimal krachte es gegen den Berghang, dann stürzte es tief unten in die Zweige einer hohen Kiefer, wobei der Baum zerbrach.

Bison sprang ab, als der Wagen über die Kante rollte. Er lief zu Nogusta. »Alles in Ordnung?« fragte er.

Der schwarze Mann stöhnte, als er versuchte, seine linke Schulter zu bewegen. »Nur geprellt, hoffe ich«, sagte er. »Ist es tot?« Bison spähte über den Rand.

»Ich kann es nicht sehen«, antwortete er. »Aber diesen Absturz kann nichts überlebt haben.«

Antikas Karios war kein Mann, der schnell etwas bedauerte. Das Leben war nun einmal, wie es war, und ein Mann mußte das Beste daraus machen. Doch seltsamerweise stellte er, an diesem nebligen Morgen, als er auf der Steinmauer der alten Brücke saß, fest, daß er von den Geistern verlorener Träume geplagt wurde. Er hatte noch nie viel auf die Meinung anderer gegeben oder auf ihre Kritik an ihm. Man hatte ihn grausam, rachsüchtig und erbarmungslos genannt. Diese Beschimpfungen sagte man ihm niemals direkt ins Gesicht, doch Antikas hatte sie trotzdem gehört und geglaubt, sie würden ihn nicht anfechten. Kein starker Mann ließ sich von den Verhöhnungen geringerer Menschen beeinträchtigen. Wie sein Vater immer sagte: Dem Löwen folgen immer Schakale.

Antikas Karios war ein Mann mit einer Mission gewesen, der zielstrebig einem schmalen Pfad folgte. Es war keine Zeit für einen Blick nach innen gewesen. Keine Zeit für beiläufige Nettigkeiten. Keine Zeit für Freundschaften. Sein Kopf und seine Zeit waren völlig von dem Gedanken beansprucht, Ventria von seinem Aggressor zu befreien.

Doch jetzt war das anders, als er in den Nebel blickte, der sich über die Berge wälzte. Hier in diesem einsamen Land gab es für wenig anderes Zeit als für einen Blick nach innen.

Er wartete jetzt seit zwei Tagen an dieser Brücke, geleitet von dem Geist des Zauberers Kalizkan. »Warum führst du mich nicht direkt zu ihm?« hatte er gefragt.

»Hier ist der Platz, an dem du am meisten gebraucht wirst.«

»Wo immer sie auch sind, sie sind in Gefahr. Mein Schwert könnte das Gleichgewicht aufrechthalten.«

»Vertrau mir, Antikas. Warte an der Brücke. Sie werden in zwei Tagen bei dir sein.« Daraufhin hatte der Geist ihn verlassen, und Antikas Karios hatte gewartet.

Zuerst hatte die Schönheit der Berge seine Augen erfreut, und er fühlte sich ruhig, bereit sein Leben für die Sache der Königin zu geben. Doch als die Stunden an jenem ersten Tag vergingen, merkte er, wie er sein Leben neu bewertete. Es geschah ohne sein bewußtes Zutun.

Er saß auf der Brücke und dachte plötzlich an Kara, an die Pläne, die sie schmiedeten, um ein Haus am Meer zu bauen. Die süße, sanfte, freundliche Kara. Er hatte ihr viele Versprechen gemacht und keins davon gehalten. Es war nicht so, daß er absichtlich gelogen hätte. Aber der Krieg mit den Drenai hatte Vorrang gehabt. Sie hätte das verstehen sollen.

Träume von Liebe und Familie waren in einer Flutwelle von Patriotismus davongespült worden und dann ersetzt durch den Traum von der Unabhängigkeit. Jetzt waren beide Träume zu Staub zerfallen.

Während der letzten fünf Jahre hatte er oft an Kara denken müssen, aber – beschäftigt wie er war – es war leicht gewesen, diese Erinnerungen zu unterdrücken. Es gab immer Pläne und Vorhaben, die seine Aufmerksamkeit forderten. Aber hier, in diesen zwei einsamen Tagen seiner Seelenerforschung, hatte er es zunehmend schwieriger gefunden, seiner Schuld auszuweichen.

Er erinnerte sich an das letzte Mal, als er sie gesehen hatte.

»Es war weder Grausamkeit noch Rachsucht«, sagte er laut. »Sie hat mich gedemütigt. Was hätte sie anderes erwarten können?« Die Worte hingen in der Luft und hallten wenig überzeugend in seinem Geist wider. Kara hatte ihm geschrieben und ihre Verlobung gelöst. Sie hätte, wie sie schrieb, drei Jahre gewartet. Sie wies darauf hin, daß Antikas versprochen hätte, nach einem Jahr zurückzukehren. Das hatte er nicht getan. Auch hätte er seit über acht Monaten nicht mehr geschrieben. Es wäre offensichtlich, daß er sie nicht mehr liebte, und sie hätte sich nun in einen jungen Adligen eines benachbarten Gutes verliebt. Sie wollten im Laufe des Monats heiraten.

Und sie heirateten. Antikas war zu spät zu der Feier gekommen. Er war auf sie beide zugegangen, als sie Hand in Hand aus der Kirche kamen, mit Blumengirlanden um den Hals. Er hatte seinen schweren Reithandschuh ausgezogen und den Bräutigam damit ins Gesicht geschlagen. Das Duell hatte am selben Abend stattgefunden, und Antikas hatte ihn getötet.

In dieser Nacht war er zu Karas Haus gerufen worden. Er hatte sie in einem verdunkelten Raum gefunden, die Laternen waren nicht entzündet, schwere Samtvorhänge schlossen den Mondschein aus. Eine einzige Kerze brannte auf einem kleinen Tisch, und in ihrem flackernden Licht sah er sie, eine schwere Decke um die schlanke Gestalt gewickelt. Antikas erinnerte sich, wie hart sein Herz sich angefühlt hatte, und wie er beschloß, sich für ihren Verlust nicht zu entschuldigen. Es war ihre Schuld, nicht seine. Er wollte ihr das klarmachen. Aber sie beschimpfte ihn nicht. Sie sah lediglich in der Düsternis auf und starrte ihm ins Gesicht. In ihr war kein Haß, wie er erkannte, nur eine große Traurigkeit. Im Kerzenschein war sie von bezaubernder Schönheit, und er fragte sich, wie er sie je für so lange Zeit hatte allein lassen können. In seiner Arroganz glaubte er, daß sie diesen anderen Mann niemals wirklich geliebt hatte, sondern seine Werbung angenommen hatte in dem Wissen, daß Antikas sie schon holen würde. Jetzt war er da, und wenn sie ihn bat, würde er sie trotz der Demütigung zurücknehmen. Er war bereit, ihr zu verzeihen. Aber diese Szene war nicht, was er erwartet hatte. Tränen, ja. Wut? Natürlich. Aber diese geisterhafte Stille war unerträglich.

»Was willst du von mir?« fragte er.

Als sie antwortete, war ihre Stimme wie ein schwaches Wispern. »Du bist … ein … böser Mann … Antikas. Aber du wirst uns nicht … mehr weh tun.« Sie sah ihm noch einen Moment länger in die Augen, dann schloß sie die ihren und ihr Kopf fiel zurück. Einen Augenblick dachte er, sie wäre ohnmächtig geworden.

Dann sah er die Blutlache unter ihrem Stuhl. Er riß die Decke von ihr weg. Ihre beiden Handgelenke waren aufgeschnitten, ihre Kleider blutgetränkt. Sie trug noch immer ihr Hochzeitskleid und ihre Blumengirlande, und sie war ohne ein weiteres Wort gestorben.

Antikas versuchte, die Erinnerung zu verdrängen, doch sie umklammerte ihn wie eine giftige Ranke. »Es war nicht böse«, sagte er. »Sie hätte auf mich warten sollen. Dann wäre das nicht passiert. Ich bin nicht schuld.«

Aber wer dann? Der Gedanke sprang ihn ungebeten aus seinem Unterbewußtsein heraus an.

Damit war es noch nicht zu Ende. Ihr Bruder hatte Antikas herausgefordert. Auch er war gestorben. Antikas hatte versucht, den Jungen zu entwaffnen, ihn zu verwunden und damit das Duell zu beenden. Aber sein Angriff war wild und ausdauernd gewesen, und als der Augenblick kam, hatte Antikas mehr instinktiv als absichtsvoll reagiert und seine Klinge ins Herz seines Gegners gestoßen.

Antikas Karios erhob sich von der Mauer und drehte sich um, um in das tosende Wasser hinunterzuschauen. Er sah den abgebrochenen Zweig einer alten Eiche heranschwimmen und eilig vorbeitreiben. Er blieb für einen Augenblick an einem vorspringenden Stein hängen, dann drehte er sich und setzte seinen Weg fort. Ein Stück flußabwärts tappte ein Braunbär aus dem Wald und watete ins Wasser. Antikas beobachtete ihn. Zweimal platschten seine Tatzen ins Wasser. Beim dritten Mal fing er einen Fisch und warf ihn ans Ufer. Der Fisch klatschte auf die Erde und schlug heftig mit dem Schwanz. Der Bär verließ den Fluß und verschlang den Fisch.

Antikas wandte sich ab und ging zu seinem grasenden Pferd. Aus der Satteltasche holte er seine letzte Ration.

Gedanken an Kara stellten sich ein, während er aß, aber diesmal unterdrückte er sie und konzentrierte sich statt dessen auf die Flucht aus Usa. Kalizkans Geist hatte ihn zuerst zu einer alten Kirche an der Südmauer geführt, und dort hatte er ihn in einen geheimen Raum hinter dem Altar geleitet. An der einen Wand stand eine alte Truhe. Sie war nicht verschlossen. Die Angeln waren fast durchgerostet. Eine brach, als Antikas den Deckel hob. Darin lagen drei Kurzschwerter in ihren Scheiden, jedes in Leinen eingewickelt. Antikas nahm sie heraus.

»Das sind die letzten der Sturmschwerter«, sagte Kalizkan, »die geschaffen wurden, als die Welt noch jünger war. Sie wurden von Emsharas dem Zauberer gemacht, um sie gegen die Krayakin einzusetzen.«

Antikas hatte sie aus der Stadt gebracht bis zum Lager der Armee vor ihren Toren. Dort hatte er ein Pferd und Proviant bekommen und war in die Berge hinausgeritten.

In der ersten Nacht hatte er eins der Schwerter ausgewickelt. Der Knauf war mit einem blauen Edelstein verziert, schwer und rund, mit Golddraht gefaßt. Der Heftzapfen war von einem Holzgriff bedeckt, der in eine blasse, grauweiße Haut gewickelt war, während die aufwärts gebogenen Enden des Handschutzes mit eingeritzten Goldbuchstaben verziert waren. Die Scheide war schlicht und unverziert. Langsam zog Antikas das Schwert heraus.

»Du darfst die Klinge nicht berühren!« warnte Kalizkans Stimme. Im Mondschein wirkte die Klinge schwarz, und zuerst dachte Antikas, sie wäre aus geschwärztem Silber. Doch als er sie umdrehte, sah er, wie der Mond sich prächtig auf der dunklen Oberfläche spiegelte.

»Was ist das für ein Metall?« fragte er Kalizkan.

»Kein Metall, Kind. Verzaubertes Ebenholz«, antwortete der Zauberer. »Ich weiß nicht, wie er es gemacht hat. Es kann Stein durchschlagen, doch es ist aus Holz gemacht.«

»Warum heißt es Sturmschwert?«

»Steh auf und halte deine flache Hand knapp über die Klinge.«

Antikas tat es. Farben fuhren an dem Ebenholz entlang, dann schoß ein weißblauer Blitz in seine Handfläche. Überrascht sprang er zurück und ließ dabei das Schwert fallen. Die Spitze verschwand in der Erde, und nur der gebogene Handschutz verhinderte, daß die Klinge ganz versank. Antikas zog sie heraus. Kein Schmutzteilchen hatte das Schwert befleckt. Noch einmal hielt er seine Hand darüber. Blitze tanzten auf seiner Haut. Er fühlte keinen Schmerz. Es war ein eigenartiges Gefühl, und er merkte, wie die Haare auf seinem Handrücken sich aufrichteten.

»Was verursacht diese kleinen Blitze?« fragte er Kalizkan.

»Ich wünschte, ich wüßte es. Emsharas war ein Windgeborener. Er wußte weit mehr als ein menschlicher Zauberer.«

»Ein Dämon? Und doch machte er ein Schwert, mit dem man Dämonen bekämpft? Warum sollte er so etwas tun?«

»Du hast ein Talent dafür, Fragen zu stellen, die ich nicht beantworten kann. Aus welchen Gründen auch immer, Emsharas verbündete sich mit den Drei Königen, und er war es, der den Großen Zauber sprach, der alle Dämonen von der Erde verbannte.«

»Einschließlich seiner selbst?«

»Allerdings.«

»Das macht doch keinen Sinn«, sagte Antikas. »Er verriet nicht nur sein Volk, sondern seine gesamte Rasse. Was könnte einen Mann dazu bewegen, eine solche Tat zu begehen?«

»Er war kein Mann, er war – wie du richtig sagtest – ein Dämon«, sagte Kalizkan. »Und wer weiß schon, was in solchen Wesen vor sich geht? Ich bestimmt nicht, obwohl ich dumm genug war, einem zu trauen, und dafür mit meinem Leben bezahlen mußte.«

»Ich hasse Geheimnisse«, sagte Antikas.

»Ich mochte sie eigentlich immer gern«, gestand Kalizkan. »Aber um zu versuchen, deine Frage zu beantworten, vielleicht war es einfach Haß. Er und sein Bruder Anharat waren Todfeinde. Anharat wollte die menschliche Rasse vernichten. Emsharas brach auf, um ihn niederzuwerfen. Du kennst doch das alte Sprichwort: Der Feind meines Feindes muß mein Freund sein? Deshalb wurde Emsharas ein Freund der Menschen.«

»Das überzeugt mich noch nicht«, sagte Antikas. »Es muß auch in seinem eigenen Volk einige gegeben haben, die er geliebt hat – und doch hat er auch ihre Vernichtung verursacht.«

»Er hat sie nicht vernichtet – lediglich von der Erde verbannt. Aber wenn wir schon Beweggründe in Frage stellen, hast du nicht die Vernichtung der einen verursacht, die du liebtest?«

Antikas war schockiert. »Das war etwas ganz anderes«, fuhr er auf.

»Dann habe ich mich wohl geirrt.«

»Laß uns über wichtigere Dinge sprechen«, sagte der Schwertkämpfer. »Diese Krieger, gegen die ich kämpfen soll, sind Krayakin, nicht wahr?«

»Allerdings – die größten Kämpfer, die jemals über diese Welt wandelten.«

»Sie haben mir noch nicht gegenüber gestanden«, betonte Antikas.

»Glaub mir, mein Junge, das wird sie nicht beeindrucken.«

»Das ist ein Fehler«, meinte Antikas. »Und jetzt erzähl mir von ihnen.«

Antikas saß auf der Brückenmauer, als die Reiter aus dem Nebel auftauchten. Der schwarze Krieger, Nogusta, ritt voran. Antikas konnte die Königin sehen, die im Damensitz ritt. Ihr Pferd wurde von einer hochgewachsenen, schlanken blonden Frau in einem fließenden blauen Gewand geführt. Hinter ihnen kam Bison. Als Antikas ihn das letzte Mal gesehen hatte, war er an den Auspeitschpfahl gebunden, an dem Tag, an dem Nogusta Cerez erschlug. Vor ihm im Sattel saß ein kleines blondes Mädchen. Hinter dem Riesen kamen noch zwei Jugendliche auf einem Pferd, ein rothaariger Junge von etwa vierzehn Jahren und ein mageres Mädchen mit langem, dunklem Haar. Dann sah er Dagorian. Der Offizier hielt ein kleines Bündel in den Armen. Die Nachhut bildete der Bogenschütze Kebra.

Nogusta sah ihn, scherte aus der Gruppe aus und galoppierte den sanften Hang hinunter.

»Einen guten Morgen dir«, sagte Antikas, stand auf und verbeugte sich. »Es freut mich, euch am Leben zu sehen.«

Nogusta stieg ab und trat näher, seine Miene war undurchdringlich. Antikas sprach erneut. »Ich bin nicht als Feind hier, schwarzer Mann.«

»Ich weiß.«

Antikas war überrascht. »Kalizkan hat dir von mir erzählt?«

»Nein. Ich hatte eine Vision.« Langsam näherte sich die Gruppe der Brücke. Nogusta winkte sie weiter, und sie ritten an den beiden Schwertträgern vorbei. Antikas verbeugte sich tief vor Axiana, die mit einem Lächeln antwortete. Sie sah dünn und schrecklich erschöpft aus.

»Ist die Königin krank?« fragte er Nogusta, als sie vorbei war.

»Die Geburt war nicht leicht, und sie hat Blut verloren. Die Priesterin heilte sie, aber sie braucht Zeit, um sich ganz zu erholen.«

»Ist das Kind kräftig?«

»Er ist kräftig«, antwortete Nogusta. »Wir hoffen, daß es auch so bleibt. Du weißt, daß wir verfolgt werden?«

Antikas nickte. »Von den Krayakin. Kalizkan hat es mir gesagt. Ich werde hier bleiben und ihnen den Weg versperren.«

Zum ersten Mal lächelte Nogusta. »Nicht einmal du kannst vier solcher Krieger besiegen. Nicht einmal mit den schwarzen Schwertern.«

»Du hattest eine gute Vision«, sagte Antikas. »Würdest du sie mit mir teilen?« Nogusta schüttelte den Kopf. »Aha«, sagte Antikas mit einem breiten Grinsen. »Also werde ich sterben. Na, warum nicht? Das habe ich noch nie getan. Vielleicht gefällt es mir sogar.«

Nogusta schwieg einen Moment. Dagorian, Kebra und Bison kamen über die Brücke zurückgerannt und stellten sich neben ihn. »Was macht er hier?« fragte Dagorian. Sein Gesicht war zorngerötet.

»Er ist hier, um uns zu helfen«, antwortete Nogusta.

»Das ist wohl kaum wahrscheinlich«, zischte Dagorian. »Er hat Mörder hinter mir hergejagt. Er ist ein Verbündeter des Feindes.«

»So ein Mangel an Disziplin in deinen Reihen, Nogusta«, sagte Antikas. »Vielleicht hast du deshalb nie ein Kommando bekommen.«

»Soll ich ihm den Hals brechen?« fragte Bison.

»Ganz was Neues«, murmelte Antikas, »ein Affe, der sprechen kann.« Bison stürzte vor. Nogusta streckte den Arm aus. Die Anstrengung, den Riesen aufzuhalten, ließ ihn zusammenzucken, als in seiner verletzten Schulter der Schmerz wieder aufflammte.

»Beruhige dich«, sagte er. »Das ist kein Verrat. Antikas Karios ist einer von uns. Das müßt ihr verstehen. Die Vergangenheit spielt keine Rolle. Er ist hier, um die Brücke zu verteidigen und uns Zeit zu verschaffen. Keine weiteren Beleidigungen.« Er wandte sich an Antikas. »Die Krayakin werden heute abend kommen. Sie mögen die Sonne nicht und werden warten, bis Wolken aufziehen und der Mond scheint. Es sind vier. Aber eine Einheit der ventrischen Kavallerie reitet mit ihnen, geschickt von dem Dämon, der Malikada in Besitz genommen hat.«

»Du sagst, ich kann sie nicht allein besiegen? Wirst du dann an meiner Seite stehen.«

»Nichts was ich lieber täte.«

»Nein«, sagte Dagorian plötzlich. »Deine Schulter ist verwundet. Ich habe dich reiten sehen. Du hast große Schmerzen, und deine Bewegungen sind langsam und schwerfällig. Ich bleibe.«

»Ich auch«, sagte Kebra.

Nogusta schüttelte den Kopf. »Wir können nicht alles bei einer Begegnung riskieren. Es sind nur vier der Krayakin unmittelbar hinter uns. Es gibt noch vier weitere, die versuchen, uns den Weg abzuschneiden. Wir müssen den Abstand zwischen uns vergrößern. Antikas Karios hat sich entschlossen, diese Brücke zu verteidigen. Dagorian hat angeboten, bei ihm zu bleiben. So soll es sein.« Er wandte sich an Kebra. »Du und Bison, ihr reitet mit den anderen weiter. Nehmt den Weg nach links. Er führt über den höchsten Kamm. Seid vorsichtig, denn er wird kalt und trügerisch sein. Ich stoße bald wieder zu euch.«

Die beiden Männer gingen davon, und Nogusta setzte sich auf die Brückenmauer und rieb sich die verletzte Schulter. Ulmenethas neu erworbene Magie hatte das gebrochene Schlüsselbein zusammengefügt, und er merkte, wie rasch die Wunde verheilte. Aber nicht rasch genug, um den beiden Männern von Nutzen zu sein, die die Brücke bewachen sollten.

»Hol die schwarzen Schwerter«, befahl er Antikas. Der Schwertkämpfer ging zu seinem Pferd und hob das Bündel herunter, das hinter dem Sattel festgeschnallt war. Er warnte Nogusta und Dagorian, die Klingen nicht zu berühren und wickelte sie aus. Sie waren alle gleich, bis auf die Kristalle in den Knäufen. Einer war blau, der zweite weiß wie frischgefallener Schnee, der dritte tiefrot. Die blaue Klinge wählte Antikas für sich selbst. Nogusta wartete auf Dagorian. Der junge Offizier nahm das Schwert mit dem weißen Knauf. Nogusta nahm das letzte.

»Ich kann dir nur wenig Rat geben«, sagte er zu Dagorian. »Halt dich an Antikas Karios, und schütze seinen Rücken, so gut du kannst.«

»Du hast den kommenden Kampf gesehen, nicht wahr?«

»Nur ein paar kurze Blicke darauf. Frag mich nicht nach dem Ausgang. Du bist ein guter Mann, Dagorian. Nur wenige hätten den Mut, sich den Kriegern zu stellen, die dich erwarten.«

»Das ist ja alles ganz rührend, schwarzer Mann«, sagte Antikas, »aber warum reitest du nicht weiter? Ich werde Dagorian unter meine Fittiche nehmen, sozusagen.«

»Ich brauche deinen Schutz nicht«, fauchte Dagorian.

»Ihr Drenai seid immer so empfindlich. Das kommt daher, weil euch jeder Sinn für wahren Adel fehlt, nehme ich an.« Antikas ging zurück zu seinem Pferd, stieg auf und ritt an ihnen vorbei über die Brücke.

»Bist du sicher, daß man ihm trauen kann?« fragte Dagorian. Nogusta nickte.

»Laß dich nicht von seinem Benehmen täuschen. Er ist ein Mann von großer Ehre, und er trägt eine schwere Last der Scham mit sich. Und er hat Angst. Was du siehst, ist nur eine Maske. Er stammt aus altem ventrischen Adel, und er greift auf seine Werte zurück, um sich einem schrecklichen Feind zu stellen.«

Dagorian setzte sich neben den schwarzen Schwertkämpfer. »Ich wollte nie Soldat sein«, sagte er.

»Du hast mir gesagt, du wolltest Priester werden. Aber sieh es einmal so, mein Freund: Ist es nicht die Pflicht eines Priesters, eine Laterne gegen die Dunkelheit zu entzünden? Ist es nicht seine Aufgabe, sich gegen das Böse in jeder Form zu stellen?«

»Das ist richtig«, stimmte Dagorian zu.

»Dann bist du heute ein Priester, denn die Dämonen kommen. Sie suchen das Blut von Unschuldigen.«

Dagorian lächelte. »Ich brauchte keine Ermutigung, aber trotzdem, danke dafür.«

Nogusta stand auf. »Wenn deine Aufgabe hier erfüllt ist, reite nach Süden, halte dich auf dem Hochweg. In der Ferne wirst du die Geisterstadt Lem sehen. Wir treffen dich dort.«

Dagorian sagte nichts, sondern lächelte nur wissend. Dann streckte er die Hand aus. Nogusta ergriff sie fest. Dann bestieg er Sternenfeuer und ritt davon.

Nogusta führte sein Pferd zur anderen Seite der Brücke. Ulmenetha trat ihm entgegen.

»Hast du es ihm gesagt?« fragte sie.

»Nein«, antwortete er traurig.

»Warum nicht? Hat er nicht das Recht, es zu wissen?«

»Würde er besser kämpfen, wenn er es wüßte?« entgegnete er.

Als die anderen davonritten, holte Dagorian tief Luft und sah sich um. Die Brücke war aus Stein gebaut und etwa sechsundzwanzig Meter lang und knapp sieben Meter breit. Er hatte sie auf zweien von Nogustas Karten gesehen. Früher mußte sie einmal einen Namen gehabt haben, denn es war ein schönes Bauwerk und sorgfältig ausgeführt. Aber das war jetzt Geschichte, ebenso wie der Name des Flusses, den sie überspannte. Zu einer Zeit gebaut, als Lem noch eine wohlhabende Stadt war, muß sie ein Vermögen gekostet haben, dachte er und stellte sich die Hunderte von Männern vor, die hier gearbeitet hatten. Früher einmal hatten Statuen an beiden Enden der Brücke gestanden, doch davon waren nur noch die Sockel übriggeblieben. Es war, wie Nogusta gesagt hatte: Letztendlich vergißt die Geschichte uns alle. Er ging zur Brückenmauer und betrachtete das unter ihm liegende Flußufer. Ein steinerner Arm ragte aus dem Schlamm. Dagorian schlenderte hinunter, schob die Erde weg und legte eine marmorne Schulter frei. Der Kopf fehlte. Er schaute sich um und sah ein Stück von einem steinernen Bein, unter Unkraut verborgen. Irgend jemand hatte die Statuen umgestürzt. Er fragte sich, weshalb.

Er trank aus dem Fluß, dann kletterte er wieder auf die Brücke. »Zeit für ein bißchen Arbeit, Drenai!« sagte Antikas.

Das Gelände am Nordende der Brücke war übersät mit Steinen und Felsbrocken. Dagorian und Antikas arbeiteten zwei Stunden lang, um große Steine auf die Brücke zu rollen, die die feindlichen Pferde behindern sollten. Die beiden Männer sprachen nur wenig bei der Arbeit, denn Dagorian fühlte sich nach wie vor in der Gegenwart des adleräugigen Ventriers unbehaglich. Dieser Mann hatte seinen Tod geplant und entscheidenden Anteil an der Zerstörung der Armee der Drenai und am Königsmord gehabt. Jetzt sollte er an seiner Seite einem furchtbaren Feind entgegentreten. Der Gedanke war nicht sehr vergnüglich.

Antikas schnitt große Stücke Buschwerk ab und benutzte sein Pferd, um sie auf die Brücke zu ziehen. Er verkeilte dicke Äste in dem steinernen Geländer, so daß sie über die Felsen hinausragten. Endlich zufrieden führte er sein Pferd durch die Hindernisse und band es am anderen Ende der Brücke neben Dagorians Pferd an.

»Mehr können wir nicht tun«, erklärte er dem jungen Offizier. »Jetzt müssen wir warten.« Dagorian nickte und ging, um sich auf die Brückenmauer zu setzen. Der Nebel löste sich auf, und die Sonne schien klar von einem hellblauen Himmel.

»Wir sollten üben«, schlug Antikas vor.

»Ich brauche keine Übung«, fauchte Dagorian. Antikas Karios schwieg einen Moment, dann trat er dicht vor ihn.

»Dein Haß bedeutet mir weniger als nichts, Drenai«, sagte er leise. »Aber deine Verdrießlichkeit ist aufreizend.«

»Du bist ein Mörder und Verräter«, sagte Dagorian. »Es sollte genügen, daß ich bereit bin, an deiner Seite zu kämpfen. Ich muß nicht auch noch mit dir reden, und ich habe gewiß nicht den Wunsch, mich in einem sinnlosen Trainingskampf zu engagieren. Ich weiß schon, wie ich zu kämpfen habe.«

»Ach, wirklich?« Antikas zog sein Schwert. »Paß auf!« befahl er. Er nahm ein dickes Stück Holz und hielt das schwarze Schwert daran. Die Klinge glitt durch das alte Holz wie ein Messer durch Butter. »Du und ich«, sagte Antikas leise, »wir werden Seite an Seite kämpfen. Ein schwerfälliger Hieb, eine achtlose Bewegung, und einer von uns könnte den anderen töten. Wie oft haben sich Kameraden in dichtem Kampfgetümmel schon versehentlich verletzt?«

Das stimmte, und Dagorian wußte es. Er stieß sich von der Mauer ab und zog seine eigene Klinge. »Was schlägst du vor?« fragte er.

»Welche Seite möchtest du verteidigen, die linke oder die rechte?«

»Die rechte.«

»Schön, nimm deine Position ein und laß uns ein paar

der einfachen Züge durchgehen.« Die beiden Männer gingen auf die Brücke hinaus. »Der Feind ist gezwungen, zu Fuß vorzurücken, weil er über die Steine und das Gestrüpp klettern muß. Wir warten auf sie, und greifen sie hier an«, sagte er. »Gleich, was passiert, du mußt auf meiner rechten Seite bleiben. Auf keinen Fall darfst du die Brücke kreuzen. Da du weniger gut bist als ich, versuche niemals, mir zu Hilfe zu kommen. Wenn ich dir zu Hilfe komme, werde ich rufen, damit du weißt, wo ich bin.«

Eine Weile übten sie Bewegungen, probten Signale und diskutierten Strategien. Dann brachen sie ab, um etwas von Dagorians Trockenfleischration zu essen. Sie saßen schweigend auf den Felsen, jeder seinen eigenen Gedanken nachhängend.

»Ich habe noch nie gegen einen Dämon gekämpft«, sagte Dagorian schließlich. »Ich finde den Gedanken sehr beunruhigend.«

»Das ist nur eine Bezeichnung«, meinte Antikas. »Nichts weiter. Sie gehen, sie reden, sie atmen. Und wir haben die Waffen, sie zu töten.«

»Du scheinst deiner sehr sicher zu sein.«

»Du deiner nicht?«

Dagorian seufzte. »Ich will nicht sterben«, gestand er. »Klingt das feige?«

»Niemand will sterben«, erwiderte Antikas. »Aber wenn du während des Kampfes ans Überleben denkst, ist dein Tod gewiß. Es ist lebenswichtig für einen Krieger, während eines Kampfes alle Gedanken auszuschalten. Was, wenn ich einen Messerstich abbekomme, wenn ich verkrüppelt werde, wenn ich sterbe? Diese Gedanken behindern die Fähigkeiten eines Kriegers. Der Feind wird kommen. Wir werden ihn töten. Das ist alles, auf das du dich konzentrieren mußt.«

»Leichter gesagt als getan«, meinte Dagorian.

Antikas lächelte dünn. »Hab keine Angst vor dem Tod, Dagorian, denn er kommt zu allen Menschen. Ich selbst würde lieber jung und stark sterben, als ein zahnloser, seniler alter Mann zu werden, der nur noch von den Wundern seiner Jugend spricht.«

»Das sehe ich anders. Ich würde gerne leben, um meine Kinder und Enkelkinder heranwachsen zu sehen. Die Liebe und Freuden einer Familie zu kennen.«

»Hast du je geliebt?« fragte Antikas.

»Nein. Ich dachte …« Er zögerte. »Ich dachte, ich würde Axiana lieben, aber das war ein Traum, ein Ideal. Sie sah so zerbrechlich aus, beinahe verloren. Aber nein, ich habe nie geliebt. Und du?«

»Nein«, antwortete Antikas, und die Lüge blieb ihm fast im Halse stecken. Die Erinnerung an Kara brannte heiß.

»Ob Dämonen lieben, was meinst du?« fragte Dagorian plötzlich. »Heiraten sie und bekommen Kinder? Ich nehme an, ja.«

»Darüber habe ich noch nie nachgedacht«, gab Antikas zu. »Kalizkan erzählte mir, daß Emsharas, der Große Zauberer, sich in eine Menschenfrau verliebte und mit ihr Kinder hatte. Er war ein Dämon.«

»Alles, was ich von ihm weiß, ist, daß er vor Tausenden von Jahren den Großen Zauber sprach.«

»Ja, und das finde ich seltsam«, sagte Antikas. »Kalizkan zufolge verbannte er seine gesamte Rasse in eine Welt des Nichts, leer und öde. Hunderttausende von Seelen, die aus der Welt gerissen wurden, um in alle Ewigkeit gestaltlos umherzuschweben. Kann es je ein schlimmeres Verbrechen gegeben haben?«

»Das nennst du ein Verbrechen? Das verstehe ich nicht. Die Menschheit wurde durch diese Tat gerettet.«

»Die Menschheit, ja, aber Emsharas war kein Mensch. Warum hat er es dann getan? Warum hat er nicht einen

Zauber gewirkt, der die *Menschheit* in die Leere verbannte und die Erde seinem eigenen Volk überließ? Das macht doch keinen Sinn.«

»Für ihn muß es Sinn gemacht haben. Vielleicht lag es daran, daß sein Volk böse war.«

»Na, hör mal«, fuhr Antikas auf, »das macht ja noch weniger Sinn. Wenn wir sein Handeln als gut würdigen, müssen wir hinnehmen, daß er nicht böse war. Warum sollte er denn der einzige gute Dämon auf der Welt gewesen sein? Was ist mit den Dryaden, die den Wald beschützten oder den Krandyl, die die Felder und Wiesen hegten? Auch das sind legendäre Wesen, Geisterwesen, Dämonen.«

Dagorian lachte plötzlich auf und schüttelte den Kopf.

»Was ist daran so lustig?« fragte Antikas.

»Findest du es nicht lustig, daß zwei Männer auf einer Brücke sitzen und auf den Tod warten und dabei über die Taten eines Zauberers diskutieren, der vor Tausenden von Jahren starb? Das ist die Art von Gespräch, die ich eher in der Bibliothek in Drenan zu führen erwartet hätte.« Sein Gelächter ebbte ab. »Es ist mir gleich, warum er es tat. Was spielt das jetzt noch für eine Rolle? Für uns?«

»Hast du vor, den ganzen Tag so morbid zu sein?« erwiderte Antikas. »Wenn ja, bist du alles andere als ein fröhlicher Gefährte. Du brauchst nicht hier zu bleiben, Dagorian. Du bist nicht angekettet.«

»Warum bleibst du?« fragte der jüngere.

»Ich sitze gern auf Brücken«, antwortete Antikas. »Es beruhigt meine Seele.«

»Nun, ich bleibe, weil ich zuviel Angst habe, es nicht zu tun«, sagte Dagorian. »Kannst du das verstehen?«

»Nein«, gestand Antikas Karios.

»Vor ein paar Tagen griff ich fünf ventrische Lanzenreiter an. Ich dachte, ich würde sterben. Aber mein Blut war in Wallung, und ich griff sie an. Dann kamen Nogusta und Kebra mir zu Hilfe, und wir gewannen.«

»Ja, ja«, unterbrach Antikas. »Ich sah, daß du Vellians Pferd hattest. Aber worauf willst du hinaus?«

»Hinaus?« sagte Dagorian, dessen Gesicht sich voller Qual verzog. »Der Punkt ist, daß mich die Angst nicht mehr verläßt. Sie wächst mit jedem Tag. Dämonen verfolgen uns. Unbesiegbar und unheilig. Und wo wollen wir hin? In eine Geisterstadt ohne Hoffnung auf Rettung. Ich könnte die Angst nicht länger ertragen. Also bin ich hier. Und sieh mich an! Guck dir meine Hände an!« Dagorian streckte seine Hände aus, die unkontrolliert zitterten. »Also tu mir den Gefallen, Antikas Karios. Sag mir, warum du auf dieser verfluchten Brücke bist.«

Antikas beugte sich vor, und blitzschnell schlug er Dagorian mit der flachen Hand ins Gesicht. Das Klatschen hing in der Luft. Dagorian sprang auf, seine Hand tastete nach seinem Schwert. »Wo ist deine Angst jetzt?« fragte Antikas leise. Die sanft gesprochenen Worte drangen durch Dagorians Wut, und er stand, das Schwert in der Hand, und starrte in die dunklen, grausamen Augen von Antikas Karios. Der Ventrier sagte: »Sie ist fort, nicht wahr, deine Angst? Von Wut weggefegt.«

»Ja, sie ist weg«, sagte Dagorian kalt. »Was sollte das?«

»Du hattest recht, hier zu bleiben, Dagorian. Ein Mann müßte schon ein Schlangenmensch sein, um sich gleichzeitig seiner Angst zu stellen und vor ihr zu fliehen.« Antikas stand auf, ging zum Rand der Brücke, lehnte sich über die Brüstung und starrte ins Wasser hinunter. »Komm her und schau«, sagte er. Der Drenai ging zu ihm.

»Was soll ich mir ansehen?«

»Das Leben«, antwortete Antikas. »Er nimmt hoch in den Bergen seinen Anfang mit der Schneeschmelze. Kleine Wasserläufe vereinigen sich, rauschen bergab, strömen zu größeren Bächen zusammen und fließen dann ins warme Meer. Dort scheint die Sonne aufs Wasser, und es steigt als Wasserdampf wieder empor und schwebt über die Berge, wo es als Regen oder Schnee wieder niedergeht. Es ist ein Kreislauf, ein endloser, wunderschöner Kreislauf. Lange nachdem wir nicht mehr sind und auch die Kinder unserer Kindeskinder, wird dieser Fluß noch immer ins Meer fließen. Wir sind sehr unbedeutende Kreaturen, Dagorian, mit sehr unbedeutenden Träumen.« Er wandte sich an den jungen Offizier und lächelte. »Sieh dir deine Hände an. Sie zittern nicht mehr.«

»Aber das werden sie wieder – wenn die Krayakin kommen.«

»Das glaube ich nicht.«

Seine Erfahrung im Körper Kalizkans hatten dem Dämonenherrscher Anharat tiefe Einblicke in die Wirkungsweise des menschlichen Mechanismus verliehen. Unfähig, den Krebs aufzuhalten, der sich im Körper des Zauberers ausbreitete, hatte Anharat zugelassen, daß alle Körperfunktionen versagten und dann mit Hilfe von Magie die Illusion des Lebens aufrechterhalten. Aber nicht mit dieser Gestalt!

Als Malikada tot war, reparierte Anharat das durchbohrte Herz und ließ es weiter pumpen, die Nährstoffe im Blut die Zellen ernähren und den Körper am Leben halten – gewissermaßen. Der Zauber mußte unentwegt aufrechterhalten werden. Wenn die Magie nicht mehr floß, würde der Körper unverzüglich verwesen. Das war jedoch kein Problem, denn der Zauber war nur klein. Er hatte mehr Schwierigkeiten mit den unbewußten Reaktionen wie Atmen und Blinzeln, überwand sie nach einigen Experimenten allerdings. Kalizkans Leichnam zu benutzen, war mühsam gewesen, vor allem, als die Verwesung voranschritt. Er hatte mehr und mehr Kraft gebraucht, um einen Verbergenzauber über die abstoßende Gestalt zu werfen. Jetzt jedoch mußte er lediglich das Blut weiter fließen lassen und Luft in die Lungensäcke füllen. In dieser neuen Methode lagen auch Vorteile. Geschmacks-, Tast- und Geruchssinn waren unglaublich gesteigert.

Anharat saß jetzt in seinem Zelt und nippte an einem Becher guten Weins, ließ ihn im Munde kreisen und genoß den Geschmack. Obwohl er seine eigene natürliche Gestalt bevorzugte, dachte Anharat daran, diese hier ein paar Jahre lang beizubehalten, um die Vergnügungen des menschlichen Fleisches voll auszukosten. Sie waren so viel köstlicher, als er es sich vorgestellt hatte. Vielleicht lag es daran, daß die Menschen so kurzlebig waren, dachte er, ein Geschenk der Natur an die Lebewesen, die nur ein paar kurze Herzschläge lang lebten. Emsharas hatte diese Freuden kennengelernt, und jetzt begriff Anharat sie. Kein Wunder, daß sein Bruder so viel Zeit mit der schwarzen Frau verbracht hatte.

Draußen vor dem Zelt hörte er, wie die Armee sich auf das Nachtlager vorbereitete, das Klappern von Töpfen und Tellern, als sich die Männer für ihr Abendessen anstellten, der Geruch von Holzrauch von den Feuern und das Gelächter der Soldaten über erfundene Geschichten.

Er hatte sich von seinen untoten Leibwächtern getrennt. Ihr starrer, verständnisloser Blick hatte die Offiziere nervös gemacht. Auch hatte er die Entukku von der Stadt abgezogen, so daß die verängstigte Bevölkerung zu einem Anschein der Normalität zurückkehren konnte, ehe die Armee abmarschierte. Tausende waren in den Unruhen gestorben, und keiner der überlebenden Menschen hatte die leiseste Ahung, was ihre eigene mörderische Wut verursacht hatte. Eigenartigerweise hatten die Entukku, die normalerweise von Entsetzen und Schmerz lebten, sich genauso an den Wellen der Reue gütlich getan, die die Stadt überspülten. Diese Menschen waren eine ständige Quelle aller Art von Nahrung.

Anharat konnte es kaum erwarten, weiter mit ihnen zu experimentieren.

Ein schwaches Glühen erschien auf den Zeltwänden hinter ihm. Seine Haut kribbelte, und er drehte sich zum Licht, seine Hände öffneten sich, die ersten Worte eines Zaubers lagen ihm auf den Lippen. Eine blasse Gestalt formte sich. Anharat sah, daß es lediglich ein Abbild war, denn die Beine steckten in dem eisernen Kohlebecken, das mit heißen Kohlen angefüllt war. Er entspannte sich, seine Neugier war geweckt. War Kalizkan zurückgekehrt?

Dann begann das Licht zu verblassen, und die Züge eines Mannes erschienen. Anharat wurde wütend, er begann zu zittern. Sein Gesicht verzerrte sich, und er trat vor. Wie gern hätte er dieser Gestalt mit seinen Krallen das Herz zerrissen. Der Besucher war in ein weißes Gewand gekleidet. Die Haut war schwarz, die Augen von einem hellen Blau. Um die Stirn trug er einen Goldreifen. »Sei gegrüßt, mein Bruder«, sagte er.

Anharat war beinahe zu wütend, um zu sprechen, doch er kämpfte um seine Beherrschung. Wenn er das Abbild für eine Weile hier festhalten konnte, gelang es ihm vielleicht, einen Suchzauber zu finden, der ihm zu seinem Ursprung folgen würde. »Wo hast du gesteckt, Emsharas?«

»Nirgendwo«, antwortete die Gestalt.

»Du lügst, Bruder. Denn ich war verurteilt, in der Hölle des Nirgendwo zu existieren, zusammen mit allen Illohir. Und du warst nicht dort. Auch unter den Menschen warst du nicht, denn ich habe die letzten viertausend Jahre nach dir gesucht.«

»Ich habe mich nicht versteckt, Anharat«, sagte die Gestalt leise. »Auch war es nicht – und ist es nicht – meine Absicht gewesen, daß unser Volk für alle Zeit in der Leere existiert.«

»Deine Absichten kümmern mich nichts, Verräter. Wußtest du, daß ich deine Nachfahren vernichtet habe?«

»Nicht alle. Einer ist noch übrig.«

»Ich werde ihn tot sehen, und ich werde das Kind bekommen. Dann wird deine Übeltat ungeschehen gemacht werden. Das Volk der Illohir wird wieder frei über die Erde wandeln.«

»Ja, das wird es«, sagte Emsharas. »Aber sie werden nicht das Wasser oder den Wein trinken können, noch den Sonnenschein genießen.«

Anharat dachte fieberhaft nach, sein Suchzauber war beinahe vollständig. »Also Bruder, willst du mir nicht sagen, wo du all diese Jahrhunderte warst? Hast du das Leben als Mensch genossen? Hast du guten Wein getrunken und schöne Frauen in dein Bett geführt?«

»Ich habe nichts dergleichen getan, Anharat. Woher glaubst du, hatte ich die Macht für den Großen Zauber?«

»Ich weiß es nicht und es interessiert mich auch nicht«, log Anharat.

»O doch, es interessiert dich, Bruder, denn du weißt, daß du und ich beinahe gleich stark waren, und trotzdem entdeckte ich eine Quelle der Macht, die bis dahin unbekannt war. Du könntest sie auch nutzen. Ich werde sie dir bereitwillig nennen – wenn du mir hilfst, mein Werk zu vollenden.«

»Vollenden …? Welchen neuen Schrecken hast du für die Illohir auf Lager, Bruder? Vielleicht könnten wir feurige Ketten schaffen, um unser Volk für alle Zeit zu foltern?«

»Ich biete ihnen eine Welt, in der sie in der Sonne liegen und in den Flüssen und Seen schwimmen können. Eine eigene Welt.«

»Ach wirklich? Wie nett von dir, Emsharas. Vielleicht könntest du mir aber trotzdem erklären, warum sie nicht bereits dort sind. Und warum wir so lange auf dieses kleine Gespräch gewartet haben.«

»Ich hatte noch nicht die Macht, den Zauber zu vervollständigen. Ich brauchte dich, Anharat.«

Anharat stieß die Finger vor, und der fertige Suchzauber floß um Emsharas und badete ihn in blaues Licht. »Jetzt werde ich dich finden«, zischte Anharat. »Ich werde dich finden, und ich werde dich vernichten. Ich schwöre es! Aber zuerst töte ich den dritten König und vollende die Prophezeiung.«

Emsharas lächelte. »Meine Prophezeiung«, sagte er. »Ich ließ sie für dich zurück, Bruder. Und sie ist wahr. Nach dem Tod des dritten Königs werden sich die Illohir wieder erheben. Wir sprechen uns bald wieder.«

Damit verschwand die Gestalt.

Anharat schloß die Augen und hielt den Suchzauber fest. Er spürte, wie er schwächer und schwächer wurde, als ob er über eine riesige Entfernung käme. Dann war er fort.

Der Dämonenherrscher kehrte zu seinem Wein zurück und nahm einen tiefen Zug. In all den Jahrtausenden, in denen er in der Leere gefangen war, hatte er jeden bekannten Zauber benutzt, um Emsharas aufzuspüren. Er hatte Suchzauber durch das ganze Universum geschickt. Doch er hatte nichts gefunden. Es war, als hätte es Emsharas nie gegeben.

Und jetzt, als sich die Stunde von Anharats Triumph näherte, war sein Bruder zurückgekehrt.

Anharat hätte Drohungen ertragen können, doch Emsharas hatte keine ausgestoßen. Und was hatte er damit gemeint, daß er abstritt, sich verborgen gehalten zu haben? Ein winziger Zweifel setzte sich in Anharat fest. Sein Bruder log niemals. Anharat füllte seinen Becher noch einmal, trank und dachte wieder an Emsharas' Worte. »O doch, es interessiert dich, Bruder, denn du weißt, daß du und ich beinahe gleich stark waren, und trotzdem entdeckte ich eine Quelle der Macht, die bis dahin unbekannt war. Du könntest sie auch nutzen. Ich werde sie dir bereitwillig nennen – wenn du mir hilfst, mein Werk zu vollenden.« Welche Quelle der Macht? Anharat ging zu seiner Pritsche und legte sich nieder. Ich will sie dir *nennen.* Das hatte Emsharas gesagt. Nicht *geben.* Nicht dir sagen, *wo* sie ist. Die geheime Machtquelle war also kein Gegenstand wie ein Talisman, sondern etwas, das man nur mit Worten weitergeben konnte. Das war unmöglich.

Und doch ... sie *waren* beinahe gleich stark gewesen. Wo hatten dann sein Bruder die Macht gefunden, eine ganze Rasse zu verbannen?

Er würde Zeit brauchen, um diese Frage zu durchdenken. Jetzt wollte Anharat seinen Sieg näherrücken sehen. Er entspannte seine Gedanken, und sein dunkler Geist schwebte frei über die Berge zu der Steinbrücke.

Kapitel zehn

Antikas Karios nahm seinen roten Umhang ab und faltete ihn ordentlich zusammen, dann legte er ihn auf die steinerne Brüstung der Brücke. Anschließend band er sein langes Haar zu einem Pferdeschwanz zusammen und begann mit einer Reihe von Übungen, die Rücken, Schultern und Hüften dehnen und geschmeidig machen sollten. Zu Beginn waren seine Bewegungen langsam, anmutig, fast tänzerisch. Dann wurden sie immer schneller, wurden zu einem Tanz aus Sprüngen und Drehungen. Dagorian beobachtete ihn mit wachsender Trauer. Ein solcher Tanz, dachte er, sollte das Leben und die Jugend feiern, kein Vorspiel für Gewalt und Tod sein.

Die Sonne ging hinter den Bergen im Westen unter, und der violette Himmel war mit goldenen Wolken gesprenkelt. Antikas ging zu Dagorian hinüber. »Was für ein schöner Sonnenuntergang«, sagte er.

Der junge Offizier antwortete nicht. Eine Reihe von zehn Reitern war aus dem Wald gekommen und hielt auf die Brücke zu. Als sie die Bäume verlassen hatten, tauchten weitere vier Reiter auf, hochgewachsene Männer in schwarzer Rüstung und Helmen, die das Gesicht verbargen.

Der ventrische Hauptmann ritt bis zu dem ersten Hindernis, dann rief er Antikas zu: »Macht Platz für die Reiter des Kaisers.«

»Was soll das für ein Kaiser sein?« erwiderte Antikas.

»Mach Platz, Antikas Karios, du kannst dich nicht gegen uns alle stellen. Und ich habe keinen Befehl, dich zu verhaften.« Der Hauptmann rutschte nervös auf seinem Pferd herum und warf immer wieder einen Blick zurück auf die Krayakin in ihrer schwarzen Rüstung.

»Ich fürchte, ich kann deiner Aufforderung nicht nachkommen, Hauptmann«, sagte Antikas. »Du mußt verstehen, ich stehe in Diensten des jungen Königs, und ich habe den Befehl, diese Brücke zu halten. Darf ich vorschlagen, daß du mit deinen Männern davonreitest, denn du irrst –«, seine Stimme wurde hart, »ich kann mich gegen euch stellen. Mehr noch, ich kann dir versprechen, daß jeder Mann, der diese Brücke betritt, sterben wird.«

Der Hauptmann leckte sich die trockenen Lippen. »Das ist doch verrückt«, sagte er. »Was hast du hier zu suchen?«

»Das habe ich dir bereits gesagt. Und jetzt greif an – oder verschwinde!«

Der Hauptmann zog an den Zügeln und riß sein Pferd herum. Dagorian konnte erkennen, daß keiner der ventrischen Soldaten bereit schien, sich in den Kampf zu stürzen. So mächtig war der einschüchternde – und berechtigte – Ruf des Mannes, der ihnen gegenüberstand. Trotzdem stiegen sie ab und zogen ihre Schwerter, denn sie waren tapfer und diszipliniert.

»Denk daran«, flüsterte Antikas, »halt dich rechts.«

»Das werde ich.«

»Zittern deine Hände?«

»Nein.«

»Gut. Das erleichtert mich – denn ich kann es nicht wirklich allein mit zehn Männern aufnehmen.« Er grinste Dagorian an, dann zog er seine beiden Schwerter, eins aus schimmerndem Stahl, das andere schwärzer als die Hölle und trat vor, um seinen Platz auf der linken Seite einzunehmen.

Die Brücke war breit genug, daß vier Krieger nebeneinander hergehen konnten und trotzdem noch Raum hatten, mit dem Schwert auszuholen. Die Ventrier rückten langsam vor und bahnten sich ihren Weg durch die Felsbrocken. Antikas stand ganz still. Als sie näherkamen, sprang er plötzlich mit einem ohrenbetäubenden Kriegsruf auf sie zu. Sein Stahlschwert schlitzte einem Soldaten die Kehle auf, dann drang die schwarze Klinge einem zweiten Mann in die Brust und tötete ihn auf der Stelle. Die Ventrier stürmten vor. Drei schafften es an dem Schwertkämpfer vorbei. Dagorian machte einen Satz nach vorn. Die schwarze Klinge schoß vor, ein Mann starb. Ein Schwert durchbohrte Dagorians Schulter. Er fiel zurück. Sein Gegner stolperte über einen Stein und verlor das Gleichgewicht. Dagorian tötete ihn mit einem Stoß ins Herz. Dann wurde Dagorian wieder getroffen, diesmal von dem dritten Soldaten. Er hatte das Gefühl, ein Pferd hätte ihn getreten und konnte zuerst nicht feststellen, wo er verwundet war. Er achtete nicht darauf, sprang zum Angriff, wehrte einen wilden Hieb ab und antwortete mit einem Gegenstoß, der dem Mann durch die Rippen fuhr. Er fiel ohne einen Laut.

Als Dagorian aufschaute, sah er Antikas wild kämpfen, seine Klingen verschwammen undeutlich in seinen Hieben und Paraden. Er hatte Blut im Gesicht und am Arm, aber fünf Männer lagen am Boden. Nur der Hauptmann und ein anderer waren noch übrig.

Antikas lief auf sie zu – und sie machten kehrt und flohen.

Sie kamen nicht weit.

Die vier Krayakin-Krieger blockierten die Brücke. Zwei von ihnen traten vor und erschlugen die fliehenden Soldaten.

»Nicht sehr sportlich«, rief Antikas Karios ihnen zu. »Tötet ihr öfter eure eigenen Leute?«

»Du kämpfst gut, Mensch«, erklang eine gedämpfte Stimme. »Und ich sehe, daß du ein Sturmschwert gefunden hast. Das sollte eine interessante Begegnung werden.«

»Alle gleichzeitig – oder einer nach dem anderen. Das ist mir gleich«, sagte Antikas.

Gelächter beantwortete seine Herausforderung. Dann trat der größte der Krieger vor. »Du gefällst mir, Mensch«, sagte er. »Aber dir läuft Blut in die Augen. Geh zurück und binde dir ein Tuch um die Stirn. Ich warte auf dich.«

Antikas grinste, dann ging er zurück zu Dagorian, der mit dem Rücken an die Mauer gelehnt saß. »Ruhst du dich aus, Drenai?« fragte er. Dann verblaßte sein Lächeln, als er sah, wie Blut Dagorians Tunika durchtränkte.

»Kümmer dich nicht um mich«, sagte Dagorian mit einem schwachen Lächeln. »Tu was er sagt.« Antikas war knapp über der linken Augenbraue getroffen worden. Die Platzwunde war rund fünf Zentimeter lang. Blut rann ihm daraus ins Auge. Mit dem Messer schnitt er seinen Hemdsärmel auf und riß ihn ab. Dann riß er einen Streifen ab und band ihn sich um die Stirn.

»Schlimm, so was mit einem guten Hemd zu machen«, sagte er. »Mein Schneider wäre höchst erzürnt.«

Dann erhob er sich und sah auf Dagorian hinunter. »Geh nicht weg«, sagte er. »Ich bin bald zurück.«

»Ich glaube kaum, daß ich irgendwo hingehe«, sagte Dagorian. »Nimm das Sturmschwert. Ich habe das Gefühl, daß du es brauchen wirst.«

Mit zwei der schwarzen Klingen bewaffnet, schritt Antikas zurück in die Mitte der Brücke. »Wie heißt du?« fragte er den hochgewachsenen Krieger.

»Ich heiße Golbar«, antwortete der Krayakin.

»Dann komm, Golbar, laß uns tanzen.«

»Hab Geduld, Mensch«, sagte Golbar und zog die Handschuhe aus. Langsam nahm er die schwarze Rüstung ab, schnallte Brustplatte und Schulterstücke los, die Beinschienen und Unterarmschützer. Zum Schluß nahm er den Helm ab. Sein Haar war weiß, die Augen dunkel, die Haut blaß. Er zog sein Schwert und drehte sich zu einem seiner Kameraden um, der ihm ein zweites zuwarf. Er fing es geschickt auf und schritt über die Brücke. Antikas beobachtete seine Bewegungen. Sie waren rasch und anmutig.

Antikas griff an, und als sich ihre Schwerter trafen, schossen knisternd Blitze aus den Klingen. Der Angriff wurde mühelos pariert, und Antikas gelang es nur knapp, einen mörderischen Gegenstoß abzuwehren, der sein schon ruiniertes Seidenhemd weiter aufschlitzte. Der Krayakin stürzte sich mit verblüffender Schnelligkeit auf ihn, und Antikas merkte, daß er um sein Leben kämpfen mußte. Noch nie hatte er einen besseren Gegner gehabt oder einen Mann getroffen mit so schnellen Reflexen wie diesen Krayakin. Antikas parierte und blockte mit wachsender Verzweiflung, und allmählich wurde er über die Brücke zurückgedrängt. Zorn stieg in ihm auf, denn der Krayakin spielte mit ihm. Zweimal hatte er Gelegenheit, die Abwehr des Menschen zu durchstoßen, und zweimal ritzte er lediglich die Brust seines Gegners.

»Du bist sehr gut«, sagte Golbar leichthin, während er weiter angriff. »Nicht der Beste, den ich je tötete, aber fast. Laß mich wissen, wenn du bereit bist zu sterben.«

Antikas antwortete nicht. Trotz seiner zunehmenden Erschöpfung und des verzweifelten Überlebenskampfes hatte er die Bewegungen seines Gegners studiert und eine Schwäche gesucht. Der Mann war beidhändig – wie auch Antikas –, doch er bevorzugte die rechte Hand und versuchte eher mit Stößen als mit herabsausenden Hieben zu töten. Antikas machte einen Satz nach hinten.

»Ich bin bereit«, sagt er. Der Krayakin griff an. Anstatt zurückzuweichen, stürzte sich Antikas plötzlich nach vorn. Wie er erwartet hatte, stieß Golbar blitzschnell mit der rechten Klinge zu. Antikas wich nach rechts aus, so daß das Schwert seines Feindes nur an seinen Rippen entlangglitt. Ohne auf den Schmerz zu achten, stieß er die schwarze Klinge durch die Brust des Krayakin und durchbohrte dessen Herz. Golbars dunkle Augen wurden groß vor Schmerz und Schock, die Schwerter entfielen seinen Händen. Ohne ein Wort fiel er auf die Steine.

Antikas schritt voran, um sich den übrigen drei zu stellen.

»Wer zieht sich als nächstes aus?« fragte er.

»Niemand«, kam die Antwort. »Golbar hatte immer schon einen Sinn fürs Dramatische.«

Sie wogen ihre Schwerter und kamen gemeinsam auf ihn zu. Antikas beobachtete sie, entschlossen, mindestens einen mit sich zu nehmen.

Der Mond schien über den Bergen, und ein kühler Windhauch fuhr über die Brücke. Es wäre so einfach, zu seinem Pferd zu rennen und davonzugaloppieren, bereit, einen weiteren Tag zu kämpfen. Er warf einen raschen Blick auf Dagorian. Der junge Offizier saß ganz still, die Hände über der schrecklichen Bauchwunde zusammengedrückt. Er hatte plötzlich den Wunsch, ihm zu sagen, warum er sich entschlossen hatte, auf dieser Brücke zu kämpfen, von Erlösung zu sprechen und dem Verlust Karas. Aber er hatte keine Zeit.

Die Krayakin bahnten sich ihren Weg durch die Felsbrocken. Antikas spannte sich, bereit anzugreifen.

Eine ungeheure, weiße Gestalt brach aus dem Unterholz und warf Bäume zur Seite. Sie donnerte auf die

Brücke zu und stieß einen entsetzlichen Schrei aus. Antikas starrte ungläubig auf die riesige Gestalt mit dem großen, keilförmigen Kopf und dem weitaufgerissenen Maul. Sie bewegte sich sehr schnell. Blut strömte aus einer Wunde an der Schulter des Unwesens, und Antikas konnte eine abgebrochene Lanze dort herausragen sehen.

Die drei Krayakin fuhren herum, als das Biest auf sie zustürmte. Sie konnten nirgendwohin ausweichen, außer sich in den Fluß zu stürzen. Sie blieben stehen, zwergenhaft gegenüber dem Ungeheuer, das über ihnen aufragte. Einer der Krayakin versuchte anzugreifen, aber eine ausholende Bewegung eines krallenbewehrten Arms riß ihm den Kopf von den Schultern. Der keilförmige Kopf stieß herab, verbiß sich in der Schulter eines zweiten Kriegers und hob ihn hoch in die Luft. Der Krayakin stieß dem Ungeheuer sein Schwert tief in den Hals. Der Kopf des Untiers zuckte, und der Krieger segelte über den Fluß hinaus, fiel klatschend in die Fluten und verschwand darin. Der dritte Krayakin war losgerannt und hatte sein Schwert tief in den fischweißen Bauch des Wesens gestoßen und ihm eine große Wunde beigebracht, aus der eine gewaltige Menge Blut quoll. Krallen gruben sich in den Krieger und zerfetzten seine Rüstung. Er wurde gegen die steinerne Brüstung geschleudert, das Schwert entfiel seiner Hand. Der Kopf des Untiers stieß auf ihn herab. Er versuchte, ihm auszuweichen, doch die entsetzlichen Zähne packten seinen Leib und rissen ihn entzwei.

Das Ungeheuer richtete sich auf, und die steinerne Brücke zitterte, als es ein Schmerzensgeheul ausstieß. Die Wunde in seinem Bauch riß weiter auf, so daß seine Eingeweide herausquollen. Es drehte den Kopf und sah Antikas allein in der Mitte der Brücke stehen. Es machte noch zwei taumelnde Schritte auf ihn zu, dann stürzte es zur

Seite. Das Brückengeländer brach unter seinem Gewicht zusammen, und es stürzte in den reißenden Fluß.

Antikas ging zum Rand und starrte hinunter. Das Wesen verschwand langsam außer Sicht in Richtung der fernen Wasserfälle.

Antikas dachte an Kalizkans Warnung vor der beinahe wunderbaren Heilkraft der Krayakin, lief zu dem ersten Toten und warf beide Teile in den Fluß. Beim zweiten hielt er inne und starrte auf den abgerissenen Kopf. Das Visier des Helms war noch geschlossen. Antikas öffnete es und starrte in glühende Augen, die lebendig und voller Haß waren. Der Mund bewegte sich, doch ohne Stimmbänder kam kein Laut heraus. Antikas packte den Kopf und warf ihn ins Wasser, dann rollte er den Körper hinterher. Zum Schluß ging er zu dem unbewehrten Körper Golbars. Auch ihn warf er in den Fluß.

Er kehrte zu Dagorian zurück und sank neben dem sterbenden Offizier zu Boden. »Wie geht es dir?« fragte er.

»Ich habe keine Schmerzen, aber ich kann meine Beine nicht mehr bewegen. Ich sterbe, Antikas.«

»Ja. Aber wir haben gewonnen, Drenai.«

»Vielleicht. Andererseits haben wir vielleicht das Unvermeidliche nur hinausgezögert. Es gibt noch vier weitere Krayakin, und die ventrische Armee hat den Zugang zum Meer abgeschnitten.«

»Kümmere dich nicht um das, was morgen sein wird, Dagorian. Du hast gut und tapfer gekämpft. Es war eine Ehre, an deiner Seite zu stehen. Ich weiß nicht viel über deine Religion. Gibt es darin eine Halle der Helden?«

»Nein.«

»Dann solltest du zu meiner übertreten, mein Freund. Darin wirst du einen Palast voller Jungfrauen finden, die dir jeden Wunsch erfüllen. Dort gibt es Wein und Gesang und ewigen Sonnenschein.«

»Das … klingt … sehr schön«, flüsterte Dagorian.

»Ich werde für deinen Geist beten, Drenai, und dieses Gebet wird über dir leuchten wie eine Laterne. Folge ihr zu dem Palast, der mich erwartet. Wir sehen uns dort wieder.« Antikas streckte die Hand aus und schloß die toten Augen. Dann steckte er die Sturmschwerter ein und ging langsam zurück zu den Pferden. Die Schnitte in seinen Rippen schmerzten jetzt, als das Blut darüber verkrustete. Er stieg in den Sattel und warf einen Blick zurück auf die Brücke.

Dann erfüllte er sein Versprechen und sprach ein Lichtgebet, das für Dagorian scheinen sollte.

Er wendete die Pferde und ritt hinter den anderen her.

Die Höhle war tief und gekrümmt wie ein Horn. Der beißende Wind konnte ihnen hier drinnen nichts anhaben, und die Gruppe kauerte um zwei Feuer. Nogusta stand ein Stück abseits der anderen, sein Herz war schwer. Er hatte Dagorian nicht angelogen. Er hatte ihn nicht sterben *sehen*. Doch er hatte gewußt, daß der junge Mann die Begegnung auf der Brücke nicht überleben würde, denn in den lebhaften Einblicken in die Zukunft, die ihn überkamen, hatte er nichts von dem Offizier gesehen.

Kebra stand vom Feuer auf und kam zu ihm. »Wie lange dauert es noch, bis wir von diesem Berg runterkommen?« fragt er.

»Irgendwann spät am morgigen Tag.«

»Ich habe das letzte Getreide an die Pferde verfüttert, aber sie brauchen Ruhe, Nogusta, gutes Gras und Wasser.«

Nogusta entrollte die Pergamentkarte und hielt sie so, daß sie beide im Feuerschein sehen konnten. »Morgen erreichen wir die höchste Stelle. Es wird bitter kalt sein, und die Straße wird vereist und rutschig sein. Danach beginnen wir den langen Abstieg in die fünf Täler und nach Lem.«

»Die Feuer werden nicht die Nacht über brennen«, sagte Kebra, »und ohne sie wird es hier frieren.« Sie hatten im letzten Tal Feuerholz gesammelt, und Bison hatte ein paar Bündel trockenes Holz von dem zerschmetterten Karren an seinen Sattel gebunden. Diese verbrannten sie gerade.

»Dann werden wir frieren«, sagte Nogusta. »Aber nicht so sehr wie Dagorian.«

»Meinst du, wir hätten bleiben sollen?«

Nogusta schüttelte den Kopf. »Die anderen Krayakin sind uns dicht auf den Fersen.«

»Was hast du gesehen?«

»Zuviel«, antwortete Nogusta traurig. »Die Gabe ist mehr denn je ein Fluch. Ich sehe, aber ich kann nicht ändern, was ich sehe. Dagorian fragte mich, ob er sterben würde. Ich habe es ihm nicht gesagt. Ich glaube, er wußte es ohnehin. Er war ein guter Mann, Kebra, ein Mann, der hätte leben sollen, um ein Haus zu bauen, Kinder zu zeugen und sie die Tugenden von Aufrichtigkeit, Mut und Ehre zu lehren. Er sollte nicht tot auf einer vergessenen Brücke liegen.«

»Wir werden ihn nicht vergessen«, sagte der silberhaarige Bogenschütze.

»Nein, das werden wir nicht. Aber was zählt das? Wir beide sind alte Männer, du und ich. Unsere Zeit ist bald um. Und wenn ich auf mein Leben zurückblicke, frage ich mich, ob es zum Guten oder zum Schlechten war. Ich habe die meiste Zeit meines Lebens gekämpft. Ich habe die Sache der Drenai verteidigt, obwohl die meisten meiner Kameraden mich wegen meiner Hautfarbe entweder fürchteten oder haßten. Dann habe ich am Einmarsch nach Ventria teilgenommen und sah die Zerstörung eines uralten Reiches. Und alles nur wegen der Eitelkeit eines arroganten Mannes. Was soll ich zu dem himmlischen Buchhalter sagen, wenn ich vor ihm stehe? Welche Entschuldigungen soll ich für mein Leben abgeben?«

Kebra betrachtete seinen Freund prüfend und dachte sorgsam nach, ehe er antwortete. »Jetzt ist wahrscheinlich nicht der rechte Zeitpunkt, um darüber nachzudenken«, sagte er schließlich. »Du bist der Verzweiflung nahe, und in deiner Niedergeschlagenheit findest du keinen Trost. Du hast in deinem Leben viele gerettet und dein Leben für andere riskiert. So wie jetzt. Solche Taten werden ebenfalls aufgeschrieben. Ich bin kein Philosoph, Nogusta, aber es gibt Dinge, die ich weiß. Wenn deine Gabe uns verlieren sieht und daß es dem Kind bestimmt ist, in die Hände des Bösen zu fallen, gleich was wir tun, wirst du dann davonreiten und es seinem Schicksal überlassen? Nein, das wirst du nicht. Selbst wenn Tod und Niederlage unausweichlich sind. Genausowenig werde ich das tun. Niemand kann mehr von uns verlangen.«

Nogusta lächelte. Er hätte den anderen gern umarmt, aber Kebra mochte Berührungen nicht. »Mein Vater sagte einmal, wenn ein Mann an den Fingern einer Hand seine wahren Freunde aufzählen könne, dann wäre er reicher als jeder andere. Ich bin so reich, Kebra.«

»Ich auch. Und nun ruh dich ein Weilchen aus. Ich halte solange Wache.«

»Lausche auf ein einzelnes Pferd, denn Antikas Karios wird versuchen, uns einzuholen.«

»Ich muß zugeben, daß ich den Mann nicht mag«, gestand Kebra. »Seine Arroganz ist mir zuwider.«

Nogusta lächelte wieder. »Erinnert dich an uns vor zwanzig Jahren, was?«

Kebra nickte und ging zum Höhleneingang. Er setzte

sich so, daß er windgeschützt war und blickte hinaus über die Gipfel. Er schauderte. Sie waren ein paar tausend Meter oberhalb des Talbodens, und die Wolken wirkten so nah, als könnte man sie mit Händen greifen. Er zog den Umhang fester um sich und lehnte sich gegen die Wand. Dagorians Tod hatte auch ihn traurig gemacht. Er hatte den jungen Mann gemocht. Seine Angst war groß gewesen, sein Mut jedoch noch größer. Er hätte gute Söhne aufgezogen, dachte Kebra.

Die Felsen waren kalt, und er zog sich die Kapuze über den Kopf. Gute Söhne. Der Gedanke stimmte ihn traurig. Was für ein Vater wäre ich wohl gewesen? dachte er. Er würde es nie wissen. Und, anders als Bison oder Nogusta, bestand bei ihm auch nicht die Möglichkeit, daß er mit einer der Huren, die er in dreißig Jahren des Lagerlebens kennengelernt hatte, ein Kind gezeugt hatte, denn er hatte sich nie mit einer von ihnen gepaart. Er hatte natürlich mit seinen beiden Kameraden die Bordelle besucht, doch wenn er in der Abgeschiedenheit der Schlafzimmer war, hatte er die Mädchen nur dafür bezahlt, daß sie bei ihm saßen und sich mit ihm unterhielten. Um Liebe zu machen, mußte man sich berühren, und Kebra konnte nicht einmal den Gedanken daran ertragen. Fleisch auf Fleisch? Er schauderte.

Aus der Vergangenheit kam eine Erinnerung. Sie erwischte ihn unvorbereitet, denn er hatte sie vor langer Zeit tief vergraben, so daß nicht einmal seine Vorstellungskraft sie erreichen konnte. Die dunklen Wände der Scheune, die großen haarigen Hände seines Vaters, der Schmerz und das Entsetzen und die Todesdrohungen, falls er je darüber sprach. Er blinzelte und richtete seinen Blick auf die Berggipfel.

Conalin kam angekrochen, eine Decke fest um die Schultern gewickelt. »Ich habe dir Pfeil und Bogen gebracht«, sagte der Junge.

»Ich danke dir – aber ich glaube nicht, daß ich sie heute abend brauchen werde.« Er sah den Jungen an und erkannte die Angst in seinen Augen.

»Antikas Karios und Dagorian haben die Brücke gehalten. Antikas wird bald hier sein.«

»Woher weißt du das?«

»Nogusta hatte eine Vision. Seine Visionen sind immer wahr.«

»Du sagst, Antikas wird kommen. Was ist mit Dagorian?«

Es gab keinen anderen Weg, es auszudrücken. »Er starb für uns«, sagte Kebra. »Er kämpfte wie ein Mann, und er starb wie ein Mann.«

»Ich will nicht sterben«, sagte Conalin unglücklich.

»Aber eines Tages wirst du sterben«, bemerkte Kebra. Er lachte plötzlich. »Ich hatte mal einen alten Onkel, der immer sagte: Nur eins im Leben ist gewiß, nämlich daß du es nicht lebendig verläßt. Er kostete jeden Tag voll aus. Er war ein Mann, der das Leben liebte. Er war eine Zeitlang Soldat, dann Kaufmann und schließlich Bauer. Er hat nie etwas hervorragend gemacht, aber er gab immer sein Bestes. Ich mochte ihn – und einmal hat er mir einen großen Dienst erwiesen.«

»Was hat er getan?«

»Er hat meinen Vater getötet.«

Conalin war schockiert. »Und das war ein Dienst?«

»Allerdings. Leider tötete er ihn zu spät, aber das war nicht sein Fehler.« Er schwieg einen Augenblick. Conalin wollte ihn gern noch mehr fragen, aber er sah die Trauer in den Augen des alten Mannes. Dann sprach Kebra weiter. »Was würdest du gerne sein, Conalin?«

»Mit Pharis verheiratet«, antwortete der Junge prompt.

»Ja, das weiß ich. Aber welchen Beruf wünschst du dir?«

Conalin dachte nach. »Irgend etwas mit Pferden. Das würde ich wirklich gern machen.«

»Eine gute Beschäftigung. Nogusta hat ähnliche Pläne. Früher war seine Familie einmal berühmt für ihre Pferde. Aber seine Frau und seine ganze Verwandtschaft wurden ermordet, das große Haus niedergebrannt, die Ställe zerstört. Die Herde entfloh in die Berge. Nogusta träumt davon, auf sein Familiengut zurückzukehren und es wieder aufzubauen. Er sagt, daß es tief in den Bergen viele Täler gibt, und daß die Herde inzwischen gewachsen sein muß. Er will sie suchen.«

Conalins Augen glänzten. »Das würde ich gerne machen. Ob er mich wohl läßt, was meinst du?«

»Du müßtest ihn fragen.«

»Kannst du ihn nicht für mich fragen?«

»Das könnte ich«, gab Kebra zu, »aber das ist nicht der richtige Weg. Ein starker Mann geht seinen eigenen Weg in der Welt. Er bittet nicht andere, das zu tun, wovor er sich selbst fürchtet.«

Conalin trat hinaus in den Wind. Er war Kebra jetzt ein wenig zu nahe, und der Bogenschütze fühlte sich unbehaglich. »Ich werde ihn fragen«, sagte der Junge. »Wirst du auch bei uns sein?«

»Vielleicht – wenn die QUELLE es will.«

Die Aufregung im Gesicht des Jungen schwand plötzlich. »Was ist los?« fragte Kebra.

»Wozu über Pferde reden? Wir werden hier sterben.«

»Wir haben es bis hierher geschafft«, betonte Kebra. »Und ich muß den erst noch sehen, der Nogusta besiegen kann. Und was Bison anlangt … nun, er ist der stärkste Mann, den ich je gekannt habe, und er hat mehr Mut als zehn Dämonen. Nein, Conalin, tu sie nicht so leichtfertig ab. Sie sind vielleicht alt, aber schlau.«

»Was ist mit dir?«

»Mit mir? Ich bin der beste Schütze, der jemals über

diese Erde gewandert ist. Ich könnte auf dreißig Schritt die Fühler einer Fliege treffen.«

»Haben Fliegen Fühler?« fragte Conalin.

»Nicht wenn ich in der Nähe bin«, antwortete Kebra lächelnd.

Antikas Karios erreichte die Höhle kurz vor Mitternacht. Sein Bart war eisverkrustet wie die Mähne seines Pferdes, und sowohl er als auch sein Tier waren zu Tode erschöpft. Während der letzten paar Kilometer war er im Sattel hin- und hergeschwankt und hatte versucht, nicht einzuschlafen.

Kebra trat hinaus in den beißenden Wind, nahm die Zügel des Pferdes und führte es in die Höhle. Antikas Karios brauchte zwei Anläufe, ehe er die Kraft aufbrachte abzusteigen. Nogusta ging zu ihm.

»Setz dich ans Feuer und wärme dich«, sagte er.

»Zuerst das Pferd«, murmelte Antikas. Er band ein dickes Bündel Holz los, das er hinter dem Sattel hatte und reichte es Nogusta. »Ich dachte, daß vielleicht das Brennholz knapp würde«, sagte er. Antikas zog die Handschuhe ab und rieb sich die kalten Finger, um das Blut wieder zum Kreisen zu bringen, dann begann er den Kastanienbraunen abzusatteln. Er bewegte sich steif und schwerfällig.

»Laß mich dir helfen«, sagte Kebra, hob den Sattel herunter und legte ihn auf einen Stein. Antikas dankte ihm nicht, sondern ging zu den Satteltaschen. Seine kalten geschwollenen Finger fummelten an den Schnallen herum, doch schließlich gelang es ihm, sie zu öffnen, und er holte einen Striegel und ein Tuch heraus. Er ging zum Pferd zurück und rieb das Tier trocken, anschließend striegelte er es mit großen, kreisförmigen Strichen. Conalin sah ihm interessiert zu. Er hatte Kebra und

Nogusta ein paar Stunden zuvor das gleiche tun sehen, als sie in der Höhle ankamen. »Warum ist es so wichtig, daß das Pferd gestriegelt wird?« flüsterte er dem Bogenschützen zu.

»Beim Striegeln geht es nicht nur um Fellpflege«, antwortete Kebra. »Das Pferd ist kalt und müde. Die Bürste hilft, den Blutkreislauf anzuregen und entspannt die Muskeln.«

Antikas trat vom Pferd zurück, säuberte die Bürste und steckte sie wieder in die Satteltasche. Dann zog er seinen roten Umhang aus und legte ihn dem Pferd über den Rücken. Erst dann sahen die anderen das getrocknete Blut auf seinem zerrissenen Seidenhemd. Ulmenetha erhob sich von ihrem Feuer und bat Antikas, das Hemd auszuziehen. Er schaffte es nur mit Mühe. Die Seidenfasern waren mit der Wunde verklebt, und als er das Hemd herunterzog, begannen die kleinen Schnitte auf der Brust und der lange, ausgefranste Riß über den Rippen wieder zu bluten. Ulmenetha ließ ihn sich ans Feuer setzen und untersuchte die Wunden. Die kleineren Schnittwunden konnte sie ohne zu nähen sogleich heilen, doch die Wunde, die Golbars letzter Stoß verursacht hatte, verlangte nach traditioneller Behandlung. Als Ulmenetha Nadel und Faden bereitlegte, sah sich Antikas in der vom Feuerschein erhellten Höhle um. Der Affe, Bison, schlief an der hinteren Wand. Dicht an ihn gekuschelt wegen der Wärme lagen ein junges Mädchen und ein Kind. Hinter ihnen saß die Königin in den Schatten und hielt ihr Kind an der Brust. Antikas sah, daß das Kind trank und wandte den Blick schamhaft ab.

»Steh auf«, befahl Ulmenetha. Antikas erhob sich. Die Priesterin kniete sich hin und nähte die Wunde. Sie begann in der Mitte und zog die Hautlappen zusammen. Antikas sah zu Nogusta hinüber, und ihre Blicke trafen sich.

»Er starb tapfer«, sagte Antikas.

»Ich weiß.«

»Gut, denn ich bin zu müde, um zu reden.« Er zuckte zusammen, als Ulmenetha den Mittelstich zusammenzog. »Du häkelst doch keinen Teppich zusammen, Frau«, fuhr er auf.

»Ich wette, du hast nicht so gejammert, als du vor den Krayakin standest«, erwiderte sie. Antikas grinste, sagte jedoch nichts. Noch drei weitere Stiche waren nötig, dann legte Ulmenetha ihre schmale Hand auf die Wunde und begann leise zu singen. Antikas warf einen Blick auf die Priesterin, dann sah er Nogusta fragend an. Der schwarze Mann hatte sich abgewandt und band das Bündel Holz auseinander.

Antikas fühlte ein Kribbeln in der Wunde, von der Wärme ausstrahlte. Es war nur ein wenig unangenehm, aber keineswegs schmerzhaft. Nach ein paar Minuten nahm Ulmenetha ihre Hand weg, schnitt mit einem kleinen Messer die Nähte durch und zog die Fäden. Antikas berührte die Wunde. Sie war fast verheilt. Darüber hinaus fühlte er sich seltsam erfrischt, als ob er stundenlang geschlafen hätte.

»Du bist sehr begabt, meine Dame«, sagte er.

»Du solltest mich erst mal Teppiche häkeln sehen«, antwortete sie und stand auf. Sie wiederholte das Heilgebet für die kleineren Brustwunden, dann zog sie ihm den blutdurchtränkten Hemdfetzen von der Stirn. »Beug dich vor«, befahl sie. Antikas gehorchte.

Als sie die Platzwunde geheilt hatte, sagte sie: »Du hast Glück gehabt, Antikas. Hätte der Hieb dich fünf Zentimeter tiefer getroffen, hättest du ein Auge verloren.«

»Merkwürdig, je mehr ich übe, desto mehr Glück habe ich«, sagte er.

Ulmenetha trat zurück, um ihr Werk zu mustern. Zufrieden ging sie zurück zum Feuer und setzte sich.

»Wenn du an der Brücke geblieben wärst, hättest du vielleicht Dagorian retten können«, meinte er. Ulmenetha schüttelte den Kopf.

»Seine inneren Verletzungen gingen weit über meine Kräfte hinaus.« Damit wandte sie sich von ihm ab. Kebra reichte ihm eine saubere, zusammengefaltete Tunika aus cremefarbener Wolle. Antikas dankte ihm. Er hob sie an die Nase und lächelte. »Duftendes Rosenholz«, sagte er. »Wie zivilisiert. Du bist ein Mann nach meinem Herzen.«

»Wahrscheinlich nicht«, erwiderte Kebra.

Antikas streifte das Hemd über. Die Ärmel waren zu lang, und er krempelte sie auf. »Also, Nogusta«, sagte er, »was nun? Was sagen dir deine Visionen?«

»Wir gehen in die Geisterstadt«, antwortete Nogusta. »Das ist alles, was ich sagen kann. Ich weiß noch nicht, wie diese Sache ausgeht. Aber alle Fragen werden in Lem beantwortet.«

Das Kind, das an Bisons Seite schlief, schrie plötzlich auf und setzte sich. Das Mädchen neben ihm erwachte und nahm es in die Arme. »Was ist los, Sufia?« fragte sie und strich der Kleinen über das blonde Haar.

»Ich hatte einen Traum. Dämonen in meinem Traum. Sie fraßen mich auf.« Das Kind begann zu weinen. Dann sah es Antikas, und ihre Augen wurden groß.

»Hallo«, sagte Antikas mit seinem strahlendsten Lächeln. Sufia stieß ein Geheul aus und vergrub den Kopf an Pharis' Schulter. »Ich konnte schon immer gut mit Kindern umgehen«, meinte Antikas trocken.

Der Lärm weckte Bison, der herzhaft gähnte und dann laut rülpste. Auch er sah Antikas und schaute sich nach Dagorian um. Er stand auf, kratzte sich im Schritt und ging zum Feuer, wo er nochmals rülpste. »Hast sie alle umgebracht, was?« fragte er Antikas.

»Einen. Ein riesiges Untier kam aus dem Wald und tötete die anderen.«

Angst malte sich in Bisons Zügen. »Es lebt immer noch?«

»Nein. Es fiel in den Fluß und ertrank.«

»Da bin ich aber erleichtert«, sagte Bison. »Das macht es fast wett, daß du überlebt hast. Wo ist der Bursche, Dagorian?«

»Er starb.«

Bison nahm die Nachricht kommentarlos auf, dann wandte er sich an Kebra. »Ist noch was von der Brühe da?«

»Nein. Antikas hat den Rest gegessen.«

»Was ist mit den Keksen?«

»Ein paar sind noch übrig«, antwortete Kebra. »Aber wir sparen sie für morgen auf. Die Kinder können sie zum Frühstück essen.«

Antikas nahm seinen Schwertgürtel ab und legte ihn neben sich. »Es gibt noch vier weitere Krayakin«, sagte er. »Glaub mir, Nogusta, das sind vier zuviel. Ich habe mit einem gekämpft. Er hatte Sinn für Humor und zog seine Rüstung aus, um mit mir zu kämpfen. Er war schneller als jeder Mann, den ich je kannte. Ich bin nicht sicher, ob ich noch einen besiegen könnte, und ganz gewiß nicht mehr als einen.«

»Was schlägst du dann vor?« fragte Nogusta.

»Ich habe keine Vorschläge. Was ich sagen will, ist daß ich sie zu leichtfertig behandelt habe. Ich hatte sie mir als Männer vorgestellt, und es gibt keinen besseren Kämpfer als mich. Aber sie sind keine Menschen. Ihre Reflexe sind erstaunlich, und ihre Stärke ungeheuer.«

»Und trotzdem müssen wir uns ihnen stellen«, sagte Nogusta. »Wir haben keine Wahl.«

»Was immer du sagst«, sagte Antikas. Er streckte sich am Feuer aus, dann blickte er zu Bison hoch. »Wir könnten immer noch ihn gegen sie schicken«, sagte er. »Sein Körpergeruch würde einen Ochsen umhauen.«

Bison starrte ihn finster an. »Allmählich fange ich wirklich an, dich zu verabscheuen.«

Das Frühstück war eine traurige Angelegenheit, bei der sich Sufia, Pharis und Conalin die letzten Haferkekse teilten. Pharis bot ihren der Königin an, doch Axiana schüttelte lächelnd den Kopf. Bison grummelte etwas von Verhungern, als er die Pferde sattelte.

Als sie aufgegessen hatte, kletterte die kleine Sufia auf Ulmenethas Schoß. »Hast du schließlich doch noch gut geschlafen, meine Kleine?« fragte die Priesterin.

»Ja. Ich habe nichts mehr geträumt. Es ist sehr kalt«, setzte sie hinzu und kuschelte sich an Ulmenetha. Das letzte Holz war längst heruntergebrannt, und die Temperatur in der Höhle sank rasch.

»Heute gehen wir hinunter in die Täler«, erklärte Ulmenetha. »Dort ist es viel wärmer.«

»Ich habe noch immer Hunger.«

»Wir haben alle Hunger.« Sufia warf Antikas einen nervösen Blick zu. »Er sieht aus wie ein Dämon«, sagte sie. Antikas hörte sie und grinste sie breit an. Aus der scheinbaren Sicherheit von Ulmenethas Schoß heraus blickte sie ihn finster an.

»Ich bin kein Dämon«, sagte Antikas. »Ich bin erdgeboren, so wie du.«

»Was bedeutet das?« fragte Sufia die Priesterin.

»Es bedeutet, daß wir von der Erde kommen, während die Dämonen vom Wind geboren werden. Wir können Dinge berühren. Dämonen sind wie der Wind. Sie können gegen uns anwehen, aber sie können nicht leben und atmen, wie wir es tun.«

Pharis kam und setzte sich zu ihnen. »Wenn das stimmt, wie können die Krayakin dann gegen uns kämpfen? Sie sind doch offensichtlich körperlich?«

»Es gibt eine alte Geschichte«, sagte Antikas, »die mein Vater immer erzählte. Sie ist Teil der ventrischen Geschichte und der Mythen. Es waren einmal zwei windgeborene Götter, mächtig und groß. Sie schwebten über der Erde und beobachteten das Reh und den Löwen, den Adler und das Lamm. Sie neideten ihnen ihre Fähigkeit, über das Land zu laufen. Diese Götter hatten viele windgeborene Untertanen, und auch diese betrachteten die Erde mit Eifersucht. Eines Tages beschlossen die beiden Götter – die einander nicht leiden konnten …«

»Warum konnten sie einander nicht leiden?« fragte Sufia.

»Das ist nicht wichtig. Jedenfalls …«

»Ich finde es schon wichtig«, sagte Pharis. »Warum sollten Götter einander nicht mögen?«

Antikas unterdrückte seine Gereiztheit. »Also schön, sagen wir, daß der eine Gott gut war und der andere böse. Einer war der Herr über Chaos und Zerstörung, während der andere das Licht liebte und gern zusah, wie die Dinge wuchsen. Sie waren wie Tag und Nacht.«

»Gut«, sagte Pharis. »Das kann ich verstehen. Erzähl weiter.«

»Danke. Eines Tages beschlossen diese Götter, ihre große Macht zu nutzen, um einen Zauber zu wirken, der ihrem Volk, den Illohir, erlauben würde, fleischliche Gestalt anzunehmen. Diese Geistwesen schwebten zur Erde hernieder, und wo immer sie landeten, zogen sie Materie an sich und schufen daraus Körper, die über die Erde wandeln konnten.«

»Wie haben sie das gemacht?« erkundigte sich Sufia.

»Keine Ahnung«, fuhr Antikas auf.

»Aber ich«, sagte Ulmenetha. »Alle Materie besteht aus winzigen Partikeln – so winzig, daß das menschliche Auge sie nicht sehen kann. Sie haben diese Partikel an sich gezogen wie Ziegelsteine und daraus ihre Körper gebaut.«

»Siehst du«, sagte Antikas zu Sufia. »Bist du jetzt zufrieden?«

Das Kind sah verwirrt aus. Axiana, die zugehört hatte, ging zu ihr hinüber. Das Baby schlief in ihren Armen. Antikas stand auf und verbeugte sich vor ihr. Sie antwortete mit einem Lächeln. »Ich habe die Geschichte auch gehört«, sagte sie leise. »Es ist eine wundervolle Geschichte. Einige der Windgeborenen landeten im Wald und bezogen ihre Kraft aus den Bäumen. Sie wurden Dryaden, Beschützer des Waldes, ihre Seelen verbanden sich mit den Bäumen, die sie liebten. Andere kamen in den Bergen herunter und bauten ihre Gestalt aus Felsen und Stein. Das waren die Bergtrolle. Einige Gruppen tauchten in der Nähe von Lebewesen auf, wie zum Beispiel Wölfe. Da sie aus allem in der Nähe einzelne Teilchen zogen, wurden sie Gestaltwechsler, tagsüber menschenähnlich, aber in der Nacht wurden sie zu Wölfen. Überall auf der Welt nahmen die Illohir verschiedene Gestalt an und freuten sich an ihrer neugefundenen Freiheit.«

»Wurden einige auch Vögel?« fragte Sufia.

»Das möchte ich annehmen«, sagte Axiana.

»Das bedeutet, daß Bison ein Dämon ist«, sagte Sufia, »denn er hatte einmal große weiße Flügel und flog damit über die Berge.«

»Das müssen aber wirklich große Flügel gewesen sein«, meinte Antikas.

Conalin kam zu ihnen. »Wenn sie alle so glücklich waren, warum haben sie dann einen Krieg gegen die Menschen angefangen?«

Ulmenetha antwortete. »Sie waren nicht alle glücklich. Einige der Windgeborenen landeten an Orten, die … unsauber waren. Schlachtfelder, Friedhöfe, Schauplätze von Gewalt oder Schrecken. Was sie in sich hineinsogen, war dunkel und angsteinflößend. Sie wurden zu den Hohlzähnen, die Schlafenden das Blut aussaugen. Oder zu den Krayakin, die für Krieg und Tod leben.«

»Und diese begannen den Krieg?« beharrte Conalin.

Antikas nahm den Faden wieder auf. »Ja. Das wirkliche Problem lag in der Natur des Zaubers, der die Windgeborenen zur Erde brachte. Sie waren ... sind ... Wesen des Geistes, und sie konnten ihre Körper zwar mittels Magie schaffen, aber sie nicht für längere Zeit erhalten. Sie konnten nicht essen wie wir, und als die Jahre vergingen, begannen die Illohir zu verwelken und wieder zu Luft zu werden. Diejenigen, die übrigblieben, mußten eine neue Nahrungsquelle finden: Uns. Die Illohir begannen, sich von menschlichen Gefühlen zu ernähren. Die Dryaden, die Faune und andere Waldwesen merkten, daß sie Energie aus menschlicher Freude und Glück ziehen konnten. Deswegen gibt es so viele Geschichten über wilde Feste von Faunen und Menschen. Die Faune sollen den Wein erfunden haben, um die menschliche Freude zu vergrößern. Doch die dunkleren Dämonen ernährten sich von Entsetzen und Verzweiflung – wie du in Usa gesehen hast. Es hieß, daß die Angst und der Schrecken eines zu Tode gefolterten Menschen einen Dämon jahrelang am Leben halten konnte. Und weil sie über Magie verfügten – was ihnen die Herrschaft über uns verlieh –, behandelten sie uns wie Vieh, als Nahrungsquelle. Die Menschheit litt Jahrhunderte lang unter ihrer Herrschaft, bis sich endlich drei Menschenkönige gegen sie auflehnten. Der Krieg war lang und schrecklich mit ungezählten Schlachten.«

»Wie haben wir gewonnen?« fragte Conalin.

»Das weiß niemand genau«, antwortete Antikas, »denn es ist so lange her, und es gibt so viele Legenden. Jedoch hat Kalizkan mir erzählt, daß Emsharas der Zauberer –

selbst ein Dämon – sein eigenes Volk verriet und einen großen Zauber wirkte, der all seine Brüder von der Erde verbannte. Er machte sie wieder zu Windgeborenen und sperrte sie in eine große Leere.«

»Und jetzt kommen sie zurück«, sagte Conalin.

Nogusta trat hinzu. »Zeit aufzubrechen«, sagte er.

Die erste Stunde ritten sie hintereinander über die immer schmaler werdende Kammstraße. Nogusta ritt vorneweg, gefolgt von Kebra und Conalin. Ulmenetha ging zu Fuß und führte das Pferd der Königin am Zügel. Hinter ihr kam Bison, ebenfalls zu Fuß, und führte das Pferd, auf dem Pharis und Sufia ritten. Antikas Karios bildete die Nachhut und führte die beiden Ersatzpferde. Der Wind war kalt und fuhr beißend über zerklüftete Felsen und trieb ihnen den Schnee ins Gesicht.

Gegen Mittag hatten sie den höchsten Punkt erreicht, und Nogusta hielt an und musterte prüfend den vor ihnen liegenden Weg. Er fiel sanft ab, wand sich um einen Berg und führte zu einem Hochwald, der ein paar hundert Meter unter ihnen lag. Nogusta konnte einen Wasserfall und einen Fluß erkennen, der sich in einen großen See verbreiterte. Er senkte den Kopf gegen den Wind und ließ Sternenfeuer weitergehen. Die Straße wurde breiter, und Antikas Karios kam an den anderen vorbei und hielt neben dem schwarzen Krieger an.

»Wir müssen den Pferden eine Rast gönnen«, rief Antikas. Nogusta nickte und deutete auf den Wasserfall.

»Ich gehe kundschaften«, sagte Antikas und ritt voraus.

Auf dem Weg lagen einzelne Eispfützen, und das Pferd der Königin glitt aus. Axiana schwankte im Sattel und starrte plötzlich hinunter in einen gähnenden Abgrund. Sie packte den Sattelknauf mit der freien Hand und richtete sich wieder auf. Der plötzliche Ruck hatte das Kind aufgeweckt. Aber da er sicher und warm in seiner Decke lag, schlief der Kleine rasch wieder ein.

Kebra sah, wie sich in den Bäumen unter ihnen etwas bewegte. Ein paar kleine Rehe kamen zwischen den Bäumen hervor. Er nahm seinen Bogen und ritt ebenfalls zu Nogusta nach vorn. »Ich treffe euch an den Wasserfällen«, sagte er und folgte Antikas Karios bergab.

Sie ritten noch eine Stunde, bis sie die Wasserfälle erreichten. Es blieb aber kalt, denn sie waren noch immer gut tausend Meter oberhalb der Talsohle, doch die dichten Bäume hielten den Wind ab, und es gab genügend Bruchholz, um ein gutes Feuer zu machen. Kebra kehrte mit einem Reh zurück, das er bereits gehäutet und geviertelt hatte, und bald schon zog der Duft von gebratenem Fleisch durch die Luft.

Nogusta aß rasch, dann entfernte er sich ein Stück von der Gruppe und ging zum Wasserfall. Antikas Karios gesellte sich zu ihm. »Ich sehe, daß du das Pferd des Königs reitest«, sagte er. »Ich dachte, es läge im Sterben.«

»Es hatte eine Lungenentzündung, weil es schlecht untergebracht war.«

»Es war einmal ein gutes Tier«, sagte Antikas. »Aber jetzt ist es alt.«

»Alt vielleicht, Antikas, aber es ist noch immer schneller als jedes Pferd der ventrischen Kavallerie, und es würde für einen Reiter, dem es vertraut, durch sämtliche Höllenfeuer reiten.«

»Vertrauen? Es ist doch nur ein Pferd, schwarzer Mann. Nicht mehr, nicht weniger. Ein Arbeitstier.«

Nogusta antwortete nicht. »Ich glaube, es ist an der Zeit, mir zu sagen, was du gesehen hast«, meinte der Ventrier.

Nogusta fuhr zu ihm herum. »Willst du wissen, ob du lebst oder stirbst?«

»Nein. Das wird mir die Zeit zeigen. Aber du trägst eine große Last mit dir. Das kann ich sehen. Vielleicht ist es besser, sie mit jemandem zu teilen.«

Nogusta dachte einen Augenblick darüber nach. »Meine Gabe«, sagte er schließlich, »ist nicht präzise. Wenn sie es wäre, hätte ich meine Familie vor dem Massaker retten könne. Was ich sehe, sind plötzliche, lebhafte Szenen. Erinnerst du dich an die Geburtstagsfeierlichkeiten für den König? Ich unterhielt mich gerade mit Dagorian. Ich sah ihn, wie er im Finale gegen dich kämpfte. Ich konnte nicht sehen, ob er gewann oder verlor. Die Vision dauerte nur einen Herzschlag lang. Aber dann sah ich ihn wieder neben dir auf einer Brücke. Er saß an eine Mauer gelehnt und war schwer verwundet. Ich hatte keine Ahnung, wo die Brücke war oder wann in der Zukunft dieses Ereignis stattfinden würde. Ich wußte nur, daß Dagorian wahrscheinlich an deiner Seite sterben würde. Es hätte auch sein können, daß du ihn so verwundet hast.«

»Ich verstehe«, sagte Antikas. »Also sag mir, was du noch gesehen hast.«

Einen Moment schwieg Nogusta und starrte hinaus über den See. »Ich habe den Tod eines Freundes gesehen«, sagte er schließlich leise. »Und mich verfolgt die Frage: Kann ich sein Schicksal abwenden? Hätte ich Dagorian daran hindern können, mit dir auf dieser Brücke zu stehen? Und wenn, hättest du allein auch gewonnen?«

»Wahrscheinlich nicht. Dagorian hat drei Soldaten erledigt. Zehn wären zuviel gewesen – selbst für mich.«

»Das gleiche dachte ich auch«, sagte Nogusta. »Es könnte sein, daß, wenn ich die Zukunft ändere und meinen Freund rette, ich dafür die Rückkehr der Dämonen voranbringe.«

»Es könnte ebensogut sein, daß, wenn du die Zukunft

änderst, vielleicht das Gegenteil davon erreichst«, meinte Antikas. »Hast du je versucht, nach deinen Visionen Ereignisse zu verändern?«

Nogusta nickte. »Ich sah einmal einen Karren, der vor einem Wirtshaus ein Kind überrollte. Ich kannte das Wirtshaus und wußte, daß das Ereignis kurz vor Sonnenuntergang stattfinden würde. Ich ging dorthin und suchte das Kind. Ich wartete vor dem Gasthaus. Das Mädchen kam am zweiten Tag, und ich sprach mit ihm. Ich bat es, vorsichtig zu sein und nicht vor Fuhrwerke zu laufen. Ich ging eine Woche lang täglich hin, und wir unterhielten uns oft. Dann, eines Nachmittags, lief sie auf mich zu, als ich einen Karren um die Ecke biegen sah. Ich rief sie an, und sie blieb stehen. Der Karren verfehlte sie.«

»Dann kannst du die Zukunft zum Guten ändern«, sagte Antikas.

Nogusta schüttelte den Kopf. »Nein. Ich dachte, ich hätte meine Aufgabe erfüllt. Am nächsten Tag wurde sie von einem anderen Fuhrwerk angefahren und getötet. Aber das war noch nicht das Schlimmste. Sie war auf dem Weg zu *mir*, weil sie sich gern mit mir unterhielt. Hätte ich sie nicht gesucht, wäre sie vielleicht nie vor dem Gasthaus gewesen.«

»Das ist sehr kompliziert«, sagte Antikas. »Ich bin froh, daß ich keine Visionen habe. Aber ich habe mir etwas überlegt. Der Dämonenherrscher muß das Baby opfern, um den Zauber zu Ende zu bringen. Wenn das Kind vor dem Opfer sterben würde, wäre der Zauber abgewehrt.«

»Das ist mir auch schon eingefallen«, gestand Nogusta.

»Und zu welchem Schluß bist du gekommen?«

»Was immer das Schicksal auch für mich bereithält, ich werde nicht zum Kindermörder. Was der Dämonenherrscher vorhat, ist böse. Ich glaube nicht, daß es der richtige Weg ist, ein kleineres Übel zu begehen, um gegen ein größeres zu kämpfen. Meine Rolle ist es jetzt, das Kind zu beschützen. Und das werde ich tun.«

»Du bist sehr streng in deinem Denken«, meinte Antikas. »Ein Kind zu töten, um die Welt zu retten? Es scheint ein geringer Preis zu sein.«

»Es ist keine Frage des Maßstabs«, antwortete Nogusta. »Selbst zehntausend Babys wären ein kleiner Preis für einen so großen Lohn. Es ist eine Frage von Recht und Unrecht. Das Kind erweist sich vielleicht als einer der größten Menschen, die je geboren wurden, ein Friedensstifter, Baumeister, Prophet oder Philosoph. Wer kann sagen, welche Wunder der Junge vielleicht vollbringt?«

Antikas lachte leise. »Höchstwahrscheinlich wird er ein neuer Skanda, voller Eitelkeit und Arroganz.«

»Würdest also du, Antikas Karios, mir raten, das Kind zu töten?«

»Beantworte mir zuerst eine Frage«, erwiderte der Ventrier. »Wenn deine Vision dir zeigte, daß das Kind auf jeden Fall in die Hände des Dämonenherrschers fiele, würdest du dann anders denken?«

»Nein. Ich werde es bis zum letzten Blutstropfen verteidigen. Und jetzt beantworte mir meine Frage.«

»Ich bin kein General mehr, Nogusta. Ich bin nur noch ein Mann. Du hast hier das Kommando. Solange du lebst, werde ich deinen Befehlen Folge leisten, und ich werde das Kind bis zum letzten verteidigen.«

»Und wenn ich nicht am Leben bleibe und du mich überlebst?«

»Dann werde ich tun, was immer ich gemäß meiner eigenen Prinzipien für richtig halte. Bist du jetzt zufrieden?«

»Natürlich.«

Antikas lächelte und wollte sich abwenden. Dann hielt er inne. »Du bist ein Romantiker, Nogusta, und ein Idealist. Ich habe mich oft gefragt, wie Männer wie du in einer solchen verdorbenen und selbstsüchtigen Welt ihr Glück finden können.«

»Vielleicht findest du es eines Tages heraus«, erwiderte Nogusta.

Antikas kehrte ins Lager zurück. Conalin rieb die Pferde ab, während Bison am Feuer saß und Rehbraten aß. Der Saft lief ihm über das Kinn über seine ohnehin schon schmutzige Tunika. Antikas ging zu Axiana, die mit Ulmenetha und der jungen Pharis zusammensaß. Die Priesterin hielt das schlafende Kind in den Armen und die Königin pickte wählerisch in ihrem Essen.

»Weit entfernt von den Palastbanketten«, stellte Antikas fest und verbeugte sich tief.

»Und trotzdem höchst willkommen«, antwortete sie. Axianas dunkle Augen begegneten seinem Blick. »Wir danken dir, daß du uns zu Hilfe gekommen bist.«

»Es war mir ein Vergnügen, Hoheit.«

Als Antikas davonging, beugte sich Ulmenetha zur Königin. »Vertraust du ihm, Kind?«

»Er ist ein ventrischer Edelmann«, erwiderte sie, als ob das die Frage beantwortete. Sie nahm ihren Sohn wieder in die Arme und hielt ihn dicht an sich gedrückt, wobei sie sorgfältig sein Köpfchen stützte. Seine winzige Hand reckte sich aus der Decke. »Sieh dir nur seine Fingernägel an«, sagte sie, »wie klein und vollkommen sie sind. So winzig. So schön.« Sie sah in sein Gesicht. »Wie kann ihm nur jemand weh tun wollen?«

Ulmenetha antwortete nicht. Sie streckte sich auf der kalten Erde aus, ließ ihren Geist frei und flog hoch über die Bäume. Hier war der heulende Wind nur ein Geräusch, das sie kreischend umwehte, als ob er wütend wäre, daß er ihrem Geist nichts anhaben konnte. Wie ein Lichtstrahl eilte sie nach Süden und suchte das Land nach Spuren der Krayakin ab.

Ihr Geist flog über Wald und Täler, über kleine Siedlungen und Bauernhöfe. Nirgends konnte sie eine Spur von den schwarzgepanzerten Reitern entdecken. Sie flog nach Norden, zurück über die Schlucht und den Großen Fluß entlang. Hier marschierte die Armee von Ventria in Dreierreihen, flankiert von der Kavallerie. Ulmenetha zog sich zurück aus Angst, der Dämonenherrscher könnte ihren Geist spüren.

Wieder über der Schlucht flog sie, bis sie tief unten das Lager entdeckte.

Schmerz durchbohrte sie wie ein Pfeil, Klauen gruben sich in ihr Geistfleisch. Augenblicklich erzeugte sie das Feuer von *halignat*, das sie umgab. Die Klauen zogen sich zurück, doch sie spürte, daß etwas in der Nähe war. Sie schwebte in der Luft und sah sich um, konnte jedoch nichts erkennen.

»Zeige dich«, befahl sie.

Unmittelbar außerhalb des weißen Feuers, so nah, daß es sie schockierte, materialisierte eine Gestalt. Es war die eines Mannes mit geisterhaft weißem Haar und bleichem Gesicht. Seine Augen waren groß und blau, der Mund dünnlippig und grausam. »Was willst du von mir?« fragte sie.

»Nichts«, antwortete er. »Ich will nur das Kind.«

»Du kannst es nicht haben.«

Da lächelte er. »Sechs meiner Brüder sind in die große Leere zurückgekehrt. Du und deine Gefährten, ihr habt euch gut geschlagen und großen Mut bewiesen. Das bewundere ich. Immer schon. Aber ihr könnt nicht überleben, Frau.«

»Wir haben bisher überlebt«, betonte sie.

»Durch Flucht. Indem ihr in die Wildnis geflohen seid. Denk daran, was euer Ziel ist: Eine Geisterstadt, deren Mauern schon lange zerfallen sind. Eine steinerne Hülle, die keinerlei Zuflucht bietet. Und was ist hinter euch?

Eine Armee, die morgen bei Anbruch der Dunkelheit die Stadt erreichen wird. Wohin wollt ihr dann rennen?«

Ulmenetha fiel keine Antwort ein.

»Ihr versucht, eine Blume in einem Schneesturm zu behüten«, sagte er. »Und ihr seid bereit, dafür zu sterben. Aber die Blume wird welken. Das ist ihr Schicksal.«

»Das ist nicht ihr Schicksal«, entgegnete sie. »Du und deinesgleichen, ihr habt große Macht. Aber bislang habt ihr nicht gesiegt. Wie du sagst, sechs deiner Brüder sind fort. Der Rest von euch wird ihnen folgen. Nogusta ist ein großer Krieger. Er wird euch töten.«

»Ach ja, der Nachkomme von Emsharas. Der letzte Nachkomme. Ein alter Mann, müde und verbraucht. Er wird die Krayakin und die Armee Anharats vernichten? Ich glaube nicht.«

Ulmenetha dachte an die Worte des Dämonenherrschers, als er über dem Fuhrwerk schwebte. Er hatte Nogusta angesehen und gesagt: »Ja, du siehst aus wie er, der letzte dieser Bastarde.« Ulmenetha lächelte und sah dem Krayakin in die Augen. »Findest du es nicht seltsam, daß der Nachfahre von Emsharas jetzt hier ist und euch trotzt, wie sein Vorfahr euch getrotzt hat? Beunruhigt dich das nicht? Hast du nicht das Gefühl, daß hier das Schicksal am Werk ist?«

»Doch, schon«, gab er zu. »Aber es wird nichts am Ausgang ändern. Er verfügt nicht über Magie. Er ist kein Zauberer. Seine ganze Gabe entspringt dem Talisman, den er trägt. Er mag Zauber abwehren können, aber kein Schwert.«

»Euer Böses wird nicht siegen«, erklärte sie.

Er schien ehrlich erstaunt. »Böse? Wie kommt es, daß ihr Menschen vom Bösen immer sprecht, als wäre es etwas außerhalb eurer Rasse? Hält euer Vieh euch für böse, weil ihr es eßt? Betrachten euch die Fische im Meer als böse? Welche Arroganz! Ihr seid nicht anders als das Vieh, und wir sind nicht böse, weil wir uns von euch ernähren. Möchtest du meine Ansicht über das Böse hören? Böse sind die Taten von Emsharas, der sein Volk in eine seelenlose Hölle verbannte, ohne Klang und Geruch, ohne Geschmack und Freude. Ich sehe unsere Rückkehr einfach nur als gerecht.«

»Ich werde nicht mit dir diskutieren, Dämon«, sagte sie. Trotzdem ging sie nicht davon.

»Nicht *werde nicht*, Frau. *Kann nicht!* Mit welchem Recht verweigerst du uns eine Chance auf ein Leben unter dem Mond und den Sternen?«

»Ich verweigere es euch nicht«, sagte sie. »Aber mit welchem Recht wollt ihr ein Kind töten?«

»Töten? Noch ein interessantes Konzept. Glaubst du an die Seele?«

»Ja.«

»Dann töten wir nichts. Alles was wir tun, ist die sterbliche Existenz von Menschen zu beenden. Ihre Seelen leben weiter. Und da ihre sterbliche Existenz ohnehin zerbrechlich und kurzlebig ist, was nehmen wir ihnen wirklich?«

»Du und deinesgleichen, ihr seid unsterblich. Ihr werdet nie den Wert dessen verstehen, das ihr anderen so beiläufig nehmt. Der Tod ist euch fremd. Ja, ich glaube an die Seele, aber ich weiß nicht, ob sie unsterblich ist. Ich kenne nur den Schmerz, den ihr denen zufügt, die zurückbleiben. Das Unglück und die Verzweiflung.«

Er lächelte wieder. »Du sprichst von unserer Nahrungsquelle.«

»Diese Unterhaltung führt zu nichts«, sagte sie.

»Warte! Geh noch nicht!«

In diesem Moment, als sie in seine Augen sah, erkannte Ulmenetha darin einen Anflug von Panik. Warum wollte er, daß sie blieb? Könnte es sein, daß sie ihn in irgendeiner unbestimmten Art erreichte? Sie entspannte sich, um weiter zu reden. Dann sah sie, obwohl er versuchte, es zu verbergen, den Triumph in seinen Augen. Und da wußte sie! Sie war die einzige der Gruppe, die über Magie verfügte. Sein einziges Ziel war es, sie aufzuhalten.

Sie machte kehrt und eilte zu ihrem Körper.

Es war zu spät. Drei Krayakin brachen aus dem Gebüsch und griffen das Lager an.

Drasko trat auf die Lichtung, Mandrak zu seiner Linken, Lekor zu seiner Rechten. Sie hatten die Schwerter in den Händen, und Drasko spürte das längstvergessene Brausen des Schlachtenfiebers in seinen Adern. Der kahle Riese, der Nemor getötet hatte, lief auf ihn zu. Drasko wirbelte herum und stieß dem Mann sein Schwert in die Rippen, dann zog er ihm eine Rückhand übers Gesicht und schickte den Riesen zu Boden.

Auf der anderen Seite des Feuers sprang ein Schwertkämpfer mit Adlergesicht auf die Beine. Drasko sah, daß er zwei Sturmschwerter trug. Hinter ihm hatte sich ein silberhaariger Mann nach links gerollt und kam mit einem Bogen in der Hand wieder auf die Füße. Er legte einen Pfeil auf die Sehne. Drasko öffnete die Hand und warf eine kleine schwarze Kristallkugel über die Lichtung, dann schloß er die Augen.

Die Explosion war ohrenbetäubend, und obwohl er sie fest geschlossen hielt, schmerzten seine Augen von dem blendendweißen Licht, das der Detonation folgte. Er öffnete die Augen und sah, daß der Schwertkämpfer über die Lichtung geschleudert worden war und jetzt betäubt neben einer hohen Kiefer lag. Der Bogenschütze lag ein Stück entfernt von ihm. Auch die Königin war von der Explosion getroffen worden und lag bewußtlos im Gebüsch, das Kind an sich gedrückt. Ein rothaariger

Bursche kam aus den Bäumen gelaufen und packte die Hand eines mageren Mädchens und zerrte sie mit sich. Drasko hatte kein Interesse an ihnen.

Er wandte sich der Königin zu. In diesem Augenblick sprang die blonde Frau, die neben ihr lag, auf die Füße. Das heilige Feuer von *halignat* schoß um seinen Helm. Er taumelte zurück. Die Priesterin kam näher, das heilige Feuer schoß aus ihren Fingern. Auf der Stelle war alles in Verwirrung. Ein Feuerball umhüllte Mandrak, der ins Unterholz zurückwich. Dann schleuderte Lekor ein Messer, das durch die Luft wirbelte und die Frau mit dem Griff voran an der Schläfe traf. Sie fiel auf die Knie, das Feuer erlosch. Der betäubte Schwertkämpfer regte sich, und Drasko wandte sich wieder der bewußtlosen Königin zu.

Er klappte das Visier seines Helms hoch und sah sich nach dem Säugling um. Er war nirgends zu sehen. Der Schock traf ihn tief. Der Säugling konnte doch nicht verschwunden sein. Er wußte genug über Menschen, und ein neugeborenes Kind konnte nicht krabbeln! Er schaute sich um. Der riesenhafte Mensch war ebenfalls verschwunden, und wo er gestürzt war, war nur noch ein leuchtendroter Blutfleck im Gras zu sehen.

»Der Kahle hat das Kind«, sagte er zu den anderen. »Sucht ihn, tötet ihn und kommt dann wieder her.«

Lekor und Mandrak machten kehrt und rannten zurück ins Gebüsch, der schaurigen Blutspur folgend.

Drasko näherte sich dem Schwertkämpfer. Der Mann war jetzt auf den Knien und atmete in tiefen Zügen ein.

»Nimm deine Schwerter und stell dich mir«, sagte Drasko. »Es ist lange her, daß ich einen Sturmschwertkämpfer getötet habe.«

»Dann stell dich mir, Dämon«, sagte eine Stimme hinter ihm.

Drasko fuhr herum und sah den schwarzen Krieger

Nogusta am Lagerfeuer stehen. Auch er hatte ein Sturmschwert. »Na schön, Alter«, sagte Drasko. »Du sollst – wie ihr Menschen sagt – die Vorspeise vor dem Hauptgericht sein.«

Hinter ihm fiel Antikas Karios wieder um, dann rollte er sich auf die Seite, sein Blick verschwamm.

Drasko sprang Nogusta entgegen. Der schwarze Mann wich einem wilden Hieb aus. Ihre Schwerter trafen sich, Blitze zuckten aus den Klingen. Das Klirren der Schwerter erfüllte die Lichtung mit einer wüsten, dissonanten Musik. Als sich sein Blick wieder klärte, beobachtete Antikas Karios, wie sich die Krieger umkreisten. Ihre Klingen schimmerten im Sonnenlicht, Blitze sprangen bei jeder Begegnung auf. Er wußte, was Nogusta durchmachte, und schlimmer, er kannte das Endergebnis.

Drasko wußte ebenfalls, daß er alte Mann langsam müde wurde. Als vorsichtiger Kämpfer ging er kein Risiko ein. Der Augenblick, in dem ein Schwertkämpfer den Todesstoß setzen wollte, war immer auch der gefährlichste Zeitpunkt. Wenn ein solcher Angriff zur falschen Zeit erfolgte, konnte ein fataler Gegenschlag folgen. Also kämpfte Drasko weiter, ohne den Versuch zu machen, das Duell zu beenden, und wartete einfach darauf, daß der müde alte Mann seine Deckung vernachlässigte.

Nogusta machte einen Satz nach hinten, dann stolperte er. Seine Müdigkeit war offenkundig. Antikas sah ihm vom Boden aus zu. Ein leises Lächeln stahl sich auf sein Gesicht, als er sich an den Kampf mit Cerez erinnerte. Nogusta versuchte dieselbe Taktik. Es funktionierte. Plötzlich setzte Drasko zu einem Angriff an. Nogusta wich dem Stoß aus. Doch nicht schnell genug. Die Klinge drang in seine Schulter, zerschmetterte den Knochen und trat im Rücken wieder aus. Dann sauste sein Sturmschwert herab und traf Draskos Schwertarm am Ellenbogen. Die Zauberklinge glitt durch Rüstung, Fleisch und Knochen und trennte das Glied in einem Streich ab. Drasko schrie vor Schmerz auf. Der abgetrennte Arm fiel zu Boden, und der schwarze Mann stand seinem Feind reglos gegenüber, das Schwert ragte aus seiner Schulter.

»Zeit«, sagte Nogusta, »dahin zurückzukehren, woher du gekommen bist.«

Drasko zog mit links einen Dolch und warf sich nach vorn. Doch das Sturmschwert beschrieb einen glitzernden Bogen und köpfte den Krieger sauber. Als der Körper zu Boden fiel, taumelte Nogusta, dann sank er neben ihm auf die Knie. Er packte sein Schwert wie einen Dolch und trieb es in Draskos Herz.

Antikas Karios kam auf die Füße und stolperte zu Nogusta hinüber. »Laß mich dir helfen«, sagte er.

»Nein. Folge der Spur. Bison hat das Kind.«

Antikas begann durch den Wald zu laufen. Er hatte gesehen, wie Bison getroffen wurde. Die Wunde war tödlich. Und Bisons Schwert lag noch immer dort, wo er gefallen war.

Unbewaffnet und sterbend war er jetzt die einzige Hoffnung für das Kind.

Bison stolperte weiter, sein Körper wurde von Schmerzkrämpfen geschüttelt. Schweiß rann ihm in die Augen. Sufia hatte die Arme um seinen Hals geschlungen und weinte. Er konnte sich nicht daran erinnern, daß er sie aufgehoben hatte. Er erinnerte sich jedoch, daß er das Baby auf den Arm genommen hatte und mit ihm in den Wald gelaufen war. Es war alles so verwirrend. Er warf einen Blick nach unten. Auf dem Kopf des Babys war Blut. Einen Augenblick war er in Sorge. Dann erkannte er, daß es sein eigenes Blut war, und daß das Kind unversehrt war. Erleichtert lief er weiter. Warum laufe ich eigentlich? dachte er plötzlich. Warum habe ich Schmerzen? Er stieß mit seiner Schulter gegen einen Baumstamm und fiel beinahe zu Boden. Er fand sein Gleichgewicht wieder und lief weiter.

Die Krayakin waren gekommen. Einer von ihnen hatte ihn niedergestochen und ihn dann an die Schläfe geschlagen. Er hatte in seinem Leben noch nie einen solchen Schlag eingesteckt.

Das Gelände stieg jetzt leicht an. Er mühte sich bis zum Kamm des Hügels und blieb schwer atmend stehen. Dann begann er zu husten. Er fühlte eine warme Flüssigkeit in der Kehle, die ihn zu ersticken drohte. Er spuckte sie aus und rang nach Luft. Sufia lehnte sich in seinen Armen zurück und starrte ihn an. Ihre blauen Augen waren groß und angsterfült. »Dein Mund blutet«, weinte sie.

Er konnte sich nicht erinnern, im Mund getroffen worden zu sein. Wieder hustete er. Blut rann ihm übers Kinn. Schwindel überfiel ihn. »Sie kommen!« schrie das Kind. Bison fuhr herum.

Zwei Krayakin in schwarzer Rüstung gingen zielstrebig auf ihn zu, schwarze Schwerter in den Händen. Bison hielt das Baby und das Mädchen fest und rannte weiter. Er hatte keine Ahnung, wohin. Er wußte nur, daß er die Kinder in Sicherheit bringen mußte.

Aber wo war Sicherheit?

Als er aus dem Wald herauskam, sah er vor sich eine Felsklippe aufragen und einen schmalen Weg, der die Wand emporführte. Er blinzelte sich den Schweiß aus den Augen und kämpfte sich weiter.

»Wohin gehen wir?« fragte Sufia. Bison antwortete nicht. Er fühlte sich schwach und orientierungslos, und sein Atem kam als kurzes, schmerzhaftes Keuchen. Ich bin schon oft verwundet worden, sagte er sich. Ich werde immer wieder gesund. Jetzt auch. Er warf einen Blick zurück und sah, wie die Krayakin etwa sechzig Meter hinter ihm die Hügelkuppe erreichten. Wo bleibt Nogusta, fragte er sich. Und Kebra.

Sie kommen schon! Dann kann ich mich ein Weilchen ausruhen. Nogusta kann meine Wunde nähen. Blut sammelte sich in seinem Stiefel, seine Beinkleider waren durchtränkt. So viel Blut. Er taumelte weiter. Der Sims war hier schmal, nicht mehr als einen Meter breit. Er spähte über den Rand. Sie waren unvorstellbar hoch. Unter sich konnte Bison zarte Wolken sehen, die sich an den Rand des Abgrundes klammerten, und durch die Wolken konnte er gerade eben einen winzigen Fluß erkennen, der sich am Boden der Schlucht entlangschlängelte. »Wir sind über den Wolken«, sagte er zu Sufia. »Sieh nur!« Doch sie klammerte sich an seine Schulter, den Kopf an seinen Hals geschmiegt. »Über den Wolken«, sagte er wieder. Er schwankte und wäre beinahe gestürzt. Das Baby begann zu weinen. Bison konzentrierte sich aufs Weitergehen und setzte seinen Weg über den schmalen Pfad fort.

Ein weiterer Hustenkrampf schüttelte ihn, und diesmal gab es einen Strom von Blut, der in rotem Nebel aus seinem Mund quoll. Sufia weinte wieder. Bison hielt inne. Der Saumpfad endete hier vor einer blanken, grauen Felswand. Sanft legte er das Baby nieder, dann löste er Sufias Arme von seinem Hals.

»Der alte Bison braucht eine Pause«, sagte er. »Du … mußt für mich auf das Baby aufpassen.«

Er war auf den Knien, konnte sich aber nicht erinnern, gefallen zu sein. »Da ist so viel Blut«, jammerte Sufia.

»Paß … auf das Baby auf. Sei ein gutes Mädchen.« Bison kroch zum Rand und spähte wieder hinunter. »War … noch nie so hoch«, sagte er zu Sufia.

»Wie war das, als du noch Flügel hattest?« fragte sie.

»Große … weiße … Flügel«, sagte er. Er sah sich um. Die Krayakin mußten jetzt ganz nah sein, doch er konnte sie noch nicht sehen.

Ich will nicht sterben! Der Gedanke war schrecklich und viel zu beängstigend, um weiter darüber nachzudenken. Ich werde nicht sterben, sagte er sich. Ich werde schon wieder. Nur ein paar Stiche. Die Sonne schien, aber es war kalt hier an dieser nackten Felswand. Der kalte Wind tat gut. Der Wind war auch damals in Mellicane kalt gewesen. Damals war es Winter gewesen, ein harter, rauher Winter. Die Flüsse waren zugefroren, und niemand hatte erwartet, daß eine Armee durch die tobenden Schneestürme marschieren würde. Doch die Drenai hatten es getan, hatten Berge und eisige Seen überquert. Sie hatten die ventrische Armee bei Mellicane überrascht. Dort habe ich meine Medaille bekommen, erinnerte er sich. Die Medaille, die er für eine Nacht mit einer dicken Hure verkauft hatte.

Sie war aber auch eine gute Hure gewesen, wie er sich erinnerte.

Er setzte sich mit dem Rücken gegen die Felswand. Eine große Welle von Müdigkeit legte sich über ihn wie eine warme Decke. Schlaf, das war es, was er brauchte. Heilsamen Schlaf. Wenn er aufwachte, würde die Wunde schon heilen. Diese Priesterin, die kann mich heilen. Ein paar Tage Ruhe, und er war wieder so gut wie neu. Wo ist Nogusta? Warum hat er mich hier allein gelassen?

Das Baby schrie. Bison dachte, es wäre das beste, es in die Arme zu nehmen, doch er schien nicht mehr die Kraft dafür zu haben. Sufia kreischte auf und deutete nach hinten. Die beiden Krayakin kamen in Sicht. Sie gingen hintereinander über den schmalen Pfad.

Bison drehte sich um, klammerte sich an den Felsen und zog sich hoch. So soll es also enden, dachte er. Und diesmal spürte er keine Angst. Er sah Sufia an. Das Kind war völlig verängstigt. Bison zwang sich zu einem Lächeln. »Mach dir keine Sorgen ... Kleine«, sagte er. »Niemand wird ... dir etwas tun. Du mußt nur ... auf den kleinen Prinzen ... aufpassen, bis ... Nogusta kommt.«

»Was willst du tun?« fragte sie.

Die Krayakin waren näher gekommen. Der Pfad hatte sich verbreitert, und sie gingen nebeneinander.

Bison stieß sich von der Felswand ab und stellte sich ihnen in den Weg.

»Wußtet ihr«, sagte er zu ihnen, »daß ich Flügel habe? Große weiße Flügel? Ich fliege ... über die Berge.«

Plötzlich warf er sich auf sie, mit weit ausgebreiteten Armen. Die Krayakin konnten nirgendwohin ausweichen. In ihrer Verzweiflung stachen sie auf ihn ein, stießen ihre Klingen in seine Brust. Mit einem letzten verzweifelten Satz warf er sein Gewicht nach vorn, in das kalte Metall, das sich in sein Herz bohrte. Sterbend umklammerte er mit seinen gewaltigen Armen ihre Rüstungen und stieß sie über den Rand.

Sufia sah auf und sah sie in einer Spirale abstürzen, tiefer und tiefer, Bison mit ausgestreckten Armen, bis sie in die weißen, zarten Wolken fielen.

Antikas Karios war gerade rechtzeitig gekommen, um sie abstürzen zu sehen. Er lief zu Sufia und kniete neben ihr nieder.

»Er hat seine Flügel wieder«, sagte sie, die Augen groß vor Staunen. »Große, weiße Flügel.«

Die kleine Sufia schlang ihre Arme um Antikas Karios' Hals. Instinktiv schlossen sich seine Arme um sie. Dann sah er auf das Baby hinunter. Das war die Quelle all ihrer Probleme, dieses kleine Bündel aus Fleisch, weichen Knochen und Gewebe. Es weinte noch immer, dünne

Schreie hallten von den Felsen wider. Es wäre so einfach, dieses Geräusch abzuwürgen. Der Hals des Säuglings war so schmal, daß Antikas ihm das Leben abzudrücken vermochte, wenn er nur mit Daumen und Zeigefinger preßte.

Die Welt wäre sicher vor den Dämonen. Seine Hand senkte sich. Als seine Finger den Hals des Kleinen berührten, drehte dieser sich mit offenem Mund danach um und versuchte zu saugen. »Ich muß auf das Baby aufpassen«, flüsterte ihm Sufia ins Ohr.

»Was?«

»Das hat Bison zu mir gesagt, ehe er davonflog.«

Er überlegte, was er tun sollte. Wenn er das Baby tötete, dann mußte er auch Sufia töten. Er konnte sie beide über den Rand werfen und dann sagen, er wäre zu spät gekommen, um ihnen zu helfen. Seine Gedanken wanderten zu Bison. Der groteske alte Mann war fast einen Kilometer weit gerannt mit einer Wunde, die ihn eigentlich auf der Stelle hätte töten müssen. Dann hatte er noch zwei Krayakin mit in den Tod gerissen. Er hatte einen ungeheuren Mut bewiesen, und in diesem Augenblick erkannte Antikas, wenn er jetzt das Kind tötete, würde das die Erinnerung an Bisons Tat besudeln. Er nahm Sufia und das Baby auf den Arm und ging über den Saumpfad zurück und den Abhang hinunter zum Lager. Kebra und die Königin waren noch immer bewußtlos, Conalin und Pharis saßen Hand in Hand am Feuer. Das Mädchen sah auf, als Antikas ins Lager wanderte. Auf ihrem hageren Gesicht zeigte sich ein strahlendes Lächeln. Sie sprang auf, lief auf ihn zu und nahm ihm Sufia ab. Das kleine Mädchen erzählte sofort von Bisons Flügeln.

Ulmenetha saß neben Nogusta. Antikas ging zu ihnen. Nogusta sah um zwanzig Jahre gealtert aus, ein grauer Schleier hatte sich über seine ebenholzschwarzen Züge gelegt. In seinen hellen blauen Augen stand eine unbeschreibliche Müdigkeit. Das schwarze Schwert ragte noch immer aus seiner Schulter.

»Kannst du das Schwert herausziehen?« fragte Ulmenetha Antikas. Er legte das Baby ins Gras und packte den Griff. Nogusta biß die Zähne zusammen.

»Wappne dich«, sagte Antikas und stellte einen Stiefel auf Nogustas Brust. Mit einem heftigen Ruck zog er die Klinge heraus. Nogusta schrie auf, dann sackte er gegen Ulmenetha. Sie hielt ihre Hände über die Eintritts- und Austrittswunden und begann zu singen.

Antikas ging zu Kebra. Er kniete neben ihm nieder und fühlte nach seinem Puls. Er war fest und kräftig. Conalin tauchte neben ihm auf. »Er schläft nur«, sagte der Junge. »Ulmenetha hat bereits über ihm gebetet.«

»Gut«, sagte Antikas.

»Hast du Bisons Flügel gesehen?« fragte Conalin.

»Nein.« Er sah zu dem Jungen auf, jetzt wütend. »Da waren keine Flügel«, fauchte er. »Das sind Geschichten für Kinder, die noch nicht mit der harten Wirklichkeit des Lebens fertig werden können. Ein tapferer Mann gab sein Leben, um andere zu retten. Er fiel tausend Meter tief, und sein toter Körper wurde auf den Felsen unten zerschmettert.«

»Warum hat er es getan?«

»Ja, warum wohl? Geh und laß mich allein, Junge.«

Conalin ging zurück zum Feuer und der wartenden Pharis. Antikas stand auf und ging zum Ufer, wo er in tiefen Zügen trank.

Bisons Tod hatte ihn auf eine Weise berührt, die er nicht recht verstand. Der Mann war ein Tier, ohne Erziehung und ohne Kultur, schmutzig und grob. Doch als die Krayakin angriffen, war er der erste gewesen, der sich ihnen entgegengeworfen hatte, und er hatte zweifellos die Kinder gerettet. Er war bereitwillig in den Tod gegangen. Sein Leben lang hatte man Antikas gelehrt, daß Edelmut nur im Blute hoher Abstammung lag. Adlige und Bauern, denkende Wesen und beinahe Tiere. Nur der Adel verstand angeblich die feineren Unterschiede bei Ehre und Ritterlichkeit.

Die Art, wie sich Bison geopfert hatte, war beunruhigend. Axiana war eine ventrische Prinzessin, ihr Kind der Sohn des Mannes, der Bisons Dienste zurückgewiesen hatte. Bison schuldete ihnen nichts, aber er gab alles.

Es war mehr als verwirrend, es war aufreizend.

In der ventrischen Geschichte waren die Helden immer Edelleute gewesen, voller Mut und Tugenden. Sie rülpsten nie und kratzten sich auch nie im Schritt. Ein Gedanke kam ihm, und er lächelte. Vielleicht doch. Conalin hatte ihn gefragt, ob Bison Flügel bekommen hatte. Wenn sie diese Sache hier überlebten, würde sich die Geschichte verbreiten. Antikas würde sie erzählen. Sufia würde sie erzählen. Und die Geschichte, der man glauben würde, wäre die des Kindes. Und warum? Weil es befriedigender ist zu glauben, daß Helden niemals sterben, daß sie irgendwie weiterleben, um in einer anderen Zeit zurückzukehren. In hundert Jahren würde man sich an den echten Bison nicht mehr erinnern. Er würde ein gutaussehender Mann mit goldblonden Haaren werden, vielleicht der uneheliche Sohn eines ventrischen Edelmanns. Antikas warf einen Blick auf die schlafende Königin. Höchstwahrscheinlich würde er in künftigen Legenden auch zu Axianas Liebhaber und dem Vater des Kindes werden, das er rettete.

Antikas kehrte ins Lager zurück. Nogusta schlief mittlerweile. Axiana war aufgewacht und stillte das Kind. Ulmenetha gab Antikas ein Zeichen, zu ihr zu kommen. »Die Wunde ist böse«, sagte sie. »Ich habe getan, was ich konnte, aber er ist sehr schwach, vielleicht stirbt er trotzdem.«

»Ich würde dagegen wetten. Der Mann ist ein Kämpfer.«

»Und ein alter Mann, der nicht nur durch die Wunde geschwächt ist, sondern von Kummer. Bison war sein Freund, und er wußte, daß sein Freund sterben würde.«

Antikas nickte. »Ich weiß. Was soll ich tun?«

»Du mußt uns nach Lem führen.«

»Was ist so wichtig an dieser Geisterstadt? Was wollen wir in den Ruinen?«

»Bring uns hin und du wirst sehen«, antwortete Ulmenetha. »Wir können noch eine Stunde schlafen, dann wecke ich die Schläfer.«

Als sie den Kopf wandte, sah er die dicke Beule an ihrer Schläfe und erinnerte sich an den Messergriff, der sie zu Boden geschickt hatte. »Das war ein übler Schlag«, sagte er. »Wie fühlst du dich?«

Sie lächelte müde. »Mir ist ein bißchen übel, aber ich bleibe am Leben, Antikas Karios. Ich habe die Karten hier. Vielleicht möchtest du sie gerne studieren.« Er nahm sie und entrollte die erste. Ulmenetha beugte sich darüber. »Die ventrische Armee zieht von hier heran«, sagte sie und deutete mit dem Finger auf die Karte, »sie sind in Sichelformation ausgeschwärmt, da sie erwarten, daß wir uns zum Meer durchschlagen. In den nächsten beiden Tagen werden sie alle Straßen gesperrt haben, die nach Lem führen.«

»Die Karte hat keinen vernünftigen Maßstab«, sagte er. »Ich kann nicht sagen, wie weit wir von den Ruinen entfernt sind.«

»Weniger als sechzig Kilometer«, sagte sie. »Nach Südwesten.«

»Ich werde mir eine Route überlegen«, sagte er. Er warf einen Blick auf Axiana, die gerade außer Hörweite war. »Es wäre für die Welt besser gewesen, wenn Bison mit dem Kind gesprungen wäre«, meinte er leise.

»Nein«, widersprach sie. »Der Dämonenherrscher hat bereits mit dem Großen Zauber begonnen. Der Tod des Kindes wird ihn vollenden, mit oder ohne Opfer.«

Antikas lief plötzlich ein kalter Schauer über den Rücken. Er wandte sich ab und dachte daran, wie seine Finger nach der Kehle des Kleinen getastet hatten.

»Nun«, sagte er schließlich, »das verleiht dem Tod des alten Mannes wenigstens einen goldenen Schein.«

»Eine solche Tat braucht keinen Schein«, erklärte sie.

»Vielleicht nicht«, gab er zu. Dann ging er zum Feuer. Die kleine Sufia saß still bei Conalin und Pharis. Sie krabbelte zu Antikas hinüber. »Wird er zu uns zurück fliegen?« fragte sie. »Ich gucke immer in den Himmel.«

Antikas holte tief Luft und sah Conalin an.

»Eines Tages kommt er zurückgeflogen«, sagte er dem Kind, »wenn wir ihn am meisten brauchen.«

Kapitel elf

Nogusta merkte kaum, daß er ritt. Jemand saß hinter ihm und hielt ihn im Sattel. Er öffnete die Augen und sah, daß die Gruppe langsam durch ein fruchtbares Tal zog. Voran ritt Antikas Karios auf Sternenfeuer. Nogusta war leicht verärgert, aber dann fiel ihm ein, daß der Ventrier das Tier auf seinen Befehl hin ritt. Sternenfeuer war ein lebhaftes Tier, und Nogusta war nicht in der Verfassung, ihn zu reiten.

Er blickte auf die Hände hinunter, die ihn festhielten. Sie waren schlank und weiblich. Er tätschelte die Hände und flüsterte: »Danke.«

»Brauchst du eine Pause?« fragte Ulmenetha.

»Nein.« Sein Blick verschwamm, und er lehnte sich zurück gegen die Frau.

Bison war tot, und der Schmerz des Verlustes traf ihn tief. Er schwankte im Sattel und spürte, wie Ulmenethas Arme ihn hielten. Dann glitt er in Träume von der Vergangenheit hinüber. Der Tag verging im Dämmer. Als sie haltmachten, um den Pferden eine Rast zu gönnen, half Kebra ihm herunter. Nogusta wußte nicht, wo er war, nur daß die Sonne warm auf sein Gesicht schien und das Gras sich kühl anfühlte. Es war schön hier, und er wollte am liebsten für immer schlafen. Irgendwo, nicht weit entfernt, weinte ein Säugling. Dann hörte er ein Kind singen. Er schien sich zu erinnern, daß das Kind von einem Fuhrwerk getötet worden war, aber das war offensichtlich nicht der Fall. Er war erleichtert – als ob ihm eine Last von der Seele genommen worden wäre.

Irgendwann flößte man ihm eine dicke Suppe ein. Er erinnerte sich an den Geschmack, wußte aber nicht, wer ihn gefüttert hatte, geschweige denn, warum er nicht selbst gegessen hatte.

Dann sah er seinen Vater. Sie saßen alle im Hauptraum des Hauses, seine Brüder und Schwestern, seine Mutter und seine alte Tante. »Ich zeige euch jetzt ein bißchen Zauberei«, sagte sein Vater und erhob sich aus dem alten Stuhl mit dem Roßhaarbezug, den er so liebte. Er hatte den Talisman vom Hals genommen. Die Kette war lang, das Gold glitzerte im Schein der Laternen. Vater ging zu dem ältesten von Nogustas Brüdern und versuchte, ihm die Kette über den Kopf zu streifen. Doch die Kette schrumpfte und paßte nicht über den Kopf des Knaben. Nacheinander wunderten sich die Brüder über die Magie. Dann kam er zu Nogusta. Die Kette glitt mühelos über seinen Kopf, der Talisman ruhte auf seiner Brust.

»Was ist der Trick dabei?« fragte sein ältester Bruder.

»Das ist kein Trick«, sagte Vater. »Der Talisman hat gewählt. Das ist alles.«

»Das ist ungerecht«, sagte der Älteste. »Ich bin der Erbe. Er sollte mir gehören.«

»Ich war auch nicht der Erbe«, erinnerte ihn sein Vater. »Trotzdem hat er mich gewählt.«

»Wie wählt er?« fragte der jüngste Bruder.

»Ich weiß es nicht. Doch der Mann, der ihn schuf, war unser Vorfahre. Er war größer als jeder König.«

Als sie in dieser Nacht allein in ihrem Zimmer waren, hatte ihn sein ältester Bruder ins Gesicht geschlagen. »Er hätte mir gehören sollen«, sagte er. »Es war ein Trick, weil Vater dich lieber hat als mich.«

Nogusta spürte noch immer den Schmerz des Schlages. Nur daß jetzt, aus irgendeinem seltsamen Grund, den er nicht kannte, der Schmerz von seiner Schulter ausstrahlte.

Er ritt wieder, und als er die Augen öffnete, sah er die Sterne am nächtlichen Himmel. Ein neuer Mond hing wie eine Sichel über den Bergen, genau wie sein Talisman. Er erwartete beinahe eine goldene Hand zu sehen, die ihn umfing. Hoch über ihm glitt eine Eule auf weißen Flügeln vorbei.

Weiße Flügel ...

»Armer Bison«, sagte er laut.

»Er hat seinen Frieden«, sagte eine Stimme. Die Stimme verwirrte Nogusta. Irgendwie hatte Ulmenetha sich in Kebra verwandelt.

»Wie hast du das gemacht?« murmelte er. Dann schlief er wieder ein und erwachte an einem Lagerfeuer. Kebra war wieder zu Ulmenetha geworden, und ihre Hand lag auf seiner Wunde. Sie sang leise.

Eine Gestalt schwebte vor sein Blickfeld, verschwommen und undeutlich, und Nogusta versank in tiefen Träumen.

Er saß auf der Langen Wiese zu Hause, und er konnte seine Mutter in der Küche singen hören. Ein großer Mann saß neben ihm, ein schwarzer Mann, aber einer, den er nicht kannte.

»Das war eine friedliche Zeit für dich«, sagte der Mann.

»Es war die beste Zeit«, erklärte Nogusta.

»Wenn du überlebst, mußt du zurückkommen und alles wieder aufbauen. Die Nachkommen deiner Herden sind noch in den Bergen. Dort gibt es großartige Hengste, und die Herden sind stark.«

»Die Erinnerungen sind zu schmerzhaft.«

»Ja, sie sind schmerzlich, aber dort liegt Frieden, wenn du ihn suchst.«

Er betrachtete den Mann. »Wer bist du?«

»Ich bin Emsharas. Und du bist der letzte meiner menschlichen Nachkommen.«

»Du hast den Großen Zauber gewirkt.«

»Ich habe ihn begonnen. Er ist noch nicht vollendet.«

»Wird das Kind sterben?«

»Alle Menschenkinder sterben, Nogusta. Das ist ihre Schwäche – und ihre Stärke. Im Tod liegt große Macht. Ruh dich jetzt aus, denn du hast noch eine große Prüfung vor dir.«

Nogusta schlug die Augen auf. Das strahlende Licht eines neuen Morgens hob sich über die Berge. Er stöhnte, als er sich aufsetzte. Kebra grinste ihn an.

»Willkommen zurück, mein Bruder«, sagte er. In Kebras Augen standen Tränen, als er sich vorbeugte und zum ersten Mal Nogusta umarmte.

Anharats Zorn war inzwischen abgekühlt, als er in seinem Zelt saß und den Berichten seiner Späher lauschte. Die Abtrünnigen hatten die letzte Brücke vor Lem überquert und waren jetzt nur noch gut fünfzehn Kilometer von den Ruinen entfernt. Ein fünfköpfiger Spähtrupp hatte sie angegriffen, doch Antikas Karios hatte zwei von ihnen getötet, ein Dritter war von einem Bogenschützen aus dem Sattel geschossen worden. »Holt die Überlebenden herein«, befahl Anharat.

Zwei untersetzte Späher betraten das Zelt, dann warfen sie sich auf den Boden und berührten mit der Stirn den Teppich vor Anharats Füßen.

»Auf!« befahl er. Die Männer erhoben sich mit ängstlichen Mienen. »Erzählt mir, was ihr gesehen habt.« Beide Männer erhoben gleichzeitig die Stimme, dann sahen sie einander an. »Du«, sagte Anharat und deutete auf den linken. »Sprich.«

»Sie kamen einen langen Hang hinunter, Herr. Antikas Karios führte sie an. Ihm folgte ein weißhaariger Mann, dann kamen die Königin und ihre Dienerin. Sie hatten ein kleines Mädchen bei sich und zwei Jugendliche. Und ein schwarzer Mann mit einem Verband um die Brust war auch da. Es war Blut daran. Hauptmann Badayen dachte, wir könnten sie mit einem plötzlichen Angriff überraschen. Also machten wir es so. Er starb als erster. Antikas Karios riß sein Pferd herum und griff uns an! Der Hauptmann ging zu Boden, dann Malik. Dann schoß der Bogenschütze Valis einen Pfeil durch die Kehle. Also wendeten Cupta und ich unsere Pferde und galoppierten davon. Wir dachten, es sei am besten, wenn wir berichteten, was wir gesehen hatten.«

Anharat sah dem Mann tief in die dunklen Augen. Beide erwarteten den Tod. Der Dämonenherrscher wünschte, er könnte ihnen den Gefallen tun. Aber die Moral unter den Menschen war niedrig. Die meisten von ihnen hatten Freunde und Familien in der gequälten Stadt Usa, und sie verstanden nicht, warum sie eine kleine Gruppe durch die Wildnis verfolgten. Dazu kam, daß Anharat großes Mißtrauen unter seinen Offizieren festgestellt hatte, wenn sie mit ihm sprachen. Zuerst hatte es ihn verwirrt, denn selbst als er noch in dem verrottenden Körper Kalizkans wohnte, hatte der Wärmezauber die Beliebtheit am Leben erhalten, der sich der Zauberer erfreute. Derselbe Zauber hatte bei Malikadas Männern wenig Wirkung. Das, dachte er schließlich, lag wahrscheinlich daran, daß Malikada nie beliebt gewesen war. Er war gefürchtet. Das war zwar ein durchaus wünschenswerter Zustand, aber wenn die Moral schon so litt, würde Anharat durch die Ermordung zweier glückloser Späher erst recht keine Unterstützung erfahren.

»Ihr habt richtig gehandelt«, erklärte er. »Hauptmann Badayen hätte nicht angreifen sollen. Er hätte vorausreiten und die letzte Brücke halten sollen, wie sein Befehl lautete. Ihr seid nicht zu tadeln. Hätte der Hauptmann überlebt, hätte ich ihn hängen lassen. Jetzt geht etwas essen.«

Die beiden Männer blinzelten ungläubig. Dann verbeugten sie sich und zogen sich rasch aus dem Zelt zurück. Anharat warf einen Blick auf seine Offiziere und spürte ihre Erleichterung. Was für seltsame Wesen diese Menschen sind, dachte er.

»Laßt mich jetzt allein«, befahl er.

Niemand rührte sich. Kein Mann regte sich. Alle standen still wie Statuen, kein Muskel zuckte, kein Augenlid flatterte. Wie aus großer Entfernung hörte Anharat das sanfte Klingen von Windglocken. Er fuhr herum und sah Emsharas am Zelteingang stehen. Sein Bruder trug ein himmelblaues Gewand und einen goldenen Reif um die Stirn. Es war kein Abbild! Emsharas war hier in Fleisch und Blut.

Eine kalte Wut wuchs in Anharat, und er begann, seine Macht zu sammeln. »Das ist nicht klug, Bruder«, sagte Emsharas. »Du brauchst deine ganze Kraft für die Vollendung des Zaubers.«

Das stimmte. »Was willst du hier?« wollte Anharat wissen.

»Frieden zwischen uns – und die Rettung unseres Volkes«, antwortete Emsharas.

»Es wird niemals Frieden zwischen dir und mir geben. Du hast uns alle verraten. Ich werde dich hassen, bis die Sterne ausgebrannt sind und das Universum wieder in Dunkelheit versinkt.«

»Ich habe dich nie gehaßt, Anharat. Jetzt nicht und früher nicht. Aber ich bitte dich – wie ich dich schon einmal bat –, deine Handlungen zu überdenken. Die Illohir hätten nie gewinnen können. Wir sind wenige, sie sind viele. Ihre seltsamen Hirne wachsen mit jeder

Generation. Die Geheimnisse der Magie werden ihnen nicht für immer vorenthalten bleiben. Wo sollen wir dann sein? Was sollen wir dann werden, außer staubige Legenden aus der Vergangenheit? Wir öffneten die Tore, du und ich. Wir brachten die Illohir in diese feindliche Welt. Wir töteten nicht, als wir noch Windgeborene waren, wir gierten nicht nach Entsetzen und Tod.«

Anharat lachte höhnisch. »Und wir kannten keine Vergnügen außer denen des Intellekts. Wir kannten keinen Spaß, Emsharas.«

»Da muß ich dir widersprechen. Wir sahen die Geburt von Sternen, wir rasten mit den kosmischen Sturmwinden um die Wette. Das war unser Spaß dort. Kannst du nicht sehen, daß wir auf diesem Planeten Fremde sind? Er verschwört sich gegen uns. Die Wasser verbrennen unsere Haut, das Sonnenlicht nimmt uns unsere Kraft. Wir können uns hier nicht ernähren, außer von den Gefühlen der Menschen. Wir sind Parasiten auf dieser Welt. Nichts anderes.«

Emsharas trat weiter in das Zelt und betrachtete die erstarrten Offiziere genau. »Ihre Träume sind anders als die unseren. Wir werden niemals unter ihnen leben können. Und eines Tages werden sie uns alle vernichten.«

»Sie sind schwach und jämmerlich«, sagte Anharat. Seine Hand glitt langsam zu dem Dolch an seinem Gürtel. Es brauchte keine Magie, um einen Dolch ins Herz seines Bruders zu stoßen. Dann würde auch er ins Nichts geworfen.

»Ich biete unserem Volk eine neue Welt«, sagte Emsharas.

»Nenn mir die Quelle deiner Macht«, flüsterte Anharat. Seine Finger schlossen sich um den Dolchgriff.

Emsharas drehte sich zu ihm um. »Warum hast du es nicht bereits erraten?« entgegnete er. »Alle Hinweise sind da, im Versagen deiner Suchzauber und der Natur des Großen Zaubers selbst.«

»Du hast ein Versteck gefunden. Das ist alles, was ich weiß.«

»Nein, Anharat. Ich verstecke mich nicht.«

»Du Lügner! Ich sehe dich vor mit stehen und atmen.«

»Allerdings. Heute abend öffnete ich ein Tor, Anharat, um mich zu dir zu bringen. Aber wo ist heute abend? Ist es viertausend Jahre in der Vergangenheit? Bin ich bei der Armee der Drei Könige, und werden wir beide, du und ich, morgen über dem Schlachtfeld kämpfen? Du wirst verlieren. Dann werde ich mich auf den Großen Zauber vorbereiten. Du kannst mir helfen, ihn zu vollenden. Unser Volk kann eine Welt für sich haben!«

»Das hier ist die Welt, die ich will!« knurrte Anharat und zog den Dolch. Er tat einen Satz nach vorn und stieß mit der Klinge nach seinem Bruder. Emsharas wich aus. Seine Gestalt schimmerte.

Dann war er fort.

Bakilas saß still in der Dunkelheit. Die Illohir brauchten keinen Schlaf. Es bestand keine Notwendigkeit, daß sich ihr Gewebe erholen mußte. Sie wurden durch Magie zusammengehalten, deren Brennstoff die Nahrung war. Der Anführer der Krayakin brauchte keine Ruhe. Er wartete lediglich an diesem Ort, weil sein Pferd erschöpft war.

Um die Wahrheit zu sagen, war er nicht überrascht gewesen, daß seine Brüder besiegt wurden. Ihre Aufgabe war von Anbeginn an fehlerhaft gewesen. Die Priesterin hatte recht. Es war kein Zufall, daß ein Nachfahre Emsharas' das Baby bewachte. Hier war eine große Strategie am Werke, deren Bedeutung Bakilas jedoch nicht verstand.

Was mache ich jetzt? überlegte er. Wohin gehe ich?

Er stand auf, ging zur Hügelkuppe und blickte auf die Ruinen von Lem hinunter. Er konnte sich noch an die Zeit erinnern, als diese Stadt wie ein Juwel gewesen war, das mit hunderttausend Lichtern in der Nacht glitzerte.

Er warf einen Blick zu den Sternen empor, rief sich ihre Namen ins Gedächtnis und dachte an die Zeit, als er sie gestaltlos besucht hatte. In diesem Augenblick wünschte er, niemals das Geschenk des Fleisches erhalten zu haben.

Anharat und Emsharas hatten den Illohir dieses Geschenk gebracht. Die Zwillinge, die Götter des Glanzes. Ihre vereinte Macht hatte die Verbindung zwischen Wind und Erde geschaffen. Sie waren die ersten gewesen. Emsharas hatte menschliche Gestalt angenommen, während Anharat Flügel gewählt hatte. Die Krayakin waren die nächsten.

Wer hatte damals ahnen können, daß dieses Geschenk zugleich ihr Fluch sein würde?

Es stimmte, das Sonnenlicht hatte große Schmerzen verursacht, und das Wasser der Flüsse war todbringend gewesen, aber es gab so viele andere Freuden, die sie genossen, und eine Ewigkeit, die sie Zeit hatten, um sie zu genießen.

Bis Emsharas sie alle verraten hatte.

Selbst jetzt noch, nach viertausend Jahren des Nachdenkens, konnte Bakilas nicht einmal ansatzweise seine Gründe verstehen. Genausowenig wie er verstand, was aus ihm geworden war. Wo konnte sich ein Illohir verstecken? Auch heute noch konnte Bakilas alle seine Brüder in der Leere des Nirgendwo spüren. Es war unmöglich, seinen Aufenthalt nicht zu kennen. Bakilas spürte die mächtige, pulsierende Gegenwart von Anharat in einem Lager ein paar Kilometer entfernt. Und da Anharat ein Windgeborener gewesen war, konnte er seinen

Geist quer durch das Universum spüren. Wo aber hielt sich Emsharas auf?

Eines Tages werde ich die Antwort darauf kennen, dachte er. Eines Tages, wenn das Universum stirbt und die Illohir mit ihm.

Bakilas schauderte. Tod. Das Ende des Seins. Es war ein erschreckender Gedanke. Die Menschen konnten die wahre Angst vor Sterblichkeit nicht ansatzweise begreifen. Sie lebten ständig in der Aussicht auf ihren Tod. Sie begriffen seine Unausweichlichkeit. Ein paar kurze Jahre, und sie waren nicht mehr. Schlimmer noch, sie bekamen den Tod während ihrer kurzen Existenz ständig zu spüren. Jedes Jahr brachte ihnen neue Falten und das langsame Schwinden ihrer Kräfte. Ihre Haut wurde schlaff, ihre Knochen trockneten aus, bis sie zahnlos und altersschwach ins Grab sanken. Was konnten sie schon von unsterblicher Furcht wissen?

Keiner der Illohir hatte jemals den Tod kennengelernt.

Bakilas erinnerte sich an die Große Geburt im Kommenden Licht, als die ersten Töne des Liedes des Universums in der Dunkelheit erklangen. Es war eine Zeit der Entdeckung und Harmonie, eine Zeit der Kameradschaft. Es war Leben. Empfindsam und neugierig. Alles wurde zu jener Zeit geboren, die Sterne und dann die Planeten, die Lavameere und schließlich die großen Ozeane.

Damals hatte es Freuden anderer Art gegeben, die Zunahme von Wissen und Bewußtsein. Aber es hatte keine Schmerzen gegeben, keine Enttäuschungen, keine Tragödien. Alle Illohir genossen – erduldeten? – die absolute Gelassenheit. Erst mit dem Kommen des Fleisches begannen die Kontraste. Wie konnte man wahre Freude kennen, ehe man nicht wahre Verzweiflung kennengelernt hatte? Der Kontrast war alles. Deshalb hatten die Illohir sich nach einem Leben in *Gestalt* gesehnt.

Bakilas stieg von dem Hügel herunter und zog sein Schwert. Er ging leise zu seinem schlafenden Pferd und köpfte es mit einem furchtbaren Schwerthieb. Als das Tier zu Boden stürzte, riß Bakilas sein Herz heraus und reckte es in den nächtlichen Himmel, um Anharat zu rufen.

Das Herz ging in Flammen auf.

»Ich bin froh, daß du mich rufst, Bruder«, sagte Anharats Stimme. »Emsharas ist zurückgekehrt.«

»Ich spüre ihn nicht.«

»Seine Macht ist groß. Aber er ist hier. Er versucht, unser Schicksal aufzuhalten.«

»Aber warum?« fragte Bakilas. »Du und er, ihr seid die Zwillinge. Seit Anbeginn der Zeiten seid ihr in allem eins gewesen.«

»Wir sind nicht länger eins«, fuhr Anharat auf. »Ich werde ihn schlagen. Ich werde seinen Geist in meiner Hand halten und ihn bis zum Ende aller Zeiten quälen.«

Bakilas sagte nichts. Er spürte eine Freude in Anharat, die er seit dem Verrat hatte vermissen lassen. Er freute sich, daß Emsharas zurückgekehrt war! Wie seltsam! Bakilas hatte Anharats Schmerz und Verlust gespürt. Sein Haß auf Emsharas hatte allmählich alles verzehrt. Während der Jahrhunderte hatte er die Jagd nach seinem Bruder nie aufgegeben, hatte einen Suchzauber nach dem anderen ausgeschickt. Da kam Bakilas ein Gedanke. Vielleicht waren Haß und Liebe in gewisser Weise dasselbe. Beide spiegelten ein intensives Bedürfnis in Anharat wider. Seine Existenz ohne Emsharas war hohl und leer gewesen. Selbst jetzt träumte der Dämonenherrscher nur davon, den Geist seines Bruders in der Hand zu halten. Haß und Liebe. Ununterscheidbar.

»Du mußt nach Lem gehen«, sagte Anharat. »Verbirg dich dort, bis es Zeit ist zuzuschlagen! Wenn das Kind stirbt und meine Macht anschwillt, werde ich Emsharas finden, und dann wird abgerechnet.«

Nayim Pallines hatte Antikas Karios nie gemocht, obwohl er das klugerweise jahrelang für sich behalten hatte. Er hatte Kara seit ihrer Kindheit gekannt und war einer ihrer Hochzeitsgäste gewesen. Er hatte ihr strahlendes Glück gesehen und war neidisch auf den liebevollen Blick, den sie ihrem Gatten zuwarf, als sie das Gelöbnis ablegten und das zeremonielle Band um ihre Hände geschlungen wurde.

Zwei Tage später waren beide tot, der Mann ermordet von Antikas Karios, Kara durch eigene Hand. Die Liebe war, wie Nayim wußte, viel zu kostbar, um so beiläufig zerstört zu werden. Als die Tragödie sich ereignete, verwandelte sich seine Abneigung gegen Antikas Karios in Haß.

Und doch, als Oberst bei den Königlichen Lanzenträgern war er verpflichtet, diesem Mann zu dienen, seine Befehle entgegenzunehmen, sich vor ihm zu verbeugen. Das war hart gewesen.

Aber heute – mit der Hilfe der QUELLE und dem Mut der fünfzig Mann, die hinter ihm ritten – würde er sowohl dem Haß als auch dessen Gegenstand ein Ende bereiten. Seine Späher hatten sie fünf Kilometer vor den Ruinen von Lem entdeckt, und Nayim war nur noch wenige hundert Meter hinter ihnen.

Bald würden sie die Verfolger sehen. Nayim konnte sich das gut vorstellen. Die Flüchtenden würden in einem letzten, verzweifelten Versuch zu entkommen auf ihre Pferde einpeitschen. Aber die müden Tiere würden schon bald von den kräftigen Pferden der Lanzenreiter eingeholt. Nayim hoffte halb, daß Antikas Karios um sein Leben flehen würde. Doch schon als ihm dieser Gedanke kam, wußte er, daß dem nicht so sein würde. Trotz seiner Übeltaten war Antikas ein Mann von Mut. Er würde sie alle angreifen.

Nayim war nicht mehr als ein durchschnittlicher

Schwertkämpfer. Er mußte sichergehen, daß er zurückfiel, wenn der Angriff begann. Er hatte zwar keine Angst zu sterben, aber er wollte die Gefangennahme von Antikas Karios nicht verpassen.

Sein Sergeant Olion ritt heran, sein weißer Umhang flatterte im Wind. Ein Schmutzfleck war auf dem Umhang. Olion war ein ausgezeichneter Reiter und ein guter Soldat, aber unfähig zur Ordnung, welchen disziplinarischen Maßnahmen er auch unterworfen wurde. Der hohe, gewölbte Bronzehelm und der zeremonielle Umhang waren entworfen worden, um der Rüstung der Lanzenreiter mehr Großartigkeit zu verleihen. Doch bei Olion, der klein und untersetzt war und runde Schultern hatte, dessen Gesicht ständig von zornigen roten Flecken überzogen war, wirkte das Ergebnis nur komisch.

Nayim betrachtete den Mann. Schon wieder ein Pickel in Olions Nacken. »Die Jungs sind beunruhigt, Hauptmann«, sagte der Sergeant. »Mir gefällt ihre Stimmung nicht.«

»Willst du mir etwa sagen, daß fünfzig Mann Angst haben, es mit einem einzigen Schwertkämpfer aufzunehmen?«

»Es geht nicht um sie, Hauptmann. Tatsächlich werden sie erleichtert sein, wenn endlich mal was passiert. Nein, das ist es nicht.«

»Spuck's schon aus, Mann. Du wirst schon nicht den Kopf verlieren.«

»Ich könnte aber, wenn du mich verstehst?«

Nayim verstand vollkommen. Seine Miene verhärtete sich. »Allerdings. Deshalb ist es wohl besser, nichts zu sagen. Reite den Hügel dort hinauf und sieh, ob du sie schon ausmachen kannst.«

»Jawohl.« Olion galoppierte nach Südosten davon. Nayim warf einen Blick zurück. Seine Männer ritten in Zweierreihen hinter ihm, die Enden ihrer Lanzen ruhten in den Steigbügeln. Er gab ihnen ein Zeichen, in der jetzigen Geschwindigkeit weiterzureiten, gab seinem Pferd die Sporen und ritt hinter Olion her.

Auf dem Hügelkamm ließ er sein Pferd halten und blickte auf die Ruinenstadt Lem hinunter. Angeblich eine der größten Städte, die jemals gebaut worden waren, war es jetzt ein Ort der Geister und verlorener Erinnerungen. Die gewaltigen Mauern waren von der Zeit niedergerissen, von Erdbeben erschüttert, viele der Steine hatten dazu gedient, am anderen Ende des Tales neue Häuser zu bauen. Was von der Nordmauer noch übrig war, stand wie eine Reihe abgebrochener Zähne vor der Geisterstadt.

Dann sah er die Reiter, noch immer ein paar hundert Meter voraus. Auf diese Entfernung konnte er die einzelnen Personen nicht unterscheiden, aber er konnte sehen, daß ihre Pferde müde waren, und sie waren noch immer ein gutes Stück von der Stadt entfernt. Sobald seine Männer ihn eingeholt hatten, würden sie in wenigen Minuten niedergeritten werden.

»Nun sag rasch, was du zu sagen hast«, befahl er Olion. »Denn dann wartet unsere Pflicht.«

»Das ist doch alles verkehrt, Hauptmann. Die Männer wissen das. Ich weiß es. Ich meine, was ist in der Stadt passiert? Allen Berichten zufolge sind Tausende tot. Dort sollten wir sein. Und warum die ganze Armee hierher in die Wildnis schleppen. Hier gibt es niemanden, gegen den man kämpfen müßte, Hauptmann. Warum also sind wir hier?«

»Wir sind hier, weil so unser Befehl lautet«, sagte Nayim, der unbedingt die Flüchtigen gefangennehmen wollte.

»Und was ist mit unserem Proviant, Hauptman? Dem Quartiermeister zufolge haben wir gerade genügend Lebensmittel, um bis nach Lem zu kommen. Was soll danach geschehen? Wir sind nicht mal auf halbe Rationen gesetzt worden. Übermorgen werden dreitausend Mann nichts mehr zu essen haben. Das ist doch verrückt!«

»Ich werde dir sagen, was verrückt ist, Olion: ein Soldat in Malikadas Armee, der anfängt zu meutern.« Nayim versuchte, es überzeugend bedrohlich klingen zu lassen, aber es gelang ihm nicht. Er teilte die Sorgen des Mannes. »Hör zu«, sagte er etwas umgänglicher. »Wir werden hier unsere Pflicht erledigen und dann die Gefangenen Malikada übergeben. Einige Kilometer zurück haben wir Spuren von Elchen gesehen. Sobald wir die Gefangenen haben, kannst du mit einer Einheit auf die Jagd gehen. Dann essen wir wenigstens heute abend gut.«

»Jawohl«, sagte der Mann zweifelnd.

Nayim warf einen nervösen Blick nach hinten. Die Lanzenreiter waren fast in Hörweite. »Ich nehme an, da ist noch etwas? Mach schnell!«

»Warum läuft die Königin weg? Malikada ist ihr Vetter. Sie standen sich immer nahe, heißt es. Und warum sollte ein General wie Antikas Karios ihr helfen?«

»Ich weiß es nicht. Vielleicht sollten wir Antikas fragen, wenn wir ihn haben.«

Als die Truppe hinter ihnen ihre Pferde zügelte, hob Nayim den Arm. »Mir nach!« rief er.

Schneller werdend galoppierte er über die alte Straße und verringerte rasch den Abstand zwischen sich und den fliehenden Reitern. Ein rothaariger Bursche, der den Abschluß bildete, sah sich um und trieb sein Pferd dann an.

Damit war die Jagd im Gange. Nayim zog seinen Säbel. Er konnte Antikas Karios jetzt sehen, er ritt einen großen schwarzen Hengst. Der Mann riß sein Pferd herum, und einen Augenblick lang glaubte Nayim, er wolle sie angreifen. Statt dessen galoppierte er an seiner

Gruppe vorbei und trieb sie an. Nayim zog behutsam an den Zügeln und ließ sich von einigen seiner Männer überholen.

Der silberhaarige Bogenschütze drehte sich im Sattel um und schoß einen Pfeil auf ihn ab. Nayim wich aus und duckte sich. Er hörte hinter sich einen Mann aufschreien. Ein Blick zurück zeigte ihm, daß der Pfeil in der Schulter des Reiters steckte.

Nayim wollte die Flüchtenden unbedingt einholen, ehe sie in die Ruinenstadt gelangten, denn sobald sie dort waren, konnten Antikas und die anderen die Pferde stehen lassen und Deckung suchen. Es würde nicht lange dauern, aber es würde ihn Männer kosten. Einer der Gründe, weshalb Nayim als Befehlshaber beliebt war, war die Tatsache, daß er mit dem Leben seiner Soldaten behutsam umging. Keine tollkühnen Angriffe, keine Suche nach Glanz und Ruhm. Er war ein Berufssoldat, der seine Strategien immer gut durchdachte.

Sie kamen rasch näher. Antikas Karios führte ein zweites Pferd am Zügel, auf dem eine junge Frau im blauen Kleid saß. Mit Erstaunen erkannte Nayim die Königin. Er hatte sie immer nur in Samt und Seide gesehen, wie eine Göttin aus der Legende. Jetzt war sie nichts weiter als eine Frau auf einem müden Pferd.

Nur etwa vierzig Meter trennten sie jetzt noch. Antikas würde keine Zeit mehr haben, in Deckung zu gehen, denn sie würden ihn an der Stadtmauer einholen!

Plötzlich stieß einer seiner Männer einen Warnruf aus. Nayim sah sogleich weshalb.

Bewaffnete Männer strömten aus den Ruinen der Stadt und bildeten eine Kampflinie vor den zerbrochenen Stadttoren. Es waren Drenaisoldaten, mit Vollvisierhelmen und langen, roten Umhängen. Hunderte, die geschmeidig ihre Plätze einnahmen mit der Disziplin von Veteranen. Nayim traute seinen Augen kaum.

Die Armee der Drenai war vernichtet worden. Wie konnte dann das hier sein?

Dann erkannte er schockiert, daß er einen Angriff auf sie ritt. Er riß an den Zügeln und hob den Arm. Seine Männer verlangsamten ihr Tempo.

Die Flüchtenden ritten auf die Kampflinie zu, die sich glatt vor ihnen teilte und ihnen Zugang zur Stadt gewährte.

Nayim befahl seinen Männern zu warten und ritt langsam voran. »Wo ist euer Befehlshaber?« rief er. Schweigen antwortete ihm. Er musterte die Reihe und versuchte, ihre Zahl abzuschätzen. Es waren annähernd tausend Mann. Unvorstellbar!

Die Linie teilte sich noch einmal, und ein hochgewachsener, dünner alter Mann trat hindurch und stellte sich vor ihn.

Nayim überlief es kalt, als er in die eisigen Augen des Weißen Wolfes blickte.

Sobald er an der alten Stadtmauer vorbei war, sprang Conalin vom Pferd und lief zurück. Er kletterte auf ein vorspringendes Mauerstück und kauerte sich nieder, um die Soldaten zu beobachten. Sie sahen sehr beeindruckend aus in ihren bronzenen Brustplatten, den Vollvisierhelmen und roten Umhängen. Die Speere hielten sie griffbereit, und ihre Schilde bildeten einen starken Wall zwischen Conalin und denen, die ihn töten wollten. Zum ersten Mal in seinem jungen Leben fühlte er sich wirklich sicher. Welche Macht auf Erden konnte schon eine solche Mauer von Männern durchdringen? Er wäre am liebsten aufgesprungen und hätte getanzt, hätte den wartenden ventrischen Reitern seinen Spott zugerufen. Sie wirkten jetzt so kümmerlich. Conalin blickte zum blauen Himmel empor und spürte eine kühle Brise auf der Haut.

Er war in Sicherheit – und die Welt war schön.

Pharis kam zu ihm geklettert. Er nahm ihre Hand. »Schau sie dir an«, sagte er. »Sind sie nicht die wundervollsten Soldaten, die du je gesehen hast?«

»Ja«, stimmte sie zu, »aber wo sind sie hergekommen? Warum sind sie hier?«

»Wen kümmert das schon? Wir werden leben, Pharis. Wir werden unser Haus in Drenan haben.« Conalin schwieg, denn der alte General sprach jetzt zu dem ventrischen Lanzenreiter. Conalin mühte sich, ihre Worte zu verstehen, aber sie sprachen zu leise.

Nayim stieg ab und ging auf Banelion zu. Er verbeugte sich respektvoll, was der alte Mann mit einem kurzen Nicken zur Kenntnis nahm. »Wir haben den Auftrag von Prinz Malikada, die Königin zu ihrem Palast zurückzubringen«, sagte Nayim. »Wir haben keinen Streit mit euch.«

»Die Königin und ihr Sohn reisen mit mir nach Drenan«, sagte der Weiße Wolf. »Dort sind sie in Sicherheit.«

»Sicherheit? Glaubst du, ich wollte ihr etwas antun?«

Banelion sah dem jungen Mann in die Augen. »Was du tust oder nicht, ist ausschließlich deine Sache. Malikada – oder das Ungeheuer, das von Malikada Besitz ergriffen hat – beabsichtigt, das Baby zu töten. Das weiß ich. Das werde ich verhindern.«

Nayim war bestürzt über diese Worte, doch im Rückblick überraschten sie ihn nicht. Wenn Malikada den Thron ergreifen wollte, würde er gewiß dafür sorgen, daß alle Rivalen dem Schwert überantwortet wurden. »Nur einmal angenommen, General, deine Annahme wäre richtig. Nach meiner Schätzung hast du weniger als tausend Mann hier und keine Kavallerie. Einen halben Tagesritt von hier im Norden steht die ventrische Armee. Wir sind dreimal so viele wie ihr. Und wir wurden von dir ausgebildet, General. Wir können nicht verlieren.«

Über Banelions Gesicht zog sich ein freudloses Lächeln, das dem jungen Mann einen kalten Schauer über den Rücken laufen ließ. »Ich habe deine Karriere in jüngster Zeit mit Interesse verfolgt, Nayim Pallines. Du bist ein tüchtiger, mutiger und disziplinierter Offizier. Wäre ich bei der Armee geblieben, hätte ich mich für deine Beförderung eingesetzt. Aber du irrst, junger Mann. Armeen kämpfen am besten, wenn sie etwas haben, wofür sie kämpfen, woran sie glauben. Unter solchen Umständen ist eine zahlenmäßige Überlegenheit weniger entscheidend. Glaubt ihr an das, wofür ihr kämpft, Nayim? Glaubt ihr, daß zwei Armeen darum kämpfen sollten, ob ein Baby dem Messer zum Opfer fällt?«

»Ich glaube daran, meine Pflicht zu tun, General.«

»Dann geh zurück zu dem Ungeheuer und bereite dich darauf vor, für es zu sterben. Aber laß dich nicht täuschen, Nayim, du folgst nicht Malikada. Malikada ist tot. Ein Dämonenherrscher hat seinen Körper in Besitz genommen.«

»Bei allem Respekt, General, du erwartest nicht von mir, daß ich das glaube?«

Der Weiße Wolf zuckte die Achseln. Nayim verbeugte sich erneut und ging zu seinem Pferd zurück. »Die Armee wird bei Sonnenuntergang hier sein, General. Ich hoffe, daß du deine Haltung bis dahin noch einmal überdenkst.« Er wendete sein Pferd und ritt zurück zu seinen Männern. Dann führte er sie nach Norden.

Der Weiße Wolf sah ihnen nach, dann gab er Befehl zum Rühren. Die Truppe löste sich aus ihrer Formation, die Männer legten Speere und Schilde nieder und nahmen die Helme ab. Von der eingestürzten Mauer aus beobachtete Conalin sie, und ein schreckliches Gefühl durchströmte ihn.

Alte Männer! Es waren alles alte Männer mit grauen

Haaren oder schon kahl. Wo Augenblicke zuvor eine unbesiegbare Kraft gewesen war, sah er sie jetzt auf arthritischen Gliedern umherschlurfen und sich langsam niederlassen. Conalin fühlte sich von ihnen verraten. Pharis sah seine Wut und streckte ihm ihre Hand entgegen.

»Was ist, Con?«

Er antwortete nicht, konnte nicht. Gefühle tobten in ihm. Er sprang von der Mauer und ging zu seinem Pferd. Er nahm es am Zügel und führte es tiefer in die Ruinenstadt hinein. Es gab nur noch ein Gebäude, das weitgehend erhalten war, ein gewaltiges Haus aus weißem Marmor, vor dem auch die anderen Pferde angebunden waren. Eine Reihe gesprungener Stufen führte zu einem großen Torbogen. Conalin trat hindurch. Hinter der Tür lag ein riesiger Saal mit einer hohen, gewölbten Decke, die zum Teil eingestürzt war. Herabgefallene Steine übersäten die Überreste des Mosaiks, das einst den gesamten Fußboden geschmückt hatte. Es gab keine Möbel, doch entlang der gegenüberliegenden Wand standen ein paar zusammengebrochene Bänke. Durch hohe Bogenfenster fiel Tageslicht herein. In einigen Rahmen hingen noch Bruchstücke von farbigem Glas.

Conalin sah seine Gefährten am anderen Ende des Saales. Sie saßen auf einer achteckigen Empore. Kebra sah ihn und lächelte. Conalin ging zu dem Bogenschützen. »Es sind alles alte Männer«, sagte er bitter.

»Es waren unsere Kameraden«, erwiderte Kebra. »Die meisten von ihnen sind jünger als Bison.«

»Bison ist tot«, fuhr Conalin auf. Sofort bereute er seinen Ausbruch, denn er sah den Kummer in Kebras Augen. »Es tut mir leid«, sagte er rasch. »Ich hab' es nicht so gemeint. Es ist nur … sie sahen so stark aus, als wir sie zuerst sahen.«

»Sie *sind* stark«, sagte Kebra. »Und sie haben den

Weißen Wolf als Anführer. Er hat noch nie eine Schlacht verloren.«

»Wir sollten weiterreiten«, sagte der Junge. »Laß doch die alten Männer kämpfen.«

Kebra schüttelte den Kopf. »Das hier wird die Entscheidungsschlacht, Con. Hier, in diesen Ruinen. Ich werde nicht weiter davonlaufen.«

Conalin setzte sich mit hängenden Schultern neben den Bogenschützen. »Ich wünschte, ich wäre nie mit euch gekommen«, sagte er.

»Ich bin froh, daß du es getan hast. Du hast mir vieles beigebracht.«

»Ich dir? Was hätte ich dir beibringen können?«

Kebra lächelte traurig. »Ich habe mich immer gefragt, wie es wohl wäre, einen Sohn zu haben, einen Jungen, auf den ich stolz sein könnte, jemanden, den ich aufwachsen sehen könnte. Du hast mir gezeigt, wie es hätte sein können. Und du hast ganz recht, es gibt keinen Grund, weshalb du hier bleiben solltest. Es gibt nichts, das du tun könntest. Warum nimmst du nicht Pharis, Sufia und etwas Proviant, und dann geht ihr in die Berge? Wenn ihr euch westlich haltet, werdet ihr irgendwann das Meer erreichen. Ich gebe euch Geld. Ich habe zwar nicht viel, aber es wird helfen.«

Der Gedanke fortzugehen berührte Conalin wie die sanfte Brise nach einem Sturm, sie blies seinen Zorn und seine Angst fort. Er und Pharis würden in Sicherheit sein. Und doch: in diesem Augenblick war das nicht genug. »Warum kannst du nicht mit uns kommen? Ein Mann macht doch keinen Unterschied.«

»Es sind meine Freunde«, sagte Kebra. »Ein wahrer Mann läßt seine Freunde in der Not nicht im Stich.«

»Du glaubst also, ich sei kein Mann?« fragte Conalin.

»Nein, nein! Es tut mir leid, wenn es so geklungen hat. Du wirst ein guter Mann werden. Aber noch bist du sehr jung, und der Krieg ist nichts für ...« Er wollte *Kinder* sagen, aber als er in Conalins junges Gesicht blickte, sah er den Mann in ihm, der darauf wartete, geboren zu werden. »Ich möchte nicht, daß dir etwas zustößt, Conalin«, schloß er.

»Und ich möchte nicht, daß dir etwas passiert. Ich glaube, ich bleibe hier.«

Kebra räusperte sich und streckte die Hand aus. Conalin sah etwas verlegen aus, aber er packte sie fest. »Ich bin stolz auf dich«, sagte Kebra.

Sie saßen in angenehmem Schweigen eine Zeitlang, und Conalin blickte sich in dem gewaltigen Gebäude um. »Was war das?« fragte er.

»Ich weiß nicht«, gestand Kebra. »Aber es hat etwas von einem Tempel, findest du nicht?«

»Ich war noch nie in einem«, sagte Conalin. Sufia saß in ihrer Nähe auf dem Fußboden und wischte ihn mit dem zerrissenen Ärmel ihres Kleides sauber.

»Da sind Bilder auf dem Fußboden«, sagte sie glücklich.

Ulmenetha ging zu ihr und kniete nieder. »Man nennt das Mosaike«, erzählte sie dem Kind. »Sie werden aus ganz, ganz vielen farbigen Steinchen gemacht.«

»Komm und schau!« rief Sufia Conalin zu. Er ging zu ihr. Man konnte nicht mehr sagen, was das ursprüngliche Mosaik darstellte, denn viele der farbigen Steinchen waren durch herabgestürztes Mauerwerk zerbrochen, der Rest unter dem Staub der Jahrhunderte verborgen. Hier ein kleiner Flecken Blau, dort eine rote Linie. Es hätte eine Blume sein können oder ein Stück Himmel.

»Es ist sehr hübsch«, sagte er.

»Ich werde es ganz saubermachen«, sagte sie mit der Zuversicht der ganz Kleinen und begann ein Stückchen abzuwischen.

»Du wirst Wochen dafür brauchen«, sagte er mit einem Blick auf den ausgedehnten Tempel.

»Wochen«, wiederholte sie. »Das ist in Ordnung.« Sie rieb noch einen Moment weiter an den Steinchen, dann lehnte sie sich zurück. »Jetzt habe ich Hunger.«

Conalin hob sie auf und küßte sie auf die Wange. »Dann wollen wir mal was zu essen suchen«, sagte er. Er setzte sie auf seine Schultern und ging wieder hinaus in den Sonnenschein. Pharis saß auf den Stufen. Links von ihnen stand eine Reihe von sieben Karren. In der Nähe waren Kochfeuer entzündet worden, und die drei gingen los, um eine Mahlzeit zu suchen.

Als sie sich den Kochfeuern näherten, rief ein älterer Soldat sie an. Der Mann hatte eine häßliche Narbe im Gesicht und eine schwarze Klappe über dem, was einmal sein rechtes Auge gewesen war. Neben ihm stand ein Tisch mit Blechtellern. »Ihr seht aus, als könntet ihr etwas Warmes vertragen«, sagte er. Er ging zu einem riesigen schwarzen Kessel und löffelte einen dicken Eintopf in drei tiefe Teller und reichte sie den jungen Leuten. »Nehmt euch Löffel«, sagte er, »aber bringt sie mit den Tellern zurück, wenn ihr fertig seid. Dann habe ich noch Honigkuchen für euch.«

Conalin dankte dem Mann. Die Suppe war dick, nahrhaft und für seinen Geschmack etwas zu salzig. Aber er war ausgehungert und vertilgte sie mit Genuß. Der alte Soldat wartete nicht, bis sie mit dem Geschirr zurückkamen, sondern kam mit einer Platte voll Honigkuchen zu ihnen. Sufia schnappte sich zwei, dann sah sie Conalin ängstlich an in Erwartung eines Tadels. Als keiner erfolgte, verspeiste sie die Kuchen glücklich.

»Warum seid ihr hergekommen?« fragte Conalin den Soldaten.

»Der Weiße Wolf hat uns hergebracht«, antwortete der Mann.

»Ja, aber warum?«

»Hat er nicht gesagt. Bot uns nur zwanzig Goldstücke pro Mann. Sagte, es könnte einen Kampf geben.«

»Das wird es auch«, meinte Conalin.

»Gut. Wäre nicht gern den langen Weg umsonst gekommen«, sagte der Soldat. Er sammelte die Teller und Löffel ein und ging davon. Kurz darauf begannen andere Soldaten an den Kochfeuern anzustehen, und bald war das Gelände überfüllt. Jeder schien sich wohl zu fühlen, und viele der Soldaten nahmen sich Zeit, um mit den jungen Leuten zu sprechen. Conalin war verwirrt.

»Sie scheinen sich auf den Kampf zu freuen«, sagte er zu Pharis. »Das verstehe ich nicht.«

»Das ist ihr Beruf«, erwiderte das Mädchen. »Das ist es, was sie ausmacht. Wir sollten der Königin etwas zu essen mitbringen.«

»Kann ich das tragen?« fragte Sufia.

»Natürlich, Kleines.«

»Ich werde auch nichts verschütten«, versprach sie. »Keinen Tropfen.«

Axiana beobachtete, wie vier Veteranen Banelions Zelt am anderen Ende des Tempels errichteten. Einfache Möbel wurden hineingetragen, ein Klappbett, ein paar leinenbespannte Stühle und ein Klapptisch. Dann wurde der Fußboden gefegt und ein paar einfache Teppiche daraufgelegt. Nicht einmal sah der Mann sie an. Es war, als ob sie unsichtbar sei. Während sie arbeiteten, kamen die jungen Leute zurück. Das blonde Mädchen, Sufia, brachte ihr eine Schale Suppe. Sie dankte ihr mit einem Lächeln und wandte sich von den Soldaten ab, während sie aß.

Etwas entfernt saßen Antikas Karios und Kebra neben

dem schlafenden Nogusta. Die Wunden des schwarzen Mannes verheilten allmählich, doch seine fortdauernde Schwäche machte ihnen Sorgen.

Als Axiana ihr Mahl beendet hatte, betrat die hochgewachsene, schlanke, gerüstete Gestalt Banelions den Tempel, gefolgt von zwei Soldaten, die eine hölzerne Truhe trugen. Der Weiße Wolf näherte sich der Königin und verbeugte sich tief vor ihr. »Es freut mich, dich in Sicherheit zu sehen, Hoheit«, sagte er. »Mein Zelt gehört dir, und ich habe mir die Freiheit genommen, dir ein paar Kleider bringen zu lassen.« Er winkte die Männer heran, ließ die Truhe vor sie auf die Empore stellen und öffnen. Das erste, was sie sah, war ein Kleid aus himmelblauem Satin: »Ich habe kein Auge für Kleider, Hoheit«, sagte Banelion, »aber ich habe dies von einer edlen Dame in Marain geborgt. Es ist nur eine kleine Stadt, und ich hatte wenig Auswahl.«

»Es war sehr nett von dir, General, und ich danke dir.« Ulmenetha erschien an ihrer Seite und nahm der Königin das schlafende Kind aus den Armen. Axiana strich über das Kleid. Es war wundervoll weich. Dann merkte sie – vor dem schönen, reinen Satin – wie schmutzig ihre Hände waren. Zum ersten Mal seit Tagen war sie verlegen.

»Direkt hinter dem Zelt ist ein kleines Ankleidezimmer«, sagte Banelion. »Mit einem Brunnen. Ein paar meiner Männer haben dort ein Feuer entfacht und Wasser heiß gemacht. Wenn du bereit bist, können du und deine Dienerin euch erfrischen. Ich habe auch ein bißchen Duftöl, um das Wasser zu parfümieren.«

Ehe Axiana noch antworten konnte, trat ein anderer Soldat ein mit einer roh gezimmerten Wiege und einer kleinen gewebten Matratze. Er stellte die Wiege neben die Königin und legte die Matratze hinein. »Das beste, was ich in der kurzen Zeit finden konnte, Herrin«, sagte er mit einer Verbeugung. Ulmenetha legte das Kind hinein. Es kuschelte sich zufrieden in die Matratze, ohne aufzuwachen.

Die unerwartete Freundlichkeit ließ Axiana Tränen in die Augen steigen. Sie lächelte den Soldaten an. »Du bist sehr freundlich.« Der Mann errötete und zog sich zurück.

Der Weiße Wolf betrachtete das Baby, in seinen Augen ein abwesender Blick. Dann streckte er sich. »In der Truhe sind auch ein paar Babysachen«, sagte er.

»Du scheinst an alles gedacht zu haben«, sagte Axiana. »Ich bin äußerst dankbar. Aber sag mir, wie kommt es, daß du in der Stunde unserer Not hier bist? Wir sind weit weg vom Meer.«

Er warf einen Blick auf Ulmenetha. »Zuerst erschien Kalizkan mir in einem Traum, dann kam diese Dame. Sie erzählte mir von der Gefahr, in der du dich befindest, und von der Bedrohung deines Sohnes. Sie bat mich, meine Männer in diese Stadt zu führen. Ich habe es bereitwillig getan. Und wenn es menschenmöglich ist, werde ich euch weiter nach Drenan begleiten.«

Axiana saß einen Augenblick schweigend da und sammelte ihre Gedanken. Während der letzten Tage hatte sie sich gefühlt wie ein Strohhalm im Wind, hin- und hergeweht, ohne eine Wahl zu haben. Ihr Leben als Königin hatte in der Wildnis weniger als nichts bedeutet, und sie hatte ihr Kind zur Welt gebracht, wie eine Bäuerin im Dreck kniend. Aber hier und jetzt kam der Moment der Entscheidung. War sie immer noch eine Königin? Würde ihr Sohn leben, um sein Schicksal zu erfüllen? Sie sah in die hellen Augen des Weißen Wolfes und erkannte die Stärke dort, den eisernen Willen, der Skanda zu zahlreichen Siegen getragen hatte. »Und wenn ich nicht nach Drenan gehen möchte?« fragte sie schließlich.

»Drenan wäre am sichersten«, erwiderte er.

»Du hast Skanda einen Eid geschworen. Akzeptierst du seinen Sohn als rechtmäßigen Erben?«

»Das tue ich, Hoheit.«

»Dann frage ich dich noch einmal, als Mutter des Königs, was, wenn ich nicht nach Drenan gehen möchte?«

Sie wußte, daß es schwierig für ihn war. Die Fortsetzung des Krieges zwischen den beiden Völkern war mehr als wahrscheinlich. Wenn Axiana in Ventria blieb, würden sich die Drenai fast mit Gewißheit lossagen. Wenn sie nach Drenan ginge, würden die Ventrier einen anderen Kaiser finden. Waren sie und ihr Kind in Drenan, hätten die Drenai zumindest einen legitimen Grund, wieder in Ventria einzumarschieren. Sie hielt seinem eisernen Blick ohne zu blinzeln stand. Er lächelte. »Wenn nicht nach Drenan«, sagte er, »dann werde ich dich geleiten, wohin auch immer du möchtest. Ich bin dein Diener und werde tun, was du mir aufträgst.«

Axiana stand auf. »Ich werde über das nachdenken, was du gesagt hast, General. Aber zuerst würde ich gerne baden und meine Reisekleider ablegen.« Er verbeugte sich, und einer der Soldaten trat herbei, um die Königin und Ulmenetha in das Ankleidezimmer zu führen.

Der Weiße Wolf ging zu Nogusta hinüber. Antikas Karios und Kebra standen auf. Banelion warf Antikas einen kalten Blick zu, dann kniete er neben dem verwundeten Krieger nieder. Nogusta schlug die Augen auf, als Banelion seine Hand nahm. »Muß ich dich denn immer retten, mein Junge?« sagte er liebevoll.

»Scheint so. Es ist schön, dich zu sehen, General.« Nogustas Lächeln verblaßte. »Bison hat es nicht geschafft.«

»Ich weiß. Die Priesterin hat mir seinen Tod in einem Traum gezeigt. Er war tapfer, und ich hätte von ihm nichts anderes erwartet. Er war halsstarrig, und ich konnte ihn nicht leiden. Aber er hatte Herz. Das habe ich an ihm bewundert.«

Nogusta entspannte sich und schloß die Augen. »Es ist noch nicht vorbei, General. Dreitausend Ventrier sind mit dem Dämonenherrscher unterwegs. Sie halten ihn für Malikada.«

»Ich wünschte, er wäre es«, sagte Banelion mürrisch. »Ich hätte ihm zu gerne seine verräterische Kehle durchgeschnitten.«

»Ein Gefühl, das er sicher mit dir geteilt hätte«, sagte Antikas Karios. Der Weiße Wolf beachtete ihn nicht.

»Die Zahl der Feinde beunruhigt mich nicht«, erklärte er Nogusta. »Mir macht mehr Sorgen, daß sie hinters Licht geführt werden. Ulmenetha sagt, wenn der Dämonenherrscher erfolgreich ist, werden alle Soldaten, die mit ihm reiten, besessen und vernichtet – wie Malikada. Es ist schon schlimm genug, wenn man für eine gute Sache töten muß. Aber diese Ventrier werden aus den falschen Gründen sterben.«

»Wie reizend von dir, sich Sorgen zu machen«, sagte Antikas. Seine Worte trieften vor Sarkasmus.

Wieder ignorierte Banelion ihn. »Ruh dich aus«, befahl er Nogusta. »Komm wieder zu Kräften. Ich werde alles tun, was nötig ist.« Dann stand er auf, und seine hellen Augen ruhten für einen Augenblick auf Antikas. »Ich sah dich neben Dagorian auf der Brücke kämpfen«, sagte er. »Ich liebte diesen Jungen, und es war gut von dir, dieses Gebet für ihn zu sprechen. Ich bin nicht religiös, aber ich stelle mir gern vor, daß ein Licht für ihn erschien, das ihn zu unserem Palast führte.« Ohne auf eine Antwort zu warten schritt er davon und rief seine Soldaten zu sich.

»Er haßt mich, und doch lobt er mich«, flüsterte Antikas. »Er ist wirklich ein seltsamer Mann.«

»Vielleicht, vielleicht auch nicht«, sagte Kebra. »Man weiß nur selten, was der Weiße Wolf denkt. Das macht ihn zum Besten. Es hat noch nie einen General wie ihn gegeben.«

»Glaubst du, es interessiert ihn wirklich, was aus den ventrischen Truppen wird?«

»O ja«, antwortete Kebra. »Ihm macht das Töten keinen Spaß. Er zeigt keinen Schlachtenwahnsinn.«

Antikas sah zu Boden. Nogusta schlief wieder. Er kniete sich neben den schwarzen Mann und betrachtete sein Gesicht genau. Ein dünner Schweißfilm lag auf der Haut, und auf dem geschorenen Kopf zeigten sich weiße Stoppeln. »Man vergißt so leicht, wie alt er ist«, sagte Antikas mit einem Seufzer. Er sah auf und lächelte Kebra an. »Ich sah ihn gegen Cerez kämpfen und bewunderte seine Fertigkeiten. Ich hielt ihn für etwa vierzig Jahre. Hätte ich gewußt, wie alt er wirklich ist, hätte ich das Knie vor ihm gebeugt.«

Er sah noch einmal zu Nogusta hinunter und merkte, daß der Talisman auf Nogustas Brust zu glühen begann, der silberne Mond in der goldenen Hand schimmerte wie eine winzige Laterne.

»Was bedeutet das?« fragte Antikas.

»Das Böse ist nah«, sagte Kebra, hob die Hand und schlug das Zeichen des Schützenden Horns.

Der Weiße Wolf stand außerhalb der Ruinen und ließ seinen Blick erneut über die Landschaft schweifen. Links und rechts zog sich jeweils eine Hügelkette hin, nur spärlich bewachsen mit Bäumen und Gebüsch, doch zwischen den Hügeln war das Gelände eben und frei. Die ventrische Armee bestand hauptsächlich aus Kavallerie, und er überdachte alle möglichen Angriffslinien.

Er warf einen Blick auf die Ruinen. Sie konnten sich natürlich hier einer regelrechten Schlacht entziehen, sich um die Ruinen verteilen, so daß sie von allen Seiten kämen, doch das hielt er für unwahrscheinlich. Innerhalb der Ruinen konnte die Reiterei nicht wirksam kämpfen, und wenn sie sich zu sehr auseinanderzogen, würden sie den Fußsoldaten der Drenai den Vorteil überlassen. Nein, die beste Siegeschance für den Feind bestand in einem direkten Frontalangriff, in dem Versuch, die Schlachtreihe zu zersprengen und die Verteidiger zu zerstreuen.

Banelion rief seine Offiziere zu sich und begann Befehle zu erteilen. Sie hörten kommentarlos zu, um dann zurück zu ihren Männern zu gehen.

Die Sonne sank allmählich zu den Berggipfeln herab, bis zum Anbruch der Dunkelheit blieb ihnen vielleicht noch eine Stunde.

Ulmenetha wanderte zu dem alten Mann hinaus. »Wie geht es Nogusta?« fragte er.

»Etwas besser, denke ich.«

»Gut. Es ist schon schlimm genug, daß Dagorian sterben mußte. Ich wünsche von ganzem Herzen, daß Nogusta am Leben bleibt.«

»Hast du gemeint, was du der Königin gesagt hast?« fragte sie. Ihre offenen blauen Augen begegneten seinem eisernen Blick.

»Ich meine immer, was ich sage«, antwortete er. »Ich glaube, sie wäre in Drenan sicherer, aber ich bin ihr Diener, und es ist nicht meine Sache, mich ihren Wünschen zu widersetzen.«

»Aber du siehst Probleme, wenn sie sich entscheidet, in Ventria zu bleiben?«

»Natürlich. Die Adligen der Drenai werden entweder einen neuen König wählen oder sich zu einer neuen Republik erklären. Was die Ventrier angeht – werden sie

Skandas Erben akzeptieren, ohne eine Armee, die seine Ansprüche stützt? Ich bezweifle es.« Er hob den Arm und deutete auf die Landschaft. »Aber die Berge werden noch immer da sein, und die Flüsse werden weiterhin zum Meer strömen. Für die Natur spielt es keine Rolle, wer herrscht oder wer stirbt. Aber das sind alles Probleme für einen anderen Tag.«

»Allerdings«, stimmte sie zu. »Ich habe dir noch nicht dafür gedankt, daß du uns zu Hilfe kamst. Das möchte ich jetzt tun. Meine Dankbarkeit ist größer, als ich mit Worten ausdrücken kann.«

»Du brauchst mir nicht zu danken, meine Dame. Mein ganzes Leben war beherrscht von Pflicht und Verantwortung. Ich bin zu alt, um mich noch zu ändern.«

»Trotzdem hast du den größten Teil deines Vermögens den Männern versprochen, die dir jetzt folgen. Das hätten nicht viele getan.«

»Ich glaube, du wärst erstaunt, wie viele genau dasselbe getan hätten. Es ist Mode geworden, daß alle Taten eine zynische Grundlage haben. Das kommt davon, wenn man den Lügen der Politiker glaubt. Ich habe schon lange gelebt, Ulmenetha, und vieles gesehen. Viele Menschen haben den Wunsch, anderen zu helfen. Vielleicht ist es das, was uns alle zusammenhält. Dagorian und Bison gaben ihr Leben, um die Mutter und ihr Kind zu retten. Sie taten es bereitwillig, ohne an Profit zu denken.«

»Das sagst du, und doch sind deine Männer dir hierher gefolgt, auf das Versprechen von Gold hin. Widerspricht das nicht deiner Philosophie?«

»Keineswegs. Ich bot ihnen das Gold, weil ein Soldat Anrecht auf seinen Sold hat. Aber wenn ich mittellos gewesen wäre und sie gebeten hätte, mir zu folgen, hätten es die meisten auch getan. Und jetzt wollen wir uns dringenderen Angelegenheiten zuwenden. Ich habe deine Magie gesehen, aber nicht deine Macht. Gibt es eine Möglichkeit, wie du uns heute abend helfen könntest?«

»Ich kann nicht töten«, erklärte sie. »Die Magie des Landes ist von heilender Natur. Wenn ich das Feuer aus dem Land zöge und es gegen die Ventrier einsetzte, würde mich meine Macht augenblicklich verlassen.«

»Ich dachte nicht daran, es gegen einen menschlichen Feind einzusetzen«, sagte er.

»Ich kann nichts tun, um Anharat zu schaden. Er ist zu mächtig.«

Banelion verfiel in Schweigen und betrachtete wieder das Schlachtfeld. »Es besteht kein Zweifel, daß wir ihren Angriffen standhalten können«, sagte er. »Sie werden sich auf unseren Speeren aufspießen, wenn sie versuchen, durchzubrechen. Sie werden keinen Erfolg haben. Aber ich möchte gern unnötige Verluste vermeiden.«

»Ich sehe nicht, wie sich das erreichen ließe«, gestand sie.

»Ich schon«, sagte er, »aber ich weiß nicht, ob deine Macht dazu ausreicht.«

Nogusta erwachte kurz vor Anbruch der Dunkelheit. Sein Mund war trocken, und in seiner linken Schulter pochte es schmerzhaft. Er stöhnte, als er sich aufsetzte. Das Innere des Tempels war jetzt düster, abgesehen von zwei Laternen, die in einem Zelt an der gegenüberliegenden Wand brannten. Nogusta kam mühsam auf die Füße und fühlte sich einen Augenblick lang schwindlig. Ein paar Meter entfernt saß Conalin auf ein paar Trümmern und trank Wasser aus einem irdenen Becher. Nogusta rief ihn zu sich.

Der schwarze Mann straffte sich, als der Junge kam. »Ich möchte, daß du Bisons Schwert nimmst«, sagte er.

»Warum?«

»Wenn der Feind durchbricht, werden wir hier die letzte Verteidigungslinie sein.«

Conalin sah den schwarzen Krieger an und sah, wie schwach er war. »Ich hole dir etwas Wasser«, sagte er. Der Junge rannte ins Vorzimmer und kam mit einem Becher kühlem, klarem Wasser zurück. Nogusta trank dankbar. Dann reichte er Conalin das kurze Schwert in der Scheide. Der Junge schlang sich den Gürtel um die Hüften, doch er war zu groß. Mit seinem Dolch machte Nogusta ein neues Loch und kürzte den Schwertgürtel. Conalin schnallte ihn um.

»Zieh«, befahl Nogusta. Der Junge gehorchte.

»Es ist schwerer als ich dachte«, sagte Conalin.

»Denk daran, es ist eine Stichwaffe, kein Hackmesser. Wenn dein Feind dicht vor dir steht, stoße auf sein Herz. Laß mich mal sehen.« Conalin machte ein paar schwerfällige Vorstöße. »Das ist gut«, sagte Nogusta. »Wir machen noch einen guten Schwertkämpfer aus dir, wenn wir ein bißchen Zeit haben. Aber stoß zu, wenn dein Gewicht auf dem vorderen Bein lastet. Damit legst du dein Körpergewicht hinter den Stoß.«

Conalin grinste und versuchte es noch mal. Diesmal war der Stich rasch und geschmeidig. Er sah Nogusta an. »Dein Talisman glüht«, sagte er.

»Ich weiß.«

Pharis und Sufia kamen durch die Tür hereingelaufen. »Sie sind hier! So viele!« rief Pharis. Dann rannten sie wieder hinaus.

Conalin wollte ihnen nach, doch Nogusta rief ihn zurück. »Ich möchte, daß du mit mir hier wartest«, sagte er leise.

»Ich wollte sie nur mal sehen.«

»Es ist wichtig, daß du bleibst.« Nogusta wandte sich von dem Jungen ab und kletterte auf die achteckige

Empore, dann setzte er sich auf den steinernen Altar, der dort stand. »Dies ist eines der ältesten Gebäude auf der ganzen Welt. Der größte Teil der Stadt wurde später gebaut. Wie der Palast in Usa ist er angeblich in einer einzigen Nacht von einem Riesen erbaut worden. Ich glaube das natürlich nicht, aber es ist eine hübsche Geschichte, wenn man sie ganz hört.« Er holte tief Luft. »Diese Wunde ist reichlich störend«, sagte er.

»Warum willst du die Schlacht nicht sehen?« fragte Conalin und sprang auf die Empore. »Antikas, Kebra und Ulmenetha sind auch dort. Warum sollen wir nicht gehen?«

»Ich habe genügend Schlachten gesehen, Conalin. Ich hatte gehofft, nie mehr eine erleben zu müssen. Kebra erzählte mir, daß du mit Pferden arbeiten möchtest. Stimmt das?«

»Ja.«

»Ich habe vor, in die Berge im Norden von Drenan zurückzukehren und die Abkömmlinge der Herden zu suchen, die mein Vater gezüchtet hat. Ich will unser Haus wieder aufbauen. Es stand an einem sehr hübschen Platz. Meiner Frau hat es dort sehr gut gefallen, vor allem im Frühling, wenn die Obstbäume blühten.«

»Ist sie gestorben?«

»Ja. Meine ganze Familie ist gestorben. Ich bin der letzte unserer Linie.« Er konnte sehen, daß der Junge begierig war zu gehen und beschloß, ihn abzulenken. »Möchtest du ein bißchen Magie sehen?« fragte er.

»Ja.«

Vorsichtig nahm Nogusta den Talisman ab und streifte ihn dem Jungen über den Kopf. Er legte sich geschmeidig um seinen Hals. »Wo ist die Magie?« fragte der Junge.

Nogusta war überrascht, zeigte es jedoch nicht. Pharis und die Kleine waren zurückgekommen, um Conalin zu suchen. Er rief sie herbei. »Versuch, ihn um Sufias

Hals zu legen«, sagte er. Conalin nahm den Talisman ab, aber als er versuchte, ihn der Kleinen umzulegen, stellte er fest, daß die goldene Kette um einige Zentimeter zu kurz war.

»Das verstehe ich nicht«, sagte er.

»Häng ihn mir wieder um«, bat Nogusta. Der Junge trat vor und stellte zu seinem Erstaunen fest, daß die Kette immer noch zu kurz war. »Es gehört jetzt dir«, sagte der Krieger. »Es hat dich erwählt.« Leise sprach er die Worte, die sein Vater benutzt hatte. »Ein Mann größer als Könige trug diesen Talisman, und solange du ihn trägst, sorge dafür, daß deine Taten immer edel sind.«

»Wie mache ich das?« fragte Conalin.

»Eine gute Frage. Folge deinem Herzen. Höre auf das, was es dir sagt. Stiehl nicht und lüge nicht, sprich und handle nicht aus Bosheit oder Haß.«

»Ich werde es versuchen«, versprach der Junge.

»Und es wird dir gelingen, denn du bist erwählt. Dieser Talisman ist seit vielen Generationen in meiner Familie. Er wählt seinen Besitzer immer selbst. Eines Tages, wenn deine Söhne fast erwachsen sind, wirst du das magische Spiel spielen, und dann wirst du sehen, wie er erneut seine Wahl trifft.«

»Warum hast du es nicht behalten?« fragte Conalin. »Du bist noch immer jung genug, um Söhne zu zeugen. Du könntest dir wieder eine Frau nehmen.«

»Es ist geschehen«, sagte Nogusta. »Und ich freue mich. Du bist ein guter Junge, tapfer und intelligent. Wenn du mit mir nach Drenan zurückkommen willst, werden wir das Haus zusammen aufbauen. Dann können wir die Pferde jagen.«

»Wird Kebra auch mitkommen?«

»Ich hoffe es.«

Von draußen erklangen Kriegshörner. Axiana trat aus ihrem Zelt, gekleidet in ein schimmerndes Gewand aus blauem Satin. Ihr dunkles Haar war hochgesteckt, und sie hatte eine Perlenkette hineingeflochten. Pharis starrte sie mit offenem Mund an. Die Königin ging zu Nogusta. Sie hielt das schlafende Kind an ihre Brust gedrückt.

»Wenn ich schon sterben soll«, sagte sie, »will ich wenigstens aussehen wie eine Königin.«

Conalin spürte Hitze auf seiner Brust. Der Talisman glühte jetzt strahlend. Er hatte eine plötzliche Vision. Ein Mann in schwarzer Rüstung ging durch die Ruinen.

»Was hast du gesehen?« fragte Nogusta.

»Der letzte Krayakin ist auf dem Weg hierher«, antwortete Conalin.

»Er wird bald hier sein«, sagte der Krieger.

»Du wußtest es?«

»Es war meine letzte Vision. Du hast jetzt die Gabe. Nutze sie klug.«

»Du kannst ihn nicht besiegen. Du bist verwundet und geschwächt.«

»Ein großes Böses kommt«, sagte Nogusta. »Du wirst all deinen Mut brauchen. Verlier nie den Mut. Hörst du mich, Junge? Verlier nie den Mut!«

Die ventrische Kavallerie tauchte auf den Hügeln zu beiden Seiten auf, die Lanzenreiter in ihren weißen Umhängen und den spitzen Bronzehelmen, die leichte Reiterei mit geflochtenen Schilden und hölzernen Speeren, berittene Bogenschützen in leuchtendroten Hemden und schwer gepanzerte Schwertkämpfer in schwarzen Umhängen und Brustplatten aus gehämmerter Bronze.

Die Drenaisoldaten warteten. Niemand rührte sich. Sie standen schweigend da, die Speerspitzen wiesen zum Himmel, die langen, rechteckigen Schilde hingen an der Seite.

Der Weiße Wolf sah nach links und rechts und verspürte eine Woge von Stolz auf die Kämpfer, die bereitstanden. Die Sonne stand schon tief und vergoldete den Himmel, die Berge trugen feurige Kronen. In der Mitte der Ventrier ritt Anharat-Malikada auf einem weißen Hengst. Er hob seinen Arm, bereit, den Befehl zum Angriff zu geben.

»Achtung!« bellte der Weiße Wolf. Tausend Schilde fuhren hoch, tausend Speere wurden gesenkt. Die Bewegung war perfekt koordiniert.

Die Ventrier ritten langsam von den Hügeln herab und bildeten eine Keilformation.

Anharat galoppierte in vorderster Front, dann zügelte er sein Pferd.

Vom höchsten Punkt der eingefallenen Mauer aus beobachtete Ulmenetha ihn. Ihre Konzentration verstärkte sich, als sie die Macht des Landes rief und spürte, wie sie in ihr anschwoll. Ihr Körper begann zu beben, und sie fühlte, wie ihr Herz schneller und schneller schlug. Noch immer floß die Macht in sie. Ein Schmerz, ein entsetzlicher Schmerz explodierte in ihrem Kopf, und sie schrie auf. Doch trotz des Schmerzes zog sie weiter die Macht der Erde an sich. Tränen flossen, und ihr Blick trübte sich. Sie hob die Arme und ließ das Feuer von *halignat* frei.

Ein riesiger Ball weißer Flammen schoß aus ihren Händen über die Drenai-Verteidiger hinweg und durch die ventrischen Reiter. Keinem von ihnen wurde ein Haar gekrümmt, obwohl ihre Pferde sich in Panik aufbäumten. Das flammende *halignat* schoß weiter, umschlang Anharat und schwoll an zu einer weißen Kugel, die ihn vor seiner Armee verbarg. Langsam verblaßte *halignat*. Anharats Pferd war nichts geschehen, und der Dämonenherrscher lachte laut.

»Ich bin sicher«, erklärte er den Offizieren. »Und jetzt zum Angriff, und tötet sie alle!«

Doch niemand rührte sich. Anharat sah den ihn am nächsten stehenden Mann an. Seine Augen waren weit aufgerissen, und er starrte ihn voller Entsetzen an. »Was ist los, Mann?« fragte er. Er sah sich die anderen an. Alle starrten sie ihn an. Einige schlugen das Zeichen des Schützenden Horns.

Dann sah er den Weißen Wolf auf sich zukommen. Antikas Karios war an seiner Seite, ebenso der silberhaarige Bogenschütze Kebra. »Dort ist der Feind!« rief er und hob seinen Arm, um auf die drei Krieger zu zeigen. Erst da sah er, was seineMänner so entsetzte. Das Fleisch seiner Hand war grau und verwest. Das *halignat* hatte den Zauber fortgebrannt, und Malikadas Körper verfiel zusehends.

»Das ist nicht Malikada«, hörte er Antikas rufen. »Er ist ein Dämon. Schaut ihn euch an!«

Die Reiter zogen sich von Anharat zurück.

Die Sonne ging hinter den Bergen unter, und der Mond schien.

Plötzlich lachte Anharat, dann spreizte er die Arme weit. Malikadas Körper platzte auf, die Kleider zerrissen und fielen herab. Der Kopf fiel zurück, dann spaltete er sich von Stirn zum Kinn, und schwarzer Rauch stieg in die Nacht. Langsam verfestigte er sich und formte zwei große schwarze Flügel um einen kräftigen Körper. Die Flügel begannen zu schlagen, und das groteske Ungeheuer flog über die wartenden Armeen.

Kebra reagierte als erster, legte einen Pfeil auf die Sehne und schickte ihn zum Himmel. Er drang durch Anharats Seite, hinderte jedoch seinen Flug nicht.

Er flog über die zerstörten Mauern zu dem alten Tempel.

Antikas Karios rannte zum nächsten Reiter und riß ihn zu Boden. Dann schwang er sich in den Sattel und galoppierte davon. Er donnerte durch die Reihen der

Drenai in die Geisterstadt. Das geflügelte Wesen schwebte über dem Tempel.

Seine klauenbewehrte Hand machte eine Geste zur Erde. Rotes Feuer sprang auf, meterhohe Flammen schlossen das Gebäude ein. Antikas Karios versuchte hindurchzureiten, doch das Pferd scheute und machte kehrt. Antikas sprang zu Boden und versuchte, durch die Flammen zu laufen. Sein Hemd fing Feuer, und er warf sich auf die Erde und wälzte sich. Zwei Soldaten rannten herbei, warfen ihre Umhänge über ihn und erstickten die Flammen.

Antikas blickte auf und sah den geflügelten Dämon an einem hochgelegenen Fenster landen und im Inneren verschwinden.

Nogusta stand auf der Empore und sah sich im Tempel um. Etwa zehn Meter links von ihm war das Zelt der Königin, und dahinter lag der Eingang zum Vorzimmer. Knapp siebzig Meter vor ihm lag der Haupteingang. Er warf einen Blick zu dem hohen Bogenfenster über dem Tor. Von dort würde der geflügelte Schrecken kommen.

Die Königin trat aus ihrem Zelt. Nogusta lächelte sie an. Mit dem Kind auf den Armen ging sie zu der Empore. In ihren Bewegungen lag ein wiedergefundener Stolz und eine Stärke, ihre Haltung war mehr als königlich. Nogusta verbeugte sich.

»Ich danke dir für deine Dienste«, sagte sie. »Und ich bitte um Verzeihung für jeden scheinbaren Mangel an Dank während unserer Reise.«

»Bleibt dicht bei der Empore, Hoheit«, bat er. »Die letzte Stunde naht.« Pharis und Sufia saßen dicht beieinander. Nogusta befahl ihnen, sich an die gegenüberliegende Wand zurückzuziehen.

»Was soll ich tun?« fragte Conalin.

»Stell dich vor die Königin. Das Ungeheuer kommt durch dieses hohe Fenster dort.«

Conalin sah ängstlich auf, doch dann schritt er zur Empore und nahm seine Position ein.

Nogusta zog das Sturmschwert und trat von der Empore. In diesem Augenblick kam eine Gestalt in schwarzer Rüstung aus den Schatten hinter dem Zelt der Königin. Auch sie hielt ein Schwert in der Hand.

»Also begegnen wir uns endlich«, sagte Bakilas und nahm seinen Helm ab. »Ich schätze deine Tapferkeit.«

Nogusta schwankte und streckte die Hand aus, um sich abzustützen. Er holte tief Luft, sein Blick verschwamm.

»Du bist krank, Mensch«, sagte Bakilas. »Geh mir aus dem Weg. Ich habe nicht den Wunsch, dich zu töten.«

Nogustas Blick klärte sich. Er wischte sich den Schweiß aus den Augen. »Dann geh«, sagte er.

»Das kann ich nicht. Mein Herr, Anharat, fordert ein Opfer.«

»Und ich bin hier, um das zu verhindern«, sagte Nogusta. »Also komm und stirb.«

Zurückgeworfen von den Flammensäulen, die das Gebäude umgaben, stand Antikas Karios bei dem Weißen Wolf und seinen Männern. Ulmenetha lief zu ihnen. »Gibt es denn nichts, was deine Magie ausrichten könnte?« zischte Antikas.

»Nichts«, sagte sie, und in ihrer Stimme lag Verzweiflung. Antikas fluchte, dann rannte er zu den Pferden. Sternenfeuer war noch gesattelt, und der Krieger führte ihn zurück zum Tempel. Der Weiße Wolf trat ihm in den Weg und packte die Zügel.

»Kein Pferd wird in diese Flammen laufen – und selbst wenn, sowohl Pferd als auch Reiter würden brennen wie Zunder.«

»Geh mir aus dem Weg!«

»Wartet!« rief Ulmenetha. »Holt Wasser. Vielleicht gibt es noch etwas, das wir tun können.«

Mehrere Soldaten rannten herbei und holten Eimer mit Wasser. Auf Ulmenethas Anweisung kippten sie es über den Wallach. Antikas zog seinen Umhang aus, und auch dieser wurde getränkt. Die Priesterin ergriff Antikas' Hand. »Hör mir zu. Ich werde die Temperatur um dich herum senken, aber ich kann den Zauber nicht lange halten. Du mußt in vollem Galopp durch. Und selbst dann …« Ihre Stimme verlor sich.

»Tu was du kannst«, sagte er und zog sein Schwert.

»Das Pferd wird dich in die Flammen werfen!« warnte Banelion.

Antikas grinste. »Nogusta sagte, er würde selbst durch die Feuer der Hölle reiten. Jetzt werden wir sehen.« Er zog an den Zügeln und ritt den riesigen Wallach fünfzig Meter zurück, dann wendete er, so daß sie den Flammen gegenüberstanden. Er schwang sich den tropfnassen Umhang um die Schultern und wartete auf Ulmenethas Zeichen.

Sie machte eine Geste, und er spürte eine schreckliche Kälte um sich. Mit einem lauten Schlachtruf trieb er Sternenfeuer zum Galopp. Der Wallach schoß vorwärts, so daß aus den stählernen Hufeisen Funken stoben.

Die Soldaten spritzten vor ihm auseinander. Antikas stieß weiter seine Schlachtrufe aus, als Sternenfeuer volle Geschwindigkeit erreichte. Als sie sich den Feuersäulen näherten, spürte er, wie das Pferd langsamer wurde. »Auf, Großherz!« rief er. »Weiter!«

Der Wallach reagierte.

Und die Flammen verschlangen sie.

Bakilas wollte gerade angreifen, als plötzlich Flammen um den Tempel herum aufsprangen und ein feuriger Schein durch die Fenster drang, der den Tempel in rotes Licht tauchte. Dann hörte man das Schlagen riesiger Flügel, und Nogusta sah die ungeheure Gestalt Anharats vom oberen Fenster herabgleiten. Die Flügel schlugen heftig, als die riesenhafte Gestalt niederstieg, und ein starker Wind blies durch den Tempel, der Staubwolken aufsteigen ließ und das Mosaik im Fußboden freilegte. Es war ein unwirklicher Anblick, denn das freigelegte Mosaik zeigte eine geflügelte Gestalt mit langen Krallen und blutroten Augen – das Abbild des Wesens, das darüber schwebte.

Conalin stand auf der Empore, die Königin mit dem Kind hinter ihm. Der Junge wäre am liebsten davongelaufen, doch in diesem Moment dachte er an Dagorians Tapferkeit und Bisons Mut. Er zog sein Schwert und hielt die Stellung, winzig gegen das ungeheure Wesen vor ihm. Die Krallen des Wesens klapperten auf dem Mosaikboden, und die Flügel streckten sich gut sechs Meter in beide Richtungen. Es glotzte Conalin aus blutroten Augen an. »Wie passend, daß ich euch alle in meinem Tempel finde«, sagte es. Es sah an dem Jungen vorbei, sein Blick heftete sich auf die Königin. »Deine Arbeit ist getan, meine Königin«, sagte es. »Du hast die Erlösung für mein Volk geboren.«

Nogusta wollte gerade das Ungeheuer angreifen, als er plötzlich eine kalte Klinge an der Kehle spürte. Bakilas sagte: »Du hast alles getan, was du konntest, Mensch. Und ich achte dich dafür. Leg dein Schwert nieder.« Nogustas Schwert fuhr hoch und fegte das des Krayakin beiseite. Er machte einen Satz auf den schwarzgepanzerten Krieger zu, doch Bakilas wich aus und parierte das Sturmschwert mit einer Riposte, die in Nogustas Rippen drang. Als die Klinge ihr Ziel traf und ein entsetzlicher Schmerz ihn durchfuhr, packte Nogusta Bakilas' Schwertarm. Mit letzter Kraft stieß er Bakilas seine eigene Klinge in den Bauch. Der Krayakin schrie auf, dann fiel er zurück und zog Nogusta mit sich. Beide stürzten zu Boden. Nogusta versuchte aufzustehen, doch seine Beine versagten, und er sank wieder nieder. Bakilas kauerte über ihm und zog sein Schwert aus Nogustas Rippen. Dann erhob er sich schwerfällig und ging zur Empore.

Anharat bewegte sich auf Conalin zu, der auf der Empore stand und Bisons Schwert vor sich hielt.

»Du hast nur noch wenige Augenblicke zu leben, Kind«, sagte Anharat. »Ich werde dir das Herz herausreißen.«

Er rückte vor, doch plötzlich ertönte von irgendwoher das Klingen ferner Glocken. Staubflocken hingen in der Luft, und der Junge stand ohne zu blinzeln vor ihm.

Die Zeit erstarrte, und die schimmernde Gestalt von Emsharas tauchte auf der Empore auf, direkt neben der statuengleichen Königin und dem erstarrten, gepanzerten Bakilas.

»Du kommst gerade rechtzeitig, um meinen Sieg zu erleben, Bruder«, sagte Anharat.

»Allerdings, mein Bruder. Und sag mir, was erreichst du damit?«

»Ich mache deinen Zauber rückgängig, und die Illohir werden wieder auf der Erde wandern.«

»Und sie werden in die Leere übergehen, einer nach dem anderen. Es dauert vielleicht ein paar Jahrhunderte, aber am Ende werdet ihr alle ins Nirgendwo zurückkehren«, sagte Emsharas.

»Und wo wirst du sein?« brüllte Anharat. »Welchen Ort der Freude hast du gefunden, den du nicht mit deinem Volk teilen willst?«

»Du hast noch immer nicht verstanden, Anharat«,

sagte Emsharas traurig. »Weißt du wirklich noch immer nicht, was aus mir geworden ist? Denk nach, mein Bruder. Was hätte dich daran hindern sollen, mich zu finden? Wir sind Zwillingsseelen. Seit Anbeginn der Zeit waren wir zusammen. Wohin sollte ich gehen, daß du meine Seele nicht spüren kannst?«

»Ich habe keine Zeit für Rätsel«, sagte Anharat. »Sag es mir, und dann verschwinde.«

»Der Tod«, sagte Emsharas. »Wenn ich den Großen Zauber in jenem Morgen wirke, das schon viertausend Jahre vergangen ist, werde ich ihn mit meiner Lebenskraft ausstatten. Ich werde sterben. In dieser Zeit bin ich tatsächlich schon tot. Deswegen konntest du mich nicht finden. Deswegen wirst du mich niemals finden. Von morgen an werde ich nicht länger existieren!«

»Tot?« wiederholte Anharat. »Das ist unmöglich. Wir können nicht sterben!«

»O doch«, sagte Emsharas. »Wir können unsere Seelen dem Universum anvertrauen. Und wenn wir das tun, ist die freigesetzte Macht ungeheuer. Mit dieser Macht wurden die Illohir von der Oberfläche dieses Planeten gezogen und in der Vorhölle festgehalten, die das Nirgendwo ist. Aber das war nur der erste Schritt, Anharat. Nicht einmal mein Tod konnte unser Volk zu der Welt bringen, die ich fand, einer Welt, in der wir Gestalt annehmen können, essen und trinken und alle Freuden des wahren Lebens kennenlernen.«

»Nein«, sagte Anharat, »du kannst nicht tot sein! Ich lasse es nicht zu. Ich ... ich will es nicht glauben!«

»Ich lüge nicht, Bruder. Du weißt es. Es war der einzige Weg, den ich fand, um unser Volk zu retten und ihm die Chance auf ein Leben in Fleisch und Blut zu verschaffen. Ich wollte dich nicht verlassen, Anharat. Du und ich waren jeder ein Teil des anderen. Zusammen waren wir eins.«

»Ja, das waren wir!« schrie Anharat. »Aber jetzt brauche ich dich nicht mehr. So geh denn und stirb! Und laß mir meinen Sieg! Ich hasse dich, Bruder, mehr als irgend etwas unter den Sternen!«

Die schimmernde Gestalt Emsharas' schien unter der Macht von Anharats Wut zu verblassen, und als er sprach, klang seine Stimme wie von fern. »Es tut mir leid, daß du mich haßt, denn ich habe dich immer geliebt. Und ich weiß, wie sehr du mich zurückschlagen möchtest, aber bedenke: Was hast du mit all deiner gesammelten Macht erreicht? Die Krayakin sind in die Leere zurückgekehrt, der *gogarin* ist tot, und draußen vor dem Tempel wartet eine Armee auf dich. Sobald du das Kind getötet hast, wirst du all deine Macht brauchen, um die Illohir zurückzuholen. Danach wirst du einfach nur ein Zauberer sein. Die Armee wird dich töten, und auf der ganzen Welt werden sich die Menschen gegen dein Volk zusammenschließen. Aber du hast mich geschlagen. Du wirst meinen Tod sinnlos und unnötig gemacht haben. Das wird dein endgültiger Sieg sein!«

»Dann ist das genug für mich!« brüllte Anharat.

»Wirklich?« fragte Emsharas. »Unser Volk hat zwei Schicksale, und beide liegen in deiner Hand, Bruder. Es kann in eine Welt des Lichts reisen oder zurückkehren in die Leere. Die Wahl liegt bei dir. Mein Tod allein konnte den Zauber nicht vollenden. Aber der deine wird es. Wenn du dich entscheidest, der dritte König zu sein, der stirbt, dann wird unser Volk die Freude kennenlernen. Aber wie deine Wahl auch ausfällt, ich werde sie nicht mehr erleben. Wir werden nie mehr miteinander sprechen. Lebe wohl, mein Zwilling!«

Emsharas trat zurück und verschwand. Anharat stand reglos, und ein Gefühl großer Leere umfing ihn. In diesem Augenblick erkannte er, was Bakilas am Tag zuvor gespürt hatte. Sein Haß auf Emsharas war fast gleichbedeutend mit seiner Liebe. Ohne Emsharas gab es nichts. Hatte es nie etwas gegeben. Während der vergangenen viertausend Jahre hatten Gedanken an Emsharas und an die Rache, die er erleben würde, sein Leben erfüllt. Aber er hatte nie den Tod seines Bruders gewünscht. Nicht, ihn für alle Zeiten zu verlieren.

»Ich liebe dich auch, mein Bruder«, sagte er. Er sah sich im Tempel um und stellte fest, daß die Menschen noch immer erstarrt waren. An der Wand hatte ein junges Mädchen ihre Arme um ein Kind gelegt, auf der Empore stand der Jüngling mit dem Schwert. Hinter ihm hatte sich die Königin abgewandt und schützte ihr Kind mit ihrem Körper. Bakilas stand dicht neben ihr, das Schwert erhoben. Der schwarze Krieger lag neben der Empore, sein Blut sammelte sich in einer Lache auf dem Mosaikboden.

Anharat blinzelte und dachte an die Reisen auf den kosmischen Winden, als er und Emsharas wie eins gewesen waren, Zwillingsseelen, untrennbar.

Sterben? Der Gedanke erfüllte ihn mit Entsetzen. Die Ewigkeit verlieren? Und doch, welche Freude konnte jetzt noch für ihn in der Unsterblichkeit liegen?

Dann verklang die Musik der Glocken, und die Menschen regten sich wieder.

Conalin beobachtete, wie das Ungeheuer auf dem Boden landete. »Du hast nur noch wenige Augenblicke zu leben, Kind«, sagte Anharat. »Ich werde dir das Herz herausreißen.« Das Ungeheuer schien einen Moment lang zu flackern, dann bewegte es sich langsam vorwärts und ragte drohend über dem Jungen auf. Plötzlich ließ es sich mit ausgebreiteten Armen fallen, der riesige dunkle Kopf schoß vor. Conalin sprang und stieß sein Schwert tief in den dicken, schwarzen Hals. Die Krallen sausten herab und legten sich auf Conalins Schulter.

Doch sie durchbohrten seine Haut nicht. Sanft stieß das Ungeheuer Conalin beiseite. Cremefarbenes Blut strömte aus der Wunde, als das Schwert freikam. Anharat zog sich auf die Empore. Conalin hieb auf seinen Rücken ein, sein Schwert riß die Haut auf. Der Dämon kroch an der Königin vorbei und zog sich auf den Altar. Zuckend schlug er mit den Flügeln. Conalin sprang auf, packte sein Schwert mit beiden Händen und trieb es tief in Anharats Brust. Der Junge starrte in die Augen des Dämons. Erst jetzt erkannte er, daß das Wesen keine Anstalten gemacht hatte, ihn anzugreifen.

Verwirrt zog Conalin an seinem Schwert. Anharats Klauenfinger schlossen sich um den Griff. Doch er machte keinen Versuch, es herauszuziehen.

»Emsharas!« flüsterte der Dämon.

Ein schwarzer Schatten tauchte neben Conalin auf. Er fuhr herum und sah den gepanzerten Ritter zur Königin gehen. »Nein!« rief er. Ohne Waffe sprang er den Ritter an. Eine gepanzerte Faust traf ihn mit einem Schlag, der ihn von den Füßen riß.

Bakilas mühte sich weiter, das Sturmschwert steckte immer noch tief in seinem Bauch. Mit letzter Kraft hob er seine Klinge. Axiana wich zurück. »Tu meinem Sohn nichts zuleide«, flehte sie. Einige Meter entfernt hob sich Nogusta auf die Knie und zog ein Messer. Sein Arm schoß vor. Die Klinge sauste durch die Luft und bohrte sich in Bakilas' linkes Auge. Der Krayakin taumelte, dann zog er das Messer heraus und warf es zu Boden. Nogusta versuchte, ein zweites Messer zu ziehen. Dann verlor er das Bewußtsein.

Hufgeklapper erfüllte die Luft. Bakilas drehte sich um und sah einen Reiter mit flammendem Umhang auf ihn zustürmen. Verzweifelt drehte er sich zur Königin herum und machte einen letzten Versuch, sie zu erreichen. Antikas Karios hob sein Sturmschwert hoch und warf es mit aller Kraft. Die Klinge schoß wie eine Sichel durch die Luft und traf Bakilas' am Hals. Der Krayakin sackte zusammen und fiel über Anharats Körper.

Antikas warf den brennenden Umhang beiseite und sprang von Sternenfeuer. Die Mähne des Pferdes brannte, und der Krieger löschte das Feuer mit seinen Händen. Der Wallach hatte Brandwunden am Körper davongetragen, seine Beine waren voller Blasen und bluteten. Antikas selbst war an Armen und Händen verwundet, und die Haut über seinen Wangen zeigte leuchtendrote Brandspuren.

Auf der Empore begann Anharats Körper in einem strahlenden, gleißenden Licht zu glühen, das den ganzen Tempel erfüllte. Geblendet fiel Antikas auf die Knie und hielt sich die Hände vors Gesicht.

Hinter sich hörte er rennende Schritte und vermutete, daß die Feuersäulen erloschen waren.

Hände packten ihn und rissen ihn hoch. Er öffnete die Augen. Zuerst konnte er nur verschwommene Umrisse erkennen. Doch dann sah er das Gesicht des Weißen Wolfes.

»Das war ein prächtiger Ritt«, sagte Banelion. Antikas sah zum Altar. Keine Spur von dem Dämonenherrscher oder dem toten Krayakin. Beide waren verschwunden.

Conalin rannte zu Nogusta und kniete neben ihm nieder. »Ich habe es getötet!« rief er. »Ich habe das Ungeheuer getötet!«

Nogusta lächelte schwach. »Gut gemacht, mein Freund. Ich ich bin stolz auf dich.« Er nahm die Hand des Jungen und legte sie auf den Talisman. »Was … siehst … du?« fragte er. Seine Stimme versagte.

Conalin schloß die Augen. »Ich sehe ein fremdes Land mit purpurnen Bergen. Die Krayakin sind dort. Sie sind verwirrt.«

»Was … noch?«

»Ich sehe eine Frau. Sie ist groß und schwarz und schön.«

Nogusta lehnte sich an den Jungen. »Ich … sehe sie auch«, sagte er. Kebra rannte herbei und warf sich neben Nogusta auf den Boden.

»Wag es nicht, zu sterben!« sagte er.

Nogusta ließ Conalins Hand los und packte Kebras Arm. »Keine … Wahl«, flüsterte er. »Bring Sternenfeuer … zurück in die Berge.«

»Ulmenetha!« rief Kebra.

»Ich bin hier«, sagte sie. Conalin zog sich zurück und ließ die Priesterin neben dem Sterbenden niederknien.

»Du kannst ihn heilen«, sagte Kebra. »Leg deine Hände auf ihn.«

»Ich kann ihn nicht heilen«, sagte sie. »Nicht mehr.«

Kebra sah in Nogustas tote Augen. »O nein«, sagte er. »Du kannst mich doch hier nicht alleinlassen! Nogusta!« Tränen rannen ihm über die Wangen. »Nogusta!« Ulmenetha beugte sich vor und schloß die leuchtendblauen Augen. Kebra umarmte den Toten und streichelte seinen Kopf. Ulmenetha trat zurück, und als Conalin versuchte, zu Kebra zu gehen, nahm sie seinen Arm und zog ihn fort.

»Laß die beiden für eine Weile allein«, sagte sie.

»Ich wollte ihm nur sagen, was ich gesehen habe. Er hat seine Frau gefunden. Auf einer Welt mit zwei Monden.«

»Ich weiß.« Ulmenetha ging zu Sternenfeuer. Das Pferd zitterte und hatte große Schmerzen. Sie strich ihm über den Hals, dann begann sie an seinen Wunden zu arbeiten, heilte seine Brandblasen und Verbrennungen. Die schlimmste Wunde war sein rechtes Auge, das fast erblindet war. Aber auch das heilte sie.

Antikas kam zu ihr. »Ein großartiges Pferd«, sagte er. »Nogusta hatte recht.«

»Laß mich deine Verbrennungen heilen«, sagte sie und streckte die Hand nach seinem verschwollenen Gesicht aus. Er schüttelte den Kopf.

»Ich werde den Schmerz ertragen. Er wird mich an das erinnern, was wir heute hier verloren haben.«

Sie lächelte ihn an. »Das klingt gefährlich nach Bescheidenheit, Antikas Karios.«

Er nickte. »Ja. Wie deprimierend. Glaubst du, das gibt sich wieder?«

»Ich hoffe nicht«, antwortete sie.

»Dann werde ich dafür sorgen«, sagte er. Mit einer Verbeugung machte er kehrt und ging zurück zur Königin.

Der Weiße Wolf blickte schweigend auf Kebra und Nogusta hinunter. Seine Miene war undeutbar. Dann ging er zur Königin. »Wohin möchtest du gehen, Hoheit?« fragte er. Seine Stimme klang müde.

»Zurück nach Usa«, sagte sie. »Und ich möchte, daß du und deine Männer mir helfen, wieder Ordnung in die Stadt zu bringen und Frieden für das Land. Willst du das für mich tun, Banelion?«

»Das will ich, Hoheit.«

Sie trat vor und rief Antikas Karios zu sich. Er verbeugte sich tief. »Willst du mir Treue schwören und versprechen, die Rechte meines Sohnes zu verteidigen?«

»Mit meinem Leben«, antwortete er.

»Dann wirst du den Oberbefehl über die ventrische Armee erhalten.«

Endlich rief sie Conalin zu sich. »Was kann ich für dich tun?« fragte sie. »Nenne es und es gehört dir.«

»Kebra und ich gehen nach Drenan«, sagte er. »Wir wollen Nogustas Pferde suchen und sein Haus wieder aufbauen.«

»Ich sorge dafür, daß ihr ausreichend Gold erhaltet«,

versprach sie. Conalin verbeugte sich und ging dann zu Pharis und Sufia.

»Wollt ihr mit mir nach Drenan kommen?« fragte er sie. Pharis nahm seine Hand.

»Wo du bist, da will auch ich sein«, sagte sie. »Immer.«

»Ich auch! Ich auch!« rief Sufia.

Kebra ging in die Nacht hinaus, Kummer überwältigte ihn. Ulmenetha trat aus den Schatten und nahm seinen Arm. »Er wußte, daß er sterben würde«, sagte sie. »Er sah es. Aber er sah auch noch etwas anderes, etwas Unglaubliches. Er wollte, daß ich es dir sage. Er stammte von Emsharas ab, und das bedeutet, daß er zum Teil Illohir war. Ebenso wie Ushuru, denn sie waren verwandt. Er sah sich mit ihr in einem fremden Land unter einem violetten Himmel wandern. Die Krayakin waren dort und Dryaden und Faune und viele andere Illohir. Ich glaube, er sah es als eine Art Paradies.«

Kebra sagte nichts, sondern blickte zu den Sternen hinauf. »Ich weiß, welchen Schmerz du fühlst«, sagte Ulmenetha. »Auch ich habe geliebte Menschen verloren. Aber ihr drei habt uns alle gerettet. Keiner von euch wird je vergessen werden.«

Kebra wandte sich zu ihr. »Glaubst du, es geht mir um Ruhm? Sie waren meine Familie. Ich liebte sie. Ich fühle ihren Verlust, als ob jemand sie aus mir herausgeschnitten hätte. Ich wünschte, ich wäre mit ihnen gestorben.«

Ulmenetha schwieg einen Augenblick. Conalin kam aus dem Tempel, Pharis und die kleine Sufia an der Hand haltend. Das Kind riß sich los und rannte zu Kebra, der wieder weinte. Sie nahm seine Hand.

»Sei nicht traurig«, bat sie. »Bitte, sei nicht traurig.« Dann begann auch sie zu weinen. Kebra beugte sich zu ihr herunter.

»Manchmal«, sagte er, »ist es gut, traurig zu sein.« Er

strich ihr das blonde Haar aus den Augen. Conalin kam zu ihm und legte ihm eine Hand auf die Schulter.

»Du bist nicht allein, Kebra«, sagte Ulmenetha. »Du mußt eine Familie großziehen. Conalin und Pharis und Sufia. Und ich komme für eine Weile mit euch, denn ich habe das Bedürfnis, wieder über Bergpfade zu rennen und die wilden Blumen wachsen zu sehen.«

»Wir werden Nogustas Pferde finden«, sagte Conalin. »Und wir werden sein Haus wieder aufbauen.«

Kebra lächelte. »Das würde ihm gefallen.«

ENDE